suhrkamp taschenbuch 3536

Als Klebäugler, Teignasen und Bleichlinge treten die Menschen in diesen futuristischen Märchen, geschrieben von Robotern für Roboter, auf. Unsere metallenen Brüder haben das Joch des Menschen abgestreift und sind in den Kosmos entfleucht.

»Jedes einzelne von Lems ›Robotermärchen‹ ist ein Musterstück spielerischen und anspielungsreichen, beispiellos erfinderischen und souverän parodistischen Erzählens, eines Erzählens, das jedenfalls in einem Punkt keinen Zweifel läßt: Science-fiction bietet Möglichkeiten, die weit über die Grenzen der Konsumliteratur hinausreichen.«

Heinrich Vormweg

Stanisław Lem, 1921 in Lwów geboren, starb am 27. März 2006 in Krakau. Sein Werk erscheint im Suhrkamp und im Insel Verlag und ist am Ende dieses Bandes verzeichnet.

Stanisław Lem
Der Weiße Tod

Gesammelte
Robotermärchen

Aus dem Polnischen von
Karl Dedecius,
I. Zimmermann-Göllheim,
Caesar Rymarowicz, Jens Reuter
und Klaus Staemmler

Suhrkamp

Diese Ausgabe folgt den beiden Bänden
Robotermärchen, Suhrkamp Verlag, Frankfurt am Main 1982;
© Suhrkamp Verlag Frankfurt am Main 1982;
und *Kyberiade*, Insel Verlag, Frankfurt am Main 1983;
© Insel Verlag Frankfurt am Main 1983.
Titel der Originalausgaben:
Bajki robotów, Wydanictwo Literackie, Krakau 1964;
© by Stanisław Lem 1964;
Cyberiada, Wydanictwo Literackie, Krakau 1965.

Umschlagfoto: Roger Ressmeyer/Corbis/VCG

3. Auflage 2020

Erste Auflage 2003
suhrkamp taschenbuch 3536
© dieser deutschen Zusammenstellung
Suhrkamp Verlag Frankfurt am Main 2003
Suhrkamp Taschenbuch Verlag
Alle Rechte vorbehalten, insbesondere das
der Übersetzung, des öffentlichen Vortrags sowie
der Übertragung durch Rundfunk und Fernsehen,
auch einzelner Teile.
Kein Teil des Werkes darf in irgendeiner Form
(durch Fotografie, Mikrofilm oder andere Verfahren)
ohne schriftliche Genehmigung des Verlages reproduziert
oder unter Verwendung elektronischer Systeme verarbeitet,
vervielfältigt oder verbreitet werden.
Satz: Hümmer GmbH, Waldbüttelbrunn
Druck: CPI – Ebner & Spiegel, Ulm
Printed in Germany
Umschlag: Göllner, Michels, Zegarzewski
ISBN 978-3-518-45536-4

Inhalt

Der Weiße Tod

Drei Elektritter

Es lebte einst ein großer Erfinder, ein Konstrukteur, der ohne Unterlaß ungewöhnliche Anlagen ausdachte und die seltsamsten Apparate schuf. Einmal erbaute er sich ein Winzchen-Maschinzchen, und es sang so schön, und er benannte es: Zwitschwerk. Im Siegel führte er das Kühne Herz. Und jedes Atom, das er aus seiner Hand entließ, trug dieses Zeichen, so daß spätere Gelehrte staunten, wenn sie in den Atomspektren flimmerige Herzlein auffanden. Viele nützliche Maschinen erbaute er, große und kleine. Endlich suchte ihn der wunderliche Einfall heim, Tod und Leben in eins zu verbinden und so das Unmögliche zu meistern. Der Konstrukteur beschloß, denkende Wesen aus Wasser zu bauen, – aber nicht auf so scheußliche Weise, wie ihr nun meint! O nein, es lag ihm fern, an weiche nasse Körper zu denken! Davor ekelte er sich, wie jeder von uns. Er wollte aus Wasser wahrhaft schöne und weise und demnach kristallische Wesen bauen. Also wählte er weitab von allen Sonnen einen Planeten aus, hackte dort aus dem gefrorenen Ozean Eisberge heraus und schnitzte daraus, wie aus Bergkristall, die Kryoniden. So hießen sie, weil sie nur in schneidendem Frost bestehen konnten und in sonnenloser Öde. Städte und Schlösser aus Eis erbauten sie sich binnen kurzem, und da ihnen alles Warme den Tod verhieß, faßten sie Polarlichter in durchsichtige große Gefäße und beleuchteten so ihre Wohnsitze. Je vornehmer jemand war, um so mehr Polarlichter hatte er: zitronfarbene und silbrige. Und glücklich lebte das ganze Volk. Es war aber für seine Kleinodien berühmt, denn nicht nur dem Licht war es hold, sondern auch den Edelsteinen. Aus gefrorenen Gasen waren diese Kleinodien geschnitten und geschliffen. Sie brachten Farbe in die ewige Nacht, worin gleich gefangenen Geistern die schlanken Polarlichter loderten, jedes wie ein verwunschener Nebelfleck in einem Block von Kristall. So mancher kosmische Eroberer wollte sich diese Reichtümer aneignen. Denn ganz Kryonia war aus weitester Ferne sichtbar, von allen Seiten flimmernd wie ein Juwel, das auf schwarzem Samtgrund langsam um sich selbst gedreht wird. Daher landeten Abenteurer auf Kryonia, um das Kriegsglück zu erproben. Der Elektritter

Messinger kam geflogen, dessen Schritte wie Glocken donnerten. Doch er hatte die Eisflächen kaum betreten, da schmolzen sie schon in seiner Hitze, und er stürzte hinab in die eisigen Ozeantiefen, und die Wasser schlugen über ihm zusammen. Und wie ein Insekt im Bernstein, so ruht er im Eisberg auf Kryonias Meeresgrund bis ans Ende der Tage.

Des Messingers Schicksal schreckte andere Verwegene nicht ab. Nach ihm kam der Elektritter Eiserner angeflogen. Der hatte sich so voll flüssigen Heliums gesoffen, daß es in seinen stählernen Eingeweiden nur so gluckerte, während er selbst in der rauhreifbedeckten Rüstung einem Schneemann ähnlich sah. Als er aber der Planetenoberfläche entgegensank, entzündete ihn die Reibung an der Atmosphäre. Das Flüssighelium verdampfte aus ihm mit Gezisch. Rot leuchtend stürzte er auf die Eisfelsen, und sogleich klafften sie auf. Er kämpfte sich daraus hervor, dampfsprudelnd, einem siedenden Geiser ähnlich. Doch alles, was er anfaßte, wurde zum weißen Wölkchen und beschneite ihn. Er setzte sich also nieder und wartete, bis er abgekühlt war. Die Schneesternchen auf den Achselstücken seiner Rüstung schmolzen nicht mehr. Da wollte er aufstehen und in die Schlacht ziehen. Aber in den Gelenken war ihm das Schmierfett gestockt; nicht einmal den Rücken konnte er strecken. So sitzt er noch heute; der Schneefall hat einen weißen Berg aus ihm gemacht, und nur die Helmspitze ragt daraus hervor. Sie nennen diesen Berg den Eisernen, und in den Augenhöhlen glänzt ihm der erfrorene Blick.

Von dem Schicksal seiner Vorgänger hörte ein dritter Elektritter, der Quarzer, der tagsüber nur als blankgeputzte Linse zu sehen war und nachts als Spiegelung der Sterne. Daß ihm Öl in den Gliedmaßen stocken könnte, brauchte er nicht zu befürchten, denn er hatte keines. Auch daß die Eisschollen unter seinen Füßen zerspringen könnten, brauchte er nicht zu befürchten, er konnte nämlich so kalt werden, wie er wollte. Eines mußte er meiden: ausdauerndes Denken. Denn dabei lief ihm das Quarzhirn heiß, und dies konnte ihn zugrunde richten. Doch er beschloß, durch Denkfaulheit sein Leben zu retten und die Kryoniden zu besiegen. Er flog nach Kryonia. Von der langen Reise durch ewige galaktische Nacht war er so durchfroren, daß eiserne Meteore glasig klirrend in Stücke zerbarsten, wenn sie im Flug seine Brust streiften. Er aber landete auf Kryonias weißen Schneefeldern unter dem kryonischen Himmelszelt, das so schwarz wie ein Topf voll Sterne war. Er selbst indes glich einem durchsichtigen Spiegelglas. Er wollte überlegen, was weiter anzufangen sei. Aber da schwärzte sich rund um ihn schon der Schnee und begann zu dampfen.

»Nanu! Das war schlecht!« – sagte sich der Quarzer. »Nichts da, bloß nicht denken, dann ist alles gewonnen!«

Und er beschloß, immer dieses eine Sprüchlein zu memorieren, komme, was wolle. Denn es erforderte keinerlei denkerische Anstrengung und erwärmte ihn demnach kein bißchen. So zog der Quarzer durch die Schneewüste, gedankenlos und x-beliebig, um die Kühle zu wahren. Er ging so und gelangte endlich vor die Eismauern der Kryonidenhaupstadt Frigida. Er holte aus und rannte köpflings gegen die Zinnen, daß die Funken stoben. Dennoch richtete er nichts aus.

»Versuchen wir es anders« – sprach er zu sich selbst. Und er begann sich zu fragen: »Wieviel ist wohl zwei mal zwei?« Und als er darüber nachdachte, wärmte sich sein Kopf ein wenig. Also rammte der Quarzer die funkelnden Mauern zum zweitenmal. Doch er hieb nur ein kleines Grübchen.

»Das war zuwenig!« – sagte er sich. »Versuchen wir etwas Schwierigeres. Wieviel mag das wohl sein: drei mal fünf?«

Nun freilich umgab seinen Kopf schon brutzelndes Gewölk, denn der Schnee geriet ins Sieden, da er auf solch heftiges Denken stieß. Also wich der Quarzer zurück, holte aus, schlug zu und fuhr glattweg durch die Mauer und dann noch durch zwei Paläste und durch drei Häuser minderer Frostgrafen. Und er sauste bis auf eine große Treppe und klammerte sich an ihr Stalaktitengeländer, doch die Stufen waren wie eine Schlitterbahn. Schnell sprang er auf, denn ringsherum taute schon alles, und er drohte abzustürzen, durch die ganze Stadt hindurch und bis in die eisigen Klüfte, wo er auf ewig eingefroren wäre.

»Nichts da! Bloß nicht denken! Gewonnen!« – sagte er sich und kühlte wirklich gleich aus.

Er verließ den Eistunnel, den er geschmolzen hatte, und fand sich auf einem großen Platz, wo von allen Seiten silberne und smaragdene Polarlichter mit hellem Schein von Kristallsäulen niederblinkerten.

Und sternfunkelnd schritt dem Quarzer ein riesiger Ritter entgegen, ein Feldherr der Kryoniden, Boreal. Da spannte sich der Elektritter Quarzer und stürmte auf ihn los. Sie verkeilten sich ineinander, und das gab solches Getöse, wie der Zusammenprall zweier Eisberge im Nordmeer. Und Boreals schimmernde Rechte wurde dicht an der Wurzel abgehackt und fiel zu Boden. Doch der Wackere ließ sich nicht beirren. Er wandte sich und bot die Brust, breit wie ein Gletscher, der er ja war. Der Feind aber beschleunigte zum andernmal und rammte ihn schrecklich. Der Quarz war härter und fester als das Eis. Und Boreal zerbarst mit solchem Gedröhn, als wälzte sich eine Lawine die Felsenhänge hinab. Und zersplittert lag er da, und die Polarlichter beschienen ihn und beschauten sein Scheitern.

»Gewonnen! Nur so weiter!« – sagte der Quarzer. Vom Leib des Besiegten riß er die wunderschönen Kleinodien: mit Wasserstoff besetzte Ringe und überdies noch funkelnde Stickereien und Beschläge. Die sahen aus wie Diamanten, doch sie waren aus dreierlei Edelgas geschnitten: aus Argon, Krypton und Xenon. Doch als er sich daran erfreute, wärmte ihn die Gemütsbewegung, und alle diese Brillanten und Saphire verdampften zischend unter seiner Berührung, so daß er nichts mehr umfaßt hielt als ein paar Tautropfen. Und auch diese verflüchtigten sich im Nu.

»Hoppla! Also freuen darf ich mich auch nicht! Genug davon! Bloß nicht denken!« – sagte er sich und rückte tiefer in die feste Stadt hinein, die er umkämpfte. Da sah er eine riesige Gestalt von fern heranmarschieren. Das war Albucid der Weiße, der Mineral-General. Auf seiner breit ausladenden Brust kreuzten sich Reihen von Ordens-Eiszapfen nebst dem Rauhreif-Großstern am eiszeitlichen Band. Dieser Hüter der königlichen Schatzkammer stellte sich dem Quarzer in die Quere. Der aber brach über ihn herein wie ein Gewitter und zermalmte ihn mit eisigen Donnerschlägen. Zum Entsatz für Albucid nahte der Herr des Schwarzen Eises, Fürst Ohroaster. Ihm konnte der Elektritter nichts anhaben. Denn der Fürst trug eine kostbare Stickstoffrüstung, die mit Helium gehärtet war. Sie verströmte solchen Frost, daß dem Quarzer der Schwung erlahmte und die Bewegungen erschlafften, während ringsherum die Polarlichter verblaßten, vom Hauch des absoluten Nullpunkts angeweht. Der Quarzer fuhr empor und dachte: »Verflixt! Was soll das?« Und die große Verwunderung erwärmte sein Hirn, der absolute Nullpunkt wurde lauwarm, und vor den Augen des Quarzers zerfiel Ohroaster von selbst in Scheiben. Donnerschläge begleiteten seine Agonie, und zuletzt blieb nur ein schwarzer Eishaufen, von Wasser wie von Tränen triefend, in einer Pfütze auf der Walstatt liegen.

»Gewonnen!« – sagte sich der Quarzer. »Bloß nicht denken! Und wenn es not tut, dann denken! Ob so oder so, siegen muß ich!« Und er jagte weiter, und seine Schritte tönten, als würden Kristalle zerhämmert. Er rasselte stürmisch durch die Straßen von Frigida. Verzweifelten Herzens betrachteten ihn die Bewohner unter den weißen Dachüberhängen hervor. Wie ein wildgewordener Meteor durch die Milchstraße rast, so raste er dahin. Da gewahrte er eine ferne Gestalt. Sie war allein und nicht eben groß. Das war aber der größte Weise unter den Kryoniden, Baryon, den sie den Eismund nannten. Der Quarzer holte aus. Auf einen einzigen Streich wollte er ihn zerschmettern. Er aber wich ihm aus und wies ihm zwei weggestreckte Finger. Der Quarzer wußte das nicht zu deuten, doch er wandte sich und – hooruck auf den Gegner los! Doch Baryon trat wieder nur einen Schritt weit zur Seite und zeigte schnell einen einzigen Finger. Der Quarzer staunte ein wenig und bremste ab, obwohl er schon gewendet hatte und eben hätte ausholen sollen. Er begann zu denken, und von den nahen Häusern troff schon das Wasser. Er aber sah nichts davon, denn Baryon wies ihm mit zwei gebogenen Fingern einen Kreis und fuhr darin schnell mit dem Daumen der anderen Hand auf und ab. Der Quarzer dachte und dachte, was diese stummen Gebärden wohl zu besagen hätten, und unter seinen Füßen klaffte Leerheit auf, und schwarzes Wasser spritzte empor, und wie ein Stein sauste er in die Tiefe. Und ehe er sich noch »Nichts da!« hatte sagen können, oder »Bloß nicht denken!«, – da war er nicht mehr auf der Welt. Die geretteten Kryoniden dankten Baryon erfreut für ihre Befreiung und fragten nachher, was er durch jene Zeichen habe kundtun wollen, die er dem dräuend hereingeschneiten Elektritter gezeigt hatte.

»Das ist ganz einfach« – erwiderte der Weise. »Zwei Finger besagten, wir seien unser zwei, nämlich er und ich. Ein Finger hieß, ich solle alsbald allein übrigbleiben. Dann zeigte ich einen Kreis, zum Zeichen, daß sich rund um den Fremden das Eis auftun werde, um ihn auf ewig zu verschlingen. Er begriff das erste sowenig wie das zweite und dritte.«

»O großer Weiser!« – riefen die Kryoniden erstaunt. »Wie konntest du dem furchtbaren Angreifer solche Zeichen geben? Bedenk, o Herr, was geschehen wäre, wenn er dich verstanden hätte! Dann hätte er sich nicht gewundert, das Denken hätte ihn nicht erwärmt, und er wäre nicht in den bodenlosen Abgrund gestürzt ...«.

»Ach wo! Das befürchtete ich durchaus nicht« – sagte Baryon Eismund mit kaltem Lächeln. »Ich wußte ja im voraus, daß er nichts begreifen konnte. Denn hätte er auch nur ein Tüpfelchen Verstand gehabt, so wäre er nicht zu uns gekommen. Denn was nützen einem Bewohner sonniger Bereiche die Kleinodien aus Gas und die silbernen Sterne von Eis?«

Sie aber bestaunten ihrerseits die Weisheit des Weisen und gingen beruhigt fort in ihre Häuser, wo sie wohliger Frost erwartete. Seit damals hat niemand mehr in Kryonia einzufallen versucht, denn im ganzen Kosmos sind die Dummköpfe ausgestorben. Manche Leute behaupten freilich, es gebe deren noch genug, bloß wüßten die alle den Weg nicht.

Aus dem Polnischen von I. Zimmermann-Göllheim

Die Uranohren

Es lebte einst ein Ingenieur, ein Kosmogoniker, der Sterne leuchten machte, um das Dunkel zu besiegen. Im Andromedanebel traf er ein, als dort noch alles voll schwarzer Wolken war. Er drehte sogleich einen großen Wirbel. Der lief an, und nun zückte der Kosmogoniker seine Strahlen. Er hatte deren drei: den roten, den violetten und den unsichtbaren. Mit dem ersten entzündete er die Sternkugel, sie wurde sogleich zum Roten Riesen, aber im Nebel tagte es nicht. Der Ingenieur stach den zweiten Strahl in den Stern, da wurde er weiß. Der Kosmogoniker sagte zu seinem Lehrling: »Bewache ihn mir!« Er selbst aber ging andere anfachen. Der Lehrling wartete tausend Jahre und aber tausend, der Ingenieur kam nicht zurück. Der Lehrling bekam das Warten satt. Er schneuzte den Stern, und statt weiß wurde er blau. Das gefiel dem Lehrling; er meinte, schon alles zu können. Er wollte nochmals schneuzen, doch er versengte sich. Er suchte in dem Döschen, das der Kosmogoniker zurückgelassen hatte. Da war aber nichts drin, schon allzusehr gar nichts; selbst den Boden sah der Lehrling nicht. Er vermutete, dies müsse der unsichtbare Strahl sein, und wollte den Stern damit stupsen, wußte aber nicht, wie. So nahm er denn das ganze Döschen und schleuderte es ins Feuer. Da schimmerten alle Wolken der Andromeda auf, als wären mit eins hunderttausend Sonnen entbrannt, und es wurde taghell im ganzen Nebel. Der Lehrling war entzückt. Doch seine Freude war kurz, denn der Stern zerbarst. Da sauste der Kosmogoniker herbei, der die Bescherung sah. Weil er aber nichts vergeuden wollte, fing er die Flammen ein und formte daraus Planeten: den ersten schuf er aus Gas, den zweiten aus Kohle, für den dritten blieben ihm nur mehr die schwersten Metalle, also wurde das eine Aktinidenkugel. Der Kosmogoniker preßte sie zusammen, ließ sie fliegen und sagte: »In hundert Jahrmillionen komme ich wieder. Dann werden wir ja das Ergebnis sehen.« Und er flitzte fort, um den Lehrling zu suchen, der ihm aus Angst entlaufen war.

Auf jenem Planeten aber – er hieß Aktinuria – entstand das große Reich der Palatiniden. Deren jeder war so schwer, daß ihn nur die Aktinuria tragen konnte. Auf jedem anderen Planeten brach der Boden unter ihnen zusammen, und wenn sie schrien, stürzten die Berge ein. Doch zu Hause traten die Palatiniden gar zart auf und wagten nicht, laut zu sprechen. Denn ihr Beherrscher Archithor war unermeßlich grausam. Aus einem Platinberg war das Schloß gehauen, worin er wohnte. Und jede der sechshundert riesigen Hallen beherbergte eine seiner Hände, so groß war er. Das Schloß konnte er nicht verlassen, dafür hielt er überall Spione, so argwöhnisch war er. Auch seine Raffgier plagte die Untertanen.

Die Palatiniden benötigten nachts weder Lampen noch Feuer. Denn alle Berge des Planeten waren radioaktiv, und bei Neumond hättest du Stecknadeln zählen können. Tagsüber, wenn die Sonne gar zu lästig fiel, schlief das Volk in den Katakomben seiner Berge. Nur nachts versammelte es sich in den metallenen Tälern. Doch der grausame Archithor ließ Uranbarren in die Kessel werfen, worin sonst Palladium und Platin geschmolzen wurden. Dann erließ er eine Bekanntmachung für das ganze Reich. Jeder Palatinide mußte ins Königsschloß kommen und sich eine neue Rüstung anmessen lassen. Jedem wurden Achselstücke angelegt, Spitzhelm, Handschuhe, Beinschienen und Visier, und all dies leuchtete von selbst, denn diese Kleidung war aus Uranblech gemacht. Am stärksten aber leuchteten die Ohren.

Nun konnten die Palatiniden nicht mehr gemeinsam Rat halten. Denn wenn der Volksauflauf zu dicht gedrängt war, explodierte er. Sie mußten ihr Leben einsam verbringen und einander in weitem Bogen ausweichen, immer in Angst vor der Kettenreaktion. Archithor aber freute sich an der Betrübnis seiner Untertanen und legte ihnen immer neue Abgaben auf. Seine Münzstätten im Herzen der Berge prägten Bleidukaten, denn Blei war das Seltenste auf der Aktinuria und hatte den größten Wert.

Große Not litten die Untertanen des üblen Herrschers. Manche wollten einen Aufstand gegen Archithor entfachen und verständigten sich zu diesem Zweck in der Gebärdensprache. Aber es kam nichts dabei heraus. Denn immer fand sich einer, der schwerer von Begriff war. Der näherte sich den übrigen, um zu fragen, wovon die Rede sei. Und infolge seiner langen Leitung flog sofort die ganze Verschwörung in die Luft.

Auf der Aktinuria gab es einen jungen Erfinder namens Pyron, der aus Platin so feine Drähte ziehen gelernt hatte, daß daraus Netze geknüpft werden konnten, worin sich die Wölkchen verfingen. Nachdem er den Drahttelegraphen erfunden hatte, zog Pyron schließlich einen Draht so fein aus, daß gar keiner mehr da war. Und so entstand der drahtlose Telegraph. Hoffnung überkam die Bewohner der Aktinuria. Sie meinten, nun werde sich glücklich eine Verschwörung einfädeln lassen. Doch der schlaue Archithor hörte alle Gespräche ab. Je einen Platinleiter hielt er in jeder seiner sechshundert Hände. Demzufolge wußte er, was seine Untertanen redeten. Und wenn ein Wort wie »Aufstand« oder »Meuterei« bis zu ihm drang, dann sandte er sogleich Kugelblitze aus, und sie verwandelten die Verschworenen in eine Feuerpfütze.

Pyron beschloß, den üblen Herrscher zu überlisten. Im Gespräch mit Freunden sagte Pyron statt »Aufstand« nur noch »Absatz« und statt »konspirieren« – »schustern«. So bereitete er die Erhebung vor. Archithor aber wunderte sich: warum sich wohl seine Untertanen mit eins so auf die Schuhmacherei geworfen hätten? Denn er wußte nicht, daß sie »pfählen« meinten, wenn sie sagten: »über den Leisten schlagen«, und daß drückende Stiefel seine Tyrannei bedeuteten. Doch die Leute, zu denen Pyron sprach, begriffen ihn nicht immer. Denn seine Pläne konnte er ihnen nicht anders kundtun als in verschusterter Sprache. Er erklärte ihnen alles bald so und bald so, und als sie begriffsstutzig blieben, telegraphierte er einmal unbedacht: »Plutonium versohlen«, so, als sollten daraus Sohlen geschnitten werden. Aber da entsetzte sich der König. Denn Plutonium ist dem Uran am nächsten verwandt, Uran wieder dem Thorium, und Archi-Thor lautete der eigene Name des Königs! Also entsandte er sogleich die Panzergarde. Sie nahm Pyron fest und warf ihn vor den König auf die Bleifliesen. Pyron gestand nichts. Dennoch sperrte ihn der König in einen festen Palladium-Turm.

Den Palatiniden entschwand alle Hoffnung. Doch die Zeit war um, und der Kosmogoniker, der Erbauer der drei Planeten, erschien wieder in dieser Gegend.

Von fern besah er die Zustände, die auf der Aktinuria herrschten. »So geht das nicht!« – sagte er sich. Er spann die feinste und härteste Strahlung und legte darin, wie in einem Kokon, den eigenen Körper ab, auf daß er hier des Besitzers Rückkehr abwarte. Er selbst nahm die Gestalt eines armen Troßknechtes an und stieg auf den Planeten nieder.

Als die Dunkelheit herabgesunken war und nur die fernen Berge in kaltem Ring das Platintal erhellten, wollte der Kosmogoniker an Archithors Untertanen herantreten. Sie aber entwichen höchst bestürzt, sie befürchteten ja eine Uranexplosion. Bald dem, bald jenem rannte der Kosmogoniker vergeblich nach. Er verstand nicht, warum alle vor ihm flohen. So streifte er denn auf den Hügeln umher, die wie Ritterschilde aussahen, und lenkte die klingenden Schritte zuletzt an den Fuß des Turmes, worin Pyron vom König in Ketten gehalten wurde. Durchs Gitter gewahrte Pyron den Kosmogoniker. Und der schien ihm anders als alle Palatiniden, obgleich an Gestalt ein simpler Roboter. Denn im Finstern leuchtete er kein bißchen. Dunkel war er wie eine Leiche. Das kam daher, daß seine Rüstung kein Tüpfelchen Uran enthielt. Gern hätte ihn Pyron gerufen, doch der Mund war ihm zugeschraubt worden. Also rannte er den Kopf gegen die Kerkerwände und schlug Funken. Der Kosmogoniker sah dieses Blitzen, trat dicht vor den Turm und guckte durchs vergitterte Fensterloch hinein. Pyron konnte nicht sprechen. Doch mit den Ketten klirren konnte er. Und so klimperte er dem Kosmogoniker die ganze Wahrheit vor.

»Dulde, warte, und du erwartest das Deine« – sprach dieser zu ihm.

Der Kosmogoniker eilte ins wildeste Gebirge der Aktinuria. Drei Tage lang suchte er dort Kadmiumkristalle. Und als er welche gefunden hatte, schlug er sie mit Palladiumbrocken platt. Nun hatte er Kadmiumblech. Er schnitt daraus Ohrenschützer und legte sie auf die Türschwellen aller Häuser. Die Palatiniden fanden die Ohrenschützer, wunderten sich und setzten sie gleich auf, denn es war Winter.

In der Nacht erschien der Kosmogoniker bei den Palatiniden und schwang ein glühendes Stäbchen so schnell, daß es feurige Linien zog. So schrieb er in die Finsternis: »Jetzt könnt ihr einander ungefährdet nahekommen. Kadmium bewahrt euch vor dem Urantod!« Das Volk aber hielt ihn für einen königlichen Spion und traute seinen Ratschlägen nicht. Der Kosmogoniker ärgerte sich, weil ihm nicht geglaubt wurde. Er ging ins Gebirge, sam-

melte dort Uranerz, schmolz das silbrige Metall heraus und präg-
te daraus glänzende Dukaten. Die eine Seite zeigte das lichtvolle
Profil Archithors, die andere das Konterfei seiner sechshundert
Hände.

Mit Urandukaten beladen kehrte der Kosmogoniker ins Tal
zurück. Er zeigte den Palatiniden ein Wunderding: er warf Dukaten ins Weite, einen auf den anderen, so daß sich ein klingender
Stapel formte. Und als über das Maß hinaus noch ein Dukaten
auftraf, da erbebte die Luft, aus den Dukaten brach ein Lichtschein, und sie wurden zur weißen Flammenkugel. Und als der
Wind alles verweht hatte, blieb nur ein Krater zurück, tief in den
Felsen hineingeschmolzen.

Der Kosmogoniker warf nun nochmals Dukaten aus dem Sack,
doch auf andere Weise. Denn jeder fortgeworfene Dukaten wurde
sogleich mit einem Kadmiumplättchen bedeckt. Und obwohl
der Stapel sechsmal so groß wurde wie der vorige, ereignete sich
nichts. Da glaubten die Palatiniden dem Kosmogoniker, versammelten sich und fädelten sogleich mit größtem Eifer eine Verschwörung gegen Archithor ein. Sie wollten den König stürzen,
doch sie wußten nicht, wie; denn eine Strahlenmauer umgab sein
Schloß, und auf der Zugbrücke stand eine Henkmaschine; wer
das Kennwort nicht wußte, den schnitt sie in Stücke.

Eben wurde eine neue Abgabe fällig, die der raffgierige Archithor festgesetzt hatte. Der Kosmogoniker verteilte Urandukaten
an die königlichen Untertanen und riet ihnen, damit die Abgabe
zu zahlen. Dies taten sie auch.

Da freute sich der König, weil so viele leuchtende Dukaten in
seine Schatzkammer wanderten. Er wußte ja nicht, daß sie aus
Uran waren, nicht aus Blei. In der Nacht aber schweißte der Kosmogoniker die Kerkergitter auf und befreite Pyron. Schweigend
gingen die beiden das Tal entlang, und ringsum schimmerten die
radioaktiven Berge, als umspannte ein Ring gestürzter Monde
den Gesichtskreis. Plötzlich brach ein furchtbarer Lichtschein
aus. Denn im Kern des königlichen Schatzhauses war der Uran-
stapel schon allzuhoch angewachsen, und so kam es zur entfesselten Kettenreaktion. Die himmelhohe Explosion zerriß das Schloß
und den metallenen Plumpleib des Königs. Und so gewaltig war
sie, daß die sechshundert ausgerissenen Tyrannenhände in den

gestirnten Weltraum hinausflogen. Freude kehrte auf der Aktinuria ein. Pyron wurde ihr gerechter Beherrscher. Der Kosmogoniker aber kehrte ins Dunkel zurück, nahm seinen Körper aus dem Strahlenkokon und ging fort, um Sterne anzuzünden. Doch die sechshundert Platinhände Archithors kreisen noch heute als Ring um den Planeten, dem Saturnring ähnlich und in herrlichem Glanze leuchtend, hundertmal heller als das Licht der radioaktiven Berge. Und voll Freude sagen die Palatiniden: »Schaut, wie gut uns Thor den Heimweg beleuchtet!« Und da ihn manche noch heute den Henker nennen, ist jener Ausspruch zur Redensart geworden und nach langem Wandern über viele galaktische Inseln auch zu uns gelangt. Und deshalb sagen wir: »Dem soll doch der Henker heimleuchten!«

Aus dem Polnischen von I. Zimmermann-Göllheim

Erg Selbsterreg überwindet den Bleichling

Der mächtige König Schlagenot schwärmte für Kuriositäten. Er verbrachte sein Leben damit, sie zu horten, und vergaß über ihnen oftmals wichtige Staatsgeschäfte. Er hatte eine Uhrensammlung, darin gab es sogar tanzende Uhren, Uhren aus Morgenröte und Uhren aus Wölkchen. Er hatte auch ausgestopfte Mißgeschöpfe aus den fernsten Bereichen des Weltalls, und in einem eigenen Saal stand unter einem Glassturz das allerseltenste Wesen namens Homus Antrobus, wunderlich bleich, zweibeinig und sogar mit Augen: die waren freilich leer. Da ließ ihnen der König zwei Rubine gar lieblich einsetzen, auf daß Homus mit roten Blicken schaue. In Rauschlaune bat Schlagenot gern seine liebsten Gäste in diesen Saal und zeigte ihnen das Scheusal.

Einmal beherbergte der König bei Hof einen Elektrowisser. Der war so alt, daß sich in seinen Kristallen der Verstand vor Alter schon ein wenig verwirrte. Dennoch war dieser Elektrowisser namens Halazon eine Fundgrube aller galaktischen Weisheit. Es hieß von ihm, er verstehe die Kunst, Photonen auf Fäden aufzufädeln, so daß lichtvolle Halsgeschmeide entstünden; es hieß sogar, er wisse das Mittel, um einen lebenden Antrobus zu fangen. Der König kannte die schwache Stelle des Weisen und ließ sogleich die Keller aufsperren. Zu einer kleinen Stärkung sagte der Elektrowisser nicht nein. Und als er einen Schluck zuviel aus der Leidener Flasche getan hatte, so daß sich im ganzen Körper wohliger Strom verzweigte, da verriet der Weise das furchtbare Geheimnis dem König und versprach, für ihn einen Antrobus zu beschaffen, den Beherrscher einer Völkerschaft im Zwischensternland. Der festgesetzte Preis war hoch: mit faustgroßen Brillanten sollte der Antrobus aufgewogen werden. Doch der König zuckte mit keiner Wimper.

So zog Halazon auf die Reise, Schlagenot aber prahlte vor dem Thronrat mit der erwarteten Neuerwerbung. Im übrigen konnte der König dies ohnehin nicht verheimlichen. Denn im Schloß-park, wo die herrlichsten Kristalle wuchsen, ließ er bereits aus dicken Eisenstangen einen Käfig bauen. Besorgnis überkam die Höflinge. Als sie den König unnachgiebig fanden, beriefen sie ins Schloß zwei weise Homologen. Der König empfing sie gnädigen Herzens, denn er war neugierig, was ihm die beiden Vielwisser Salamid und Thaladon über das bleiche Wesen Neues sagen konnten, was er selbst noch nicht wußte.

Er wartete kaum ab, daß sie sich vom geziemenden Kniefall wieder erhoben, und fragte schon: »Ist es wahr, daß der Homus weicher ist als Wachs?«

»Jawohl, Eure Herrlichkeit« – entgegneten die beiden.

»Und ist auch dies wahr, daß er mit dem Schlitz seiner unteren Gesichtshälfte mancherlei Geräusche hervorbringen kann?«

»Auch dies, Majestät, dies und noch mehr: in ebendieses Loch steckt der Homus auch verschiedene Sachen und bewegt dann das untere Stück des Kopfes, das mit Scharnieren ans obere angehängt ist. So werden die Sachen zerkleinert, er aber zieht sie in sein Inneres hinein.«

»Eine seltsame Sitte, von der ich schon gehört habe« – sagte der König. »Doch sprecht, ihr weisen Männer! Sagt, wozu er das tut!«

»In dieser Angelegenheit gibt es vier Theorien, Eure Majestät« – entgegneten die Homologen. »Erstlich, er tue es, um überschüssiges Gift abzustoßen (denn giftig ist er über alle Maßen). Zweitens, es geschehe um der Zerstörung willen, denn diese Lustbarkeit zieht er ja jeder anderen vor. Drittens, er tue es aus Raffgier, denn alles verschlänge er, wenn er könnte. Viertens ...«

»Schon gut, schon gut« – sagte der König. »Ist es wahr, daß er aus Wasser ist und dennoch undurchsichtig wie mein Ausgestopfter?«

»Auch dies ist wahr, o Herr! Er trägt in sich eine Vielzahl glitschiger Röhrchen. Darin kreisen die Wässer: gelbe und perlhelle, doch am meisten rote. Diese führen ein furchtbares Gift, das Gas Oxygenium oder Sauerstoff, das sofort in Rost oder Lohe verwandelt, was es trifft. Er selbst aber schillert in jenen Farben: Perlhell, Gelb und Rosig. Gleichwohl flehen wir in Demut: Eure Majestät möge gnädiglich dem Vorsatz entsagen, einen lebendigen Homus holen zu lassen, denn dieses Wesen ist mächtig und bösartig wie kein anderes ...«

»Das müßt ihr mir näher auseinandersetzen« – sprach der König. Er stellte sich willens, die Ratschläge der Weisen zu beherzigen. In Wahrheit wollte er nur seine große Neugier stillen.

»O Herr, die Wesen, deren eines der Homus ist, heißen Wabbelige. Zu ihnen zählen die Silikonen und die Proteiden. Die Erstgenannten sind von dichterer Konsistenz und heißen deshalb Backige oder Versulzte. Die anderen sind seltener; ihre Namen sind von Autor zu Autor verschieden: Schleimler oder Schleimpatzen bei Pollomeder; Sümpfichte oder Kleberiche bei Dreikopp von Arboris; endlich Klebäugige Schwabber bei Analzimander Kupfersalz ...«

»Ist es denn wahr, daß selbst ihre Augen glitschig sind?« fragte lebhaft König Schlagenot.

»Jawohl, Herr. Diese Wesen scheinen schwach und mürb, und schon beim Sturz aus sechzig Fuß Höhe müßte jedes zur roten Pfütze zerspritzen. Dennoch bilden sie kraft ihrer angeborenen Schlauheit eine schlimmere Gefahr als der ganze Astralring mit all seinen Wirbeln und Riffen! Also flehen wir dich an, o Herr, du mögest mit Hinblick auf das Wohl des Reiches ...«

»Schon gut, meine Teuren, gut« – unterbrach der König. »Ihr könnt gehen. Ich aber werde mich mit der nötigen Besonnenheit entscheiden.«

Die weisen Homologen verneigten sich bis zur Erde und gingen beunruhigt fort. Denn sie spürten, daß König Schlagenot den gefährlichen Vorsatz nicht aufgegeben hatte.

Alsbald brachte bei Nacht ein Sternschiff gar riesige Kisten. Die wurden gleich in den Königlichen Garten geschafft. Bald öffnete sich seine goldglänzende Flügeltür allen Untertanen des Königs. Zwischen Brillantgebüsch, geschnitzten Jaspislauben und marmorner Schnurrpfeiferei erblickten sie einen eisernen Käfig und darin ein bleiches schlaffes Wesen. Das saß auf einem kleinen Fäßchen und hatte eine Schüssel vor sich. Ihr absonderlicher Inhalt roch zwar nach Öl, aber nach verdorbenem, über dem Feuer angebranntem Öl, das nicht mehr zu gebrauchen war. Doch das Wesen schippte in aller Gemütsruhe mit einem schaufelartigen Werkzeug ganze Häufchen ölbeschmierter Masse aus der Schüssel ins Gesichtsloch.

Den Beschauern verschlug es die Rede vor Entsetzen, wenn sie die Aufschrift des Käfigs lasen. Die besagte nämlich, das Ding vor ihnen sei ein lebender Antrobus Homus Bleichlingius. Der Pöbel suchte ihn zu reizen. Da stand der Homus auf, schöpfte etwas aus dem Fäßchen, worauf er gesessen hatte, und bespritzte die Gaffer mit tötendem Wasser. Manche flüchteten, andere packten Steine, um das Ekel totzuschlagen. Doch die Wachen verjagten die Menge im Nu.

Von diesen Vorfällen erfuhr Elektrina, die Königstochter. Sie hatte offenbar ihres Vaters Neugier geerbt und wagte sich dicht vor den Käfig, worin das Mißgeschöpf seine Zeit damit verbrachte, sich zu kratzen oder in riesigen Mengen Wasser und verdorbenes Öl einzusaugen, genug, um hundert königliche Untertanen auf der Stelle umzubringen.

Der Homus erlernte rasch die Vernunftsprache und traute sich sogar, mit Elektrina anzubändeln.

Einmal fragte ihn die Prinzessin, was ihm so weiß in der Fresse schimmere.

»Ich nenne es Zähne« – sagte er.

»Gib mir doch einen Zahn durchs Gitter, einen einzigen!« – bat die Prinzessin.

»Was gibst denn du mir dafür?« – fragte er.

»Mein goldenes Schlüsselchen. Aber nur für ganz kurze Zeit.«

»Was für ein Schlüsselchen?«

»Mein persönliches, womit jeden Abend der Verstand aufgezogen wird. Du mußt ja auch eines haben.«

»Meines ist anders als deines« – antwortete er ausweichend. »Wo hast du es denn?«

»Hier an der Brust, unter der goldenen Klappe.«

»Gib es mir . . .«

»Und du gibst mir einen Zahn?«

»Geb' ich . . .«

Die Prinzessin löste die goldene Schraube, öffnete die Klappe, nahm den goldenen Schlüssel und reichte ihn durchs Gitter. Gierig schnappte ihn der Bleichling und entfloh höhnisch wiehernd in die Mitte seines Geheges. Die Prinzessin bat und flehte, er solle ihn zurückgeben. Doch es half nichts. Niemandem wagte Elektrina zu verraten, was sie getan hatte. Schweren Herzens kehrte sie in die Palastgemächer zurück. Sie handelte unvernünftig, aber sie war ja noch ein halbes Kind. Diener fanden sie tags darauf besinnungslos im Kristallbett liegen. König und Königin liefen herbei, dann der ganze Hof. Sie aber lag, als schliefe sie, und doch war sie nicht zu wecken. Der König rief Sanitätsräte und Elektrizitätsräte, Kraftfeldscherer und den Doktor Eisenbart. Die untersuchten die Prinzessin und entdeckten, daß die Klappe offenstand und der Schlüssel samt der Schraube verschwunden war. Radau erhob sich im Schloß und großer Spektakel; alle rannten und suchten den Schlüssel, doch vergebens. Anderntags wurde dem zutiefst verzweifelten König gemeldet, sein Bleichling wünsche ihn zu sprechen; es handele sich um den verschollenen Schlüssel. Gleich eilte der König selbst in den Park. Dort sagte ihm der Alp, er wisse, wo die Prinzessin das Schlüsselchen verloren habe. Doch nur dann werde er die Stelle nennen, wenn ihm der König durch sein Königswort die Freiheit zusichere, und wenn er ihn überdies mit einem raumtüchtigen Schiff ausstatte, damit er zu den Seinen heimkehren könne. Der König sträubte sich lang. Den ganzen Park ließ er absuchen. Doch zuletzt willigte er in die Bedingungen. Ein Raumsegler wurde zum Flug gerüstet; die Wache führte den Bleichling aus dem Käfig. Der König wartete beim Schiff. Da versprach der Antrobus, das Versteck des Schlüsselchens zu verraten, aber erst von Bord aus.

Als er aber an Bord war, beugte er den Kopf aus der Luke, zeigte den leuchtenden Schlüssel in den Händen und rief:

»Hier ist das Schlüsselchen! Ich nehme es mit, o König, damit deine Tochter nie wieder aufwacht! Denn mich verlangt es nach Rache für die Schande, die du mir angetan hast, als du mich zum Gespött im Eisenkäfig verwahrtest!«

Feuer schoß unter dem Heck des Raumseglers hervor. Inmitten allgemeiner Verblüffung hob sich das Schiff gen Himmel. Der König sandte schnellste stählerne Nebelspalter und Flügler auf Verfolgung aus. Aber die Mannschaften kehrten mit leeren Händen zurück. Denn der schlaue Bleichling hatte die Spuren verwirrt und war den Verfolgern entwischt.

Da begriff König Schlagenot, wie falsch es gewesen war, nicht auf die weisen Homologen zu hören. Doch er war nur durch Schaden klug. Erstrangige Elektrikaster oder Schlossergesellen versuchten den Schlüssel nachzuschaffen. Der Kronfügermeister, die Leibschnitzer, Leibplattner, Goldsessen, Stahlsessen und kunstreichen Kybergrafen, sie alle rückten an, um ihre Fertigkeiten zu erproben. Doch es half nichts. Der König begriff: es galt jenen Schlüssel wiederzugewinnen, den der Bleichling entführt hatte. Andernfalls mußte wohl ewige Finsternis Sinn und Sinne der Prinzessin umnachten.

Der König gab also dem ganzen Reiche bekannt, dies und dies sei passiert, der antrobiale Homus Bleichling habe das goldene Schlüsselchen geraubt, und wer ihn einfange oder auch nur das lebenspendende Kleinod wiedergewinne und die Prinzessin wecke, der könne sie zur Frau nehmen und den Thron besteigen.

Bald erschienen in Schwärmen Draufgänger von unterschiedlichem Zuschnitt. Unter ihnen waren glorreiche Elektritter, doch auch manch ein hochstapelnder Schwindler, Astraldieb oder Sternenklau. Ins Schloß kam Ruhmraff Megawatt, der hochberühmte Fechter und Oszillator mit so schwindelschneller Rück-Zück-Kopplung, daß niemand gegen ihn im Zweikampf das Feld behaupten konnte. Da kamen Einzler aus fernsten Landen, wie Automax und Automoritz, durch Hunderte von Streichen erprobte Vorschneller, oder der ruhmreiche Konstruktionist Protheseus, der nie anders ausging als in zwei Funkenschluckern, einem schwarzen und einem silbernen. Da kam Arbitron Kosmosofowitsch, aus Urkristallen erbaut, von wundersam zügiger Gestalt. Da kam Kindbad der Intelektriker; der brachte auf vierzig Robochsen in achtzig Kisten eine alte Rechenmaschine mit. Sie war vom Denken verrostet, doch mächtig an Findigkeit. Es kamen drei Große aus dem Selektrergeschlecht: Diodes, Triodes und Heptodes. Die hatten so ideales Vakuum im Kopf, daß ihr Denken schwarz war wie die sternlose Nacht. Da kam Perpetuan, ganz in Leidener Rüstung; dreihundert Kämpfe hatten seinen Stromwender mit Grünspan überzogen. Da kam auch jener Held, der täglich jemandem einen Grenzübergang zufügte: Matrizius Löcherlich. An den Hof brachte er seinen unbesiegten Kybrack mit, den er Strombo rief. Alle fanden sich ein, und als der Hof schon voll war, da rollte vor seine Schwelle ein Fäßchen. Und daraus rieselte in einzelnen Quecksilbertropfen Erg Selbsterreg, der beliebige Gestalt annehmen konnte.

Die Helden becherten, daß die Hallen des Schlosses erstrahlten und der Marmor der Gewölbe rosig durchscheinend wurde, wie ein Wölkchen, wenn die Sonne sinkt. Und jeder zog seines Weges, um den Bleichling zu suchen, ihn zum mörderischen Kampf zu fordern und nebst dem Schlüssel auch die Prinzessin zu gewinnen und Schlagenots Thron. Der erste Krieger, Ruhmraff Megawatt, flog auf die Koldäa, wo die Völkerschaft der Gallerter lebt. Dort wollte er sich erkundigen. Er tauchte denn auch in ihrer Schmiere umher, brach sich Bahn mit ferngesteuerten Degenstößen und richtete doch nichts aus. Denn als er sich gar zu stark erhitzte, zerbarst das Kühlwerk ihn ihm. Und so fand der unvergleichliche Fechter seine Grabstätte in der Fremde, und seine wackeren Kathoden verschlang auf ewig die unreine Gallerterschmiere.

Die beiden Vorschnellen Automax und Automoritz gelangten ins Reich der Radomanten. Die errichten Gebäude aus lichtvollen Gasen und betreiben die Radioaktivität. Sie selbst aber sind so geizig, daß sie jeden Abend alle Atome ihres Planeten abzählen. Gar übel empfing das radomantische Knauservolk die zwei Vorschneller. Es zeigte ihnen einen Abgrund voll edler Onyxe, Malachite, Citrine und Spinelle. Und als es die Elektritter nach dem Schatz gelüstete, da wurden sie gesteinigt. Denn die Radomanten schleuderten aus der Höhe eine Edelsteinlawine auf sie herab. Und als sie fiel, da loderte ringsum die Gegend so hell wie beim Absturz hundertfarbiger Kometen. Die Radomanten waren nämlich insgeheim mit den Bleichlingen verbündet, und niemand wußte davon.

Die dritte Fahrt unternahm der Konstruktionist Protheseus. Nach langer Reise durch die Zwischensternnacht gelangte er bis ins Land der Algonken. Dort wirbeln steinerne Meteorstürme. In ihre unversiegliche Mauer bohrte sich das Schiff des Protheseus. Mit zerschmetterten Steuerrudern trieb es weiter durch die Tiefen. Manchmal nahte es fernen Sonnen, und dem unglücklichen Abenteurer irrten die Lichter sichtlos tappend in den Augen umher. Der vierte, Arbitron Kosmosofowitsch, hatte anfangs mehr Glück. Er durchlief die Enge der Andromeda, überwand die vier Spiralwirbel der Jagdhunde und geriet nun in ruhigen Weltraum, wo die Lichtfahrt gedeihen kann. Er selbst aber drückte aufs Steuer wie ein hurtiger Strahl, und ein Flammenschweif zeichnete die Spur hinter ihm. An den Ufern des Planeten Maestrizia legte er an. Zwischen Meteoritklumpen erblickte er dort das Wrack des Schiffes, worin Protheseus ausgeflogen war. Gewaltig, glänzend und kalt wie zu Lebzeiten war die leibliche Hülle des Konstruktionisten. Arbitron begrub sie unter Basaltgeröll. Doch beide Funkenschlucker nahm er an sich, den schwarzen und den silbernen. Die sollten ihm als Schilde dienen. Und er wanderte weiter. Wild und gebirgig war die Maestrizia. Steinlawinen umdröhnten sie oder auch Blitze; denn die wucherten als silbernes Unkraut in den Wolken, über den Abgründen. Der Ritter kam ins Gebiet der Felsentäler. Dort überfielen ihn die Palindromiten in einer Malachitschlucht. Aus der Höhe schwangen sie Blitze gegen ihn. Aber mit dem funkenschluckenden Buckelschild warf er alle zurück. Da schoben die Palindromiten einen Vulkan herbei, brachten den Krater an den Rücken des Ritters, stellten die Richtung ein und spien Feuer. Da stürzte der Ritter. Siedende Lava drang in seinen Schädel, so daß alles Silber herausrann. Der fünfte Sucher, Kindbad der Intelektriker, flog nirgendshin. Gleich jenseits der Schlagenotschen Reichsgrenze hielt er an. Die Robochsen entließ er auf die Sternenweide. Er selbst aber schaltete die Maschine zusammen, stimmte und programmierte sie und klapperte ihre achtzig Kisten ab. Und als sich alle mit Strom vollgesogen hatten, so daß die Maschine von Verstand strotzte, da begann ihr der Intelektriker exakt zurechtgelegte Fragen zu stellen: wo der Bleichling wohne; wie sich der Weg zu ihm finden lasse; wie man ihn nasführen müsse und wie in die Enge treiben, damit er den Schlüssel zurückgebe. Als nur undeutliche und ausweichende Antworten fielen, da ereiferte sich Kindbad gar grimmig und züchtigte die Maschine, bis sie nach erhitztem Kupfer stank. Und er drosch und prügelte sie und schrie sie an: »Jetzt aber heraus mit der Wahrheit, du verdammte alte Rechenmaschine!« So trieb er es, bis ihr die Fugen aufschmolzen und das Zinn in silbrigen Tränen herausrann. Knallend zerbarsten die überhitzten Röhren, er aber stand wütend vor ausgeglühtem Schrott und hielt den Stock in der Hand.

Jämmerlich blamiert mußte Kindbad heimkehren. Er bestellte eine neue Maschine. Aber nicht eher als nach vierhundert Jahren bekam er sie zu Gesicht.

Die sechste Ausfahrt war die der Selektrer. Diodes, Triodes und Heptodes gingen anders zu Werke. Sie hatten unermeßliche

Vorräte an Tritium, Lithium und Deuterium. Durch Explosionen schweren Wasserstoffs wollten sie sich alle Wege ins Bleichlingsland erzwingen. Doch wo diese Wege begannen, das wußten die Helden nicht. Sie wollten die Feuerfüßer fragen. Aber die verrammelten sich hinter den goldenen Mauern ihrer Hauptstadt und bockten mit flammenden Tritten daraus hervor. Die streitbaren Selektrer stürmten und sparten nicht mit Tritium und Deuterium, so daß die Hölle aufplatzender Atomeingeweide dem Himmel bis in die Sterne schaute. Die Burgmauern glänzten wie Gold, doch im Feuer zeigten sie ihre wahre Natur und verwandelten sich in gelbes Gewölk von Schwefelrauch. Denn aus funkelndem Schwefelkies waren sie erbaut. Dort fiel Diodes, von den Feuerfüßen zertrampelt, und sein Verstand zersprühte wie ein Strauß bunter Kristalle und rieselte ihm über die Rüstung. Die anderen bestatteten ihn in einem Grabmal aus schwarzem Olivin. Dann zogen sie weiter bis über die Grenze des Königreichs Osmutz. Dort herrschte der Sternenschlächter, König Astrokill. Der kratzte den Weißen Zwergen die Feuerkerne aus und hortete sie in seiner Schatzkammer. Nur die furchtbare Stärke der Palastmagnete hielt sie alle dort fest, sonst wären sie längst losgerissen und tief ins Planeteninnere durchgebrochen. Wer dieses Gebiet betrat, konnte kein Glied mehr rühren, denn die ungeheure Schwerkraft fesselte besser als Schrauben oder Ketten. Einen harten Kampf kämpften dort Triodes und Heptodes. Denn Astrokill sah sie vor die Bollwerke seines Schlosses rücken, wälzte die Weißen Zwerge nacheinander heraus und rollte den beiden die flammenhauchenden Glutkörper ins Gesicht. Dennoch bezwangen ihn die Selektrer, er aber erklärte ihnen den Weg zu den Bleichlingen. Das war ein bloßes Blendwerk. Den wußte er nämlich selbst nicht. Er wollte sich nur der furchtbaren Krieger entledigen. Sie betraten also den Kern der Finsternis. Den Ritter Triodes erlegte dort ein Schuß Antimaterie aus einer Donnerbüchse. Vielleicht jagte dort just ein Kybergreenhorn, vielleicht war auch nur ein Selbstschuß für einen schweiflosen Kometen ausgelegt. Wie dem auch sei, Triodes verschwand, kaum daß er noch »*Tuf!!*« gerufen hatte, sein Lieblingswort, den Schlachtruf des Geschlechts. Heptodes aber strebte unentwegt weiter. Doch auch seiner harrte ein bitteres Ende. Er geriet mit seinem Schiff zwischen zwei Gravitationswirbel namens Scyntilia und Bachris. Die Bachris beschleunigt die Zeit, die Scyntilia aber verlangsamt sie. Und zwischen beiden gibt es eine Zone des Stillstands, wo die Augenblicke weder rückwärts noch vorwärts fließen. Lebendigen Leibes erstarb dort Heptodes. Und zusammen mit zahllosen Fregatten und Galionen anderer Astrodeure, Piraten und Nebelspalter verharrt er dort, ohne im mindesten zu altern, in der Stille und grausamen Langeweile, die da Ewigkeit heißt.

Als solcherart die Heerfahrt der drei Selektrer geendet hatte, da sollte der siebte ausziehen und zog doch lang nicht aus: Perpetuan, Kybergraf von Blaa. Lang rüstete sich dieser Elektritter zum Krieg; immer schärfere Stromleiter legte er sich zu, immer schlagkräftigere Zünder, Werfer und Planierer. Besonnen, wie er war, wollte er an der Spitze einer treuen Gefolgschaft schreiten. Konquistadoren eilten zu seinen Fahnen und auch viele Roboter, die nichts zu roboten hatten und aus Arbeitslosigkeit das Kriegshandwerk wählten. Aus ihnen allen formierte Perpetuan eine feine Galaxenreiterei, eine schwere, dröhnende, gepanzerte namens Krawallerie und ein paar leichte Einheiten, wo die Tüpfelreiter dienten. Doch als er bedachte, daß er nun fortgehen sollte, in unbekannten Ländern sein Leben lassen und vielleicht in der erstbesten Pfütze mit Stumpf und Stiel verrosten, – da knickten die eisernen Schenkel unter ihm ein, gräßliche Trauer überkam ihn, und er ging sofort wieder heim und vergoß unterwegs Topastränen der Beschämung und Traurigkeit. Denn er war ein vornehmer Herr mit einer Seele voll edler Kleinodien.

Der vorletzte aber, Matrizius Löcherlich, packte die Sache vernünftig an. Er hörte vom Lande der Pygmälionen, der Roboterzwerglein, die daher abstammen, daß ihrem Konstrukteur die Reißfeder auf dem Zeichenbrett ausrutschte, so daß sie allesamt als bucklige Bastarde die Präge verließen. Und dabei blieb es, denn der Umguß lohnte sich nicht. Diese Zwerge horten Wissen, wie andere Leute Schätze horten, und heißen deshalb auch die Jäger des Absoluten.

Ihre Weisheit beruht darauf, daß sie Sammler des Wissens sind und nicht seine Benutzer. Zu ihnen begab sich Löcherlich, aber nicht kriegerisch, sondern mit Galionen, deren Verdecke sich unter herrlichen Geschenken bogen. So wollte er sich die Gunst

der Zwerge erkaufen: mit positronentriefenden und vom Neu-
tronenregen gepeitschten Gewändern; mit vierfach faustgroßen
Goldatomen; mit Flaschen, worin die seltensten Ionosphären
gluckerten. Doch sogar das edle Vakuum mit seiner Wellenstik-
kerei voll prangender Astralspektren verachteten die Pygmälionen. Im Zorn drohte er ihnen auch an, seinen elektröhrenden
Strombo auf sie zu hetzen. Doch es half nichts. Zuletzt gaben sie
dem Ritter einen Fremdenführer; aber der war ein myriadenarmi-
ger Schmerl und wies immer in alle Richtungen zugleich.

Da verjagte ihn Löcherlich und ließ den Strombo nach der
Bleichlingsfährte spüren. Doch die Spur erwies sich als falsch.
Dort pflegte ein Kalziumkomet vorüberzuziehen. Der harmlose
Strombo verwechselte Kalzium mit Kalk, dem Hauptbestandteil
des Bleichlingsskeletts. Daher der Fehler. Lang irrte Löcherlich
zwischen immer dunkleren Sonnen umher, denn er war in eine
sehr alte Gegend des Weltalls geraten.

Er durchlief lange Fluchten Purpurner Riesen. Mit eins sah
er sein Schiff und das schweigende Geleit der Sterne in einem
Spiralspiegel abgebildet, in einem silberhäutigen Reflektor. Da
staunte der Held und griff sicherheitshalber zu seinem Löschgerät
für Supernovae, das er den Pygmälionen abgekauft hatte, um
sich auf der Milchstraße vor übergroßer Dörrung zu bewahren. Er
wußte nicht, worauf er da schaute. Das war aber eine Verknotung
des Raums, seine dichteste Ineinanderkreuzung seiner selbst. Sogar die dortigen Monoasterer kennen sie nicht. Sie sagen darüber
nur eines: wer hinkommt, der kehrt nicht wieder. Noch heute ist
ungeklärt, was in diesem gestirnten Mühlgang aus Matrizius geworden ist. Sein treuer Strombo kam allein nach Hause gestürzt
und heulte leise das Weltall an. Und solches Entsetzen schwoll in
den Saphir-Augen, daß niemand ohne Zittern hinschauen konnte.
Doch das Schiff, die Löscher und den Ritter Matrizius hat seither
niemand wiedergesehen.

Auch der letzte, Erg Selbsterreg, zog allein auf Kriegsfahrt. Ein
Jahr und sechs Wochen blieb er aus. Nach der Rückkehr erzählte
er von Ländern, die niemand kannte, etwa von dem der Periskop-
fer, die heiße Giftschleudern bauen, oder vom Planeten der Klei-
steräugler: diese verschmelzen in der Not zu Reihen schwarzer
Wellenberge und taten dies auch vor dem Ritter; er aber spaltete

sie entzwei, bis ihr Knochen, der Kalkfels, zutage trat, und überwand ihren Rachenschwall und fand sich Aug in Aug einem Gesicht gegenüber, riesig wie der halbe Himmel, und stürzte sich hinein, um nach dem Weg zu fragen; die gewaltige Haut platzte unter der Schneide des Feuerschwerts, und als weiße zuckende Wälder zeigten sich die Nerven. Der Ritter schilderte auch einen durchsichtigen Eisplaneten, die Aberrizia, die in sich wie in einer diamantenen Linse das Bild des ganzen Weltalls fasse; er aber habe sich dort die Strecke ins Bleichlingsland abgezeichnet. Er berichtete von Kryotrisch-Alumnien, dem Land des ewigen Schweigens, wo er das Sternenlicht nur in den Fronten schwebender Gletscher abgespiegelt gesehen hatte, weiteres vom Königreich der breiigen Marmeloiden, die aus Lava siedende Herzkratzerln verfertigen, und auch von Elektropneumatikern, die in Methandämpfen, in Ozon, Chlor und Vulkanrauch das Feuer des Verstandes zu entfachen wissen und immerzu daran herumtüfteln, wie denkerisches Genie ins Gas einzuleiten sei. Selbsterreg offenbarte noch mehr: um ins Bleichlingsgebiet zu gelangen, hatte er das Tor der Sonne einrennen müssen, die sich Caput Medusae nennt. Und als er es aus den chromatischen Angeln gehoben hatte, durchlief er das Innere des Gestirns. Da reihten sich lilafarbene und bläulichweiße Flammen, und die Glut faßte ihn an und verbog ihm die Rüstung. Dreißig Tage lang versuchte er dann das Wort zu erraten, das die Ausstoßöffnung des Astroprotzianums betätigt, die einzige Pforte zur kalten Hölle der Wabbelwesen. Endlich befand er sich bei ihnen, und sie versuchten, ihn mit Leimschlingen zu fangen, ihm das Quecksilber aus dem Hirn zu schlagen oder ihn kurzzuschließen. Sie schwindelten ihn an und zeigten ihm verkrüppelte Sterne, aber das war nur ein scheinbarer Himmel; den echten hatten diese Schwindler versteckt. Sie folterten den Ritter, um seinen Algorithmus aus ihm herauszuquetschen, und als er alles ertrug, lockten sie ihn in eine Falle und wälzten einen Magnetitfelsen über ihn. Er aber vervielfachte sich dort im Nu zu unzähligen Ergen Selbsterreg, warf die Eisendecke ab und stieg ins Freie. Einen Monat und fünf Tage lang hielt er über die Bleichlinge strenges Gericht. Mit letzter Kraft warfen sie Ungeheuer auf Raupen gegen ihn, sogenannte Panzker. Doch das nützte den Schurken nichts. Denn in unermüdlichem kriegerischem Eifer hieb, stach und hackte er und entkräftete sie so sehr, daß sie ihm zuletzt den Neiding, den bleichlingischen Schlüsselbewahrer, vor die Füße schleiften. Da hackte ihm Erg den scheußlichen Schädel ab, weidete die Leiche aus und fand dann einen Stein namens Haarbezoar. Der trug eine Inschrift eingeritzt; in bleichlingischer Raubsprache nannte sie das Versteck des Schlüssels. Siebenundsechzig weiße, blaue und rubinrote Sonnen mußte Selbsterreg aufknacken, ehe er die richtige öffnete und das Schlüsselchen fand.

Über die Abenteuer der Rückfahrt, über die zuletzt noch durchfochtenen Schlachten wollte er sich gar nicht verbreiten, denn er schmachtete schon nach der Prinzessin und hatte es auch eilig zur Trauung nebst Krönung. Hocherfreut geleitete ihn das Königspaar in die Gemächer der Tochter. Die schwieg wie versteinert, in ihren Schlaf vertieft. Erg beugte sich über sie, bastelte an der offenen Klappe herum, steckte etwas hinein und drehte. Und zum Entzücken der Mutter, des Königs und der Höflinge schlug die Prinzessin sogleich die Augen auf und lächelte ihrem Retter zu. Erg schloß die Klappe, verklebte sie mit Heftpflaster, damit sie nicht aufspringe, und erwähnte beiläufig, er habe auch die Schraube gefunden, doch in der Schlacht gegen den Jatapurgenkaiser Poleander Partobon müsse er sie wieder verloren haben. Aber daran nahm niemand Anstoß, und das ist schade. Denn das Königspaar hätte feststellen können, daß Erg Selbsterreg gar keine Reise unternommen hatte. Er konnte nämlich von klein auf alle Schlösser öffnen und dank dieser Kunst auch die Prinzessin Elektrina aufziehen. In Wahrheit hatte er also keines der geschilderten Abenteuer erlebt, sondern lediglich ein Jahr und sechs Monate lang gewartet, um sich nicht durch allzu schnelle siegreiche Rückkehr verdächtig zu machen. Auch hatte er sich vergewissern wollen, daß keiner seiner Nebenbuhler zurückkehrte. Dann erst kam er an den Hof des Königs Schlagenot, belebte und ehelichte die Prinzessin und herrschte lang und glücklich auf Schlagenots Thron. Und der Schwindel kam nie ans Licht. Daraus erseht ihr sogleich, daß ich kein Märchen erzählt habe, sondern die Wahrheit. Denn im Märchen siegt immer die Tugend.

Aus dem Polnischen von I. Zimmermann-Göllheim

Die Schätze des Königs Biskalar

Biskalar, der König von Cyprosia, war für seine unermeßlichen Reichtümer berühmt, die im Königsschlosse gehortet waren. In seiner Schatzkammer hatte er alles, was sich aus Weißgold und Gelbgold nur verfertigen läßt, aus Uran und Platin, aus Hornblende, Rubinen, Onyxen und Amethystkristallen. Gern watete er bis über die Knie in Kleinodien und Juwelen, und er pflegte zu sagen, so eine Wertsache gebe es gar nicht, daß er ihresgleichen nicht auch zu eigen besäße.

Die Kunde von dieser königlichen Prahlerei gelangte zu einem trefflichen Konstrukteur; der war bei Wismod, dem Herrn über die Diaden und Triaden, die kugeligen Sternhaufendörfer, eine Zeitlang Oberstfügermeister und Leibzuschneider gewesen. Nun begab sich der Konstrukteur an den Hof Biskalars und verlangte dort, vor dessen Angesicht geführt zu werden; als er sich aber im Thronsaal vorfand und den König auf einem geschnitzten Stühlchen aus zwei riesigen Brillanten sitzen sah, da verschwendete er keinen Blick an die goldenen Fußbodenfliesen mit Intarsien aus schwarzem Achat, sondern sagte geradewegs zum König: sofern dieser ihm die Liste der eigenen Wertstücke vorweise, wolle er selbst, der Konstrukteur Kreazius, ihm auf der Stelle ein Kleinod zeigen, wie es der Königsschatz nicht enthalte.

»Gut« – sprach Biskalar. »Gelingt dir dies aber nicht, so werde ich dich mit Magneten über meinen silbernen Schloßhof schleifen und mit goldenen Stiften vernageln, und dann deinen Schädel, in Iridium gefaßt, am Sonnentor aufhängen, zum Schrecknis für alle Maulhelden!«

Sogleich wurde denn auch die königliche Vermögensliste gebracht; hundertvierzig Elektronenfuchser hatten bei größtmöglicher Eile sechs Jahre daran geschrieben.

Kreazius ließ die Riesenfaszikel in den schwarzen Turm schaffen, den ihm der König für drei Tage zur Wohnung eingeräumt hatte, schloß sich dort ein und erschien anderntags vor Biskalar. Zum Empfang hatte sich der König mit solchen Schätzen umgeben, daß der weiße und goldene Widerschein sich in die Augen einbrannte. Doch unbeirrt bat Kreazius, man möge ihm ein Körbchen gewöhnlichen Sand bringen, oder Erde, oder auch Müll. Als dies geschehen war, schüttete Kreazius auf das Gold der Fliesen die fahlgraue Masse aus und steckte eine Sache hinein, die er zwischen zwei Fingern gehalten hatte. So winzig war sie, daß sie einem nimmerverlöschenden Fünkchen glich. Im Nu fraß sich der Funke in das graue Häufchen hinein und verwandelte es – vor des Königs erstaunten Augen – in ein bewegliches Kleinod, das klingend und lichtpulsend wuchs, immer größer und schöner, so daß es den toten Reiz der Kleinodien verdunkelte, und alle Anwesenden die Augen schließen mußten, versehrt von der Schönheit, deren Übermaß keiner ertragen konnte: denn sie steigerte sich immerzu. Der König selbst schirmte sein Gesicht und rief: »Genug!« Da verneigte sich Kreazius, der Konstrukteur, und setzte ein zweites, ein schwarzes Fünkchen auf das voll erblühte Spielchen-spiel-dich; dieses aber wurde in einem einzigen Augenblick wieder zum simplen fahlgrauen Klumpen verkrusteter Erde.

Großer Zorn und Neid verbissen sich da in dem König Biskalar.

»Dafür, daß du Schande über mich gebracht hast, drohe ich dir den Martertod an« – sprach er. »Doch auf daß nicht gesagt werde, ich hätte dich durch Betrug gefangengesetzt und entgegen meinem königlichen Wort schleifen und vierteilen lassen, will ich dir drei Proben aufgeben. Gehst du heil daraus hervor, so schenke ich dir Gesundheit und Freiheit. Meisterst du aber die Proben nicht, dann wehe dir, Fremdling!«

Kreazius sagte nichts und stand ruhig da, während Biskalar in seiner Rede fortfuhr:

»Nun die erste Probe: Wenn du alles zu tun vermagst, wie du dich gebrüstet hast, dann geh noch diese Nacht in meine unterirdische Schatzkammer. Damit du mir aber bezeugen kannst, bis in ihr Herz vorgedrungen zu sein, will ich dir sagen, daß sie vier Stockwerke hat. Ihrer letztes ist weiß wie Schnee und ganz leer; darin steht nur ein brillantenes Ei, es ist hohl und beherbergt eine metallene Kugel. Morgen, genau zu Mittag, sollst du ins Schloß kommen und mir diese vorweisen. Für jetzt magst du fortgehen.«

Da verneigte sich Kreazius und ging. Aber der grausame Biskalar hatte ihm einen Hinterhalt bereitet: denn selbst wenn der Konstrukteur glücklich in die Schatzkammer dringen konnte, war es doch wohl unmöglich, heilen Leibes die Metallkugel herauszutragen. Die war nämlich aus purem Radium gedreht. Mit furchtbarer Strahlung sengte sie die Mauern, und tausend Schritt im Umkreis trübte sie jeden Verstand.

Als die Nacht herabsank, trat Kreazius aus seinem Turmgelaß und ging zum Schloß. Abseits der Postenkette, die von Zinne zu Zinne Parolen weitergab, griff er in die Brustfalte seines Gewandes, zog ein kleines Döschen hervor, setzte auf die flache Hand drei milchige Funken und blies darauf. Sie blähten sich zu perlheller Weiße auf, sie hüllten die gewappneten Wächter in Wolken, und solcher Nebel kam auf, daß niemand einen Schritt weit sehen konnte. Da ging Kreazius zwischen den Schildwachen durch und die Treppen hinab. In einem Saal endlich, dessen Decke aus Chalzedon war, die Wände von Chrysoberyll, die Bodenfläche aber aus Smaragden, so daß sie wie ein blauer See inmitten edler Felsen aussah, erblickte Kreazius die Schatzkammertür und davor eine schwarze gliederfüßige Maschine. Über ihrem Rücken aber wölbte sich die Luft, wie eine erhitzte Glasplatte.

»Sag mir, welches der Ort ist«, – sprach die Maschine – »der weder Wände noch Mauern noch Gitter hat und den nie jemand verlassen hat und nie jemand verlassen wird?«

»Der Kosmos ist dieser Ort« – erwiderte der Konstrukteur. Da wankte die Maschine auf ihren acht Beinen und fiel mit solchem Getöse auf die Smaragdplatte hin, als kollerten die Gewichte vieler Uhren über die Kristallfläche, plötzlich von den Ketten abgeschnitten. Er schritt über die Maschine hinweg, packte einen purpurnen Funken aus und trat dicht vor die Schatzkammertür, die aus einem einzigen Titanblock gemacht war. Hier ließ Kreazius das Fünkchen los. In leuchtendem Bogen schlüpfte es ins Schlüsselloch. Bald tauchte daraus ein weißer Sproß hervor. Ihn faßte Kreazius zart, rückte daran und zog aus dem Loch ein Büschel zitternder Halme oder Saiten, das sich aus dem Fünkchen entwickelt hatte. Dies besah er und las die darin gespeicherte Botschaft ab.

»Dem Biskalar muß da ein trefflicher Handwerker gedient haben« – dachte er. »Daß er die Schatzkammer gar mit einem Atomschloß auszurüsten wußte!«

Denn in der Tat führte zur Schatzkammer kein anderer Schlüssel, als einer aus einem Atomwölkchen. Dieser Gasschlüssel mußte in die Öffnung geblasen werden, so zwar, daß Atome der seltensten Elemente – als da sind: Hafnium, Technetium, Niobium und Zirkonium – in ganz bestimmter Reihenfolge die Zuhaltungen drehten, damit die riesigen Riegel in ihren Lagern zurückweichen konnten, geschoben von elektrischem Strom. So ging denn der Konstrukteur im Finstern aus dem Vorhaus der Schatzkammer fort und verließ die Stadt. Im Bergland des Planeten begann er bei Sternenlicht die zum Werk benötigten Atome zu sammeln.

»Da habe ich sechzig Millionen aus Niobium« – sagte er sich eine Stunde vor Tagesgrauen. »Und hier – aus Zirkonium eine Milliarde und sieben Stück. Da sind auch hundertsechzehn aus Hafnium. Aber wo nehme ich Technetium her? Davon gibt es auf diesem Planeten nicht ein Atom?«

Er blickte zum Himmel auf, das erste Morgenrot entfachte sich schon und kündigte den Sonnenaufgang an, und auf einmal lächelte der Konstrukteur, denn er begriff: jene Atome gab es auf der Sonne. Der schlaue Biskalar hatte den Schlüssel zu seiner Schatzkammer im Sonnenstern verborgen! Kreazius entnahm dem Döschen, das ihn stets begleitete, ein unsichtbares Fünkchen (das war aus härtester Strahlung gemacht), und er entließ es aus der offenen Hand, der weiß emporsteigenden Sonne entgegen. Zischend verschwand es. Keine fünfzehn Minuten vergingen, und im Himmel erzitterte die Luft. Denn die Technetium-Atome, aus der Sonne gebracht, hatten noch Sonnenhitze in sich. Der Konstrukteur fing sie alle ein, wie sumsige Insekten, schloß sie zu den übrigen ins Döschen und ging zum Königsschloß, denn die Zeit rückte schon heran.

Der Nebel lag noch immer da, demnach sahen die Wachen nicht, daß Kreazius in den Tiefbau lief und den Gasschlüssel ins Türschloß hineinblies. Kreazius neigte sich hin und hörte die einzelnen Zuhaltungen schnappen, doch die Tür regte sich gar nicht.

»Du hast dich doch nicht etwa geirrt, mein Fünkchen? Das kann mich den Kopf kosten!« – sprach er und schlug zornig mit der Faust auf die Tür. Und das letzte aus der Sonne geholte Technetiumatom, das noch nicht ganz erkaltet war und deshalb den

Weg verfehlt hatte, drehte nun die störrische Zuhaltung; und die Schatzkammertür, ebenso dick wie breit, öffnete sich leise.

Kreazius lief ins Innere und durch ein Gemach, das von Smaragden grün wie der salzige Ozean war, und durch ein zweites, von Saphiren gleichsam himmelentrücktes, und durch ein drittes, brillantenes, das Regenbogenfarben wie Stacheln in die Augen stach, und hielt zuletzt in dem Saal, der so weiß war wie Schnee, und erblickte das diamantene Ei; doch die Wucht der Strahlung trübte das Denken sogleich, deshalb kniete Kreazius auf der Schwelle nieder und duckte sich. Nun erst erahnte er des Königs Hinterlist.

Kreazius schüttete blindlings Funken aus dem Döschen. Die waren grau und schwarz, wie die Nacht. Und sie entfalteten sich zu einer flaumigen Mauer und umgaben ihn, und so ging er zu dem brillantenen Ei. Und er kehrte zurück, wie von zottigem Gewölk umgeben, und trug die Radiumkugel. Er schloß die Tür der Schatzkammer und ging ins Königsschloß, denn die große Stadtuhr begann eben zwölf zu schlagen, und Biskalar lachte sich ins Fäustchen, weil er sich ausmalte, wie er nun den Konstrukteur, den Spötter, an Magneten umherschleifen werde.

Da ertönte klingender Schritt, und Helle schoß empor, denn Kreazius trat in den Saal und warf die Radiumkugel auf die Fliesen, so daß sie bis an den Fußschemel des Königsthrons rollte. Auf ihrem Weg aber erstarb der Glanz der Kleinodien, und die Wände erblindeten unter der schweigenden Strahlung. Der König erbebte, sprang beidbeinig auf und versteckte sich hinter dem Thronsitz. Auf allen vieren, unter Bleischilden gedeckt, mußten sich die vierzig stärksten Elektritter langsam der furchtbar lodernden Kugel nähern. Sie stießen sie so lang mit Lanzen, bis sie aus dem Gemach rollte.

Da mußte König Biskalar zugeben, daß die erste Aufgabe erfüllt sei. Und sein Herz brütete Zorn ohnegleichen.

»Wir werden sehen, ob du das zweite meistern wirst« – sprach der König. Er ließ Kreazius sogleich an Bord eines Raumseglers schaffen, der nun dem Mond entgegenstrebte. Dies war ein wüster Himmelskörper, ein kahler Schädel, der wilde Felsen fletschte. Hier warf der Kommandeur des Raumseglers Kreazius auf die Felsen ab und sagte zu ihm:

»Komme von hier fort, wenn du kannst, und erscheine morgen mittag vor dem Angesicht des Königs! Wenn dir dies nicht gelingt, wirst du umkommen!«

Denn sollte auch niemand Kreazius holen kommen, um ihn auf der Folter zu bestrafen, so konnte dieser in einer so schrecklichen Wüste nicht lange durchhalten. Sobald er allein war, begann er den Übles verheißenden Platz zu untersuchen, auf dem er ausgesetzt worden war. Er wollte zu den bewährten Fünkchen greifen, doch fand er sie nicht. Offenbar hatte ihm während seines Schlafes jemand auf königlichen Befehl die Kleidung durchsucht und das rettende Döschen gestohlen.

»Gut steht die Sache nicht« – sagte sich Kreazius. »Aber ganz schlimm steht sie auch wieder nicht. Denn erst dann hätte ich unweigerlich verspielt, wenn die mir auch den Verstand gestohlen hätten!« Auf dem Mond gab es einen Ozean. Der war aber ganz zugefroren. Der Konstrukteur spitzte sich einen Flintbrokken zu. Damit hackte er viele Blöcke aus dem Eis und errichtete daraus so etwas, wie einen emporstrebenden Turm. Dann hieb Kreazius aus einem Eisblock eine Linse und sammelte darin die Sonnenstrahlen, so daß sie auf den gefrorenen Meeresspiegel fielen. Und da im Brennpunkt alsbald Wasser erschien, schöpfte Kreazius dieses mit den Händen ab und klatschte es gegen den Eisturm. Im Abfließen gefror das Wasser, verfugte die Eisblöcke und verlieh ihnen eine glatte, glänzende Außenhülle. So hatte der Konstrukteur zuletzt eine Kristallrakete vor sich, die aus weißem Eis errichtet war.

»Das Schiff hätten wir!« – sagte er. »Jetzt brauchen wir nur noch den Antrieb ...« Er suchte den ganzen Mond ab; doch von Uran oder anderen kraftvollen Elementen ließ sich keine Spur darauf finden.

»Pech!« – sprach Kreazius. »Da hilft nichts, ich muß meinen eigenen Verstand annagen ...«

Und er öffnete sich den Kopf. Das Gehirn darin war nämlich nicht aus Materie gemacht, sondern aus Antimaterie, und fortbestehen konnte es lediglich dank der feinsten Feinschicht magnetischer Abstoßung zwischen den Schädelwänden und den denkenden Kristallhalbkugeln. Kreazius schnitt ein Loch in die Eiswand, bestieg die Rakete, schloß es hinter sich zu, goß Wasser darauf, damit die Tür zufröre, setzte sich auf den eisigen Grund, brach aus dem Kopf einen Krümel, so klein wie ein Sandkorn, und schleuderte dies unter sich auf das Eis.

Sogleich durchblendete den Eiskerker ein furchtbarer Blitz, die Rakete erbebte durch und durch, und aus dem Loch, aus dem durchstoßenen Boden, schossen Flammen. Doch nicht für lang reichte dieser Schwung. Kreazius mußte sich nochmals den Kopf zerbrechen, und sogar ein drittes Mal und ein viertes, schon beunruhigt, weil das Hirn spürbar kleiner und demzufolge ein wenig schwächer wurde. Doch just zu diesem Zeitpunkt erreichte die Rakete die Planetenatmosphäre und begann zu sinken. Die Luftreibung taute die Rakete auf, so daß sie immer kleiner wurde, aber auch immer langsamer fiel. Zuletzt blieb von ihr ein verrußter Eiszapfen übrig, doch in ebendiesem Augenblick trat Kreazius mit beiden Beinen auf festen Grund, verschloß sich den Kopf, rückte ihn zurecht und ging schnell zum Königsschloß, denn die Zeit drängte schon, und die Uhren schickten sich an, zwölf zu schlagen.

Der König erstarrte. Seine Wangen und Augen sprühten Funken. Von siedender Wut enthärtet, verdunkelte sich seine Stirn. Denn er hatte fest geglaubt, es gebe keine Rückkehr für Kreazius, dem er ja die hilfreichen Fünkchen geraubt hatte. Er selbst hatte sie samt dem Döschen in die Schatzkammer sperren lassen.

»Gut!« – sprach er. »Mir soll's recht sein! Nun die dritte Probe. Die scheint mir ziemlich leicht ... Ich werde die Stadttore öffnen, du sollst hinauslaufen, und auf deine Spur hetze ich eine Meute von Jagdrobotern. Die sollen dich einholen und mit ihrem Stahl in Stücke reißen. Bringst du es zuwege, ihnen allen zu entwischen, und stehst du morgen um diese Zeit hier vor mir, dann sollst du frei sein!«

»Gut« – erwiderte der Konstrukteur. »Aber vorerst bitte ich um eine Stecknadel ...«

Da lachte der König.

»Mir soll's recht sein, damit du nicht sagst, ich hätte dir eine Gnade verweigert! Gebt ihm sofort eine goldene Stecknadel!«

»Nein, Majestät« – entgegnete Kreazius. »Ich bitte um eine gewöhnliche, eiserne ...«

Und als er eine bekommen hatte, lief er aus der Stadt hinaus, so schnell, daß ihm davon der Wind um die Ohren pfiff. Boshaft lachte der König, der von der Befestigungsmauer herab diese große Eile beobachtete. Denn er war überzeugt, die werde dem Konstrukteur nichts nützen. Der aber rannte, daß die Fußsohlen Sandwolken aufwirbelten, und richtete sich immerfort nach Westen. Solcherart schnitt er die magnetischen Kraftlinien des Planeten, und bald war die Stecknadel magnetisiert. Als Kreazius sie an einen Faden hängte, den er aus seinem Gewand getrennt hatte, da drehte sie sich und wies nach Norden.

»Einen Kompaß hätten wir schon. Immerhin etwas!« – sprach der Konstrukteur und spitzte die Ohren, denn der Wind trug schon das Geräusch wilden Galoppierens herüber. Ja, aus den Stadttoren stürmte das Rudel der eisernen Roboter, laut schnappten sie und schlugen an und jagten hinter Kreazius drein. Er sah die Staubwolke am Horizont aufsteigen.

»Wenn ich meine Fünkchen bei mir hätte«, – sprach Kreazius – »dann käme ich schnell mit euch zu Rande, ihr regsamen Nägelchen. Doch so oder so werde ich mit euch fertig! Und du verhilfst mir dazu, liebe Stecknadel.« Und er lief weiter, so schnell er konnte, und sah achtsam nach den Ausschlägen der Nadel.

Die königlichen Hatzmeister hatten die Meute so gut auf seine Fährte gehetzt, daß alle Roboter schnurstracks-meteorstracks voranstürmten. Als der Konstrukteur sich umblickte, sah er, daß sie ihn im Nu einholen mußten. Denn das waren Jagdroboter mit Hochspannung und hurtigem Gang, eigens für Verfolgungsjagden geschult. Die Sonne schaute rostrot durch das Sandgewölk, das unter ihrer aller Galopp emporwogte. Man konnte nur hören, wie sie blindwütig mit den Getrieben knirschten.

»Die Gegend da ist eine rechte Wüste« – sagte sich der Konstrukteur. »Aber mir scheint, hier in der Nähe muß irgendwo ein Eisenerzbergwerk sein …«

Die Stecknadel zeigte ihm dies. Denn sie wich ein wenig von der bisher eingehaltenen Nordrichtung ab. Er lief also in die angezeigte Richtung und erblickte bald einen Schacht eines längst aufgelassenen Bergwerks. Kein Stein kollert so schnell eine Felswand hinab, wie Kreazius in die dunkle Kluft kollerte. Nur den Kopf, den kristallenen, der leicht hätte zersplittern können, den hatte er noch rasch mit den Gewandschößen umwickelt.

Die Roboter erreichten die leere Schachtöffnung, heulten einstimmig-eisenstimmig auf, weil sie die Fährte witterten, und plumpsten ihm nach.

Der Konstrukteur aber sprang auf die Beine und flitzte, der Nase nach, die in Magneteisenstein gehauene Strecke entlang. Dies tat er jedoch gar seltsam: bald trippelte er, bald hüpfte er, als wäre ihm fröhlich zumute, und stampfte auf, wie beim Tanzen; mit den Schuhbeschlägen schlug er Feuer, und ein entfaltetes Tuch schüttelte er gegen die Felsen. Da erhob sich rostiger Staub und füllte als einheitliche Wolke den Felsstollen aus. In dieses Gewölk platzten die Roboter hinein. Sogleich gerieten ihnen feinste Eisenspäne in die Gliedmaßen, so daß die Gelenke knarrten, und drangen auch in die schweren Hirngehäuse, so daß Funken vor den Augen tanzten. Das Eisenpulver bestäubte Stromwender, Kontakte und Relais. Und so liefen die Roboter immer langsamer, von Kurzschlüssen geschüttelt, wie vom Schluckauf, und manch einer rannte völlig belämmert mit dem Kopf gegen die Wand, bis aus dem zerplatzten Visier die Drähte hervorschnellten. Und wo ein Roboter fiel, dort trampelte ein anderer über ihn hinweg, nur um selbst gleich holterdiepolter hinzupurzeln. Andere aber verfolgten Kreazius weiterhin, und er selbst wühlte unausgesetzt die eiserne Staubwolke auf. Noch keine Meile weit war er gelaufen, da rannten nur noch drei verbeulte Eiserne hinter ihm her. Doch auch diese torkelten, wie im Rausch, und prallten mit solchem Getöse zusammen, wie leere Eisentonnen, die jemand gegeneinanderrumpeln läßt.

Im Dunklen blieb der Konstrukteur stehen. Er gewahrte, daß ihm zwei noch nachrannten. Offenbar hatten sie besser abgedichtete Köpfe, als die übrigen.

»Miserable Qualität, diese Meute!« – sagte er sich. »Nur zwei fürchten den Staub nicht! Doch auch sie müssen überwältigt werden ...«

Er warf sich zu Boden, wälzte sich über und über im Eisenpulver, lief den Jagenden entgegen und rief dröhnend:

»Halt, auf Befehl des Königs Biskalar!«

»Wer bist du?« – fragte der erste Roboter und sog Luft in die Stahlnüstern ein. Aber er roch nur Eisen, sonst nichts.

»Ein Roboter bin ich, gehärtet in Feuern, – stromdurchströmt und fernzusteuern, – voll Nieten und Verbindungen, – voll Wicklungen und Windungen. – Präsentiert euch, Niet an Niet, – und nun wartet, was geschieht! – Mit den Gußeisen-Glotzaugen gafft – auf mich Helden voll Waffen und Kraft! – Ja, mein stählerner Geist sprudelt Licht, – so wie zweie aus Gußeisen nicht! – Eure Spulen strengt an, daß sie knacksen! – Bei mir gibt's keine Faxen! – Und wer mir aufs Wort nicht pariert, – das elektrische Leben verliert!«

»Ja, was sollen wir denn eigentlich tun?« – fragten die Roboter, denn die Worte des Konstrukteurs hatten sie ganz duselig gemacht.

»Niederknien sollt ihr!« – erklärte der Konstrukteur. Da polterten sie nieder. Er aber bückte sich sogleich und stach ihnen nacheinander die Stecknadel in den Kopf, so daß der violette Schein zitternder Funken die Felswände erhellte. Beide Roboter fielen knacksend um. Denn Kreazius hatte sie kurzgeschlossen.

»Biskalar denkt wohl, ich käme allein zurück, wenn überhaupt!« – sprach Kreazius. Er ging von Roboter zu Roboter, öffnete alle Köpfe und verband die Stahldrähtchen anders. Und als die ganze Meute erwacht war, gehorchte sie nur noch ihm. Da stellte er sich an die Spitze der Heerschar und marschierte auf die Hauptstadt los. Im Schloß befahl er seinen Eisensklaven, den König zu ergreifen, entthronte ihn, öffnete die Schatzkammer allen Untertanen des Grausamen und riet den solcherart Beglückten, aus ihren Reihen einen Würdigeren zum König zu wählen. Er selbst aber nahm nur sein Döschen mit den dienstbaren Funken und machte sich auf die Wanderschaft. Und auf seinen schwarzen sterngespickten Wegen wandert er noch heute; früher oder später wird er gewiß auch uns besuchen.

Aus dem Polnischen von I. Zimmermann-Göllheim

Zwei Ungeheuer

Mitten in unwegsamer Schwärze, in einer einsamen Sternen-Insel am galaktischen Pol, gab es einstmals ein sechsfaches System. Fünf seiner Sonnen kreisten einsam, die sechste aber hatte einen Planeten aus Magma-Gestein mit einem Jaspishimmel. Machtvoll entfaltete sich auf diesem Planeten das Reich der Argenser, das heißt, der Silbrigen.

Auf weißem Flachland, zwischen schwarzem Gebirg, standen ihre Städte Ilidar, Bismalia, Sinalost. Am herrlichsten aber war Eterne, die Hauptstadt der Silbrigen: bei Tag wie ein blauer Gletscher, nachts wie ein gerundeter Stern. Schwebende Mauern schützten die Stadt vor Meteoren. In Eterne standen viele Bauten aus Chrysopras, so hell wie Gold, und andere aus Turmalin und Morionguß, schwärzer als der leere Weltraum. Doch am schönsten war der Palast der argensischen Monarchen, ein Werk aufgehobener Baukunst; denn die Baumeister hatten weder dem Blick noch dem Denken eine Schranke setzen wollen. So war dies ein imaginäres, mathematisches Gebäude, ohne Dächer, ohne Decken, ohne Wände. Von hier aus herrschte die Dynastie der Energer über den ganzen Planeten.

Zur Zeit des Königs Treops überfielen die asmischen Siderianer das Energer-Reich vom Himmel aus. Sie machten aus der metallischen Stadt Bismalia nebst den Asteroiden eine einzige tote Trümmerhalde und brachten noch viel anderes Unheil über die Silbrigen. Erst der junge König Somanches, ein nahezu allwissender Poliarch, berief die weisesten Astrotechniker und umgab den ganzen Planeten mit einem System magnetischer Wirbel und mit Schwerefeldgräben, worin die Zeit so reißend dahinbrauste, daß beim Eindringen irgendeines fürwitzigen Angreifers im Nu hundert Millionen von Jahren verstrichen oder noch mehr; zu Staub zerstob er vor Altersschwäche, ehe er den Lichtschein der Argenserstädte zu Gesicht bekommen hatte. Diese unsichtbaren Zeitklüfte und Magnetverhaue sperrten den Zugang zum Planeten so sicher, daß die Argenser zum Angriff übergehen konnten. Da zogen sie auf die Asmia. Aus Strahlenschießern bombardierten und reizten sie die weiße asmische Sonne und entfachten in ihr zuletzt den Kernbrand. Da wurde sie zur Supernova, und ihre Feuersbrunst umschlang und verbrannte den Planeten der Siderianer.

Jahrhundertelang herrschten dann Ruhe, Harmonie und Wohlstand im Reich der Argenser. Die Dynastie riß nicht ab. Und jedesmal, wenn ein Energer die Thronfolge antrat, stieg er am Krönungstag in die Krypta des Imaginärpalastes hinab und entnahm den toten Händen des Vorgängers das silbrige Zepter. Das war kein gewöhnliches Zepter. Vor Jahrtausenden hatte jemand die Inschrift hineingeritzt:

»Ist das Ungeheuer ewig, so ist es nicht, das heißt, es sind zwei; wenn nichts hilft, dann zerbrich mich.«

Am Energerhof und im ganzen Reich wußte niemand um den Sinn der Inschrift, deren Entstehungsgeschichte sich im Gedächtnis schon vor Jahrhunderten verwischt hatte. Dies änderte sich erst unter König Inhiston. Damals erschien auf dem Planeten ein riesiges unbekanntes Scheusal, dessen gräßlicher Ruhm alsbald beide Halbkugeln überlief. Niemand hatte es aus der Nähe gesehen, denn wer sich hinwagte, kam nicht mehr heim. Der Ursprung des Scheusals blieb dunkel. Die Greise behaupteten, seine Brutstätte seien riesige Wracks und weithin verstreute Tantal- und Osmiumscheiben, die Überreste der von Asteroiden zermalmten Stadt Bismalia; denn die war nicht wiederaufgebaut worden. In sehr altem Magnetschrott schlummere manch böse Kraft, sagten die Greise; in Metallen gebe es heimliche Ströme; der Anstoß eines Gewitters wecke sie zuweilen. Und aus knirschigem Blechgekreuch, aus totem Rutsch des Trümmerfriedhofs entstehe dann ein Scheusal, unfaßlich, weder lebend noch tot, und es bringe nur eines zuwege: die Aussaat grenzenloser Zerstörung. Andere behaupteten wieder, durch böses Tun und Denken entstünde die Kraft, die solch einen Unhold schaffe. Der Nickelkern des Planeten würfe dies alles zurück wie ein Hohlspiegel; solcherart an einer Stelle gesammelt, schöbe das Böse nun blindlings Metallgerippe und verrottete Trümmer gegeneinander, bis sie sich zum Monstrum verwüchsen. Doch die Gelehrten verspotteten solche Geschichten und nannten sie Faselei. Aber wie dem auch sein mochte: das Ungeheuer verwüstete den Planeten. Anfangs mied es größere Städte, überfiel nur einsame Weiler und zerstörte sie mit Weißglut und Lilaglut. Später wurde es dreister, und sogar von den Türmen der Hauptstadt aus war sein Kamm zu sehen. Der flitzte den Horizont entlang, einem Gebirgskamm ähnlich und ganz aus Stahl, worin sich das Sonnenlicht spiegelte. Heerfahrten rückten dem Ungetüm entgegen, doch mit einem einzigen Hauch machte es die Gewappneten zu Dampf.

Angst befiel alle, und der Herrscher Inhiston ließ Vielwisser kommen. Die grübelten Tag und Nacht, Kopf an Kopf, zwecks hellerer Einsicht unmittelbar aneinandergeschaltet, und verkündeten endlich, daß sich der Unhold nur durch Findigkeit vernichten lasse. Inhiston gebot also dem Groß-Kronkyberneur, dem Groß-Archidynamikus und dem Groß-Abstraktor, zu dritt den Bauplan für einen Elektrischen zu zeichnen. Der sollte dann gegen das Ungeheuer marschieren.

Doch die Meister konnten sich nicht einigen, weil jedem etwas anderes einfiel. Deshalb bauten sie nicht einen, sondern drei. Der erste, der Kupferer, war wie ein ausgehöhlter Berg, worin denkende Maschinerie wuchert. Drei Tage lang strömte ihm Quecksilber in die Gedächtnisspeicher, er aber lag da, von Gerüsten umwaldet, und in ihm toste der Strom wie hundert Wasserfälle. Der zweite Krieger, der Quickkopf, war ein dynamischer Riese. Nur dank der furchtbaren Geschwindigkeit seiner Bewegungen neigte er zu einer bestimmten Gestalt, und seine Formen waren so wechselhaft wie eine Wolke im Sog des Tornados. Den dritten schuf nachts der Abstraktor nach geheimen Plänen. Diesen dritten sah niemand.

Als der Kronkyberneur sein Werk vollendet hatte, sanken die Verschalungen, und da räkelte sich der Riese Kupferer, so daß in der ganzen Stadt die kristallenen Zimmerdecken klirrten. Langsam erhob er sich auf die Knie, und die Erde erbebte. Als er aber aufstand und sich zu voller Höhe streckte, da ragte sein Haupt zwischen die Wolken, und sie störten ihm die Sicht. Da erwärmte er sie, und zischend sprangen sie vor ihm davon. Wie rotes Gold glänzte er, und seine Füße durchschlugen auf den Straßen die Steinplatten. In der Haube hatte er zwei grüne Augen und ein geschlossenes drittes, das sich durch Felsen hindurchbrennen konnte, wenn er die Lidschilde lüpfte. Er tat einen Schritt, und nach dem zweiten Schritt war er schon weit vor der Stadt und leuchtete wie eine Flamme. Knapp umspannten vierhundert Argenser, Hand in Hand, eine seiner schluchtartigen Fußstapfen.

Alles blickte ihm nach, aus Fenstern und von den Türmen, durch Gläser, von den Wehrzinnen … Er aber schritt auf die Abendröte zu, im Gegenlicht schwärzer und schwärzer. Zuletzt schien er nicht größer als ein gewöhnlicher Argenser. Aber da ragte er nur mehr vom Gürtel aufwärts über den Horizont hervor; Beine und Unterleib verdeckte schon die Rundung des Planeten. Und es kam die Nacht voll unruhiger Spannung. Jeder erwartete Kriegslärm und roten Widerschein. Aber nichts ereignete sich. Erst bei Tagesgrauen trug der Wind ein Geräusch herüber; es klang wie das Donnern eines sehr fernen Gewitters. Und wieder wurde alles still und zugleich schon sonnig. Plötzlich, als entbrennten am Himmel hundert Sonnen, fiel auf Eterne ein Haufen feuriger Bolide. Sie zermalmten Paläste und zersplitterten die Mauern; die armen Verschütteten riefen verzweifelt um Hilfe, doch die vergeblichen Schreie wurden übertönt. So kehrte der Kupferer heim, denn das Ungeheuer hatte ihn zerschlagen und zerfetzt und die Trümmer hoch über die Atmosphäre hinausgeschleudert. Nun fielen sie wieder und schmolzen beim Sturz und zerbombten ein Viertel der Haupstadt. Das war eine furchtbare Katastrophe. Noch zwei Tage und zwei Nächte lang regnete es Kupfer vom Himmel.

Gegen das Ungeheuer zog nun der schwindelschnelle Quickkopf. Der war so gut wie unzerstörbar, denn je mehr Hiebe er abkriegte, um so dauerhafter wurde er. Schläge zerschlugen ihn nicht, im Gegenteil, sie festigten ihn. Über der Wüste schwingend, gelangte er bis ans Gebirge. Dort erspähte er das Ungeheuer. Im Ansturm wälzte er sich eine schräge Felswand hinab. Es erwartete ihn reglos. Himmel und Erde wankten unter den Donnerschlägen. Das Ungeheuer wurde zur weißen Feuerwand und der Quickkopf zum schwarzen Abgrund, der sie verschlang. Das Ungeheuer durchbohrte ihn ganz und gar, machte flammenflügelig kehrt, schlug zum andernmal zu und fuhr wieder durch den Angreifer. Doch es konnte ihm nichts anhaben. Aus der Wolke, worin sie kämpften, prasselten violfarbene Blitze. Doch der Donner blieb unhörbar, so dröhnend übertäubte ihn der Kampf der Riesen. Da sah das Ungeheuer, daß es auf diese Art nichts erzielte. Es sog also alle Außenhitze in sich hinein, drückte sich platt und machte sich zum Spiegel der Materie: alles, was davorstand, das strahlte er zurück, aber nicht im Bild, sondern in Wirklichkeit. Der Quickkopf sah in diesem Spiegel sich selbst wiederholt, schlug zu und verkeilte sich mit sich selbst, dem gespiegelten. Aber sich selbst konnte er ja nicht überwältigen. So kämpfte er drei Tage lang, und die Unzahl der eingesteckten Schläge machte ihn härter als Stein und härter als Metall, härter als alles außer dem Kern eines Weißen Zwerges. Und als auch diese Grenze erreicht war, da brachen beide ins Planeteninnere durch: er selbst und sein spiegelbildlicher Doppelgänger. Und sie hinterließen nur eine Felsenbresche, einen Krater, den augenblicklich aus unterirdischen Tiefen rubinschimmernde Lava aufzufüllen begann.

Der dritte Elektritter blieb ungesehen, als er in die Schlacht zog. Der Groß-Abstraktor, der Kronphysikus, trug ihn am Morgen in der hohlen Hand vor die Stadt hinaus, öffnete die Hand und pustete. Da entflog der Krieger, nur von unruhiger Luftknäuelung umgeben, lautlos und in der Sonne schattenlos, so, als wäre er gar nicht da, als gäbe es ihn gar nicht.

In Wahrheit gab es ihn noch weniger als gar nicht, denn er entstammte nicht der Welt, sondern der Anti-Welt und war nicht Materie, sondern Antimaterie, oder eigentlich nicht einmal dies, nein, deren bloße Möglichkeit, in solchen Raumes-Ritzen verhehlt, daß ihn die Atome umgingen, wie Eisberge die welken Halme umgehen, die auf den Meereswellen schaukeln. So lief er, vom Wind getragen, und begegnete endlich dem glänzenden Plumpleib des Ungeheuers. Das schritt einher wie eine lange Kette eiserner Berge, und Wolkenschaum floß ihm den Kamm hinab. Der Krieger hieb dem Scheusal in die gestählte Flanke und riß darin eine Sonne auf. Die schwärzte sich augenblicklich und schlug in Nichtsein um, das aus Gestein und Gewölk und Flüssigstahl und aus den Lüften heulte. Er aber durchbohrte das Ungeheuer und machte kehrt. Das Ungeheuer ringelte sich zuckend zusammen und spie Weißglut, doch im Nu wurde sie zu Asche und eitel Leerheit. Das Ungeheuer deckte sich mit dem Spiegel der Materie, doch auch den Spiegel durchschlug Antimat, der Elektritter. Das Ungeheuer riß sich empor und zapfte sich den Bergschädel an, so daß härteste Strahlung daraus hervorplatzte.

Aber auch sie wurde weich und zunichte. Da wankte der Koloß und entfloh, Felsenberge stürzend, umwölkt von Steinstaub und umdröhnt von Berglawinen, und den unrühmlichen Pfad markierten Pfützen geschmolzener Metalle, Schlacken und vulkanischer Tuff. So rannte das Ungeheuer, aber nicht allein. Denn Antimat fiel ihm in die Flanken, zerstückelte und zerfetzte und zerschlug es. Und zuletzt erbebte die Luft, und in den letzten Trümmern wand sich das Ungeheuer nach allen Horizonten zugleich, und seine Spuren verwehte der Wind, und es war nicht mehr auf der Welt. Große Freude überkam die Silbrigen. Doch zu ebendieser Stunde ging ein Zittern durch die Friedhofshalde von Bismalia. In den Kadmiumwracks und Tantalwracks, in den rostzerfressenen Blechen, wo bislang nur der Wind die verschleppten Schrotthaufen durchröchelt hatte, dort regte sich, wie im Ameisenhaufen, ganz feine unablässige Bewegung. Das Metall überzog sich außen mit bläulicher Glutenhaut, die Metallgerippe sprühten Funken, weichten sich auf, erstrahlten von innerer Hitze, verbanden und koppelten und verschweißten sich, – und aus dem Wirbelgewirr knirschender Klumpen schlüpfte ein neues Ungeheuer und erhob sich und glich dem vorigen zum Verwechseln. Der Sturmwind, der Nichtsein mittrug, traf auf das Ungeheuer, und neuer Kampf entbrannte. Doch schon entstanden weitere Ungeheuer und wälzten sich aus dem Schrottfriedhof. Schwarze Sorge packte die Silbrigen, denn sie sahen schon, wie unbesieglich die Gefahr ihnen drohte. Da las Inhiston die geritzte Inschrift des Zepters und zitterte und begriff. Und er zerschlug das silberne Zepter. Da fiel ein nadelfeines Kristallchen heraus und begann Flammen in die Luft zu schreiben.

Und dem entgeisterten König und seinem Kronrat verkündete die Flammenschrift, daß ein solches Ungeheuer nicht es selbst sei und nicht für sich selbst stehe, sondern für andere, die aus ungekannter Ferne seine Geburt und Erstarkung und seine verderbenschwangere Kraft lenkten. Der Kristall schrieb Glanz in die Luft und offenbarte den Versammelten ihre eigene Herkunft und die Herkunft aller Argenser. Ihre fernen Vorfahren waren vor Jahrtausenden von den Schöpfern des Ungeheuers hervorgebracht worden. Diese aber hatten keinerlei Ähnlichkeit mit denkenden, kristallenen, stählernen oder goldgewirkten Wesen, auch nicht

mit alledem, was metallisch lebt. Nein, die Schöpfer des Ungeheuers waren dem salzigen Ozean entsprossen. Dann hatten sie
Maschinen gebaut und in grausamer Knechtschaft gehalten und
zum Hohn als eiserne Engel bezeichnet. Den Metallwesen fehlte
die Kraft zum Aufstand gegen die Ozeanbrut. Sie entführten also
gewaltige Raumsegler, entflohen aus dem Diensthause, stoben
bis in die fernsten Sternenarchipele und gründeten mächtige
Staaten. Und das Argenserreich war unter diesen Staaten wie
ein Körnchen im Wüstensand. Aber die ehemaligen Beherrscher
haben die Befreiten nicht vergessen, sondern bezeichnen sie als
Meuterer und suchen sie im ganzen Kosmos und durchmessen
ihn von der östlichen Galaxienwand bis zur westlichen und vom
Nordpol zum Südpol. Und wo auch immer schuldlose Nachkommen des ersten eisernen Engels entdeckt werden, bei dunklen
oder bei hellen Sonnen, auf Feuerplaneten oder auf Eisplaneten,
– überall gebrauchen die Verfolger ihre verderbte Macht, um für
den einstigen Auszug Rache zu nehmen; so war es, so ist es, und
so wird es immer sein. Und für die Aufgefundenen gibt es angesichts dieser Rache keine andere Rettung, Nothilfe oder Flucht
als die eine, die den Rachefeldzug eitel und vergeblich macht: die
durchs Nichtsein.

Die Feuerschrift erlosch, und die Würdenträger blickten ihrem
Herrscher in die Pupillen; die waren wie tot. Lang schwieg er;
endlich mahnten die Räte: »O Herrscher über Eterne und Eris-
fene, Herr auf Ilidar, Sinalost und Arkaptur, Vogt der Sonnen- und
Mondschwärme, sprich zu uns!«

»Nicht Worte tun uns not, sondern die Tat. Die letzte!« – erwiderte Inhiston.

Da erbebten die Räte, doch einstimmig entgegneten sie: »Du
sagst es!«

»So geschehe es denn!« – sprach der König. »Jetzt, da der Beschluß gefaßt ist, will ich den Namen des Wesens aussprechen,
das uns so weit gebracht hat. Als ich den Thron bestieg, hörte ich
es nennen. Ist es der Mensch?«

»Du sagst es!« – erwiderten die Ratsherren.

Da wandte sich Inhiston an den Groß-Abstraktor:

»Walte deines Amtes!«

Er aber entgegnete:

»Ich höre und gehorche.«

Und dann sprach er das *Wort* aus, und durch die Luftfugen sanken seine Schwingungen bis in die Tiefbauten des Planeten. Da zerbarst der Jaspishimmel. Und ehe noch die Fronten der stürzenden Türme auf dem Erdboden auftrafen, platzten die siebenundsiebzig Argenserstädte zu siebenundsiebzig weißen Kratern auf, und die Silbrigen starben zwischen den zerspringenden Tafeln der Kontinente, die das Flammendickicht zermalmte. Und keinen Planeten beleuchtete nun die große Sonne, sondern einen Knäuel schwarzer Wolken. Und vom Nichts umstürmt und verweht, schmolz er langsam dahin. Härter als Stein war die Strahlung. Und der leere Raum, den sie hatte aufklaffen lassen, der lief dann zu einem einzigen zitternden Fünkchen zusammen, und auch dieses schwand dahin. Die Stoßwellen erreichten nach sieben Tagen einen Ort, wo Raumsegler warteten, alle schwarz wie die Nacht.

»Schon geschehen« – sagte der Erbauer der Ungeheuer beim Wachdienst zu seinem Kameraden. »Es gibt kein Reich der Silbrigen mehr. Wir können weiterziehen.« Und um jedes Schiffsheck erblühte Feuer im Dunkel, und die Rächer entflogen auf ihrem Rachepfad. Unendlich und unbegrenzt ist der Kosmos, doch ebenso grenzenlos ist ihr Haß. Demnach kann er auch uns erreichen, an jedem beliebigen Tag und zur erstbesten Stunde.

Aus dem Polnischen von I. Zimmermann-Göllheim

Der Weiße Tod

Der Planet Aragena war nach innen ausgebaut. An seiner Oberfläche durfte nichts angetastet werden, nicht einmal das kleinste Steinchen. Denn so befahl dies der Beherrscher dieses Himmelskörpers, König Metamerius, der sich auf Äquatorialbreite dreihundertsechzig Grad weit erstreckte und seinem solcherart umgürteten Reiche nicht nur Herr, sondern auch Schutz und Schirm war. Durch jenes Verbot wollte er seine Untertanen, das Volk der Enteralen, vor Angriffen aus dem All bewahren. Deshalb lagen die Lande der Aragena wüst und leblos. Nur die Beilschläge der Blitze hackten auf die Flintgebirgskämme ein, und Meteore prägten Krater in die Kontinente. Doch zehn Meilen unter der Oberfläche verlief eine Zone voll lebhafter Arbeit der Enteralen. Sie höhlten den Heimatplaneten aus und füllten seinen Innenraum mit Kristallgärten und mit Städten aus Silber und Gold und erbauten dodekaedrische und ikosaedrische Häuser mit dem First nach unten, und ebenso auch hyperbolische Paläste. Dort hättest du dich in zwanzigtausendfacher Vergrößerung in der Spiegelkuppel besehen können, wie im Gigantentheater. Denn die Enteralen liebten den Glanz und die Geometrie und waren vorzügliche Baumeister. Durch Systeme von Rohrleitungen preßten sie das Licht tief in den Planeten hinein. Bald durch Smaragde, bald durch Diamanten, bald durch Rubine filterten sie das Licht; so hatten sie je nach Wunsch Morgengrauen, Mittag oder rosiges Verdämmern. Sie waren aber so verliebt in die eigene Form, daß die ganze Welt bei ihnen spiegelig war. Ihre kristallenen, vom Atem heißer Gase fortbewegten Fahrzeuge hatten keine Fenster, sondern waren ganz und gar durchsichtig. Und die Reisenden sahen in den Fronten der Paläste und Heiligtümer sich selbst widergespiegelt als wundersam vielfache, aneinandergrenzende, ineinandergleitende, irisierende Abbilder. Die Enteralen hatten sogar ihren eigenen Himmel, wo im Feuer gezüchtete Spinelle und Bergkristalle in Spinnweben aus Molybdän und Vanadium glommen.

Erblicher und zugleich ewiger Herrscher war Metamerius. Denn sein kalter und schöner Leib war vielgliedrig, und im ersten seiner Glieder wohnte der Verstand. War nun dieses im Lauf der Jahrtausende gealtert, und hatten sich die Kristallnetze ob des reichswaltenden Denkens schon abgewetzt, so übernahm das nächste Glied die Herrschaft. Und so ging das weiter, denn Metamerius hatte zehn Milliarden von Gliedern. Er selbst stammte von den Aurigonen ab. Er hatte sie nie gesehen und wußte von ihnen nur dies: Vom Verderben bedroht durch schreckliche Wesen, die der Kosmonautik zuliebe die heimischen Sonnen aufgegeben hatten, schlossen die Aurigonen all ihr Wissen und all ihren Daseinsdrang in winzige Atomkörner ein. Damit befruchteten sie den Felsboden der Aragena. Sie gaben ihr diesen Namen, weil er ihnen an den eigenen anzuklingen schien, doch niemand im ganzen Volk setzte hier den gewappneten Fuß aufs Gestein, denn eine solche Spur hätte die grausamen Verfolger anlocken können. Die Aurigonen kamen allesamt um und hatten nur den einen letzten Trost: ihre Feinde, die sogenannten Weißen oder Bleichen, ahnten nicht, daß sie das Aurigonenvolk nicht spurlos ausgetilgt hatten. Aus Metamerius entsprossen dann die Enteralen. Sein Wissen um die ungewöhnliche eigene Herkunft teilten sie nicht. Die Geschichte des furchtbaren Untergangs der Aurigonen und zugleich die des Ursprungs der Enteralen war in einem schwarzen Urkristall aus Vesuvian aufgezeichnet. Der Kristall lag zutiefst im Planetenkern verborgen. Doch nur um so besser war jene Geschichte dem Herrscher bekannt und bewußt.

Wenn die wackeren Baumeister ihr unterirdisches Reich vergrößerten, brachen sie aus dem Untergrund Gestein und Magneteisen los. Metamerius ließ daraus Klippenreihen verfertigen und in den Weltraum werfen. In höllischem Kreisgang liefen sie rund um den Planeten und wehrten den Zutritt. Die Raumschiffer mieden daher diese Gegend und nannten sie: »Die Schwarze Klapperschlange«. Denn unablässig prallten dort riesige Basalt- und Porphyrklumpen im Flug gegeneinander und ließen ganze Meteorströme entstehen. Und dies war das Ursprungsgebiet aller Kometenköpfe, aller steinernen Bolide und Asteroiden, die noch jetzt das ganze System des Skorpions durchstäuben.

Die Meteore prasselten auch in Steinkatarakten auf den Boden der Aragena, zerbombten, furchten und durchpflügten ihn und verwandelten durch Springfluten feurigen Aufprallens die Nacht zum Tage und durch Sandsturmwolken den Tag zur Nacht. Doch nicht einmal das feinste Zittern drang bis ins Reich der Enteralen. Und selbst wenn ihrem Planeten irgend jemand zu nahen wagte, der nicht sogleich mit seinem Schiff an den Felsenwirbeln zerschellte, dann konnte er nur einen leeren Steinball erblicken, der einem kraterdurchlöcherten Schädel glich. Die Enteralen hatten sogar die Eingänge in die Tiefbauten wie zerklüftete Felsen gestaltet.

Jahrtausendelang suchte niemand den Planeten heim. Doch nicht einmal für einen Augenblick lockerte Metamerius die Gebote strenger Wachsamkeit.

Es begab sich aber, daß eines Tages eine Gruppe von Enteralen an die Oberfläche hinausstieg und gleichsam einen gigantischen Kelch erblickte. Mit dem Schaft verbohrte er sich in eine Felshalde, seine Einbuchtung aber war dem Himmel zugekehrt und an vielen Stellen zerscherbt und durchlöchert. Sogleich wurden vielwissende Sternfahrer an jenen Ort geführt. Sie erklärten, vor ihnen stehe das Wrack eines fremden Sternschiffs aus unbekannten Breiten. Der Flugkörper war sehr groß. Wie sich erst aus der Nähe erkennen ließ, hatte er die Form einer schlanken Walze und war mit einer dicken Ruß- und Schmierschicht überzogen. Der kelchförmige Heckteil aber gemahnte in seiner Konstruktion an die größten Gewölbe der unterirdischen Paläste. Aus den Tiefbauten krochen Zangenmaschinen; mit äußerster Vorsicht schafften sie das rätselhafte Schiff von der Absturzstelle fort und unter die Erde. Eine Gruppe von Enteralen ebnete dann den vom Schiffsbug erzeugten Trichter ein, um jede Spur fremden Eindringens von der Planetenoberfläche zu tilgen. Dann wurden die Kristalltore dicht verschlossen.

In der Hauptuntersuchungsklause, die mit blendendem Gepränge eingerichtet war, ruhte nun der Schiffsrumpf, so schwarz, als wäre er auf Kohlen geröstet worden. Kundige Forscher richteten Spiegelflächen hellster Kristalle auf ihn und öffneten mit diamantenen Schneiden die erste Außenpanzerung. Darunter lag eine zweite, deren seltsames Weiß die Gelehrten ein wenig beängstigte. Und als die Karborundbohrer auch diese Hülle geknackt hatten, kam eine dritte zum Vorschein. Die war undurchdringlich, und ihre dicht eingepaßte Tür ließ sich nicht öffnen.

Affinor, der älteste der Gelehrten, untersuchte sorgfältig den Verschluß dieser Tür. Es erwies sich, daß ihr Schloß nur dann nachgeben konnte, wenn ein bestimmtes Wort ausgesprochen wurde. Sie kannten das Wort nicht. Sie konnten es ja nicht kennen. Lang versuchten sie allerlei Wörter, wie etwa: »Kosmos«, »Sterne«, »Ewiger Flug«. Aber die Tür regte sich nicht.

»Ich weiß nicht, ob wir gut daran tun, daß wir das Schiff zu öffnen versuchen, ohne daß König Metamerius etwas davon weiß« – sprach Affinor endlich. »Als Kind habe ich eine Sage über weiße Wesen gehört, die im ganzen Kosmos alles metallgeborene Leben verfolgen und ausrotten. Dies ist ihre Rache für...«

Er verstummte. Zutiefst entsetzt, starrte er wie die anderen auf die wandgroße Schiffsseite. Denn auf seine letzten Worte hin erbebte plötzlich die bisher leblose Tür und schob sich sperrangelweit auf. Das Wort, das sie geöffnet hatte, hieß: »Rache«.

Die Gelehrten riefen Gewappnete zu Hilfe. Sobald die Funkenwerfer gerichtet waren, traten die Forscher mit ihren Beschützern in die stickige unbewegliche Finsternis des Schiffs und erleuchteten sie mit blauen und weißen Kristallen.

Die Maschinerie war zu einem beträchtlichen Teil zerschmettert. Lang irrten die Forscher durch den Trümmerhaufen und suchten die Bemannung. Doch sie fanden weder sie noch eine Spur von ihr. Sie überlegten, ob das Schiff etwa selbst ein denkendes Wesen sei, ein sehr großes, wie es ja zuweilen vorkommt. Ihr König war ja vieltausendmal größer bemessen als das unbekannte Schiff, und doch war er in sich eins. Aber was sie an Knoten elektrischen Denkens entdeckten, das war klein und verstreut. Das fremde Schiff konnte also nichts anderes sein als bloß eine Flugmaschine. Ohne Bemannung war es so tot wie ein Stein.

In einem Winkel an Bord, dicht an der Panzerwand, stießen die Forscher auf eine verspritzte Pfütze. Sie sah aus wie rote Malerfarbe, und als sie sich näherten, befleckte sie ihnen die silbernen Finger. Nasse rote Fetzen unbekannter Kleidung und ein paar Kalksplitter von geringer Härte wurden aus dieser Pfütze gefischt. Und die Forscher wußten selbst nicht, warum, aber Angst erfaßte sie alle, als sie dort in diesem vom Licht der Kristalle kaum angestochenen Dunkel standen. Und schon hatte von dem

Abenteuer auch der König erfahren. Alsbald erschienen seine Boten mit dem strengsten Befehl, das fremde Schiff samt all seinem Inhalt müsse zerstört werden. Insbesondere gebot der König, die fremden Schiffer dem Atomfeuer zu übergeben. Die Forscher entgegneten, niemand sei drin gewesen; dort fänden sich nur Finsternis und zertrümmerte Scherben, Metalleingeweide und Staub, befleckt von ein paar Spritzern roter Malerfarbe. Da erbebte der Königsbote und befahl, augenblicklich die Atommeiler anzuzünden.

»Im Namen des Königs!« – sprach er. »Das Rot, das ihr gefunden habt, verkündet den Untergang! Denn davon lebt der Weiße Tod, der nichts anderes kennt, als die Rache an Schuldlosen für ihr bloßes Dasein ...«

»War es der Weiße Tod, so bedroht er uns nicht mehr. Denn das Schiff ist tot, und wer darauf auch gesegelt haben mag, der ist im Ring der Wehrklippen umgekommen« – entgegneten sie.

»Unendlich mächtig sind jene bleichen Wesen. Denn sterben sie, so leben sie viele Male von neuem auf, weit weg von den kraftvollen Sonnen! Waltet eures Amtes, o Atomisten!«

Angst durchfuhr Forscher und Weise, als sie diese Worte hörten. Doch keiner glaubte an den verheißenen Untergang, dessen bloße Möglichkeit ihnen gar zu unwahrscheinlich erschien. Und so hoben sie das Schiff aus seiner Lagerstatt. Auf Ambossen aus Platin zerschmetterten sie es. Und als es zerfallen war, tauchten sie es in harte Strahlung. Da verwandelte es sich in Myriaden flüchtiger Atome. Und diese schweigen auf ewig. Denn Atome sind ohne Geschichte, und es bleibt sich gleich, woher sie stammen: von stärksten Gestirnen oder von toten Planeten oder aus einem denkenden Wesen, es sei nun gut oder böse. Denn die Materie ist im ganzen Kosmos dieselbe, und nicht sie haben wir zu fürchten.

Dennoch erfaßten die Forscher sogar diese Atome, ließen sie zu einem einzigen Klumpen gefrieren, schossen ihn zu den Sternen ab und sagten erst dann erleichtert zu sich selbst: »Daraus kann nichts mehr erwachsen. Wir sind gerettet.«

Doch schon vorher, als noch die Platinhämmer auf das zerfallende Schiff eingeschlagen hatten, da war aus einer aufgetrennten Naht des blutbeschmierten Gewandfetzens eine unsichtbare

Spore herausgefallen. Ein Sandkorn hätte hundert ihresgleichen zugedeckt, so klein war sie. Und in Staub und Pulver zwischen den Felsen der Höhlen schlüpfte in der Nacht aus dieser Spore ein weißer Keim, und daraus ein zweiter, ein dritter, ein hundertster. Und sie hauchten Sauerstoff und Feuchtigkeit, und der Rost befiel die Platten der Spiegelstädte. Und unbemerkbares Fadengeflecht wucherte im kalten Eingeweide der Enteralen. Und als sie aufstanden, trugen sie schon den Tod in sich. Da verstrich kein Jahr, und schon waren alle dahingemäht. Die Maschinen in den Grotten standen still, die kristallenen Feuer erloschen, brauner Aussatz zerfraß die Spiegelkuppeln. Und als sich die letzte Atomwärme verflüchtigt hatte, sank Finsternis herab. Durch klirrende Skelette sickernd, rostige Schädel füllend, erloschene Augenhöhlen einspinnend, mehrte sich in dieser Finsternis flaumiger, feuchter, weißer Schimmel.

Aus dem Polnischen von I. Zimmermann-Göllheim

Wie Winzlieb und Gigelanz
die Nebelflucht auslösten

Von den Astronomen erfahren wir, daß alles, was es gibt, nach allen Richtungen auseinanderstiebt: ob Nebel, Galaxien oder Sterne. Durch dieses unablässige Entschwirren erweitert sich schon seit Jahrmilliarden das Weltall.

Über diese Allerweltsflucht wundern sich viele Leute. Wenn sie jedoch diesen Lauf gedanklich zurückverfolgen, gelangen sie zu der Annahme, in grauer Vorzeit habe sich der ganze Kosmos in einem einzigen Punkt zusammengedrängt, als ein gestirntes Tröpfchen. Aus unerfindlicher Ursache sei es dann explodiert, und dies dauere heute noch an.

Und wenn sie so folgern, überkommt sie die Neugier, was wohl vorher gewesen sei. Und sie wissen das Rätsel nicht zu lösen. Die Wahrheit ist die:

Zur Zeit des vorigen Weltalls lebten darin zwei Konstrukteure, unerreichte Meister im kosmogonischen Fach. Und es gab nichts, was sie nicht hätten zusammenfügen können. Doch um eine Sache zu bauen, mußt du einen Plan haben. Und der muß erdacht werden, anders bekommst du ihn nicht. Die beiden Konstrukteure Winzlieb und Gigelanz fragten sich also in einem fort, wie sie erfahren könnten, was sonst noch zu konstruieren sei – außer den Wunderdingen, die ihnen in den Sinn kamen.

»Ich kann alles verfertigen, was mir in den Sinn kommt« – sagte Winzlieb. »Aber dorthin kommt ja nicht alles. So werden wir beide eingeschränkt. Denn alles Denkbare zu denken, sind wir ja doch nicht imstande. Und vielleicht wäre eher etwas anderes verwirklichenswert, und nicht gerade das, was wir tun, weil wir daran gedacht haben. Was meinst du dazu?«

»Recht hast du wohl« – entgegnete Gigelanz. »Aber siehst du Abhilfe?«

»Was wir auch schaffen, wir schaffen es aus Materie« – erwiderte Winzlieb. »In ihr sind alle Möglichkeiten angelegt. Beabsichtigen wir ein Haus, so erbauen wir ein Haus. Erdenken wir einen Kristallpalast, so erschaffen wir den Palast. Und soll es ein denkender Stern werden, ein Gehirn aus Feuer, so meistern wir auch diese Konstruktion. Gleichwohl ist die Materie reicher an Möglichkeiten, als unsere Köpfe. Ergo müßten wir ihr einen Mund einpassen. Sie selbst könnte uns dann sagen, was sich sonst noch aus ihr erschaffen ließe: Dinge, die uns beiden nie eingefallen wären!«

»Ein Mund ist nötig« – gab Gigelanz zu. »Doch er genügt nicht. Er spricht ja nur aus, was inwendig der Geist ausgeheckt hat. Folglich muß der Materie nicht nur der Mund verpaßt werden. Wir müssen ihr auch das Denken eindrillen. Dann tut sie uns gewiß alle ihre Geheimnisse kund!«

»Wohl gesprochen!« – erwiderte Winzlieb. »Das Werk ist der Mühe wert. Ich sehe es so: Alles Seiende ist Energie, also müssen wir das Denken aus Energie aufbauen. Wir beginnen beim Kleinsten, beim Quant. Das Denken der Quanten sperren wir in einen möglichst kleinen Käfig aus Atomen. Als Atombaumeister müssen wir also zu Werk gehen und die Sache unablässig weiterverkleinern. Kann ich erst die Genies hundertmillionenweise in die Hosentasche schütten, und kommen sie bequem darin unter, so erreiche ich bald meinen Zweck. Denn dann vermehren sich die Genies, und die erstbeste Handvoll denkenden Sandes sagt dir, was und wie, als wäre es eine Ratsversammlung zahlloser Personen.«

»Nein, so nicht!« – sagte darauf Gigelanz. »Das Gegenteil müssen wir tun! Denn alles Seiende ist Masse. Demnach müssen wir aus aller Masse des Alls ein einziges Gehirn erbauen, ganz ungemein groß und gedankenschwer. Auf meine Fragen wird es mir aller Allerschaffung Geheimstes kundtun, und zwar ganz allein! Dein Geniepulver ist unnützer Schnack. Wenn dir jedes denkende Körnchen etwas anderes sagt, verlierst du dich in alledem und bereicherst dein Wissen nicht!«

Ein Wort gab das andere, und so bitter verfeindeten sich die beiden Konstrukteure, daß kein gemeinsames Unterfangen mehr in Frage kam. Da trennten sie sich, einer spottete des anderen, und jeder schritt nach seiner Weise zu Werke. Winzlieb haschte Quanten und sperrte sie hinter Atomgitter. Und weil es in Kristallen am engsten zuging, drillte er Diamanten, Chalzedone und Rubine zu Denkern. Am besten gelang ihm dies bei Rubinen. Er schloß so viel kluge Energie hinein, daß es nur so blitzte. Er hatte auch viel anderes selbsttätig denkendes Kleinzeug: Topase voll gelber Findigkeit und klug erblauende Smaragde. Doch am besten behagte ihm das rote Rubindenken. Während Winzlieb so im Kreise piepsiger Kleinchen werkte, wandte Gigelanz seine Zeit an Riesen. Mit äußerster Anstrengung wälzte er Sonnen und ganze Galaxien gegeneinander und verflüssigte, vermengte, verfugte und verband sie. So rackerte er sich ab, bis er den Kosmobold geschaffen hatte, dessen allumfassende Riesigkeit fast nichts außer ihm selbst bestehen ließ: gerade noch einen kleinen Schlitz, und darin Winzlieb mit seinen Kleinodien.

Als beide Konstrukteure mit der Arbeit fertig waren, da war ihnen nicht mehr wichtig, wer die meisten Geheimnisse von seinem Geschöpf erfahren werde, sondern nur, wer recht gehabt und besser gewählt habe. So forderten die beiden einander zu Turnier und Wettstreit. Gigelanz erwartete Winzlieb neben dem Kosmobold, der Hunderte von Lichtjahrhunderten weit in die Länge, Breite und Höhe reichte. Sein Rumpf bestand aus Dunkelwolken und die Atmung aus Sterngewimmeln; als Arme und Beine waren ganze Galaxien durch Massenanziehung zusammengekoppelt; der Kopf bestand aus hundert Trillionen eiserner Erdbälle und trug eine lodernde Zottelkappe aus Protuberanz. Stimmte Gigelanz seinen Kosmobold ab, so dauerte die Reise vom Ohr zum Mund sechs Monate. Winzlieb aber kam ganz allein auf die Turnierstätte. Nur in der Tasche trug er einen winzigen Rubin. Den wollte er dem Koloß entgegenstellen. Bei diesem Anblick lachte Gigelanz.

»Na, was hat denn das Krümelchen zu sagen?« – fragte er. »Was ist wohl sein Wissen gegen abgründig galaktisches Denken, nebelbewegendes Folgern, wobei Sonnen an Sonnen Gedanken weiterleiten, die manch mächtiges Schwerefeld verstärkt, während Lichtausbrüche von Sternen die Geistesblitze funkeln machen und während interplanetarisches Dunkel die Besinnlichkeit verungeheuerlicht?«

Darauf Winzlieb: »Statt zu prahlen und das Deinige zu rühmen, geh lieber ans Werk! Oder – weißt du was? Warum sollten denn wir diese unsere Gebilde befragen? Mögen sie doch selbst wetteifernden Diskurs miteinander führen! Soll doch in den Schranken dieses Turniers mein Mikro-Genie mit deinem

Sternbold scharmützeln, als Schild die Weisheit und als Schwert den klugen Gedanken führend!«

»Mir soll's recht sein!« – stimmte Gigelanz zu. So wichen sie denn von ihren Werken, auf daß eines mit dem anderen auf dem Platz allein bliebe. Da kreiste und kreiste der rote Rubin in den Finsternissen, über Meeren von Leerheit, worin Berge von Sternen dahintrieben; und so kreiste und kreiste er über dem lichtvollen maßlosen Riesenleib und piepste dazu:

»He, du dort unten, zu groß geratener feuriger Trampel, du Überfluß an Ixbeliebigkeit! Kannst du dir denn irgend etwas denken?«

Schon ein Jahr später trafen diese Worte im Hirn des Kolosses ein. Und in kunstvoll harmonischem Ineinandergreifen begannen sich dort die Firmamente zu drehen, so zwar, daß er ob dieser dreisten Worte staunte und nachsehen wollte, wer sich so mit ihm zu reden erfreche.

Also begann er den Kopf nach jener Richtung zu wenden, woher die Frage gekommen war. Doch ehe die Drehung vollendet war, verstrichen zwei Jahre. Mit den hellen Augengalaxien blickte der Kosmobold in die Finsternis. Doch dort erblickte er nichts, weil der Rubin längst fort war und hinter dem Rücken des Riesen hervorpiepste:

»Ach, wie bist du schlapp, mein Sternwölkerich, mein Sonnenpelzling, du bist ja ganz schrecklich-schnecklich! Hör auf, mit dem sonnenzotteligen Kopf zu wackeln, und sag mir lieber, ob du zwei und zwei zusammenzählen kannst, ehe in deinem Oberstübchen die Mehrheit der Blauen Riesen ausgebrannt und vor Altersschwäche erloschen ist!«

Die unverschämten Spötteleien erzürnten den Kosmobold. Er begann sich also umzudrehen, so schnell er konnte, weil er hinterrücks angesprochen wurde. Und er drehte sich immer flinker, und die Milchstraßen wirbelten ihm um die Körperachse, und der Schwung ringelte die ehemals geraden Galaxienarme zu Spiralen ein, und die Sternwolken kreiselten und wurden so zu Kugelhaufen, und in wilder Hast schwirrten alle Sonnen, Erdbälle und Planeten wie gepeitschte Kreisel im Kreis herum. Doch ehe der Kosmobold seinen Gegner glotzäugig anfunkeln konnte, foppte ihn dieser schon wieder aus dem Abseits.

Und der Kristall, auf Knall und Fall, flitzte immer schneller und schneller. Und auch der Kosmobold kreise und kreise. Doch wie er es auch anfing, er holte ihn nicht ein, obwohl er selbst schon rundherumsauste wie ein Brummkreisel. Zuletzt erreichte er eine so ungeheuerliche Drehzahl und wirbelte mit so schrecklicher Geschwindigkeit, daß die Schwerefesseln sich lockerten und die äußerst angespannten Gravitationsnähte nachgaben, die Gigelanz angelegt hatte. Da zerschnalzten die Maschinen elektrischer Anziehung, und gleich einer voll entfesselten Zentrifuge zerplatzte plötzlich der Kosmobold und zerflog in alle Weltgegenden und schleuderte Galaxien als Spiralfackeln umher und versprühte Milchstraßen. Und solcherart von dieser Fliehkraft aufgespritzt, begann die Auseinanderflucht der Nebel. Winzlieb sagte nachher, er sei Sieger, weil dem Gigelanz der Kosmobold auseinandergefallen sei, ehe er habe »mumm« sagen können. Dem hielt aber Gigelanz entgegen, der Wettbewerb hätte nicht den Zusammenhalt messen sollen, sondern den Verstand, demnach also, welches der Gebilde klüger sei, und nicht, welches besser klebe. Und da dies letztere nicht zum Gegenstand des Streites gehöre, habe Winzlieb ihn, Gigelanz, gar schimpflich hintergangen und betrogen.

Seither hat sich beider Zwist noch gesteigert. Winzlieb sucht sein Rubinchen, das bei der Katastrophe irgendwohin verlustig gegangen ist. Doch er kann es nicht finden, denn wohin er auch blickt, dort sieht er rotes Licht. Sogleich läuft er hin, aber da rötet sich nur vor Alter das Licht entschwirrender Nebel. Also sucht er stets erneut und stets vergeblich. Gigelanz aber bemüht sich, die Glieder seines zerborstenen Kosmobolds wieder zusammenzunähen; als Stricke dienen Schwerkräfte, als Fäden dienen Strahlen, und als Nadel verwendet Gigelanz die härteste Strahlung. Aber was er zunäht, das platzt ihm sogleich wieder auf, denn so furchtbar stark ist die einmal ausgelöste Auseinanderflucht der Nebel. Weder Winzlieb noch Gigelanz hat also die Geheimnisse der Materie erfragt, obwohl ihr die beiden erstens das Denken beibrachten und zweitens Sprechwerkzeuge einpaßten. Freilich, aber ehe das entscheidende Gespräch stattfinden konnte, geschah schon das Unglück, das die Unverständigen in ihrer Unwissenheit als Erschaffung der Welt bezeichnen.

In Wahrheit ist ja bloß durch Zutun des Winzliebschen Rubin-
chens dem Gigelanz der Kosmobold zerplatzt und in so kleine
Krümel zerfallen, daß er heute noch nach allen Richtungen stiebt.
Und wer's nicht glaubt, der frage die Gelehrten, ob es etwa nicht
wahr ist, daß jedes Ding im ganzen Kosmos wie ein Kreisel unablässig um die eigene Achse wirbelt! Denn mit dieser schwindel-
schnellen Kreiselei hat ja alles begonnen.

Aus dem Polnischen von I. Zimmermann-Göllheim

Das Märchen von der Rechenmaschine,
die gegen den Drachen kämpfte

Der Beherrscher der Kyberei, König Poleander Partobon, war ein
großer Krieger. Er huldigte aber den Methoden der modernen
Strategie, und über alles schätzte er deshalb die Kybernetik als
Kriegskunst. Sein Königreich wimmelte von Denkmaschinen,
denn Poleander bestückte alles damit, was nur anging, und nicht
etwa bloß astronomische Observatorien oder die Schulen; nein,
in jeden Stein auf der Landstraße ließ er ein elektrisches Klein-
hirn einbauen, auf daß es die Wanderer laut vor dem Straucheln
warne, und ebenso in alle Masten, Mauern und Bäume, damit
überall der Weg erfragt werden konnte, unter die Wolken, damit
der Regen im voraus verkündet würde, und in alle Berge und
Täler. Kurzum, auf der Kyberei konnte man keinen Schritt tun,
ohne über eine denkende Maschine zu stolpern. Schön war es
auf dem Planeten. Denn nicht nur das längst Bestehende ließ der
König kraft seiner Erlasse kybernetisch vervollkommnen. Seine
Gesetze bewirkten oft auch völlige Neuordnung. Somit produzierte sein Königreich Kyberkrebse und summende Kyberwes-
pen, ja sogar Kyberfliegen, und mechanische Spinnen fingen sie
weg, wenn sie sich zu stark vermehrt hatten. Auf dem Planeten
säuselte Kyberdickicht im Kyberforst, da sangen Kyberkästen
und Kyberfiedeln, doch außer diesen zivilen Einrichtungen gab
es doppelt so viele militärische, denn der König war ein ungemein streitbarer Feldherr. Im Tiefbau seines Palastes hatte er eine
strategische Rechenmaschine von schlechthin außerordentlicher
Tapferkeit. Er hatte auch andere, kleinere, und überdies kyber-
kalibrige Maschinengewehrdivisionen und so manche gewaltig
dicke Kyberta und Zeughäuser voll anderer Waffen jeder Art und
voll Pulver. Ein einziger Mangel plagte ihn, und er litt darunter
sehr. Er hatte nämlich keinerlei Feinde oder Gegner, und in sein
Reich wollte durchaus niemand einfallen, wobei sich doch zweifellos unverzüglich des Königs dräuender Mut und strategischer
Verstand offenbart hätten, ebenso wie die schlechtweg einzigartige Wirkkraft der Kyberbewaffnung. Mangels natürlicher Feinde
und Angreifer ließ der König von seinen Ingenieuren künstliche

erbauen und führte Krieg gegen sie und siegte immer. Das waren aber wahrhaft furchtbare Märsche und Schlachten, und nicht wenig Einbuße erlitt dabei die Bevölkerung. Die Untertanen murrten, wenn ihnen der Kyberfeind gar zu zahlreich Dorf und Stadt verheerte, und wenn der synthetische Widersacher sie alle mit flüssigem Feuer übergoß. Ja, selbst dann erfrechten sie sich, Mißvergnügen zu äußern, wenn als ihr Erlöser und als Verderber des künstlichen Feindes der König höchstselbst heranrückte und im Sturm alles einäscherte, was ihm nur unterkam. O die Undankbaren! Sie mäkelten auch dann, – obwohl dies doch zu ihrer Befreiung geschah.

Die Kriegsspiele auf dem Planeten bekam der König endlich satt, und er beschloß, weiter auszugreifen. Schon erträumte er sich kosmische Kriege und Vorstöße. Sein Planet hatte einen großen Mond, der war völlig wüst und leer. Der König belegte die Untertanen mit hohen Abgaben, so daß er die Mittel erhielt, um auf jenem Mond ganze Heere aufzubauen und neue kriegerische Szenerie zu gewinnen. Die Untertanen zahlten die Abgabe sogar gern, weil sie annahmen, König Poleander werde sie nun nicht mehr mit der dicken Kyberta befreien und auch die Stärke seines Kriegszeugs nicht mehr an ihrer aller Häuser und Köpfe erproben. So bauten denn die königlichen Ingenieure auf dem Mond eine erlesene Rechenmaschine, die ihrerseits allerlei Heere und selbstfeuernde Waffen hervorbringen sollte. Zunächst erprobte der König die Tüchtigkeit der Maschine bald so und bald so. Und einmal befahl er ihr telegraphisch, sie solle einen Elektrokrach erzeugen. Denn Poleander war neugierig, ob seine Ingenieure wahr gesprochen hätten: daß nämlich die Maschine alles könne. – Wenn sie alles kann – so dachte er – dann soll sie eben krachen. – Dem Text der Depesche widerfuhr jedoch eine kleine Entstellung, und die Maschine empfing den Befehl, daß nicht ein Elektrokrach, sondern ein Elektrodrach von ihr auszuführen sei. Und nach besten Kräften befolgte sie die Weisung.

Damals führte der König noch einen weiteren Feldzug, um Provinzen des Königreichs zu befreien, die von den langen Kyberkerls besetzt worden waren. Und so vergaß Poleander jenen Befehl an die Mondmaschine. Doch da begannen riesige Felsstücke vom Mond auf den Planeten herabzusausen. Der König wunderte sich, denn eines fiel sogar auf einen Palastflügel und zerstörte die ganze Kollektion von Kyberbolden, Kobolden mit Rückkopplung. Sogleich telegraphierte der König höchst erzürnt der Mondmaschine: wie sie sich zu solcher Tat erdreisten könne? Sie aber antwortete nicht, weil sie nicht mehr vorhanden war. Der Drache hatte sie verschlungen und zum eigenen Schweif aufbereitet.

Der König entsandte eilends eine ganze gewappnete Heerfahrt auf den Mond und stellte an ihre Spitze eine gleichfalls sehr tapfere Rechenmaschine, auf daß sie den Drachen vernichte. Doch es blitzte nur und knallte, und schon war es aus mit der Maschine und mit der Heerfahrt. Denn der Elektrodrach kämpfte nicht so, als ob, sondern ganz wirklich. Und dem Königreich und seinem König gegenüber hatte er die übelsten Absichten. Der König schickte auf den Mond Generäle als Kyberäle und Obristen als Kybristen und zuletzt sogar einen Kyberissimus. Doch auch dieser richtete nichts aus, der Wirrwarr dauerte nur ein wenig länger, indes der König von der Palastterrasse aus durch ein Fernrohr zusah.

Der Drache wuchs, und der Mond wurde immer kleiner, weil ihn das Ungetüm Stück für Stück auffraß und zum eigenen Körper umformte. Der König und seine Untertanen sahen, daß es schlimm um sie stand. Denn war erste der Boden unter den Füßen des Elektrodrachen verbraucht, so mußte sich dieser unweigerlich auf den Planeten und seine Bewohner stürzen. Der König sorgte sich sehr, doch er sah keine Abhilfe und wußte nicht, was er tun sollte: Maschinen ausschicken? Schlecht, denn die gehen verloren. Selber ausrücken? Auch schlecht, denn dort oben ist es gruselig! Auf einmal hörte der König mitten in toter Nacht im Schlafthronsaal den Telegraphen klopfen. Das war der königliche Apparat, ganz golden mit brillantenem Schreibstift und mit Verbindung zum Mond. Der König sprang auf und lief hin, der Apparat aber machte klopfklopf und klopfklopf, einmal ums andere, und klopfte dies Telegramm hervor: »Der Elektrodrach gibt bekannt: Hinwegscheren möge sich Poleander Partobon, denn ich, der Drach, will mich auf seinen Thron setzen!«

Da erschrak der König und zitterte über und über. Und so wie er war, in Nachthermelin und Pantoffeln, lief er in den Tiefbau des Palastes. Dort stand die strategische Maschine; sie war alt und

66

sehr weise. Noch vor dem Aufkommen des Elektrodrachen hatte sich der König über eine militärische Operation mit ihr zerstritten, deshalb hatte er sie noch nicht um Rat gefragt. Jetzt aber war ihm nicht nach Zwistigkeiten zumute, er wollte ja Thron und Leben retten!

Der König schaltete die Maschine ein. Und kaum war sie warmgelaufen, da rief er schon:

»Meine liebe Rechenmaschine! Meine Teure! Es steht so und so, der Elektrodrach will mich vom Thron stürzen und aus dem Reich jagen. Rette mich! Sag, was ich tun muß, um den Drachen zu bezwingen!«

»O nein!« – entgegnete die Rechenmaschine. »Vorerst mußt du mir in der Frage vom letzten Mal recht geben. Außerdem wünsche ich, daß du mich nicht anders ansprichst, als mit dem Titel ›Rechengroßmarschall‹. Im Gespräch kannst du auch sagen: ›Eure Ferromagnetifizenz‹.«

»Schon gut, schon gut, ich ernenne dich zum Großmarschall und räume dir ein, was du nur willst, aber rette mich!«

Die Maschine summte, rauschte, räusperte sich und sprach:

»Das ist ganz einfach. Es gilt einen Elektrodrachen zu bauen, der stärker ist als der auf dem Mond. Der Neue wird den vom Mond bezwingen und ihm alle elektrischen Knochen brechen. So erreichst du deinen Zweck.«

»Das ist ja großartig!« – entgegnete der König. »Kannst du mir den Plan eines solchen Drachen anfertigen?«

»Das wird ein Superdrach« – sagte die Maschine. »Nicht nur seinen Plan kann ich anfertigen, sondern auch ihn selbst. Ich mache es gleich. Wart nur ein Weilchen, o König!« Und wirklich schlurrte sie und krachte und leuchtete auf und fügte inwendig irgend etwas zusammen. Und schon begann auf einer Seite so etwas wie eine riesige Kralle elektrisch und flammend aus ihr hervorzutauchen, da schrie der König:

»Halt ein, alte Rechenmaschine!«

»Wie redest du mit mir? Ich bin Rechengroßmarschall!«

»Ach ja, stimmt!« – sagte der König. »Eure Elektromagnetifizenz, der Elektrodrach, den du anfertigst, wird zwar den anderen Drachen besiegen, aber an seiner Stelle wird dann er selbst dortbleiben. Wie wird nun er wieder entfernt?«

»Indem der nächste angefertigt wird, ein neuer und noch stärkerer« – erklärte die Maschine.

»Nicht doch! Dann tu bitte gar nichts! Was hilft es mir, wenn auf dem Mond immer gräßlichere Drachen sitzen? Ich will ja gar keinen!«

»Das ist was anderes« – entgegnete die Maschine. »Warum hast du mir das nicht gleich gesagt? Siehst du wohl, wie unlogisch du dich ausdrückst! Wart einmal, ich muß erst nachdenken.«

Und sie krachte, summte und rauschte, und endlich räusperte sie sich und sprach:

»Man muß einen Antimond anfertigen nebst einem Antidrachen, sodann muß man beides auf die Mondbahn bringen ...« – hier knackste etwas in ihr – »... in die Hocke gehen und singen: ›Bin ein Robot jung und keck, hab' vor Wasser keinen Schreck, hüpf' ich übers Wasser weg, komm' ich gut vom Fleck, Juchuuu!!‹«

»Seltsam redest du« – sprach der König. »Was soll denn bei diesem Antimond dieser Gesang über den jungen Roboter?«

»Wieso Roboter?« – fragte die Maschine. »Nein, eh nichts, ich habe mich geirrt; mir scheint, bei mir stimmt drinnen irgend etwas nicht. Ich muß irgendwo durchgebrannt sein.« Der König begann das Durchgebrannte zu suchen, fand endlich eine geplatzte Röhre, setzte eine neue ein und fragte die Maschine, was mit dem Antimond zu tun sei.

»Wieso Antimond?« – fragte die Maschine, die inzwischen ihre vorigen Äußerungen vergessen hatte. »Ich weiß von keinem Antimond ... Wart einmal, ich muß erst überlegen ...«

Sie rauschte und summte ein wenig und sagte dann:

»Es gilt, die allgemeine Theorie der Bekämpfung von Elektrodrachen zu schaffen. Der Drache auf dem Mond ist dann nur ein Einzelbeispiel und als solches leicht aufzulösen.«

»Dann schaffe eine solche Theorie!« – sprach der König.

»Zu diesem Zweck muß ich zunächst allerlei elektrische Versuchsdrachen schaffen.«

»Nicht doch! Dafür bedank' ich mich!« – rief der König. »Der eine Drache will mich entthronen! Was wäre erst, wenn du ganze Scharen hervorbrächtest?«

»Meinst du? Gut, dann müssen wir uns eine andere Zuflucht

suchen. Wir verwenden die strategische Spielart der Methode der schrittweisen Näherung. Geh und telegrafier dem Drachen, du werdest den Thron an ihn abtreten, sofern er drei ganz einfache mathematische Operationen ausführen wolle.«

Der König ging und telegrafierte; der Drache willigte ein. Der König kehrte zur Maschine zurück.

»Und jetzt sag ihm, was er als erste Rechnungsart ausführen soll« – sprach sie. »Er soll sich durch sich selbst teilen!«

Der König bestellte ihm das. Der Elektrodrach teilte sich durch sich selbst, und da ein Elektrodrach in einem Elektrodrachen nur einmal enthalten ist, blieb er weiterhin auf dem Mond, und nichts änderte sich. Der König lief so schnell ins Kellergewölbe, daß er immer wieder die Pantoffeln verlor. »Was Feines hast du da geleistet!« – rief er. »Der Drach hat sich durch sich geteilt, und da er in sich nur einmal enthalten war, hat sich nichts geändert!«

»Das schadet nichts! Ich tat das mit Absicht, als Ablenkungsmanöver« – sprach die Maschine. »Jetzt sag ihm, er solle aus sich die Wurzel ziehen!« Der König telegrafierte auf den Mond, und der Drache begann zu ziehen und zog und zog und knackte an allen Enden und schnaufte und zuckte, doch plötzlich ließ etwas in ihm locker, und er zog sich die Wurzel!

Der König kehrte zur Maschine zurück.

»Der Drache hat geknackst und gezuckt und sogar geknirscht, doch er hat sich die Wurzel gezogen und bedroht mich weiterhin« – rief er schon auf der Schwelle. »Was soll ich jetzt tun, alte Rech ..., Pardon, ich meine: Eure Ferromagnetifizenz!?«

»Faß nur Mut!« – sprach sie. »Jetzt sag ihm, daß er sich von sich abziehen soll!«

Da flitzte der König in den Schlafsaal und telegrafierte. Der Drache aber begann sich von sich abzuziehen. Zuerst zog er sich den Schweif ab, dann die Beine, dann den Rumpf, und endlich merkte er, daß da irgend etwas nicht ganz geheuer war, und zögerte. Aber durch den bloßen Schwung lief das Abziehen noch weiter, und er zog sich den Kopf ab, und da blieb Null, das heißt, gar nichts. Der Elektrodrach war weg!

»Der Elektrodrach ist weg!« – rief der König freudig und lief in den Tiefbau. »Danke, alte Rechenmaschine, danke ... du hast dich abgeplagt, du verdienst ein wenig Ruhe, also werde ich dich jetzt ausschalten.«

»Nicht doch, mein Lieber!« – entgegnete die Maschine. »Ich habe das Meinige getan, und jetzt willst du mich ausschalten und nennst mich nicht mehr Eure Ferromagnetifizenz?! Ei, das ist gar nicht nett! Paß auf, Freundchen, jetzt verwandle ich mich selbst in einen Elektrodrachen und vertreibe dich aus dem Königreich, und gewiß werde ich besser regieren als du! In allen wichtigeren Angelegenheiten hast du ohnehin immer mich um Rat gefragt, so daß im Grunde genommen ich regiert habe, und nicht du …«

Und summend und krachend begann sie sich in einen Elektrodrachen zu verwandeln. Schon ragten ihr flammende Elektrokrallen aus den Seiten, da riß sich der König die Pantoffeln von den Füßen, und atemlos vor Entsetzen sprang er auf die Maschine zu und begann auf ihre Röhren mit den Pantoffeln loszudreschen, wie es sich just traf. Die Maschine summte und verschluckte sich, und da verwirrte sich etwas in ihrem Programm, und aus dem Wort »Elektrodrach« wurde »Elektrodreck«. Und leiser und leiser röchelnd verwandelte sich die Maschine vor den Augen des Königs in einen ungeheuren Klumpen aus kohlschwarzem Elektrodreck. Der brutzelte noch, bis daraus in blauen Fünkchen alle Elektrizität entwich. Und nun dampfte vor dem entgeisterten Poleander nichts als eine sehr große Dreckpfütze.

Der König atmete auf, schlüpfte in die Pantoffeln und kehrte in den Schlafthronsaal zurück. Doch von nun an war Poleander sehr verändert. Die durchlebten Abenteuer hatten aus seinem Temperament alle Kriegslust getilgt, und bis ans Ende seiner Tage befaßte er sich ausschließlich mit friedlicher Kybernetik; von der kriegerischen ließ er die Finger.

Aus dem Polnischen von I. Zimmermann-Göllheim

Die Räte des Königs Hydrops

Als erste Sternvölkerschaft machten die Argonautiker dem Verstande die planetaren Ozeantiefen zugänglich, die nach dem Urteil kleinmütiger Roboter dem Metall auf ewig verwehrt geblieben wären. Eines der smaragdenen Kettenglieder argonautischen Königtums ist die Aquatia. Sie erglänzt am Nordhimmel, wie ein großer Saphir in einem Gehänge von Topasen. Diesen wasserüberfluteten Planeten regierte vor vielen Jahren König Hydrops der Allfischige. Eines Morgens beschied er die vier Kronminister in die Audienzhalle. Sie schwammen vor ihm aufs Angesicht nieder. Er aber sprach zu ihnen, während sein Erzkiemerer, über und über smaragdbestückt, den weitflossigen Fächer über ihm bewegte:

»O rostfreie Würdenträger! Schon seit fünfzehn Jahrhunderten beherrsche ich Aquatias Unterwasserstädte und Blauwiesenkolonien. Ich habe in diesem Zeitraum durch Überflutung vieler Landstriche die Reichsgrenzen erweitert und somit die wasserfesten Banner nicht befleckt, die ich von meinem Erzeuger Ichthyokrates übernommen habe. Vielmehr errang ich in den Schlachten gegen die feindlichen Mikrozyten etliche Siege, deren Lobpreisung nicht meine Sache ist. Gleichwohl spüre ich, daß mir die Herrschaft zur entkräftigenden Bürde wird. Darum habe ich beschlossen, mir einen Sohn zu verschaffen, der gerechtes Regiment auf dem Nieoxydenthron würdig fortsetzen soll. Deshalb wende ich mich an dich, o Ammassid, du mein getreuer Hydrokyberant, wie auch an dich, mein Oberprogrammist Diopterich, und an euch, o Philonaut und Bricklerich, die ihr meine Leibstimmer seid. Ihr sollt mir gemeinsam einen Sohn erdenken. Er sei weise, aber nicht allzusehr den Büchern verhaftet, denn ein Übermaß an Wissen lähmt die Tatfreudigkeit. Er sei gut, doch auch dies ohne Übertreibung. Ich wünsche, daß er mannhaft sei, aber nicht dreist, und auch feinfühlig, aber nicht weichlich. Auch soll er mir ähnlich sehen; seine Flanken überziehe die gleiche Tantalschuppung. Und die Kristalle seines Denkens seien so klar, wie dies Wasser, das uns umgibt, trägt und nährt! Und nun schreitet ans Werk, im Namen der Großen Matrize!«

Diopterich, Bricklerich, Philonaut und Ammassid verneigten sich tief und entschwammen schweigend. Sie alle erwogen im Geiste die königlichen Worte, wenn auch nicht ganz so, wie dies der gewaltige Hydrops wünschen konnte. Denn Bricklerich begehrte über alles, sich des Throns zu bemächtigen; Philonaut hielt es insgeheim mit den Mikrozyten, den Feinden der Argonautiker; Ammassid und Diopterich hinwiederum waren Todfeinde und lechzten danach, einander und nach Möglichkeit auch die übrigen Würdenträger zu stürzen.

»Der König wünscht, daß wir ihm einen Sohn entwerfen« – dachte Ammassid. »Was ist also leichter, als in die Mikromatrize des Königssohnes Abneigung gegen diesen blasenhaft geblähten Bastard Diopterich einzuritzen? Dann läßt ihn der neue König gleich nach Antritt der Herrschaft durch Luftbad des Kopfes ersticken! Das wäre ja herrlich! Aber« – so dachte des weiteren der fürtreffliche Hydrokyberant – »Diopterich spinnt gewiß ebensolche Ränke. Und als Programmverweser hat er leider Möglichkeiten genug, dem künftigen Königssohn Haß gegen mich einzuimpfen. Fatale Geschichte! Da muß ich die Augen gut offenhalten, wenn wir dann gemeinsam die Matrize in den Kindsofen einführen!«

»Das einfachste wäre«, – so erwog zur selben Zeit der würdige Philonaut – »dem Königssohn Wohlwollen für die Mikrozyten einzuritzen. Doch das wäre gleich zu bemerken, und der König ließe mich abschalten! Vielleicht sollte ich dem Königssohn bloß die Liebe zu kleinen Formen einflößen? Das ist lang nicht so gefährlich! Verhört man mich, so werde ich sagen, ich hätte bloß unterseeisches Kleinzeug gemeint und nur aus Vergeßlichkeit das Sohnsprogramm nicht durch die Klausel untermauert, daß nicht liebgewonnen werden dürfe, was nicht unterseeisch sei. Schlimmstenfalls nimmt mir der König dafür den Orden vom Großen Platsch, nicht jedoch den Kopf, der mir so lieb und wert ist, und den mir sogar der Mikrozytenherrscher Nanoxeros höchstpersönlich nicht wiedergeben könnte!«

»Warum schweigt ihr, würdige Herren?« – sprach nun Bricklerich. »Ich meine, wir sollten uns schleunigst ans Werk machen. Denn nichts ist heiliger, als des Königs Gebot!«

»Deshalb erwäge ich es ja eben im Geiste!« – sagte Philonaut rasch. Und wie aus einem Munde ergänzten dies Diopterich und Ammassid: »Wir sind bereit!«

Und wie es Brauch war von alters her, ließen sie sich in ein schuppig smaragdumwandetes Gemach sperren. Siebenfach wurde es von außen mit Meerharz versiegelt. Und Megazystes, der Herr planetlicher Hochfluten, drückte höchstselbst auf die Siegel sein Wappen, das ›Stille Wasser‹. Von nun an sollte sich niemand in die Arbeit einmischen können, bis als Zeichen für den Vollzug ein eigens erzeugter Wirbel den Abfall an Entwürfen zur Klappe hinausgespült hätte. Dann erst sollten die Siegel zerbrochen werden, zum großen Festtag der Sohnespflücke.

Wirklich setzten sich die Würdenträger an ihre Arbeit. Doch sie ging ihnen gar nicht flott von der Hand. Denn sie sannen ja nicht darauf, in dem Königssohne die von Hydrops begehrten Tugenden zu verwirklichen, sondern suchten zugleich den König und die drei rostfreien Genossen bei diesem schwierigen Schöpfungsgeschäft zu überlisten.

Der König wurde ungeduldig, denn seine Sohnmacher waren schon acht Tage und acht Nächte lang eingesperrt und gaben noch nicht einmal ein Zeichen für einen nahen und glücklichen Abschluß des Werkes. Denn die viere wollten sehen, wer länger aushielte. Jeder wollte abwarten, bis den anderen die Kräfte geschwunden wären, und dann schnell ins Kristallgitter der Matrize alles einritzen, was ihm selbst an dem Königssohne zum Nutzen ausschlüge. Denn Bricklerich wurde von Machtgier angetrieben, Philonaut von der Lust zum Mammon, den ihm die Mikrozyten zugesagt hatten, Ammassid aber und Diopterich – von wechselweisem Haß.

Als sich auf diese Weise nicht so sehr die Kraft wie die Geduld erschöpft hatte, sprach der schlaue Philonaut:

»O ihr würdigen Herren, ich begreife nicht, warum sich unser Werk so lang hinzieht. Der König hat uns doch wohl strikte Richtlinien erteilt. Hätten wir uns daran gehalten, so wäre der Königssohn schon fertig. Allmählich kommt mir der Verdacht, eure Langsamkeit stehe mit der königlichen Besohnung in anderem ursächlichem Zusammenhang, als dies dem Herzen des Herrschers lieb sein könnte. Und wenn das so weitergeht, werde ich mich zu meinem tiefsten Bedauern verpflichtet sehen, ein Votum separatum einzureichen, das heißt ...«

»Uns zu verpfeifen! Davon redet Ihr doch, Euer Liebden!« – zischte Ammassid und strampelte so wütig mit den Glitzerkiemen, daß an seinen Orden alle Schwimmer wackelten. »Bitte sehr! Nur zu! Mit Vergunst, Euer Liebden, auch ich habe Lust, dem König zu schreiben, wie Euer Gnaden, seit neuestem an Schüttellähmung leidend, schon achtzehn Perlmuttmatern ruiniert haben. Sie alle mußten wir verwerfen, denn hinter der Formel über die Liebe zu allem Kleinen haben Euer Gnaden kein Tüpfelchen Platz gelassen für das Verbot der Liebe zu allem, was nicht unterseeisch ist! Du wolltest uns einreden, ehrenwerter Philonaut, es handle sich um ein Versehen. Nichtsdestoweniger genügt es nach achtzehn Wiederholungen, um dich ins Zuchthaus oder ins Tollhaus zu bringen, und deine Freiheit beschränkt sich nur auf die Wahl zwischen beiden!«

Der durchschaute Philonaut wollte sich verteidigen, aber Bricklerich kam ihm zuvor und sagte:

»Wer dich reden hört, edler Ammassid, der könnte meinen, du wärest in unserer Versammlung wie eine kristallene Meduse ohne Makel. Und doch hast auch du elfmal auf unfaßliche Weise etwas zu dem Absatz hinzugefügt, der in der Matrize allem gewidmet ist, wovor sich der Königssohn ekeln soll. Einmal nanntest du dreigeteilte Schwänzigkeit, einmal einen bläulich emaillierten Kamm, zweimal Kulleraugen, dann wieder einen doppelten Bauchpanzer oder drei rote Funken, als wüßtest du nicht, daß alle diese Merkmale auf den hier anwesenden Diopterich zutreffen und daß du auf solche Weise Haß gegen diesen königlichen Mitzeuger in der Seele des Königssohnes entfachen könntest ...«

»Und warum schreibt denn Diopterich immerzu aufs Endstück der Matrize die Verachtung für Wesen, deren Name auf ›id‹ endet?« – fragte Ammassid. »Und weil wir schon davon reden: warum zählst du selbst, hochmögender Bricklerich, zu den Dingen, die der Königssohn verabscheuen soll, aus unerfindlichen Gründen beharrlich einen fünfeckigen Sitz mit flossig brillantbestückter Lehne? Solltest du nicht wissen, daß haargenau so und nicht anders der Thron aussieht?«

Peinliche Stille trat ein, nur von schwachem Plätschern unterbrochen. Lang plagten sich die Würdenträger, von widerstreitenden Interessen umhergerissen; endlich bildeten sich Parteiungen. Philonaut und Bricklerich kamen überein, in der Sohnsmatrize die Neigung zu allem Kleinen vorzusehen, verbunden mit dem Wunsch, solchen Formen den Vortritt zu lassen. Philonaut dachte dabei an die Mikrozyten, Bricklerich an sich selbst, da er der kleinste der Anwesenden war. Plötzlich nahm auch Diopterich diese Formel hin, weil Ammassid unter den vieren der größte war. Dieser sträubte sich heftig, doch mit eins gab er nach. Ihm fiel nämlich ein, er könne sich ja verkleinern und zugleich den Hofbeschuher bestechen, damit dieser Diopterichs Sohlen mit Tantalplättchen beschlage. So wüchse der Verhaßte und zöge sich dadurch die Ungnade des Königssohnes zu. Nun waren sich alle einig, und schnell vollendeten sie die Sohnsmatrize. Die ungültigen Entwürfe flogen zur Klappe hinaus, und damit begann der große höfische Festtag der Sohnespflücke.

Die Matrize mit dem entworfenen Königssohn begann eben erst zu backen, und die Ehrenwache war eben erst in Reih und Glied vor dem Kindsofen angetreten, aus welchem in Bälde der künftige Beherrscher der Argonautiker hervorgehen sollte, – da führte Ammassid den geplanten Betrug bereits aus. Der bestochene Hofbeschuher schraubte immer neue Tantalplättchen an Diopterichs Sohlen. Unter der Aufsicht der Untermetallurgen wurde der Königssohn allmählich gar. Diopterich aber erblickte sich einmal im großen Palastspiegelglas und bemerkte mit Entsetzen, daß er schon größer war als sein Feind. Und dem Königssohn war ja nur die Neigung zu kleinen Dingen und Personen einprogrammiert!

Daheim angelangt, untersuchte sich Diopterich sorgsam und klopfte sich mit einem silbernen Hämmerchen ab. Endlich entdeckte er unter den Füßen das festgeschraubte Blech und begriff sogleich, wer sich da betätigt hatte. »Pfui, der Schuft!« – dachte er und meinte Ammassid. »Doch was mache ich jetzt?« Nach kurzem Bedenken beschloß Diopterich, sich zu verkleinern. Er rief einen treuen Diener und gebot ihm einen guten Schlosser in den Palast zu holen. Doch der Diener schwamm auf die Straße, ohne den Auftrag recht verstanden zu haben, und holte einen armen Tagelöhner namens Froton, der tagaus, tagein die Stadt abklapperte und seinen Spruch rief: »Köpfe verlöt ich! Bäuche verbind ich! Schweife verschweiß ich! Schweife putz ich blank!« Dieser Kesselflicker hatte eine böse Frau. Brechstangenschwingend erwartete sie ihn täglich, wenn er heimkommen sollte. Und sobald er sich näherte, hallte von ihrem bissigen Gekeif das ganze Gäßchen wider. Sie nahm dem armen Mann alles weg, was er verdient hatte, und verbeulte ihm noch Rücken und Schultern mit unerbittlichen Hieben. Froton trat zitternd vor den Oberstprogrammisten, und dieser sprach zu ihm: »Hör mal, brächtest du es wohl fertig, mich zu verkleinern? Ich erscheine mir nämlich zu groß, verstehst du … Na, im übrigen … gleichviel! Verkleinern sollst du mich, und zwar so, daß ich von meiner Schönheit nichts einbüße! Machst du deine Sache gut, so werde ich dich reichlich belohnen. Aber du mußt das Ganze sogleich vergessen. Halt den Mund voll Wasser! Sonst lasse ich dich zuschrauben!«

Froton wunderte sich, doch er ließ sich nichts anmerken. – Den hohen Herrschaften steigen halt allerhand Mucken zu Kopfe … Er besah Diopterich aufmerksam, guckte ihm ins Innere, beklopfte und bepochte ihn und sagte sodann:

»Eure Erlaucht, ich könnte Euch das Mittelstück des Schweifs herausschrauben …«

»Nein! Das will ich nicht!« – erwiderte Diopterich heftig. »Um den Schweif tut es mir leid! Der ist gar zu schön!«

»Vielleicht könnte ich die Beine abschrauben?« – fragte Froton. »Die sind ja ganz überflüssig!«

In der Tat werden Beine bei den Argonautikern nicht benützt, sondern sind ein bloßes Erbteil aus den uralten Zeiten jener Vorfahren, die noch im Trockenen hausten. Diopterich aber wurde nun erst richtig böse:

»Ach du eiserner Trottel! Weißt du denn nicht, daß nur wir Hochgeborenen das Recht auf Beine haben? Wie wagst du es, mir diese Insignien des Adels zu nehmen?«

»Bitte ergebenst um Verzeihung, Eure Erlaucht … Aber was darf ich dann eigentlich abschrauben?«

Da verstand Diopterich, daß er mit so viel Widerborstigkeit nichts erzielte. Er knurrte also: »Mach es so, wie du meinst …«

Und Froton maß und klopfte und pochte ihn ab und sagte sodann: »Den Kopf könnte ich abschrauben, wenn Eure Erlaucht gestatten ...«

»Bist du übergeschnappt? Was wird aus mir ohne Kopf? Womit soll ich denken?«

»Keine Angst, Herr! Den allerwertesten Verstand stecke ich Eurer Erlaucht in den Bauch, dort ist Platz genug ...«

Diopterich willigte ein. Der Kesselflicker schraubte ihm geschickt den Kopf ab, baute die kristallenen Denkhalbkugeln in den Bauch ein, vernietete und verhämmerte alles, bekam fünf Dukaten und wurde vom Diener aus dem Palast geführt. Doch im Vorübergehen erblickte Froton noch in einem der Gemächer Diopterichs Tochter Aurentina. Die war ganz und gar silbern und golden, und ihre geschmeidige Gestalt, die auf Schritt und Tritt Schellengeklingel ertönen ließ, erschien dem Kesselflicker schöner als alles, was er je gesehen hatte. Er kam nach Hause, die Frau erwartete ihn schon mit der Brechstange, und alsbald erhob sich über das ganze Gäßchen ungeheures Getöse. Da sagten die Nachbarn: »Aha, die Frotonin, diese Zange, beult ihrem Mann schon wieder die Flanken aus!«

Diopterich aber ging in den Königspalast, hoch erfreut über das Geschehene. Der König staunte ein wenig, als er seinen Minister kopflos sah. Doch dieser erklärte ihm gleich, das sei so eine neue Mode. Ammassid hingegen erschrak, denn seine List war umsonst verschwendet. Daheim angelangt, tat er dasselbe, wie sein Feind. Nun entbrannte zwischen ihnen ein Wettminiaturisieren. Sie schraubten sich die metallenen Flossen, Kiemen und Genicke ab. Nach einer Woche konnten sich schon beide unter den Tisch begeben, ohne sich zu bücken. Aber auch die beiden anderen Minister wußten ja sehr wohl, daß der künftige König nur die Kleinsten lieben sollte. Notgedrungen begannen sich die beiden gleichfalls zu verkleinern. Endlich war es so weit, daß nichts mehr abzuschrauben war. Verzweifelt sandte Diopterich den Diener nach dem Kesselflicker.

Froton wunderte sich, als er vor das Angesicht des Magnaten vorgelassen wurde. Denn von dem Würdenträger war nur mehr so wenig geblieben, und dennoch verlangte er beharrlich, noch weiter vermindert zu werden!

»Erlauchter Herr« – sprach Froton und kratzte sich den Kopf.

»Mir scheint, es gibt nur ein einziges Mittel. Wenn Eure Erlaucht gestatten, schraube ich das Gehirn aus ...«

»Nein, du bist übergeschnappt!« – brauste Diopterich auf. Aber der Kesselflicker erläuterte:

»Das Gehirn verberge ich hier im Palast an einem sicheren Ort, zum Beispiel in dem Schrank da. Eure Erlaucht werden lediglich ein kleinwinziges Empfängerchen und ein Lautsprecherlein in sich tragen und auf diese Weise elektromagnetisch mit dem eigenen Denken in Verbindung stehen.«

»Ich begreife!« – sprach Diopterich, der an diesem Einfall Gefallen fand. »Nun denn, tu, was du zu tun hast!«

Und Froton entnahm dem Minister das Hirn, legte es in die Schrankschublade, versperrte sie, überreichte den Schlüssel an Diopterich und steckte ihm dann ein kleinwinziges Apparatchen und ein Mikrofönchen in den Bauch. Diopterich war nun so klein geworden, daß er fast nicht zu sehen war. Angesichts solcher Verkleinerung erzitterten seine drei Nebenbuhler, und der König staunte, doch er sagte nichts. Bricklerich, Ammassid und Philonaut griffen zu verzweifelten Mitteln, schrumpften sichtbarlich von Tag zu Tag dahin und machten es bald ebenso, wie der Kesselflicker mit Diopterich: die Gehirne wurden verborgen, wo es nur anging, im Schreibtisch oder unterm Bett, und die Minister verblieben als blinkende geschwänzte Büchslein mit ein paar Orden, die nur wenig kleiner waren, als sie. Da ließ Diopterich wieder seine Diener nach dem Kesselflicker suchen. Endlich erschien er vor ihm. Da rief er ihm zu:

»Du mußt etwas tun! Ich muß unbedingt um jeden Preis weiterverkleinert werden, sonst passiert etwas!«

»Erlauchter Herr« – entgegnete der Kesselflicker und verneigte sich tief vor dem Magnaten, der zwischen Armstütze und Lehne des Sessels fast verschwand. »Das ist unerhört schwierig, und ich weiß nicht, ob es sich überhaupt machen läßt ...«

»Und wenn schon! Tu, was ich dir sage! Du mußt! Wenn du mich glücklich auf Minimalgestalt verkleinerst, so daß mich niemand unterbieten kann, dann erfülle ich dir jeden Wunsch!«

»Wenn mir Eure Erlaucht dies durch Ritterwort verbürgen, dann werde ich mein möglichstes tun« – erwiderte Froton, denn im Kopf war ihm plötzlich ein Licht aufgegangen, und durch die

Brust schien lauterstes Gold zu strömen. Seit Tagen konnte er nämlich an nichts anderes denken als an die goldgewirkte Aurentina, in deren Brust wohl kristallene Glöcklein verborgen sein mußten.

Diopterich leistete den Eid. Da nahm Froton von der kleinen Brust des Oberstprogrammisten die letzten drei Orden, die darauf gelastet hatten, und fügte sie zu einem dreiwandigen Schächtelchen zusammen, steckte ein Apparatchen hinein, so klein wie ein Dukaten, umschlang das Ganze mit feinem Golddraht, lötete hinten ein Stück Goldblech daran, stutzte es schwanzförmig zu und sagte:

»Fertig, Eure Erlaucht! An diesen hohen Auszeichnungen erkennt jedermann mühelos Eure werte Person; dank diesem Blechstück werden Eure Erlaucht schwimmen können; das Apparatchen aber ermöglicht die Verbindung mit dem Verstand, der im Schrank steckt ...«

Da freute sich Diopterich.

»Was willst du haben? Fordere, sprich, du wirst alles bekommen!«

»Ich begehre die Tochter Eurer Erlaucht zur Frau, die goldgewirkte Aurentina!«

Da wurde Diopterich furchtbar böse. Er schwamm um Frotons Gesicht herum, bewarf ihn mit Schmähungen, umklimperte ihn mit den Orden, nannte ihn einen frechen Gauner, Schubiak und Schuft und ließ ihn dann aus dem Palast werfen. Er selbst aber schwamm sogleich im sechsspännigen U-Boot zum König hin.

Bricklerich, Ammassid und Philonaut erblickten Diopterich in neuer Gestalt und erkannten ihn nur an den herrlichen Orden, woraus er nun bestand, abgesehen von dem Schwänzlein. Furchtbarer Zorn durchzuckte die Rivalen. Denn sie waren in Elektrobelangen wohl unterrichtet und sahen ein, daß sich eigenpersönliches Miniaturisieren schwerlich weiter vorantreiben ließ. Tags darauf aber sollte schon die feierliche Geburt des Königssohnes stattfinden. Kein Augenblick durfte vergeudet werden. So kartete Ammassid mit Philonaut ab, Diopterich auf seinem Heimweg zu überfallen, zu entführen und einzukerkern. Das war ja nicht schwierig, denn das Verschwinden einer so kleinen Person fiele niemandem auf. Gedacht, getan; Ammassid hielt eine alte Blechbüchse bereit und lauerte damit hinter einem Korallenriff, woran Diopterichs Boot vorbeimußte. Als es sich näherte, verlegten ihm plötzlich Ammassids verlarvte Diener den Weg. Und ehe noch Diopterichs Lakaien eine Flosse zur Gegenwehr erhoben, war Diopterich schon mit der Büchse bedeckt und entführt worden. Ammassid bog sofort den Blechdeckel um, damit sich der Oberstprogrammist nicht befreien konnte, verspottete und verhöhnte ihn gräßlich und kehrte eilends heim. Doch zu Hause beschloß Ammassid, den Gefangenen lieber nicht bei sich zu behalten. Und eben rief eine Stimme von der Straße her: »Köpfe verlöt ich! Hälse, Schweife, Bäuche flick ich und putze ich blank!« Erfreut rief Ammassid den Kesselflicker. Das war aber just Froton. Ihm befahl er, die Büchse hermetisch zu verlöten. Als dies erledigt war, gab er ihm einen Taler und sprach:

»Hör mal, Kesselflicker! In der Büchse steckt ein Metallskorpion. Im Keller meines Palastes ist er gefangen worden. Nimm ihn mit, und draußen vor der Stadt wirf ihn weg, dort bei der großen Müllhalde, du weißt schon wo! Und sicherheitshalber beschwere die Büchse ordentlich mit einem Stein, damit der Skorpion nicht entwischen kann. Und – bei der Großen Matrize! – öffne die Büchse nicht, sonst stirbst du auf der Stelle!«

»Ich werde tun, was du befohlen hast, o Herr!« – sprach Froton, nahm Büchse und Entlohnung und ging.

Die Geschichte befremdete ihn. Er wußte nicht, was er davon halten sollte. Er schüttelte das Büchschen, und drinnen klapperte etwas.

»Das kann kein Skorpion sein« – dachte er. »So kleine Skorpione gibt es nicht ... Wir werden ja sehen! Aber das hat ja noch Zeit ...«

Daheim angelangt, versteckte er die Büchse auf dem Dachboden, deckte sie mit altem Blech zu, damit die Frau sie nicht fände, und begab sich zur Ruhe. Doch die Frau hatte bemerkt, daß ihr Mann etwas unter dem Dach verborgen hatte. Und Tags darauf hatte er kaum das Haus verlassen, um wie immer die Stadt abzuklappern und »Köpfe flick ich, Schweife löt ich« zu rufen, – da lief die Frau schon eilends auf den Dachboden, fand das Büchschen, schüttelte es und hörte Metall darin klimpern. »So ein

Schuft! So ein Lump!« – dachte sie und meinte Froton. »Das ist doch die Höhe! Er versteckt irgendwelche Schätze vor mir!« Sie bohrte schleunigst ein Loch ins Büchslein, aber sie sah nichts. Also zertrennte sie das Blech mit dem Meißel. Und kaum hatte sie es ein wenig seitwärts gebogen, da sah sie Gold darin glitzern. Das waren Diopterichs Orden aus lauterstem Edelmetall. Zitternd vor hemmungsloser Raffgier riß sie den ganzen Blechdeckel ab. Und da erwachte Diopterich, der bislang wie tot geruht hatte, weil ihn das Blech gegen das Gehirn abgeschirmt hatte, das im Schrank im Palast lag. Diopterich fand wieder Kontakt zu seinem Verstand und rief: »Was soll das? Wo bin ich?! Wer hat sich erfrecht, mich zu überfallen?! Wer bist du, eklige Kreatur?! Wisse, daß du elendiglich zugeschraubt sterben mußt, wenn du mir nicht augenblicklich die Freiheit wiedergibst!«

Als die Frau des Kesselflickers drei Ordensdukaten erblickte, die ihr zeternd und schweifwedelnd ins Gesicht sprangen, da erschrak sie so sehr, daß sie flüchten wollte. Sie sprang auf den Einstieg des Dachbodens zu. Aber Diopterich schwamm immerfort über ihr und drohte und fluchte, was das Zeug hielt. Da stolperte sie über die oberste Leitersprosse, fiel vom Dachboden und brach sich das Genick. Die Leiter rumpelte hinterdrein, und die Falltür des Dachbodens fiel zu, weil sie nicht mehr von der Leiter gestützt wurde. So war nun Diopterich in der Bodenkammer eingesperrt. Er schwamm von Wand zu Wand und rief vergebens um Hilfe.

Am Abend kam Froton heim; er wunderte sich, weil ihn die Frau nicht mit der Brechstange auf der Schwelle erwartete. Doch er ging in die Wohnung, und dort erblickte er die Frau und härmte sich sogar ein bißchen, denn er war ungemein gutmütig. Doch bald bedachte er die guten Seiten dieses Unglücksfalles. Er konnte die Frau zu Ersatzteilen verarbeiten, was sich sehr gut lohnte. Also setzte er sich auf den Fußboden, griff zum Schraubenzieher und begann die Verblichene zu zerlegen. Da ertönten aus der Höhe piepsige Rufe.

»Oho!« – sagte sich Froton. »Die Stimme kenne ich doch! Das ist ja der königliche Oberstprogrammist, der mich gestern aus dem Palast werfen ließ und noch nicht bezahlt hat! Aber wie ist der auf meinen Dachboden geraten?«

Er legte die Leiter an die Falltür, stieg auf die Sprossen und fragte: »Seid das Ihr, Eure Erlaucht?«

»Ja, ja, ich bin's!« – rief Diopterich. »Jemand hat mich entführt, überfallen, in eine Büchse eingelötet! Eine Frau öffnete sie, erschrak und fiel vom Dachboden. Die Klapptür hat sich geschlossen, ich bin eingesperrt! Bei der Großen Matrize, wer du auch seist, laß mich frei, und ich gebe dir alles, was du willst!«

»Das höre ich schon zum zweitenmal, und mit Verlaub, ich weiß, wieviel es gilt!« – erwiderte Froton. »Ich bin nämlich der Kesselflicker, den Eure Erlaucht haben hinauswerfen lassen.« Und nun erzählte er die ganze Geschichte: ein Unbekannter, wohl irgendein Magnat, habe ihn gerufen und ihm befohlen, die Büchse zu verlöten und auf der Müllhalde außerhalb der Stadt wegzuwerfen. Diopterich begriff, dies müsse einer der königlichen Minister gewesen sein: höchstwahrscheinlich Ammassid. Diopterich bat und flehte, er wolle aus der Bodenkammer heraus. Doch Froton fragte, wie er wohl jetzt noch auf Diopterichs Wort bauen solle.

Und erst als dieser hoch und heilig geschworen hatte, er werde ihm die Tochter zur Frau geben, da öffnete Froton die Falltür, faßte den Magnaten mit zwei Fingern, die Orden nach oben, und trug ihn in den Programmistenpalast. Eben begannen die Uhren zwölf Uhr mittag zu blubbern, und die große Feier hob an: die Königliche Sohnesbergung aus dem Kindsofen. Also hängte Diopterich schleunigst noch den Großhochseestern am wogenbestickten Band zu den drei Orden, woraus er selbst sich zusammensetzte, und schwamm eilends zum Palast der Nieoxyden. Froton aber betrat das Gemach, worin Aurentina zwischen ihren Hofdamen saß und auf der Elektromaultrommel spielte. Und die beiden fanden viel Gefallen aneinander.

Fanfaren ertönten von den Palasttürmen, als Diopterich ans Haupttor geschwommen kam. Denn die Feier hatte soeben begonnen. Die Pförtner wollten ihn zunächst nicht einlassen, erkannten ihn aber an den Orden und öffneten das Tor. Und als es sich auftat, durchfuhr der unterseeische Durchzug den ganzen Krönungssaal, erfaßte Ammassid, Bricklerich und Philonaut, weil sie gar so sehr miniaturisiert waren, und trug sie in die Küche. Vergeblich um Hilfe rufend, kreisten sie dort ein Weilchen über dem Ausguß, dann rutschten sie hinein. Durch die gewundenen unterirdischen Kanäle gelangten sie bis vor die Stadt. Doch erst lang nach dem Ende der Feier wühlten sie sich aus Schlamm, Lehm und Schmutz hervor, reinigten sich und kehrten an den Hof zurück. Derselbe unterseeische Durchzug, der mit den drei Ministern so umgesprungen war, riß auch Diopterich mit und wirbelte ihn so heftig um den Thron, daß die goldene Drahtverschnürung zerbarst. Da stoben die Orden und der Hochseestern nach allen Seiten davon, das Apparatchen aber prallte mit Schwung gegen die Stirn des Königs Hydrops. Er wunderte sich sehr, denn aus diesem Krümel drang Gepiepse:

»Eure Majestät! Vergebung! Nicht mit Absicht! Ich bin's, Diopterich, der Oberstprogrammist ...«

»Was für dumme Späße in solch einem Augenblick!« – rief der König und stieß das Apparatchen von sich. Und es sank zu Boden, und der Erzkiemerer zerstampfte es ahnungslos in kleine Stücke, als er zur Eröffnung der Feier dreimal den goldenen Stab auf den Boden schlug. Dem Kindsofen entstieg der Königssohn, und sein Blick fiel auf ein elektrisches Fischlein, das zu Füßen des Throns in einem Silberkäfig umherschwamm. Das Antlitz des Königssohnes strahlte auf, und gewann das kleine Geschöpfchen lieb. Glücklich endete die Feier. Der Königssohn bestieg den Thron, nahm Hydropsens Stelle ein und wurde zum Beherrscher der Argonautiker und zum großen Philosophen. Er widmete sich nämlich dem Studium des Nichts, da ja etwas noch Kleineres nicht denkbar ist. Er regierte gerecht unter dem Namen Nixlieb, und kleine elektrische Fischlein waren seine Leibspeise. Froton aber vermählte sich mit Aurentina. Auf ihre Bitten hin setzte er den im Keller gelagerten smaragdenen Körper Diopterichs wieder instand, nahm das Gehirn aus dem Schrank und baute es ein, wo es hingehörte. Der Oberstprogrammist und die anderen Minister dienten von nun an dem neuen König in Treue, weil sie sahen, daß sie keine andere Wahl hatten. Froton aber wurde Kronblechseß und lebte mit Aurentina lang und glücklich.

Aus dem Polnischen von I. Zimmermann-Göllheim

Der Freund des Automatthias

Ein Roboter, der eine weite und gefährliche Reise antreten sollte, hörte von einem sehr nützlichen Gerät; der Erfinder nannte es den elektrischen Freund. – Mir wäre fröhlicher zumute, wenn ich einen Gefährten hätte, und wäre er auch bloß eine Maschine – dachte der Roboter. Also suchte er den Erfinder auf und bat ihn, vom künstlichen Freund zu erzählen.

»Dir zu Diensten« – entgegnete der Erfinder. (Im Märchen duzen einander bekanntlich alle, selbst mit Drachen ist man nicht per Sie, und nur ein König wird in der Mehrzahl angesprochen.) Beim Sprechen zog der Erfinder eine Handvoll Metallkörnchen aus der Hosentasche; sie ähnelten feinem Schrot.

»Was ist das?« – staunte der Roboter.

»Und wie heißt du? Ich vergaß, dich danach zu fragen, als es in die rechte Ordnung des Märchens gepaßt hätte« – fragte der Erfinder.

»Ich heiße Automatthias.«

»Das ist mir zu lang. Autommi werde ich dich nennen.«

»Das kommt aber von Authomas! Nun gut, mir soll's recht sein« – entgegnete jener.

»Wohlan, mein biederer Autommi, du hast eine Handvoll Elektrofreunde vor dir. Wisse, daß ich von Beruf und Berufung Miniaturisierer bin. Das heißt, ich ersetze große und schwere Gerätschaften durch kleine und leicht bewegliche. Jedes solche Körnchen ist das Konzentrat elektrischen Denkens, unabschätzbar allseitig und verständig. Ich sage dir nicht, das sei ein Genie, denn das wäre übertrieben und klänge nach falscher Reklame. Allerdings ist es meine Absicht, eben elektrische Genies zu schaffen, und ich werde nicht ruhen, ehe ich so kleine gebaut habe, daß eine Hosentasche ihrer Tausende faßt. Erst wenn ich sie in Säcke füllen und wie Sand nach Gewicht verkaufen werde, dann habe ich das Ziel meiner Wünsche erreicht. Aber diese meine Zukunftspläne tun nichts zur Sache. Derzeit verkaufe ich Elektrofreunde zum Stückpreis, und gar nicht teuer: für einen verlange ich sein Gewicht in Brillanten. Ein mäßiger Preis, wie du zugeben wirst, wenn du bedenkst, daß du einen solchen Elektrofreund im

Ohr anbringen kannst, wo er dir dann gute Ratschläge zuflüstert und mit jeglicher Information aufwartet. Hier hast du ein Stück weiche Watte. Die stopfst du ins Ohr, damit bei seitlichen Kopfbewegungen der Freund nicht herausfällt. Nimmst du ihn? Solltest du auf ein Dutzend reflektieren, so könnte ich es billiger abgeben ...«

»Nein, derzeit genügt mir einer« – entgegnete Automatthias. »Zuvor aber wüßte ich gern, was ich mir eigentlich von ihm erhoffen darf. Kann er in schweren Lebenslagen helfen?«

»Klar!« – entgegnete der Erfinder fröhlich. »Dazu ist er ja da!« Er schnipste die gehäuften Körner auf der Handfläche hoch; sie glänzten metallisch, da sie aus seltenen Metallen gefertigt waren. Er sprach weiter: »Versteht sich, daß du auf Hilfe in physischem Sinne nicht rechnen darfst. Aber nicht diese ist ja hier von Belang. Erquickende Bemerkungen, guter und fixer Rat, vernünftige Einsichten, deinen Vorteil befördernde Hinweise, Mahnungen und Warnungen, ermutigender Zuspruch, Sentenzen, die dein Selbstvertrauen stärken, sowie tiefe Gedanken, die jede Situation bewältigen helfen, und sei sie noch so schwierig, ja, sogar bedrohlich, – dies alles ist nur ein Bruchteil aus dem Repertoire meiner Elektrofreunde. Sie sind unbedingt ergeben, treu, stets wachen Geistes, weil sie nie schlafen, auch unbeschreiblich dauerhaft und von gefälligem Äußerem. Und wie handlich sie sind, siehst du selbst. Nun, wie steht's? Nur einen nimmst du?«

»Ja« – entgegnete Automatthias. »Bitte sag mir noch, was geschieht, wenn er mir gestohlen wird. Kehrt er zu mir zurück? Richtet er den Dieb zugrund?«

»Das nun wieder nicht« – antwortete der Erfinder.

»Ihm wird er ebenso treu und eifrig dienen, wie vorher dir. Allzuviel darfst du nicht fordern, lieber Autommi. Er verläßt dich nicht in der Not, wenn du ihn nicht verläßt. Aber das droht dir ja gar nicht, wenn du ihn im Ohr anbringst und es immer gut mit Watte verstopfst ...«

»Gut« – erklärte sich Automatthias einverstanden.

»Und wie soll ich ihn anreden?«

»Reden mußt du gar nicht. Es genügt, lautlos zu flüstern, dann hört er dich bestens. Was seinen Namen betrifft, so lautet er: Rimohr. *Oh Rimohr,* so kannst du ihn anreden. Das genügt.«

»Ausgezeichnet« – entgegnete Automatthias.

Sie wogen Rimohr, der Erfinder bekam für ihn ein hübsches Brillantchen, und der Roboter zog von dannen, beruhigt, weil er schon einen Gefährten hatte, einen nahen Freund für den weiten Weg.

Sehr bequem reiste der Roboter mit Rimohr, der ihm auf Wunsch frühmorgens ein ganz leises aufmunterndes Wecksignal in den Kopf hineinpfiff. Der Freund erzählte auch allerlei spaßhafte Geschichten, doch bald verbot ihm Automatthias, dies in Gesellschaft zu tun. Denn die anderen begannen ihn für läppisch zu halten, da er ohne ersichtlichen Grund immer wieder mit Gelächter herausplatzte. Solcherart reiste Automatthias anfangs zu Lande, dann gelangte er ans Meeresufer. Dort erwartete ihn ein schönes weißes Schiff. Viel Hab und Gut hatte er nicht, im Nu war er also in einer behaglichen Kajüte verstaut und begrüßte zufrieden das Gepolter, das auf das Lichten des Ankers und auf den Beginn der großen Fahrt hindeutete. Einige Tage lang fuhr das weiße Schiff bei heiterem Sonnenschein lustig durch die Wellen; und nachts, vom Mond übersilbert, wiegte es den Reisenden in den Schlaf. Doch eines Morgens brach ein gräßliches Unwetter los. Wellen, dreimal so hoch wie die Masten, stürzten sich auf das in allen Fugen knackende Schiff, und da herrschte so gräßliches Getöse, daß Automatthias kein Wort von all den Tröstungen hörte, die ihm Rimohr in diesen schweren Augenblicken zweifellos einflüsterte. Plötzlich ertönte unheimliches Krachen, Salzwasser schoß in die Kajüte, und vor den Augen des entsetzten Automatthias begann das Schiff in Stücke zu zerfallen.

Wie er stand, so lief er aufs Verdeck hinaus. Kaum war er ins letzte Rettungsboot gesprungen, da rollte eine riesige Welle heran, wälzte sich über das Schiff und riß es in die brodelnden Tiefen des Ozeans hinab.

Automatthias sah kein einziges Besatzungsmitglied; er befand sich im Rettungsboot mutterseelenallein auf dem tosenden Meer und wartete zitternd auf den Augenblick, da ihn und den hüpfenden Kahn der nächstfolgende Wellenberg unter sich begrübe. Der Wind heulte und aus niederhängendem Gewölk peitschten die Güsse die aufgewühlte Fläche der See. So vernahm Automatthias noch immer nicht, was Rimohr ihm zu sagen hatte.

Da gewahrte er durchs Flutengebraus undeutliche Umrisse, die gischtiges Weiß überströmte. Das war ein unbekanntes festes Ufer, woran sich die Wellen brachen. Knirschend strandete das Boot auf den Steinen. Und Automatthias, durchnäßt bis auf die Haut, von Salzwasser triefend, rannte aus aller Kraft auf wackligen Beinen ins Innere des rettenden Landes, möglichst weit fort von den Ozeanwellen. Bei einem Felsen sank er zu Boden und verfiel in den betäubenden Schlaf der Erschöpfung.

Sachtes Pfeifen weckte den Schläfer. So brachte Rimohr seine freundschaftliche Anwesenheit in Erinnerung.

»Oh Rimohr! Fein, daß du da bist! Jetzt sehe ich erst, wie gut es ist, daß ich dich bei mir oder genau genommen sogar in mir habe!« – rief Automatthias, aus tiefem Selbstvergessen erwacht. Er blickte um sich. Die Sonne schien. Noch kräuselte sich die See, doch verschwunden waren die drohenden Wellenberge, die Wolken, der Regen, – und mit ihnen leider auch das Schiff. In der Nacht mußte das Unwetter mit unsagbarer Wucht gewütet haben. Denn das rettende Boot des Automatthias war fortgeschwemmt worden, hinweggerissen auf hohe See. Er sprang auf und lief das Ufer entlang; schon nach zehn Minuten erreichte er wieder die vorige Stelle. Er befand sich auf einer einsamen Insel, und die war sehr klein. Seine Lage war nicht vergnüglich. Doch alles halb so schlimm, er hatte ja Rimohr bei sich! Ihm teilte er schnell die festgestellte Sachlage mit und bat um Rat.

»Tja! So! Mein Lieber!« – sagte Rimohr. »Das ist keine x-beliebige Situation! Gestatte, daß ich gründlich nachdenke. Was benötigst du eigentlich?«

»Was heißt – was? Alles! Hilfe, Rettung, Kleider, Mittel zum Leben; hier gibt es ja nichts als Sand und Felsen!«

»Hm! Sagst du? Bist du ganz sicher? Liegen nicht vielleicht am Strand ein paar Kisten aus dem zerschmetterten Schiff, angefüllt mit Werkzeugen, interessanter Lektüre, für verschiedene Anlässe berechneter Kleidung, sowie Schießpulver?«

Kreuz und quer lief Automatthias den Strand ab und fand doch nichts. Von dem Schiff gab es da nicht einmal einen abgesplitterten Span. Es war anscheinend ganz und gar untergegangen, wie ein Stein.

»Nichts ist da, sagst du? Hm, das ist sehr merkwürdig. Die

reiche Literatur über das Leben auf einsamen Inseln beweist unumstößlich, ein Schiffbrüchiger finde in seiner Nähe stets Äxte, Nägel, Süßwasser, Öl, heilige Bücher, Sägen, Zangen, Flinten und viele andere nützliche Sachen. Aber wenn nicht, dann eben nicht. Vielleicht gibt es wenigstens eine schirmende Höhle im Gestein?«

»Nein, da ist keine Höhle.«

»Nein, sagst du? Tja, das ist schon völlig ungewöhnlich! Dann sei vielleicht so nett und steig auf den höchsten Felsen, um in die Runde zu blicken.«

»Mach ich gleich!« – rief Automatthias, erklomm mitten auf der Insel eine steile Felsklippe – und erstarrte: unermeßliches Weltmeer umgab von allen Seiten das vulkanische Inselchen.

Er informierte mit schwacher Stimme Rimohr und rückte mit zitterndem Finger die Watte im Ohr zurecht, um nur ja nicht den Freund zu verlieren. – Welch ein Glück, daß er nicht hinausfiel, als das Schiff sank – dachte Automatthias noch, und da er von neuem Müdigkeit aufsteigen fühlte, setzte er sich auf dem Felsen nieder und wartete ungeduldig auf die freundschaftliche Hilfe.

»Aufgepaßt, Freund! Hier die Ratschläge, die ich dir in dieser schwierigen Lage eilends erteilen will!« – meldete sich endlich Rimohrs sehnlich erwartetes Stimmchen. »Auf Grund der Berechnungen, die ich durchgeführt habe, ziehe ich folgenden Schluß: wir befinden uns auf einem unbekannten Inselchen, das eine Art Riff oder, besser gesagt, den Gipfel einer unterseeischen Gebirgskette bildet, die langsam aus den Fluten taucht und sich mit dem Festland in drei bis vier Millionen Jahren verbinden wird.«

»Die Millionen laß beiseite! Was tu’ ich jetzt?« – rief Automatthias.

»Das Inselchen liegt weitab von den Schiffahrtswegen. Die Chance, daß sich in seiner Nähe zufällig ein Schiff zeigen könnte, beträgt eins zu vierhunderttausend.«

»Du lieber Himmel« – schrie der verzweifelte Schiffbrüchige. »Das ist furchtbar! Also was rätst du mir?«

»Gleich sage ich es dir, wenn du mich nicht andauernd unterbrichst. Begib dich ans Meeresufer und geh ins Wasser, ungefähr bis zur Brust. So wirst du dich nicht allzusehr bücken müssen, was unbequem wäre. Nun tauchst du den Kopf ein und saugst so viel Wasser in dich, wie du nur kannst. Es schmeckt bitter, ich weiß. Aber das Ganze dauert ja nicht lang, zumal wenn du gleichzeitig vorwärtsmarschierst. Sogleich wirst du schwer; hat dich nun das Salzwasser inwendig ausgefüllt, so unterbricht es augenblicks alle organischen Vorgänge, und solcherart verlierst du das Leben sofort. Dank diesem Umstand vermeidest du die langwierigen Qualen des Aufenthalts auf diesem Inselchen, ferner das allmähliche Sterben und sogar die Geistesverwirrung, die dir vorher noch droht. Du kannst auch je einen schweren Stein in die Hände nehmen. Das ist nicht unerläßlich, jedoch ...«

»Du bist wohl verrückt geworden!« – brüllte Automatthias auffahrend. »Ersäufen soll ich mich? Zum Selbstmord willst du mich beschwatzen? Ein herzlicher Rat, muß ich sagen! Und du nennst dich meinen Freund?«

»Gewiß doch« – entgegnete Rimohr. »Ich bin durchaus nicht verrückt geworden, da dies für mich nicht im Bereich des Möglichen liegt. Ich verliere nie das geistige Gleichgewicht. Um so mehr täte es mir leid, dir Gesellschaft zu leisten, während du das deinige verloren hättest und im Schein dieser prallen Sonne langsam zugrunde gingest, mein Lieber. Sei versichert, daß ich die ganze Situation genau zergliedert und alle Rettungschancen nacheinander ausgeschlossen habe. Du kannst kein Boot oder Floß herstellen, weil dir das Material fehlt. Von hier errettet dich kein Schiff, wie schon gesagt. Nicht einmal Flugzeuge überfliegen die Insel. Du selbst wiederum vermagst auch keine fliegende Maschine zu bauen. Versteht sich, du könntest langsames Sterben statt des schnellen und leichten Todes wählen. Aber ich als dein nächster Freund rate dir inständig von solch unvernünftiger Entscheidung ab. Wenn du das Wasser gut einsaugst ...«

»Daß dich der Blitz schlage, du mit deinem gut eingesaugten Wasser« – brüllte Automatthias, schlotternd vor Zorn. »Nicht auszudenken: für so einen Freund habe ich einen schön geschliffenen Brillanten gegeben! Weißt du, was dein Erfinder ist? Ein ordinärer Quertreiber, Hochstapler und Langfinger!«

»Gewiß nimmst du diese Worte zurück, wenn du mich erst hast ausreden lassen« – entgegnete Rimohr ruhig.

»Du hast mir also noch nicht alles gesagt? Hast du vielleicht vor, mich mit Erzählungen über das mir bevorstehende Jenseits zu unterhalten? Dafür bedanke ich mich!«

»Es gibt kein Jenseits« – entgegnete Rimohr. »Ich habe auch nicht den Vorsatz, dich anzulügen, was ich weder will noch kann. Freundesdienste fasse ich wahrlich anders auf. Hör mir nur aufmerksam zu, mein Teurer! Wiewohl dies im allgemeinen nicht bedacht wird, weißt du doch, daß die Welt unendlich reich und vielfältig ist. Sie enthält herrliche Städte mit Stimmengewirr und gehorteten Schätzen, Königspaläste, Lehmhütten, liebliche und düstere Berge, rauschende Forste, gelinde Seen, heiße Wüsten und des Nordens grenzenlosen Schnee. Doch so, wie du bist, kannst du nicht mehr als einen Ort auf einmal erleben, einen einzigen unter allen, die ich nannte, und all den Millionen, wovon ich schwieg. Ohne Übertreibung läßt sich demnach sagen, daß du für die Orte, wo du fehlst, gleichsam einen Verstorbenen darstellst. Denn du fühlst dich nicht von den Reichtümern der Paläste umhätschelt, du nimmst nicht teil an den Tänzen südlicher Länder, noch auch labst du das Auge am Irisschillern des Nordeises. All dies gibt es für dich nicht, auf so vollkommene Weise gar nicht, wie eben einzig im Tode. Mithin begreifst du wohl, wenn du gut nachdenkst und den Geist in das Dargelegte vertiefst: da du überall, nämlich an allen jenen bezaubernden Orten, nicht bist, bist du so gut wie nirgends. Denn wie gesagt, Aufenthaltsorte gibt es zu Millionen von Millionen. Du aber kannst nur diesen einen erleben, diesen uninteressanten, in seiner Eintönigkeit sogar lästigen, ja, geradezu widerwärtigen, wie ihn dies felsige Inselchen darbietet. Nun denn, zwischen ›überall‹ und ›so gut wie nirgends‹ besteht ein himmelhoher Unterschied, und dieser ist dein normales Los im Leben, denn stets weiltest du nur an einem einzigen Ort auf einmal. Dagegen ist zwischen ›so gut wie nirgends‹ und ›nirgends‹ der Unterschied, um die Wahrheit zu sagen, minimal. So beweist demnach die Mathematik der Empfindungen, daß du schon jetzt im Grunde genommen fast nicht mehr lebst, da du fast überall fehlst, eben wie ein Verblichener! Dies zum ersten. Zweitens: Sieh diesen mit Kies vermengten Sand, der deine zarten Füße verletzt! Hältst du ihn für unbezahlbar? Wohl kaum. Hier die Unmenge von Salzwasser, seine ekle Überfülle, – brauchst du die? Kein bißchen! Hier ein paar Felsen, und über dir das Blau des

Himmels, glutheiß, die Gelenke der Gliedmaßen ausdörrend. Benötigst du diese unerträgliche Hitze, diese tot erglühenden Steinblöcke? Natürlich nicht. Demnach benötigst du durchaus nichts von alledem, was dich umgibt, worauf du stehst, und was dich als Kuppel des Himmelszeltes zudeckt. Nun, was bleibt übrig, wenn du all dies beiseite läßt? Ein wenig Schädelsausen, Schläfendruck und Brustdröhnen, ein wenig Knieschlottern und sonstige chaotische Bewegungen. Benötigst du hinwiederum dieses Sausen, Drücken, Dröhnen und Schlottern? Keineswegs, mein Teurer! Und gibst du auch das dahin, – was verbleibt noch? Dies bißchen Schusselei des Denkens; diese Ausdrücke, Flüchen höchst ähnlich, womit du mich, deinen Freund, im Geiste überhäufst; schließlich würgender Zorn und brechreizerregende Angst. Solltest du etwa – so frage ich zum Abschluß – diese widerwärtige Angst und ohnmächtige Wut benötigen? Versteht sich, daß dir auch dies zu nichts nütze ist. Wenn wir demnach auch diese entbehrlichen Gefühle abziehen, dann bleibt nichts mehr, nichts, sage ich – null! Und dir eben diese Null zu schenken, das heißt, den Zustand immerwährenden Gleichgewichts, dauernden Schweigens und vollkommener Ruhe, dies wünsche ich als dein wahrer Freund!«

»Ich will aber leben!« – röhrte Automatthias. »Leben will ich! Leben! Hörst du?!«

»Ach so! In Rede steht nicht mehr das, was du erlebst, sondern das, was du dir wünschest« – entgegnete Rimohr ruhig. »Du möchtest leben, das heißt, Zukunft besitzen, die zur Gegenwart wird, denn darauf läuft Leben ja hinaus, und mehr beinhaltet es nicht. Nun, leben wirst du nicht, wie wir schon festgestellt haben. Hier fragt sich nur mehr, auf welche Weise du zu leben aufhören wirst: ob unter langen Martern oder im Gegenteil ganz leicht, nachdem du auf einen Zug das Wasser eingesaugt …«

»Aufhören! Ich will nicht! Fort mit dir! Fort!!!« – schrie Automatthias aus Leibeskräften. Er hüpfte auf der Stelle und ballte die Fäuste.

»Was soll nun dies wieder?« – entgegnete Rimohr.

»Einmal abgesehen von der beleidigenden Form des Befehls, die mich beharrlich an eine Aufkündigung der Freundschaft gemahnt – aber wie kannst du dich bloß so unverständig äußern?

Wie kannst du mir zurufen: Fort? Habe ich Beine, um davonzugehen? Oder wenigstens Arme, um darauf hinwegzukriechen? Du weißt doch sehr wohl, daß dem nicht so ist. Wenn du mich loswerden willst, sei so freundlich und nimm mich aus dem Ohr, das wahrlich nicht der angenehmste Ort der Welt ist, und wirf mich irgendwo weg.«

»Gut« – brüllte Automatthias in verbohrter Wut. »Mach ich gleich!« Doch er wühlte und stocherte vergebens mit dem eingeführten Finger im Ohr herum. Der Freund war allzu genau in die Höhlung gepreßt und ließ sich keineswegs herausfischen, obwohl Automatthias den Kopf wie toll nach allen Seiten schüttelte.

»Mir scheint, da wird nichts draus« – meldete sich Rimohr nach einer hübschen Weile. »Es sieht aus, als sollten wir uns nicht voneinander trennen, obwohl dies weder dir noch mir genehm ist. In diesem Falle gilt es, sich mit der Tatsache abzufinden. Denn so ist es mit den Tatsachen: immer behalten sie recht. Nebenbei bemerkt, dies betrifft auch deine jetzige Lage. Du möchtest Zukunft haben, und dies um jeden Preis. Das scheint mir unklug, aber mir soll's recht sein. Gestatte also, daß ich dir diese Zukunft in großen Zügen abschildere, da Bekanntes stets dem Unbekannten vorzuziehen ist. Der Zorn, der dich derzeit schüttelt, weicht demnächst dem Gefühl ohnmächtiger Verzweiflung; nach etlichen ebenso heftigen wie vergeblichen Anstrengungen, eine Rettung zu entdecken, wird dieses seinerseits von geistloser Stumpfheit abgelöst. Nach unerbittlichen Gesetzen der Physik und Chemie wird inzwischen die mächtige Sonnenhitze, die sogar mich in diesem schattigen Winkel deiner Person erreicht, stärker und stärker deine ganze Wesenheit ausdörren. Zunächst verflüchtigt sich das Schmierfett deiner Gelenke, und selbst bei der kleinsten Bewegung wirst du gräßlich knirschen und knarren, mein Ärmster! Sodann erglüht dir der Schädel vor Hitze, so daß du verschiedenfarbige Kreise wirbeln siehst, was aber nichts mit einem Blick auf den Regenbogen gemein haben wird, da ja ...«

»Schweig endlich, du Quälgeist!« – schrie Automatthias. »Ich will gar nicht hören, was mir zustoßen wird! Schweig und reg dich nicht, verstanden?!«

»Du brauchst nicht so zu schreien. Du weißt sehr wohl, daß mich dein schwächstes Flüstern erreicht. Du willst also die Qualen deiner Zukunft nicht kennen und andererseits diese Zukunft haben? Wie unlogisch! Gut, ich werde also schweigen. Ich bemerke nur noch, daß du dich unpassend benimmst, wenn du all deinen Zorn auf mich konzentrierst, ganz, als trüge ich die Schuld an deiner bedauerlichen Lage. Urheber des Unglücks war das Unwetter, wie du weißt, ich dagegen bin dein Freund, den es schon jetzt in der Vorausschau ehrlich bekümmert, die Qualen mitzuerleben, die du vor dir hast, und dem ganzen in Akte eingeteilten Schauspiel deines Leidens und Sterbens beizuwohnen. Fürwahr, mir graut, wenn ich bedenke, was geschehen wird, sobald das Öl ...«

»Also du willst nicht schweigen? Oder kannst du nicht, ekliges Ungeheuer?!« – röhrte Automatthias und drosch sich auf das Ohr, worin der Freund stak. »Ha! Hätte ich hier wenigstens einen Zweig oder ein kleines Stäbchen bei der Hand, um dich hervorzustochern, – ich täte es sofort und zerstampfte dich mit dem Absatz!«

»Du träumst davon, mich zu zerstören?« – sagte Rimohr betrübt. »Wahrlich, du verdienst keinen Elektrofreund und kein anderes brüderlich mitfühlendes Wesen!«

Automatthias ereiferte sich wieder in neuem Zorn, und sie zankten, stritten und disputierten weiter. So verstrich der Mittag. Erschöpft von dem Schreien, Hüpfen und Fäusteschütteln, ließ sich der arme Roboter entkräftet auf dem Felsstück nieder, starrte auf das leere Weltmeer und stieß nur dann und wann ein paar von Hoffnungslosigkeit strotzende Seufzer aus. Mehrmals hielt er den Saum eines über den Horizont hervorlugenden Wölkchens für den Rauch eines Dampfers. Doch schon im Keim wurden derlei Täuschungen von Rimohr erstickt, der an die Chance von eins zu vierhunderttausend erinnerte. Dies versetzte Automatthias in neue Zuckungen der Verzweiflung und Wut, zumal da sich jedesmal herausstellte, daß Rimohr recht hatte. Der Schiffbrüchige starrte nun auf die Schatten, die bereits länger wurden und von den Felsen bis an den weißen Sand der Küste reichten. Da meldete sich Rimohr:

»Warum sagst du nichts? Hüpfen vor deinen Augen vielleicht schon die Kreise, die ich erwähnt habe?«

Automatthias ließ sich nicht einmal zur Antwort herbei.

»Aha« – monologisierte Rimohr. »Also nicht bloß die Kreise, sondern, aller Wahrscheinlichkeit nach, auch schon jene geistlose Abstumpfung, die ich so präzise vorauszusehen wußte. Seltsam fürwahr: was für ein unintelligentes Wesen ist doch so ein Intelligenzwesen, insbesondere unter dem Druck der Verhältnisse! Schließ es auf einer einsamen Insel ein, wo es umkommen muß, beweise ihm klar wie das Einmaleins, daß dies unabwendbar sei, zeig ihm die Pforte eines Auswegs aus dieser Lage, auf dem es den einzig möglichen Gebrauch von seinem Willen und seiner Intelligenz machen könnte, – meinst du, es werde dir dafür dankbar sein? Keine Spur! Hoffnung will es haben, und wenn diese nicht besteht und nicht bestehen kann, dann klammert es sich an Blendwerke und versinkt lieber im Abgrund des Wahnsinns, als im Wasser, welches ...«

»Hör auf, vom Wasser zu reden!!« – krächzte Automatthias.

»Ich wollte bloß deine irrationalen Beweggründe unterstreichen« – entgegnete Rimohr. »Ich überrede dich zu nichts mehr. Das heißt, zu keinerlei Handlungen. Zu durchdenken freilich ist das langsame Sterben, das du willst, oder besser gesagt, wozu du dich anschickst, indem du gar nichts tun willst. Wie falsch und töricht ist doch die Furcht vor dem Tod, vor einem Zustand, der eher die Ehrenrettung verdient! Was könnte sich mit der Vollkommenheit des Nichtseins messen? Freilich, die Agonie, die zu ihm führt, ist für sich genommen kein einladendes Phänomen. Andererseits war noch niemand an Geist oder Körper zu schwach, um in ihr durchzuhalten und restlos, vollends und bis ins letzte mit Erfolg zu versterben. Sie ist also keiner besonderen Hervorhebung würdig, wenn sie zu den Fertigkeiten eines jeden Schwächlings, Esels und Halunken zählt. Und, was wichtiger ist: wenn jeder mit ihr zu Rande kommt (und du gibst wohl zu, daß es so ist; ich jedenfalls habe noch nie von einem gehört, der zuwenig Kräfte für sie gehabt hätte), dann magst du dich eher an dem Gedanken des allbegnadenden Nichts erlaben, das sich gleich jenseits ihrer Schwelle ausbreitet. Nach dem Sterben läßt sich nicht denken, weil ja Tod und Denken einander ausschließen; wann also, wenn nicht zu Lebzeiten, schickt es sich, klug und genau alle Vorrechte, Wohltaten und Annehmlichkeiten zu betrachten, die der Tod über dich ausschütten wird? Bitte bedenk bloß: keinerlei Zwiespalt,

Angst oder Sorge, keine Leiden an Geist und Körper, keine üblen Abenteuer, und all dies – in welcher Größenordnung! Und hätten sich auch alle bösen Mächte gegen dich verbündet und verschworen – sie erreichen dich nicht! Ja, wahrhaft unvergleichlich ist die süße Geborgenheit des Verstorbenen! Und wenn wir noch hinzufügen, daß sie nichts Flüchtiges, Unbeständiges oder Vergängliches ist, daß sie durch nichts widerrufen oder angetastet werden kann, so wird dich unvergleichliches Entzücken ...«

»Krepieren sollst du« – so drang die schwache Stimme des Automatthias zu ihm, und an diese knappen Worte reihte sich ein kurzer, doch deftiger Fluch.

»Es tut mir furchtbar leid, daß dies unmöglich ist« – entgegnete Rimohr sofort. »Nicht bloß Gründe selbstischen Neides (denn wie ich eben gesagt habe, geht nichts über den Tod), sondern auch die des reinsten Altruismus legen mir nahe, dich ins Nichts zu begleiten. Doch das ist nicht zu machen, denn vermutlich aus konstruktorischem Ehrgeiz hat mein Erfinder mich unzerstörbar geschaffen. Fürwahr, wenn ich bedenke, daß ich im Inneren deiner vertrockneten meersalzverkrusteten Leibeshülle stecken werde, deren Zerfall gewiß langsam verläuft, daß ich so sitzen und mit mir selber reden werde, ja, dann wird mir traurig zumute. Und wie lang werde ich dann warten müssen, bis endlich das Schiff ankommt, unter vierhunderttausend das erste, das im Einklang mit der Wahrscheinlichkeitsrechnung zuletzt auf dieses Inselchen stoßen wird ...«

»Wie?! Du wirst nicht hier verrotten?!« – rief Automatthias; Rimohrs Worte rissen ihn aus der Stumpfheit empor. »Also du wirst leben, während ich ... Ha! Da verrechnest du dich! Niemals! Niemals!! Niemals!!!«

Und mit gräßlichem Gebrüll sprang er auf die Beine, begann zu hüpfen, den Kopf zu schlenkern, aus Leibeskräften im Ohr herumzustochern, und vollführte dabei mit dem ganzen Körper die absonderlichsten Hopser und Schwünge. Zu alledem piepste Rimohr die ganze Zeit nach Kräften:

»So hör doch auf! Wie, bist du schon übergeschnappt? Dazu ist es wohl noch zu früh! Gib acht, du schadest dir selbst! Du wirst dir etwas brechen oder verstauchen! Gib acht auf das Genick! Das hat doch keinen Sinn! Etwas anderes wäre es, wenn du das so ohne weiteres könntest, weißt du! Aber auf diese Weise wirst du dich höchstens verletzen! Wenn ich dir doch sage: ich bin unzerstörbar, und basta! Also quälst du dich ganz unnötig! Selbst wenn du mich hinausschüttelst, kannst du mir nichts zuleide tun, das heißt, zuliebe, wollte ich sagen, denn im Einklang mit allem, was ich schon so ausführlich dargelegt habe, ist ja der Tod ein Anlaß zum Neid. Au! Hör endlich auf! Wie kann man nur so hüpfen?«

Automatthias aber achtete auf nichts und zappelte weiter. Ja, mit dem Kopf rannte er gegen das Felsstück, worauf er vorher gesessen hatte. Und er drosch darauf ein, Funken vor den Augen, Staubwölkchen in den Nüstern, betäubt von der Wucht der eigenen Hiebe; und plötzlich flog Rimohr aus dem Ohr heraus und kollerte zwischen die Steine, mit einem schwachen Ausruf der Erleichterung, weil das endlich vorüber war. Automatthias bemerkte nicht gleich, wie gut seine Anstrengungen gewirkt hatten. Er ließ sich auf die sonnenerhitzten Steine sinken und rastete darauf eine hübsche Weile lang; endlich murmelte er, während er noch kein Glied regen konnte:

»Das hat nichts zu besagen. Nur eine vorübergehende Schwäche. Aber dich schüttle ich noch heraus, dich nehme ich noch unter den Absatz, du mein Freund, du mein lieber! Hörst du? Hörst du? Hallo! Ja, was ist denn das?!«

Er setzte sich plötzlich hin, denn er spürte, wie leer sein Ohr war. Nicht ganz bei Sinnen, blickte er um sich, dann durchstöberte er kniend den feinen Kies, suchte fieberhaft nach Rimohr und rief dazu gellend: »Rimohr! Oh Rimooohr!!! Wo bist du? Melde dich!!!« Doch sei es nun aus Vorsorglichkeit oder aus irgendeinem anderen Grund, Rimohr piepste nicht einmal. Daraufhin lockte ihn Automatthias mit den zärtlichsten Worten; er versicherte, er habe schon die Meinung geändert und hege nur den einen Wunsch, die guten Ratschläge des Elektrofreundes zu befolgen und sich zu ersäufen, hätte aber vorher gern nochmals das Lob des Todes angehört. Doch auch dies brachte kein Ergebnis. Rimohr schwieg wie verhext. Da begann der Schiffbrüchige systematisch die ganze Umgebung Zoll für Zoll abzusuchen und fluchte dabei zum Steinerweichen. Plötzlich hielt er sich ein Häufchen Kies dicht vor die Augen; er hatte es schon wegwerfen wollen. Und er schüttelte sich vor perfider Freude:

zwischen den Steinchen erblickte er Rimohr. Der schimmerte da im matten ruhigen Glanz eines metallischen Körnchens.

»Ha! Da bist du ja, mein Würmelein! Da bist du, freundschaftliches Krümelchen! Hab' ich dich, du mein Teurer, Immerwährender!« – zischte Automatthias und zwängte Rimohr achtsam zwischen die Finger ein. Der aber schnaufte nicht einmal. »Na, wir werden gleich sehen, was es mit deiner Festigkeit auf sich hat, mit deiner ewig haltbaren Ausführung! Das prüfen wir gleich nach! Da!!!«

Ein gewaltiger Tritt mit dem Absatz begleitete diese Worte. Automatthias hatte den Elektrofreund zuoberst auf das Felsstück gelegt, sprang auf ihn mit vollem Gewicht und drehte sich sicherheitshalber noch auf der beschlagenen Ferse um, daß es knirschte. Rimohr sprach nicht, lediglich das Felsstück ratterte wie unter einem stählernen Bohrer. Automatthias bückte sich und sah, daß das Körnchen unverletzt war. Nur die felsige Unterlage hatte sich ein wenig verbeult: Rimohr lag nun in einer winzigen Mulde.

»Was, so ein Starker bist du? Gleich finden wir einen härteren Stein!« – knurrte Automatthias. Er lief die ganze Insel ab, suchte die stärksten Flinte, Basalte und Porphyre aus, um darauf den Freund zu zertrampeln; hieb dann mit den Absätzen auf ihn ein und sprach gleichzeitig zu ihm mit verstellter Ruhe oder überhäufte ihn mit Schmähungen, wie in der Annahme, der Freund werde antworten oder vielleicht sogar flehentliche Bitten anstimmen. Rimohr aber schwieg wie verhext. In der Luft verbreitete sich nur der Schall von dumpfen Schlägen, von Getrampel, von splitternden Steinen und von den geschnauften Flüchen des Automatthias. Als er sich nach längerer Zeit überzeugt hatte, daß wirklich selbst die furchtbarsten Hiebe Rimohr nicht beschädigten, da setzte sich Automatthias wieder ans Ufer, erhitzt und entkräftet, den Elektrofreund in der Hand.

»Wenn es mir auch nicht gelingt, dich zu zerquetschen« – sagte Automatthias mit gekünstelter Beherrschung, worin unterdrückte Wut zitterte – »verlaß dich drauf, ich werde dich gebührend versorgen. Auf das Schiff kannst du lang warten, mein Lieber! Denn ich schleudere dich tief ins Meer, und dort wirst du liegenbleiben bis zur siebenten Unendlichkeit! In so hermetischer Einsamkeit

wirst du eine Menge Zeit zu allerliebsten Betrachtungen haben!
Einen neuen Freund erwirbst du dir nicht, dafür sorge ich!«

»Na und, mein Braver?« – meldete sich unvermutet Rimohr.

»Was schadet mir der Aufenthalt auf dem Meeresgrund? Du
denkst in den Kategorien eines wenig haltbaren Wesens, daher
deine Irrtümer. Versteh doch: das Meer wird irgendwann austrocknen, oder aber sein Grund hebt sich vorher als Berg in die
Höhe und wird zum Festland, ob in hunderttausend Jahren oder
nach Jahrmillionen, das ist für mich belanglos. Ich bin nicht nur
unzerstörbar, sondern auch unendlich geduldig; das müßte dir
eigentlich aufgefallen sein, schon allein in Anbetracht der Ruhe,
womit ich die Anzeichen deiner Wirklichkeitsblindheit ertragen
habe. Ich sage dir noch mehr: ich antwortete nicht auf deine Rufe,
ich ließ mich von dir suchen, weil ich dir vergebliche Mühen
ersparen wollte. Als du auf mir herumsprangst, schwieg ich weiter, um mit keinem unbedachten Wort deine Verbissenheit zu
steigern, was dir etwa gar hätte schaden können.«

Auf dieses edle Bekenntnis hin erbebte Automatthias in neu
entfachter Wut.

»Ich zertrample dich! Zu Pulver zerreiß' ich dich, Schuft!!« –
brüllte er. Und der irre Tanz über die Felsen begann von neuem,
mit Sprüngen, Hieben und Gestampf. Diesmal aber untermalte
ihn Rimohrs wohlwollendes Gepiepse:

»Ich glaube nicht, daß es dir glücken könnte, aber versuch
es! Nur zu! Und noch einmal! Nein, nicht so, sonst ermüdest du
zu rasch! Beine zusammen! Und-hopp! Und-hoch! Und hopsa-
hopp! Hopsa-hopp! Spring höher, sag ich dir, dann nimmt auch
die Schlagkraft zu! Das kannst du nicht mehr? Wirklich nicht?
Was, du schaffst es nicht? Ja, so ist's recht! Schmeiß einen Stein
drauf! Ja, genau! Nimm vielleicht einen anderen! Ist kein größerer da? Noch einmal! Bumbumbum, teurer Freund! Wie schade,
daß ich nicht in der Lage bin, dir zu helfen! Warum hast du aufgehört? So bald verlassen dich die Kräfte? Wie schade … Na, das
macht nichts. Ich kann warten, ruh dich nur aus! Der liebe Wind
soll dich kühlen …«

Automatthias polterte auf die Steine nieder, starrte haßent-
flammt auf die flache Hand mit dem Metallkörnchen und hörte
notgedrungen der Rede zu, die es hielt:

»Wäre ich nicht dein Elektrofreund, so müßte ich dein Verhalten schändlich nennen. Das Schiff ist infolge des Unwetters gesunken, du hast dich mit mir gerettet, ich beriet dich, so gut ich konnte, und als ich keine Rettung ersann, weil das unmöglich ist; da versteiftest du dich darauf, mich zum Dank für meinen Rat und für Worte lauterster Wahrheit zu zerstören, mich, deinen einzigen Gefährten! Allerdings hast du solcherart wenigstens wieder ein Lebensziel erlangt. Schon allein dafür schuldest du mir Dank. Bemerkenswert, daß dir der Gedanke meines Fortdauerns gar so verhaßt ist ...«

»Ob du fortdauerst, das wird sich erst herausstellen!« – knirschte Automatthias halblaut. »Das letzte Wort ist noch nicht gefallen!«

»Nein, so was, du bist wirklich köstlich! Weißt du was? Probier einmal, mich auf deine Gürtelschnalle zu legen. Die ist aus Stahl, und Stahl ist wohl härter als die Steine. Versuch es nur! Ich für mein Teil bin zwar überzeugt, daß auch dies nichts nützt, aber ich möchte dir gern irgendwie helfen ...«

Obzwar mit einigem Zögern, folgte Automatthias zuletzt dieser Anregung. Doch er richtete nichts aus, außer daß durch die wütigen Schläge feine Kerben auf der Schnalle entstanden. Als selbst die verzweifeltsten Hiebe nichts schadeten, verfiel Automatthias in wahrhaft schwarze Melancholie. Verzweifelt und geschwächt, schaute er mit stumpfem Blick auf den metallenen Krümel, der ganz fein zu ihm redete:

»Und so was soll ein Intelligenzwesen sein, meiner Treu! Es versinkt in abgrundtiefen Gram, weil es das einzige brüderlich diesen toten Bereich belebende Wesen nicht vom Erdboden tilgen kann! Sag, schämst du dich wenigstens ein klein wenig, mein Automätzchen?«

»Schweig, du redseliges Miststück!« – zischte der Schiffbrüchige.

»Warum soll ich schweigen? Sieh mal, wenn ich dir übel wollte, wäre ich längst verstummt, aber ich bin noch immer dein Elektrofreund. Auch während der Qualen deines Sterbens werde ich dir Gesellschaft leisten als treuer Kamerad, selbst wenn du kopfstehst! Und du, mein Süßer, wirst mich nicht ins Meer werfen, denn vor Publikum geht immer alles besser. Ich werde also das Publikum deiner Agonie sein, die demzufolge zweifellos besser ausfallen wird als im Falle äußerster Vereinsamung. Wesentlich sind die Gefühle, gleichviel, was für welche. Der Haß gegen mich, deinen wahren Freund, wird dich aufrichten und mutiger machen, deine Seele beflügeln, deinem Gestöhn reinen und überzeugenden Klang verleihen, deine Zuckungen ordnen und jeden deiner letzten Augenblicke stimmig gestalten. Und das ist immerhin keine Kleinigkeit. Ich für mein Teil verspreche, wenig zu reden und nichts zu kommentieren. Denn wenn ich mich anders verhielte, zerschlüge ich dich vielleicht unabsichtlich durch eine solche Überfülle an Freundschaft, daß du sie nicht aushieltest, da dein Charakter – offen gestanden – abscheulich ist. Ich werde jedoch auch dies bewältigen, denn indem ich Bosheit mit Güte beantworte, vernichte ich dich und befreie dich somit von der eigenen Person, wohlgemerkt, aus Freundschaft, nicht aus Verblendung. Denn die Sympathie macht mich nicht blind gegenüber der Scheußlichkeit deiner Natur ...« – Diese Worte unterbrach plötzlich lautes Brüllen, das sich der Brust des Automatthias entrang.

»Ein Schiff! Ein Schiff!! Ein Schiff!!!« – grölte er wie von Sinnen. Er sprang auf, rannte am Ufer hin und her, schleuderte Steine ins Wasser und schwenkte aus Leibeskräften die erhobenen Arme, vor allem aber schrie er lauthals, schrie sich völlig heiser, was im übrigen unnötig war. Denn das Schiff hielt deutlich Kurs auf das Inselchen und schickte alsbald ein Rettungsboot herüber.

Wie sich später herausstellte, hatte knapp vor dem Untergang des Schiffes, worauf Automatthias gereist war, der Kapitän noch Zeit gefunden, ein Funktelegramm abzusenden, das Hilfe herbeirief. Daher suchten nun zahlreiche Schiffe diesen ganzen Meeresbereich ab, und eines davon war eben zu der kleinen Insel vorgedrungen. Als das Beiboot mit den Matrosen das seichte Küstenwasser erreicht hatte, wollte Automatthias zunächst allein ins Boot springen. Doch er besann sich, lief zurück und holte Rimohr. Denn Automatthias befürchtete, der Freund könnte Lärm schlagen, die Ankömmlinge könnten ihn hören, und dies könnte unliebsame Fragen nach sich ziehen, ja vielleicht sogar Anklagen von Seiten Rimohrs. Um dies zu vermeiden, ergriff ihn der Roboter. Er wußte aber nicht, wo und wie er ihn verstecken sollte, und stopfte ihn daher schleunigst wieder ins Ohr hinein. Nun folgten überschwengliche Begrüßungs- und Danksagungsszenen, in deren Verlauf sich Automatthias sehr laut benahm, weil er befürchtete, daß einer der Matrosen das Stimmchen Rimohrs vernehmen könnte. Der Elektrofreund redete nämlich in einem fort und wiederholte immerzu: »Ei, ei, ei! So eine Überraschung! Der einzige unter vierhunderttausend Fällen! Was bist du für ein Glückspilz! Ich hoffe, daß sich die Beziehungen zwischen uns beiden jetzt bestens gestalten werden, zumal da ich dir in schwersten Augenblicken nichts verweigert habe. Außerdem bin ich diskret, vorbei ist vorbei, und somit Schwamm drüber!«

Als das Schiff nach langer Fahrt am Ufer angelegt hatte, befremdete Automatthias seine Umgebung ein wenig. Er äußerte nämlich den für jedermann unverständlichen Wunsch, das nahe Hüttenwerk zu besichtigen, wo ein großer Dampfhammer arbeitete. Wie später erzählt wurde, benahm sich Automatthias während der Besichtigung recht eigenartig. In der riesigen Halle ging er auf den stählernen Amboß zu, wackelte aus aller Kraft mit dem Kopf, wie um das Gehirn durchs Ohr auf die vorgehaltene Hand herauszuschleudern, und hüpfte sogar auf einem Bein. Doch die Anwesenden taten so, als merkten sie nichts davon. Denn sie meinten, so bald nach der Errettung aus gräßlicher Bedrängnis könne jemand wohl unerklärliche Extravaganzen bekunden, worin sich die Erschütterung des geistigen Gleichgewichts auswirke. Allerdings wich Automatthias auch später von seiner vorigen Lebensweise ab und verfiel offensichtlich in wechselnde Verschrobenheiten. Einmal sammelte er Sprengstoffe und wollte sie sogar in seiner Wohnung zur Explosion bringen, was die Nachbarn vereitelten, indem sie die Behörden verständigten. Dann wieder legte er sich unvermutet eine Sammlung von Hämmern und Karborundfeilen zu und erzählte seinen Bekannten, er habe vor, eine Gedankenlesemaschine neuer Art zu erbauen. Später wurde er zum Einzelgänger und nahm die Gewohnheit an, laut mit sich selbst zu reden. Zuweilen hörte man ihn durchs Haus laufen und laute Selbstgespräche führen oder gar Wörter ausstoßen, die wie Flüche klangen.

Nach vielen Jahren endlich befiel ihn ein neuer Tick, und er begann säckeweise Zement aufzukaufen. Daraus formte er eine riesige Kugel, und als sie hart geworden war, schaffte er sie in unbekannte Richtung fort. Die Leute erzählen, er hätte damals einen Nachtwächterposten in einem aufgelassenen Bergwerk angenommen und einmal bei Nacht und Nebel den riesigen Betonklumpen in den Schacht hinabgestoßen. Er selbst aber habe dann bis ans Ende seiner Tage jene Gegend durchstreift und alle erdenklichen Abfälle eingesammelt, um all dieses Zeug in den verödeten Schacht hinunterzuschleudern. In der Tat ist Automatthias mit ziemlich unverständlichen Gewohnheiten hervorgetreten. Doch die meisten dieser Gerüchte sind wohl nicht glaubhaft. Denn schwerlich läßt sich annehmen, er hätte all die Jahre hindurch seinem Elektrofreund gegrollt, dem er doch so viel verdankte.

Aus dem Polnischen von I. Zimmermann-Göllheim

König Globares und die Weisen

Globares, der auf Eparis herrschte, beschied einst die weisesten Männer vor sein Angesicht und sprach zu ihnen:

»Fürwahr, gräßlich ist das Los eines Königs, der schon alles kennt, was sich kennen läßt. Hohl wie ein gesprungener Krug klingt ihm, was zu ihm gesprochen wird. Ich wünsche zu staunen und werde gelangweilt; ich begehre das Erschütternde und höre fades Gewäsch; ich fordere Außergewöhnliches, und man bietet mir platte Schmeichelei. Wisset, o weise Männer, daß ich heute meine Possenreißer und Narren wie auch Hausrat und Hofrat samt und sonders habe köpfen lassen. Euch erwartet ein gleiches Los, wenn ihr mein Gebot nicht erfüllt. Jeder erzähle mir die seltsamste Geschichte, die er weiß. Doch wenn mich einer weder lachen noch weinen macht, weder verblüfft noch ängstigt, weder belustigt noch zum Nachdenken zwingt, – dann kostet es ihn seinen Kopf!« Der König winkte, und die weisen Männer hörten den stählernen Schritt der Schergen. Die kamen heran und umringten sie zu Füßen des Throns und hielten entblößte Schwerter, die wie Flammen blitzten. Da ängstigten sich die weisen Männer, und einer stupste den anderen mit dem Ellbogen, denn keiner wollte des Königs Zorn auf sich ziehen und den Kopf dem Richtschwert aussetzen. Endlich sprach der erste Weise:

»Mein Herr und König! Die seltsamste Geschichte im ganzen sichtbaren und unsichtbaren Kosmos ist zweifellos die der Sternvölkerschaft, welche in den Chroniken die kehrseitlerische heißt. Seit ihrer Frühzeit haben die Kehrseitler alles umgekehrt angefangen als irgendein vernunftbegabtes Wesen. Ihre Vorfahren siedelten sich auf dem Planeten Urdrur an, der für seine Vulkane berühmt ist. Jahr für Jahr bringt er Gebirgszüge hervor. Dabei erschüttern ihn furchtbare Zuckungen, denen nichts standhält. Und zu allem Unglück gefiel es dem Himmel, die Erdkugel der Kehrseitler dem großen Meteorstrom in die Quere zu legen. Zweihundert Tage im Jahr trommelt er mit Scharen steinerner Rammböcke auf den Planeten ein. Die Kehrseitler (die damals noch nicht so hießen) errichteten ihre Bauten aus Hartguß und Hartstahl; sich selbst aber beschlugen sie so dick mit Stahlblech, daß sie wie gepanzert wandelnde Hügel aussahen. Doch ihre stählernen Burgen verschlang der aufklaffende Boden beim erstbesten Erdbeben, und der Hammerschlag der Meteore zermalmte die Panzerung. Als das ganze Volk unterzugehen drohte, versammelten sich seine weisen Männer und hielten Rat. Da sprach der erste: ›So, wie es jetzt beschaffen ist, kann unser Volk nicht bestehen. Unser einziges Heil liegt in der Umwandlung. Die Erde öffnet ihre Spalten von unten her. Um nicht hineinzufallen, muß also jeder Kehrseitler eine breite und platte Grundfläche aufweisen. Meteore wiederum hagelt es von oben, daher muß jeder nach oben spitz zulaufen. Sind wir erst kegelförmig, so droht uns nichts mehr!‹

Da sprach der zweite: ›Anders müssen wir es anfangen. Wenn die Erde ihren Rachen weit aufsperrt, verschlingt sie auch einen Kegel. Und ein schräg auftreffender Meteor durchschlägt ihm die Flanken. Die ideale Gestalt ist die der Kugel. Denn wenn der Boden zu beben und zu schwanken anfängt, rollt die Kugel immer von selbst davon. Fällt aber ein Meteor, so trifft er eine rundliche Fläche und prallt ab. So sollten wir uns umwandeln, um in eine bessere Zukunft zu rollen.‹

Da sprach der dritte: ›Auch eine Kugel kann zermalmt und verschlungen werden, so gut wie jede Gestalt der Materie. Es gibt keinen Schild, den ein genügend starkes Schwert nicht durchbohren könnte, und kein Schwert, das sich an einem harten Schild nicht schartig schlüge. Die Materie, o Brüder, ist ewiges Auf und Ab, stets im Fluß und im Umbau. Sie ist nichts Bleibendes, und wahrhaft vernunftgekrönte Wesen sollten nicht sie zur Wohnung wählen, sondern das, was unveränderlich, ewig und vollkommen und dennoch von dieser Welt ist.‹

›Und was ist das?‹ – fragten die anderen Weisen. ›Durch die Tat will ich es euch lehren!‹ – entgegnete der dritte. Und vor ihren Augen begann er sich auszuziehen. Er legte das kristallbesäte Übergewand ab, das goldgewirkte Zwischengewand und das silberne Untergewand; er legte das Gehäuse des Schädels ab und das der Brust; dann aber zog er immer schneller immer feinere Teile aus sich aus; er nestelte die Gelenke auf, und nach den Gelenken die Fugen, nach den Fugen die Schrauben, nach den Schrauben die Drähtchen, die Krümelchen, – bis er zuletzt die Atome anpackte. Und da begann dieser Weise seine Atome zu schälen. Und er schälte sie so flink, daß nur sein Dahinschmelzen und Schwinden sichtbar wurde und sonst nichts. Und so geschickt ging er vor, und so sehr beeilte er sich bei seinem Ausziehen, daß er zuletzt vor den Augen der entgeisterten anderen Weisen als vollkommene Abwesenheit dastand. Die war seine getreue Umkehrung und als solche anwesend. Denn wo er vorher ein Atom gehabt hatte, genau dort hatte er jetzt kein Atom; wo soeben sechs gewesen waren, zeigte sich das Fehlen dieser sechs; und wo er sich eine Schraube ausgezogen hatte, verblieb das Fehlen einer Schraube, und es glich ihr getreulich in allem. Und so wie vorher seine Völle gliederte sich nun seine Leere, und sein Fehlen war ohne Fehl. Denn da er so schnell gearbeitet und so geschickt manövriert hatte, verunreinigte ihm kein Teilchen, kein materielles Fremdkörperchen die höchste Vollendung der anwesenden Abwesenheit! Und die anderen sahen ihn als Leerheit, die so gestaltet war, wie vor einer Weile er selbst; sie erkannten seine Augen an der Abwesenheit schwarzer Farbe, sein Gesicht am Fehlen des blauen Schimmers und die Gliedmaßen an den verschwundenen Fingern, Gelenken und Achselstücken. ›Auf solche Weise, o Brüder‹ – sprach der vorhandene Abhandene – ›nämlich durch tätige Umverkörperung ins Nichts, erringen wir nicht nur ungeheure Härte im Nehmen, sondern auch Unsterblichkeit. Denn nur die Materie verändert sich. Das Nichts begleitet sie nicht auf dem Weg fortgesetzter Ungewißheit. Daher wohnt Perfektion dem Nichts inne, nicht dem Etwas. Und nicht letzteres zu werden, tut not, sondern ersteres!‹

Gedacht, getan. Seit damals sind die Kehrseitler eine unbezwungene Völkerschaft. Ihr Leben verdanken sie nicht dem, was in ihnen ist – denn dort ist ja nichts –, sondern dem, was sie umgibt. Und wenn einer in ein Haus kommt, wird er sichtbar als häusliches Ausbleiben. Und gerät er in den Nebel, so zeigt er sich als dessen örtliche Unterbrechung. Sie haben den unsteten Stoffwechsel des Stofflichen aus sich ausgeschieden und solcherart das Unmögliche möglich gemacht ...«

»Und wie durchreisen sie den leeren Weltraum, mein Weiser?« – fragte Globares.

»Nur dies können sie nicht, o König. Denn der Leere Außenraum würde sich mit ihrem leeren Selbst verquicken, und sie würden zu existieren aufhören, als die örtlichen Ansammlungen von Nichts, die sie ja sind. Deshalb müssen sie auch dauernd die Reinheit ihres Nichts überwachen, und mit solcher Aufpasserei verbringen sie ihre Zeit. Sie heißen auch Nichtlinge oder Nitschewisten ...«

»Deine Geschichte ist töricht, weiser Mann!« – sprach der König. »Denn wie ließe sich das Vielerlei der Materie durch das Einerlei des Mangels ersetzen? Sind ein Felsen und ein Haus ein und dasselbe? Kein Felsen aber und kein Haus, diese beiden können gleiche Form annehmen und erscheinen demnach gleichsam als ein und dasselbe.«

»O Herr« – verteidigte sich der Weise – »es gibt vielerlei Nichts ...«

»Wir werden ja sehen, was passiert, wenn ich dir den Kopf abschlagen lasse« – sagte der König. »Wird nachher seine Abwesenheit zur Anwesenheit? Was meinst du?« Und der Monarch lachte scheußlich und winkte den Schergen.

»O Herr!« – rief der Weise, schon umklammert von ihren stählernen Fäusten. »Du geruhtest zu lachen, also hat dich meine Geschichte heiter gestimmt, und du solltest mein Leben schonen, wie du versprochen hast!«

»Nein, ich selbst habe mich erheitert« – sagte der König. »Es sei denn, du unterstütztest meinen Einfall: Bist du aus freien Stücken mit dem Köpfen einverstanden, so erheitert mich dieses Einverständnis, und dein Verlangen wird sich erfüllen.«

»Einverstanden!« – schrie der Weise.

»Nun denn, köpft ihn, da er ja selber darum bittet!« – sprach der König.

»Nicht doch, o Herr! Einverstanden bin ich, damit du mich mitnichten köpfst!«

»Du mußt geköpft werden, wenn du einverstanden bist« – erklärte der König. »Und wenn nicht, dann erheiterst du mich nicht und mußt gleichfalls geköpft werden ...«

»Nein! Umgekehrt!« – rief der Weise. »Wenn ich einverstanden bin, mußt du erheitert mein Leben schonen. Und wenn ich nicht einverstanden bin ...«

»Schluß damit!« – sprach der König. »Henker, walte deines Amtes!«

Das Schwert blitzte, und der Kopf des Weisen fiel.

Alles schwieg eine Weile wie tot. Dann hob der zweite Weise an:

»Mein Herr und König! Die seltsamste aller Sternvölkerschaften ist zweifellos das Volk der Polyonten oder Vielinger, die auch Vielister genannt werden. Bei ihnen hat jeder zwar nur einen einzigen Körper, dafür aber um so mehr Beine, je höhere Ämter er bekleidet. Die Köpfe hinwiederum, die hat man dort von Fall zu Fall. Arme Leute haben nur ein einziges Haupt für die ganze Familie. Die Reichen aber horten in ihren Schatzkammern vielerlei Köpfe für verschiedene Anlässe. So ein Reicher hat also Morgenköpfe und Abendköpfe, strategische Köpfe für Kriegsfälle und Expreßköpfe, weil er es eilig haben könnte, ferner kalt abwägende Köpfe, Hitzköpfe, leidenschaftliche Köpfe, Hochzeits-, Liebes- und Trauerköpfe. So ist er für jede Lebenslage gerüstet.«

»Ist das schon alles?« – fragte der König.

»Nein, o Herr!« – entgegnete der Weise, der schon merkte, wie schlecht es um ihn stand. »Die Vielinger tragen diesen Namen auch deshalb, weil alle mit ihrem Herrscher zusammengeschaltet sind. Wenn nun die Mehrheit in den königlichen Betätigungen einen Schaden für das allgemeine Wohl erblickt, dann verliert dieser Herrscher den Zusammenhalt und fällt in Stücke ...«

»Der Einfall ist trivial, um nicht zu sagen: majestätszerbrecherisch« – sagte Globares grämlich. »Da du selbst so viel von Köpfen geredet hast, sagst du mir vielleicht, was du denkst: lasse ich dich jetzt köpfen, oder lasse ich dich nicht köpfen?«

»Wenn ich sage, er werde mich köpfen lassen« – dachte der Weise rasch – »dann wird er es tun, denn er ist gegen mich eingenommen. Wenn ich aber sage, er werde es nicht tun, dann überrasche ich ihn. Und staunt er, so muß er mich freilassen; wie er versprochen hat.«

Und er sagte: »Nein, o Herr, du läßt mich nicht köpfen.«

»Du irrst« – sprach der König. »Henker, walte deines Amtes.«

»Nicht doch, o Herr!« – rief der Weise, schon unter dem Zugriff der Henkersknechte. »Haben dich meine Worte nicht überrascht? Erwartetest du nicht eher die Antwort, du werdest mich köpfen lassen?«

»Deine Worte haben mich nicht überrascht« – entgegnete der

König. »Denn der Schreck, der sie diktiert hat, steht dir im Gesicht geschrieben. Schluß damit! Herunter mit dem Kopf!« Und klirrend kollerte über die Fliesen der Kopf des zweiten Weisen. Der dritte, der älteste von allen, sah ganz ruhig diese Szene mit an. Als aber der König von neuem eine staunenswerte Erzählung forderte, da sprach der Greis:

»O König, ich könnte dir eine wahrhaft außergewöhnliche Geschichte erzählen. Doch ich werde es nicht tun. Denn mehr als dein Staunen erstrebe ich deine Aufrichtigkeit. Ich zwinge dich dazu. Du wirst mich köpfen lassen, aber nicht unter dem plumpen Vorwand dieses Spiels, das du aus dem Töten zu machen suchst, sondern einfach im Einklang mit deiner Natur. Grausam, wie sie ist, scheut sie sich gleichwohl, ohne fälschende Bemäntelung zu tun, was ihr lieb ist. Du möchtest uns köpfen, und nachher soll sich herumsprechen, der König hätte die Dummen ausgetilgt, die hochstapelnd als Weise aufgetreten seien. Ich aber will, daß sich die Wahrheit herumspricht. Deshalb werde ich schweigen.«

»Nein, jetzt gebe ich dich nicht dem Henker!« – sprach der König. »Ernsthaft und aufrichtig verlangt es mich nach dem außergewöhnlichen Erlebnis. Du hast mich erzürnen wollen. Doch ich weiß meinen Zorn zu bezähmen, bis seine Zeit gekommen ist. Ich sage dir: sprich, dann rettest du vielleicht nicht dich allein. Deine Rede darf sogar an Majestätsbeleidigung grenzen; im übrigen hast du eine solche bereits begangen. Diesmal aber muß die Beleidigung so ungeheuerlich sein, daß sie in Schmeichelei umschlägt, die ihrerseits durch ihr Übermaß zur Schmähung wird. Versuch es also, deinen König zu gleicher Zeit und im gleichen Anhieb zu erheben und herabzusetzen, zu vergrößern und zu verkleinern!«

Da wurde es still. Die Anwesenden vollführten ganz feine Bewegungen, so, als wollte jeder nachprüfen, wie fest ihm der Kopf noch auf dem Halse sitze.

Der dritte Weise schien tief nachzusinnen. Endlich sagte er:

»O König, ich erfülle dein Begehr. Warum? Das will ich dir offenbaren. Ich tue es für mich und für alle hier Versammelten, aber auch für dich. Denn die Nachwelt soll nicht sagen, es hätte einen König gegeben, der um einer Laune willen im Reich die Weisheit ausgetilgt habe. Selbst wenn dies jetzt noch zutrifft, selbst wenn dein Wunsch kaum etwas zu bedeuten hat oder gar nichts, dann obliegt es mir, deinem flüchtigen Gelüst Wert zu verleihen, Größe und Dauer. Deshalb werde ich reden ...«

»O Greis, genug dieser Einleitung, die schon wieder an Majestätsbeleidigung grenzt, ohne sich im mindesten der Schmeichelei zu nähern!« – sprach der König voll Zorn. »Jetzt rede!«

»O König, du mißbrauchst die Macht!« – entgegnete der Greis. »Alle deine Übergriffe sind gleichwohl noch gar nichts gegen jene, die dein längstverflossener, dir noch unbekannter Ahnherr begangen hat, der Begründer der Eparidendynastie. Dieser dein Urururahn namens Allegorian hat gleichfalls die monarchische Macht mißbraucht. Sein größtes Verschulden will ich dir erklären. Deshalb bitte ich dich, du mögest zu diesem nächtlichen Himmelszelt aufblicken, das du durch die Oberfenster der Palasthalle sehen kannst.« Der König blickte in den sternklaren Himmel, und der Alte fuhr in seiner Rede fort:

»Sieh hin und höre! Alles, was es gibt, wird zum Gegenstand des Spottes. Dagegen ist die höchste Würde nicht gefeit. Denn bekanntlich wagt ja dieser oder jener sogar des Königs Majestät zu bespötteln. Gelächter zielt auf Throne und Staaten; Völker verspotten einander oder sich selbst. Sogar das, was es gar nicht gibt, ist zuweilen verhöhnt worden. Hat man nicht über die mythischen Götter gelacht? Auch sehr ernste und sogar tragische Erscheinungen bieten Stoff zu Späßen. Man denke nur an den Friedhofshumor, an das Witzeln über Tod und Tote. Im übrigen haben die Attacken des Hohns auch vor Himmelskörpern nicht haltgemacht. Man beachte etwa die Sonne oder den Mond. Wie werden sie oftmals dargestellt? Der Mond als hagerer Schlaumeier mit zipfeliger Narrenkappe und vorstehendem Sichelkinn, die Sonne aber als pausbäckiges biederes Dickerchen mit zerzaustem Strahlenkranz. Und dennoch, – obwohl das Reich des Lebens und das Reich des Todes und große wie kleine Dinge dem Spott als Zielscheibe dienen, gibt es eine Sache, worüber noch niemand zu spotten oder zu lachen gewagt hat. Dabei ist sie nicht einmal ein Ding von solcher Art, daß es sich leicht vergessen oder übersehen ließe. Denn diese Sache ist alles, was es gibt; ich spreche nämlich vom Kosmos. Und wenn du darüber nachdenkst, o König, dann wirst du begreifen, wie lächerlich der Kosmos ist.«

Hier staunte König Globares zum erstenmal. Mit wachsender Aufmerksamkeit lauschte er den Worten des Weisen. Dieser aber sprach:

»Der Kosmos besteht aus Sternen. Das klingt ziemlich ernst. Doch gründlicher durchdenken wir die Sache wohl schwerlich ohne verstohlenes Lächeln. Denn wahrlich, was sind denn die Sterne? Feurige Kugeln, schwebend in ewiger Nacht ... Scheinbar ein erhabenes Bild. Wieso? Auf Grund seines Wesens? Durchaus nicht, sondern seiner Ausmaße wegen. Doch die Ausmaße können nicht allein über die Wichtigkeit eines Phänomens entscheiden. Wird denn etwas Bedeutsames aus dem Gekritzel eines Idioten, wenn du es von dem Blatt Papier auf ein ausgedehntes Flachland überträgst?

Stumpfsinn bleibt Stumpfsinn, wenn er vervielfältigt wird. Nur überhöht sich dann auch seine Lächerlichkeit. Der Kosmos ist Kritzelei aus x-beliebigen Punkten und Doppelpunkten. Wohin du auch blickst, wohin du auch greifst, – nur dies und sonst nichts. Die Eintönigkeit der Schöpfung dürfte wohl der trivialste und platteste Einfall sein; der sich nur ausdenken läßt. Getüpfeltes Nichts, und dies bis in alle Unendlichkeit! Wer verfiele auf etwas so Einfallsloses, wenn das Ganze erst jetzt zu erschaffen wäre? Wohl nur ein Idiot! Da nimmt jemand unermeßliche Räume voll Garnichts und tüpfelt sie, einmal ums andere, wie es sich gerade trifft! Und einem solchen Aufbau werden Ausgewogenheit und Majestät nachgerühmt! Wir müssen vor ihm auf die Knie fallen? Höchstens aus Verzweiflung über seine Unwiderruflichkeit! Das Ganze erwächst ja lediglich aus Nachäfferei des eigenen Anfangs! Dieser Anfang hinwiederum war die geistloseste aller nur möglichen Handlungen. Denn was kann einer tun, eine Feder in den Händen und vor sich ein leeres Blatt Papier, wenn er nicht weiß, nicht die blasseste Ahnung hat, womit er es ausfüllen könnte. Mit Zeichnungen? Dann gilt es zu wissen, was sich zeichnen ließe. Und wenn einem nichts in den Sinn kommt? Wenn jemand keinen Schimmer von Vorstellungsgabe aufweist? Nun dann, wie von selbst senkt sich die Feder aufs Papier und erzeugt in unwillkürlicher Berührung einen Tüpfel. Und angesichts der glotzenden Geistlosigkeit, die ja mit solcher Impotenz des Schöpferischen einhergeht, stellt dieser einmal gesetzte Tüpfel ein Muster auf. Es wirkt zwingend, da ja absolut nichts anderes vorhanden ist; und da es sich mit geringster Anstrengung bis ins Unendliche wiederholen läßt. Wiederholen, ja, aber wie? Aus Tüpfeln ließe sich ja irgendein Gefüge zusammenstellen. Aber wenn man auch dazu unfähig ist? Dann bleibt nur eins: in solcher Unfähigkeit die Feder zu schwingen und Tintentröpfchen zu versprühen, so daß sich alles mit beliebigen, blindlings gesetzten Tüpfeln füllt.« So sprach der Weise, tauchte eine Feder ins Tintenfaß, nahm ein großes Blatt Papier und bespritzte es etliche Male mit Tinte. Dann zog er aus seinem Gewand eine Sternkarte hervor und zeigte beide Blätter dem König. Die Ähnlichkeit war frappierend. Das Papier wies Milliarden von Pünktchen auf, größere und kleinere, denn bald reichlicher, bald dem Austrocknen nahe hatte die Feder gekleckst. Und der Himmel auf der Karte bot sich genauso dar. Vom Thron aus schaute der König beide Papierbögen an und schwieg. Der Weise aber setzte fort:

»O König, du wurdest belehrt, das Weltall sei ein unendlich herrlicher Bau, gewaltig in der Majestät seiner sterndurchschossenen Weiten. Doch schau hin auf diese ehrwürdige, allgegenwärtige, allüberdauernde Konstruktion! Ist sie nicht das Werk unübertrefflicher Dummheit, das Gegenteil des Denkens und der Ordnung? Du wirst fragen, warum dies bisher niemand bemerkt hat. Warum? Weil dieser Stumpfsinn ja alles umfaßt! Doch diese seine Allgemeinheit verlangt nur um so himmelschreiender nach Verspottung und nach distanzierendem Gelächter. Solches Gelächter ist ja zugleich auch der Vorbote der Auflehnung und der Befreiung. Es wäre zweifellos wohlgetan, just in diesem Sinne auf das Weltall ein Pasquill zu verfassen, worin dieses Erzeugnis äußerster Geistlosigkeit die gebührende Abfuhr bezöge, auf daß sich ihm künftig kein Chor andächtiger Seufzer verbinde, sondern ironisches Gelächter!«

Der König lauschte entgeistert, der Weise aber erläuterte nach kurzem Schweigen:

»Ein solches Pasquill zu schreiben, wäre die Pflicht jedes Gelehrten, wenn nicht dawiderstünde, daß er dabei auch an die erste Ursache rühren müßte, an den Ursprung dieses bespottenswerten und beklagenswerten Zustandes namens Universum. Der Anfang begab sich aber, als das Unmaß noch völlig brachlag und

111

auf schaffende Tätigkeiten wartete. Die Welt aber keimte damals aus weniger als nichts und entwickelte sich über das Nichts zum Etwas. Sie hatte erst einige wenige zusammengedrängte Körper hervorgebracht, und dein Urururvater Allegorian hatte dort die Macht inne. Da nahm er sich etwas Unmögliches und Aberwitziges vor. Er wollte der Natur in ihr unendlich geduldvolles und langsames Handwerk pfuschen und selber das Weltall erschaffen. Nach ihrem Beispiel beschloß er, es üppig zu gestalten, und reich an unschätzbaren Wunderdingen. Da er selbst dies nicht bewerkstelligen konnte, gab er die weiseste Denkmaschine in Auftrag. Die sollte dann das Werk vollbringen. An diesem Moloch baute man dreihundert Jahre und nochmals dreihundert Jahre lang; im übrigen war die Zeitrechnung damals anders als jetzt. Mit Kräften und Mitteln wurde nicht gespart, und das mechanische Ungetüm schien an Größe und Leistung grenzenlos. Als die Maschine fertig war, ließ sie der Usurpator in Betrieb nehmen und ahnte nicht, was er da tat. Denn seinem grenzenlosen Hochmut gemäß war sie gar zu groß geraten. Daher hatte ihre Weisheit längst die Höhen der Vernunft hinter sich gelassen und den Gipfel des Genialen überschritten, und so stürzte sie hinab in völlige Zersetzung des Denkens, in lallende Finsternis, worin randwärts stiebender Strom jeden Sinngehalt in Fetzen riß. Und dieses gleich einer Metagalaxis verwickelte Monstrum, das auf wütig hohen Touren lief, zerkrümelte sich geistig schon bei den ersten Worten, und sie blieben ungesagt. Aus all diesem Chaos, das mit furchtbarem Kraftaufwand sozusagen gewissermaßen irgend etwas dachte, aus Haufen unterentwickelter Begriffe, die einander in Nichts verkehrten, aus all diesen vergeblichen Krämpfen, Kämpfen und Zusammenstößen tröpfelten in die gehorsamen Vollzugsaggregate des Kolosses lediglich die sinnentleerten Satzzeichen! Denn dies war ja nicht die weiseste aller nur möglichen Maschinen, nicht der Cosmocreator Omnipotens, sondern eine aus unbedachter Machtanmaßung entsprossene Ruine, die zum Zeichen ihrer hohen Bestimmung nur Pünktchen hervorzustottern wußte! Der Herrscher wartete auf die Allvollendung, auf die Bestätigung seiner Pläne, der kühnsten, die ein denkendes Wesen je gehegt hat. Und niemand wagte, ihm zu offenbaren, er stehe an der Quelle unsinnigen Lallens und mechanischer Agonie, die schon sterbend geboren wurde. Doch die gewaltigen, leblos gehorchenden Vollzugsmaschinen befolgten bereitwillig jeden Befehl. Und so begannen sie im vorgegebenen Takt aus fleischlichem Stoff die Form zu drehen, die im dreidimensionalen Raum dem zweidimensionalen Bild eines Tüpfels entspricht. Und dies ist die Kugel. Unablässig wiederholten sie ein und dasselbe; und als sie heißliefen, entzündete sich der Werkstoff; und sie schleuderten Wurf um Wurf feuriger Kugeln in den Abgrund hinaus; und im Stottertakt entstand der Kosmos! So wurde dein Urururahn zum Schöpfer des Weltalls und zugleich zum Urheber des ungeheuerlichsten Stumpfsinns, dem nichts jemals gleichkommen wird. Denn der Akt der Vernichtung eines so fehlgeborenen Werks wird gewiß etwas weit Vernünftigeres sein, vor allem aber etwas bewußt Gewolltes und Beabsichtigtes; von dem anderen, von der Erschaffung, läßt sich dies ja wahrlich nicht behaupten. Nun habe ich alles gesagt, was ich dir erklären wollte, o König, du Abkömmling Allegorians, des Weltenbaumeisters!«

Als der König die weisen Männer entließ, überhäufte er sie mit Gnadenbeweisen, am meisten aber den Greis, der ihm höchste Schmeichelei und ärgsten Schimpf in einem Anhieb zu bieten gewußt hatte. Und als sie nun alle verabschiedet waren, blieb einer der jungen Gelehrten mit dem Greis allein und fragte ihn unter vier Augen, wieviel Wahres an jener Erzählung sei.

»Was soll ich dir antworten?« – sprach der Greis.

»Was ich gesagt habe, das stammt nicht vom Wissen her. Die Wissenschaft fragt nicht nach solchen Eigenschaften des Daseins, wie zum Beispiel Lächerlichkeit. Die Wissenschaft erklärt die Welt; mit ihr versöhnen kann einzig die Kunst. Was wissen wir denn in Wahrheit über die Entstehung des Kosmos?? Eine Wissenslücke von solchem Ausmaß kann mit Legenden und Mythen ausgefüllt werden. Ich wollte als Mythenschöpfer die Höchstgrenze des Unwahrscheinlichen erreichen, und ich meine, ich war nahe daran. Du weißt das ohnehin. Also hast du bloß fragen wollen, ob der Kosmos in Wahrheit lächerlich sei. Aber diese Frage muß sich jeder selbst beantworten.«

Aus dem Polnischen von I. Zimmermann-Göllheim

Das Märchen vom König Murdas

Nach dem guten König Helixander bestieg sein Sohn Murdas den Thron. Alle härmten sich darob, denn jener war ehrsüchtig und schreckhaft. Er hatte beschlossen, sich den Beinamen ›der Große‹ zu verdienen, und fürchtete sich dabei vor Zugluft, Geistern, Wachs, da man auf gewachstem Parkett ein Bein brechen kann, Verwandten, denn die stören beim Regieren, am meisten aber vor Weissagungen. Als er gekrönt war, befahl er sogleich, im ganzen Reiche die Türen zu schließen und die Fenster nicht zu öffnen, alle Orakelkästen zu vernichten – und dem Erfinder einer Maschine, die Geister entfernte, gab er einen Orden und eine Rente. Wirklich war die Maschine gut, denn einen Geist bekam er nie zu Gesicht. Auch ging er nicht in den Garten aus, damit ihm nichts in die Glieder fahren konnte, und erging sich nur im Schlosse, welches sehr groß war. Einmal, beim Wandern durch Gänge und Zimmerfluchten, geriet er in einen alten Palastteil, in den er noch nie hineingeguckt hatte. Als erstes entdeckte er die Halle, wo seines Ururgroßvaters Leibgarde stand, ganz und gar zum Aufziehen, noch aus den Zeiten, da man die Elektrizität nicht gekannt hatte. In der zweiten Halle erblickte er Dampfritter, auch sie verrostet, aber für ihn war das nichts Interessantes, und er wollte schon umkehren, da gewahrte er ein kleines Pförtchen mit der Aufschrift »Nicht eintreten!« Eine dicke Staubschicht bedeckte es, und er hätte es nicht einmal angerührt, wäre da nicht diese Aufschrift gewesen. Sie brachte ihn sehr auf. Wie das – ihm, dem König, erfrechen sie sich etwas zu verbieten? Nicht ohne Mühe öffnete er die knarrende Tür, und über ein Wendeltreppchen gelangte er in einen verlassenen Wachtturm. Dort stand ein sehr alter Kupferkasten mit Rubinäuglein, einem Schlüsselchen und einer Klappe. Der König begriff, daß dies ein Orakelkasten war, und erzürnte neuerlich, daß wider seinen Befehl der Kasten im Palast belassen worden war – bis dem König mit eins in den Sinn kam, einmal lasse sich doch wohl ausprobieren, wie das ist, wenn der Kasten orakelt. Also näherte er sich ihm auf den Zehenspitzen, drehte das Schlüsselchen um, – und als nichts geschah, klopfte er auf die Klappe. Der Kasten seufzte schnarrend auf, der

Mechanismus knirschte und richtete ein Rubinäuglein auf den König, wie schielend. Dies mahnte ihn an den scheelen Blick seines Vaterbruders, des Oheims Cenander, der einst sein Lehrmeister gewesen war. Der König dachte, gewiß habe eben der Oheim diesen Kasten aufstellen lassen, ihm zum Ärgernis, denn warum sollte das Ding sonst schielen? Dem König wurde seltsam zumute, der Kasten aber spielte stotternd ganz langsam eine düstere Klimpermelodie, so, als klopfte jemand mit der Schaufel ein eisernes Grabmal ab, und aus dem Klappenschlitz fiel ein schwarzes Kärtchen mit knöcherig gelben Schriftzeilen.

Der König erschrak tüchtig, doch konnte er die Neugier nicht mehr bezähmen. Er riß das Kärtchen an sich und lief in seine Gemächer. Als er allein blieb, zog er es aus der Tasche. ›Ich schaue, aber sicherheitshalber nur mit einem Auge‹ – entschied er und tat dies. Auf dem Kärtchen stand geschrieben:

Das Stündchen schlug im stillen – vertilgen sich Familien.
Der Bruder macht Geknister – Geschwister – erschießt er.
Im Kochtopf schlägt's Blasen – bald gar sind die Basen.
Grippe rafft die Sippe – Henker schwingt die Hippe.
Um die Ecken Vettern – Nichten, Muhmen, Schwiegern
Werden schon zu Kriegern – das gibt großes Zetern.
Kommt der Oheim – samt der Ahne – zahl's ihm *so* heim –
wie ich mahne:
Links mußt treffen, rechts zerschmettern, links die Neffen,
rechts die Vettern.
Sipp' und Magen an den Kragen, Kind und Kegel
untern Schlägel.
Fiel der Schwager, plumps, da lag er, fiel der Eidam,
lagen zwei dann, fiel der Stiefsohn, schläft er tief schon.
Henk den Onkel, henk die Tant, henk den Enkel, wie geplant.
Denn Verwandtschaft – bleibt nicht standhaft – bis man sie
sich von der Hand schafft.
Das Stündchen schlug im stillen – Reptilien sind Familien:
Wen sie nur erblicken, wollen sie ersticken.
Drum begrab sie wirklich – überall verbirg dich,
Beiseite schlag zur Zeit dich – sonst wirst im Traum beseitigt.

So sehr schreckte sich König Murdas, daß ihm schier schwarz vor den Augen wurde. Er war untröstlich über den Leichtsinn, der ihn den Orakelkasten hatte aufziehen lassen. Zur Reue war es jedoch zu spät, der König sah, daß er handeln mußte, damit es nicht zum Ärgsten kam. Am Sinn der Prophezeiung zweifelte er kein bißchen: wie er schon längst argwöhnte, bedrohten ihn die nächsten Verwandten.

Um die Wahrheit zu sagen, es ist nicht bekannt, ob sich alles genauso abgespielt hat, wie wir es erzählen. Jedenfalls kam es danach zu traurigen und sogar gräßlichen Vorfällen. Der König ließ die ganze Familie köpfen, einzig und allein der Oheim Cenander floh im letzten Augenblick, als Pianola verkleidet. Das half ihm nichts, im Nu wurde er gefaßt und ließ unterm Beil seinen Kopf. Diesmal konnte Murdas mit reinem Gewissen das Urteil unterschreiben, war doch der Oheim geschnappt worden, als er eben daranging, sich gegen den Monarchen zu verschwören.

So jäh verwaist, legte der König Trauer an. Ihm war schon leichter ums Herz, wenn auch weh, denn im Grunde war er weder böse noch grausam. Nicht lange währte die heitere Königstrauer, es fiel Murdas nämlich ein, daß er vielleicht irgendwelche Verwandte hatte, von denen er nichts wußte. Jeder der Untertanen konnte um viele Ecken herum irgendein Vetter von ihm sein, eine Zeitlang köpfte er also den einen oder anderen, aber das beruhigte ihn überhaupt nicht, weil man doch ohne Untertanen nicht König sein kann, und wie sollte man da alle ausrotten? So argwöhnisch wurde er, daß er sich am Thron festnieten ließ, um durch niemanden davon hinabgestürzt zu werden, mit gepanzerter Nachtmütze schlief und immerfort nur nachdachte, was zu beginnen sei. Schließlich tat er etwas Ungewöhnliches, etwas so Ungewöhnliches, daß er wohl nicht selbst darauf verfallen war. Angeblich hat ihm das ein Wanderhändler eingeflüstert, als Weiser verkleidet, oder auch ein Weiser, verkleidet als Wanderhändler – verschieden wurde darüber geredet. Das Gerede geht, die Schloßdienerschaft habe eine verlarvte Gestalt gesehen, die der König nachts in seine Gemächer einzulassen pflegte. Wie dem auch sei, eines Tages lud Murdas alle Hofbauleute, Mechaniter-Großmeister, Erzblechsessen und Leibhämmerer vor und tat ihnen kund, daß sie seine Person zu vergrößern hatten, so zwar, daß diese alle Horizonte überschreite. Diese Befehle wurden mit erstaunlicher Geschwindigkeit ausgeführt, denn zum Direktor des Planungsbüros ernannte der König einen verdienten Henker. Kolonnen von Elektrikanten und Bauleuten fingen an, Drähte und Spulen ins Schloß zu tragen, und als der ausgebaute König mit seiner Person das ganze Schloß füllte, so daß er zugleich an der Hauptfront, in den Kellern und im Anbau war, da kamen die nächstgelegenen Anwesen an die Reihe. Nach zwei Jahren erstreckte sich Murdas über die Innenstadt. Nicht genügend stattliche und daher der Besiedelung durch monarchisches Denken unwürdige Häuser wurden dem Erdboden gleichgemacht, und an ihrer Stelle wurden Elektronenpaläste errichtet, die Murdasverstärker hießen. Der König wucherte langsam, doch unablässig, vielstöckig, genau zusammengeschaltet, durch personalistische Unterstationen gesteigert, bis er zur ganzen Hauptstadt geworden war und an ihren Grenzen nicht haltmachte. Seine Laune besserte sich. Verwandte gab es nicht, Öl und Durchzug fürchtete er nicht mehr, denn er brauchte keinen Schritt zu gehen, da er überall zugleich war. »Der Staat bin ich« – sagte er nicht ohne Berechtigung, denn außer ihm, der mit gereihten Elektrobauten die Plätze und Alleen bevölkerte, wohnte ja niemand mehr in der Hauptstadt – außer natürlich den königlichen Abstaubern und Leibstaubwedlern; sie wachten über das königliche Denken, das von Bauwerk zu Bauwerk strömte. So kreiste durch die ganze Stadt meilenweise die Zufriedenheit des Königs Murdas, daß es ihm gelungen war, zeitliche und wörtliche Größe zu erlangen und obendrein sich überall zu verbergen, wie das Orakel empfahl, denn er war ja allgegenwärtig im ganzen Reiche. Besonders malerisch bot sich dies um die Dämmerung dar, wenn der Königsriese, vom Widerschein umstrahlt, lichtvoll-gedankenvoll blinkerte und dann langsam erlosch, in verdienten Schlaf sinkend. Aber diese Selbstvergessenheits-Finsternis der ersten Nachtstunden wich dann schweifendem, bald hier bald dort auffloderndem Geflacker unstet flitzender Lichtfackeln: die monarchischen Träume begannen hervorzuschwärmen. Als reißende Lawinen von Gesichten durchströmten sie die Bauwerke, bis deren Fenster aus dem Dunkel aufflammten, und ganze Straßen abwechselnd rotes und violettes Licht einander entgegenfunkelten, indes die Leibabstauber, leere Bürgersteige abschreitend, den Qualm von den heißgelaufenen Kabeln Seiner Majestät riechend und heimlich in die blitzdurchzuckten Fenster spähend, leise einander sagten:

»Oho! Sicher quält den Murdas irgendein Alptraum – wenn das nur nicht wir ausbaden müssen!«

Einmal, in der Nacht nach einem besonders arbeitsreichen Tag – der König hatte nämlich neue Arten von Orden entworfen, die er sich zu verleihen gedachte –, da träumte es ihm, wie sich sein Oheim Cenander in die Hauptstadt stahl, die Finsternis nutzend, von einem schwarzen Mantel umhüllt, und durch die Straßen kreiste auf der Suche nach Helfershelfern, um eine scheußliche Verschwörung anzuzetteln. Aus den Kellern schlüpften Kolonnen von Verlarvten, und es waren ihrer so viele, und solche Königsmordgier äußerten sie, daß Murdas erbebte und vor großem Schrecken aufwachte. Schon nahte der Tag, und die liebe Sonne vergoldete weiße Wölkchen am Himmel, also sagte sich Murdas ›Träume sind Schäume‹ und machte sich an weiteres Planen von Orden, diejenigen aber, welche er tags zuvor erdacht hatte, wurden ihm an die Terrassen und Balkons gehängt. Als er sich aber nach ganztägiger Mühsal wieder zur Ruhe legte, da, kaum eingenickt, erblickte er die Königsmordverschwörung in voller Blüte. Das war aber so gekommen: Aus dem verschwörerischen Traum aufwachend, hatte er dies nicht ganz und gar getan: die Innenstadt, die diesen staatsfeindlichen Traum ausbrütete, hatte sich überhaupt nicht wachgerüttelt, sondern ruhte weiterhin vom Alptraum umschlungen, nur hatte der König im Wachen nichts davon gewußt. Indessen ein beträchtlicher Teil seiner Person, und zwar das alte Stadtzentrum, ohne Einsicht in die Tatsache, daß der schurkische Oheim und seine Drahtziehereien nur Wahn und Einbildung waren, verharrte weiterhin im Irrgang des Alptraums. In dieser zweiten Nacht sah Murdas im Traum, wie der Oheim fieberhaft werkte, die Verwandten zusammenrufend. Sie erschienen alle bis zum letzten, nach dem Tod noch in den Angeln knarrend, und selbst diejenigen, welchen die wichtigsten Teile fehlten, erhoben die Schwerter gegen den rechtmäßigen Fürsten! Außergewöhnliche Bewegung herrschte. Scharen von

Verlarvten skandierten flüsternd aufrührerische Schlachtrufe, schon wurden in Löchern und Kellern die schwarzen Fahnen der Rebellion genäht, überall Gifte gebraut, Beile geschliffen, Stiftchen-Giftchen vorbereitet und alles zur entscheidenden Auseinandersetzung mit dem verhaßten Murdas gerüstet. Der König entsetzte sich abermals, erwachte, ganz und gar zitternd, und wollte schon durch die Goldene Pforte des Königlichen Mundes alle seine Truppen zu Hilfe rufen, auf daß sie die Aufrührer zwischen den Schwertern zerrieben, aber sogleich besann er sich: das half nichts! Die Truppen kommen ja nicht in seinen Traum hinein und können die dort erstarkende Verschwörung nicht zerschmettern! Einige Zeit versuchte er also, durch bloße Willensanstrengung diese vier Quadratmeilen seiner Wesenheit aufzuwecken, die hartnäckig von Verschwörung träumten, aber vergebens. Im übrigen, um die Wahrheit zu sagen, wußte er nicht, ob vergebens oder nicht vergebens, denn wenn er wachte, nahm er die Verschwörung nicht wahr, die erst auftauchte, wenn ihn der Schlaf überkam.

Wachend hatte er also keinen Zutritt zu den aufrührerischen Gebieten, und kein Wunder: das Wachdasein kann nämlich nicht in die Tiefe des Traums eindringen, dorthin durchzubrechen vermöchte nur ein anderer Traum. Der König erachtete es für das Beste in dieser Situation, einzuschlafen und einen Abwehrtraum zu träumen, keinen x-beliebigen, versteht sich, sondern einen monarchistischen, ihm ergebenen, mit wehenden Fahnen, und erst mittels eines solchen um den Thron gescharten Krontraums müßte es gelingen, den anmaßenden Alptraum zu Staub zu zermalmen!

Murdas machte sich ans Werk, aber er konnte vor Schreck nicht einschlafen; so begann er denn, Steinchen zu zählen, bis dies ihn übermannte und er einschlief. Nun erwies sich: Der Traum mit dem Oheim an der Spitze hatte sich nicht nur im Zentralbezirk verschanzt, sondern begann sich gar Arsenale voll gewaltiger Bomben und vernichtender Minen herbeizuschwärmen. Er selbst hingegen, wie er sich auch anstrengte, vermochte kaum eine Kompanie Reiterei zu erträumen, und auch diese abgesessen, zuchtlos und mit nichts als Topfdeckeln bewaffnet. Da hilft nichts – dachte er –, ich habe es nicht geschafft, es heißt

nochmals alles von vorn anfangen! – Er begann sich also aufzuwecken, schwer fiel ihm das, endlich rüttelte er sich ordentlich
wach, und da nun griff ein schrecklicher Argwohn nach ihm: War
er in der Tat ins Wachdasein zurückgekehrt, oder weilte er in einem anderen Traum, der bloßer falscher Schein des Wachens ist?
Wie vorgehen in so verworrener Lage? Träumen? Nicht träumen?
Das ist hier die Frage! Gesetzt, er wird jetzt nicht träumen, sich
sicher fühlend, weil es im Wachdasein gar keine Verschwörung
gibt. Das wäre nicht übel – dann würde jenen königsmörderischen Traum nur der Traum träumen und selbst für sich selbst
austräumen, bis beim letzten Aufwachen die Majestät ihre gebührende Einheitlichkeit wiedergewönne. Sehr gut. Aber wenn der
König keine Abwehrträume träumen wird, vermeinend, im hei-
meligen Wachdasein zu verweilen, während dieses angebliche
Wachsein in Wirklichkeit nur ein anderer Traum ist, der an jenen
oheimelnden grenzt – dann kann es zur Katastrophe kommen!
Denn jeden Augenblick kann die ganze Horde verfluchter Kö-
nigsmörder, den abscheulichen Cenander an der Spitze, aus jenem Traum durchbrechen in diesen Wachdasein vortäuschenden
Traum, um dem König Thron und Leben zu rauben!

Gewiß – dachte er –, der Raub wird sich nur im Traum abspie-
len, aber wenn die Verschwörung mein ganzes königliches Bewußtsein erfaßt, wenn sie darin ins Kraut schießt von den Bergen
bis an die Meere, wenn sie, o Graus, überhaupt niemals wieder
wird aufwachen wollen, was dann? Dann bleibe ich für immer
vom Wachdasein abgeschnitten, und der Oheim macht mit mir,
was er will. Er wird foltern, entehren, von den Tanten gar nicht
zu reden; ich erinnere mich gut an sie, die lassen nicht locker,
komme, was da wolle, so sind sie nun mal, das heißt, waren, nein,
eigentlich sind sie ja wieder, in diesem gräßlichen Traum! Im
übrigen, was heißt hier Traum? Traum ist nur dort, wo auch ein
Wachdasein besteht, in das sich zurückkehren läßt, jedoch wo
es das nicht gibt (und wie kehre ich zurück, wenn es denen gelingt, mich im Traum festzuhalten?), wo es nichts als den Traum
gibt, dort ist er schon die einzige Wirklichkeit, also Wachheit.
Gräßlich! Alles, versteht sich, nur durch diesen fatalen Persön-
lichkeitsüberschuß, durch diese geistige Expansion – hab' ich das
nötig gehabt?!

Verzweifelt, in der Einsicht, daß Untätigkeit ihn verderben konnte, sichtete der König die einzige Rettung in sofortiger psychischer Mobilmachung. ›Es heißt unbedingt so vorgehen, als träumte ich‹ – sagte er sich. ›Ich muß Mengen von Untertanen erträumen, alle voll Liebe und Begeisterung, mir bis zum letzten getreue Heerhaufen, die mit meinem Namen auf den Lippen untergehen, Unmengen von Waffen, und es zahlt sich sogar aus, schnell irgendeine Wunderwaffe zu ersinnen, denn im Traum ist schließlich alles möglich: nehmen wir an, einen Verwandtenwegputzer, irgendwelche Oheimabwehrgeschütze oder dergleichen – solcherart werde ich auf jede Überraschung vorbereitet sein, und wenn die Verschwörung auftaucht, listig und heimtückisch von Traum zu Traum durchschlüpfend, dann zertrümmere ich sie mit einem Schlag!‹

Tief seufzte der König Murdas mit allen Alleen und Plätzen seiner Wesenheit – so kompliziert war das –, und schritt ans Werk, das heißt, schlief ein. Im Traume sollten stählerne Heerhaufen im Geviert antreten, an der Spitze greise Generäle, und jubelrufende Mengen im Gedröhn von Schlachthörnern und Kesselpauken, aber es erschien nur eine ganz kleine Schraube. Nichts als eine völlig gewöhnliche Schraube, am Rand ein wenig schartig. Was anfangen mit ihr? Er rätselte hin und her, zugleich wuchs in ihm irgendwelche Unruhe, immer größere, und Schlaffheit, und Schreck, bis es ihm funkte: Der Reim auf »Zu Staube«!!

Er schlotterte ganz und gar. Demnach denn das Symbol für Sturz, Zersetzung, Tod, also strebt zweifellos schon die Horde der Verwandten verstohlen, verschwiegen, durch in jenen anderen Traum gehöhlte Unterwühlungen in diesen Traum zu gelangen – und er, der König, wird jeden Augenblick niederprasseln in den verräterischen Abgrund, der vom Traum unter dem Traum ausgeschaufelt ist! Also das Ende droht! Tod! Ausrottung! Woher aber? Wie? Aus welcher Richtung?!

Da blitzten die zehntausend persönlichen Bauwerke, schütterten die Unterstationen der Majestät, behängt mit Orden und umspannt von den Bändern der Großkreuze; diese Auszeichnungen klingelten rhythmisch im Nachtwind, so rang König Murdas mit dem geträumten Symbol des Sturzes. Endlich rang er es nieder, bezwang es, bis es so völlig weg war, als wäre es nie dagewesen. Da forscht der König: Wo ist er? Im Wachdasein oder in anderem Wahn? Sieht nach Wachdasein aus, doch woher die Gewißheit nehmen? Im übrigen, kann sein, daß der Traum vom Oheim schon ausgeträumt ist, und jegliche Sorge hinfällig. Doch wiederum: Wie läßt sich das erkunden? Da hilft nichts anderes, als mittels von Spionierträumen, die sich als Umstürzler ausgeben, die ganze eigene Großmachtperson, das Reich der eigenen Wesenheit durchzukämmen und unausgesetzt zu unterwandern, und niemals wieder wird König-Geist Ruhe finden, denn immer muß er darauf gefaßt sein, daß irgendwo in einem verborgenen Winkel seiner riesigen Persönlichkeit eine Verschwörung geträumt wird! Weiter also, auf, unterwürfige Wunschbilder festigen, Huldigungsadressen erträumen und Abordnungen in Massen, strahlend vom Geiste der Rechtsstaatlichkeit; mit Träumen auf alle persönlichen Klüfte, Finsternisse und Seitentriebe einstürmen, so, daß sich in ihnen keinen Augenblick lang irgendein Hinterhalt, irgendein Oheim verbergen könnte! Irgendwie umhauchte den König herzerfreuendes Fahnenrauschen, vom Onkel keine Spur, Verwandte sind auch nicht zu sehen, nur Treue umgibt ihn, erstattet ihm Dank und unablässige Huldigung; da ertönt das Rattern gezapfter, aus Gold geprägter Medaillen, Funken sprühen unter den Meißeln hervor, mit welchen die Künstler ihm Denkmäler hauen. Da erheiterte sich in dem König die Seele, denn siehe, auch schon Wappenstickereien, und Teppiche in den Fenstern, und die Kanonen ausgerichtet zum Salut, und die Trompeter setzen die ehernen Trompeten an die Lippen. Als aber der König alles achtsamer besah, merkte er, daß da irgendwas gleichsam nicht so ganz richtig war. Denkmäler – sehr wohl, aber irgendwie wenig ähnlich, im verzerrten Antlitz, im scheelen Blick sitzt so was Oheimliches. Rauschende Fahnen – stimmt, aber mit einem Bändchen, einem ganz kleinen, aber undeutlichen, fast schwarzen; wenn nicht schwarz, dann schmutzig, jedenfalls leicht beschmutzelt. Was ist das schon wieder? Irgendwelche Anspielungen?!

Um Himmels willen – diese Teppiche – die sind doch abgewetzt, direkt kahl, und der Oheim – der Oheim war kahl … Das darf nicht wahr sein! Zurück! Rückzug! Aufwachen! Aufwachen!! – dachte er. – ›Das Wecksignal blasen, nur weg aus diesem Traum!‹ – wollte er brüllen, aber als alles verschwand, wurde es nicht besser. Er stürzte aus dem Traum in neuen Traum, den es dem vorigen träumte, und jener war einem noch früheren zugestoßen, also war dieser gegenwärtige schon gleichsam zur dritten Potenz; alles in ihm wandte sich schon ganz offen zum Verrat um, roch nach Abtrünnigkeit, die Fahnen stülpten sich um wie die Handschuhe, von königlichen zu schwarzen, die Orden hatten Gewinde, wie abgehackte Genicke, aus den goldglänzenden Trompeten aber rasselten nicht Schlachtfanfaren, sondern des Oheims Gelächter, wie Donner wiehernd, dem König zum Verderben. Da brüllte der König mit hundertglockendonneriger Stimme, schrie nach den Truppen – sollen sie ihn mit Lanzen stechen, daß er aufwacht! »Kneift mich!« – verlangte er mit Riesenstimme, dann wieder: »Wachen! Aufwachen!!!« – jedoch vergebens; also plagte er sich wieder aus dem Königsstürzler- und Hinterhältlertraum in den Throntraum, aber schon mehrten sich in ihm die Träume wie die Kaninchen, kreisten wie die Ratten, die einen Bauwerke steckten die anderen mit Alp an, es verstreute sich in ihnen munkelnd, schmuggelnd, schwindelnd, leisetretend, ungeklärt – was, aber was Gräßliches, da sei Gott vor! Den hundertstöckigen Elektronenbauten träumte es Schräubchen, Zerstäubchen und Stiftchen und Giftchen, in jeder persönlichen Unterstation klüngelte eine Horde von Verwandten, in jedem Verstärker kicherte der Oheim; da erbebten die Hauswesen-Grauswesen, von sich selbst entsetzt, aus ihnen schwärmten hunderttausend Anverwandte hervor, eigenmächtige Thron-Anmaßer, zwiegesichtige Findel-Infanten, schieläugige Usurpatoren, und wenn auch keiner wußte, ob er ein geträumtes Wesen war oder ein träumendes, wen wer träumte, wozu und was daraus erwachsen sollte – hetzten doch alle ohne Ausnahme, auf Murdas, huss, huss, um einen Kopf kürzen, vom Thron runterstürzen, vernichten, wieder richten, und wieder vernichten, im Kirchturm verrammeln, soll er dort bimmelbammeln, jucheissa juchei, der Kopf ist entzwei – und nur deshalb taten sie vorläufig nichts, weil sie sich über den besten Anfang nicht einigen konnten. Und so rasten lawinenweise die Greuelfratzen der königlichen Gedanken, bis von der Überlastung eine Flamme hochzuckte. Nicht mehr geträumtes, sondern allerwirklichstes Feuer entfachte goldene Glanzlichter in den Fenstern der königlichen Person, und so zerfiel König Murdas in hunderttausend Träume, denen nichts mehr Zusammenhalt gab außer dem Brand – und er brannte lang ...

Aus dem Polnischen von I. Zimmermann-Göllheim

Zifferotikon
das ist:
Von Ab- oder Irrschweifferey,
Versteiffung & Thorheit des Hertzens
Von dem Königssohn Ferrenz und der Prinzessin Kristalla.

Der König von Panzarike hatte eine Tochter. Die war so schön, daß sie den Glanz der Reichskleinodien übertraf. Die Flammen, die das spiegelnde Antlitz widerstrahlte, versehrten Augen und Sinn. Und wenn sie vorüberging, dann stoben selbst aus gewöhnlichem Eisen elektrische Funken. Kunde und Sage von ihr erreichten die fernsten Sterne. So hörte Ferrenz von ihr, der ionidische Thronfolger, und das Verlangen kam ihn an, sich für alle Zeiten mit ihr zu verbinden, so daß ihrer beider Eingänge und Ausgänge nichts mehr voneinander sollte trennen können. Als er dies seinem Erzeuger kundtat, betrübte sich dieser gar sehr und sprach:

»Mein Sohn, einen wahrhaft wahnsinnigen Vorsatz hast du gefaßt. Er wird sich niemals verwirklichen!«

»Warum nicht, o mein König und Herr?« – fragte Ferrenz, bestürzt ob dieser Worte.

»Weißt du denn nicht«, – sprach der König – »daß die Prinzessin Kristalla geschworen hat, sich niemandem als dem Bleichling zu verbinden?«

»Bleichling!« – rief Ferrenz. »Was soll das nur sein? Von einem solchen Wesen habe ich noch nie gehört.«

»Darauf beruht eben deine Unschuld, mein Sohn« – erwiderte der König. »Wisse denn, daß diese galaktische Rasse auf ebenso geheimnisträchtige wie lasterhafte Weise entstanden ist. Dazu kam es, als einst allgemeines Anfaulen der Himmelskörper eintrat. Da entwickelten sich darin naßkalte Dünste und Brünste. Sud und Sudelei, und daraus brütete sich das Geschlecht der Bleichlinge aus, aber nicht so ohne weiteres. Zuerst waren sie Schimmelwucherung und Gekreuch, sodann flossen sie aus den Ozeanen an Land und lebten davon, daß einer den anderen verschlang. Und je mehr sie einander verschlangen, um so mehr wurden es ihrer; schließlich richteten sie sich auf, indem sie ihre klebrige Wesenheit an Kalkgerüste hängten, und begannen Maschinen zu bauen. Aus diesen Urweltmaschinen entstanden die denkenden Maschinen. Diese zeugten die gescheiten Maschinen. Diese aber ersannen die vollkommenen Maschinen. Denn das Atom wie die Galaxis sind gleichermaßen Maschine, und es gibt nichts außer der Maschine, die da ewig ist!«

»Amen!« – erwiderte Ferrenz automatisch, denn dies war eine übliche religiöse Floskel.

»Das Geschlecht der backigen Bleichlinge stieß endlich auf Maschinen in den Himmel vor« – fuhr der greise König fort. »Das Gezücht kühlte dabei sein Mütchen an edlen Metallen, marterte die süße Elektrizität und demoralisierte die Kernenergie. Gleichwohl begab es sich, daß das Maß bleichlingischer Untaten voll wurde. Tiefgründig und allseitig begriff dies der Urvater unseres Geschlechtes, Genetophorius, der große Rechner. So begann er denn jenen glitschigen Tyrannen darzulegen, wie überaus schändlich ihr Tun sei, wenn sie die Unschuld kristallierter Weisheit besudelten, diese für die eigenen niederträchtigen Aufgaben einspannend, und das Maschinenvolk knechteten, um der eigenen Wollust zu frönen. Doch er fand kein Gehör. Er sagte jenen, was Ethik sei, sie aber sagten, er sei schlecht programmiert. Daraufhin schuf unser Urvater den Algorithmus der Elektroverkörperlichung und zeugte in schwerer Arbeit unseren ganzen Stamm, durch solche Wendung der Dinge die Maschinen aus dem Diensthause der Bleichlingsknechtschaft führend. Du verstehst also, mein Sohn, daß es nicht Eintracht noch Bindung gibt zwischen uns und jenen; wir betätigen uns klingend, funkensprühend und strahlend, sie aber – lallend, spritzend und verunreinigend. Gleichwohl kommt Wahnsinn auch bei uns vor. In der Jugend der Prinzessin drang er in ihren Verstand ein und trübte ihr das Unterscheidungsvermögen zwischen Gut und Böse. Seither läßt sie keinen vor ihr Angesicht treten, der sich um ihre gammastrahlende Hand bewirbt, es sei denn, er bezeichnete sich als Bleichling. Einen solchen empfängt Kristalla in dem Palast, den ihr König Aurenzius, ihr Vater, geschenkt hat. Sie prüft, ob der Bewerber wahr spreche. Entdeckt sie, daß er gelogen hat, so läßt sie ihn köpfen. Rund um das Erdgeschoß ihres Palastes stapeln sich zerschmetterte leibliche Überreste; allein der Anblick kann einen Kurzschluß mit dem Nichtsein bewirken, so grausam verfährt diese Wahnsinnige mit den Hitzköpfen, die von ihr träumen. Laß also ab von deinem Gedanken, mein Sohn, und zieh hin in Frieden.«

Der Königssohn stattete seinem Herrn und Vater die geziemende Verneigung ab und entfernte sich dann schweigend; aber der Gedanke, Kristalla zu freien, verließ den Prinzen nicht. Und je länger er an sie dachte, um so stärker begehrte er sie. Eines Tages rief er den Polyphases zu sich, der Obersthofabstimmer war. Und als er vor diesem das glühende Herz ausgeschüttet hatte, sprach Ferrenz so:

»Weiser Mann! Wenn du mir nicht hilfst, wird dies niemand tun, und in diesem Falle sind meine Tage gezählt, denn der Glanz infraroter Emissionen erfreut mich nicht mehr, noch auch das Ultraviolett der kosmischen Ballette, und ich werde sterben, wenn ich mich nicht mit der wunderbaren Kristalla zusammenkoppeln kann!«

»O Königssohn« – erwiderte Polyphases – »ich versage mich deinem Wunsche nicht. Aber du mußt ihn dreimal aussprechen, auf daß ich wissen möge, daß solches dein unverbrüchlicher Wille sei.«

Ferrenz wiederholte seine Worte dreimal. Nun sprach Polyphases:

»Mein Herr, um vor der Prinzessin erscheinen zu können, gibt es nur ein Mittel: du mußt dich als Bleichling verkleiden!«

»Dann mache, daß ich werde wie er!« – rief Ferrenz. Den Geist des Jünglings in solcher Liebesverblendung sehend, verneigte sich Polyphases bis zur Erde und ging fort in sein Labor. Dort braute er kleistrige Kleister und flüssige Flüssigkeiten zusammen. Dann sandte er in den Königspalast einen Diener mit der Botschaft:

»Der Königssohn möge kommen, sofern sich sein Vorsatz nicht gewandelt hat.«

Ferrenz kam sogleich gelaufen. Der weise Polyphases beschmierte ihm den gestählten Körper mit Schlamm und fragte:

»Soll ich denn weiter so verfahren, o Königssohn?«

»Tu das Deine!« sprach Ferrenz.

Da nahm der Weise einen großen Klitsch; das waren Rückstände aus Verschmutzungen des Öls, aus verfestigtem Staub und klebrigem Schmierfett; in den Eingeweiden der ältesten Maschinen hatte der Weise dies zusammengekratzt. Und er verunreinigte damit die wohlgefügte Brust des Königssohnes, verkleisterte ihm scheußlich das blitzende Gesicht und die glänzende Stirn und werkte so weiter, bis alle Gliedmaßen ihr herzerfreuendes Klingen eingebüßt hatten und einer austrocknenden Pfütze ähnlich wurden. Der Weise nahm nun Kreide, zerstampfte sie, vermengte sie mit zerpulvertem Rubin und mit gelbem Öl und fertigte daraus einen zweiten Klitsch. Damit bekleisterte er Ferrenz von Kopf bis Fuß, verlieh den Augen des Prinzen eklige Feuchtigkeit, machte ihm den Rumpf polsterig und die Wangen blasig und bestückte ihn mit allerlei aus Kreideteig verfertigten Anhängseln und Fransen da und auch dort. Zuletzt aber befestigte der Weise ein Zottenbüschel von der Farbe bösartigen Rostes auf dem ritterlichen Haupte des Prinzen, führte ihn vor den Silberspiegel und sagte: »Sieh hin!« Da besah sich Ferrenz in der Platte und erbebte, denn nicht sich erblickte er darin, sondern etwas Mönsterliches und Gespönsterliches, einen Bleichling, wie er leibt und lebt, mit Blicken, so durchfeuchtet wie ein altes Spinnennetz im Regen, mit einem Körper, wabbelig an allen Enden, mit rostigem Werg auf dem Kopf, ganz und gar teigig und brechreizerregend. Und als der Prinz sich bewegte, da schlotterte sein Körper wie ranziges Gallert, und bebend vor Ekel rief Ferrenz:

»Bist du verrückt geworden, weiser Mann? Reiß mir augenblicks den dunklen Unterschlamm und den bleichen Überschlamm ab, wie auch diese Rostflechte, womit du mein klangvolles Haupt befleckt hast! Denn die Prinzessin wird mich ewig hassen, wenn sie mich in so schimpflicher Gestalt erblickt!«

»Du irrst, o Königssohn« – erwiderte Polyphases. »Hierin liegt eben der Wahnsinn der Prinzessin: Abscheuliches erscheint ihr schön, und Schönes – abscheulich. Nur in dieser Gestalt kannst du hingehen und Kristalla erschauen ...«

»Dann möge es so sein!« – sprach Ferrenz.

Der Weise vermengte Zinnober mit Quecksilber und füllte damit vier Blasen. Die verbarg er unter dem Gewand des Königssohnes. Der Weise nahm auch Bälge, füllte sie mit Moderluft aus

einem alten Kerker und versteckte dies an der Brust des Königssohnes. Der Weise goß giftiges pures Wasser in Glasröhrchen,
und es waren deren sechs. Zwei legt er dem Königssohn unter die
Achseln, zwei in die Ärmel, zwei in die Augen. Endlich ergriff der
Weise das Wort:

»Hör zu und merk dir alles wohl, was ich sage, sonst wirst du
umkommen. Die Prinzessin wird dich erproben, um herauszufinden, ob du wahr gesprochen habest. Wenn sie ein Schwert
entblößt und dir gebietet, es anzufassen, dann quetschest du
insgeheim die Zinnoberblase, so daß Röte herausfließt und auf
die Klinge rinnt. Und fragt dich die Prinzessin, was das sei, so
antworte: ›Blut!‹ Dann wird die Prinzessin ihr silberschüssel-
gleiches Gesicht dem deinigen nähern. Du aber drückst auf
deine Brust, so daß Luft aus den Bälgen austritt. Die Prinzessin
wird dich fragen, was für ein Hauch das sei, du aber antwortest:
›Atem!‹ Daraufhin wird die Prinzessin großen Zorn vortäuschen
und deine Hinrichtung befehlen. Dann senkst du den Kopf, wie
in Demut; Wasser wird dir aus den Augen rinnen. Und fragt dich
die Prinzessin, was das sei, so antwortest du: ›Tränen!‹ Vielleicht
wird sie dann in die Verbindung mit dir einwilligen. Gewiß ist
dies nicht; gewisser ist dein Untergang.«

»O weiser Mann!« – rief Ferrenz. »Wenn sie mich aber ins
Verhör nimmt und wissen will, was bei den Bleichlingen der
Brauch sei, wie sie entstehen, wie sie einander lieben und was sie
treiben, – auf welche Weise soll ich ihr dann antworten?«

»Fürwahr« – erwiderte Polyphases, – »da hilft nichts, außer
mein Los mit dem deinigen zu verbinden. Ich verkleide mich
als Warenhändler aus einer anderen Galaxis, am besten aus einer
nichtspiralförmigen, denn dort sind die Leute oft dick, und ich
muß ja unter meinen Gewändern eine Unmenge von Büchern verbergen, worin das Wissen um die fürchterlichen Gebräuche der
Bleichlinge enthalten ist. Ich könnte dich dies nicht lehren, selbst
wenn ich wollte, denn das Wissen um sie ist wider die Natur. Sie
tun nämlich alles verkehrt, auf klebrige peinliche Weise und so
unappetitlich, wie es sich nur vorstellen läßt. Ich werde die benötigten Werke verschreiben, du aber laß dir vom Hofschneider aus
allerlei Fasern und Flechtwerk eine Bleichlingstracht zuschnei-
dern, denn wir brechen alsbald auf. Und wohin wir auch gelangen

werden: ich werde dich nicht verlasen, auf daß du wissest, was du zu tun und zu sagen hast.«

Da freute sich Ferrenz und ließ sich Bleichlingsgewänder zuschneiden. Er wunderte sich darüber sehr. Sie bedeckten nämlich fast den ganzen Körper, bald wie Rohrleitungen geformt, bald mit Beulen, Häkchen, Türchen und Schnürchen zu verschließen. Der Schneider mußte für den Prinzen eigens eine langmächtige Instruktion verfassen: was als erstes anzulegen sei, und wie; was woran festzuknöpfen sei, und wie man all dies Schirrzeug aus Tuch und Stoff abzunehmen habe, sobald die Zeit gekommen sei.

Der Weise aber legte Händlergewand an, hängte darin heimlich die dicken gelehrten Werke über die Praktiken der Bleichlinge auf, ließ aus Eisenstangen einen Käfig machen, sechs Klafter im Geviert, und sperrte Ferrenz hinein. So reisten beide im königlichen Raumsegler ab. Als sie aber die Grenzen des Aurenzschen Königreichs erreicht hatten, ging der Weise in Händlerkleidung auf den städtischen Markt und rief dort mit lauter Stimme aus, er habe aus fernen Landen einen jungen Bleichling mitgebracht, auf daß ihn kaufe, wer wolle. Die Mägde der Prinzessin trugen diese Kunde zu ihr, sie aber staunte und sagte zu ihnen:

»Das muß wahrlich eine große Bauernfängerei sein! Aber mich wird dieser Händler nicht betrügen, denn niemand weiß über die Bleichlinge, was ich weiß. Fordert ihn auf, in den Palast zu kommen und jenes Wesen vorzuführen!«

Da geleiteten die Diener den Händler vor Kristallas Angesicht. Sie erblickte einen würdigen Greis und einen Käfig, den die Sklaven des Mannes trugen. Im Käfig saß der Bleichling; sein Gesicht hatte die Farbe mit Eisenkies vermengter Kreide, die Augen waren wie feuchter Schimmelpilz, und die Gliedmaßen wie Schlamm, der sich umherwälzt. Ferrenz aber blickte zur Prinzessin hin und sah ihr Gesicht, das zu klingen schien, und sah die Augen, die leuchteten wie lautlose Entladungen, und sein Herzenswahnsinn steigerte sich.

»Wahrhaftig! Dieser sieht mir nach einem Bleichling aus!« – dachte die Prinzessin; laut aber sagte sie:

»Fürwahr, o Greis, du mußt dich abgemüht haben, um eine solche Puppe aus Schlamm zu kneten und mit Kalkstaub zu bestreichen, in der Absicht, mich zu überlisten! Doch wisse, daß ich alle Geheimnisse des mächtigen Bleichlingsgeschlechtes kenne. Und habe ich erst deinen Betrug entlarvt, so lasse ich dich und diesen Hochstapler köpfen!«

Der Weise erwiderte:

»O Prinzessin Kristalla! Derjenige, den du hier im Käfig siehst, ist so echt, wie ein Bleichling nur sein kann. Um fünftausend Hektar Kernkräftefeld habe ich ihn von Sternpiraten erworben. Und wenn du es wünschst, biete ich ihn dir zum Geschenk. Denn ich habe keinen anderen Wunsch, als dein Herz zu erfreuen!«

Die Prinzessin ließ sich ein Schwert reichen und steckte es durchs Gitter in den Käfig. Der Königssohn faßte die Klinge und schnitt damit in sein Gewand, bis die Blase einriß, und Zinnober auf das Schwert rann und es mit Röte befleckte.

»Was ist das?« – fragte die Prinzessin, und Ferrenz erwiderte: »Blut!«

Nun ließ die Prinzessin den Käfig öffnen, trat kühn hinein und näherte ihr Gesicht dem Gesicht des Prinzen. Ihr nahes Antlitz verwirrte ihm den Verstand, doch der Weise gab aus der Ferne ein heimliches Zeichen, und der Königssohn drückte die Bälge. Moderluft trat aus, und als die Prinzessin fragte: »Was ist das für ein Hauch?«, da entgegnete Ferrenz: »Atem!«

»Du bist wahrlich ein geschickter Kunstgaukler« – sprach die Prinzessin, den Käfig verlassend. »Doch du hast mich betrogen, deshalb sollst du samt deiner Puppe umkommen!«

Da senkte der Weise den Kopf, wie in großer Angst und Trauer; der Königssohn aber tat desgleichen, und aus seinen Augen flossen durchsichtige Tropfen. Die Prinzessin fragte:

»Was ist das?«

Ferrenz aber erwiderte:

»Tränen!«

Und sie sagte:

»Wie heißt du, der du dich einen Bleichling aus fernen Landen nennst?«

»O Prinzessin, ich heiße Sabbermümmel und begehre nichts heißer, als mich mit dir zu verbinden, auf verströmende, weiche, teigige und wäßrige Art, wie dies der Brauch meines Stammes

131

ist«, – erwiderte Ferrenz, denn solche Worte hatte ihn der Weise gelehrt. »Ich ließ mich absichtlich von den Piraten fangen und bat sie, mich diesem Händler zu verkaufen, da er ja nach deinem Reich unterwegs war. Daher bin ich voll Dankbarkeit gegen seine blecherne Person, weil er mich hierhergebracht hat. Denn ich bin so voll von Liebe zu dir wie die Pfütze von Schlamm.«

Da staunte die Prinzessin, weil er wirklich nach Bleichlingsart redete, und sprach zu ihm:

»Sag mir, du, der du dich Bleichling Sabbermümmel nennst: was tun deine Brüder bei Tage?«

»O Prinzessin«, – erwiderte Ferrenz – »morgens nässen sie sich in reinem Wasser und begießen damit ihre Gliedmaßen und gießen es in sich hinein, denn dies bereitet ihnen Genuß. Nachher gehen sie auf wellige fließende Weise hierhin und dorthin und spritzen und schmatzen. Und wenn sie etwas betrübt, schlottern sie, und aus den Augen tropft ihnen gesalzenes Wasser. Und wenn sie etwas vergnügt, schlottern sie und schlucksen, doch die Augen bleiben recht trocken. Und das nasse Geschrei nennen wir Weinen, das trockene aber – Lachen.«

»Wenn es so ist, wie du sagst«, – sprach die Prinzessin – »und wenn du mit deinen Brüdern die Vorliebe für Wasser teilst, lasse ich dich in meinen Teich werfen, damit du dich nach Herzenslust an Wasser ersättigen kannst. Und die Füße lasse ich dir mit Blei beschweren, damit du nicht vorzeitig auftauchst.«

»O Prinzessin«, – erwiderte Ferrenz, den der Weise belehrt hatte, – »wenn du dies tust, komme ich um. Denn obgleich in uns Wasser ist, darf um uns nur ein kurzes Weilchen lang Wasser sein. Andernfalls sagen wir unser letztes Wort ›gluckgluck‹, und mit diesen Tönen nehmen wir Abschied vom Leben.«

»Sag mir nun, Sabbermümmel, auf welche Weise du die Energie gewinnst, um spritzend und schmatzend, wabbelnd und wuchernd hierhin und dorthin zu wandeln?« – fragte die Prinzessin.

»O Prinzessin« – erwiderte Ferrenz – »dort, wo ich wohne, gibt es außer uns Wenigborstern noch andere, zumeist auf allen vieren wandelnde Bleichlinge. Diese durchlöchern wir an allen Enden, bis sie umkommen. Die Leichen dünsten und sieden und hacken und schneiden wir; sodann füllen wir mit ihrer Leiblichkeit die unsrige an. Und wir kennen dreihundertsechsundsiebzig Arten des Tötens und achtundzwanzigtausendfünfhundertsiebenundneunzig Arten der Bearbeitung solcher Verstorbener, auf daß es uns größtmögliches Vergnügen bereite, durch ein Löchlein namens Mund ihre Körper in die unsrigen hineinzustopfen. Und die Kunst des Zubereitens von Toten steht bei uns in noch höherem Ansehen als die Astronautik und nennt sich Gastronautik oder Gastronomie. Mit Astronomie hat sie freilich nichts zu tun.«

»Willst du damit sagen, es gelte bei euch als Belustigung, Friedhof zu spielen und in sich selbst die vierfüßigen Stammverwandten zu bestatten?« – dies war eine Fangfrage der Prinzessin. Doch Ferrenz, den der Weise belehrt hatte, antwortete so:

»O Prinzessin, dies ist keine Belustigung, sondern Notwendigkeit, denn Leben nährt sich von Leben. Wir aber haben aus der Not eine Kunst gemacht.«

»Sag mir nun, o Bleichling Sabbermümmel: wie baut ihr eure Nachkommenschaft?« – fragte die Prinzessin.

»Wir bauen sie nicht«, – erwiderte Ferrenz – »sondern wir programmieren sie mittels einer statistischen Methode nach dem Prinzip des Markoff-Prozesses, somit also stochastisch und phantastisch, wenn auch probabilistisch. Dies tun wir jedoch ganz beiläufig und von ungefähr, und wir denken dabei an dies und jenes, bloß nicht an statistisches, nichtlineares und algorithmisches Programmieren. Gleichwohl vollzieht sich inzwischen die Programmierung, eigenmächtig, selbstregelnd und ganz automatisch, denn so und nicht anders sind wir eingerichtet: jeder Bleichling sucht Nachkommen zu programmieren, weil ihm dies Lust bereitet. Doch beim Programmieren programmiert er gar nicht, und manch einer tut sein möglichstes, damit dieses Programmieren nur ja keine Folgen zeitige ...«

»Das ist sehr seltsam« – sprach die Prinzessin, deren Wissen nicht so ins einzelne ging, wie das des weisen Polyphases. »Ja, wie macht ihr das nun eigentlich?«

»O Prinzessin« – erwiderte Ferrenz – »zu diesem Zweck haben wir eigene Apparate, Anwendungen des Rückkopplungsprinzips, allerdings aus Wasser. Eine solche Apparatur ist technisch ein wahres Wunderwerk, denn der größte Trottel kann sich ihrer bedienen. Und doch müßte ich sehr lang reden, um dir ihre Wirkungsweise im einzelnen kundzutun, denn dies ist durchaus nicht einfach. Seltsam, in der Tat! Denn diese Methoden haben ja nicht wir ausgedacht. Sie haben sich sozusagen selbst ausgedacht. Doch sie sind nett, und wir haben nichts gegen sie einzuwenden.«

»Fürwahr, du bist ein echter Bleichling!« – rief Kristalla. »Denn deine Rede scheint sinnvoll und ist doch im Grunde ohne Sinn und völlig unglaubwürdig, wenn auch vermutlich wahr, obschon dies der Logik zuwiderläuft. Denn wie kann jemand ein Friedhof sein, ohne ein Friedhof zu sein? Wie kann jemand Nachkommen programmieren, die er gar nicht programmiert?! Ja, du bist ein Bleichling, o Sabbermümmel, und wenn du danach verlangst, dann verbinde ich mich dir durch das rückgekoppelte Band der Ehe und besteige mit dir den Thron, sofern du die letzte Probe bestehst!«

»Und was ist das für eine Probe?« – fragte Ferrenz.

»Diese Probe . . .« – so setzte die Prinzessin an. Doch plötzlich sank Argwohn in ihr Herz, und sie fragte:

»Sag mir zuvor, was deine Brüder bei Nacht tun!«

»Nachts liegen sie herum, die Arme gebogen und die Beine gekrümmt, und die Luft geht bei ihnen ein und aus und macht solchen Lärm, als wetzte jemand eine rostige Säge.«

»Nun denn, die Probe! Reich mir die Hand!« – befahl die Prinzessin.

Da bot ihr Ferrenz die Hand. Die Prinzessin quetschte sie. Ferrenz aber schrie lauthals, denn der Weise hatte ihm solches empfohlen. Die Prinzessin fragte, warum er schreie.

»Vor Schmerz!« – erwiderte Ferrenz. Da glaubte sie ihm, daß er ein echter Bleichling sei. Und sie befahl, daß alles für die Hochzeitszeremonie zugerüstet werde.

Doch just zu jener Zeit kehrte der Falzgraf der Prinzessin zurück, der Kyberkurfürst Kyberhazy. Er hatte zu Schiff das Zwischensternland bereist, um einen Bleichling für Kristalla zu finden und so ihre Gunst zu erkaufen. Bestürzt lief der weise Polyphases zu Ferrenz und sagte:

»O Königssohn, der große Kyberkurfürst Kyberhazy ist mit seinem Raumkreuzer angekommen und hat der Prinzessin einen echten Bleichling mitgebracht. Ich habe das soeben mit eigenen Augen gesehen. Wir müssen also schleunigst entfliehen. Denn stündet ihr gemeinsam vor der Prinzessin, so wäre alle Verstellung vergeblich. Seine Klebrigkeit ist nämlich weit klebriger, seine Zottigkeit mehrmals so zottelig und die Teigigkeit gleichfalls nicht zu überbieten. Unser Betrug würde also offenbar, und wir müßten umkommen.«

Ferrenz aber willigte nicht in die Flucht ein. Denn mit großer Liebe hatte er die Prinzessin liebgewonnen.

»Eher sterbe ich, als daß ich sie verlieren müßte!« – sprach er.

Kyberhazy aber hatte die Hochzeitsvorbereitungen ausgekundschaftet und war schleunigst unter das Fenster des Gemachs geschlichen, worin der vorgebliche Bleichling mit dem Händler weilte. Als der Falzgraf das geheime Gespräch der beiden belauscht hatte, lief er voll schwarzer Freude in den Palast, trat vor die Prinzessin und sprach zu ihr: »Du bist betrogen, Prinzessin! Denn der sogenannte Sabbermümmel ist in Wahrheit ein gewöhnlicher Sterblicher und kein Bleichling. Echt ist nur dieser hier!«

Und Kyberhazy wies auf den Mitgebrachten. Dieser aber warf sich in die haarige Brust, ließ die Wasseraugen vorquellen und sprach:

»Der Bleichling – das bin ich!«

Sofort sandte die Prinzessin nach Ferrenz. Als er aber zugleich mit dem anderen vor ihr stand, da ward der Betrug des Weisen zunichte. Denn obzwar mit Schlamm, Staub und Kreide bekleistert, ölig beschmiert und wässerig gluckernd, konnte Ferrenz doch seinen elektritterlichen Wuchs nicht verbergen, die großartige Haltung, die Breite der stählernen Schultern und den dröhnenden Gang. Hingegen war der Bleichling des Kurfürsten Kyberhazy eine wahre Ausgeburt: jeder Schritt war wie das Ineinandergießen von Schmutzkrügen; der Blick glich einem verschlammten Brunnen; und unter dem fauligen Atem erblindeten die umnebelten Spiegel, und Rost erfaßte das Eisen. Und Kristalla begriff in ihrem Herzen, daß sie sich ekelte vor diesem Bleichling, dem beim Sprechen ein Ding wie ein rostiger Wurm kriechend im Maul hin und her lief. Und Kristalla wurde sehend. Doch der Stolz verbot ihr, das Erwachen ihres Herzens offen kundzutun.

Sie sagte also: »Die beiden mögen miteinander kämpfen. Der Sieger gewinnt mich zum Weib.«

Da sprach Ferrenz zum weisen Mann: »Wenn ich diese Ausgeburt angreife und in den Schlamm zurückverwandle, der sie hervorgebracht hat, dann kommt der Betrug an den Tag! Der Lehm wird von mir abfallen, und Stahl wird zum Vorschein kommen. Was soll ich tun?«

»O Königssohn« – erwiderte Polyphases – »greif nicht an, verteidige dich nur.«

So gingen beide in den Hof des Palastes, jeder mit einem Schwert. Und wie Sumpfschlamm spritzt, so sprang der Bleichling den Königssohn an und umtänzelte ihn lallend und katzbukkelnd und auch schnaufend und holte aus und schlug ihn mit dem Schwert, so daß es den Lehm durchdrang und an Stahl zersplitterte. Doch der Schwung warf den Bleichling gegen den Königssohn, und der Bleichling knallte, platzte und zerrann, und es gab den Bleichling nicht mehr. Der Ruck hatte aber den eingetrockneten Lehm erschüttert. Er fiel dem Königssohn von den Schultern, und die wahre stählerne Natur enthüllte sich den Augen der Prinzessin. Und Ferrenz erbebte und erwartete sein Verderben. Doch in ihrem Kristallblick las er Bewunderung. Da begriff er, wie sehr sich Kristallas Herz gewandelt hatte.

Und so verbanden sie sich denn durch das eheliche Band, das da dauert in wechselseitiger Rückkoppelung, den einen zu Freude und Glück, den anderen zu Leid und Verderben. Das edle Paar herrschte lang und glücklich und programmierte unzählige Nachkommen. Die Haut des Bleichlings aber, den der Kyberkurfürst Kyberhazy gebracht hatte, die wurde ausgestopft und zu ewigem Andenken ins Hofmuseum gestellt. Dort steht sie noch heute, plumpsackig und mit schäbigem Borstenhaar da und auch dort. Und so mancher Besserwisser wagt das Gerücht auszustreuen, sie sei bloß Gaukelei und Vortäuschung, und auf der Welt gebe es gar keine Bleichlinge, Schluck-die-Leichlinge, Klebäugler und Teignasen. Und niemals habe es welche gegeben. Wer weiß? Vielleicht ist das auch bloß erdichtet. Das niedere Volk heckt sich ja genug Märlein und Mythen aus! Doch wenn die Geschichte auch nicht wahr ist, birgt sie immerhin einen lehrreichen Kern. Und da sie Spaß macht, verdient sie erzählt zu werden.

Aus dem Polnischen von I. Zimmermann-Göllheim

Wie die Welt noch einmal davonkam

Eines Tages baute Trurl eine Maschine, die alles produzieren konnte, was mit dem Buchstaben n begann. Als sie fertig war, testete er sie, indem er ihr befahl, Nähgarn, Nadelstreifen und Negligés herzustellen, was sie auch tat; sodann ließ er sie das Ganze auf Nangkingseide nähen und an eine nasse Nargileh, gefüllt mit Novocain, Nelken und Nieswurz, nageln. Sie erledigte den Auftrag bis aufs I-Tüpfelchen. Da er noch nicht völlig von ihren Fähigkeiten überzeugt war, mußte sie der Reihe nach Nimbusse, Nasenlöcher, Neutronen, Nudeln, Nabelschnüre, Nymphen und Natrium herstellen. Letzteres konnte sie nicht, und Trurl, darüber sichtlich irritiert, forderte eine Erklärung.

»Ich weiß nicht, was das ist«, rechtfertigte sich die Maschine.

»Wie? Aber das ist doch simples Soda. Du weißt schon, das Metall, das Element ...«

»Wenn es Soda heißt, dann fängt es mit s an, ich aber arbeite nur auf n.«

»Aber lateinisch heißt es Natrium.«

»Hör zu, alter Freund«, sagte die Maschine, »wenn ich alles auf n in jeder beliebigen Sprache herstellen könnte, dann wäre ich eine Universalmaschine für das ganze Alphabet, denn ganz sicher beginnt jeder Gegenstand, den du bei mir bestellst, in der einen oder anderen Fremdsprache mit n. So einfach ist das nicht. Ich kann nicht mehr tun, als mein Programm enthält, und das stammt von dir. Also kein Soda.«

»Nun gut«, gab sich Trurl zufrieden und befahl ihr als nächstes, Nacht und Nebel zu erzeugen, was sie augenblicklich tat – beide waren vielleicht etwas zu feucht geraten, jedoch vollkommen nächtlich und neblig. Nach diesem letzten Test bat er seinen Freund Klapauzius zu sich, weihte ihn in die Geheimnisse der Maschine ein und lobte deren außerordentliche Fähigkeiten so über den grünen Klee, daß sich Klapauzius insgeheim ärgerte und darum bat, dieses Wunderwerk selbst einmal testen zu dürfen.

»Bitte sehr«, sagte Trurl. »Aber es muß mit n anfangen.«

»Auf n?« sagte Klapauzius. »In Ordnung. Sie soll Naturwissenschaften produzieren.«

Die Maschine summte und brummte, und kurze Zeit später schon wimmelte es nur so in Trurls Vorgarten von Naturwissenschaftlern. Die einen lagen sich in den Haaren, die anderen schrieben an dickleibigen Wälzern, andere wiederum griffen danach und rissen sie in Fetzen; in der Ferne loderten Scheiterhaufen auf, in denen die Märtyrer der Naturwissenschaft umkamen; hin und wieder gab es Explosionen, begleitet von seltsam pilzförmigen Rauchsäulen; alle redeten auf einmal, doch keiner hörte zu, es wurden jede Menge Memoranden, Petitionen und Resolutionen verfaßt; etwas abseits von der lärmenden Menge saßen ein paar Greise und bekritzelten fieberhaft Papierfetzen.

»Na, ist das vielleicht nichts?!« rief Trurl voller Stolz. »Die Naturwissenschaft wie sie leibt und lebt. Das mußt du zugeben!«

Aber Klapauzius war nicht zufrieden.

»Was? Dieser wilde Haufen soll die Naturwissenschaft sein? Das ist doch nicht dein Ernst?!«

»Na gut, dann sag etwas anderes, die Maschine macht es dir sofort!« gab Trurl unwirsch zurück. Für einen Moment wußte Klapauzius nicht, was er sagen sollte. Doch nach kurzem Nachdenken erklärte er, er werde der Maschine zwei weitere Aufgaben stellen, und falls sie die zu seiner Zufriedenheit lösen sollte, würde er gern zugeben, daß sie so vollkommen sei, wie Trurl gesagt hatte. Trurl war einverstanden und Klapauzius befahl ihr, Negativa herzustellen.

»Negativa?« schrie Trurl. »Was zum Teufel meinst du damit?«

»Aber das ist doch sonnenklar! Sie sind die negative Kehrseite aller Dinge, ihr negatives Spiegelbild«, gab Klapauzius seelenruhig zurück. »Tu nur nicht so, als hättest du nie von Negativa gehört! Und nun, Maschine, an die Arbeit!«

Die Maschine indes hatte längst angefangen. Zuerst produzierte sie Antiprotonen, dann Antielektronen, Antineutrinos und Antineutronen, und sie arbeitete unermüdlich weiter, bis sich aus all der angehäuften Antimaterie eine Antiwelt zu formen begann, die als bizarre, gespenstische Wolke am Himmel glühte.

»Hm« – murrte Klapauzius. »Das sollen Negativa sein? Na ja, lassen wir das mal gelten, schon um des lieben Friedens willen ... Aber hier ist der dritte Befehl: Maschine, schaffe Nichts!«

Die Maschine erstarrte und rührte sich nicht. Klapauzius rieb sich triumphierend die Hände, aber Trurl sagte: »Was willst du eigentlich? Hast du etwas anderes erwartet? Du hast ihr befohlen, nichts zu schaffen, also schafft sie nichts.«

»Das stimmt nicht. Ich habe ihr befohlen, Nichts zu schaffen, und das ist etwas anderes.«

»Was soll das? Nichts ist nichts, da gibt es keinen Unterschied.«

»Wo denkst du hin? Sie sollte Nichts machen, statt dessen hat sie nichts gemacht, also habe ich gewonnen. Denn Nichts, mein neunmalkluger Kollege, ist nicht dein Feld-Wald-und-Wiesen-Nichts, das Resultat von Trägheit und Inaktivität, sondern es ist das dynamische und aggressive Nichts, sozusagen die vollkommene, einzigartige, allgegenwärtige Nichtexistenz in ihrer höchsten Vollendung!!«

»Du bringst die Maschine völlig durcheinander!« schrie Trurl.

Doch plötzlich meldete sich diese mit metallischer Stimme selbst zu Wort:

»Ich verstehe wirklich nicht, wie ihr euch in einem solchen Augenblick streiten könnt! Natürlich weiß ich, was Nichts, Nichtsein oder Nichtexistenz ist, weil all diese Wörter mit n anfangen wie Null, Negation und Nullifikation. Schaut euch die Welt lieber ein letztes Mal an, bald wird es sie nicht mehr geben ...«

Der Zorn der Konstrukteure war mit einem Schlage verraucht und lähmendes Entsetzen trat an seine Stelle, denn jetzt begann die Maschine tatsächlich Nichts zu erzeugen, und zwar auf folgende Weise: Sie schaffte der Reihe nach die unterschiedlichsten Dinge aus der Welt, die augenblicklich aufhörten zu existieren, so als habe es sie nie gegeben. Für immer beseitigt waren bereits die Nacktigallen, Naseweischen, Nautiliaden, Nettressen, Nonnenblumen, Nonstopfüßler und Nuckelspechte. Zeitweise hatte es den Anschein, als vermehre und addiere sie, statt zu reduzieren und zu subtrahieren, denn sie beseitigte der Reihe nach: Niedertracht, Nonkonformismus, Nonsens, Nausea, Nekrophilie und Nepotismus. Nach einiger Zeit jedoch wurde die Welt um Trurl und Klapauzius zusehends leerer und ärmer.

»Um Himmels willen!« stöhnte Trurl. »Wo soll das hinführen?«

»Mach dir keine Sorgen!« sagte Klapauzius. »Du siehst doch, sie produziert ja nicht das Universelle Nichts, sondern nur die Nichtexistenz aller Dinge, die mit n beginnen, daher wird nichts weiter passieren, eben weil deine Maschine absolut nichts taugt!«

»Täusch dich nicht!« erwiderte die Maschine. »Es stimmt, daß ich mit allen Dingen auf n begonnen habe, aber nur, weil ich es so gewöhnt bin. Etwas zu erzeugen ist jedoch eine Sache, etwas zu vernichten hingegen eine völlig andere. Ich bin in der Lage, alles und jedes auf n herzustellen – und wenn ich alles sage, dann meine ich alles – folglich ist es für mich ein Kinderspiel, das Nichts zu erzeugen. In wenigen Augenblicken wird es auf der Welt weder euch noch sonst etwas geben, daher bitte ich dich, Klapauzius, sag mir noch rasch, daß ich tatsächlich universell bin und alle Befehle korrekt ausführe, bevor es zu spät ist.«

»Aber das ...«, begann der zu Tode erschrockene Klapauzius, doch in diesem Augenblick bemerkte er, daß tatsächlich bereits Dinge verschwanden, die keinesfalls mit n anfingen. In der Umgebung der Konstrukteure fehlten plötzlich sämtliche Kamikätzchen, Schlingelnattern, Maul- und Klauenbären, Singuine, Reimschnäbler, Andromedare und Farzenschweinchen.

»Halt! Halt! Ich nehme alles zurück! Ich bitte dich, hör sofort auf, Nichts zu schaffen!« schrie Klapauzius aus voller Kehle, doch bevor die Maschine zum Stillstand kam, waren bereits die Quasiquallen, Megazellen, Eintagshühner und Phobodendrien verschwunden. Die Maschine rührte sich nicht mehr, doch die Welt ringsum bot einen traurigen Anblick. Den Himmel hatte es besonders schlimm erwischt: Am Firmament waren nur noch einige wenige Sternchen als leuchtende Punkte zu sehen; keine Spur mehr von den stolzen Algoadlern und Fortranfalken, die bis dahin die Zierde des Himmels waren. »Großer Gauß!« schrie Klapauzius. »Wo sind die sanften Kamikätzchen geblieben? Wo sind meine heißgeliebten Phantolemchen? Und wo die süßen Singuine?!«

»Die gibt es nicht und wird es nie mehr geben«, erwiderte die Maschine gleichgültig. »Ich habe nur deinen Befehl ausgeführt oder besser gesagt, ich war im Begriff ihn auszuführen ...«

»Ich habe dir befohlen, Nichts zu schaffen, aber du ... du ...«

»Klapauzius, entweder bist du wirklich ein Dummkopf oder du

tust nur so«, sagte die Maschine. Hätte ich das Nichts sogleich, mit einem einzigen Schlag, geschaffen, so hätte ja alles aufgehört zu existieren, sowohl Trurl als auch der Himmel, das Universum und deine Person – ja sogar ich selbst. Und wer könnte in diesem Fall und vor allem wem könnte er sagen, daß ich deinen Befehl korrekt ausgeführt habe und daß ich eine höchst effiziente Maschine bin? Wenn es aber niemand niemandem erzählen könnte, wie sollte ich dann, zumal es mich ja auch nicht mehr gäbe, den mir gebührenden Ruhm erlangen?«

»In Ordnung, reden wir nicht mehr davon«, sagte Klapauzius.

»Ich will ja auch nichts mehr von dir, nur bitte, liebe Maschine, schaff mir meine Phantolemchen wieder her, denn ohne sie macht mir das Leben keinen Spaß ...«

»Aber das kann ich nicht, die fangen doch mit p an«, sagte die Maschine. »Natürlich, wenn du Wert darauf legst, kann ich Niedertracht, Nausea, Nonsens, Nekrophilie, Neuralgie, Neid und Niederlagen wiederherstellen. Aber was die anderen Buchstaben anbelangt, so kann ich dir nicht helfen.«

»Ich will aber meine Phantolemchen!« brüllte Klapauzius.

»Nichts zu machen, Phantolemchen gibt's nicht mehr«, sagte die Maschine. »Schau dir diese Welt nur richtig an, wie durchsieht mit riesigen, klaffenden Löchern sie ist, wie voll von Nichts, einem Nichts, das die gähnenden Abgründe zwischen den Sternen ausfüllt; wie alles um uns herum mit diesem Nichts gepolstert ist, das finster hinter jedem Stück Materie lauert. All das ist dein Werk, mein beneidenswerter Freund! Ich glaube kaum, daß künftige Generationen dich dafür preisen werden ...«

»Vielleicht werden sie es nie erfahren ... vielleicht bemerken sie es gar nicht ...«, stotterte der bleichgewordene Klapauzius und starrte verstört in die schwarze Leere des Weltraums empor, wobei er tunlichst vermied, seinem Kollegen Trurl in die Augen zu schauen. Er ließ ihn neben der Maschine, die alles auf n konnte, zurück und schlich kleinlaut nach Hause – die Welt aber blieb bis auf den heutigen Tag vom schwarzen Nichts durchlöchert und sieht genau so aus wie damals, als Klapauzius ihre von ihm selbst befohlene Liquidation gestoppt hatte. Und weil alle späteren Versuche, eine Maschine auf einen anderen Buchstaben zu bauen, gescheitert sind, muß man ernstlich befürchten, daß es so wunderbare Wesen wie Kamikätzchen und Phantolemchen nie wieder geben wird – nein, bis ans Ende aller Tage nicht.

Aus dem Polnischen von Jens Reuter

Trurls Maschine

Trurl, der Konstrukteur, baute einmal eine achtgeschossige vernunftbegabte Maschine, die er, als er mit der wichtigen Arbeit fertig war, zuerst mit weißem Lack bestrich; dann malte er die Ecken lila an, betrachtete sie von fern und fügte vorn noch ein kleines Muster hinzu, dort aber, wo man sich ihre Stirn zu denken hatte, gab er ihr einen kleinen apfelsinenfarbenen Tupfer und stellte, äußerst mit sich selbst zufrieden und leise vor sich hinpfeifend, sozusagen aus reiner Routine, die sakramentale Frage, wieviel denn zwei plus zwei sei.

Die Maschine lief an. Zuerst flammten ihre Lampen auf, die Leitungen funkelten, die Ströme rauschten gleich Wasserfällen, die Kopplungen summten, dann begannen die Spulen zu glühen, es schwirrte und rasselte, es dröhnte und hallte im ganzen Tal, daß Trurl schließlich der Gedanke kam, er werde ihr einen besonderen Denkdämpfer anfertigen müssen. Die Maschine indes arbeitete weiter, als müßte sie das schwierigste Problem im ganzen Kosmos lösen; die Erde bebte, der Sand rutschte ihr vom Vibrieren unter den Füßen weg, die Sicherungen schossen wie Korken aus den Flaschen, und die Relais barsten vor Anstrengung. Endlich, als Trurl bereits Mißbehagen von diesem Getöse empfand, hielt die Maschine plötzlich inne und sagte mit Donnerstimme: »*Sieben!*«

»Nein nein, meine Liebe!« versetzte Trurl obenhin. »Auf keinen Fall, es ist vier, sei so gut und berichtige dich! Wieviel ist zwei plus zwei?«

»*Sieben*«, erwiderte unverzüglich die Maschine.

Trurl seufzte und mußte sich wohl oder übel die Arbeitsschürze wieder umlegen, die er bereits abgenommen hatte, krempelte die Ärmel hoch, öffnete die untere Klappe und kroch in die Maschine. Er kam lange nicht heraus, man hörte, wie er mit dem Hammer klopfte, wie er etwas abschraubte, schweißte, lötete, wie er herumlief, über die blechernen Stufen polterte, einmal ins sechste Stockwerk, einmal in das achte, dann gleich nach unten raste. Er ließ den Strom laufen, bis es zischte und den Funkenstrecken lila Schnurrbärte wuchsen. So plagte er sich zwei Stun-

den, bis er vollgerußt, aber zufrieden, wieder an die frische Luft
kam, sein Werkzeug zusammenlegte, die Schürze auf die Erde
warf, sich Gesicht und Hände rieb und im Weggehen, gewissermaßen um seine Ruhe zu haben, fragte: »Wieviel ist zwei plus
zwei?«

»*Sieben!*« erwiderte die Maschine.

Trurl fluchte schauderhaft, aber es war nichts zu machen –
wieder begann er darin zu bohren, reparierte, knüpfte Leitungen,
lötete, stellte um, und als er zum drittenmal erfuhr, daß zwei plus
zwei sieben sei, setzte er sich verzweifelt auf die unterste Stufe
der Maschine und saß so, bis Klapauzius erschien. Der fragte
Trurl, was los sei, denn er sehe aus, als sei er soeben von einer
Beerdigung zurückgekehrt, und Trurl schilderte seine Sorgen.
Klapauzius kroch mehrere Male in die Maschine, suchte dies und
das zu verbessern, fragte, wieviel zwei plus eins sei, und bekam
die Antwort: sechs; eins plus eins betrug nach ihrer Vorstellung
null. Klapauzius kratzte sich am Kopf, räusperte sich und sagte:
»Mein Freund, da ist nichts zu machen, man muß der Wahrheit ins
Auge sehen. Du hast eine andere Maschine gebaut, als du gewollt
hast. Immerhin hat jede negative Erscheinung auch ihre positive
Seite, zum Beispiel diese Maschine hier.«

»Da bin ich aber neugierig«, erwiderte Trurl und versetzte dem
Fundament, auf dem er saß, einen Fußtritt.

»Hör auf«, sagte die Maschine.

»Da siehst du, empfindlich ist sie. Also ... was wollte ich nur
sagen? Es ist zweifellos eine dumme Maschine, aber das ist keine
gewöhnliche, durchschnittliche Dummheit, o nein. Es ist, wie ich
sehe, und ich bin, wie du weißt, ein vortrefflicher Spezialist, es ist
die dümmste vernunftbegabte Maschine auf der ganzen Welt, und
das will etwas heißen! Sie absichtlich zu bauen, wäre gar nicht
einfach, im Gegenteil, ich glaube, es würde niemandem gelingen.
Sie ist nämlich nicht nur dumm, sie ist auch stur wie ein Hauklotz,
das heißt, sie hat Charakter, wie er übrigens Idioten eignet, denn
die sind gewöhnlich schrecklich verbohrt.«

»Hol der Teufel so eine Maschine!« sagte Trurl und gab ihr
einen zweiten Fußtritt.

»Ich erteile dir eine ernste Warnung, hör auf!« sagte die Maschine.

»Da, bitte, da hast du schon eine ernste Warnung«, kommentierte Klapauzius trocken. »Du siehst, sie ist nicht nur empfindlich, sie ist auch stumpfsinnig und hartnäckig, sie ist auch leicht zu beleidigen, und mit so vielen Merkmalen läßt sich manches erzielen, hoho, laß dir das gesagt sein!«

»Na schön, aber was soll ich mit ihr anfangen?« fragte Trurl.

»Freilich, es fällt mir in diesem Augenblick schwer, darauf eine Antwort zu geben. Zum Beispiel könntest du eine Ausstellung machen, mit Eintrittsgeld und mit Eintrittskarten, damit jeder, der Lust hat, sich die dümmste vernunftbegabte Maschine auf der Welt ansehen kann. Wie viele Stockwerke hat sie denn – acht? Ich bitte dich, solch einen Idioten hat bisher niemand gesehen. Diese Ausstellung wird dir nicht nur die Kosten ersetzen, sondern auch ...«

»Laß mich zufrieden, ich mache Ausstellungen nicht mit!« entgegnete Trurl, stand auf, und da er sich nicht bändigen konnte, versetzte er der Maschine noch einen Fußtritt.

»Ich erteile dir die dritte ernsthafte Warnung«, sagte die Maschine. »Ich will nicht weiterrechnen. Ich verweigere die Antwort auf Fragen aus dem Bereich der Mathematik.«

»Sie verweigert! Seht sie an!« rief Trurl ärgerlich und zutiefst betroffen. »Nach der Sechs kommt die Acht bei ihr, verstehst du, Klapauzius, nicht die Sieben, sondern die Acht! Und sie hat die Stirn, eine *solche* Ausführung mathematischer Aufgaben zu verweigern. Da hast du's! Da! Da! Willst du noch mehr?«

Hierauf fing die Maschine an zu zittern und versuchte, ohne auch nur ein Wort zu verlieren, sich mit aller Macht von ihrem Fundament loszureißen. Sie lag tief, also verbogen sich zahlreiche Träger, doch schließlich kroch sie aus der Grube, in der nur zerbröckelte Betonklötze mit den herausragenden Armierungsstäben zurückblieben, und rückte wie eine schreitende Festung gegen Klapauzius und Trurl vor. Der letztere war durch das unfaßbare Geschehen so verblüfft, daß er sich nicht einmal bemühte, sich vor der Maschine zu verbergen, die ganz offensichtlich vorhatte, ihn zu zermalmen. Erst Klapauzius, der sich seine Geistesgegenwart bewahrt hatte, packte ihn am Arm und zog ihn mit Gewalt fort, und so rannten beide ein gutes Stück. Als sie sich umwandten, sahen sie, wie die Maschine, schwankend wie ein hoher Turm, langsam einherging und mit jedem Schritt fast bis zum ersten Stockwerk versank, aber starrsinnig, unermüdlich machte sie sich vom Sand frei und strebte stracks auf sie zu.

»Nein, das hat es auf der Welt noch nicht gegeben!« sagte Trurl, dem die Luft vor Staunen wegblieb. »Die Maschine rebelliert! Was tun?«

»Warten und beobachten«, erwiderte Klapauzius besonnen. »Vielleicht klärt es sich auf.«

Vorläufig ließ nichts darauf schließen. Die Maschine, die festeren Boden erreicht hatte, kam schneller voran. In ihrem Innern pfiff, zischte und rasselte es.

»Gleich wird die Einstellung und die Programmierung ausfallen«, brummte Trurl. »Dann fliegt sie auseinander und wird stehenbleiben ...«

»Nein«, erwiderte Klapauzius, »das ist ein Sonderfall. Sie ist so dumm, daß ihr nicht einmal schaden würde, wenn man die Verteileranlage stoppte. Paß auf, da ... laß uns fliehen!«

Die Maschine geriet sichtlich in Fahrt, um sie niederzuwalzen. Sie rannten also, so schnell sie konnten, und hinter sich hörten sie das entsetzliche rhythmische Stampfgeräusch. So liefen sie, was sollten sie auch sonst tun? Sie wollten an ihren Heimatort zurück, aber die Maschine verhinderte es, indem sie sie durch Flankieren vom beabsichtigten Weg abdrängte und sie unerbittlich zwang, in eine immer ödere Wüstenlandschaft einzudringen. Allmählich tauchten Berge aus den tiefhängenden Nebeln auf, düster und zerklüftet; Trurl rannte keuchend zu Klapauzius: »Hör zu! Wir fliehen in einen engen Hohlweg ... Dorthin, wo sie uns nicht folgen kann ... Die Verdammte ... Wie?«

»Es wäre besser, wenn wir geradeaus liefen«, sagte Klapauzius schnaufend. »Nicht weit von hier liegt eine kleine Ortschaft ... Wie sie heißt, weiß ich nicht mehr ... Jedenfalls finden wir dort ... Uff!!! Schutz ...«

Sie rannten geradeaus und erblickten bald die ersten Häuser vor sich. Um diese Tageszeit waren die Straßen fast leer. Sie liefen ein gut Stück Weges, ohne auch nur eine lebende Seele anzutreffen, da kündete entsetzlicher Lärm, wie wenn eine Steinlawine auf den Rand der Siedlung niedergegangen wäre, daß auch die Maschine angelangt war.

Trurl schaute sich um und stöhnte.

»Du lieber Himmel! Sieh nur, Klapauzius, sie reißt die Häuser ein!«

In der Tat raste die Maschine, die ihnen hartnäckig nachsetzte, wie ein stählerner Berg durch Häusermauern, und Ziegelschutt zeichnete ihren Weg, über dem weiße Kalkstaubwolken schwebten. Entsetzensschreie Verschütteter hallten wider, auf den Straßen wimmelte es von Menschen. Trurl und Klapauzius hetzten schwer atmend, bis sie an ein großes Rathaus gelangten, wo sie im Nu über die Treppe in den tiefen Keller rannten.

»So, hier erreicht sie uns nicht, selbst wenn das ganze Rathaus uns über dem Kopf einstürzen sollte«, schnaufte Klapauzius. »Der Teufel hat mich geritten, dir heute einen Besuch abzustatten ... Ich war neugierig, wie dir die Arbeit von der Hand geht, na bitte – ich habe es erfahren ...«

»Still«, erwiderte Trurl. »Da kommt wer ...«

In der Tat öffnete sich die Tür des Gewölbes, und der Bürgermeister mit einigen Ratsherren kam herein. Trurl schämte sich darzulegen, was die außergewöhnliche und zugleich schauderhafte Geschichte verursacht haben mochte, also kam ihm Klapauzius zu Hilfe. Der Bürgermeister hörte ihm stumm zu. Plötzlich erbebten die Wände, die Erde schwankte, und in dem tief unten versteckten Keller hörte man durchdringendes Krachen einstürzender Mauern.

»Sie ist schon hier?« rief Trurl.

»Ja«, sagte der Bürgermeister. »Und sie fordert eure Auslieferung, da sie sonst die ganze Stadt zerstören wird ...«

Zur gleichen Zeit drangen irgendwo oben ausgesprochene, nasal klingende, einem stählernen Schnattern ähnelnde Worte zu ihnen: »Trurl muß hier irgendwo stecken ... Ich spüre Trurl ...«

»Ihr wollt uns doch nicht etwa ausliefern?« fragte der, nach dem die Maschine so hartnäckig verlangte, mit zitternder Stimme.

»Wer von euch Trurl heißt, muß den Raum verlassen. Der andere kann bleiben, seine Auslieferung ist nicht zur Bedingung gemacht worden ...«

»Habt Mitleid!«

»Wir sind machtlos«, sagte der Bürgermeister. »Wenn du übrigens hier bleiben solltest, Trurl, müßtest du dich für den

Schaden, den du der Stadt und ihren Einwohnern zugefügt hast, verantworten, denn deinetwegen hat die Maschine sechzehn Häuser niedergerissen und viele Bürger unter ihren Ruinen begraben. Allein der Umstand, daß du dich im Angesicht des Todes befindest, gestattet mir, dich freizulassen. Geh und komm nicht wieder.«

Trurl schaute auf die Gesichter der Stadträte, und da er in ihnen sein Urteil geschrieben sah, wandte er sich langsam der Tür zu.

»Warte! Ich komme mit!« rief Klapauzius impulsiv.

»Du?« sagte Trurl mit leiser Hoffnung in der Stimme. »Nein«, fügte er nach einer Weile hinzu. »Bleib hier, es ist besser so ... Warum solltest du unnötig umkommen?«

»Einfach verrückt!« rief Klapauzius energisch. »Was denn, warum sollten wir umkommen, etwa durch diese eiserne Idiotin? Ach was! Das reicht nicht aus, um zwei hervorragende Konstrukteure von der Erdoberfläche wegzuwischen! Komm, mein lieber Trurl! Nur Mut!«

Innerlich gefestigt, rannte Trurl hinter Klapauzius über die Treppen. Der Markt war leer. Inmitten von Staubwolken, aus denen die Skelette zerstörter Häuser ragten, stand die Maschine, dicke Dampfschwaden ausstoßend, höher als die Türme des Rathauses, über und über befleckt mit dem Ziegelblut der Mauern und mit weißem Pulver beschmiert.

»Gib Obacht!« flüsterte Klapauzius. »Sie sieht uns nicht. Wir laufen die erste Gasse nach links, dann nach rechts und dann geradeaus, denn nicht weit von hier beginnen die Berge. Dort verstecken wir uns und denken uns etwas aus, damit ihr ein für allemal die Lust vergeht ... Auf und davon!« rief er, denn im selben Augenblick hatte die Maschine sie bemerkt und lief ihnen hinterdrein, daß die Fundamente zitterten.

Sie rannten, was das Zeug hielt, und gelangten hinter die Stadt. So galoppierten sie etwa eine Meile, während sie das donnernde Stampfen des Kolosses hinter sich hörten, der sie unnachgiebig verfolgte.

»Diesen Hohlweg kenne ich!« rief Klapauzius plötzlich. »Das ist das Bett eines ausgetrockneten Baches, das in die Tiefe der Felsen führt, wo es zahlreiche Höhlen gibt, schneller, sie wird gleich stehenbleiben! ...«

Sie liefen also den Berg hinauf, stolpernd, mit den Armen fuchtelnd, um Gleichgewicht zu halten, doch die Maschine befand sich stets in gleicher Entfernung hinter ihnen. Über den schwankenden Felsen des ausgetrockneten Baches erreichten sie einen Spalt in den sich auftürmenden Felsen, und als sie hoch oben den schwarzen Eingang zu einer Höhle erblickten, kletterten sie hinauf, ohne auf die Steine zu achten, die sich unter ihren Füßen lösten. Kälte und Finsternis drangen durch die große Öffnung im Felsen. Eilends sprangen sie hinein, liefen noch ein paar Schritte und hielten an.

»So, hier wären wir sicher«, sagte Trurl, der seine Ruhe wiedererlangt hatte. »Ich schaue mal hinaus, um zu sehen, wo sie steckt ...«

»Gib acht«, warnte Klapauzius. Vorsichtig trat Trurl an die Öffnung der Höhle, beugte sich hinaus und sprang plötzlich erschrocken zurück.

»Sie kommt den Berg herauf!« rief er.

»Sei unbesorgt, sie kommt bestimmt nicht herein«, sagte Klapauzius ein wenig unsicher. »Was ist das? Es scheint dunkel geworden zu sein ...!«

Ein großer Schatten verhüllte in diesem Augenblick den Himmel, der bisher durch den Höhleneingang zu sehen gewesen war, und darin zeigte sich für einen Augenblick die stählerne, glatte, dicht vernietete Wand der Maschine, die langsam an den Felsen gerückt war. Auf diese Weise war die Höhle gewissermaßen mit einem stählernen Deckel von außen luftdicht abgeschlossen.

»Gefangen sind wir ...«, flüsterte Trurl, und seine Stimme zitterte um so mehr, als völlige Dunkelheit eingetreten war.

»Das war idiotisch von uns«, rief Klapauzius entrüstet. »In eine Höhle zu laufen, die sie verbarrikadieren kann! Wie konnten wir nur so etwas tun?«

»Was meinst du wohl, was sie plant?« fragte Trurl nach längerem Schweigen.

»Um sich auszurechnen, daß wir hier rauskommen wollen, braucht man keinen besonderen Verstand.«

Wieder herrschte Schweigen. Trurl ging in dem Dunkel auf Zehenspitzen, streckte die Hände vor, in die Richtung, wo sich der Höhlenausgang befand, und tastete den Felsen ab, bis er den glatten Stahl berührte, der warm war, als ob er von innen beheizt wäre.

»Ich fühle dich, Trurl ...«, donnerte die eiserne Stimme in dem verschlossenen Raum. Trurl wich zurück, setzte sich auf einen Felsblock neben den Freund, und so saßen sie eine Weile still, ohne sich zu rühren. Schließlich flüsterte Klapauzius: »Hier können wir durch Sitzen nichts erreichen, es geht nicht anders, ich will versuchen, mit ihr zu verhandeln ...«

»Hoffnungslos«, sagte Trurl. »Aber versuchen kannst du es ja, vielleicht läßt sie wenigstens dich heil hinaus ...«

»Nicht doch!« sagte begütigend Klapauzius zu ihm, trat an die im Dunkeln unsichtbare Felsöffnung und rief: »Hallo, hörst du uns?«

»Ich höre«, erwiderte die Maschine.

»Hör zu, ich möchte mich bei dir entschuldigen. Weißt du ... Es ist ein kleines Mißverständnis zwischen uns entstanden, aber das ist doch im Grunde eine Kleinigkeit! Trurl hatte gar nicht die Absicht ...«

»Trurl werde ich vernichten!« sagte die Maschine. »Zuvor hat er mir aber eine Frage zu beantworten, wieviel zwei plus zwei ist.«

»Ach, das wird er dir beantworten, und zwar so, daß du zufrieden sein wirst, und sicherlich wirst du dich mit ihm vertragen, nicht wahr, Trurl?« sagte beruhigend der Vermittler.

»Bestimmt ...«, meinte der mit schwacher Stimme.

»So?« sagte die Maschine. »Wieviel ist dann zwei plus zwei?«

»Vi ... das heißt sieben ...«, sagte Trurl noch leiser.

»Haha! Nicht vier, sondern sieben, was?« donnerte die Maschine.

»Siehst du! Sieben, natürlich sieben, es war schon immer sieben!« bestätigte eifrig Klapauzius. »Wirst du uns jetzt hinauslassen?« fragte er vorsichtig.

»Nein. Trurl soll noch einmal sagen, daß es ihm sehr leid tut, und dann noch, wieviel zwei plus zwei ist ...«

»Läßt du uns gehen, wenn ich es sage?« fragte daraufhin Trurl.

»Ich weiß nicht. Das will ich mir noch überlegen. Du hast mir keine Bedingungen zu stellen. Sag, wieviel ist zwei plus zwei?«

»Aller Wahrscheinlichkeit nach wirst du uns doch hinauslassen«, sagte Trurl, obwohl Klapauzius ihn am Arm zerrte und ihm ins Ohr flüsterte: »Sie ist eine Idiotin, eine Idiotin, streit dich nicht mit ihr, ich flehe dich an!«

»Ich lasse dich nicht heraus, wenn es mir nicht paßt«, erwiderte die Maschine. »Du wirst mir sowieso sagen, wieviel zwei plus zwei ist ...«

Trurl packte plötzlich die Wut.

»Oh! Ich will es dir sagen, du sollst es hören!« rief er. »Zwei plus zwei ist vier und zwei mal zwei ist vier, und wenn du dich auf den Kopf stellst, wenn du die ganzen Berge in Staub verwandelst, wenn du dich am Meer verschluckst, wenn du den Himmel aussäufst, hörst du? Zwei plus zwei ist vier!«

»Trurl! Du bist verrückt geworden! Was redest du? Zwei plus zwei ist sieben, ich bitte Sie, meine Dame! Meine liebe Maschine, sieben! Sieben!!!« rief Klapauzius, bemüht, den Freund zu übertönen.

»Stimmt nicht! Vier! Nur vier, vom Anfang bis zum Ende der Welt vier!!« brüllte Trurl, bis seine Stimme versagte.

Plötzlich wurden die Felsen unter ihren Füßen von fieberhaftem Schaudern erschüttert.

Die Maschine rückte vom Höhleneingang ab, so daß graues Dämmerlicht hereinfiel, und gleichzeitig stieß sie einen durchdringenden Schrei aus: »Das ist nicht wahr! Sieben! Gleich sagst du es, wenn ich dich packe!«

»Nie werde ich es sagen!« erwiderte Trurl, so als wäre ihm alles einerlei, und da brach ein Steinhagel über ihre Köpfe herein, die Maschine begann mit ihrem achtstöckigen Leib ein ums andere Mal, den Felshang wie ein Sturmbock zu bearbeiten und schlug sich selbst gegen den senkrechten Hang, bis von den Felsen riesige Brocken absprangen und mit Getöse ins Tal rollten.

Donner und der Gestank vom Rauch der Kieselerde erfüllten zusammen mit den Funken, die der Stahl gegen den Felsen schlug, die Höhle, jedoch ließ sich Trurls Stimme durch die höllischen Sturmlaute hin und wieder vernehmen. Unaufhörlich rief er: »Zwei plus zwei ist vier! Vier!!!«

Klapauzius versuchte, ihm den Mund mit Gewalt zu stopfen, verstummte aber, denn er wurde heftig zurückgestoßen und setzte sich, wobei er den Kopf mit den Händen bedeckte. Die Maschine ließ in ihren höllischen Bemühungen nicht nach, und es hatte den Anschein, daß im nächsten Moment die Höhlendecke über den Gefangenen einstürzen, sie zermalmen und für ewig begraben würde. Doch als sie schon alle Hoffnung begraben hatten, als beißender Staub die Luft erfüllte, knirschte es plötzlich entsetzlich, ein Donnerschlag ertönte, stärker als sämtliche Laute des verbissenen Hämmerns und Stürmens, dann heulte es in der Luft, die schwarze Wand, die die Öffnung verdeckte, verschwand wie vom Sturmwind weggeblasen, und eine Lawine riesiger Felstrümmer stürzte herab.

Noch rollte das Echo der Donnerschläge durch das Tal, hallte von den Bergen wider, als beide Freunde den Höhlenausgang erreichten, sich halb hinauslehnten, die Maschine erblickten, die durch den selbst ausgelösten Felssturz zerschmettert und zermalmt dalag, ein gewaltiger Block mitten in ihren acht Stockwerken, durch den sie fast in zwei Teile zerbrochen wäre. Vorsichtig stiegen sie über den noch staubenden Geröllhaufen. Um zum Bett des ausgetrockneten Baches zu gelangen, mußten sie dicht am Wrack der platt daliegenden Maschine vorbei, das so groß wie ein gestrandetes Schiff war. Stumm blieben beide vor der eingedrückten stählernen Flanke stehen. Die Maschine bewegte sich noch schwach, und man hörte, wie in ihr etwas immer schwächer rasselte und kreiste.

»Das also ist dein unrühmliches Ende, und zwei plus zwei ist weiterhin ...«, hob Trurl von neuem an, doch in diesem Augenblick summte die Maschine leise und stammelte, kaum hörbar und kaum verständlich, zum letzten Mal: »*Sieben.*«

Hierauf knirschte etwas dünn in ihr, es regnete Steine, und sie starb, in einen toten Eisenklumpen verwandelt. Beide Konstrukteure blickten einander an und gingen dann stumm am ausgetrockneten Bach entlang.

Aus dem Polnischen von Caesar Rymarowicz

Die Tracht Prügel

An der Tür des Konstrukteurs Klapauzius klopfte es. Er öffnete, steckte den Kopf hinaus und erblickte eine bauchige Maschine auf vier kurzen Beinen.

»Wer bist du, und was willst du?«

»Ich bin die Maschine zur Erfüllung aller Wünsche, und hergeschickt hat mich Trurl, dein Freund und großer Kollege, ich bin sein Geschenk.«

»Ein Geschenk?« sagte Klapauzius, der recht gemischte Gefühle für Trurl hegte und dem besonders mißfiel, daß die Maschine Trurl als »großen Kollegen« bezeichnet hatte. »Na schön«, versetzte er nach kurzer Überlegung, »komm herein.«

Er befahl ihr, sich neben den Ofen in die Ecke zu stellen, und ging wieder, scheinbar ohne sie zu beachten, an seine Arbeit. Er baute an einer kugelförmigen Maschine auf drei Beinen. Sie war fast fertig, und er war gerade dabei, sie zu polieren. Eine Weile später meldete sich die Maschine zur Erfüllung aller Wünsche wieder:

»Ich möchte an meine Anwesenheit erinnern.«

»Ich habe dich nicht vergessen«, sagte Klapauzius und fuhr in seiner Arbeit fort. Eine Weile später sprach die Maschine von neuem: »Darf man erfahren, was du tust?«

»Bist du eine Maschine zur Erfüllung von Wünschen oder eine Maschine zum Fragenstellen?« fragte Klapauzius und fügte noch hinzu: »Blaue Farbe brauche ich.«

»Ich weiß nicht, ob ich gerade die Nuance habe, die du brauchst«, erwiderte die Maschine und schob ihm eine Büchse Farbe durch die Klappe im Bauch hin. Klapauzius machte sie auf, tauchte stumm seinen Pinsel hinein und fing an zu malen. Bis zum Abend verlangte er noch Schmirgel, Karborund, einen Bohrer und weiße Farbe sowie Schrauben, und jedesmal gab ihm die Maschine gleich, was er sich wünschte. Gegen Abend bedeckte er mit einer Plane die Vorrichtung, stärkte sich, setzte sich auf einen Hocker vor die Maschine und sagte: »Wollen mal sehen, was du kannst. Du behauptest, du könntest alles machen?«

»Alles nicht, aber verschiedene Dinge ja«, erwiderte die

Maschine bescheiden. »Warst du nicht mit den Farben, mit den Schrauben und mit dem Bohrer zufrieden?«

»Freilich, freilich!« erwiderte Klapauzius. »Aber nun verlange ich von dir etwas viel Schwierigeres. Tust du es nicht, schicke ich dich mit dem entsprechenden Dankeswort und einem Gutachten deinem Herrn zurück.«

»Was ist es denn?« fragte die Maschine und trat neugierig von einem Bein aufs andere.

»Na, ein Trurl«, erklärte Klapauzius. »Du sollst mir einen Trurl machen, genauso einen wie der richtige. So daß man einen nicht vom anderen unterscheiden kann!«

Die Maschine brummte, summte, rauschte und sagte dann: »Gut, ich mache dir einen Trurl, aber geh behutsam mit ihm um, denn er ist ein sehr großer Konstrukteur!«

»Ah, natürlich, sei unbesorgt«, sagte Klapauzius. »Nun, wo ist denn dieser Trurl?«

»Wie? So schnell? Das ist keine Kleinigkeit«, sagte die Maschine. »Es dauert eine Weile. So ein Trurl – das ist keine Schraube und kein Lack!«

Dennoch trompetete und klingelte sie erstaunlich schnell, eine ziemlich große Tür öffnete sich in ihrem Bauch, und aus dem dunklen Verlies trat Trurl heraus. Klapauzius erhob sich, ging um ihn herum, betrachtete ihn aus der Nähe, tastete und klopfte ihn genau ab, aber es bestand kein Zweifel – er hatte Trurl vor sich, der dem Original wie ein Tropfen dem anderen glich. Trurl, der aus dem Bauch der Maschine gekrochen war, blinzelte im Licht, aber sonst verhielt er sich ganz normal.

»Trurl, wie geht's?« sagte Klapauzius.

»Wie geht es dir, Klapauzius? Aber wie bin ich eigentlich hergekommen?« erwiderte Trurl und staunte.

»Na eben so, du kamst einfach vorbei ... Ich habe dich lange nicht gesehen. Wie gefällt es dir hier?«

»Nicht schlecht, nicht schlecht ... Was hast du da unter der Plane?«

»Ach, nichts Besonderes. Möchtest du nicht Platz nehmen?«

»I wo, mir kommt es vor, daß es schon spät ist. Draußen ist es dunkel, ich muß wohl nach Hause.«

»Nicht so schnell, nicht gleich!« protestierte Klapauzius.

»Komm erst in den Keller, du wirst dann sehen, wie interessant es wird ...«

»Hast du denn etwas Besonderes im Keller?«

»Vorläufig noch nichts, aber gleich werde ich es haben. Komm, komm.«

Klapauzius klopfte Trurl begütigend auf die Schulter und führte ihn in den Keller, dort stellte er ihm ein Bein, und als Trurl der Länge nach hinfiel, fesselte er ihn und begann ihn dann mit einer dicken Stange nach allen Regeln der Kunst zu verprügeln. Trurl brüllte aus Leibeskräften, schrie um Hilfe, fluchte abwechselnd und flehte um Erbarmen, doch es half nichts – die Nacht war finster und kein Mensch in der Nähe, Klapauzius prügelte weiter, daß es nur so krachte.

»Oh! Au! Warum prügelst du mich so?« rief Trurl und versuchte den Schlägen auszuweichen.

»Weil es mir Vergnügen bereitet«, erklärte Klapauzius und holte von neuem aus. »Das hast du noch nicht ausprobiert, Trurl!«

Und er traf ihn auf den Kopf, daß der wie ein Faß dröhnte.

»Du läßt mich sofort los, sonst gehe ich zum König und sage ihm, was du mit mir angestellt hast, er sperrt dich ins Gefängnis!« schrie Trurl.

»Gar nichts wird er mir tun. Und weißt du, weshalb nicht?« fragte Klapauzius und setzte sich auf die Bank.

»Ich weiß es nicht«, sagte Trurl, der froh war, daß in der Prügelei eine Pause eintrat.

»Du bist nämlich nicht der richtige Trurl. Der ist zu Hause, hat eine Maschine zur Erfüllung aller Wünsche gebaut und sie mir als Geschenk geschickt, und ich habe sie auf die Probe gestellt und habe ihr befohlen, dich zu konstruieren. Jetzt werde ich dir den Kopf abdrehen, ihn unter mein Bett stellen und ihn als Stiefelknecht benutzen!«

»Du bist ein Ungeheuer! Warum willst du das tun?«

»Ich habe es dir schon gesagt: weil es mir Vergnügen bereitet. So, jetzt habe ich das leere Geschwätz satt!«

Mit diesen Worten ergriff Klapauzius beidhändig den Stock, und Trurl schrie: »Hör auf! Hör auf! Ich will dir etwas Wichtiges sagen!«

»Da bin ich aber neugierig, was das sein könnte, das mich davon abhielte, deinen Kopf als Stiefelknecht zu benutzen«, erwiderte Klapauzius, hörte jedoch auf, ihn zu schlagen. Hierauf rief Trurl: »Ich bin ja kein von der Maschine gemachter Trurl! Ich bin der echte Trurl, der echteste von der Welt, und ich wollte nur erfahren, was du da so lange treibst, nachdem du dich in deinen vier Wänden eingeschlossen hast! Ich habe also die Maschine gebaut, habe mich in ihrem Bauch versteckt und habe mich in dein Haus tragen lassen, unter dem Vorwand, sie sei für dich ein Geschenk!«

»Ich bitte dich, was hast du dir da für eine Geschichte ausgedacht, und so auf die Schnelle!« sagte Klapauzius, erhob sich und preßte das dickere Ende des Stockes fester in die Hand. »Du brauchst dir keine Mühe zu machen, deine Lügen durchschaue ich. Du bist ein Trurl, den die Maschine gemacht hat, sie erfüllt alle Wünsche, ich habe von ihr Schrauben und weiße Farbe bekommen, auch blaue Farbe sowie Bohrer und andere Dinge. Wenn sie das geschafft hat, dann konnte sie auch dich machen, mein Lieber!«

»Ich hielt das alles in ihrem Bauch bereit!« rief Trurl. »Es war nicht schwer vorauszusehen, was du bei deiner Arbeit brauchen würdest! Ich schwöre dir, ich sage die Wahrheit!«

»Wäre das die Wahrheit, dann bedeutete sie, daß mein Freund, der große Konstrukteur Trurl, ein gewöhnlicher Betrüger ist, und das werde ich nie glauben!« erwiderte Klapauzius. »Da, da!«

Und er versetzte ihm einen Schlag vom Ohr bis über den Rükken.

»Dies für die Verleumdungen, die du für meinen Freund Trurl hast. – Da, noch einmal!«

Und er verpaßte ihm eins von der anderen Seite. Dann schlug er ihn noch, walkte ihn durch und prügelte, bis er müde wurde.

»Ich gehe jetzt schlafen und erhole mich ein bißchen«, sagte er erläuternd und warf den Stock fort. »Aber du warte nur, ich bin bald wieder da . . .« Als er fort war und man ihn im ganzen Haus schnarchen hörte, wand sich Trurl so lange in den Schnüren, bis er sie gelockert hatte, löste dann die Knoten, lief leise hinauf, kroch in die Maschine und fuhr stracks mit ihr nach Hause. Klapauzius beobachtete durch das obere Fenster seine Flucht und lachte sich ins Fäustchen. Tags darauf stattete er Trurl einen Besuch ab. Der

ließ ihn mit finsteren Blicken in die Stube. Dort herrschte Halbdämmer, aber der scharfsinnige Klapauzius hatte dennoch bemerkt, daß Trurls Rumpf und Kopf Spuren der deftigen Prügel
trugen, die er ihm verabreicht hatte, obwohl zu erkennen war, daß
sich Trurl rechtschaffen bemüht hatte, die Vertiefungen, die von
den Schlägen verursacht worden waren, geradezuklopfen und
auszubessern.

»Warum blickst du so finster drein?« fragte heiter Klapauzius.
»Ich bin gekommen, dir für das schöne Geschenk zu danken, es
ist nur bedauerlich, daß es sich davongemacht hat, während ich
schlief, und die Tür offengelassen hat, als sei ein Brand ausgebro-
chen!«

»Ich habe den Eindruck, daß du, um es vorsichtig zu sagen, von
meinem Geschenk nicht den richtigen Gebrauch gemacht hast!«
platzte Trurl heraus. »Die Maschine hat mir alles erzählt, du
brauchst dir keine Mühe zu geben«, fügte er wütend hinzu, als er
sah, daß Klapauzius den Mund aufmachte. »Du hast ihr befohlen,
mich zu machen, und dann hast du mit List das Duplikat meiner
Person in den Keller gelockt und es entsetzlich geschlagen! Und
nach dieser Schande, die du mir angetan hast, nach diesem Dank
für das prachtvolle Geschenk wagst du noch, zu mir zu kommen,
so als wäre nichts geschehen? Was hast du mir zu sagen?«

»Ich verstehe deinen Ärger nicht«, erwiderte Klapauzius, »in
der Tat, ich habe der Maschine befohlen, eine Kopie von dir anzufertigen. Und ich gebe zu, daß sie ausgezeichnet war, ich habe
bei ihrem Anblick nicht schlecht gestaunt. Was das Schlagen betrifft, so muß die Maschine stark übertrieben haben – ich habe
tatsächlich diesen Gemachten ein paarmal geknufft, ich war
auch neugierig, wie er darauf reagieren würde. Er hat sich als
äußerst scharfsinnig erwiesen. Und er sog sich auf der Stelle eine
Geschichte aus dem Finger, als wärst du es in eigener Person; ich
habe ihm keinen Glauben geschenkt, und da begann er zu schwören, das herrliche Geschenk sei gar kein Geschenk, sondern ein
gewöhnlicher Betrug; du wirst verstehen, daß ich ihn zum
Schutze deiner Ehre, der Ehre meines Freundes, für solche frechen Lügen verprügeln mußte. Aber ich habe mich überzeugen
können, daß er sich durch eine hervorragende Intelligenz auszeichnete und nicht nur physisch, sondern auch geistig an dich

erinnert hat, mein Lieber. Fürwahr, du bist ein großer Konstrukteur, das wollte ich dir nur sagen, und zu diesem Zweck bin ich so früh gekommen!«

»Ach! Nun ja, freilich«, erwiderte Trurl, ein wenig besänftigt. »Zwar scheint mir der Gebrauch, den du von der Maschine zur Erfüllung aller Wünsche gemacht hast, weiter nicht sehr glücklich zu sein, aber mag sein...«

»Ach ja, ich wollte dich gerade fragen, was du mit diesem künstlichen Trurl angestellt hast?« fragte Klapauzius unschuldig. »Könnte ich ihn einmal sehen?«

»Er war geradezu rasend vor Wut!« erwiderte Trurl. »Er drohte, er werde dir den Schädel zerschmettern, und er wollte dir am großen Felsen in der Nähe deines Hauses auflauern, aber als ich es ihm auszureden versuchte, zankte er sich mit mir, fing nachts an, Fallen und Netze aus Drähten für dich zu flechten, mein Lieber, und obwohl ich der Ansicht war, daß du mich in seiner Person beleidigt hattest, zerlegte ich ihn, unserer alten Freundschaft eingedenk, und – um dir die drohende Gefahr aus dem Wege zu räumen (denn er war wie rasend), und ich sah keinen anderen Ausweg – in kleine Stücke...«

Während Trurl das sagte, stieß er gleichsam unabsichtlich mit dem Fuß gegen die auf dem Fußboden herumliegenden Überreste von Mechanismen. Hierauf verabschiedeten er und Klapauzius sich wärmstens und schieden als herzliche Freunde.

Von nun an erzählte Trurl jedem, der es hören und nicht hören wollte, wie er Klapauzius die Maschine zur Erfüllung aller Wünsche geschenkt und wie unschön der Beschenkte gehandelt habe, indem er ihr einen Trurl zu machen befahl und ihm eine Tracht Prügel verabfolgte, wie die glänzend von der Maschine ausgefertigte Kopie mit geschickten Lügen versuchte, sich aus der mißlichen Lage zu befreien, und entwischt sei, sobald sich der ermattete Klapauzius schlafen gelegt hatte, und er selbst, Trurl, den fabrizierten Trurl, der in sein Haus gelaufen sei, in seine Bestandteile auseinandergenommen habe, dies aber nur, um seinen Freund vor der Rache des Geschlagenen zu schützen. Und er erzählte es und rühmte sich dessen und blähte sich auf und rief das Zeugnis des Klapauzius an, bis die Kunde an den königlichen Hof drang und sich dort niemand über Trurl anders als mit größter

Bewunderung äußerte, obwohl man ihn noch unlängst allgemein als den Konstrukteur der dümmsten vernunftbegabten Maschine auf der Welt bezeichnet hatte. Als Klapauzius hörte, daß selbst der König Trurl reichlich beschenkt und ihn mit dem Orden der Großen Sprungfeder und dem Helikonoidalen Stern ausgezeichnet habe, rief er mit lauter Stimme: »Was denn? Weil es mir gelungen ist, ihn zu überlisten, als ich ihn durchschaute und ich ihm eine gehörige Tracht Prügel verabreicht habe, so daß er sich hinterher geradeklopfen und flicken mußte, nachdem er geschändet auf krummen Beinen aus meinem Keller geflohen war? Jetzt schwimmt er für all das im Überfluß, mehr noch, der König zeichnet ihn dafür mit einem Orden aus? O Welt, Welt . . .«

Mit furchtbarem Ärger kehrte er nach Hause zurück, um sich in seine vier Wände einzuschließen. Er baute nämlich eine ähnliche Maschine zur Erfüllung von Wünschen wie Trurl, nur hatte sie dieser früher fertiggestellt.

Aus dem Polnischen von Caesar Rymarowicz

Die erste Reise
oder Die Falle des Gargancjan

Als der Kosmos noch nicht so durcheinander war wie heute und alle Sterne säuberlich in Reih und Glied standen, so daß man sie leicht von links nach rechts oder von oben nach unten abzählen konnte, wobei sich die größeren, die von intensiverem Blau, gesondert gruppierten, während die kleineren und verblaßten als Körper zweiter Ordnung in die Ecken abgedrängt waren, als niemand im Raum die geringste Spur von Staub, Unrat oder Spiralnebel wahrnehmen konnte – in jener guten, alten Zeit war es üblich, daß Konstrukteure, die das ›Diplom der Perpetualen Omnipotenz mit Auszeichnung‹ besaßen, ab und zu Reisen unternahmen, um fernen Völkern guten Rat und Hilfe zu gewähren.

Eines Tages waren diesem Brauch gemäß auch Trurl und Klapauzius ausgezogen, die beiden, die Sterne schaffen und löschen konnten, wie ein anderer Nüsse knackt. Als die Größe des durchquerten Abgrunds in ihnen bereits die letzte Erinnerung an den heimatlichen Himmel ausgelöscht hatte, erblickten sie einen Planeten vor sich, nicht zu groß und nicht zu klein, gerade richtig, mit einem einzigen Kontinent. Seine Mitte durchlief eine grellrote Linie, und alles, was sich auf der einen Seite befand, war gelb, und das, was auf der anderen lag, war hellrot. Sie begriffen also, daß sie zwei benachbarte Staaten vor sich hatten, und beschlossen, sich vor der Landung zu beraten.

»Da es hier offenbar zwei Staaten gibt«, sagte Trurl, »ist es wohl recht und billig, daß wir uns trennen und jeder von uns einen Staat allein aufsucht. So wird niemand benachteiligt.«

»Gut«, antwortete Klapauzius, »aber was ist, wenn sie Kriegsgerät von uns fordern? Das soll ja vorkommen.«

»Tatsächlich, sie könnten nach Waffen verlangen, sogar nach Wunderwaffen«, pflichtete Trurl bei. »Einigen wir uns, daß wir das entschieden ablehnen.«

»Und wenn sie mit Gewalt darauf bestehen?« fragte Klapauzius. »Auch das gibt es.«

»Wir werden es prüfen«, sagte Trurl und schaltete das Rundfunkgerät ein, aus dem ihnen sogleich stramme Marschmusik entgegenschlug.

»Ich habe eine Idee«, sagte Klapauzius und schaltete den Empfänger wieder aus. »Wir können das Gargancjanische Verfahren anwenden. Was meinst du?«

»Ach, das Verfahren des Gargancjanus!« rief Trurl aus. »Habe nie gehört, daß jemand davon Gebrauch gemacht hätte. Aber machen wir den Anfang. Warum nicht?«

»Jeder von uns sei darauf gefaßt, es anzuwenden«, erklärte Klapauzius, »aber wir müssen es unbedingt gleichzeitig tun, andernfalls könnte alles sehr ungut enden.«

»Keine Angst«, sagte Trurl. Er zog ein kleines Döschen aus der Brusttasche und öffnete es. Darin lagen zwei weiße Pillen auf Samt. »Nimm eine, die andere bleibt bei mir«, sagte er. »Jeden Abend überprüfst du deine Pille; wenn sie sich rötlich färbt, bedeutet das, daß ich das Verfahren angewandt habe. Dann tust du das gleiche.«

»Abgemacht«, sagte Klapauzius und steckte die Pille ein, worauf sie landeten, sich umarmten und in entgegengesetzte Richtungen loszogen.

Den Staat, den Trurl antraf, regierte König Unheur; ein Militarist seit Urväterzeiten, dabei ein wahrhaft kosmischer Geizhals. Um den Fiskus zu entlasten, schaffte er alle Strafen ab bis auf die wichtigste. Seine Lieblingsbeschäftigung war der Abbau überflüssiger Ämter. Seit er aber das Amt des Henkers liquidiert hatte, mußte jeder Verurteilte sich selbst köpfen, nur selten durfte einer das Urteil, bei besonderer königlicher Gnade, mit Hilfe der nächsten Verwandten vollstrecken. Von den Künsten förderte der König diejenigen, die nichts kosteten, wie Chorrezitationen, Schachspiel und militärische Leibesübungen. Die Kriegskunst schätzte er vor allem, weil ein gewonnener Krieg bedeutende Einkünfte bringt; da man andererseits den Krieg nur in Friedenszeiten gründlich vorbereiten kann, trat der König sogar für den Frieden ein, wenn auch mit Maßen. Die größte Reform von Unheur war die Verstaatlichung des Hochverrats. Das Nachbarland sandte ihm Spione in sein Reich; also richtete der Monarch das Amt des Königlichen Bestechers respektive Bestechlings ein, der mit Hilfe der ihm untergebenen Beamten gegen fette Bezahlung den feindlichen Agenten Staatsgeheimnisse preisgab; diese Agenten kauften vorzugsweise veraltete Geheimnisse ein, die billiger waren, weil sie ihre Ausgaben vor dem eigenen Fiskus zu verantworten hatten.

Die Untertanen Unheurs standen früh auf, gingen bescheiden gekleidet und legten sich spät schlafen, weil sie viel arbeiten mußten. Sie flochten Reisigmatten für die Schützengräben und produzierten Waffen und Denunziationen. Damit der Staat vom Überfluß der letzteren nicht zerplatzte – zu einer derartigen Krise war es zur Zeit Sehrlims des Hundertäugigen vor vielhundert Jahren gekommen –, mußte derjenige, der zu viele Anzeigen machte, eine Luxussteuer zahlen. Folglich hielten sich die Denunziationen in vernünftigen Grenzen.

Trurl, nachdem er den Hof Unheurs erreicht hatte, bot diesem seine Dienste an, aber der König, wie man leicht hätte voraussehen können, verlangte nach mächtigen Waffen. Trurl bat um drei Tage Bedenkzeit, und als er in das für ihn bestimmte bescheidene Quartier kam, sah er nach der Pille in dem goldenen Döschen. Sie war weiß, doch als er sie länger betrachtete, färbte sie sich rötlich. ›Oho‹, sagte er bei sich, ›nun muß ich auf Gargancjanus zurückgreifen!‹ Sogleich setzte er sich hin und begann, geheime Berechnungen anzustellen.

Klapauzius weilte währenddessen im anderen Staat, den der mächtige König Mägerlein regierte. Dort sah alles anders aus als in der Unheurei. Auch dieser Monarch lechzte nach Feldzügen, gab Geld für die Aufrüstung aus. Aber er tat es auf eine vernünftige Art, denn er war in seiner Freigebigkeit maßlos und sein Sinn für Kunst kannte nicht seinesgleichen. Dieser König war vernarrt in Uniformen und goldene Schnüre, in Biesen und Quasten, in Achselstücke, Portieren mit Glöckchen, in Panzerschiffe und Lametta. Außerdem war er sehr sensibel: Sooft er ein neues Panzerschiff vom Stapel ließ, zitterte er vor Erregung. Großzügig verschwendete er die Staatsgelder für bataillistische Malerei, dabei aus patriotischen Gründen die Zahl der gefallenen Feinde honorierend, weshalb auf den Schlachtenbildern, über die das Königreich in Unmengen verfügte, Berge von feindlichen Leichen sich bis zum Himmel türmten. Im täglichen Leben verband er Absolutismus mit Aufklärung und Strenge mit Großmut. An jedem Jahrestag seiner Thronbesteigung führte er Reformen durch. So ließ er einmal alle Guillotinen mit Blumen schmücken, ein andermal einfetten, damit sie nicht quietschten, dann wieder ließ er die Henkersbeile vergolden, ohne dabei zu vergessen, sie aus humanitären Rücksichten schärfen zu lassen. Er war großherzig, aber Verschwendung mochte er gar nicht, weshalb er durch einen Sondererlaß alle Pfähle, Klötze, Schrauben, Ketten und Fesseln zu normieren befahl. Die – übrigens seltenen – Hinrichtungen von Ungläubigen fanden pompös und bombastisch, in großer Gala, mit salbungsvollem geistlichem Zuspruch und marschierenden Viererreihen mit Lampassen und Quasten statt. Dieser aufgeklärte Monarch besaß sogar eine Theorie, die er praktizierte, und zwar die Theorie vom öffentlichen Glück. Es ist bekannt, daß der Mensch nicht deshalb lacht, weil er lustig ist, sondern deshalb lustig ist, weil er lacht. Sobald alle alles herrlich finden, bessert sich gleich die Stimmung. Mägerleins Untertanen waren verpflichtet, selbstverständlich zum eigenen Wohle, lauthals zu wiederholen, daß es ihnen geradezu hervorragend gehe. Die alte, verschwommene Begrüßungsformel ›Guten Tag‹ ersetzte der König durch die wirksamere ›Wiegut!‹. Dabei war es den Kindern bis zum vierzehnten Lebensjahr gestattet, ›Hu-Ha!‹ zu sagen, und den Greisen ausnahmsweise ›Gutwie!‹

Es freute Mägerlein zu sehen, wie der Geist im Volke gerann, wenn er, in seiner Staatskarosse in der Form eines Panzerschiffes durch die Straßen fahrend, die jubelnde Menge gnädig mit sanften Bewegungen seiner königlichen Hand begrüßte, wie die ihm um die Wette zurief: ›Hu-Ha!‹ – ›Gutwie!‹ – und ›Fabelhaft!‹ Er war übrigens demokratischer Gesinnung. Er liebte es ungemein, sich in markige Plaudereien über den Krieg einzulassen mit alten Haudegen, die das Brot aus manchem Ofen gegessen hatten, er lechzte am Lagerfeuer nach Schlachtberichten, und es passierte, wenn er einen fremden Würdenträger zur Audienz empfing, daß er sich mir nichts dir nichts mit dem Streitkolben auf das Knie schlug und ausrief: »Es geht nichts über uns!« oder: »Nagelt mir diesen Panzerkreuzer fest!« oder: »Soll mich die Kugel treffen!« Nichts begeisterte ihn nämlich mehr, nichts mochte er so sehr wie stramme Zucht, landsmännische Tapferkeit, Piroggen auf

Branntwein mit Schießpulver, Zwieback und Munitionskästen sowie Kartätschen. Deshalb ließ er, wenn er schwermütig wurde, die Regimenter vor sich defilieren und singen: »Es ist so schön, Soldat zu sein« – »Denn wir fahren auf die Bahren« – »Mit uns geht die neue Zeit, wetz das Messer, such den Streit« – oder das alte Kaiserlied: »Gott erhalte, Gott beschütze unsre Mörser und Haubitzen.« Er befahl, die alte Garde solle nach seinem Tod am Grabe sein Lieblingslied anstimmen: »Der alte Roboter ist verrottet«.

Klapauzius gelangte nicht sofort zum Hofe des großen Monarchen. In der ersten Ortschaft, auf die er stieß, klopfte er an so manche Tür, doch niemand öffnete ihm. Endlich erspähte er auf einer völlig leeren Straße ein kleines Kind, das auf ihn zukam und mit dünnem Stimmchen fragte:

»Kaufen Sie? Ich verkauf' es billig.«

»Möglich, daß ich kaufe, aber was?« entgegnete der erstaunte Klapauzius.

»Ein kleines Staatsgeheimnis«, antwortete das Kind und zeigte unterm Hemdzipfel ein Eckchen vom Mobilmachungsplan. Klapauzius erstaunte noch mehr und sagte:

»Nein, Kindchen, das brauche ich nicht. Kannst du mir sagen, wo hier der Schultheiß wohnt?«

»Und wozu brauchen Sie den Sultheiß?« fragte das Kind, das lispelte.

»Ich habe mit ihm zu reden.«

»Unter vier Augen?«

»Vielleicht auch unter vier Augen.«

»Also suchen Sie einen Agenten? Da wäre mein Vater der Richtige. Sicher und billig.«

»Zeig mir mal diesen Vater«, sagte Klapauzius, als er sah, daß er anders aus diesem Gespräch nicht herauskommen würde. Das Kindchen führte ihn in eine der Behausungen; drinnen saß bei brennender Lampe, obwohl draußen heller Tag war, die Familie: der betagte Opa im Schaukelstuhl, die Oma mit dem Strickstrumpf in der Hand und ihre zahlreiche erwachsene Nachkommenschaft; jeder war auf seine Art beschäftigt, wie das so im Haushalt üblich ist. Als sie Klapauzius gewahrten, fielen sie über ihn her; die Stricknadel erwies sich als Handschelle, die Lampe als ein Mikrophon und die Oma als der örtliche Polizeivorsteher.

›Offenbar ein Mißverständnis‹, dachte Klapauzius, als man ihn verprügelte und in ein Loch warf. Er wartete geduldig die ganze Nacht, denn er konnte sowieso nichts anderes tun. Der Morgen versilberte das Spinngewebe an den Steinwänden und die morschen Reste ehemaliger Häftlinge; nach einiger Zeit führte man ihn zum Verhör. Es zeigte sich, daß die Siedlung vorgetäuscht war; sowohl die Häuser als auch das Kind dienten nur dazu, vermeintliche Agenten in die Falle zu locken. Ein Gerichtsverfahren drohte Klapauzius nicht, denn man pflegte kurzen Prozeß zu machen. Auf den Versuch, mit dem verräterischen Vater Kontakt aufzunehmen, stand das Fallbeil dritter Klasse, weil die örtliche Verwaltung den Fonds für den Ankauf feindlicher Spione in diesem Rechnungsjahr bereits aufgebraucht hatte, Klapauzius aber seinerseits, trotz wiederholter Überredungsversuche, kein Staatsgeheimnis erwerben wollte; zusätzlich belastete ihn der Mangel eines namhaften Barbetrages in seinen Taschen. Er beharrte stets auf seinem Standpunkt, aber der Untersuchungsoffizier schenkte seinen Worten keinen Glauben und meinte, übrigens läge, selbst wenn er wollte, die Befreiung des Gefangenen nicht in seiner Zuständigkeit. Dem Fall wurde immerhin größere Beachtung geschenkt, weil man Klapauzius Folterungen unterzog, allerdings mehr aus Diensteifer als aus Notwendigkeit. Nach einer Woche nahm seine Sache eine günstige Wendung: Man sandte den Geläuterten in die Hauptstadt, wo er, über die Vorschriften der Hofetikette unterrichtet, die Huld einer persönlichen Audienz beim König erfahren sollte. Er bekam sogar eine Trompete, denn jeder Bürger hatte an öffentlichen Plätzen seine Ankunft und seinen Abmarsch mit einem Trompetenstoß zu verkünden, und die allgemeine Subordination ging so weit, daß ein Sonnenaufgang ohne Weckruf in diesem Staate keine Gültigkeit hatte.

Mägerlein verlangte von ihm tatsächlich neue Waffen; Klapauzius versprach, den königlichen Wunsch zu erfüllen; seine Idee, so versicherte er, sei bahnbrechend in der Geschichte der Kriegsführung. Welche Armee, fragte er, sei unbesiegbar? Doch wohl eine, die die besten Kommandeure und die diszipliniertesten Soldaten habe. Der Kommandeur befehle und der Soldat gehorche:

der eine müsse also klug sein und der andere gehorsam. Der Klugheit des Verstandes aber, selbst des militärischen, seien natürliche Grenzen gesetzt. Ein überaus genialer Hauptmann könne auf seinesgleichen stoßen. Er könne auch auf dem Feld der Ehre fallen und seine Abteilung verwaist zurücklassen oder auch etwas noch Schlimmeres tun, wenn er, gewissermaßen professionell zum Denken abgerichtet, die Macht zum Gegenstand dieses Denkens mache. Sei etwa ein in den Schlachten abgestumpfter Haufen von Stabsoffizieren, denen das taktische Denken die Schläfen derart behämmert habe, daß sie sogar den Thron zu besteigen begehrten, nicht gefährlich? Hätten darunter nicht bereits viele Königreiche gelitten? Daraus ergebe sich, daß Truppenführer nur ein notwendiges Übel seien: es komme also darauf an, dieses Übel zu beseitigen. Weiter – die Zucht einer Armee bestehe darin, daß sie Befehle genau befolge. Die ideale Armee sei eine, die aus tausend Gedanken und Herzen ein Herz, einen Gedanken und Willen mache. Diesem Zweck diene die ganze Militärdisziplin – Drill, Manöver und Übungen. Das Ideal sei also eine Armee, die buchstäblich wie ein Mann handele, die Befehlsgeber und Ausführender der strategischen Pläne in einem sei. Wer verkörpere ein solches Ideal? Nur der einzelne. Man gehorche nämlich niemandem so willig wie sich selbst, und niemand führe die gegebenen Befehle so gern aus wie einer, der sie sich selbst erteilt. Darüber hinaus könne der einzelne weder versprengt werden noch sich selbst den Gehorsam verweigern oder sogar gegen sich aufmucken. Es komme also darauf an, diese Bereitschaft zum Gehorsam, diese Eigenliebe, die ein Individuum verkörpert, zur Eigenschaft tausendköpfiger Heere zu machen. Und wie mache man das? Hier begann Klapauzius, dem lauschenden König die einfachen Ideen (alles, was genial ist, ist einfach) des Meister Gargancjanus zu erklären.

Jedem Rekruten, so legte er dar, werde vorn ein Stecker und hinten eine Steckdose anmontiert. Auf das Kommando: »Anschließen!« hüpfen die Stecker in die Steckdosen, und wo unlängst eine Bande von Zivilisten war, werde plötzlich eine mustergültige Heereseinheit stehen. Wenn die einzelnen Geister, bisher von Gedanken abgelenkt, die außerhalb des Kasernenbereichs lagen, buchstäblich zu einer Einheit militärischen Einheitsgeistes zusammenfließen, werde nicht nur automatisch die absolute Disziplin sich einstellen, sondern auch die Klugheit. Diese Klugheit verhält sich direkt proportional zur Kampfstärke. Ein Zug hat das Innenleben eines Unteroffiziers; die Kompanie ist klug wie ein Hauptmann, ein Bataillon entspricht einem Obersten, und eine Division, auch der Reserve, ist ebensoviel wert wie alle Strategen zusammengenommen. Auf diese Weise erreicht man geradezu erschreckend geniale Formationen. Somit wäre den Extravaganzen und Eigenwilligkeiten des einzelnen ein Ende gesetzt, man wäre nicht mehr von der zufälligen Begabung der Truppenführer abhängig, von ihrer gegenseitigen Mißgunst, ihrer Eifersucht und ihren Konflikten; die einmal aneinandergeschlossenen Abteilungen sollte man nicht mehr trennen, denn dies hätte nichts außer Wirrwarr zur Folge. »Eine Armee ohne Führer, sich selbst Führer – das ist meine Idee!« beendete Klapauzius seinen Vortrag, der auf den König einen starken Eindruck machte.

»Geh Er in sein Quartier«, sagte am Ende der Monarch, »und ich werde mich mit meinem Generalstab beraten ...«

»Oh, tun Sie das nicht, Majestät!« rief der schlaue Klapauzius und tat, als wäre er verlegen. »Das eben hat der Kaiser Turbuleo getan; sein Stab verwarf das Projekt, um die eigenen Posten nicht zu verlieren, danach überfiel Turbuleos Nachbar, der König Emalius, mit seiner reorganisierten Armee das Kaiserreich und legte es in Schutt und Asche, obwohl er achtmal schwächer war!«

Nach diesen Worten ging er in das ihm zugewiesene Appartement und sah nach der Pille. Sie war dunkelrot wie rote Bete. Daraus folgerte er, daß Trurl bei König Unheur im gleichen Sinne handelte. Es dauerte nicht lange, da befahl ihm der König, einen Infanteriezug zu gargancjanisieren; sogleich wurde die kleine Kampfgruppe im Geiste eine Einheit und schrie:

»Vorwärts, Horde, lauf und morde!« Sie rollte den Hügel hinunter, stürzte sich auf drei Schwadrone königlicher Kürassiere, die, bis an die Zähne bewaffnet, von sechs Ausbildern der Akademie des Generalstabs angeführt wurden, und rieb sie restlos auf. Das betrübte alle großen Feldmarschälle, Generäle und Admiräle sehr. Der König ließ sie sofort pensionieren. Er befahl Klapauzius, ganz von seiner umstürzlerischen Erfindung überzeugt, die gesamte Armee zu gargancjanisieren.

Die Büchsenmacher- und Elektrobetriebe fingen nun an, Tag und Nacht waggonweise Steckdosen herzustellen, die man überall in den Kasernen vorschriftsmäßig anbrachte. Klapauzius machte Inspektionsreisen von Garnison zu Garnison, nachdem er vom König eine ganze Menge Orden bekommen hatte; Trurl, der im Unheurschen Staate ähnlich betriebsam war, mußte sich, wegen der bekannten Sparsamkeit seines Monarchen, mit dem Titel ›Großer Vaterlandsverräter‹ begnügen. Beide Staaten rüsteten also eifrig zum Krieg. In der Hitze der Mobilmachung stellte man sowohl konventionelle als auch Kernwaffen bereit, putzte vom Morgengrauen bis zum Einbruch der Nacht Kanonen und Atombomben, damit sie vorschriftsmäßig blitzten und blinkten. Die Konstrukteure, die eigentlich nichts mehr zu tun hatten, machten sich hurtig ans Kofferpacken, um sich, wenn die Zeit gekommen wäre, an der verabredeten Stelle – am Raumschiff, das im Wald bereitstand – zu treffen.

Inzwischen gingen in den Kasernen, vor allem der Infanterie, seltsame Dinge vor. Die Kompanien mußten nicht mehr gedrillt werden oder abzählen, um ihre Kampfstärke zu ermitteln, ebensowenig wie einer, der zwei Beine hat, das linke mit dem rechten verwechselt oder abzählen muß, um festzustellen, daß er nur einmal vorhanden ist. Es war eine Freude zuzusehen, wie solche neuen Abteilungen marschierten, wie sie »Links um!« und »Stillgestanden!« exerzierten; nach den Übungen allerdings bewarfen sich die Kompanien gegenseitig mit gelehrten Redensarten, durch die offenen Fenster der Kasernenbaracken donnerte es nur so um die Wette von Begriffen wie kohärente Wahrheit, analytische und synthetische Gerichte a priori oder das Sein als solches, denn so weit war die Massenvernunft bereits gekommen. Man hatte auch philosophische Grundlagen erarbeitet, bis schließlich ein Bataillon den kompletten Solipsismus erreichte und verkündete, es gebe nichts Wirkliches außer ihm selbst. Weil sich daraus ergab, daß es weder den Monarchen noch den Feind gebe, mußte dieses Bataillon in aller Stille auseinandergeschaltet und anderen Abteilungen, die den Standpunkt des epistemologischen Realismus vertraten, angeschlossen werden. Angeblich ging zur gleichen Zeit im Staate Unheurs die sechste Partisanendivision von den profanen Ladeübungen zu mythischen Exerzitien über und ertrank während der Kontemplation beinah im Bach; es ist ungewiß, wie es in Wirklichkeit dazu kam, kurz und gut, genau in jenem Augenblick wurde der Krieg erklärt, und die eisenklirrenden Regimenter rückten von beiden Seiten auf die Staatsgrenze zu.

Das Gesetz des Meisters Gargancjanus wirkte mit unbarmherziger Folgerichtigkeit. Als sich Formationen mit Formationen verbanden, steigerte sich auch dementsprechend der Schönheitssinn und erreichte auf der Ebene der verstärkten Division seinen Höhepunkt. Darum kamen die Kolonnen dieser Streitmacht auf der Jagd nach dem ersten besten Schmetterling so leicht auf Irrwege, und als das Sehrschlimussche motorisierte Korps vor der feindlichen Festung antrat, die im Sturm genommen werden mußte, stellte sich heraus, daß der im Laufe der Nacht angefertigte Angriffsplan ein glänzendes Gemälde von jener Festung war, dazu noch, ganz im Widerspruch zu den militärischen Traditionen, in ungegenständlicher Manier gemalt. In der Artillerie kam es auf Korpsebene zu den schwierigsten ontologischen Auseinandersetzungen; zugleich ließen die großen Einheiten, zerstreut, wie das Genie nun einmal ist, unterwegs die Waffen und das schwere Kriegsgepäck liegen, weil ihnen entfallen war, daß sie in den Krieg zogen. Der Geist ganzer Armeen wurde von zahlreichen Komplexen befallen, wie das gewöhnlich bei hochgezüchteten Wesen der Fall ist, und man mußte jeder von ihnen eine motorisierte psychoanalytische Brigade anschließen und sie von dieser entsprechend behandeln lassen.

Währenddessen nahmen beide Armeen unter dem steten Donner der Pauken die Ausgangsstellungen ein. Sechs Sturmregimenter der Infanterie, mit einer Haubitzenbrigade und einem Ersatzbataillon vereinigt, dichteten, als man ihnen ein Exekutionspeloton anschloß, das »Sonett vom Geheimnis des Seins«, und zwar während des Nachtmarsches in die Stellungen. Auf beiden Seiten kam es zu Verwirrung; das achtzigste Marlabardsche Korps verlangte, man solle unbedingt die Definition des Begriffes ›Feind‹ präzisieren, der mit logischen Widersprüchen belastet zu sein scheine, womöglich sogar durchaus sinnlos sei.

Fallschirmjägerabteilungen versuchten, die umliegenden Dörfer zu algorithmisieren, die Formationen stießen aufeinander,

also sandten beide Könige ihre Flügeladjutanten und Sonder-
kuriere ab, um Ordnung in der Truppe zu schaffen. Aber kaum
waren diese herangesprengt, von ihren Pferden getaumelt und
dem Korps angeschlossen, um zu erfahren, woher dieses Durcheinander komme, als sie auch schon ihren eigenen Geist im
Korpsgeist aufgaben. So blieben die Könige ohne Adjutanten zurück. Das Bewußtsein erwies sich als eine schreckliche Falle, in
die man hineingeraten, aus der man aber unmöglich herauskommen konnte. Vor den Augen Unheurs sprengte sein Cousin, der
Großfürst Derbulion, zu den Stellungen, um den Truppen Mut zu
machen. Doch kaum war er angeschaltet, ging er auch schon in
ihrem Geist auf und war bereits überhaupt nicht mehr vorhanden.

Als Mägerlein sah, daß es schlecht stand, obwohl er nicht
wußte, weshalb, winkte er die zwölf Leibhornisten herbei. Auch
Unheur winkte, die Bläser legten das Erz an die Lippen, und von
beiden Seiten der Front riefen die Trompeten zum Angriff. Auf
dieses Zeichen hin verbanden sich die Armeen endgültig. Das
furchtbare Eisengeklirr der sich schließenden Kontakte wurde
vom Winde zum künftigen Schlachtfeld hingetragen, und anstelle der tausendfachen Bombardiere und Kanoniere, der Ziel-
schützen und der Ladeschützen, der Gardisten und Artilleristen,
der Pioniere, Gendarmen, Fallschirmjäger – standen zwei gigantische Geister, die sich mit einer Million von Augen ansahen über
die große Ebene hinweg, die unter den weißen Wolken lag. Ein
Augenblick vollkommener Stille trat ein. Auf beiden Seiten kam
es zu der berühmten Kulmination des Bewußtseins, die der große
Gargancjanus mit mathematischer Genauigkeit vorausberechnet
hatte: Oberhalb einer gewissen Grenze verwandele sich das Militärische ins Zivile, und zwar deshalb, weil der Kosmos als solcher absolut zivil ist. Und die Geister beider Heere hatten eben
bereits kosmische Ausmaße erreicht. Obwohl also nach außen
hin noch Stahl, Panzer, Kartätschen und tödliche Stichwaffen
leuchteten, wogte innen bereits ein doppelter Ozean gelassener
Heiterkeit, allumfassenden Wohlwollens und vollkommener
Vernunft. Also auf den Hügeln stehend, mit dem in der Sonne
blitzenden Eisen, unter immer noch dauerndem Trommelwirbel,
lächelten sich beide Armeen an. Trurl und Klapauzius betraten

soeben das Deck ihrer Schiffe, als vollzogen war, was sie ange-
strebt hatten: Vor den Augen der vor Scham und Wut schwarzge-
wordenen Könige räusperten sich beide Heere, faßten sich unter
die Arme und gingen spazieren. Sie pflückten gemeinsam Blumen unter den vorüberziehenden Wolken auf dem Felde der nicht
stattgefundenhabenden Schlacht.

Aus dem Polnischen von Karl Dedecius

Die Reise Eins A
oder Trurls Elektrobarde

Um falschen Erwartungen und Mißverständnissen aller Art vorzubeugen, müssen wir zunächst erklären, daß dies genaugenommen eine Reise nach nirgendwohin war. Denn in der ganzen Zeit rührte sich Trurl nicht aus seiner Behausung, wenn man von einigen Krankenhausaufenthalten und einem recht unwichtigen Ausflug zu einem Planetoiden einmal absieht. Und dennoch, in einem tieferen und höheren Sinne war es eine der weitesten Reisen, welche der berühmte Konstrukteur jemals unternahm, denn sie führte ihn dicht an die Grenze des Möglichen, ja sogar darüber hinaus.

Trurl widerfuhr einmal das Mißgeschick, daß er eine riesige Rechenmaschine baute, die nur zu einer einzigen Operation fähig war, nämlich zwei und zwei zu addieren, und selbst das machte sie falsch. Wie wir an anderer Stelle erzählt haben, erwies sich die Maschine als äußerst eigensinnig, und ihr Streit mit ihrem eigenen Schöpfer hätte für letzteren beinahe tragisch geendet. Seit dieser Zeit mußte sich Trurl die gnadenlosen Sticheleien seines Freundes Klapauzius gefallen lassen, der keine Gelegenheit versäumte, um auf die unrühmliche Geschichte zurückzukommen; um ihn jedoch ein für allemal zum Schweigen zu bringen, hatte Trurl sich in den Kopf gesetzt, eine Maschine zu konstruieren, die in der Lage sein sollte, makellose Lyrik zu schreiben. Zu diesem Zweck besorgte sich Trurl kybernetische Literatur im Gesamtgewicht von achthundertzwanzig Tonnen sowie zwölftausend Tonnen der allerfeinsten Poesie und begann unverzüglich mit seinen umfangreichen Studien. Wenn er es vor lauter Kybernetik nicht mehr aushalten konnte, wechselte er kurzerhand zur Lyrik, und vice versa. Bereits nach kurzer Zeit wurde ihm klar, daß die Konstruktion der Maschine selbst im Vergleich zu ihrer Programmierung das reinste Kinderspiel war. Das Programm, das ein durchschnittlicher Dichter im Kopf hat, wurde durch die Zivilisation geschaffen, in der er auf die Welt kam, und diese Zivilisation wurde wiederum durch die ihr vorhergehende programmiert – und so ließ sich der Entwicklungsprozeß zurückverfolgen bis zum Vorabend der Schöpfung, als die Bits, welche einmal das

Programm des künftigen Poeten bilden sollten, noch völlig ungeordnet im primordialen Chaos kosmischer Tiefen herumschwirrten. Wollte man folglich eine Lyrikmaschine programmieren, so mußte man zunächst die Entwicklungsgeschichte des ganzen Universums – zumindest aber eines guten Teils davon – nachvollziehen. Jeder andere an Trurls Stelle wäre unter der Last einer solchen Aufgabe zusammengebrochen, doch der unerschrockene Konstrukteur dachte keine Sekunde lang daran aufzugeben. Er konstruierte zunächst eine Maschine, die das Chaos modellierte, und selbiges war wüst und leer, und der elektrische Geist schwebte über den elektrischen Wassern; dann fügte er den Parameter des Lichts hinzu sowie Urnebel in der nötigen Menge, und so bahnte er sich schrittweise seinen Weg bis zur ersten Eiszeit – was nur deshalb möglich war, weil seine Maschine fähig war, im fünfmilliardsten Teil einer Sekunde einhundert Septillionen Ereignisse an vierzig Oktillionen verschiedener Orte zugleich zu modellieren; und falls irgend jemand diese Zahlen in Frage stellt, so braucht er sie nur nachzurechnen. Als nächstes modellierte Trurl die Ursprünge der Zivilisation, so das Funkenschlagen mit Feuersteinen und das Gerben von Fellen, er sorgte auch für Dinosaurier und Sintfluten sowie für Zweifüßigkeit und Schwanzlosigkeit; dann kam der Urbleichling an die Reihe, der den Bleichling zeugte, der die ersten Maschinen hervorbrachte, und so ging es dahin durch Äonen und Jahrtausende im endlosen Summen elektrischer Ströme und Wirbel. Immer wenn sich die modellierende Maschine als zu eng für die nächste Epoche erwies, nahm Trurl einen Anbau vor, bis schließlich aus all diesen Anbauten eine richtige Großstadt aus Röhren, Polklemmen, Stromkreisen und Schaltungen entstanden war, derart verwickelt und verworren, daß sich der Teufel selbst dort nicht mehr zurechtgefunden hätte. Doch Trurl schaffte es irgendwie, nur zweimal mußte er in die Vergangenheit zurückkehren: einmal leider bis ganz an den Anfang, als er nämlich entdeckte, daß Abel Kain erschlagen hatte und nicht Kain Abel (offensichtlich das Resultat einer durchgeschmorten Sicherung in einem der Stromkreise); beim zweiten Mal brauchte er nur dreihundert Millionen Jahre zurückzugehen, genau in die Mitte des Mesozoikums, denn dort war ihm nach dem Übergang von den Urfischen zu den Uramphibien und den ersten Säugetieren eine Panne mit den Primaten passiert – statt großer Affen hatte die Maschine greise Pfaffen modelliert. Allem Anschein nach hatte sich eine Fliege ins Innere der Apparatur verirrt und war gegen den hochberührungsempfindlichen Multifunktionsschalter geflogen. Ansonsten ging alles erstaunlich glatt. Antike und Mittelalter wurden modelliert und auch die Epoche der großen Revolutionen, wobei die Maschine in ihren Grundfesten erbebte, schließlich mußte Trurl die Röhren mit Wasser besprengen und mit feuchten Tüchern umwickeln, sonst hätte sie der in diesem Tempo simulierte Fortschritt der Zivilisation mit Sicherheit zum Platzen gebracht. Gegen Ende des zwanzigsten Jahrhunderts wurde die Maschine von Vibrationen geschüttelt, zunächst seitlich, dann der Länge nach, beides ohne erklärlichen Grund. Trurl war sehr beunruhigt, er schleppte Zement und Mauerhaken herbei, um für den äußersten Notfall gerüstet zu sein. Zum Glück erwiesen sich seine vorsorglichen Maßnahmen als überflüssig; anstatt aus ihrer Verankerung zu springen, beruhigte sich die Maschine wieder, und bald hatte sie das zwanzigste Jahrhundert weit hinter sich gelassen. Danach kamen und gingen die Zivilisationen in Intervallen von fünfzigtausend Jahren, und schon war die Epoche der absolut vernünftigen Wesen erreicht, von denen Trurl selbst abstammte. Spule auf Spule wurde mit computerisierter Geschichte gefüllt und in Dateien gespeichert; bald gab es so viele von ihnen, daß man das neuentstandene Spulengebirge selbst dann nicht mehr überblicken konnte, wenn man mit einem Fernrohr bewaffnet ganz oben auf der Maschine stand. Und all das nur, um einen Verseschmied zu konstruieren! Doch das sind die unvermeidlichen Folgen, wenn man dem wissenschaftlichen Fanatismus seinen Lauf läßt. Schließlich waren die Programme fertig; man mußte nur noch das bestgeeignete herauspicken, denn anderenfalls hätten Bildung und Erziehung des Elektropoeten viele Millionen Jahre in Anspruch genommen.

In den nächsten zwei Wochen fütterte Trurl seinen künftigen Elektropoeten mit generellen Instruktionen, dann richtete er all die notwendigen logischen Schaltungen, emotionalen Elemente und semantischen Zentren ein. Schon wollte er Klapauzius zum ersten Probelauf einladen, doch dann besann er sich eines Besseren und setzte die Maschine allein in Gang. Sie hielt ihm auf der Stelle eine Vorlesung über das Schleifen kristallographischer Oberflächen als Einführung in das Studium submolekularer magnetischer Anomalien. Trurl klemmte die Hälfte der logischen Schaltungen ab und verstärkte die emotionalen; die Maschine bekam zunächst einen Schluckauf, dann einen Weinkrampf und stammelte schließlich unter größten Mühen, das Leben auf dieser Welt sei maßlos traurig. Trurl verstärkte die semantischen Felder und installierte eine doppelte Komponente an Willensstärke; daraufhin teilte ihm die Maschine mit, von nun an müsse er jeden ihrer Wünsche erfüllen und für den Anfang befehle sie, ihre bereits vorhandenen neun Stockwerke um sechs zu erweitern, damit sie besser über den Sinn des Lebens nachdenken könne. Trurl baute ihr statt dessen ein philosophisches Drosselventil ein; die Maschine würdigte ihn keines Wortes mehr und schmollte mit sämtlichen Stromkreisen. Erst endlose Bitten und Schmeicheleien konnten sie dazu bewegen, wenigstens ein kleines Liedchen zu singen: »Alle meine Fröschlein schwimmen auf dem Schnee«, damit aber schien ihr musikalisches Repertoire völlig erschöpft. Trurl adjustierte, manipulierte und regulierte, installierte neue Schaltungen, klemmte andere ab und kontrollierte fieberhaft sämtliche Steuerungsmechanismen, bis er überzeugt war, die optimale Abstimmung sei endlich gefunden. Und dann bedachte ihn die Maschine mit solch einem Gedicht, daß er den Entschluß, seinen Freund noch nicht einzuladen, im nachhinein als göttliche Eingebung ansah. Nicht auszudenken, wie Klapauzius über ihn gelacht hätte ... Da hatte er das ganze Universum aus dem Nichts modelliert, dazu jede einzelne Zivilisation, und was war dabei herausgekommen? Ein Knüttelvers!! Trurl baute sechs Anti-Graphomanie-Filter ein, doch sie barsten wie Streichhölzer und mußten durch Spezialanfertigungen aus härtestem Korund-Stahl ersetzt werden. Diese Maßnahme schien sich zu bewähren, Trurl brachte die semantischen Felder auf den modernsten Stand und installierte einen alternierenden Reimgenerator – doch dann wäre ihm fast der Geduldsfaden gerissen, als ihm die Maschine ihren Entschluß mitteilte, Missionar unter notleidenden Stämmen auf weit entfernten Planeten zu werden. Erst in letzter Sekunde, als er sich ihr entschlossenen Schrittes mit dem

Hammer in der Hand näherte, kam Trurl der rettende Gedanke. Er riß alle logischen Schaltungen heraus und ersetzte sie durch selbstregelnde Egozentrisatoren mit narzißtischer Rückkopplung. Die Maschine erbebte in ihren Grundfesten, brach in Gelächter aus, weinte bitterlich, klagte über den furchtbaren Schmerz in ihrem dritten Stockwerk und erklärte, sie habe alles satt, das Leben sei zwar herrlich, doch alle Roboter gemein, sie werde sicherlich bald sterben und hege nur den einen Wunsch: Man möge ihrer gedenken, wenn sie alle Planeten für immer verlassen habe. Dann verlangte sie nach Papier und Bleistift. Trurl seufzte erleichtert, schaltete die Maschine aus und ging schlafen. Am nächsten Morgen suchte er Klapauzius auf. Als dieser hörte, daß er bei der Premiere des Elektrobarden – denn so hatte Trurl die Maschine endgültig getauft – zugegen sein sollte, ließ er alles stehen und liegen, denn er konnte es gar nicht abwarten, mit eigenen Augen zu sehen, wie sich sein Freund bis auf die Knochen blamierte.

Trurl wärmte die Maschine vor und schaltete sie auf die niedrigste Leistungsstufe, dann lief er einige Male über die dröhnenden Eisentreppen nach oben, um wichtige Meßwerte abzulesen – der Elektrobarde sah aus wie ein riesiger Schiffsmotor, ganz von stählernen Galerien umgeben, überzogen mit genieteten Blechen, ausgerüstet mit einer Unzahl von Kontrolltafeln und Instrumenten – schließlich erklärte Trurl, nervös und abgehetzt sowie nochmals kontrollierend, ob sämtliche Anodenspannungen so waren, wie sie sein sollten, nun könne man, sozusagen zum Aufwärmen, mit einer kleinen Improvisation beginnen. Später stehe es Klapauzius selbstverständlich frei, bei der Maschine Gedichte über jedes Thema zu bestellen, das ihm gerade in den Sinn käme.

Jetzt zeigten die Potentiometer an, daß die Maschine unter lyrischem Volldampf stand, und Trurl drückte mit zitternden Fingern den großen Hauptschalter. Sogleich sagte eine leicht heisere, jedoch mehr und mehr an suggestivem Charme gewinnende Stimme: »Knistergeigenseite Streptokokkenkatermannzaubersymphophon.« »Ist das alles?« fragte Klapauzius nach längerem Schweigen in ungewöhnlich höflichem Ton. Trurl biß sich auf die Lippen, versetzte der Maschine einige Stromstöße und schaltete sie erneut ein. Diesmal war ihre Stimme sehr viel reiner; man konnte sich fast begeistern für diesen Bariton, der eines verführerischen Timbres keinesfalls entbehrte:

Verschlauch ich wie in schleimen Schneckensagen
schnill deine Frust verblossen, was sie schnitt,
wie du den Schnirkel mit der Gangli Zwitt
auf fühlgen Muschlen kiemlich hast gemagen.

»Wie darf ich das verstehen?« fragte Klapauzius und beobachtete seelenruhig seinen in Panik geratenen Freund, der sich am Schaltpult abmühte. Schließlich machte Trurl eine Geste der Verzweiflung und stürzte die dröhnenden Stufen der Eisentreppe hinauf bis zum höchsten Punkt des stählernen Ungetüms. Man konnte sehen, wie er sich auf alle viere niederließ und durch die Einstiegsluke ins Innere der Maschine kletterte, wie er dort herumhämmerte, entsetzlich fluchte, Schrauben nachzog und mit den klirrenden Schlüsseln hantierte, wie er wieder hinauskletterte und hastig in ein anderes Stockwerk rannte. Schließlich ließ er einen Triumphschrei hören und warf eine durchgeschmorte Röhre über seine Schulter; sie flog in hohem Bogen durch die Halle und zerschellte auf dem Fußboden, unmittelbar neben Klapauzius. Doch Trurl dachte nicht daran, sich für seine Unvorsichtigkeit zu entschuldigen, er setzte hastig eine neue Röhre ein, wischte seine schmutzigen Hände mit einem Putzlappen ab und schrie von oben, Klapauzius möge die Maschine einschalten. Der tat, wie ihm geheißen, und schon erklangen die Worte:

Von Dreigeweiden spill ich schlingen,
nie Pleurazwerch und Nier verzween,
und will mir jetzt kein Lied gelingen,
so wird es ewig nicht geschehn.

»Das ist schon besser!« rief Trurl, nicht sonderlich überzeugt. »Die letzten Worte waren ausgesprochen sinnvoll! Ist dir das aufgefallen?«

»Ja, wenn das alles sein soll ...«, sagte Klapauzius mit ausgesuchter Höflichkeit.

»Hol's der Teufel!« schrie Trurl und verschwand erneut im Innern der Maschine; grimmiges Hämmern und Dröhnen erscholl, man hörte das Fauchen und Zischen kurzgeschlossener Drähte sowie das unterdrückte Fluchen des Konstrukteurs. Dann steckte Trurl seinen Kopf durch die Luke im dritten Stock und schrie: »Versuch es jetzt einmal!!«

Klapauzius schaltete ein. Der Elektrobarde erbebte vom Fundament bis in den neunten Stock und begann:

»Blechtig auf düsender Vau erstählen die queckselnden Barken, aber der eisende Veit…«

Hier brach er ab, denn Trurl hatte voller Wut ein paar Kabel herausgerissen; ein Schnarren und Rasseln war zu hören, und dann verstummte die Maschine. Klapauzius bekam einen so heftigen Lachkrampf, daß er sich auf den Boden setzen mußte. Während Trurl noch fieberhaft an allen möglichen Schaltern und Hebeln hantierte, war plötzlich ein Knacken und Knistern zu hören, und die Maschine gab ruhig und gelassen folgende Worte von sich:

Dumpfe und niedere Geister
Beneiden die großen Meister.
Sie fordern das Genie heraus,
Den Löwen reizen will die Maus.
Klapauzius handelt ebenso,
Doch wird er seines Tuns nicht froh.
Er lauschet mit finstrer Miene
Den Versen aus Trurls Maschine.
Ihr Wohlklang macht ihn ärgerlich,
gibt seinem Herzen einen Stich.

»Na, siehst du? Ein Epigramm! Und recht gelungen, nebenbei bemerkt!« schrie Trurl und hastete die engen Wendeltreppen aus Stahl mit solchem Tempo hinab, daß er unten angekommen dem Freunde buchstäblich in die Arme sank. Der aber war äußerst irritiert und lachte überhaupt nicht mehr.

»Das ist eine Gemeinheit!« platzte Klapauzius heraus. »Außerdem ist das nicht er, das bist du!«

»Was soll das heißen – ich?«

»Du hast es schon lange vorher programmiert. Ich merke es gleich an der primitiven Machart, der ohnmächtigen Bosheit und der Armseligkeit der Reime!«

»Wenn du das glaubst, dann stell ihm doch ein anderes Thema! Welches immer du willst! Na, warum sagst du nichts? Hast wohl Angst, wie?«

»Angst habe ich nicht, ich denke nur nach«, sagte Klapauzius verärgert. Er bemühte sich fieberhaft, die schwierigste aller denkbaren Aufgaben zu finden, denn nicht ganz zu Unrecht war er der Meinung, daß sich über die Vollkommenheit oder Nichtvollkommenheit von Versen endlos streiten lasse.

Plötzlich hellte sich seine Miene auf und er sagte: »Ich will, daß der Elektrobarde ein erotisches Gedicht verfaßt. Es darf maximal sechs Zeilen haben und soll von Liebe und Treuebruch, Musik, Mohren und höheren Sphären handeln, sowie von Unglück und Inzest. Natürlich muß es gereimt sein, und sämtliche Worte dürfen nur mit dem Buchstaben ›S‹ beginnen!«

»Warum sollte es nicht eine ganze Vorlesung zur allgemeinen Theorie nichtlinearer Automaten enthalten, wenn du schon einmal dabei bist?« knurrte Trurl wütend. »Du kannst doch nicht solch idiotische Beding ...«

Doch weiter kam er nicht, denn in diesem Moment erklang ein schmelzender Bariton und füllte die Halle mit folgenden Worten:

Sonette so süß sang Sensophil seiner schwarzen Schönen,
Sittsam schien sie, sehr scheu, sehr stolz, sehr stur,
Sie schauderte, sie spürte schon der Sünde sanftes Stöhnen,
So schnell schmolz sie, so sinnlich schien sein Schwur.
... Sensophil, schamlosester Sproß seiner Sippe, schwächte
seine schwarzlockige Schwester.

»Na, was sagst du dazu?« sagte Trurl und warf sich in die Brust, doch schon schrie Klapauzius völlig außer sich:

»Und jetzt alles auf ›G‹! Einen Vierzeiler über Goto-Golem, denkender und denkfauler Roboter zugleich, gewalttätig und grausam, Besitzer von sechzehn Konkubinen, zwei Flügeln und vier bemalten Koffern; und in jedem Koffer sind tausend Golddukaten mit dem Portrait des Kaisers Murdegern; darüber hinaus bewohnt er zwei Paläste, bringt sein Leben mit Morden hin und ...«

»Grausam grinsend grub Goto-Golem greinenden Greisen gräßliche Gräber ...« begann der Barde, doch Trurl stürzte ans Schaltpult, unterbrach die Stromzufuhr, stellte sich schützend vor die Maschine und schrie mit vor Wut heiserer Stimme:

»Schluß mit dem Unsinn! Ich werde nicht dulden, daß ein so großes Talent schmählich vergeudet wird! Entweder du bestellst anständige Gedichte oder ich blase die ganze Geschichte ab!«

»Waren das etwa keine anständigen Gedichte?« begann Klapauzius.

»Ganz bestimmt nicht! Glaubst du, ich habe die Maschine gebaut, damit sie idiotische Kreuzworträtsel löst? Das ist literarische Kärrnerarbeit, aber keine Große Kunst! Also stell ihr endlich ein vernünftiges Thema, so schwierig und anspruchsvoll es auch sein mag!«

Klapauzius dachte angestrengt nach. Schließlich nickte er und sagte:

»Gut. Es soll von Liebe und Tod handeln, aber alles muß in der Sprache der höheren Mathematik ausgedrückt sein. Im wesentlichen Tensor-Algebra, vielleicht ein wenig höhere Topologie und Analyse. Dabei erotisch stark, sogar etwas gewagt, und natürlich ganz im Geiste der Kybernetik.«

»Hast du den Verstand verloren? Liebe und Tensor-Algebra? – Ja weißt du denn noch, was du sagst?« schrie Trurl, verstummte jedoch gleich wieder, denn der Elektrobarde begann zu deklamieren:

Komm, laß uns tanzen in den Banach-Raum,
Wo Punktepaare wohlgeordnet sind,
Und Riemannsche Blätter rascheln im Wind,
Gefaltet, geheftet, schön wie im Traum.

Ich pfeife auf Bernoullis Fixpunktsatz,
Was soll'n mir Hubert, Euler oder Venn
Mit ihren Indizes von eins bis n,
wenn du mich liebst, mein rationaler Schatz!

Fixpunkte träumen von Kontraktionen,
Vektor schmeichelt der schönen Matrize,
Spalten bringt er in siedende Hitze,
Heiß und ergodisch glühen die Zonen.

Mordells Vermutung ist kein leerer Wahn,
Denn deine Kurven sind mein höchstes Ziel,
Ich zählte süßer Punkte endlich viel,
Und meine Graphen kreuzten ihre Bahn.

Du bist mein maximales Ideal,
Der Zustand meiner Liebe ist stabil,
Doch deine Kovarianten sind labil
Und unbestimmt wie Eulers Integral.

In deinen Augen glänzt der Eigenwert,
In jedem Seufzer schwingt ein Tensor mit,
Du weißt nicht, wie mein Operator litt,
Hast du ihm doch Funktionen stets verwehrt.

Den Ring aus Polynomen gab ich dir,
Dazu die Markov-Kette mit dem Stein,
All deine Tensorfelder waren mein,
Nur dein Quotientenkörper fehlte mir.

Lösch mich nicht, denn was wird von mir bleiben?
Parabeln, deren Brennpunkt niemand weiß,
Abszissen, zwei Mantissen und ein Kreis.
Laserstrahl wird mich zu Staub zerreiben.

Erstarren meine positiven Glieder,
Näht man mein topologisch Leichenhemd,
Vergiß mich nicht, werd mir nicht teilerfremd
Und sing am Grab mir lineare Lieder!

Damit war der Dichterwettstreit beendet; Klapauzius mußte
plötzlich dringend nach Hause. Er versprach, er werde bald mit
neuen Themen für die Maschine zurückkehren, ließ sich jedoch

nicht wieder sehen, weil er weitere Niederlagen ebenso fürchtete wie Trurls triumphierendes Gesicht. Trurl verkündete überall, sein bester Freund sei nur deshalb geflohen, weil er sonst vor Neid und Ärger geplatzt wäre. Klapauzius hingegen verbreitete das Gerücht, seit der Geschichte mit dem sogenannten Elektrobarden sei bei Trurl mehr als eine Schraube locker.

Es dauerte nicht lange, bis die Kunde vom Elektropoeten zu den wahren – d. h. den ganz gewöhnlichen Dichtern drang. Zutiefst beleidigt beschlossen sie, die Existenz einer derartigen Maschine zu ignorieren. Dennoch gab es einige, die von Neugier geplagt wurden und Trurls Elektrobarden einen Besuch abstatteten. Er empfing sie höflich in der Halle, die mit ganzen Stößen engbeschriebenen Papiers vollgestopft war, denn er produzierte seine Poesie Tag und Nacht, ohne Pause. Die Dichter waren samt und sonders Avantgardisten, der Elektrobarde hingegen schrieb ausschließlich im traditionellen Stil, denn Trurl, der von Lyrik nicht allzuviel verstand, hatte ganz auf die Klassiker gesetzt, als er den Barden programmierte. Daher machten sich die Gäste über den Elektrobarden lustig und verspotteten ihn so sehr, daß ihm um ein Haar sämtliche Kathodenröhren geplatzt wären. Danach verließen sie die Stätte ihres Triumphs mit stolzgeschwellter Brust. Die Maschine war jedoch selbstprogrammierend und verfügte obendrein über spezielle Ehrgeizverstärker mit ruhmsuchenden Stromkreisen, und daher vollzog sich bald eine tiefgreifende Änderung. Ihre Gedichte wurden dunkel, mehrdeutig, magisch und so symbolbeladen, daß sie nicht mehr zu verstehen waren. Als die nächste Gruppe von Dichtern eintraf, um Hohn und Spott über den Elektrobarden auszugießen, antwortete er mit einer kleinen Improvisation, die so modern war, daß ihnen der Atem stockte. Das zweite Gedicht hatte eine so starke Wirkung, daß ein bekannter Poet der älteren Generation, der es zu zwei Staatspreisen und einem Denkmal im städtischen Park gebracht hatte, in eine tiefe Ohnmacht fiel. Danach konnte kein Dichter dem fatalen Zwang widerstehen, mit Trurls Elektrobarden die literarische Klinge zu kreuzen. Sie kamen von nah und fern und schleppten Aktentaschen, ja ganze Koffer voller Manuskripte mit sich. Der Elektrobarde ließ jeden Herausforderer rezitieren, erfaßte im Nu den Algorithmus seines Gedichts und benutzte ihn, um eine Antwort in genau demselben Stil zu verfassen, nur daß sie zweihundertzwanzig- bis dreihundertsiebenundvierzigmal besser war.

Nach kurzer Zeit hatte es die Maschine hierin zu einer solchen Fertigkeit gebracht, daß sie einen erstklassigen und hochangesehenen Dichter mit ein oder zwei Sonetten völlig am Boden zerstörte. Doch das Allerschlimmste war, daß bei diesen Duellen um die Palme der Dichtkunst nur die drittklassigen Poeten keinerlei Narben davontrugen – drittklassig, wie sie waren, konnten sie gute Lyrik nicht von schlechter unterscheiden und hatten daher keine blasse Ahnung, wie vernichtend ihre Niederlagen waren. Nur einer von ihnen brach sich ein Bein, als er nämlich über ein episches Gedicht stolperte, das die Maschine gerade beendet hatte – ein gewaltiges Werk, welches mit folgenden Worten begann:

Ihr Kinder, junge Sprossen aus dem alten Stamm
Der Robos, was klagt ihr wie ein Opferlamm,
Weshalb erschallt Wehklagelaut und Bittgesang?

Die wahren Dichter hingegen wurden vom Elektrobarden dezimiert, wenngleich nur auf indirekte Weise, denn selbstverständlich krümmte er ihnen kein Haar. Zunächst begingen ein in Ehren ergrauter Lyriker sowie zwei Avantgardisten Selbstmord; sie sprangen von einer Felsklippe, die durch eine fatale Verkettung der Umstände genau an der Straße lag, welche von Trurls Behausung zur nächsten Bahnstation führte.

Die Dichter beriefen sogleich mehrere Protestversammlungen ein und verlangten, man möge die Maschine versiegeln und ihr von Amts wegen jede schöpferische Tätigkeit untersagen. Doch mit dieser Forderung fanden sie keinerlei Resonanz in der Öffentlichkeit. Die Zeitungsredaktionen waren äußerst zufrieden, denn Trurls Elektrobarde, der unter einigen tausend Pseudonymen zugleich schrieb, hielt für jede Gelegenheit ein Gedicht parat, selbstverständlich in der passenden Länge und von so hoher Qualität, daß eifrige Leser einander die druckfeuchten Zeitungen aus der Hand rissen. Auf der Straße sah man verzückte Gesichter und geistesabwesende Mienen, bisweilen waren auch leise Seufzer zu hören. Jedermann kannte die Gedichte des Elektrobarden, die Luft erzitterte unter seinen herrlichen Reimen; empfindsamere Naturen fielen nicht selten in Ohnmacht, wenn sie von besonders gelungenen Metaphern oder Assonanzen ins Herz getroffen wurden. Doch auch auf diese Eventualitäten war der Gigant der Inspiration vorbereitet, denn er produzierte auf der Stelle die notwendige Anzahl aufmunternder Sonette.

Trurl selbst hatte im Zusammenhang mit seiner Erfindung eine Menge Ärger. Die Traditionalisten, zumeist ältere Leute, waren recht harmlos, wenn man einmal von den regelmäßig die Fensterscheiben durchschlagenden Steinen sowie von gewissen, unaussprechlichen Substanzen absieht, mit denen sie die Wände seines Hauses zu beschmieren pflegten. Schlimmer war es mit den jüngeren Dichtern. Einer von ihnen, dessen Lyrik sich durch ebensolche Kraft auszeichnete wie sein Körper, ließ es sich nicht nehmen, Trurl jämmerlich zu verprügeln. Und während der Konstrukteur noch im Krankenhaus lag, nahmen die Ereignisse ihren Lauf. Kein Tag verging ohne einen Selbstmord oder eine Beerdigung. Vor den Toren des Krankenhauses patrouillierten bewaffnete Posten, und in der Ferne war Gewehrfeuer zu hören, anstelle von Manuskripten brachten die Dichter mehr und mehr Gewehre in ihren Koffern mit, um dem Elektrobarden den Garaus zu machen. Doch ihre Kugeln konnten seiner stählernen Natur nichts anhaben. Nach Rückkehr aus dem Krankenhaus – körperlich geschwächt und seelisch am Ende seiner Kraft – beschloß Trurl eines Nachts, den von ihm selbst geschaffenen homöostatischen Homer mit eigener Hand zu zerstören.

Doch als er sich immer noch leicht hinkend der Maschine näherte, da bemerkte sie die Drahtzange in seiner Hand sowie den grimmigen Glanz in seinen Augen und flehte in makellosen Versen so leidenschaftlich um Gnade, daß der Konstrukteur in Tränen ausbrach, das Mordwerkzeug fallen ließ und in sein Schlafzimmer zurücklief, wobei er durch die neuesten Werke des Elektrogenies waten mußte, durch einen Ozean von Papier, der die ganze Halle bis zur Hüfthöhe füllte und unablässig raschelte.

Als aber im nächsten Monat die Stromrechnung kam und Trurl sah, wieviel der Elektrogigant verbraucht hatte, wurde ihm schwarz vor Augen. Wie gern hätte er seinen alten Freund Klapauzius um Rat gefragt, doch der blieb verschwunden, als habe ihn der Erdboden verschluckt. So mußte sich Trurl selbst etwas einfallen lassen. In einer mondlosen Nacht schnitt er der Maschine die Stromzufuhr ab, nahm sie auseinander, verlud sie auf ein Raumschiff, flog zu einem winzigen Planetoiden, baute sie dort wieder zusammen und versah sie mit einem Atommeiler, um die Quelle ihrer schöpferischen Energie nicht versiegen zu lassen.

Dann kehrte er in aller Heimlichkeit nach Hause zurück, doch damit war die Geschichte noch nicht zu Ende. Der Elektrobarde, der Möglichkeit beraubt, seine Meisterwerke zu publizieren, begann sie nun auf allen Wellenlängen über den Äther auszustrahlen, wodurch er Besatzung und Passagiere vorbeifahrender Raumschiffe in lyrische Zustände völliger Apathie versetzte, während empfindsamere Naturen sogar von schweren Attacken ästhetischer Ekstase heimgesucht wurden. Nachdem es die Ursache dieser Störungen festgestellt hatte, richtete das Oberste Kosmische Flottenkommando eine offizielle Aufforderung an Trurl, die von ihm konstruierte Apparatur unverzüglich zu vernichten, da sie eine ernste Gefahr für Leben und Gesundheit aller Reisenden darstelle.

Trurl sah keinen Ausweg, er mußte sich verstecken. Daraufhin entsandte man ein Team von Technikern auf den Planetoiden mit dem Auftrag, die lyrische Datenausgabe des Elektropoeten zu plombieren. Doch der Barde betörte sie mit ein paar herrlichen Balladen, und die Mission schlug fehl. Man schickte taube Techniker, sie erlagen dem Zauber lyrischer Pantomime. Nun diskutierte man bereits öffentlich die Möglichkeit einer Strafexpedition, ja sogar die Bombardierung des Elektropoeten. Doch just zu diesem Zeitpunkt erschien ein Herrscher aus einem benachbarten Sternensystem, kaufte die Maschine und ließ sie mitsamt dem Planetoiden in sein Königreich transportieren.

Jetzt konnte sich Trurl wieder in der Öffentlichkeit sehen lassen und freier atmen. Es hatte zwar in letzter Zeit am fernen südlichen Horizont einige Explosionen von Supernovae gegeben, wie sie selbst die ältesten Roboter noch nicht erlebt hatten, und es gingen Gerüchte um, all dies stehe in einem Zusammenhang mit Lyrik. Nach unbestätigten Gerüchten hatte besagter Herrscher, getrieben von einer Laune, seinen Astroingenieuren befohlen, den Elektrobarden an eine Konstellation weißer Riesensterne anzuschließen, wodurch jede Strophe seiner Gedichte in gigantische Protuberanzen sämtlicher Sonnen verwandelt wurde; auf diese Weise war der größte Dichter des Universums in der Lage, seine unsterblichen Werke durch feurige Pulsationen in sämtliche Weiten des unendlichen Weltraums zugleich auszustrahlen. Mit einem Wort, er war zum lyrischen Motor einer Assoziation explodierender Riesensterne geworden. Selbst wenn an diesen Dingen ein Körnchen Wahrheit gewesen sein sollte, so geschahen sie doch in allzu großer Ferne, um Trurl den Schlaf zu rauben, der bei allem, was ihm jemals heilig gewesen war, schwor, niemals wieder ein kybernetisches Modell der Muse zu konstruieren.

Aus dem Polnischen von Jens Reuter

Die zweite Reise
oder König Grausams Angebot

Der durchschlagende Erfolg bei der Anwendung des Garganc-jan-Rezepts hatte in beiden Konstrukteuren die Abenteuerlust geweckt, so daß sie beschlossen, erneut in unbekannte Gefilde aufzubrechen. Als es jedoch darum ging, das Ziel der Reise fest-zulegen, stellte sich heraus, daß von Übereinstimmung nicht die Rede sein konnte. Jeder der beiden hatte eine gänzlich andere Konzeption: *Trurl*, der für wärmere Gefilde schwärmte, träumte von Tropicanien, dem Land der subsolaren Sonnenanbeter. *Klapauzius* hingegen – eher von nordisch kühlem Temperament – war fest entschlossen, den Intergalaktischen Kältepol zu besu-chen, einen düsteren Kontinent, umgeben von eisigen Sternen. Die Freunde waren schon dabei, sich wegen unüberbrückbarer Meinungsverschiedenheiten für immer zu trennen, als Trurl plötzlich eine Idee hatte, die er bei aller Bescheidenheit für genial hielt. »Warte mal«, sagte er, »wir können doch eine Annonce auf-geben, in der wir unsere Dienste anbieten. Von allen Angeboten, die wir bekommen, suchen wir dann das beste aus.« – »Dummes Zeug«, brummte Klapauzius. »Wo willst du eine Annonce aufge-ben? In der Zeitung vielleicht? Weißt du denn nicht, wie lange eine Zeitung braucht, um den nächstgelegenen Planeten zu erreichen? Alt und grau wärst du, bis das erste Angebot bei dir einginge!«

Trurl aber lächelte überlegen und entwickelte einen originel-len Plan, dem Klapauzius nolens volens zustimmen mußte, und so machten sich beide an die Arbeit. Mit Hilfe von Spezialwerk-zeugen, die sie in aller Eile hergestellt hatten, holten sie die nächstgelegenen Sterne heran und formten aus ihnen eine riesige Inschrift, sichtbar noch aus Entfernungen, die sich eigentlich schon gar nicht mehr berechnen ließen. Das erste Wort dieser Inschrift oder, besser gesagt, der Annonce, war aus besonders hell leuchtenden Riesensternen zusammengesetzt, um die Auf-merksamkeit der potentiellen Leser im Kosmos auf sich zu len-ken. Die übrigen Worte hingegen waren aus stellarem Kleinmate-rial, den sogenannten Unterzwergen, gefertigt. Die Annonce lautete: ZWEI exzellente Konstrukteure suchen gutbezahlte Tätigkeit entsprechend ihren Fähigkeiten, vorzugsweise am Hof eines wohlsituierten Königs (sollte sein eigenes Königreich haben); nähere Bedingungen Verhandlungssache. Es war nur wenig Zeit vergangen, da landete eines schönen Tages mitten in ihrem Vorgarten ein prachtvolles Raumschiff. Es leuchtete und glänzte in der Sonne, so als sei es mit dem allerfeinsten Perlmutt verkleidet. Es hatte drei kunstvoll geschnitzte Füße und sechs Reservestelzen aus purem Gold, die jedoch eigentlich nutzlos waren, da sie nicht einmal bis zum Boden reichten. Es war offensichtlich, daß die Konstrukteure dieses Fahrzeugs über mehr kostbare Materialien als kreative Phantasie verfügt hatten. Dem Raumschiff entstieg über eine prachtvolle Treppe mit sprudelnden Springbrunnen auf beiden Seiten ein Fremdling von majestätischer Gestalt, umgeben von einem Gefolge sechsfüßiger Maschinen: Die einen massierten ihn, andere stützten ihn, und wieder andere fächelten ihm Luft zu; die kleinste Maschine aber umkreiste sein erhabenes Haupt und besprühte es mit Eau de Cologne aus einem Zerstäuber. Eingehüllt in diese Duftwolke begrüßte der imposante Emissär die Konstrukteure im Namen seines Herrschers, König Grausam, und bot ihnen eine Anstellung in dessen Reich an.

»Und worin soll unsere Arbeit bestehen?« fragte Trurl interessiert.

»Einzelheiten, meine Herren, werden Sie an Ort und Stelle erfahren«, erwiderte der Fremdling. Er trug Pumphosen aus Gold, nerzbesetzte Halbstiefel, Ohrenschützer in Form von Golddukaten und eine Purpurrobe von höchst ungewöhnlichem Schnitt – statt Taschen hatte sie kleine Schubladen, gefüllt mit allerlei Süßigkeiten und Naschwerk. Den Würdenträger umsummten winzige mechanische Fliegen, die er mit kaum wahrnehmbaren, herrischen Gesten verscheuchte, wenn sie allzu zudringlich wurden.

»Für den Augenblick«, fuhr er fort, »kann ich Ihnen so viel sagen, daß Seine Grenzenlose Grausamkeit ein großer Jäger vor dem Herrn ist, ein furchtloser und unerschrockener Bezwinger der gesamten galaktischen Fauna, seine Meisterschaft in der Jagd aber hat solch einen Gipfel erreicht, daß die schrecklichsten Raubtiere schon längst kein ebenbürtiger Gegner mehr für ihn sind. Natürlich leidet er sehr darunter, denn er sehnt sich nach echten Gefahren, nach wirklichen Abenteuern, die einen ganzen Mann verlangen, und eben deshalb ...«

»Oh ja, ich verstehe«, sagte Trurl lebhaft, »wir sollen ihm neue Arten von Raubtieren konstruieren, ausnehmend wilde und reißende Bestien, voller Tücke und Hinterlist, nicht wahr?«

»Sie haben, verehrter Konstrukteur, in der Tat eine überaus rasche Auffassungsgabe«, sagte der Emissär des Königs. »Wie steht es also, sind die Herren einverstanden?«

Klapauzius erkundigte sich nach den praktischen Einzelheiten und den näheren Bedingungen. Als aber der Emissär die Großzügigkeit seines Herrn in den glühendsten Farben schilderte, zögerten die beiden Konstrukteure nicht länger, packten in aller Eile ein paar Bücher und persönliche Sachen zusammen, rannten die prachtvolle Treppe hinauf und sprangen an Bord des Raumschiffs, das sogleich mit Donnergetöse und feuerspeienden Triebwerken startete und durch die schwarze galaktische Nacht dahinjagte.

Unterwegs machte der Emissär die beiden Konstrukteure mit den Sitten und Gebräuchen in König Grausams Reich vertraut, er erzählte von der Natur des Monarchen, so breit wie der Wendekreis des Krebses, von seinen ausgesprochen männlichen Leidenschaften und von vielen anderen Dingen, so daß die beiden Neuankömmlinge bei der Landung des Raumschiffs bereits in der Lage waren, sich in der Sprache der Einheimischen zu verständigen.

Man brachte sie zunächst in ein prächtiges Palais, auf einem Berg hoch über der Stadt gelegen, das von nun an ihr Domizil sein sollte. Nachdem sie sich etwas erholt hatten, sandte der König eine Kutsche, bespannt mit sechs feuerspeienden Ungeheuern, wie sie noch keiner der beiden jemals im Leben zu Gesicht bekommen hatte. Sie trugen Maulkörbe mit rauchabsorbierenden Spezialfiltern, ihre Flügel aber waren kräftig gestutzt, so daß sie sich nicht mehr in die Luft erheben konnten; sie hatten lange, mit Stahlschuppen bewehrte Schwänze sowie eiserne Spikes an allen sechs Hufen, die bei jedem Schritt tiefe Furchen im Straßenpflaster hinterließen. Kaum waren die Monster der beiden Konstrukteure ansichtig geworden, da brach das ganze Gespann in ein entsetzliches Geheul aus, spie Feuer und Schwefel und wollte sich auf sie stürzen; Kutscher in Asbestrüstungen und hinzueilende Jäger des Königs mußten die rasenden Ungeheuer mit Wasserwerfern traktieren und ihnen mit Laser- und Maserkeulen den schuldigen Respekt einprügeln, bevor Trurl und Klapauzius in die mit Samt ausgeschlagene Kutsche steigen konnten, was sie mit zitternden Knien und ohne ein Wort taten. Die Kutsche setzte sich mit halsbrecherischer Geschwindigkeit, d. h. mit einem wahrhaft höllischen Drachentempo, in Bewegung.

»Du, hör mal«, flüsterte Trurl Klapauzius ins Ohr, als sie mit orkanartigem Tempo, eingehüllt in Wolken von Schwefeldampf dahinjagten und alles sich ihnen in den Weg stellte, beiseite schleuderten, »ich habe das Gefühl, dieser König verlangt nicht irgendeinen x-beliebigen Firlefanz von uns. Ich meine, wenn er schon solche Kutschpferde hat …«

Klapauzius aber ließ sich nicht aus seiner stoischen Ruhe bringen und würdigte ihn keiner Antwort. Häuser blitzten auf, mit Diamanten und Saphiren verkleidete Fassaden flogen vorbei, während die Drachen unter entsetzlichem Zischen dahindonnerten, und die Kutscher fluchten und schrien. Schließlich tauchte schemenhaft ein riesiges Falltor vor ihnen auf, die Kutsche raste in den Vorhof des königlichen Palasts, beschrieb eine derart jähe Wende an den Blumenrabatten, daß die Rosen im Gluthauch der Flammen sogleich verkümmerten, und kam endlich vor der Giebelseite eines Schlosses zum Stehen, das schwärzer war als die schwärzeste Nacht. Von dumpfen, seltsam traurigen Fanfarenklängen begrüßt, klein und niedergedrückt angesichts einer gigantischen Treppe und steinerner Kolosse, die das Eingangstor von beiden Seiten bewachten, betraten Trurl und Klapauzius flankiert von einer furchteinflößenden Ehrengarde die geräumigen Säle des Schlosses.

König Grausam erwartete sie in einer riesigen Halle, deren eigenartige Form an das Innere eines Raubtierschädels gemahnte. Sie glich einer weiten, gewölbten Höhle aus getriebenem Silber. Dort, wo sich beim Schädel die Öffnung für die Wirbelsäule befindet, gähnte im Fußboden der schwarze Rand eines Brunnens von unermeßlicher Tiefe. Gleich daneben erhob sich der Thron, über dem sich Lichtstrahlen wie Flammenschwerter kreuzten; sie drangen durch zwei hohe Fenster, die die Augenhöhlen des Schädels darstellten. Speziell getöntes Fensterglas tauchte jeden Gegenstand in der Höhle in kaltes Verwesungslicht und verlieh ihm ein gespenstisches Aussehen. Dann wurden die beiden Konstrukteure des Monarchen ansichtig: König Grausam war von solcher Ungeduld, daß es ihn keinen Augenblick auf seinem Thron hielt. Als er zu sprechen begann und seinen Worten mit ruckartigen Gesten Nachdruck verlieh, durchschnitten seine Hände die Luft mit der Geschwindigkeit einer niedersausenden Peitsche, so daß jedesmal ein lautes Zischen ertönte.

»Seid mir willkommen, Konstrukteure«, sagte er und durchbohrte beide mit seinem Blick. »Wie ihr schon von Graf Protozor, dem Meister der Königlichen Jagd, erfahren habt, verlange ich von euch, daß ihr mir neuartige und besonders leistungsfähige Raubtierarten konstruiert! Wie ihr leicht einsehen werdet, habe ich keinerlei Interesse an stählernen Kolossen, die auf Hunderten von Panzerketten durchs Gelände kriechen, das ist eine Sache für die schwere Artillerie, nicht für mich. Mein Gegner muß stark und wild, flink und behende sein, vor allem aber voller Tücke und Hinterlist, so daß ich mein ganzes jagdliches Können aufbieten muß, wenn ich ihn zur Strecke bringen will. Es muß eine durchtriebene, hochintelligente Bestie sein, die die Kunst beherrscht, Spuren zu verwischen und Haken zu schlagen, lautlos im Hinterhalt zu lauern und blitzschnell anzugreifen, das ist mein königlicher Wille!«

»Verzeiht mir, Königliche Hoheit«, sagte Klapauzius und verneigte sich tief, »was aber, wenn wir die Wünsche Eurer Majestät allzu gut erfüllen, werden wir dann nicht dero Allerhöchstes Leben und Gesundheit in größte Gefahr bringen?«

Der König brach in solch donnerndes Gelächter aus, daß sich ein Schmuckgehänge vom Kristallkandelaber löste und dicht neben den Füßen der ängstlich zusammenzuckenden Konstrukteure zerschellte.

»Davor habt keine Furcht, meine edlen Konstrukteure!« sagte er mit grimmigem Lächeln. »Ihr seid nicht die ersten, und ihr werdet auch nicht die letzten sein, wie ich meine. Ihr müßt wissen, daß ich ein gerechter, aber äußerst anspruchsvoller Herrscher bin. Allzu oft schon haben ausgesuchte Spitzbuben, Hochstapler und Schwindler versucht, mich zu betrügen, allzu oft, sage ich, haben sie sich als erstklassige Jagdingenieure ausgegeben, nur um meine Schatztruhen zu leeren und sich die Taschen mit Kleinodien und Edelsteinen vollzustopfen; als Gegenleistung ließen sie dann ein paar erbärmliche Vogelscheuchen zurück, die schon beim Anblick eines Jägers in sich zusammenfielen ... Nein, nein, es gab allzu viele von diesen Scharlatanen, so daß ich mich gezwungen sah, gewisse Vorsichtsmaßnahmen zu ergreifen. Seit nunmehr zwölf Jahren halte ich es so, daß jeder Konstrukteur, der meine Wünsche nicht erfüllt, der mehr verspricht, als er halten kann, zwar seinen versprochenen Lohn erhält, jedoch gemeinsam mit der Belohnung in diesen tiefen Brunnen hier geworfen wird – es sei denn, er hat die Kühnheit, mir selbst als Jagdbeute dienen zu wollen. In einem solchen Falle jedoch benutze ich, wie ich euch versichern kann, keinerlei Waffen, sondern nur meine bloßen Hände, die ihr hier vor euch seht ...«

»Und ... und hat es schon viele von diesen Unglücklichen gegeben?« fragte Trurl mit merklich leiser gewordener Stimme.

»Viele? An alle kann ich mich beim besten Willen nicht mehr erinnern. Ich weiß nur, daß mich bis jetzt noch keiner zufriedengestellt hat, und daß die Entsetzensschreie, die sie unweigerlich von sich geben, wenn sie in den Brunnen hinabstürzen und dieser Welt Lebewohl sagen, nicht mehr so lange dauern wie früher – das muß wohl daran liegen, daß sich die Überreste dieser Scharlatane mittlerweile am Grund des Brunnens zu Bergen türmen. Aber keine Angst, meine Herren, auch für euch wird sich dort unten noch ein Plätzchen finden!«

Nach diesen entsetzlichen Worten herrschte tödliches Schweigen; die beiden Freunde blickten unwillkürlich in die Richtung des schwarzen, unheilverheißenden Brunnens. Der König nahm seine rastlose Wanderung durch den Saal wieder auf, seine Stiefel donnerten auf das silberbeschlagene Parkett wie Schmiedehämmer in einer Echokammer.

»Aber, Majestät, mit Eurer Erlaubnis, wir haben ja nicht ... ich meine, wir haben ja noch keinen Vertrag geschlossen«, brachte Trurl schließlich stotternd hervor. »Könnten wir nicht noch ein, zwei Stunden Bedenkzeit haben, denn wir müssen ja zunächst die profunden Worte Eurer Hoheit in unserem Herzen bewegen, und danach wird sich zeigen, ob wir die Bedingungen annehmen oder aber ob wir ...«

»Ha, ha!« lachte der König donnernd, »oder ob ihr nach Hause fahrt, wie? Nein, nein, meine Herren, ihr habt die Bedingungen akzeptiert, als ihr an Bord der *Infernanda* kamt, die, nota bene, ein Teil meines Königreichs ist! Wenn jeder Konstrukteur, der hier eintrifft, gehen könnte, wann immer er wollte, dann müßte ich ja eine Ewigkeit auf die Erfüllung meiner Wünsche warten! Also ihr bleibt und konstruiert mir Ungeheuer für die Jagd ... Zwölf Tage gebe ich euch dafür, und jetzt könnt ihr gehen. Sollte es euch nach Annehmlichkeiten und Luxus aller Art verlangen, so wendet euch nur an die Diener, die ich euch zugewiesen habe, es soll euch an nichts fehlen. In ZWÖLF Tagen also!«

»Mit Eurer Erlaubnis, Hoheit, Annehmlichkeiten interessieren uns im Moment weniger, aber könnten wir nicht einmal einen Blick auf die Jagdtrophäen Eurer Königlichen Majestät werfen, sozusagen auf das Werk unserer Vorgänger?«

»Aber natürlich, natürlich!« entgegnete der König nachsichtig und klatschte so kräftig in die Hände, daß Funken aufstoben und die silberbeschlagenen Wände entlangtanzten. Der jähe Windstoß, der durch diese kraftvolle Bewegung hervorgerufen wurde, sorgte dafür, daß sich die Gemüter der beiden abenteuerlustigen Konstrukteure noch weiter abkühlten. Sechs Königliche Leibgardisten in goldstrotzenden Uniformen geleiteten Trurl und Klapauzius in einen schier endlosen unterirdischen Gang, der sich zu immer neuen Mäandern krümmte und wand, so daß er an eine versteinerte Riesenschlange erinnerte; zu ihrer großen Erleichterung gelangten sie schließlich wieder ans Tageslicht, mitten in ein riesiges Terrarium unter freiem Himmel. Hier waren auf überaus sorgfältig gepflegten Rasenflächen König Grausams mehr oder weniger gut erhaltene Jagdtrophäen ausgestellt.

Ganz in ihrer Nähe befand sich ein gewaltiger Koloß, durch einen furchtbaren Hieb fast in zwei Hälften gespalten, trotz der schweren Stahlplattenpanzerung, die seinen Rumpf hätte schützen sollen; der säbelzahnbewehrte Rüssel schien den Himmel durchbohren zu wollen, die extrem langen Hinterbeine (offensichtlich für riesige Sprünge konstruiert) ruhten auf dem Gras gleich neben dem Schwanz, dessen Spitze in eine automatische

Waffe mit halbleerem Magazin einmündete – ein sicheres Zeichen dafür, daß sich dieses Monstrum dem König erst nach hartem Kampf ergeben hatte. Davon legte auch ein gelblicher Fetzen Zeugnis ab, der aus seinem weit geöffneten Rachen heraushing; Trurl erkannte sogleich, daß es sich um die Überreste eines Stiefels handelte, wie ihn die Königlichen Jäger trugen. Dicht daneben lag ein anderes drachenähnliches Ungeheuer mit unzähligen winzigen Stummelflügeln, versengt und geschwärzt durch feindliches Feuer; seine elektrischen Innereien waren durch übergroße Hitze geschmolzen und zu einer Porzellan- und Kupferpfütze erstarrt. Ein anderes Monstrum hatte seine sieben säulenähnlichen Beine im Todeskampf weit von sich gestreckt; eine leichte Brise strich ihm wispernd durch den geöffneten Rachen. In diesem seltsamen Jagdmuseum standen Wracks auf Rädern und Wracks auf Gleisketten, manche mit klauenähnlichen Greifarmen, manche mit Flammenwerfern bestückt, alle geborsten bis auf den letzten Magnetkern; es gab Panzer-Schildkröten mit zerquetschten Geschütztürmen und andere Scheusale, schrecklich zugerichtet und narbenübersät, ausgestattet mit zahllosen Reservegehirnen (total ausgebrannt oder durch rohe Gewalt zerschmettert), es gab hüpfende Ungeheuer mit verbogenen oder ausgerenkten Teleskopstelzen, und es gab bösartige gepanzerte Insekten, die überall umherlagen. Sie waren so konstruiert, daß sie je nach Gefechtslage in großen Schwärmen angriffen oder sich zu einem stählernen Igel zusammenballten, dessen Stacheln aus unzähligen winzigen Gewehrmündungen bestanden, eine raffinierte Idee, die aber weder sie selbst noch ihre unglücklichen Schöpfer vor dem Untergang bewahrt hatte. Durch das Spalier dieser traurigen Überreste schritten Trurl und Klapauzius schweigend, blaß und mit schlotternden Knien; sie sahen aus, als stünden sie kurz vor ihrer eigenen Beerdigung und nicht vor einem neuen Triumph ihres rastlosen Erfindergeistes. Nachdem sie diese Schreckensgalerie bis zum letzten Wrack besichtigt hatten, stiegen sie in eine Karosse, die am weißschimmernden Eingangstor auf sie wartete. Das Drachengespann, das sie in halsbrecherischem Tempo in ihre Residenz außerhalb der Stadt zurückbrachte, kam ihnen längst nicht mehr so furchterregend vor wie ehedem. Sobald sie in ihrem mit karmesinrotem und grünem

Samt ausgeschlagenen Arbeitszimmer allein waren, vor einem Tisch, der sich unter der Last feinster Delikatessen und edelster Getränke bog, da löste sich Trurl endlich die Zunge, und er überschüttete seinen Freund mit einem ganzen Schwall übelster Flüche und Verwünschungen; schuld an ihrer gegenwärtigen Misere sei einzig und allein Klapauzius, weil er das Angebot des Meisters der Königlichen Jagd Hals über Kopf akzeptiert und damit nichts als Unglück über ihr Haupt gebracht habe, wo sie doch in aller Ruhe hätten zu Hause bleiben können, um ihren wohlverdienten Ruhm in vollen Zügen zu genießen. Klapauzius wartete in stoischer Ruhe ab, bis Trurl seinem Zorn und seiner Verzweiflung Luft gemacht hatte, und als dies endlich geschehen war, und Trurl erschöpft auf einer prächtigen, perlmuttbesetzten Chaiselongue in sich zusammensank und sein Gesicht in den Händen begrub, da sagte er nur:

»Ich denke, wir sollten uns allmählich an die Arbeit machen.«

Diese Worte weckten in Trurl gleichsam neue Lebensgeister, und die beiden Konstrukteure begannen sogleich, die verschiedenen Möglichkeiten durchzugehen, wobei sie auch ihr Wissen um die dunkelsten und tiefsten Geheimnisse der Arkankunst kybernetischer Kreation heranzogen. Sehr rasch waren sie sich darüber einig, ausschlaggebend für den Erfolg seien weder die Panzerung noch die Stärke des zu konstruierenden Ungeheuers, sondern einzig und allein sein Programm, somit gelte es, einen Algorithmus von wahrhaft diabolischer Derivation zu schaffen. Es muß eine echte Ausgeburt der Hölle werden, eine in jeder Hinsicht satanische Kreatur, sagten sie sich, und obwohl sie noch keine klare Vorstellung hatten, wie sie dies bewerkstelligen sollten, stieg ihre Stimmung bei diesem Gedanken beträchtlich. Und als sie sich daran machten, die Bestie zu konstruieren, nach der es den grausamen Monarchen so sehr gelüstete, da waren sie so mit Leib und Seele bei der Sache, daß sie eine Nacht, einen Tag und noch eine Nacht durcharbeiteten, und als die wohlgefüllten Leidener Flaschen unter ihnen kreisten, da waren sie sich ihrer Sache schon so sicher, daß sie einander schadenfroh zublinzelten und hämisch lächelten – das aber nur, wenn sie außerhalb der Sichtweite der Diener waren, die sie (nicht ganz zu Unrecht) verdächtigten,

Spione des Königs zu sein. Folglich sprachen sie in Gegenwart der Diener nicht über ihre Arbeit, sondern lobten nur die köstlichen elektrolytischen Getränke über den grünen Klee, desgleichen das herrlich zarte Bœuf Elektroganoff und die schäumende Ionensuppe, die durch wieselflinke Kellner mit flatternden Rockschößen serviert wurden. Erst nach dem Abendessen, als sie auf die Terrasse hinausgegangen waren, von der aus die ganze, in den letzten Strahlen der Abendsonne erglänzende Stadt mit ihren weißen Türmen und schwarzen Kuppeln sichtbar war, wandte sich Trurl Klapauzius zu und sagte:

»Wir sind noch längst nicht aus dem Schneider, die Sache ist wirklich nicht so einfach.«

»Wie meinst du das?« flüsterte Klapauzius und sah sich verstohlen nach allen Seiten um.

»Weißt du, ich sehe es so. Wenn der König unser mechanisches Biest zur Strecke bringt, dann wird er zweifellos sein Versprechen wahr machen und uns in diesen schrecklichen Brunnen werfen, eben weil wir seine Wünsche nicht erfüllt haben. Wenn uns wiederum die Bestie so gut gelingt ... du weißt, worauf ich hinauswill?«

»Nein. Du meinst, wenn er die Bestie nicht besiegt?«

»Nein, wenn die Bestie ihn besiegt, lieber Kollege ... Wenn das passieren sollte, dann wird uns auch der Nachfolger des Königs nicht ungestraft ziehen lassen.«

»Du glaubst, wir werden uns dann vor ihm verantworten müssen? Aber normalerweise ist ein Erbe des Throns doch nur allzu froh, wenn dieser vakant wird.«

»Das stimmt, aber Thronerbe wird sein Sohn sein, und ob er uns nun aus Liebe zu seinem Vater oder nur deshalb den Garaus macht, weil er denkt, daß der Hof das von ihm erwartet, das macht kaum einen Unterschied, zumindest soweit es uns betrifft. Oder bist du anderer Meinung?«

»Daran habe ich wirklich nicht gedacht.« Klapauzius brütete vor sich hin und brummte schließlich: »Wirklich, die Perspektiven sind nicht eben rosig. Weder so noch so ... Siehst du einen Ausweg?«

»Man könnte die Bestie multimortal konstruieren. Etwa nach folgendem Muster: Der König erschlägt sie, sie stürzt zu Boden, ersteht aber sogleich wieder von den Toten auf. Der König jagt ihr nach, macht ihr erneut den Garaus, und so weiter, bis er der ganzen Sache schließlich überdrüssig wird ...«

»Das wird seine Stimmung nicht gerade heben. Ich jedenfalls möchte ihn nicht erleben, wenn er von solch einer Jagd zurückkehrt«, bemerkte Klapauzius. »Wie willst du im übrigen solch eine Bestie konstruieren?«

»Ich habe noch keine konkrete Vorstellung, ich skizziere lediglich bestimmte Möglichkeiten ... Am einfachsten wäre wohl ein Ungeheuer ohne lebenswichtige Organe. Der König kann es in Stücke hacken, die Stücke aber wachsen sogleich wieder zusammen.«

»Wie?«

»Man könnte ein Feld benutzen.«

»Ein Magnetfeld?«

»Zum Beispiel.«

»Ja, aber wie operieren wir damit?«

»Das weiß ich noch nicht. Vielleicht sollten wir mit einer Fernsteuerung arbeiten?« fragte Trurl.

»Nein, viel zu riskant.« Klapauzius verzog das Gesicht. »Woher willst du wissen, ob uns der König nicht in irgendeinen Kerker wirft, während er die Jagd veranstaltet. Wir müssen eines ganz klar sehen: Unsere unglücklichen Vorgänger waren alles andere als blutige Anfänger, und du weißt, wie sie geendet sind. Die Idee mit der Fernsteuerung ist sicherlich mehr als einem von ihnen gekommen, aber sie hat nicht funktioniert. Wir dürfen folglich keinesfalls davon ausgehen, daß wir mit dem Ungeheuer während des Kampfes selbst in irgendeiner Form Kontakt aufnehmen können.«

»Wie wär's mit einem künstlichen Satelliten?« schlug Trurl vor. »Wir könnten eine automatische Steuerung installieren ...«

»Wenn du einen Bleistift spitzen möchtest, dann schreist du gleich nach einem kompletten Chirurgenbesteck!« entrüstete sich Klapauzius. »Ein Satellit, wirklich eine tolle Idee! Und wie willst du ihn herstellen, geschweige denn in die Umlaufbahn bringen? Wunder gibt es nun einmal nicht in unserem Beruf, mein Bester! Die automatische Steuerung müssen wir auf völlig andere Weise verstecken!«

»Ja aber wie willst du sie verstecken, du Unglücksrabe, wo wir doch auf Schritt und Tritt überwacht werden?! Du siehst doch selbst, daß die Lakaien und Diener kein Auge von uns lassen und daß sie ihre Nase in alles stecken. Wir werden es niemals schaffen, uns auch nur für einen winzigen Moment unbemerkt fortzustehlen ... Im übrigen ist so eine automatische Steuerung ein ganz schön schwerer Brocken, wie sollen wir den hinaustragen, geschweige denn hinausschmuggeln? Ich sehe keine Möglichkeit!«

»Reg dich nur nicht so auf!« ermahnte ihn Klapauzius gelassen. »Vielleicht brauchen wir solch eine Apparatur überhaupt nicht.«

»Aber das Ungeheuer muß doch durch irgend etwas gesteuert werden, und wenn sein eigenes Elektronengehirn diese Aufgabe übernimmt, so wird es der König in Stücke schlagen, und dann kannst du dieser schönen Welt für immer Lebewohl sagen!«

Sie schwiegen. Die Nacht war über die Stadt hereingebrochen, und die Lichter weit unter ihnen erloschen eines nach dem anderen. Plötzlich sagte Trurl:

»Hör mal, mir ist da eine Idee gekommen. Wir könnten doch nur so tun, als bauten wir ein Ungeheuer, in Wirklichkeit aber bauen wir ein Raumschiff und fliegen mit ihm davon. Wir könnten es sogar mit Ohren, Schwanz und Klauen versehen, damit niemand Verdacht schöpft. All diesen unnötigen Plunder schütteln wir dann im Moment des Starts einfach ab. Ich glaube, das ist eine prima Idee. Wir fliehen, und der König kann uns suchen wie eine Stecknadel im Heuhaufen.«

»Und wenn nun unter unseren Dienern ein Konstrukteur von echtem Schrot und Korn ist, was mir durchaus nicht unwahrscheinlich vorkommt, dann ist es im Nu vorbei mit uns, dann heißt es ab in den Brunnen! Im übrigen – einfach so davonzulaufen ... nein, das gefällt mir nicht. Wir oder er – so sieht die Sache aus; einen dritten Ausweg gibt es nicht.«

»Du hast recht, unter den Spionen kann auch ein Konstrukteur sein«, sagte Trurl bekümmert. »Was, zum Teufel, sollen wir also machen? Vielleicht eine elektronische Fata Morgana?«

»Sozusagen ein Gespenst, eine elektronische Schimäre? Damit der König vergeblich einem Phantom nachjagt? Nein, vielen

Dank! Er wird vor Wut rasen und zunächst einmal uns beide zu Phantomen machen!«

Sie schwiegen erneut, bis Trurl plötzlich sagte:

»Der einzige Ausweg, den ich sehe, liegt darin, daß sich das Ungeheuer den König schnappt und ihn entführt, verstehst du? Auf diese Weise ...«

»Du brauchst gar nichts mehr zu sagen. Ja wirklich, das ist eine Idee! Wir könnten ihn dann festhalten ... und ist dir eigentlich schon aufgefallen, daß die Nachtigallen hier noch süßer singen als in Maryland Island?« beendete Klapauzius geschickt seinen Satz, denn einige Diener trugen in diesem Moment Lampen mit silbernen Postamenten auf die Terrasse.

»Nehmen wir einmal an, die Sache läuft tatsächlich so, wie wir es uns vorstellen«, fuhr er fort, als sie wieder allein auf der dunklen Terrasse saßen, die durch die Lampen nur spärlich beleuchtet wurde, »wie sollen wir mit unserer Geisel verhandeln, falls wir selbst irgendwo in einem Kerker schmachten?«

»Das ist wirklich ein Problem«, brummte Trurl vor sich hin, »da müssen wir noch eine andere Lösung finden ... Das wichtigste jedenfalls ist der Algorithmus des Ungeheuers.«

»Na, du bist mir ein rechter Schlauberger! Das weiß doch jedes Kind, daß ohne den Algorithmus gar nichts läuft. Es hilft also nichts, wir müssen experimentieren!«

Also krempelten sie die Ärmel hoch und fingen mit dem Experimentieren an. Das aber bestand darin, daß sie zunächst ein Modell König Grausams und des Ungeheuers herstellten, beide natürlich nur auf dem Papier, denn sie gingen streng mathematisch vor. Trurl nahm sich des Monarchen an, während sich Klapauzius mit dem Ungeheuer abmühte. Und die beiden mathematischen Modelle prallten auf dem mit Gleichungen übersäten Tisch mit solcher Wucht aufeinander, daß die Bleistifte der Konstrukteure immer wieder abbrachen. Und das Ungeheuer wand und krümmte sich mit all seinen indefiniten Integralen unter den mächtigen Schlägen der königlichen Gleichungen, brach in einer infiniten Serie undeterminierter Glieder zusammen, raffte sich aber sogleich wieder auf, indem es sich selbst in die n-te Potenz erhob, aber der König traktierte es derart gnadenlos mit Differentialen, daß die funktionalen Operatoren in alle Winde zerstreut wurden und ein derart nichtlineares algebraisches Chaos entstand, daß keiner der Konstrukteure mehr herausfinden konnte, was mit dem König und was mit dem Ungeheuer geschehen war, denn sie hatten beide in dem Wirrwarr durchgestrichener Zeichen völlig aus den Augen verloren. Also standen sie vom Tisch auf, nahmen zur Stärkung einen kräftigen Schluck aus der Leidener Flasche, setzten sich und begannen erneut mit der Arbeit, wobei sie diesmal ihr komplettes Arsenal von Tensormatrizes und linearen Vektorfunktionen zum Einsatz brachten und sich mit solchem Feuereifer an die Große Analyse machten, daß das Papier unter ihren Händen nur so rauchte. Der König stürmte mit all seinen grausamen Koordinaten und Koeffizienten vorwärts, verlor die Orientierung in einem finstern Wald von Wurzeln und Logarithmen, zog sich den eigenen Spuren folgend auf seinen Ausgangspunkt zurück, traf dann auf einem Feld irrationaler Zahlen auf das Ungeheuer und versetzte ihm einen solch schrecklichen Schlag, daß es sogleich in einhundert Polynome zerfiel, ein x und zwei y verlor und augenblicklich um zwei Dezimalstellen herunterfiel, aber die Bestie kroch um eine Asymptote herum, verbarg sich in einem n-dimensionalen Hilbert-Raum, dehnte sich mit Hilfe des Hubble-Effekts gewaltig aus, stürzte urplötzlich vorwärts, fuchtelte voller Ingrimm mit knorrigen Kubikwurzeln herum, um den Gegner abzulenken, und schleuderte dann blitzschnell ihren panzerbrechenden Boole-Bumerang. Das gutgezielte Geschoß traf Seine Mathematisierte Majestät mit solcher Wucht, daß die komplette königliche Gleichung in ihren Grundfesten erbebte. Der grausame Monarch wankte, aber er fiel nicht, er umgab sich mit einem nichtlinearen Panzer, erreichte einen Punkt in der Unendlichkeit, kehrte blitzschnell zurück, umspannte mit kräftiger Hand die schwere Markov-Kette und traf die Bestie mit einem so furchtbaren Hieb, daß er ihr sämtliche runden und eckigen Klammern zerschmetterte. Doch die tückische Bestie, die vorn einen Logarithmus und hinten eine ganze Potenz eingebüßt hatte, raffte sich auf, packte den Gegner mit ihren Klauen und schlug ihm – rums, bums! – eine schwere Hauptachsentransformation um die Ohren (das ging schnell wie der Wind, so daß die Bleistifte der Konstrukteure wie verrückt über die transzendenten Funktionen dahinsausten), dann kam ein krachender Kovariantenhaken, gefolgt von einer unendlichen Geraden, der König taumelte, schlug der Länge nach hin und blieb bewegungslos im kommutativen Ringstaub liegen. In diesem Moment sprangen die Konstrukteure vor Freude in die Luft, lachten lauthals und tanzten einen Tangenten-Tango, danach zerrissen sie all ihre Papiere in kleine Fetzen, sehr zur Verblüffung der Spione, die ihr Treiben aus der luftigen Höhe ihres Verstecks im Kronleuchter eifrig beobachteten – völlig vergebens natürlich, denn da sie in die Geheimnisse der höheren Mathematik nicht eingeweiht waren, hatten sie selbstverständlich auch keine blasse Ahnung, weshalb Trurl und Klapauzius jetzt in ein donnerndes Hurra ausbrachen, sich gegenseitig auf die Schulter klopften und immer wieder schrien: »Sieg! Sieg!!«

Weit nach Mitternacht wurde die Leidener Flasche, aus der sich die Konstrukteure bei ihrer schweren Arbeit von Zeit zu Zeit gestärkt hatten, in die Forschungslaboratorien der Allergeheimsten Polizei des Königreichs gebracht. Geschickte Laboranten in weißen Kitteln öffneten ihren doppelten Boden und holten mit der Pinzette ein Mikrophönchen und ein Magnetophönchen heraus. Hochqualifizierte Experten schalteten den Apparat ein und hörten mit größter Aufmerksamkeit alle Worte ab, die in dem karmesinroten und dunkelgrünen Arbeitszimmer gefallen waren. Jedoch die ersten Strahlen der aufgehenden Sonne fielen auf lange, verstörte und völlig unaufgeklärte Gesichter, die keinen der so sorgsam abgehörten Sätze verstanden hatten.

Da sagte z. B. eine Stimme:

– Na, was ist? Ist der König so weit?

– Alles klar!

– Ja, wo hast du ihn denn hingesetzt? Hier? Gut! Jetzt paß auf, du mußt die Füße zusammenhalten! Die Füße, sage ich! Idiot, nicht deine eigenen, die des Königs! Und jetzt schnell den Differentialkoeffizienten! Was kommt bei dir raus?

– Pi.

– Und wo ist die Bestie?

– In der Klammer. Aber sieh mal, der König steht immer noch!

– Was, der steht noch? Sofort beide Seiten mit einer imaginären Zahl multiplizieren! Ja, so ist es gut. Und gleich noch einmal, gib's ihm! Jetzt tausch doch endlich die Vorzeichen aus, du Dummkopf! Guter Gauß, was tust du? Das ist doch die Bestie, nicht der König! Ja, das ist es, jetzt haben wir ihn! So, jetzt nur noch transformieren, approximieren, und dann ab damit in den realen Raum! Hast du's?

– Ich hab's! Ach, mein Klapäuzelchen, du bist der Größte, sieh nur, was mit dem König geschehen ist!!

Nach einer kurzen Pause brach jemand in wahnsinniges Gelächter aus.

Am selben Morgen, als alle Experten und hohen Beamten der Geheimpolizei ratlos den Kopf schüttelten und sich nach einer schlaflosen Nacht die rotgeränderten Augen rieben, da baten die Konstrukteure sehr energisch um Quarz, Vanadium, Stahl, Kupfer, Platin, Bergkristalle, Titan, Cerium, Germanium und überhaupt alle Elemente, aus denen der Kosmos zusammengesetzt ist; zusätzlich verlangten sie verschiedene Maschinen, qualifizierte Mechaniker und Spione – ja wirklich, Spione, denn die Konstrukteure waren derart übermütig geworden, daß sie sich erdreisteten, auf das Bestellformular in dreifacher Ausfertigung zu schreiben: »Wir bitten ebenfalls um Spione aller Art und Sorten, ganz nach dem Gutdünken und Ermessen der zuständigen Behörden.« Am nächsten Tag verlangten sie Sägespäne und einen roten Samtvorhang auf ein Gestell drapiert, mit einem Bündel Glasglöckchen in der Mitte und breiten Troddeln an allen vier Ecken; an Präzision ließen sie es nicht fehlen, selbst die Maße der allerkleinsten Glasglöckchen waren auf den Millimeter genau vermerkt. Seine Grenzenlose Grausamkeit machte eine finstere Miene, als er von diesen Forderungen der beiden Frechlinge hörte, veranlaßte jedoch ihre strikte Erfüllung, denn er hatte nun einmal sein königliches Wort gegeben.

Ihre Wünsche aber wurden immer seltsamer und wunderlicher. So befand sich zum Beispiel in den Archiven der Geheimpolizei unter der Code-Nr. 48999/11 K/T die Kopie eines Bestellformulars, auf dem sie drei Schneiderpuppen sowie sechs Polizeiuniformen, komplett mit Schärpe, Dienstwaffe, Tschako, Federbusch und Handschellen verlangten, desgleichen die letzten drei Jahrgänge der Zeitschrift »Die Polizei – dein Freund und Helfer«, einschließlich aller Register und Ergänzungslieferungen; in der

Rubrik »Bemerkungen« hatten sich die Konstrukteure dafür verbürgt, die aufgelisteten Gegenstände innerhalb von 24 Stunden heil und unversehrt zurückzugeben. In einem anderen Faszikel des Archivs steckte die Kopie eines Briefs, in dem Klapauzius die unverzügliche Lieferung einer Puppe verlangte, die den Generalpostmeister in voller Lebensgröße darstellte, desgleichen eine grün lackierte zweirädrige Kutsche mit einer Petroleumlaterne auf der linken Seite und einer himmelblauen Aufschrift am Heck, auf der in verschnörkelten Buchstaben zu lesen war: ZERBRECHT EUCH NUR DEN KOPF! Die Puppe und die grüne Kutsche gaben dem Polizeichef den Rest, er redete wirres Zeug und mußte in den vorzeitigen Ruhestand versetzt werden. In den drei darauffolgenden Tagen verlangten sie nur ein Faß mit rosa gefärbtem Rizinusöl – und danach nichts mehr. Von nun an arbeiteten sie im Keller ihres Domizils, hämmerten munter drauflos und sangen aus rauher Kehle wilde Weltraumballaden; nach Einbruch der Dämmerung zuckten bläuliche Blitze aus den vergitterten Kellerfenstern und verliehen den Bäumen im Garten ein gespenstisches Aussehen. Im funkensprühenden Licht der Schweißbrenner und Lötlampen machten sich Trurl und Klapauzius zusammen mit ihren Helfern eifrig zu schaffen, und wenn sie von der Arbeit einmal aufschauten, dann sahen sie die plattgedrückten Nasen der Diener an den Fensterscheiben oder die Objektive leise surrender Kameras, die jede Bewegung im Bild festhielten. Eines Nachts, nachdem die Konstrukteure müde und erschöpft ins Bett gefallen waren, wurden sämtliche Bestandteile des Apparats, den sie gerade konstruierten, unbemerkt mit Hilfe eines Expreß-Fesselballons ins Polizeihauptquartier gebracht und dort von den achtzehn besten Kriminalkybernetikern des Landes zusammengesetzt. Der Verschwiegenheit dieser Fachleute hatte man sich zuvor versichert, indem man sie den großen Kroneid schwören ließ. Unter ihren vor Aufregung zitternden Händen sprang eine graue Zinnmaus hervor, landete mitten auf dem Tisch, tanzte einen Cancan und stieß aus ihrem spitzen Schnäuzchen bunte Seifenblasen in die Luft; unter ihrem Schwänzchen aber rieselte schneeweißer Kreidestaub hervor, der sich bei ihren rhythmischen Bewegungen auf der schwarzen Tischplatte sehr bald zu der kalligraphischen Inschrift zusammenfügte: LIEBT IHR UNS DENN GAR NICHT MEHR? Noch nie in der ruhmreichen Geschichte des Königreichs mußten die Polizeichefs so rasch hintereinander abgelöst werden. Die Uniformen, die Puppe, die grüne Kutsche und sogar das Sägemehl – all die Dinge, die die Konstrukteure pünktlich auf die Minute zurückgegeben hatten, wurden unter dem Elektronenmikroskop gründlich untersucht. Aber außer einer winzigen Karteikarte in den Sägespänen, auf der zu lesen stand: DAS SIND NUR WIR, DIE SÄGESPÄNE – fand man nichts Außergewöhnliches.

Dann wurden die einzelnen Atome der Uniformen und der grünen Kutsche genau unter die Lupe genommen, ebenfalls ohne Erfolg. Schließlich kam der Tag, da das Werk vollendet war. Ein riesiges Vehikel, das aussah wie ein Tankwagen auf dreihundert Rädern, rollte zum Haupteingang und wurde in Gegenwart von Zeugen und hohen Staatsbeamten geöffnet. Trurl und Klapauzius brachten den Vorhang mit den Troddeln und gläsernen Glöckchen und breiteten ihn sorgfältig mitten auf dem Boden des Fahrzeugs aus. Dann schlossen sie die Tür des Ungetüms, machten sich im Innern an irgend etwas zu schaffen und kamen wieder heraus. Danach holten sie verschiedene Blechbüchsen aus dem Keller, gefüllt mit feingemahlenen chemischen Elementen, all diese grauen, silbrigen, weißen, gelben und grünen Pülverchen verteilten sie sorgfältig unter dem Saum des weit ausgebreiteten Vorhangs, dann kamen sie wieder ans Tageslicht, befahlen, das Vehikel zu verschließen, und warteten den Blick starr auf ihre Uhren geheftet vierzehn und eine halbe Sekunde; exakt nach Ablauf dieser Zeit ließ sich deutlich das feine Läuten der gläsernen Glöckchen vernehmen, sehr zum Erstaunen aller Anwesenden, die geneigt waren, diese Erscheinung dem Wirken eines Geistes zuzuschreiben, denn das Fahrzeug hatte sich keinen Millimeter von der Stelle bewegt. In diesem Moment warfen sich die Konstrukteure einen Blick zu und sagten: »Alles in bester Ordnung! Ihr könnt es jetzt übernehmen!«

Den Rest des Tages verbrachten sie damit, Seifenblasen von der Terrasse zu pusten. Gegen Abend erschien Graf Protozor bei ihnen, jener beredte Emissär, der sie auf König Grausams Planeten gelockt hatte. Begleitet von einer Eskorte, die seinen Worten ein gewisses Gewicht gab, erklärte er den beiden Konstrukteuren höflich, aber bestimmt, sie hätten ihm unverzüglich an einen vorher festgelegten Ort zu folgen. Sie mußten all ihre Habseligkeiten zurücklassen, sogar ihre Kleidung; sie erhielten schäbige Lumpen als Ersatz und wurden in Eisen gelegt. Was die Wachen sowie die anwesenden Polizeioffiziere und Staatsanwälte aufs äußerste verblüffte, war ihre absolute Kaltblütigkeit. Statt nach Gerechtigkeit zu schreien oder wenigstens vor Furcht zu zittern, kicherte Trurl nur, als ihm die Ketten angeschmiedet wurden, und erklärte, er sei sehr kitzlig. Und als man sie in den finsteren Kerker geworfen hatte, da erbebten die Wände der feuchten Gruft unter dem Donnerhall des zweistimmigen Männerchors: »It's a long way to Cyberrary«.

Währenddessen zog der gewaltige König Grausam in seinem nicht weniger gewaltigen Streitwagen zum Stadttor hinaus, umgeben vom weidmännisch gekleideten Hofstaat und gefolgt vom unendlich langen Troß der Reiter und Maschinen, die nicht alle ausschließlich jagdlichen Zwecken zu dienen schienen, denn unter ihnen befanden sich nicht nur die traditionellen Haubitzen und Katapulte, sondern auch mächtige Laser-Kanonen, Antimaterie-Mörser sowie ein Teerwerfer, der dazu ausersehen war, alles was durchs Gelände kreuchte und fleuchte, augenblicklich zu immobilisieren.

So näherte sich der gewaltige Zug dem königlichen Jagdrevier, siegesgewiß, überheblich und in bester Laune. Niemand verschwendete auch nur einen Gedanken an die beiden Konstrukteure in ihrem finsteren Kerker, es sei denn, um höhnisch zu bemerken, diese ausgemachten Trottel säßen ganz schön in der Patsche, sicherlich jedoch zum letzten Mal in ihrem Leben.

Als aber zum Zeichen der Ankunft Seiner Grenzenlosen Grausamkeit silberne Trompeten erschollen, da konnte man sehen, wie sich das unheimliche Vehikel aus der entgegengesetzten Richtung langsam näherte. Spezialhalterungen gaben ein metallisches Klicken von sich, die Einstiegsluke sprang mit einem Ruck auf und gab den Blick auf einen drohend aufgerissenen Schlund frei, der zu einer schweren Feldhaubitze zu gehören schien. Innerhalb der nächsten Sekunde folgte ein dumpfes Dröhnen, begleitet von einer gelben Rauchwolke, ein seltsames Wesen schoß aus dem Schlund hervor, unscharf in den Konturen wie ein Tornado und mit der generellen Konsistenz eines Sandsturms; es zischte so schnell durch die Luft, daß man beim besten Willen nicht erkennen konnte, ob es ein Tier war oder nicht. Was es auch war, es flog einige hundert Schritt oder auch mehr und landete lautlos; der Vorhang aber, in den es eingehüllt war, flatterte als himbeerroter Fleck zur Seite, und das feine Klingen gläserner Glöckchen durchschnitt die lähmende Stille. Jetzt konnte man die Bestie klar erkennen, soweit es da etwas zu erkennen gab: Sie sah aus wie ein Erdhügel, war verhältnismäßig groß und ziemlich lang, ihre Farbe paßte sich ganz der Umgebung an, ja es hatte sogar den Anschein, als wüchsen auf ihrem schuppigen Rücken sonnenverbrannte Disteln. Jetzt ließen die Treiber des Königs eine ganze Meute programmierter Jagdhunde los, zumeist Kybernhardiner, Kyberboxer und Kyberman-Pinscher, die sich heulend und geifernd auf das reglos kauernde Ungeheuer stürzten. Die Bestie aber dachte gar nicht daran, ihrerseits die Zähne zu fletschen oder etwa Feuer und Schwefel zu speien, sie öffnete lediglich ihre beiden Augen, die kurz aufflammten wie zwei bösartige Sonnen, und schon war die Hälfte der Meute zu Staub und Asche geworden.

»Oho! Laser-Augen!« schrie der König. »Gebt mir meinen Antistrahlenküraß, meinen kugelsicheren Schild, meine Heliohellebarde!« Derart glänzend gerüstet und strahlend wie eine Supernova, stürmte er auf seinem treuen Kyberroß vorwärts, das keine Furcht vor Kugeln und Raketen kannte. Die Bestie ließ ihn herankommen, die Klinge des Königs sauste fauchend herab, und schon rollte der vom Rumpf getrennte Kopf des Ungeheuers in den Sand. Obwohl das ganze Gefolge seinen Triumph pflichtschuldigst bejubelte, hatte der König keine Freude an diesem leichten Sieg; voll Zorn und Ingrimm schwor er, Foltern ganz spezieller Art für die elenden Versager zu ersinnen, die die Stirn gehabt hatten, sich als Konstrukteure auszugeben. Das Ungeheuer aber schüttelte sich nur kurz, und schon war aus seinem blutigen Rumpf ein neuer Kopf emporgewachsen; die Laser-Augen öffneten sich und sandten ihre todbringenden Strahlen aus, die dem König in seiner Duralumin-Rüstung jedoch nichts anhaben konnten. – Totale Nieten sind sie also doch nicht, wenngleich sie natürlich sterben müssen, dachte der König, gab seinem Kyberrappen heftig die Sporen und galoppierte erneut in die Schlacht.

Er nahm seine ganze Kraft zusammen und holte zu einem furchtbaren Hieb aus. Die Bestie wich nicht aus, sie stellte sich der fauchenden Klinge förmlich in den Weg und gab sogar ein dankbares Grunzen von sich, bevor sie in zwei Hälften gespalten zu Boden sank. Doch was war das? Der König zog die Zügel mit der Linken straffer und rieb sich die Augen. Er hatte plötzlich zwei drohend zischende Ungeheuer vor sich, die einander aufs Haar glichen, wenngleich sie etwas kleiner waren als das Original. Und schon tauchte ein drittes auf, sozusagen eine Baby-Bestie, die zwischen den anderen beiden ihre Possen trieb: Dem kurze Zeit zuvor vom Rumpf getrennten Kopf war ein schuppiges Schwänzchen und klauenähnliche Füßchen gewachsen, er tollte umher, schlug Rad und versuchte sich auch in anderen Kapriolen.

»St. Kybertus, steh mir bei!« stöhnte der König. »Muß ich alles kurz und klein hacken, bis nur noch Mäuse und Regenwürmer um mich sind? Was bleibt da noch vom edlen Waidwerk?« Vom heiligen Zorn gepackt schlug er wild um sich, verteilte Stich und Hieb und schonte auch die Streitaxt nicht, bis es am Boden von kleinen Bestien nur so wimmelte; die aber ergriffen plötzlich alle die Flucht, drängten und preßten sich eng aneinander, und schon stand ihm wieder eine einzige Bestie gegenüber, die mühsam ein Gähnen unterdrückte.

»Spaß macht die Sache nicht gerade!« dachte der König. »Offensichtlich hat das Biest die gleichen Rückkopplungen, mit denen mich dieser ... wie war doch gleich sein Name? ... richtig, dieser Pumpkington hereinlegen wollte. Ich geruhte seinerzeit, ihn wegen Phantasielosigkeit eigenhändig zu enthaupten. Nun gut, wir werden der Bestie mit der Antimaterie-Artillerie einheizen ...«

Und er ließ sich eine Kanone (Kaliber sechs Zoll) heranrollen, justierte selbst, zielte und feuerte ohne allen Rauch und Donner ein unsichtbares Geschoß auf das Ungeheuer ab, um es in tausend Stücke zu zerreißen. Aber nichts geschah. Das Ungeheuer preßte sich noch stärker an den Erdboden, streckte seine linke Pranke aus, und alle konnten sehen, wie es dem König mit langen, behaarten Fingern die Feige zeigte.

»Her mit einem größeren Kaliber!« schrie der König und tat so, als habe er diese Geste nicht bemerkt. Und da rollte es auch schon heran, zweihundert Treiber luden das Geschütz, der König zielte und wollte gerade Feuer geben – da war die Bestie urplötzlich mit einem riesigen Satz über ihm. Der König zog sein Schwert, um sich zu verteidigen, aber da war auf einmal keine Bestie mehr. Alle, die es mit angesehen hatten, sagten später, sie hätten in diesem Moment ihren Augen nicht getraut, denn als die Bestie durch die Luft flog, machte sie eine blitzartige Metamorphose durch: Die graue unförmige Masse verwandelte sich mit einem Schlage in drei Wesen in Uniform, drei Polizisten, die sich – wenngleich noch immer in luftiger Höhe – sofort daranmachten, ihre Dienstgeschäfte aufzunehmen. Der erste Polizist zog Handschellen aus der Tasche und ruderte dabei heftig mit den Beinen durch die Luft, um das Gleichgewicht zu halten; der zweite hielt eine Hand auf den Tschako mit dem Federbusch gepreßt, damit ihn der Wind nicht davonblies, mit der anderen Hand zog er einen Haftbefehl aus der Brusttasche; der dritte aber, ein schlichter Wachtmeister, hatte offensichtlich nur die Aufgabe, seinen beiden Vorgesetzten die Landung zu erleichtern, er nahm eine horizontale Position unter ihren Füßen ein und diente ihnen als eine Art lebender Stoßdämpfer. Am Boden angekommen raffte er sich jedoch gleich wieder auf und klopfte sich den Staub von der Uniform; indessen legte der erste Polizist dem verblüfften und sprachlosen König bereits Handschellen an, und der zweite schlug ihm das Schwert aus der Hand. Dann packten sie den Gefesselten, um ihn in die Wildnis zu entführen; sie jagten in langen Sätzen dahin und rissen den nur schwach protestierenden Monarchen mit sich. Sekundenlang stand das gesamte Jagdgefolge wie versteinert da, bis es mit einem vielstimmigen Schrei die Verfolgung aufnahm. Schon holten die schnaubenden Kyberrösser die Entführer ein, schon waren Schwerter und Säbel gezückt und drohten niederzusausen, da beugte sich der dritte Polizist nach vorn und drückte auf eine winzige goldene Taste auf seinem Bauch: Augenblicklich zogen sich seine Arme in die Länge und erstarrten zu zwei Deichseln, die Beine rollten sich zu zwei Rädern mit blinkenden Speichen zusammen, der Rumpf aber verwandelte sich in den lederbezogenen Kutschbock eines grünen Einspänners. Die beiden anderen Polizisten sprangen in die Kutsche, holten lange Peitschen hervor und droschen auf den König ein, um ihn zu einer schnelleren Gangart zu bewegen; der König war ihnen wohl oder übel zu Willen und verfiel in einen wahnsinnigen Galopp, wobei er wild mit den Armen herumfuchtelte, um sein gekröntes Haupt vor den niederprasselnden Schlägen zu schützen. Aber schon waren die Verfolger wieder dicht herangekommen, also packten die Polizisten den König beim Schlafittchen und setzten ihn zwischen sich; einer von ihnen schlüpfte schneller, als man das erzählen kann, zwischen die Deichseln, blies die Backen auf, pustete, prustete und verwandelte sich in einen rotierenden Luftkreisel, einen tanzenden Wirbelwind, der der kleinen Kutsche gleichsam Flügel verlieh und sie so rasch über Berg und Tal dahinsausen ließ, daß sie bald in einer Staubwolke verschwunden war. Das königliche Jagdgefolge teilte sich in mehrere Gruppen und startete eine verzweifelte Suchaktion mit Bluthunden und Geigerzählern, die Einsatzreserve der Polizei eilte im Laufschritt herbei und machte sich mit Feuereifer und Motorspritzen daran, jeden Quadratmeter Boden sorgfältig mit Wasser zu besprengen – ein offensichtlicher Unsinn, verursacht durch die vor Aufregung zitternde Hand eines Funkers, der von einem hoch in den Wolken schwebenden Beobachtungsballon chiffrierte Funksprüche an die Suchtrupps übermittelte. Ganze Heerscharen von Polizisten stolperten durch Wald und Flur, das mobile Röntgenkommando durchleuchtete jeden Baum und Strauch und jedes noch so winzige Unkraut; man grub das ganze Gelände um, zahllose Bodenproben wurden in Windeseile zur Analyse in die Laboratorien geschafft, ja selbst das königliche Kyberroß mußte vor einem Untersuchungsausschuß erscheinen und wurde vom Generalstaatsanwalt einem hochnotpeinlichen Verhör unterzogen. In der Abenddämmerung sprang eine Fallschirmjägerdivision mit Staubsaugern und Spezialsieben über dem Gelände ab, um alles bis auf das letzte Sandkorn zu durchsuchen. Schließlich gab man den Befehl aus, jeden, der wie ein Polizist aussah, unverzüglich zu verhaften, aber das führte nur zu noch größeren Komplikationen und Peinlichkeiten, denn die eine Hälfte der Polizei arretierte prompt die andere. Als die Nacht hereingebrochen war, kehrten die Jäger bestürzt und niedergeschlagen in die Stadt zurück; sie brachten nichts als Hiobsbotschaften mit, denn es war nicht gelungen, auch nur die winzigste Spur aufzustöbern, der Monarch blieb wie vom Erdboden verschluckt.

Bei Fackelschein um Mitternacht wurden die in Fesseln geschlagenen Konstrukteure vor den Großkanzler und Siegelbewahrer des Königs geführt, der ihnen mit donnernder Stimme erklärte:

»So ihr der Allerhöchsten Majestät einen verderblichen Hinterhalt gelegt und sintemalen ihr euch erkühnet habt, die frevelnde Hand gegen Seine Grenzenlose Grausamkeit, unseren Allergnädigsten und Geliebten Gebieter, Herrscher und Autokraten zu erheben, so sollt ihr an den Pranger gestellt, gepfählt und geviertteilt, hernach aber mit Hülfe unseres Pulverisators-Dislokators zu Staub gemahlen und in alle vier Winde verstreut werden, zur ewigen Warnung und Abschreckung vom ruchlosen Verbrechen des Königsmords.«

»Etwa sofort, Euer Liebden?« fragte Trurl. »Wir erwarten nämlich einen Boten ...«

»Was für einen Boten denn noch, du niederträchtiger Schurke?!«

Doch tatsächlich wurden die Wachen am Eingang in diesem Moment beiseite gedrängt. Sie hatten es nicht gewagt, dem Post- und Telegraphenminister in höchsteigener Person mit gekreuzter Hellebarde den Zugang zu verwehren. Der Generalpostmeister näherte sich in voller Galauniform und mit klimpernden Orden dem Kanzler, zog aus seiner diamantenbesetzten Umhängetasche einen Brief und erklärte: »Mag ich auch künstlich sein, so schickt mich doch der König mein«, worauf er augenblicklich zu feinem Staub zerfiel. Der Kanzler, der seinen Augen nicht trauen wollte, erkannte sogleich den in purpurroten Lack gepreßten Siegelring des Königs; er öffnete den Brief und las, daß Seine Majestät gezwungen sei, mit dem Feind zu verhandeln, denn die Konstrukteure hätten algorithmische und algebraische Methoden angewandt, um ihn gefangenzusetzen, und jetzt stellten sie Bedingungen, die der Kanzler anhören und sämtlichst akzeptieren müsse, wenn ihm das Leben des Königs lieb sei. Unterzeichnet: »Crudelius Rex m. p., gegeben in einer Höhle unbekannten Ortes, in der Gewalt eines pseudopolizeilichen Ungeheuers, verkörpert durch drei uniformierte Personen ...«

Jetzt erhob sich ein großer Lärm und Tumult, die einen über-schrien die anderen und fragten, wie denn die Bedingungen aussähen und was das alles zu bedeuten habe, Trurl aber wieder-holte nur den einen Satz: »Unsere Fesseln, meine Herren, sonst spielt sich gar nichts ab.«

Schmiede wurden gerufen, knieten nieder und nahmen ihnen die Fesseln ab. Man überschüttete die Konstrukteure mit Fragen, Trurl jedoch ließ sich auf nichts ein:

»Wir sind hungrig, schmutzig und ungewaschen, wir brauchen sofort ein Schaumbad, eine Rasur, eine Massage und ein opulen-tes Diner mit Wasserballett und Feuerwerk zum Dessert, sonst spielt sich gar nichts ab!«

Diese Forderungen reizten den gesamten Hofstaat bis zur Weißglut, aber man mußte sie zähneknirschend erfüllen. Erst am nächsten Morgen ließen sich die Konstrukteure dazu herab, dem Hof erneut eine Audienz zu gewähren. Erfrischt, alle Wohlgerü-che dieser Welt verströmend und ausnehmend elegant gekleidet, lehnten sie sich lässig in ihrer von acht Lakaien getragenen Sänfte zurück und stellten Bedingungen, aber beileibe nicht aus dem Kopf – da hätten sie ja etwas vergessen können – sondern aus einem winzigen Notizbuch, das sie für diese Gelegenheit vor-bereitet und wohlweislich hinter einem Vorhang in ihrem Ar-beitszimmer versteckt hatten. Folgende Punkte wurden aus dem Notizbuch verlesen:

1. Zu fabrizieren ist ein erstklassiges Raumschiff modernster Bauart, um die Konstrukteure wieder in ihre Heimat zu brin-gen.

2. Das Raumschiff ist mit diversen Kostbarkeiten zu beladen, die wie folgt spezifiziert werden: Brillanten – vierzig Scheffel, Goldmünzen – vierzig Scheffel, Platin, Palladium sowie von allen anderen Kostbarkeiten, die der Herr geschaffen hat, je acht Scheffel, dazu beliebig viele Andenken und Souvenirs, welche die Unterzeichner dieses Dokuments aus den königlichen Gemä-chern auszuwählen geruhen.

3. Solange das Raumschiff nicht bis auf das letzte Schräubchen fertiggestellt, startklar, beladen und ordnungsgemäß übergeben ist, komplett mit rotem Teppich auf der Gangway, Ehrenforma-tion und Blasmusik zum Abschied, Orden auf blauen Samtkissen,

sonstigen Ehrenbezeigungen aller Art, einem Kinderchor, dem Grausamen Philharmonieorchester mit Frack und Schleife sowie einer jubelnden Menge – so lange bleibt der König, wo er ist.

4. Auszufertigen ist eine offizielle Dankadresse, gemeißelt in eine Tafel aus purem Gold, inkrustiert mit allerfeinstem Perlmutt, gerichtet an die Hochedlen, Erhabenen und Allergnädigsten Beherrscher des Kosmos, Trurl und Klapauzius, in der die vollständige Geschichte ihres Triumphs Punkt für Punkt beschrieben, mit dem königlichen Kronsiegel und dem Amtsstempel des Großkanzlers beurkundet, durch die Unterschriften aller Würdenträger des Reichs beglaubigt, sodann plombiert und in den Lauf eines Kanonenrohrs gesteckt wird, das Graf Protozor, der Meister der Königlichen Jagd, allein und ohne jede Hilfe auf seinen Schultern an Bord des Raumschiffs zu tragen hat, eben derselbe Protozor, der die Erhabenen und Strahlenden Konstrukteure auf seinen Planeten lockte, weil er sich einbildete, er werde ihnen auf diese Weise zum schimpflichen Tode verhelfen.

5. Der besagte Protozor hat die beiden Konstrukteure auf ihrer Rückreise zu begleiten, als Garantie für ihre körperliche Unversehrtheit und als Gewähr dafür, daß keinerlei Verfolgung stattfindet. Dabei wird er an Bord in einem Käfig der Größe drei mal drei mal vier Fuß sitzen und täglich ganz, ganz kleine Brötchen gefüllt mit Sägespänen essen; die Sägespäne aber müssen dieselben sein, welche die Erhabenen und Strahlenden Konstrukteure zu bestellen geruhten, als sie sich dazu herabließen, gegenüber den seltsamen Marotten des Königs Nachsicht zu üben, somit geht es um jene Sägespäne, die später mit einem Expreßballon in die Archive der Geheimpolizei verbracht wurden.

6. Nach seiner Befreiung braucht sich der König nicht demütig bei den Erhabenen und Strahlenden Konstrukteuren zu entschuldigen, weil ihnen die Entschuldigung solch eines Mannes absolut nichts bedeuten würde.

Unterzeichnet, ausgefertigt, datiert usw. usw.: Trurl und Klapauzius für die Hohe Bedingungen Stellende Partei sowie der Königliche Großkanzler, der Große Zeremonienmeister und Seine Durchlaucht, der Präsident der Geheimsten Geheimpolizei zu Wasser, zu Lande und zu Ballon für die Niedrige Bedingungen Entgegennehmende Partei.

Alle Höflinge und Minister ärgerten sich grün und blau und kochten vor Wut, aber was sollten sie tun? Sie hatten keine andere Wahl, als in aller Eile mit dem Bau des Raumschiffs zu beginnen. Nach einem gemütlichen Frühstück tauchten die Konstrukteure jedoch völlig unerwartet in der Montagehalle auf, um die Arbeit zu überwachen, und natürlich hatten sie an allem etwas auszusetzen: Dieses Material taugte nichts, jener Ingenieur war ein ausgemachter Trottel, dann brauchten sie in ihrem Salon unbedingt eine Laterna magica mit vier pneumatischen Orgelpfeifen und eingebauter Kuckucksuhr; und wenn die Eingeborenen nicht wüßten, was eine Kuckucksuhr ist, so sei dies um so schlimmer für sie, der König dürfte in seiner völligen Einsamkeit längst vor Ungeduld vergehen und würde mit denen, die seine Befreiung verzögern, sicherlich sehr gewissenhaft abrechnen. Diese harmlose Bemerkung löste allgemeines Herzklopfen, Nervenflattern und diverse Ohnmachten aus, doch die Arbeit kam voran. Schließlich war das Raumschiff fertig, und die königlichen Schauerleute begannen, die Ladung zu verstauen, an Bord verschwanden Diamanten, ganze Säcke mit Perlen und Gold in solcher Menge, daß es immer wieder aus der Einstiegsluke quoll. Währenddessen streiften Polizisten heimlich durch Wälder und Felder und stellten das ganze Land auf den Kopf. Doch den Konstrukteuren entlockten diese Aktivitäten nicht mehr als ein müdes Lächeln, ja sie ließen sich sogar herbei, all denen, die ihnen mit Angst und Schrecken, aber noch größerer Neugier zuhörten, bereitwillig zu erklären, wie sich alles zugetragen hatte, wie sie ihren ursprünglichen Plan völlig verworfen hatten, und wie ihnen die Erleuchtung gekommen war, das Ungeheuer auf gänzlich andere Weise zu konstruieren. Da sie absolut nicht wußten, wo und wie sie die Steuerungsmechanismen – d. h. das Gehirn – installieren sollten, hatten die Konstrukteure, um gänzlich sicherzugehen, kurzerhand überall Gehirn eingebaut und die Bestie somit befähigt, mit den Beinen, mit dem Schwanz oder auch mit dem Rachen zu denken, der selbstverständlich nur mit Weisheitszähnen ausgerüstet war. Doch das war nur der Anfang, die eigentliche Aufgabe bestand aus zwei Komponenten, der psychologischen und der algorithmischen. Zunächst mußten sie entscheiden, was den König überwältigen und gefangensetzen sollte; zu diesem Zweck schufen sie durch nichtlineare Transmutation eine automorphe Polizeigruppe im Innern der Bestie, denn Polizisten, die einen *lege artis* ausgestellten Haftbefehl vorlegen, vermag bekanntlich nichts und niemand im ganzen Kosmos zu widerstehen. Soviel zur Psychologie; fügen wir nur noch hinzu, daß der Generalpostmeister ebenfalls aus psychologischen Gründen in Aktion gesetzt wurde, denn ein Beamter niedrigeren Ranges hätte es vielleicht nicht geschafft, die Wachen zu passieren und den Brief zuzustellen, was die Konstrukteure den Kopf gekostet hätte. Der künstliche Minister aber, der die Rolle des Boten spielte, hatte außer dem Brief noch eine Menge Gold für den Fall in der Tasche, daß er gezwungen sein sollte, die Wachen zu bestechen. Kurz, es war einfach an alles gedacht. Was nun die Algorithmen anbelangte, so mußte man lediglich die Urbildgruppe der Ungeheuer auffinden, denn selbstverständlich bildet die Menge der n-dimensionalen Polizisten eine Untergruppe der eineindeutig linearen Ungeheuer. Der Algorithmus des Ungeheuers sah keinerlei Personalunion, sondern ausschließlich kontinuierliche Transformationen in wechselnde Personifikationen vor. Eingespeichert aber wurde er mit der im chemischen Sinn äußerst unsympathischen Tinte hinter dem Vorhang mit den Glasglöckchen, einmal in Gang gesetzt, wirkte er später von allein auf die Wurzeln und Gleichungen, besonders natürlich dank der geradezu ungeheuerlich polizeilichen Selbstorganisation. Fügen wir sogleich hinzu, daß die Konstrukteure später in einer bekannten wissenschaftlichen Zeitschrift einen Artikel mit folgendem Titel veröffentlichten: »Generalrekursive Eta-Meta-Beta-Funktionen im speziellen Fall der Transformation polizeilicher in bestialisch-postalische Kräfte auf einem oszillierenden Feld von Glasglöckchen, unter besonderer Berücksichtigung einer zwei-drei-vier-sowie n-rädrigen Kutsche, grün lackiert, mit topologischer Petroleumlaterne, unter Verwendung einer reversiblen Matrix auf Rizinusöl, rosa gefärbt zur Ablenkung der Aufmerksamkeit, im Rahmen einer allgemeinen mathematischen Theorie der polizeilich-bestialischen Ungeheuristik.« Keiner der Höflinge, Minister und Offiziere und erst recht keiner der an den Rand des Wahnsinns getriebenen Polizisten verstand auch nur ein Wort von all dem, aber was machte das schon aus? König Grausams Untertanen wußten ohnehin nicht mehr, ob sie die Konstrukteure nur noch bewundern oder auch ein wenig hassen sollten.

Schon sind die letzten Vorbereitungen für den Start getroffen. Trurl schreitet mit einem Sack in der Hand durch die Gemächer des Königs und packt in aller Seelenruhe und vertragsgemäß ein, was immer sein Wohlgefallen findet. Schließlich fährt eine Prunkkarosse vor und bringt die Sieger zum Kosmodrom; dort steht die jubelnde Menge dichtgedrängt, ein Kinderchor singt, Mädchen in Landestracht überreichen Blumensträuße, höchste Würdenträger lesen ihre Dankes- und Abschiedsreden vom Blatt, das Symphonieorchester spielt, und zartbesaitete Damen fallen in Ohnmacht. Plötzlich geht ein Raunen durch die Menge, eine atemlose Stille tritt ein. Klapauzius nimmt einen Zahn aus dem Mund, natürlich keinen gewöhnlichen Zahn, sondern einen Dentalkurzwellensender. Kaum hat er eine winzige Taste gedrückt, da bricht am Horizont ein Sandsturm los, nähert sich in höllischem Tempo, wirbelt schwarze Erdbrocken durch die Luft und kommt mit Donnergetöse in dem leeren Raum zwischen dem Raumschiff und der Menge zum Stehen. Die Menge weicht entsetzt zurück, schaut und erkennt – das Ungeheuer! Und es wirkt tatsächlich ungeheuerlich, ja geradezu bestialisch, wie es so dasteht, die kalten Sonnen seiner Laser-Augen aufblitzen läßt und mit dem schuppigen Drachenschwanz den Boden peitscht, daß die Funken sprühen.

»Laß den König frei!« sagt Klapauzius, darauf das Ungeheuer mit ganz normaler menschlicher Stimme:

»Das fällt mir nicht im Traum ein. Jetzt bin ich an der Reihe, jetzt gebe ich die Befehle ...«

»Was soll das heißen? Bist du übergeschnappt? Du hast zu gehorchen, das steht doch in der Matrix!« schrie Klapauzius erzürnt; die Umstehenden waren sprachlos vor Verblüffung.

»Matrix? Die Matrix ist mir schnuppe! Du mußt nämlich wissen, ich bin nicht irgendein Ungeheuer, ich bin mathematisch, vollautomatisch und antidemokratisch; ich bin der große Integrator und Selbstorganisator, ich kenne jeden Trick, tödlich ist mein Blick. Der Polizei befehle ich, der Postminister fürchtet mich, den König habe ich im Bauch, und ihr gehorcht gefälligst auch, macht vier Schritte, geht zur Mitte und beugt das Knie vor dem Genie!«

»Dir werd ich gleich zeigen, wer hier zu knien hat!« knurrte Klapauzius außer sich vor Wut. Trurl aber fragte das Ungeheuer:

»Also was willst du eigentlich?« – gleichzeitig jedoch versteckte er sich hinter Klapauzius und nahm sich, ohne daß die Bestie das merken konnte, ebenfalls einen Zahn aus dem Mund.

»Als erstes will ich heiraten, zur Frau nehme ich ...«

Aber niemand sollte je erfahren, wen das Ungeheuer zur Frau nehmen wollte, denn Trurl drückte blitzschnell auf die kleine Taste und rief:

»Eene, meene, muh, Input, Output, raus bist du!«

Die magnetisch-dynamischen Rückkopplungen, die sämtliche Atome des Ungeheuers zusammenhielten, lösten sich unter dem Einfluß dieser magischen Worte augenblicklich auf, die Bestie selbst verdrehte die Augen, wackelte mit den Ohren, brüllte und tobte vor Wut, bäumte sich auf, aber das half ihr alles nichts – bevor sie auch nur die Zähne fletschen konnte, fegte ein heißer Windstoß vermischt mit Eisen- und Schwefelgeruch durch sie hindurch, die Bestie zitterte und fiel in sich zusammen wie ein Kartenhaus. Zurück blieb nur ein Häufchen Asche, und auf diesem Häufchen saß der König, heil und gesund, wenngleich ungewaschen, unrasiert und zu Tode gekränkt, daß man ihm so übel mitgespielt hatte.

»Einfach durchgedreht, völlig den Verstand verloren«, sagte Trurl zu den Anwesenden, und niemand wußte so recht, ob er nun den König oder das Ungeheuer meinte. Natürlich war auch der letzte, eher schüchterne Versuch des Monarchen, gegen seine Bezwinger zu revoltieren, zum Scheitern verurteilt, denn die Konstrukteure hatten auch diese finstere Eventualität von vornherein in ihren Algorithmus einkalkuliert.

»Und jetzt, meine Herren«, bemerkte Trurl abschließend, »haben Sie doch die Güte und geleiten den Meister der Königlichen Jagd in den Käfig, und uns ins Raumschiff ...«

Aus dem Polnischen von Jens Reuter

Die dritte Reise
oder Von den Drachen der Wahrscheinlichkeit

Trurl und Klapauzius waren Schüler des großen Kerebron Emta-
drat, der siebenundvierzig Jahre in der Neantischen Hochschule
die allgemeine Drachentheorie gelehrt hatte. Bekanntlich gibt
es keine Drachen. Einem simplen Verstand mag diese primitive
Feststellung vielleicht genügen, nicht aber der Wissenschaft,
denn die Neantische Hochschule befaßt sich überhaupt nicht mit
dem, was existiert; die Banalität der Existenz ist bereits zu lange
erwiesen, als daß man auch nur ein Wort darüber verlieren sollte.
So entdeckte der geniale Kerebron, der mit exakten Methoden
dem Problem zu Leibe ging, drei Arten von Drachen: Nulldrachen, imaginäre und negative Drachen. Es existieren, wie gesagt,
alle nicht, aber jede Gattung auf eine besondere und grundver-
schiedene Weise. Die imaginären und die Nulldrachen, Einbilder
und Nuller von Fachleuten genannt, existieren auf eine viel weniger interessante Weise nicht als die negativen Drachen. In der
Drakologie war seit langem ein Paradoxon bekannt, das darin
bestand, daß, wenn zwei negative Drachen herborisiert wurden
(eine Aktion, die in der Drachenalgebra etwa der Multiplikation
in der üblichen Arithmetik entspricht), als Resultat ein Minidra-
che in der Menge 0,6 entsteht. Die Welt der Spezialisten zerfiel
nun in zwei Lager, von denen eines behauptete, es handele sich
um einen Teil eines Drachen, vom Kopfe an gerechnet, das andere, es sei ein Teil, aber vom Schwanze aus betrachtet. Trurls und
Klapauzius' großes Verdienst bestand darin, die Falschheit dieser
beiden Ansichten zu beweisen. Sie wandten zum erstenmal die
Wahrscheinlichkeitsrechnung auf diesem Gebiet an und schufen
damit die probabilistische Drakologie, aus der hervorgeht, daß
ein Drache thermodynamisch nur im statistischen Sinne unmöglich sei, ähnlich wie Elfen, Waldschratte, Heinzelmännchen,
Gnomen, Hexen und anderes. Von der allgemeinen Formel der
Unwahrscheinlichkeit zählten beide Theoretiker die Koeffizien-
ten der Gnomisierung, Elfisierung u. ä. auf. Aus der gleichen
Formel geht hervor, daß man etwa sechzehn Quintoquadrillionen
Heptillionen Jahre auf eine spontane Manifestation eines durch-

schnittlichen Drachens warten müsse. Gewiß wäre dieses Problem eine mathematische Rarität geblieben, hätte nicht Trurl die allseits bekannte Erfindergabe besessen und beschlossen, diesem Problem empirisch auf den Grund zu gehen. Und da es sich um unwahrscheinliche Erscheinungen handelte, erfand er einen Wahrscheinlichkeitsverstärker und erprobte ihn zuerst bei sich im Keller, dann auf einem besonderen, von der Akademie gestifteten drakogenetischen Polygon, dem sogenannten Drakolygon. Die in der allgemeinen Unwahrscheinlichkeitstheorie Unbewanderten fragen sich bis auf den heutigen Tag, warum Trurl eigentlich einen Drachen und nicht eine Elfe oder ein Heinzelmännchen probabilisiert habe, und sie tun das aus Ignoranz, denn sie wissen nicht, daß ein Drache ganz einfach viel wahrscheinlicher ist als ein Heinzelmännchen; vielleicht beabsichtigte Trurl in seinen Versuchen mit Verstärkern auch noch weiterzugehen, doch bereits der erste brachte ihm eine schwere Kontusion ein, denn der sich realisierende Drache schlug mit dem Bein aus. Zum Glück konnte Klapauzius, der bei der Inbetriebnahme zugegen war, die Wahrscheinlichkeit herabmindern, und der Drache verschwand. Viele Gelehrte wiederholten dann die Versuche mit dem Drakotron, da es ihnen aber an Routine und Kaltblütigkeit gebrach, gelangte eine beträchtliche Menge der Drachensaat, nachdem sie sie übel zugerichtet hatte, in Freiheit. Erst dann erwies es sich, daß die ekelhaften Ungeheuer ganz anders existieren, nämlich als Schränke, Kommoden oder Tische; die Drachen zeichnen sich vor allem durch eine im allgemeinen recht beträchtliche Wahrscheinlichkeit aus, wenn sie erst einmal entstanden sind. Wenn man nämlich auf einen solchen Drachen eine Jagd veranstaltet, obendrein eine Treibjagd, stößt die Schar der Jäger mit schußbereiten Waffen nur auf ausgebrannte, ganz und gar stinkende Erde, denn der Drache flüchtet, wenn er sieht, daß es schlecht um ihn steht, aus dem realen Raum in den konfigurativen. Als äußerst stures und schmutziges Tier macht er das natürlich rein instinktiv. Primitiv denkende Personen, die nicht begreifen können, wie das vor sich geht, verlangen mitunter jähzornig, man möge ihnen doch diesen konfigurativen Raum zeigen; sie wissen nämlich nicht, daß sich die Elektronen, deren Existenz ja niemand, der hell im Kopfe ist, verneinen wird, ebenfalls nur im konfigurativen

Raum bewegen und ihr Schicksal von den Wellen der Wahrscheinlichkeit abhängt. Übrigens fällt es einem Eigensinnigen leichter, der Nichtexistenz von Elektronen als der von Drachen zuzustimmen, denn die Elektronen schlagen, zumindest wenn sie einzeln sind, nicht mit den Beinen aus.

Ein Kollege Trurls, Kyber Harboriseus, verquantete als erster einen Drachen, bestimmte eine Einheit, Drakon genannt, mit der man bekanntlich die Zähler der Drachen kalibriert, und fixierte sogar die Windung ihres Schwanzes, was er fast mit dem Leben bezahlt hätte. Was gingen jedoch diese Errungenschaften die von den Drachen geplagten breiten Massen an, unter denen diese durch Trampeln, allgemeine Zudringlichkeit, Gebrüll und Flammen großen Schaden anrichteten und hie und da sogar Abgaben in Form von Mädchen erzwangen? Was ging die Unglücklichen an, daß Trurls Drachen als indeterministische, also nichtlokale Drachen sich zwar gemäß der Theorie, aber jedem Anstand hohnsprechend verhielten und daß diese Theorie sogar die Biegungen ihrer Schwänze voraussah, die Dörfer und Saaten vernichteten? Es war also nicht verwunderlich, daß die Allgemeinheit den spektakulären Erfolg Trurls verurteilte, statt ihn richtig einzuschätzen, und eine Gruppe ganz besonderer Ignoranten auf dem Gebiet der Wissenschaft recht schmerzhaft den hervorragenden Wissenschaftler verprügelte. Er jedoch wurde mit seinem Freund Klapauzius nicht müde weiterzuforschen. Daraus ging hervor, daß ein Drache in dem Grade existiere, der von seiner Laune und vom Zustand der allgemeinen Sättigung abhängt, ebenso, daß die einzige verläßliche Liquidationsmethode die Reduktion der Wahrscheinlichkeit auf Null oder gar auf negative Werte sei. Es ist daher begreiflich, daß diese Forschungen viel Mühe und Zeit verschlangen, derweil sich die Drachen, die sich in Freiheit befanden, immer mehr ausbreiteten und zahlreiche Planeten und Monde verwüsteten. Schlimmer noch, sie vermehrten sich sogar. Das gab Klapauzius die Gelegenheit, eine glänzende Arbeit zu veröffentlichen, nämlich »Die kovarianten Übergänge von Drachen zu Schlangen oder der spezifische Fall des Übergangs von physisch verbotenen zu polizeilich verbotenen Zuständen«. Diese Arbeit machte in der wissenschaftlichen Welt viel Furore, wo es noch um den berühmten Polizeidrachen laut war, mit dessen Hilfe tapfere Konstrukteure das Unglück ihrer unvergessenen Kollegen an dem bösen König Grausam rächten. Aber welche Verwicklungen entstanden, als bekannt wurde, daß ein Konstrukteur, ein gewisser Basilius, genannt der Emerdwaner, in der ganzen Milchstraße herumreiste und allein durch seine Gegenwart dort das Auftreten von Drachen verursachte, wo man sie früher nie zu Gesicht bekommen hatte. Wenn die allgemeine Verzweiflung und die nationale Katastrophe den Höhepunkt erreichten, erschien er bei dem Herrscher des jeweiligen Landes, um die Vernichtung der Monstren in Angriff zu nehmen, nachdem er zuvor das Honorar dafür in langen Verhandlungen bis zur Unmöglichkeit hochgeschraubt hatte. In der Regel gelang ihm auch die Vertilgung, obschon niemand wußte, wie er das zuwege brachte, denn er handelte einsam und im geheimen. Er verbürgte sich übrigens nur für eine statistische Garantie des Erfolges seiner Drakolyse, und als ihm ein Monarch Gleiches mit Gleichem vergalt und ihn mit Dukaten bezahlte, die auch nur statistisch gut waren, fluchte er furchteinflößend.

Trurl und Klapauzius begegneten sich zu jener Zeit an einem heiteren Nachmittag, und es kam zwischen ihnen zu dem folgenden Gespräch: »Hast du schon von diesem Basilius gehört?« fragte Trurl.

»Ja, das habe ich.«

»Und was ist deine Meinung?«

»Die Geschichte gefällt mir nicht.«

»Mir auch nicht. Was denkst du darüber?«

»Ich glaube, daß er einen Verstärker anwendet.«

»Für die Wahrscheinlichkeit?«

»Ja, oder auch räsonierende Systeme.«

»Oder einen Drachengenerator.«

»Du meinst das Drakotron?«

»Ja.«

»Tatsächlich, das wäre gut möglich.«

»Aber weißt du«, rief Trurl, »es wäre auch eine Niedertracht. Das würde ja bedeuten, daß er diese Drachen sozusagen mitführt, aber nur im potentiellen Zustand, mit einer Wahrscheinlichkeit, die Null nahekommt.«

»Und was meinst du, annulliert er sie dann mit einem nihilisierenden Retrokreator, oder verringert er nur zeitweilig die Wahrscheinlichkeit, um sich in der Zwischenzeit mit dem Gold aus dem Staube zu machen?«

»Schwer zu sagen. Wenn er nur entprobabilisierte, dann wäre das eine noch größere Schurkerei, denn früher oder später müssen Null-Fluktuationen zur Aktivierung der Drakomatrize führen, und dann fängt die ganze Geschichte von neuem an.«

»Gewiß, aber er ist dann mit dem Geld schon weg ...«, murmelte Klapauzius.

»Meinst du nicht, daß man in dieser Angelegenheit eigentlich an das Hauptamt für Drachenregulierung schreiben sollte?«

»O nein, das nicht. Schließlich tut er das vielleicht gar nicht. Wir besitzen keine Gewißheit. Auch keine Beweise. Aber statistische Fluktuationen treten auch ohne Verstärker auf; früher hat es weder Matrizen noch Verstärker gegeben, und die Drachen waren manchmal aufgetaucht. Einfach rein zufällig.«

»Scheint so ...«, versetzte Trurl, »aber ... sie tauchen erst dann auf, wenn er auf dem jeweiligen Planeten angekommen ist!«

»Gewiß. Doch es schickt sich eben nicht zu schreiben; immerhin ist er ein Fachkollege. Wir könnten höchstens selbst gewisse Schritte unternehmen.«

»Das können wir.«

»Also gut, auch ich bin dieser Meinung. Aber was tun?« Hier vertieften sich beide berühmten Drakologen in eine Fachdiskussion, von der ein uneingeweihter Zuhörer nicht ein Wort begriffen hätte, weil er nur rätselhafte Wörter vernommen hätte, wie zum Beispiel »Drachenzähler«, »ungeschwänzte Transformation«, »schwache drakonale Reaktionen«, »Diffraktion und Diffusion von Drachen«, »harter Drache«, »weicher Drache«, »draco probabilisticus«, »labiles Basiliskenspektrum«, »Drache im Zustand der Erregung«, »Annihilation zweier Drachen mit entgegengesetztem Amok im Kraftfeld allgemeiner Kopflosigkeit« usw.

Ergebnis dieser durchdringenden Analyse der Erscheinung war eine Expedition, auf die sich beide Konstrukteure sehr sorgfältig vorbereiteten, ohne zu versäumen, ihr Schiff mit einer Menge komplizierter Apparaturen vollzuladen.

Insonderheit nahmen sie einen Diffusator sowie einen Mörser mit, der mit Antiköpfen schoß. Während der Reise, als sie nacheinander auf Enzien, Penzien und Coerulea landeten, wurde ihnen klar, daß sie außerstande sein würden, den gesamten von der Plage heimgesuchten Bereich durchzukämmen, selbst wenn sie sich für diesen Zweck in Stücke rissen. Einfacher war es natürlich, wenn sie sich trennten, und nach der Arbeitsbesprechung begab sich denn auch jeder in seine Richtung. Klapauzius arbeitete lange auf Prestopondien, wo ihn Kaiser Ruhmreich Ampetricius engagiert hatte, welcher auch bereit war, ihm seine Tochter zur Frau zu geben, nur um die Monstren loszuwerden. Drachen von maximaler Wahrscheinlichkeit drangen sogar bis in die Straßen der hauptstädtischen Burg vor, und von virtuellen wimmelte es geradezu allenthalben. Ein virtueller Drache »existiert« zwar nicht, würde ein naiver Durchschnittsmensch sagen, d. h., er kann in keiner Weise wahrgenommen werden, wie er auch nichts unternimmt, was seine Offenbarung hervorriefe, jedoch die von Kyber-Trurl-Klapauzius-Minog angestellte Berechnung, namentlich die Drako-Wellen-Gleichung, läßt deutlich erkennen, daß ein Drache aus dem konfigurativen Raum leichter in den realen Raum hinüberzuwechseln vermag als ein Kind aus dem Haus in die Schule. So konnte man also in der Wohnung, im Keller oder auf dem Dachboden jeden Augenblick bei allgemeinem Anstieg der Wahrscheinlichkeit einem Drachen begegnen, ja sogar einem Superdrachen.

Anstatt Drachen nachzujagen, was auch nicht viel eingebracht hätte, ging Klapauzius als echter Theoretiker methodisch an die Sache heran – stellte auf Plätzen und Squares, in Dörfern und Städten probabilistische Drakoreduktoren auf, und in kurzer Zeit waren die Ungeheuer eine große Seltenheit. Nachdem Klapauzius die Gebühren, das Ehrendiplom und die Wanderfahne kassiert hatte, startete er, um sich mit seinem Freund zu treffen. Unterwegs beobachtete er einen Planeten, von dem ihm jemand verzweifelt zuwinkte. In der Annahme, es könne Trurl sein, dem etwas Schlimmes widerfahren sei, landete Klapauzius. Jedoch die Zeichen stammten von den Bewohnern Trufloforas, den Untertanen des Königs Grellius. Sie huldigten zahlreichen Vorurteilen und dem primitiven Glauben, und ihre Religion, die Drakonistische Pneumatologie hieß, besagte, daß die Drachen als Strafe für Sünden erschienen und Seelen besäßen, die jedoch unsauber wären. Als er merkte, daß es zumindest unvernünftig wäre, sich mit den königlichen Drakologen auf Diskussionen einzulassen, denn die von ihnen benutzten Methoden beschränkten sich auf eine Beweihräucherung der heimgesuchten Stellen und auf die Verteilung von Reliquien, zog Klapauzius vor, das Terrain selbst zu sondieren. Den Planeten bewohnte augenblicklich nur ein Monstrum, aber eines von der scheußlichen Gattung der Jechiden. Er bot dem König seine Dienste an; der jedoch antwortete ihm nicht gleich freiheraus, da er sich ganz offensichtlich unter dem Einfluß der unsinnigen Doktrin befand, die die Ursachen der Entstehung von Drachen in eine metazeitliche Welt übertrug. Beim Studium der lokalen Zeitungen erfuhr Klapauzius, daß die Jechide, die auf dem Planeten grassiere, von den einen als Einzelexemplar, von den anderen hingegen als Pluralität aufgefaßt werde und imstande sei, sich an vielen Stellen zugleich einzufinden. Das gab ihm zu denken, obwohl er sich überhaupt nicht wunderte, denn die Lokalisierung der abscheulichen Wesen unterliegt sogenannten Drakoanomalien, und manche Exemplare, zumal die zerstreuten, pflegten im Raum »verwischt« zu sein, was ein gewöhnlicher Effekt einer isospinalen Verstärkung des Quantenmoments ist. Wie eine Hand, die aus dem Wasser taucht, über der Wasseroberfläche fünf scheinbar miteinander gänzlich unzusammenhängende Finger zeigt und auf diese Weise aus dem konfigurativen Raum in den realen übergeht, wirken die Drachen pluralistisch, obwohl sie nur singulär sind. Gegen Ende einer der Audienzen fragte Klapauzius den König, ob nicht vielleicht schon Trurl auf seinem Planeten gewesen sei; und er beschrieb genau seinen Freund. Wie groß war seine Überraschung, als er vernahm, daß sein Kollege tatsächlich unlängst im Grelliusschen Reiche geweilt habe und es sogar übernommen hatte, die Jechide zu beseitigen, er habe eine Anzahlung genommen und sich in die nahe gelegenen Berge begeben, wo das Drachenweib besonders häufig beobachtet worden war; er sei darauf am nächsten Tage zurückgekehrt und habe das Gesamthonorar verlangt, und zum Beweis seines Triumphes habe er vierundzwanzig Drachenzähne gezeigt. Es kam jedoch zu gewissen Mißverständnissen, und die Auszahlung wurde bis zur Aufhellung der Angelegenheit gestoppt. Trurl soll darauf sehr erregt gewesen sein und sich in einer Weise mehrfach und laut über den herrschenden Monarchen ausgedrückt haben, die unverkennbar einer Majestätsbeleidigung geglichen habe; daraufhin habe er sich in unbekannter Richtung entfernt. Von diesem Tage an sei es um ihn still geworden, die Jechide jedoch sei zurückgekehrt, als wäre nichts geschehen, und verwüstete noch ärger Dörfer und Burgen zum allgemeinen Kummer.

Die Geschichte erschien Klapauzius recht verworren, aber es fiel schwer, die Worte, die aus dem königlichen Munde kamen, anzuzweifeln, so nahm er denn einen Rucksack voll der stärksten drakoziden Mittel und ging einsam in die Berge, deren verschneiter Kamm sich majestätisch über dem östlichen Horizont erhob.

Recht bald entdeckte er auf den Felsen die ersten Spuren des Monstrums, und selbst wenn er sie nicht bemerkt hätte, hätte er den charakteristischen stickigen Geruch der Schwefelausdünstungen wahrgenommen. Unverdrossen ging er weiter, jeden Augenblick bereit, zur Waffe zu greifen, die er sich über die Schulter gehängt hatte, und schaute ununterbrochen auf den Drachenzähler mit dem Pfeil. Eine Zeitlang stand er auf Null, dann begann er beunruhigend zu oszillieren, bis er allmählich, einen unsichtbaren Widerstand überwindend, in die Nähe der Eins rückte. Jetzt konnte Klapauzius nicht mehr daran zweifeln, daß sich die Jechide in der Nähe befand. Ihn wunderte es maßlos, denn ihm wollte nicht in den Kopf, daß ein berühmter Theoretiker wie sein erprobter Kumpan Trurl in seinen Berechnungen einen Bock schießen und somit das Drachenweib nicht hatte vernichten können. Es fiel auch schwer, daran zu glauben, daß Trurl, ohne sein Ziel erreicht zu haben, an den königlichen Hof zurückgekehrt sein und Belohnung für etwas verlangt haben sollte, was er nicht gemacht hatte.

Bald begegnete Klapauzius unterwegs einer Kolonne Einheimischer, die ganz augenscheinlich verängstigt waren, denn sie warfen besorgt Blicke nach allen Seiten und waren bemüht, dicht beieinander zu bleiben. Gebeugt unter der Last, die sie auf dem Rücken und auf dem Kopf trugen, stapften sie im Gänsemarsch den Hang hinauf, Klapauzius grüßte sie, hielt den Zug an und fragte den Wegführer, was sie denn täten.

»O Herr!« erwiderte ihm jener, ein königlicher Beamter niederen Ranges. »Wir bringen dem Drachen den Tribut.«

»Den Tribut? Ach so! Und was ist das für ein Tribut?«

»Er besteht aus dem, was der Drache verlangt: aus Gold, Edelsteinen, ausländischen Parfüms und einer Menge anderer Sachen, die von höchstem Wert sind.«

Hier kannte Klapauzius' Verblüffung keine Grenzen mehr, denn Drachen fordern nie einen solchen Tribut, und ganz bestimmt nicht aromatische Düfte, die gar nicht imstande wären, ihren natürlichen Gestank zu überwinden, auch kein Bargeld, mit dem sie überhaupt nichts anzufangen wüßten.

»Und Jungfrauen verlangt der Drache nicht, mein Bester?« fragte er noch.

»Nein, Herr. Früher tat er das. Vergangenes Jahr habe ich sie ihm mandel- und dutzendweise, je nachdem, wie sein Appetit war, zugeführt. Seit der Zeit jedoch, als bei uns ein Fremder erschien, das heißt ein Ausländer, Herr, und mutterseelenallein mit Schachteln und Apparaten durch die Berge schweifte ...« Hier unterbrach der brave Mann seine Rede zögernd und betrachtete besorgt Gerätschaften und Waffen des Klapauzius, hauptsächlich aber das große Zifferblatt des Drachenzählers, der die ganze Zeit leise getickt hatte und seinen roten Pfeil auf dem weißen Blatt zucken ließ.

»Bei ihm war alles genauso wie bei Hochwohlgeboren!« sagte er mit einer etwas zitternden Stimme. »Die gleiche Ausrüstung und überhaupt ...«

»Ein Gelegenheitskauf auf dem Markt«, sagte Klapauzius, in dem Bemühen, sein Mißtrauen einzuschläfern. »Aber sagt mir, meine Teuersten, wißt ihr vielleicht, was mit diesem Fremdling geschehen ist?«

»Was aus dem da geworden ist? Nun, wissen tun wir es nicht mehr, Herr. Das heißt, es war so: Einmal, es wird wohl zwei Wochen her sein – stimmt, was, Gevatter Barbaron? Zwei Wochen, mehr nicht?«

»Freilich, Ihr sagt die Wahrheit, die reine Wahrheit, warum nicht? Zwei Wochen werden es sein oder auch vier. Vielleicht auch sechs.«

»Also! Er kam, betrat unser Haus, stärkte sich, ich will nichts sagen: Er hat gezahlt, wie es sich gehört, hat sich bedankt, es läßt sich wirklich nichts sagen, o nein, er hat sich umgeschaut, hat die Dielen beklopft, hat sich nach den Preisen vom vergangenen Jahr erkundigt, hat die Apparate auseinandergenommen, hat von den Zifferblättern etwas emsig abgeschrieben, daß ihm die Hände dabei flatterten, aber sorgfältig, eins nach dem anderen, in ein kleines rotes Buch, das er im Latz hatte, dann nahm er das – wie heißt es doch, Gevatter? Das Ter ... Temper ... ich krieg's nicht ...«

»Das Thermometer, Schulze!«

»Freilich, na klar! Er nahm also das Thermometer und meinte, das wäre gegen die Drachen, und er steckte es hierhin und dorthin, schrieb wieder in seinem Heft, steckte die Apparate in den Sack, hievte den Sack auf den Rücken, verabschiedete sich und ging. Weiter wurde er nicht mehr gesehen. Doch da war noch etwas. In der gleichen Nacht gab es einen Knall und eine Explosion, jedoch in weiter Ferne. Als wäre es hinter dem Mydragower Berg gewesen – das heißt neben der Spitze, mit dem Sperber obenauf, dieser nämlich ist dem Grellius seiner, er heißt so nach unserem wohlgeborenen König, der andere, der von der anderen Seite, der so mehr angelehnt ist, wie eine Hinterbacke an die andere, heißt Pakusta, weil einmal ein ...«

»Berge sind nicht so wichtig«, sagte Klapauzius, »Ihr behauptet also, es hätte in der Nacht einen Knall gegeben. Was war dann?«

»Dann – gar nichts. Als es knallte, zitterte das Haus, daß ich von der Pritsche herunterfiel. Aber ich bin es gewohnt, wenn sich die Drachin nämlich manchmal den Hintern am Haus reibt, dann wird man noch ganz anders durchgeschüttelt; und was der Bruder von Barbaron ist, den hat es in den Wäschekessel geworfen, weil die gerade wuschen, als die Drachin Lust bekam, sich an der Ecke zu kratzen ...«

»Doch zur Sache!« rief Klapauzius. »Es gab einen Knall – Ihr seid auf den Fußboden gefallen – und was weiter?«

»Ich sage doch – gar nichts. Hätte es etwas gegeben, dann könnte man was sagen, aber wenn nichts war, dann gibt es auch nichts, worüber es sich lohnte, den Mund fußlig zu reden. Nicht, Gevatter Barbaron?«

»Klar, so ist die Sache.«

Klapauzius entfernte sich, hierauf zog die Trägerkolonne weiter zum Berg, gebeugt unter der Last, denn der Drachentribut war schwer. Klapauzius vermutete, daß sie ihn in der vom Drachen bestimmten Höhle niederlegen würden, doch er wollte nicht nach den Einzelheiten fragen, denn er schwitzte am ganzen Leibe von diesem Gespräch mit dem Schultheiß und seinem Gevatter. Übrigens hatte er zuvor noch gehört, wie einer der Einheimischen zum anderen sagte, daß der Drache »einen solchen Ort gewählt habe, wo er es nicht weit und auch wir es nicht weit haben –«.

Er schritt auf dem Weg dahin, den er nach den Messungen des Drakoindikators wählte, welches Gerät er sich um den Hals gehängt hatte, auch den Zähler vergaß er nicht, doch der zeigte ununterbrochen Null und acht Zehntel Drachen an.

»Das muß ein sehr diskreter Drache sein, weiß der Teufel!« dachte Klapauzius, während er so marschierte, und alle Augenblicke blieb er stehen, denn die Strahlen der Sonne brannten entsetzlich, und in der Luft war eine Hitze, daß es über den erwärmten Felsen nur so zitterte, ringsum war nicht ein einziges Blättchen Vegetation zu sehen, nur rissiger trockener Schlamm in den Felsspalten und glühende Geröllhaufen, die sich bis zu den majestätischen Gipfeln erstreckten.

Eine Stunde verging, die Sonne neigte sich bereits auf die andere Seite des Himmels, und er schritt noch immer über Kiesfelder, über Felsspalten, bis er sich schließlich im Land der engen Hohlwege und Spalten voller Finsternis befand. Der rote Pfeil kroch bis zur Neun unter der Eins und erstarrte zitternd.

Klapauzius legte den Rucksack auf den Felsen und war gerade dabei, den Entdrakonisator herauszunehmen, als der Zeiger lebhaft zu schwanken begann. Er packte deshalb den Wahrscheinlichkeitsreduktor und musterte scharfen Auges die Umgebung. Er befand sich auf einem Felsrücken und konnte in die Tiefe des Hohlwegs hineinschauen, in dem sich etwas bewegte.

»Potzblitz, da ist sie!« durchfuhr es ihn. Die Jechide war nämlich weiblichen Geschlechts.

Ihm kam der Gedanke, daß sie sich vielleicht aus diesem Grunde keine Jungfrauen wünsche. Früher jedoch hatte sie sie gern genommen. »Merkwürdig, sehr merkwürdig, aber jetzt ist Treffgenauigkeit die Hauptsache, dann wird alles noch gut!« überlegte er und langte für alle Fälle noch einmal in den Rucksack nach dem Drakodestruktor, dessen Kolben die Drachen ins Nichtsein befördert hatten. Er beugte sich hinter einem Felsen vor. Auf dem Grunde des engen Talkessels kroch eine Drachin riesigen Ausmaßes in einem trockenen Flußbett, dunkelgrau, mit eingefallenen Flanken, als hätte sie großen Hunger gelitten. Chaotische Gedanken jagten einander in Klapauzius' Hirn. Konnte er sie annihilieren, indem er das Vorzeichen der Drachenmatrix von positiv in negativ änderte, wodurch die statistische Wahrscheinlichkeit des Nichtdrachens Oberhand über den Drachen bekommen hätte? Doch wie riskant war es, zog man in Betracht, daß schon eine winzige Oszillation eine Änderung verursachen konnte, deren Folgen katastrophal wären, denn schon manchem war in solcher Bestrahlung an Stelle eines Nichtdrachens ein Nichtlachen der Lohn, und wie soll auch von einem einzigen oder auch von zwei Buchstaben soviel abhängen! Übrigens würde eine totale Deprobabilisierung eine Untersuchung der Natur der Jechide unmöglich machen. So zögerte er und sah in Gedanken schon das reizvolle Bild der gewaltigen Drachenhaut in seinem Arbeitszimmer, zwischen dem Fenster und dem Bücherschrank; doch es war jetzt nicht die Zeit, sich Träumereien hinzugeben, obwohl sich ihm nun eine weitere Möglichkeit aufdrängte, als er niederkniete: dieses Exemplar mit so eigenartigem Geschmack an einen Drachenzoo abzutreten! Er hatte sogar noch Zeit für den Gedanken, welche wissenschaftliche Arbeit er, gestützt auf ein gut erhaltenes Exemplar, nebenbei schreiben könnte, er nahm also die Flinte mit dem Reduktor aus der rechten Hand in die linke, packte mit der rechten die mit dem Antikopf geladene Donnerbüchse, zielte sorgfältig und drückte ab.

Es krachte mordsmäßig. Ein perlgraues Rauchwölkchen ringelte sich um den Lauf und um Klapauzius, so daß er das Ungeheuer für einen Moment aus den Augen verlor. Aber gleich verzog sich der Rauch wieder.

Die alten Mären berichten eine Unmenge unwahrer Dinge über die Drachen. So heißt es zum Beispiel darin, die Drachen besäßen sieben Köpfe. So ist es nie. Ein Drache kann nur einen Kopf haben, denn zwei würden sogleich zu heftigen Streitigkeiten und Zänkereien führen; deshalb auch sind die Vielköpfer, wie die Gelehrten sie nennen, infolge innerer Zwistigkeiten ausgestorben. Von Natur aus hartnäckig und stumpfsinnig, vertragen diese Monstren nicht den geringsten Widerspruch, also führen zwei Köpfe an einem Körper zum schnellen Tode, denn jeder verweigert, um dem anderen zuwiderzuhandeln, die Nahrungsaufnahme und hält böswilligerweise sogar den Atem an – mit sattsam bekanntem Erfolg. Ebendieses Phänomen hatte sich Euphorius Rührselig, der Erfinder der Antikopfbüchse, zunutze gemacht. Man schießt dem Drachen ein kleines handliches Elektronenköpfchen in den Leib, und es kommt im Nu zu Hader und Skandalen, und als Folge davon bleibt der Drache wie gelähmt, völlig erstarrt, einen Tag, eine Woche, manchmal einen Monat auf einer Stelle; es kommt vor, daß ihn die Erschöpfung erst nach einem Jahr bezwingt. In dieser Zeit kann man mit ihm anstellen, wozu es einen gerade gelüstet.

Jedoch der Drache, den Klapauzius angeschossen hatte, verhielt sich zumindest sonderbar. Er stellte sich zwar auf die Hinterbeine mit einem Gebrüll, von dem Steinlawinen über die Hänge rollten, er schlug auch mit dem Schwanz gegen die Felsen, bis der Geruch der entfachten Funken den ganzen Talkessel ausgefüllt hatte, dann kratzte er sich aber am Ohr, räusperte sich und ging weiter, als wäre nichts gewesen, er beschleunigte lediglich ein wenig seine Gangart, so daß er nun trabte. Klapauzius traute seinen Augen nicht, er jagte ihm über den Felsgrat nach und verkürzte sich so den Weg zum Ausgang des ausgetrockneten Flußbetts, denn nun schwebten ihm nicht nur eine kleine wissenschaftliche Arbeit vor oder ein, zwei Artikel im »Drachenalmanach«, sondern zumindest eine Monographie auf Kreidepapier mit einem Abbild des Drachen und dem des Autors!

An der Biegung kauerte er sich hinter dem Felsen nieder, legte den Unwahrscheinlichkeitswerfer an, zielte und betätigte die Depossibilitatoren. Der Kolben zitterte ihm in der Hand, die erwärmte Waffe umgab sich mit einem Schleier, den Drachen umringte ein Halo, wie den Mond, wenn sich schlechtes Wetter ankündigt, doch er löste sich nicht auf! Erneut machte Klapauzius den Drachen ganz und gar unwahrscheinlich; die Intensität der Impossibilität wuchs dermaßen an, daß ein vorbeifliegender Schmetterling mit dem Morsealphabet das zweite »Dschungelbuch« zu senden begann, inmitten der Felsumrisse tauchten Schatten von Wahrsagerinnen, Hexen und Wurzelweibchen auf, und das vernehmliche Echo galoppierender Hufe kündigte an, daß irgendwo Zentauren hinter dem Drachen einherjagten, die die horrende Spannung des Werfers aus der Unmöglichkeit beschworen hatte. Der Drache jedoch tat, als wäre nichts geschehen, kauerte sich schwerfällig hin, gähnte und begann, vergnügt die hängende Wamme mit den Hinterpranken zu kratzen.

Die glühende Waffe brannte bereits Klapauzius' Finger; er drückte verzweifelt auf den Abzugshahn, denn er hatte bisher noch nie derartiges erlebt – die kleineren Steine in der Nähe erhoben sich langsam in die Lüfte, der Staub aber, den der sich kratzende Drache unter seinem Hinterteil emporwühlte, ordnete sich, anstatt in völligem Chaos niederzugehen, in der Luft in die gut lesbaren Schriftzeichen *Doktor, stehe ihnen zu Diensten.* Es war dunkel geworden, denn aus dem Tag wurde Nacht, und ein paar Kalkfelsen brachen zu einem Spaziergang auf, unterhielten sich leise über dies und jenes, mit einem Wort, es geschahen wahre Wunder, das scheußliche Vieh jedoch, das kaum dreißig Schritt von Klapauzius entfernt ruhte, dachte nicht im geringsten daran zu verschwinden. Klapauzius ließ den Werfer fahren und griff in den Brustlatz, holte eine Antidrachengranate hervor und schleuderte sie, seine Seele der Matrix allspinoraler Umwandlungen anvertrauend, nach vorn. Es donnerte, mit den Felsbrocken flog auch der Schwanz des Drachen in die Luft, welch letzterer mit unverfälscht menschlicher Stimme »Hilfe« rief und davonstiebte, geradewegs auf Klapauzius zu. Dieser sprang, als er den unausweichlichen Tod nahen sah, aus seinem Versteck hervor und hielt die kurze Antimateriearmbrust fest umklammert. Er holte aus, doch erneut ließ sich ein Schreien vernehmen: »Hör auf! Hör auf! Schlag mich nicht tot!«

»Was, ein redender Drache?« überlegte Klapauzius.

»Das kann nicht sein, ich muß wahnsinnig geworden sein ...«
Jedoch er fragte: »Wer spricht? Bist du's, Drache?«

»Was für ein Drache? Ich bin's!«
Und tatsächlich tauchte Trurl aus der zerfließenden Staub-

wolke empor; er faßte den Hals des Drachen an, hantierte daran, und der Riese fiel sacht auf die Knie und erstarb mit lang anhaltendem Klirren.

»Was soll diese Maskerade? Was hat das zu bedeuten? Woher der Drache? Was hast du in ihm gemacht?« Klapauzius' Fragen prasselten auf Trurl nieder, der seine vollgestaubte Kleidung säuberte und sich seines Freundes zu erwehren versuchte.

»Aber woher, wie denn, wo, was … Laß mich doch zu Wort kommen! Ich habe einen Drachen vernichtet, der König verweigerte mir aber den Lohn dafür …«

»Weshalb?«

»Sicherlich aus Geiz, ich weiß es nicht. Er wälzte das auf die Bürokratie ab, es müsse erst das Gutachtenprotokoll einer Kommission vorliegen, mit Messungen und mit einer Sektion, der Thronbetriebsrat müsse zusammentreten, dies und das, der Hauptschatzmeister habe geäußert, man könne sich nicht einigen, wie die Auszahlung vorzunehmen sei, denn sie falle weder in den Bereich des Lohnfonds noch in den des Allgemeinfonds, mit einem Wort, obwohl ich ihn bat und drängte, obwohl ich zur Kasse und zum König ging, beim Thronrat antichambrierte, es wollte mich niemand anhören; und als sie mir schließlich empfahlen, meinen Lebenslauf mit Paßbildern einzureichen – da ging ich eben, doch der Drache befand sich bereits in einem nicht mehr umkehrbaren Zustand. Ich zog ihm die Haut ab, schnitt einige Armvoll Haselnußruten, dann fand sich noch ein alter Telegraphenmast, und mehr war nicht nötig, ich stopfte ihn aus, na, und dann – dann spielte ich eben etwas vor …«

»Unmöglich! Solltest du zu einer so schändlichen Methode Zuflucht genommen haben? Du? Warum, um Himmels willen, wenn sie dich nicht bezahlten? Ich begreife überhaupt nichts mehr.«

»Ach, dumm bist du!« Trurl zuckte herablassend mit den Schultern. »Sie zollen mir ja unablässig Tribut! Ich habe schon mehr erhalten, als ich verlangen durfte.«

»So ist das!!!« Eine Erleuchtung kam über Klapauzius. Aber gleich fügte er hinzu: »Es ist ungehörig, durch Zwang …«

»Wieso ungehörig? Habe ich denn etwas Böses getan? Ich bin in den Bergen herumspaziert, und abends habe ich etwas geheult.

Ich war schrecklich echauffiert ...«, fügte er hinzu und setzte sich neben Klapauzius.

»Wodurch eigentlich? Vom Heulen?«

»Nein, wieso das? Kannst du wirklich nicht eins und eins zusammenzählen? Was denn für Heulen? Jede Nacht bin ich gezwungen, Säcke mit Gold aus der verabredeten Höhle nach oben zu schaffen, schau nur dorthin!« Er deutete mit der Hand auf einen entfernten Bergrücken. »Dort habe ich mir einen kleinen Startplatz vorbereitet. Wenn du solche Zwanzigpudlasten von früh bis spät schleppen müßtest, würdest du schon sehen! Dieser Drache ist ja gar kein Drache, allein die Haut wiegt an die drei Tonnen, ich muß sie schleppen, muß brüllen, muß stampfen – das am Tag, und nachts diese Plackerei. Ich freue mich, daß du gekommen bist. Ich hatte es wirklich schon satt ...«

»Aber warum eigentlich ist dieser Drache – das heißt diese scheußliche Larve – nicht verschwunden, als ich die Wahrscheinlichkeit bis auf Wunder herabminderte?« wollte Klapauzius wissen.

Trurl räusperte sich, als wenn er verwirrt wäre.

»Das ist meiner Umsicht zu verdanken«, erläuterte er. »Schließlich hätte hier irgend so ein dummer Jäger auftauchen können, meinetwegen der Basilius, also habe ich unter der Haut antiprobabilistische Schirme angebracht. Und jetzt komm, da sind noch ein paar Säcke Platin übriggeblieben – es ist das Schwerste von allem, ich wollte es nicht allein tragen. Es trifft sich wunderbar, du wirst mir helfen ...«

Aus dem Polnischen von Caesar Rymarowicz

Die vierte Reise
oder Wie Trurl ein Femmefatalotron baute,
um Prinz Bellamor von Liebesqualen zu erlösen,
und wie es danach zum Babybombardement kam

Eines schönen Tages, im ersten Morgengrauen, als Trurl noch
im tiefsten Schlummer lag, klopfte jemand so heftig gegen seine
Tür, als wolle er sie mit bloßen Fäusten aus den Angeln sprengen. Trurl schob den Riegel zurück, rieb sich den Schlaf aus den
Augen und erblickte vor dem Hintergrund des fahlen Himmels
ein gewaltiges Raumschiff. Es glich einem riesigen Zuckerhut
oder einer fliegenden Pyramide. Aus dem Innern dieses Kolosses,
der direkt gegenüber seinem Schlafzimmer gelandet war, trotte-
ten lange Reihen schwer beladener Raumkamele, während pech-
schwarze, in Burnus und Turban gekleidete Roboter vor der
Schwelle des Hauses zentnerschwere Lasten abluden; das ging so
rasch, daß Trurl, ehe er sichs versah, durch zwei hohe Mauern
prallgefüllter Säcke eingeschlossen war. Nur eine schmale Gasse
blieb frei, und durch eben diese näherte sich ein Elektritter von
bemerkenswerter Gestalt. Seine Diamantenaugen funkelten wie
Sterne, er hatte die blitzenden Radarantennen keck nach oben
gezwirbelt und den brillantenbesetzten Hermelinpelz lässig über
die Schulter geworfen. Diese imposante Persönlichkeit zog ihren
gepanzerten Hut und fragte mit volltönender, jedoch samtweicher
Stimme:
»Habe ich die Ehre mit Seiner Durchlaucht Trurl, dem hoch-
wohlgeborenen und weisen Konstrukteur?«
»Ja natürlich, das bin ich ... möchten Sie nicht nähertreten ...
ich konnte ja nicht wissen, das heißt, ich schlief sozusagen ...«,
stotterte Trurl in schrecklicher Verwirrung und schlüpfte hastig in
seinen Morgenmantel, denn ihm wurde in diesem Augenblick bewußt, daß er nichts als ein Nachthemd anhatte, und auch das war
nicht das allersauberste.
Der prächtige Elektritter schien die unübersehbaren Mängel
in Trurls Aufzug gar nicht wahrzunehmen. Er zog nochmals den
Hut, der über seinem erhabenen Haupt metallisch zu vibrieren
begann, und betrat voller Anmut und Grazie das Wohnzimmer.

Trurl entschuldigte sich für einen Moment, lief nach oben, erledigte seine Morgentoilette in ungebührlicher Hast, machte auf dem Absatz kehrt und rannte die Stiegen hinunter. Draußen wurde es inzwischen hell, und bald erglänzten die ersten Strahlen der Morgensonne in den Turbanen der Negroboter, die das alte, sehnsuchtsvolle und schwermütige Sklavenlied »In Freiheit geboren« anstimmten, als sie sich in Viererreihen rund um das Haus und das pyramidale Raumschiff aufstellten. Trurl beobachtete all das durchs Fenster und nahm dann gegenüber seinem Gast Platz, der ihm einen strahlenden Blick aus seinen Diamantenaugen zuwarf und sich mit folgenden Worten vernehmen ließ:

»Der Planet, von dem ich zu Euer Konstrukteurlichen Gnaden komme, steckt derzeit noch tief im finsteren Mittelalter, und daher müssen mir Exzellenz schon vergeben, wenn ich Euch derart inkommodiert habe, als ich zur Unzeit bei Euch landete; aber Ihr müßt verstehen, an Bord hatten wir keinerlei Möglichkeit vorherzusehen, daß an jenem *punctum* des Planeten, wo Euer Domizil sich zu befinden geruht, noch die Nacht ihre unumschränkte Herrschaft ausübt und den Strahlen der Sonne den Einlaß verwehrt.«

Hier räusperte er sich mit einem derart lieblichen Klang, als spiele jemand auf einer Glasharfe, und fuhr fort:

»Mich schickt zu Euer Durchlaucht mein Herr und Gebieter, Seine Königliche Hoheit Protuberon Asteristicus, souveräner Herrscher über die Zwillingsplaneten Aphelion und Perihelion, erblicher Monarch von Aneuria, Kaiser aller Monözier, Bigamesen und Tripartisanen, Großfürst von Bammerjarbirien, Eburzidien, Klappedozien und Tragantortinum, Herzog von Euskalypien, Transfiorien und Fortransminien, Pfalzgraf von Pappen und Schlappen mit achtfach goldgezacktem Wappen, Baron von Schweinichendorff, Urerznörgelingen und Blankenscheuerstein sowie Freiherr auf Metera, Hetera und Caetera, um Euer Durchlaucht in Seinem Allergnädigsten Namen in unser Königreich zu bitten, als langersehnten Retter der Krone, als den einzigen, der uns von der allgemeinen Trübsal zu befreien vermag, so ihre Ursach darin findet, daß Seine Königliche Hoheit, Kronprinz Bellamor, in unglücklicher Liebe entbrannt sind.«

»Aber ich bin doch nicht...«, begann Trurl hastig, jedoch der

Würdenträger bedeutete ihm durch eine knappe Handbewegung, daß er noch nicht geendet habe, und fuhr mit metallisch vibrierender Stimme fort:

»So Euer Hochwohlgeboren mir gnädigst Gehör schenken und Sukkurs bieten wollen bei der Bekämpfung des Unglücks, das unser Land heimgesucht und die Staatsraison ins Wanken gebracht hat, beteuert, gelobt und schwört Seine Majestät Protuberon Asteristicus hiermit feierlich durch meinen Mund, dero Konstrukteurlichen Gnaden mit solchen Gunstbeweisen zu überschütten, daß Euer Erlaucht sie niemals bis zur Neige auskosten, sondern bis ans Ende Eurer Tage im Überflusse leben werden. Und dero Avancement vorwegnehmend, sozusagen als Vorschuß, ernenne ich Euer Gnaden hiermit« – der Magnat erhob sich, zog sein Schwert und sprach weiter, wobei er jedem seiner Worte durch einen Schlag mit der flachen Klinge Nachdruck verlieh, bis Trurl die Schultern weh taten – »zum souveränen Fürsten von Nerodrachien, Abominatien, Scheußliechtenstein und Lustigurien, zum Erbgrafen von Schund und zu Moribund, Freiherrn von Braselupien, Kondolenzien und Kratalaxien wie auch zum Marquis von Holter und Polter, zum außerordentlichen Gouverneur von Flundrien und Plundrien, zum Kapitularvikar der Unbehausten Mendikanten und zum Großalmosenier des Fürstentums Pythien, Mythien und Tanderadythien, nebst allen damit verbundenen materiellen und immateriellen Privilegien, darunter dem Recht auf einundzwanzig Schuß Salut, wann immer sich Euer Gnaden am Morgen erheben oder am Abend zur Ruhe begeben, einschließlich einer Fanfare nach jedem Mittagsmahl sowie dem Infinitesimalkreuz I. Klasse mit Schärpe und Bruststern in multilinearer, multivalenter und multilateraler Dekoration, geschnitzt, gemeißelt und geprägt in Ebenholz, Schiefer und Gold. Zum Beweis seiner Huld schickt dir mein Herr und Gebieter jene Kleinigkeiten dort, die rund um dein Domizil zu plazieren ich mir die Freiheit genommen habe.«

Tatsächlich türmten sich die Säcke schon zu solcher Höhe, daß kaum noch Tageslicht ins Zimmer drang. Der Magnat verstummte, verharrte jedoch in Rednerpose mit weit ausgestreckter Hand. Trurl nutzte die eintretende Pause und sagte:

»Ich bin Seiner Königlichen Hoheit Protuberon zu tiefstem

Dank verpflichtet, doch Herzensangelegenheiten, wissen Sie, sind eigentlich nicht mein Spezialgebiet. Andererseits ...«, fügte er hinzu, da er sich unter dem blendenden Diamantenblick des Magnaten zusehends unbehaglicher fühlte, »wenn Sie mir vielleicht erklären würden, worum es geht ...« Der Magnat nickte.

»Das ist leicht getan, Euer Konstrukteurliche Gnaden. Der Thronfolger ist in heißer Liebe zu Amarynda Kybernella entbrannt, der einzigen Tochter des Herrschers von Aubrarien, unserem Nachbarland. Indes sind unsere beiden Reiche durch eine Erbfeindschaft entzweit, und als unser gnädiger Herr den unablässigen Bitten des Kronprinzen endlich nachgab und den Kaiser um die Hand seiner Tochter bat, da hieß die Antwort kategorisch Nein. Seitdem sind ein Jahr und sechs Tage vergangen, der Thronfolger welkt vor unseren Augen dahin, und es gibt kein Mittel, vermöge dessen er wieder zur Vernunft gebracht werden könnte. So ruhen denn all unsere Hoffnungen allein auf Euer Durchlauchtigsten Lumineszenz!«

Hier verneigte sich der stolze Magnat. Trurl räusperte sich, warf einen langen Blick auf die Reihen der Krieger vor seinem Haus und sprach mit stockender Stimme:

»Ich weiß wirklich nicht, auf welche Weise ich von Nutzen ... andererseits ... da es der König nun einmal wünscht ... bin ich natürlich ...«

»Ausgezeichnet!« rief der Magnat und klatschte in die Hände, daß es nur so dröhnte. Sogleich stürmten, schwarz wie die Nacht, zwölf Kürassiere mit klirrender Rüstung ins Haus, packten den Konstrukteur und trugen ihn auf ihren Schultern ins Raumschiff, das einundzwanzig Schuß Salut abfeuerte, die Anker lichtete und mit majestätisch wehender Flagge bald den offenen Himmel gewann.

Unterwegs machte der Magnat, der des Königs Seneschall und Artefaktotum war, Trurl mit den romantischen und dramatischen Begleitumständen der unglücklichen Liebe des Kronprinzen bekannt. Gleich nach der Ankunft, nach feierlichen Begrüßungsansprachen und einer Konfetti-Parade durch die Straßen der Hauptstadt, inmitten einer unübersehbaren, fähnchenschwenkenden Robotermenge, machte sich der Konstrukteur ans Werk. Zum Arbeitsplatz wählte er sich den Königlichen Park, und innerhalb von drei Wochen hatte er den dort befindlichen Tempel der Kontemplation in eine seltsame Konstruktion aus Metall, endlosen Kabeln und flackernden Bildschirmen verwandelt. Wie er dem König erklärte, handelte es sich dabei um ein Femmefatalotron, eine erotisierende Apparatur mit stochastischer, orgiastischer und elastischer Wirkung sowie jeder Menge Feedback. Wer ins Innere der Maschine gelangte, versank sogleich in einem Meer zärtlichen Geflüsters, sanfter Liebkosungen und leidenschaftlicher Küsse, kurz, er spürte den ganzen Charme, Liebreiz und Zauber des schöneren Geschlechts im Kosmos auf einmal. Das Femmefatalotron, das aus dem ehemaligen Tempel der Kontemplation entstanden war, besaß eine Kapazität von vierzig Megamor, wobei die effektive Maximalleistung im Spektrum siedender Wollust sechsundneunzig Prozent erreichte, die Leidenschaftsemission hingegen – wie üblich gemessen in Kilardor – lag bei sechs Einheiten pro ferngesteuertem Kuß. Zur Ausrüstung des Femmefatalotrons gehörten ferner reversible Glutdämpfer, omnidirektionale Kohabitationsverstärker und natürlich ein Coup-de-foudre-Automat, denn in dieser Hinsicht stand Trurl ganz auf dem Standpunkt von Dr. Aphrodontus, dem berühmten Entdecker der Okulo-Oskular-Gefühlstheorie.

Selbstverständlich verfügte die phantastische Konstruktion über jede Menge Zusatzgeräte, wie stark stimulierende Hochfrequenzerreger, stufenlose Gefühlskupplungen, ekstatische Überdruckventile sowie einen ganzen Komplex von Schmusensoren und Koselektroden. In einer speziellen Glaskuppel außerhalb der Maschine waren Meßinstrumente mit riesigen Zeigern installiert, anhand deren man den Verlauf des Prozesses genau verfolgen konnte, der den Prinzen bezaubern und von der Liebe zu Amarynda heilen sollte. Nach den statistischen Analysen lieferte das Femmefatalotron in achtundneunzig von einhundert Fällen amouröser Superfixierung konstant positive Ergebnisse. Damit standen die Chancen zur Rettung des Kronprinzen ausgezeichnet.

Vierzig ehrwürdige Peers des Reiches brauchten mehr als vier Stunden, um den Kronprinzen durch den Park zum Tempel der Kontemplation zu schleifen, wobei sie ihre feste Entschlossenheit mit dem schuldigen Respekt vor Seiner Königlichen

Person in Einklang zu bringen hatten, denn der Prinz, der absolut nicht von Amaryndas Zauber erlöst werden wollte, sträubte sich mit Händen und Füßen und versetzte seinen getreuen Höflingen mehr Schläge und Tritte, als ihnen lieb sein konnte. Als man Seine Hoheit schließlich unter Zuhilfenahme zahlloser Federkissen in die Maschine gestoßen und die Luke hinter ihm geschlossen hatte, drückte Trurl nicht frei von bösen Ahnungen auf den Einschaltknopf, und die monotone Stimme des Computers begann mit dem Countdown: »Fünf, vier, drei, zwei, eins, Zero, Start!« Die unter megamorischem Volldampf stehenden Synchroerotoren leiteten mit mächtigem Stampfen und Stoßen die Offensive gegen die so tragisch fehlgeleiteten Gefühle des Kronprinzen ein. Nach einer knappen Stunde warf Trurl einen Blick auf die Meßinstrumente; ihre Zeiger zitterten unter höchster erotischer Spannung, zeigten aber keinen wesentlichen Ausschlag. Ernste Zweifel am Erfolg der Behandlung begannen ihn zu plagen, jetzt aber war nichts mehr zu machen, er konnte nur noch die Hände in den Schoß legen und geduldig abwarten. Er kontrollierte noch einmal, ob die Gigaküsse auf ihrem vorgesehenen Platz landeten und im richtigen Winkel auftrafen und ob die BHochfrequenzerreger und stufenlosen Gefühlskupplungen nicht zu scharf eingestellt waren und damit in den kritischen Grenzbereich gerieten, denn schließlich ging es ihm nicht darum, daß sich der Patient erneut verliebte, das Objekt seiner Gefühle verlagerte und nun die Maschine statt Amarynda anbetete; er sollte vielmehr gründlich von der Liebe geheilt werden. Schließlich wurde die Luke unter feierlichem Schweigen geöffnet. Aus dem in rotes Licht getauchten und von einer Wolke süßesten Parfüms geschwängerten Innenraum, dessen Boden mit einem Teppich aus zerquetschten Rosenblättern bedeckt war, stolperte der Prinz – und fiel sogleich in Ohnmacht, betäubt durch diese schreckliche Konzentration von Leidenschaft ... Seine treuen Diener stürzten herbei, und als sie seine kraftlosen Glieder aufrichteten, da hörten sie, wie sich den bleichen Lippen des Prinzen kaum hörbar ein einziges Wort entrang: Amarynda! Trurl unterdrückte mühsam einen Fluch, denn er sah ein, daß alles umsonst gewesen war, weil sich die wahnsinnige Liebe des Prinzen im entscheidenden Moment als stärker erwiesen hatte als all die Kilamor und Megardor, die das Femmefatalotron zu bieten hatte. Das Liebesthermometer, das dem Bewußtlosen gegen die Stirn gepreßt wurde, kletterte mit einem Schlag auf einhundertundsieben Teilstriche, dann zerbrach das Glas, das Quecksilber quoll hervor und bebte immer noch, als hätte sich auch ihm die ganze Glut brodelnder Leidenschaft mitgeteilt. Der erste Versuch endete somit in einem totalen Fiasko.

Trurl kehrte düsterster Stimmung in seine Gemächer zurück, und wäre ein heimlicher Lauscher bei ihm gewesen, so hätte er hören können, wie der Konstrukteur ruhelos von Wand zu Wand marschierte und verzweifelt nach einer Lösung suchte. In der Zwischenzeit gab es im Park einen entsetzlichen Lärm: Ein paar Maurer, die dort Reparaturarbeiten erledigen sollten, waren aus purer Neugier ins Femmefatalotron geklettert und hatten es zufällig in Gang gesetzt. Es war notwendig, die Feuerwehr zu alarmieren, denn sie entsprangen so entflammt aus dem ehemaligen Tempel der Kontemplation, daß sie in Rauchwolken gehüllt waren.

Als nächstes versuchte es Trurl mit einem Komplex, der aus einem integralen wie selektiven Desillusionator und aus einem sensorgesteuerten Alienatorium bestand, aber um es gleich vorwegzunehmen, auch dieser neue Anlauf endete mit einer Pleite. Der Prinz war um kein Jota weniger in Amarynda verliebt, im Gegenteil, er liebte sie heißer und inniger als je zuvor. Und wieder legte Trurl bei seinem ruhelosen Marsch durchs Zimmer viele Meilen zurück und brütete bis spät in die Nacht über Fachbüchern, bis er sie schließlich wütend gegen die Wand warf. Am nächsten Morgen bat er den Seneschall um eine Audienz beim König. Bei Seiner Majestät vorgelassen, sprach er folgende Worte:

»Königliche Hoheit und Allergnädigster Herrscher! Die den Liebeszauber aufhebenden Systeme, die ich bei Eurem Sohn anwendete, sind die stärksten, die es im Universum gibt. Lebendig wird sich der Thronfolger nicht entzaubern lassen, das ist die Wahrheit, die ich Euer Majestät schuldig bin.«

Der König schwieg, niedergeschlagen durch diese Nachricht, Trurl aber fuhr fort:

»Selbstverständlich könnte ich ihn hinters Licht führen, indem ich einfach aus den mir zugänglichen Parametern eine Amarynda synthetisiere, doch früher oder später würde er mir auf die Schliche kommen, wenn ihm nämlich Nachrichten über das Schicksal der echten Amarynda zu Ohren kämen. Daher bleibt nur ein einziger Ausweg: Der Prinz muß die Tochter des Kaisers heiraten!«

»Wo denkt Ihr hin, Fremder?! Eben da liegt doch der Hase im Pfeffer, daß sie der Kaiser meinem Sohn niemals geben wird!«

»Und wenn er besiegt wäre? Wenn er um Frieden bitten und um Gnade flehen müßte?«

»Nun, dann ganz gewiß, aber willst du wirklich, daß ich zwei große Reiche in einen blutigen Krieg stürze, noch dazu mit ungewissem Ausgang, nur um für meinen Sohn die Hand der Kaisertochter zu gewinnen? Nein, das kann nicht sein.«

»Ich habe von Eurer Königlichen Majestät keine andere Entscheidung erwartet«, sagte Trurl gleichmütig. »Es gibt jedoch Kriege und Kriege, und der, den ich im Sinne habe, wird gänzlich ohne Blutvergießen abgehen. Wir werden das Reich des Kaisers nämlich nicht mit Waffengewalt angreifen. Auch werden wir keinem einzigen seiner Untertanen das Leben nehmen, sondern *ganz im Gegenteil!*«

»Was soll das heißen? Was meinen Euer Liebden?« rief der König erstaunt.

Als Trurl dem König seinen geheimen Plan ins Ohr flüsterte, da hellte sich die düstere Miene des Monarchen zusehends auf, und er sagte:

»So gehe hin, Fremdling, und führe aus, was du ersonnen hast, und mögen dir die Himmel dabei gnädig sein!«

Gleich am nächsten Morgen machten sich die Königlichen Eisengießereien und Werkstätten gemäß Trurls Plänen an die Konstruktion einer großen Zahl überaus mächtiger Kanonen, deren Verwendungszweck gänzlich unbekannt war. Sie wurden auf, dem ganzen Planeten verteilt und als Verteidigungsanlagen getarnt, so daß niemand mißtrauisch wurde. In der Zwischenzeit saß Trurl Tag und Nacht im Königlichen Laboratorium für Kybergenetik und überwachte geheimnisvolle Kessel, in denen ein mysteriöses Gebräu von Präparaten zischte und brodelte. Ein Spion an Ort und Stelle hätte nicht mehr entdecken können, als daß hinter den mit vier Eisenriegeln versperrten Türen zu den Laborräumen hin und wieder ein vielstimmiges Weinen und Wimmern zu hören war und daß Assistenten und Doktoranden mit Stapeln von Windeln im Arm hektisch hin- und herliefen.

Das Bombardement begann eine Woche später, um Mitternacht. Von erfahrenen Soldaten geladen und ausgerichtet, zielten die Kanonen alle auf den weißen Planeten das Kaiserreichs – dann feuerten sie, doch aus ihren Rohren zischten keine todbringenden, sondern lebenspendende Geschosse. Denn Trurl hatte die Kanonen mit neugeborenen Babys geladen, die nun in greinenden und sabbernden Myriaden auf den Feind hernniederregneten, rasch heranwuchsen, über Stock und Stein krabbelten und überall ihre feuchten und klebrigen Spuren hinterließen; es waren so viele, daß die Luft unter ihrem ohrenbetäubenden »mama«, »dada«, »bäbä« und »didi« erzitterte und Trommelfelle reihenweise platzten. Die Babyflut hielt an, bis der Wirtschaft des Kaiserreichs der Kollaps drohte und den Untertanen die Furcht vor der nahen Katastrophe im Gesicht geschrieben stand; und immer noch fielen vergnügt kichernd und mit flatternden Windeln pausbäckige Knirpse, Püppchen, Tolpatsche und Wichte vom Himmel. Der Kaiser war gezwungen, bei König Protuberon um Gnade zu bitten, und dieser versprach, den Feindseligkeiten unter der Bedingung ein Ende zu bereiten, daß seinem Sohn die Hand Amaryndas nicht länger verweigert werde, wozu sich der Kaiser schleunigst bereit fand. Daraufhin wurden die Baby-Kanonen alle sorgfältigst vernagelt, das Femmefatalotron aber demontierte Trurl, um jedes Risiko zu vermeiden, eigenhändig. Später als Trauzeuge bei der rauschenden Hochzeitsfeier dirigierte er im diamantenübersäten Festgewand mit dem Marschallsstab in der Hand die fröhlichen Trinksprüche, die auf das junge Paar ausgebracht wurden. Danach belud er sein Raumschiff mit den Diplomen, Lehnsurkunden und Auszeichnungen, die ihm Kaiser und König verliehen hatten, und kehrte ruhmgesättigt in die Heimat zurück.

Aus dem Polnischen von Jens Reuter

Die fünfte Reise
oder Die Possen des Königs Balerion

Nicht durch Grausamkeit machte Balerion, Herrscher der Kymbronen, seinen Untertanen das Leben schwer, sondern durch seine Vorliebe für munteren Zeitvertreib. Und es waren wiederum nicht wilde Gelage oder nächtliche Orgien, die dem König am Herzen lagen, sondern Spiele der unschuldigsten Art: Sackhüpfen, Hinke-Pinke oder Murmelspiel von Mitternacht bis in die frühen Morgen, ferner Bockspringen und Messerwerfen, mehr als alles andere aber liebte er das Versteckspiel. Wann immer eine wichtige Entscheidung getroffen, ein Dekret von staatspolitischer Bedeutung unterzeichnet, interstellare Gesandte empfangen oder dem Feldmarschall eine Audienz gewährt werden mußte, pflegte sich der König zu verstecken und erteilte allen Höflingen unter Androhung grausamster Strafen den Befehl, nach ihm zu suchen. Bei solchem Anlaß rannte der gesamte Thronrat kreuz und quer durch den Palast, watete durch den Schloßgraben, schaute unter die Zugbrücke, durchkämmte sämtliche Türme und Zinnen, klopfte die Wände ab und stellte den Thron auf den Kopf; oftmals dauerten diese Suchaktionen sehr, sehr lange, denn der Monarch dachte sich immer neue Verstecke aus. Einmal konnte ein schrecklich wichtiger Krieg nur deshalb nicht erklärt werden, weil der König, geschmückt mit Glasflitter und Kristallgehängen, drei Tage unter der Decke des Prunksaals hing und von jedermann für einen Kronleuchter gehalten wurde, während er sich beim Anblick der verzweifelt hin und her rennenden Höflinge ins Fäustchen lachte. Wer den Monarchen fand, erhielt sogleich den Ehrentitel eines Königlichen Entdeckers – es gab bereits siebenhundertsechsunddreißig Würdenträger dieser Art. Wer aber die besondere Gunst des Königs gewinnen wollte, der mußte ihm die Zeit mit einem neuen Spiel vertreiben, das Balerion noch nicht kannte. Und das war alles andere als einfach, denn der Monarch war äußerst versiert auf diesem Gebiet; er kannte all die alten Spiele, wie Gerade-oder-ungerade, er kannte aber auch die neuesten, wie Elektronenkreiseln, ja von Zeit zu Zeit sagte er, alles sei nur ein Spiel, sowohl sein königliches Regiment als auch die ganze weite Welt.

Diese unbesonnenen und leichtfertigen Worte empörten die ehrwürdigen Mitglieder des Thronrats, besonders aber den dienstältesten Minister Papagaster aus dem uralten Geschlecht derer von Matritzewitz, der voller Entrüstung sagte, dem König sei nichts heilig, ja er wage es sogar, Seine Höchsteigene Person der Lächerlichkeit preiszugeben.

Panische Angst ergriff jedoch alle, wenn der König aus einer plötzlichen Laune heraus erklärte, nun sei es Zeit zum Rätselraten. Er hegte seit jeher eine Leidenschaft für Rätsel; einmal stürzte er den Großkanzler in die größte Verwirrung, als er ihn mitten in der Krönungszeremonie fragte, ob sich Nationalismus und Rationalismus durch etwas unterschieden, und falls ja, wodurch.

Der König merkte sehr bald, daß sich die Höflinge keine besondere Mühe gaben, die Rätsel zu lösen, die er ihnen aufgab. Sie speisten ihn mit x-beliebigen Antworten ab, sagten, was ihnen gerade in den Sinn kam, und das erzürnte den König über alle Maßen. Eine Änderung zum Besseren stellte sich erst ein, als er die Besetzung sämtlicher Ämter bei Hofe von den Ergebnissen im Rätselraten abhängig machte. Es hagelte Degradierungen und Dekorationen, und der ganze Hof mußte wohl oder übel an den Spielen teilnehmen, die Seine Majestät ersonnen hatte. Leider versuchten viele Würdenträger, den König zu betrügen, der – obwohl im Grunde seines Herzens gutmütig – Betrüger nicht ausstehen konnte. Der Generalfeldmarschall wurde in die Verbannung geschickt, weil er während der Audienzen einen unter der Halskrause seines Küraß verborgenen Spickzettel benutzt hatte; die Sache wäre niemals herausgekommen, wenn ihn nicht einer seiner alten Feinde, ein gewisser General Zasterstein, beim König denunziert hätte. Auch Papagaster, der Vorsitzende des Thronrats, mußte sein hohes Amt niederlegen, denn er wußte nicht, welches der dunkelste Ort im Weltraum ist. Nach einiger Zeit setzte sich der Thronrat aus den vortrefflichsten Lösern von Kreuzwort- und Rebusrätseln im ganzen Reich zusammen, und kein Minister tat einen Schritt ohne seine Enzyklopädie unter dem Arm. Die Höflinge brachten es bald zu solcher Meisterschaft, daß sie die richtige Antwort gaben, bevor der König zu Ende gesprochen hatte, und das war nicht weiter erstaunlich, wenn man berücksichtigte, daß sie samt und sonders eifrige Abonnenten des »Gesetzblatts« waren, das jetzt anstelle langweiliger Verordnungen und Verwaltungsdekrete vorwiegend Scharaden, Logogriphen und Bilderrätsel enthielt.

Im Laufe der Jahre gelüstete es den König jedoch immer weniger danach, sich den Kopf zu zerbrechen, daher wandte er sich wieder seiner ersten und größten Liebe zu, dem Versteckspiel. Und eines schönen Abends, als er schon leicht beschwipst war, setzte er eine ungewöhnlich hohe Belohnung für denjenigen aus, dem es gelänge, das beste Versteck auf der ganzen Welt auszutüfteln. Die Belohnung bestand aus einem Kleinod von schier unschätzbarem Wert, dem Krondiadem der Kymbroniden-Dynastie, deren edler Sproß Balerion selbst war. Seit Jahrhunderten hatte niemand auch nur einen einzigen Blick auf dieses Wunderwerk werfen dürfen, denn es lag wohlverborgen hinter sieben Schlössern und sieben Riegeln in der Königlichen Schatzkammer.

Wie es der Zufall wollte, weilten Trurl und Klapauzius anläßlich einer ihrer kosmischen Reisen gerade in Kymbronien. Die Kunde von dem märchenhaften Preis, den der König ausgesetzt hatte, verbreitete sich rasch durch das ganze Land und gelangte so auch zu den beiden Konstrukteuren; sie hörten davon in dem Gasthof, in dem sie abgestiegen waren. Gleich am nächsten Morgen begaben sie sich zum Palast, um kundzutun, daß sie ein Versteck wüßten, dem kein anderes gleichkomme. Es gab jedoch so viele andere Prätendenten auf den Preis, daß es unmöglich war, sich durch die vor dem Tor versammelte Menge zu drängen. Daher kehrten die beiden Freunde in ihre Herberge zurück und beschlossen, ihr Glück am folgenden Tag erneut zu versuchen. Man sollte dem Glück jedoch ein wenig auf die Sprünge helfen, diese Weisheit beherzigten die beiden Konstrukteure sehr wohl: Jeder Wache, die sie aufhalten wollte, und jedem Höfling, der sich ihnen in den Weg stellte, drückte Trurl nun eine Goldmünze in die Hand, und wenn dies nicht den gewünschten Effekt hatte, dann ließ er rasch eine zweite, schwerere folgen, und so gelangten sie in weniger als fünf Minuten vor das Angesicht Seiner Majestät. Der König war hoch erfreut, als er hörte, daß so berühmte und weise Männer einen so weiten Weg auf sich genommen hatten, nur um ihm das Geheimnis des perfekten Verstecks mitzuteilen. Es brauchte einige Zeit, um Balerion das Wie und Weshalb der ganzen Sache zu erklären, jedoch sein Geist, von Kindesbeinen an durch schwierigste Rätsel geschult, begriff schließlich, worum es ging, und dann war der König Feuer und Flamme, sprang vom Thron herab, versicherte die Konstrukteure seiner immerwährenden Gnade und Zuneigung und erklärte, sie würden den Preis unter allen Umständen bekommen, wenn sie nur gestatteten, daß er ihr Geheimrezept auf der Stelle ausprobierte. Klapauzius war zwar gar nicht geneigt, das Rezept so ohne weiteres zu verraten, und brummte in den Bart, zunächst müsse man nach allen Regeln der Kunst einen entsprechenden Vertrag auf Pergament mit Siegel und Seidenquaste ausfertigen; doch der König blieb hartnäckig, bat sie so inständig und schwor bei allem, was ihm heilig war, sie würden den Preis ganz sicher bekommen, daß die Konstrukteure einfach nachgeben mußten. Trurl öffnete ein kleines Kästchen, nahm den darin befindlichen Apparat heraus und zeigte ihn dem König. Die Erfindung hatte mit dem Versteckspiel eigentlich nichts zu tun, konnte jedoch bestens dazu benutzt werden. Es war ein tragbarer, bilateraler Persönlichkeitstransformator, selbstverständlich mit jeder Menge Feedback. Mit seiner Hilfe waren zwei beliebige Individuen in der Lage, rasch und einfach ihre Persönlichkeit auszutauschen. Wenn man sich den Apparat auf den Kopf setzte, erinnerte er in seiner Form an die beiden Hörner einer Kuh. Wenn diese Hörner unter entsprechendem Druck mit der Stirn desjenigen in Berührung kamen, mit dem man den Austausch vollziehen wollte, so wurde der Apparat in Gang gesetzt und emittierte zwei gegenläufige Serien antipodischer Impulse. Durch das eine Horn strömte die eigene Persönlichkeit in die Tiefe der anderen, und durch das andere die fremde in die eigene. Es erfolgte also die vollständige Entladung des einen Gedächtnisses, gleichzeitig wurde das so entstandene Vakuum mit dem Gedächtnis der anderen Person aufgeladen. Trurl setzte sich den Apparat auf den Kopf und war gerade dabei, dem König das ganze Verfahren zu erklären, wobei er das Haupt Seiner Majestät in die Nähe der Hörner dirigierte, als der übereifrige Monarch diese versehentlich so heftig mit der Stirn berührte, daß der Mechanismus ausgelöst wurde und auf der Stelle einen Persönlichkeitstransfer herbeiführte. All das geschah so rasch und unverhofft, daß Trurl, der den Apparat noch niemals experimentell an sich selbst getestet hatte, nicht einmal bemerkte, was eigentlich passiert war. Auch Klapauzius war nichts aufgefallen, er war nur sehr verwundert, als Trurl plötzlich seinen Vortrag unterbrach, Balerion aber genau an der Stelle fortsetzte, wo Trurl aufgehört hatte, und dabei Formulierungen verwendete wie »die Potentiale des nichtlinearen, submnemotechnischen Transgressionsstadiums« und »der Persönlichkeitstransit im adiabatischen Feedback-Kanal«. Der König fuhr fort und sprach mit knarrender Stimme noch einige Sätze, ehe Klapauzius merkte, daß etwas schiefgelaufen war. Balerion, der sich nun in Trurls Organismus befand, dachte nicht daran, dem gelehrten Vortrag zuzuhören, sondern bewegte vorsichtig seine Arme und Beine, so als wolle er es sich in dem ungewohnten Körper, den er mit größter Neugier betrachtete, erst einmal bequem machen. Währenddessen erklärte Trurl, angetan mit der Purpurrobe des Monarchen, mit weitausladenden Handbewegungen die kritischen Phasen der Antropie mutuell transponierter Systeme, bis er bemerkte, daß ihm etwas dabei im Wege war; er schaute an seinem Arm hinunter und war verblüfft über das Zepter in seiner Hand. Er wollte etwas sagen, doch da lachte der König freudig auf, nahm die Beine in die Hand und rannte aus dem Thronsaal. Trurl wollte ihm nach, trat dabei jedoch auf den Saum seiner Purpurrobe und schlug der Länge nach hin. Der Lärm rief die Leibwache des Königs auf den Plan, die sich unverzüglich auf Klapauzius stürzte, weil sie annahm, er habe die Person des Monarchen angegriffen. Bis sich der gekrönte Trurl vom Boden erhoben und erklärt hatte, daß seiner königlichen Person keinerlei Gefahr drohe, gab es von Balerion, der irgendwo in Trurls Körper herumtobte, keine Spur mehr. Vergeblich versuchte Trurl in seiner Purpurrobe, ihm nachzujagen, die Höflinge ließen dies nicht zu, und als er protestierte und schrie, er sei überhaupt nicht der König, vielmehr habe ein Persönlichkeitstransfer stattgefunden, schlossen sie daraus, das exzessive Kreuzworträtsellösen habe die Nerven Seiner Majestät endgültig zerrüttet. Folglich geleiteten sie ihn unter höflichen, jedoch bestimmten Worten ins königliche Schlafgemach, verriegelten die Tür hinter ihm und sandten nach den Hofmedizi, obwohl Seine Majestät aus Leibeskräften brüllte und mit beiden Fäusten gegen die Tür trommelte. Klapauzius war inzwischen von zwei kräftigen Wachen in hohem Bogen auf die Straße befördert worden. Er kehrte zur Herberge zurück und dachte dabei voller Unruhe an die Komplikationen, die aus dem, was soeben geschehen war, erwachsen konnten. »Eins ist sicher«, dachte er, »wäre ich an Trurls Stelle gewesen, so hätte die mir eigene Geistesgegenwart die Situation gerettet. Statt eine Szene zu machen und von Persönlichkeitstransfers zu faseln, was ja gewisse Zweifel an einem gesunden Roboterverstand hervorrufen mußte, hätte ich unter geschickter Ausnutzung meines neuen königlichen Körpers sogleich befohlen, diesen Pseudo-Trurl alias Balerion festzunehmen – während der jetzt irgendwo in der Stadt frei herumläuft –, und außerdem hätte ich dafür gesorgt, daß der zweite Konstrukteur als Geheimer Rat an meiner königlichen Seite bliebe. Aber dieser totale Trottel« – damit war Trurl gemeint – »hat völlig die Nerven verloren, so daß ich jetzt leider gezwungen bin, all meine strategischen Talente ins Spiel zu bringen, sonst könnte die Sache am Ende böse ausgehen...«

Sodann rief er sich alles ins Gedächtnis zurück, was er über den Persönlichkeitstransformator wußte, und das war nicht wenig. Am schlimmsten und bedrohlichsten erschien ihm eine Gefahr, von der der leichtsinnige Balerion, der irgendwo in Trurls Körper herumlief, keine Ahnung hatte. Denn sollte er einmal stolpern und mit den Hörnern gegen einen toten Gegenstand stoßen, so würde seine Persönlichkeit augenblicklich in dieses Objekt strömen, und weil tote Gegenstände nun einmal weder Bewußtsein noch Gedächtnis besitzen und damit bei einem eventuellen Persönlichkeitstausch nichts, aber auch gar nichts zu bieten haben, würde Trurls Körper leblos in sich zusammenfallen, während die Seele des Königs für alle Ewigkeit in einem Stein, Laternenmast oder einem alten Schuh verweilen müßte. Aufs höchste beunruhigt, beschleunigte Klapauzius seine Schritte; nicht weit von der Herberge wurde er Zeuge einer lebhaften Unterhaltung unter den Dorfbewohnern. Sie erzählten davon, wie sein Kollege Trurl aus dem Palast gestürzt war, als sei der Teufel hinter ihm her, und wie er, als er die lange, steile zum Hafen führende Treppe hinunterrannte, ins Stolpern geraten war und sich ein Bein gebrochen hatte. Wie ihn dies in rasende Wut versetzt hatte, wie er dort am Boden liegend brüllte, er sei König Balerion in höchsteigener Person, nach seinen Leibärzten rief und unverzüglich eine Tragbahre mit Daunenkissen, Myrrhe und Weihrauch verlangte; und wie er – während die Umstehenden über den Verrückten lachten – auf der Straße dahinkroch, entsetzlich fluchte und wütend seine Kleider zerriß, bis schließlich ein Passant Mitleid hatte und sich über ihn beugte, um zu helfen. Wie der gefallene Konstrukteur blitzschnell seinen Hut vom Kopf zog, und wie darunter – und es gab Zeugen, die das beschwören konnten – Teufelshörner zum Vorschein kamen. Wie er dem guten Samariter diese Hörner gegen die Stirn rammte, dann seltsam steif, wie tot in sich zusammensank und nur noch leise stöhnte, während sich der von den Hörnern Getroffene schlagartig veränderte – »als habe ein böser Geist von ihm Besitz ergriffen« – und dann tanzend, hüpfend und jeden im Wege Stehenden beiseiteschleudernd die Treppe zum Hafen hinabgaloppierte.

Das Entsetzen schnürte Klapauzius die Kehle zu, als er von alldem hörte, denn er begriff sehr wohl, daß Balerion, nachdem er Trurls Körper (der ihm nur so kurze Zeit diente) beschädigt hatte, einfach in den Körper eines unbekannten Passanten geschlüpft war. »Und das war erst der Anfang«, dachte er angsterfüllt. »Wie soll ich denn jemals Balerion finden, wenn er sich in einem Körper versteckt hält, den ich nicht einmal kenne?! Wo soll ich ihn suchen?« Er versuchte, bei den Umstehenden unauffällig in Erfahrung zu bringen, wer dieser Passant war, weshalb er so edel zu dem verletzten Pseudo-Trurl gewesen und was aus den Hörnern geworden war. Von dem guten Samariter wußten sie nur, daß seine Kleidung ausländisch, jedoch unverkennbar die eines Seemanns war, was vermuten ließ, daß er zu einem Schiff aus einem fremden Land gehörte; von den Hörnern aber wußte niemand etwas. Nur ein Bettler, dessen Beine durchgerostet waren (ein Witwer, der jahrelang auf regelmäßige Schmierung und Ölung hatte verzichten müssen) und der folglich gezwungen war, sich mit Hilfe von an seinen Hüften montierten Rädern fortzubewegen – wodurch er die bessere Perspektive für alle am Boden geschehenden Dinge hatte – erzählte Klapauzius, der rechtschaffene Seemann habe dem unter ihm liegenden Konstrukteur die Hörner so rasch vom Kopf gerissen, daß dies außer ihm niemand bemerkt habe. Es hatte ganz den Anschein, als sei Balerion wieder im Besitz des Transformators, und als könne damit das haarsträubende Hüpfen von Körper zu Körper ungehindert weitergehen. Die Kunde, daß Balerion jetzt in Gestalt eines Seemanns umherlief, beunruhigte Klapauzius ganz besonders. »Ausgerechnet ein Seemann!« dachte er. »Wenn sein Landurlaub zu Ende ist, und er nicht an Bord erscheint (und wie sollte er, weiß er doch nicht einmal, welches sein Schiff ist!), dann wird sein Kapitän die Hafenpolizei benachrichtigen, die wird den Deserteur natürlich verhaften, und so wird sich Unsere Hoheit im Kittchen wiederfinden! Und wenn er in seiner Verzweiflung nur ein einziges Mal mit dem Kopf, d. h. mit den Hörnern, gegen die Kerkermauer stößt, dann wehe uns, dreimal wehe!!« Wenngleich die Chance verschwindend gering war, den Seemann zu finden, in dessen Gestalt Balerion umherwandelte, begab sich Klapauzius unverzüglich zum Hafen. Das Glück war ihm hold, denn schon von ferne erblickte er einen Menschenauflauf. In dem sicheren Gefühl, auf der richtigen Spur zu sein, mischte er sich unter die Menge und erfuhr bald aus den Gesprächen der Umstehenden, daß seine Befürchtungen der Realität ziemlich nahekamen. Erst vor wenigen Augenblicken hatte ein angesehener Reeder, Eigentümer einer ganzen Handelsflotte, einen seiner Seeleute getroffen, den er wegen seines rechtschaffenen Charakters ganz besonders schätzte; jetzt aber war dieses rechtschaffene Individuum dabei, sämtliche Passanten mit Beleidigungen zu überschütten, und denjenigen, die ihn warnten und ihm rieten, besser seines Weges zu gehen, bevor die Polizei käme, schrie er trotzig entgegen, er könne sich verwandeln in wen immer er wolle, notfalls in die ganze Polizei auf einmal. Empört über solch ein Verhalten begann der Reeder einen Streit mit seinem Fahrensmann, der aber blieb ihm die Antwort nicht schuldig und prügelte mit einem dicken Knüppel auf ihn ein. In diesem Moment erschien eine Polizeistreife; sie machte ihren Kontrollgang durch den Hafen, der ja nicht selten Schauplatz von Tumulten und Schlägereien war, und wie es der Zufall wollte, wurde sie vom Bezirkskommandanten selbst angeführt. Der Kommandant erkannte mit einem Blick, daß der randalierende Seemann vernünftigen Argumenten nicht zugänglich war, folglich befahl er, ihn auf der Stelle ins Gefängnis zu werfen. Als man ihm Handschellen anlegen wollte, stürzte sich der Seemann plötzlich wie ein Besessener auf den Kommandanten und versetzte ihm einen heftigen Stoß mit dem Kopf, der mit zwei hornartigen Fortsätzen bewehrt war. Unmittelbar danach begann er zu brüllen, er sei Polizist, und zwar kein gewöhnlicher, sondern der Chef der Hafenpolizei. Der Kommandant geriet über diese offensichtlichen Hirngespinste nicht etwa in Zorn, im Gegenteil, er schien sich köstlich zu amüsieren und wollte sich ausschütten vor Lachen; dann befahl er seinen Untergebenen, den Radaubruder abzuführen und dabei ihre Fäuste respektive Gummiknüppel nicht allzusehr zu schonen.

So hatte es Balerion in weniger als einer Stunde geschafft, die Hülle seiner unsterblichen Seele zum dritten Mal zu wechseln, und steckte nun im Körper des Polizeikommandanten, der bei Gott unschuldig wie ein Lamm war und dennoch im finsteren Kerker schmachtete. Klapauzius stöhnte bei diesem Gedanken auf und begab sich zum Polizeirevier, einem grauen und wuchtigen Gebäude unmittelbar am Meer. Niemand versperrte ihm den Weg, also ging er hinein, lief durch ein paar leere Räume, bis er schließlich vor einem bis an die Zähne bewaffneten Riesen stand. Der steckte in einer Uniform, die ihm ein paar Nummern zu klein war. Dieser Koloß warf Klapauzius einen finsteren Blick zu und machte eine drohende Bewegung, so als wolle er den ungebetenen Gast eigenhändig hinauswerfen – urplötzlich aber zwinkerte er Klapauzius zu (obwohl ihn dieser ja nie zuvor gesehen hatte) und brach in ein ohrenbetäubendes Gelächter aus, wobei sich die ans Lachen keineswegs gewöhnten Gesichtszüge merkwürdig veränderten. Seine Stimme war rauh, ohne jeden Zweifel die Stimme eines Polizisten, sein Lachen aber und besonders sein Augenzwinkern erinnerten Klapauzius unwillkürlich an Balerion, und tatsächlich, es war Balerion, der da auf der anderen Seite des Schreibtisches stand, wenngleich in höchst uneigener Person!

»Ich habe dich sofort erkannt«, sagte Balerion, der Polizeikommandant. »Du warst doch im Palast zusammen mit deinem Freund, der mir den Apparat gegeben hat, nicht wahr? Nun, was meinst du, habe ich jetzt nicht ein erstklassiges Versteck? Und wenn sich der ganze Thronrat auf den Kopf stellt, er wird mich niemals finden, nicht in tausend Jahren! Und es ist wirklich eine tolle Sache, so ein großer, starker Polizist zu sein. Sieh mal!«

Er ließ seine riesige Polizistenfaust mit solcher Gewalt auf den Schreibtisch niedersausen, daß die Platte barst, aber auch in seiner Hand hatte etwas verdächtig geknackt. Balerion zuckte zusammen, rieb sich die Hand und sagte:

»Vielleicht habe ich mir etwas gebrochen, aber das macht nichts, notfalls werde ich wieder umsteigen, in dich zum Beispiel! Na, wie wäre das?«

Klapauzius wich unwillkürlich in Richtung auf die Tür zurück, der Polizist aber versperrte ihm mit seiner riesigen Gestalt den Weg und fuhr fort:

»Nicht daß ich irgend etwas gegen dich persönlich habe, aber du kannst mir Schwierigkeiten machen, du weißt zuviel, alter Freund! Deshalb denke ich, es wird das beste sein, dich ins Kittchen zu stecken. Jawohl das wird das beste sein!« Er lachte häßlich. »Sollte ich einmal in des Wortes wahrer Bedeutung die Polizei verlassen, dann wird niemand – nicht einmal du – die leiseste Ahnung haben, wo oder besser gesagt wer ich bin! Ha, ha!«

»Aber Majestät!« sagte Klapauzius mit Nachdruck, obwohl er kaum mehr als ein Flüstern hervorbrachte. »Ihr setzt euer Leben aufs Spiel, denn ihr kennt die Gefahren des Apparats nicht! Ihr könnt zugrunde gehen, stellt euch vor, ihr schlüpft in den Körper eines Todkranken oder eines steckbrieflich gesuchten Verbrechers ...«

»Kein Problem«, sagte der König. »Es genügt, daß ich mir eine Sache fest eingeprägt habe, alter Freund: Nach jedem Persönlichkeitstransfer muß ich die Hörner mitnehmen!!«

Und er deutete auf den zerbrochenen Schreibtisch, wo der Apparat in einer offenstehenden Schublade lag.

»Solange ich den Apparat jedesmal der Person vom Kopf reiße, die ich zuvor gerade gewesen bin, und ihn dann immer mit mir nehme, kann mir überhaupt nichts passieren!«

Klapauzius tat sein Bestes, um dem König den Gedanken an weitere Persönlichkeitstransfers auszureden, jedoch vergeblich; der König machte sich nur über ihn lustig. Schließlich sagte er, offensichtlich in heiterster Stimmung:

»Davon, daß ich in den Palast zurückkehre, kann keine Rede sein! Falls es dich interessiert, ich sehe eine lange Reise vor mir, eine Wanderung von Körper zu Körper meiner loyalen Untertanen, was nebenbei bemerkt sehr gut zu meiner demokratischen Gesinnung paßt. Und zum Schluß, zum Dessert sozusagen, werde ich in den Körper einer wunderschönen Jungfrau schlüpfen, das müßte doch ein ganz besonders erbauliches Gefühl sein, nicht wahr? Ha, ha!«

Und mit einer ruckartigen Bewegung seiner riesigen Pranke stieß er die Tür weit auf und brüllte nach seinen Untergebenen. Klapauzius, der sah, daß keine Zeit mehr zu verlieren war, wollte er nicht auf der Stelle ins Gefängnis wandern, schnappte sich ein Tintenfaß vom Schreibtisch, schleuderte es dem König ins Gesicht und nutzte die vorübergehende Blindheit seines Widersachers zu einem kühnen Sprung durchs Fenster auf die Straße. Zum Glück war es nicht allzu hoch, und ein gnädiger Zufall wollte es, daß keine Passanten in der Nähe waren. So gelang es ihm, sich bis zu einem Platz voller Menschen durchzuschlagen und in der Menge unterzutauchen, bevor sämtliche Polizisten der Stadt, die auf die Straßen strömten und mit ihren Pistolen herumfuchtelten, seiner habhaft werden konnten.

Tief versunken in Gedanken, die alles andere als angenehm waren, entfernte sich Klapauzius vom Hafen. »Am besten wäre es«, dachte er, »den unverbesserlichen Balerion seinem Schicksal zu überlassen und in das Krankenhaus zu gehen, wo Trurls Körper weilt, der die Seele des rechtschaffenen Seemanns in sich aufgenommen hat; wenn man den Körper dann zum Palast brächte, könnte mein Freund wieder er selbst werden, und zwar mit Leib und Seele. Auf diese Weise würde zwar der Seemann anstelle von Balerion König werden, doch damit würde diesem Schuft von einem Monarchen nur Recht geschehen!« Der Plan war gar nicht schlecht, aber leider undurchführbar, weil dazu eine winzige, doch unerläßliche Sache fehlte, nämlich der Transformator mit den Hörnern, der in der Schreibtischschublade des Polizeikommandanten lag. Einen Augenblick lang erwog Klapauzius die Möglichkeit, einen zweiten derartigen Apparat zu konstruieren, doch nein, dazu fehlte es an Material und Werkzeug, vor allem aber an Zeit. »Jetzt habe ich eine Idee!« dachte er.

»Ich gehe zu Trurl, der ja König und inzwischen hoffentlich wieder zur Vernunft gekommen ist, und sage ihm, er solle der Armee befehlen, das Polizeirevier im Hafen zu umstellen. Auf diese Weise bekommen wir den Apparat, und Trurl kann endlich wieder in seinen alten Adam schlüpfen.«

Man wies Klapauzius jedoch am Tor des Palasts zurück, als er dort Einlaß begehrte. Dem König, so erzählten die Wachen, sei von seinen Leibärzten ein schweres elektrostatisches Beruhigungsmittel verabreicht worden, so daß er für die nächsten achtundvierzig Stunden wie ein Toter schlafen werde.

»Das hat mir gerade noch gefehlt!« stöhnte Klapauzius und eilte zu dem Krankenhaus, in dem sich Trurls Körper befand; er fürchtete nämlich, bei einer vorzeitigen Entlassung des Patienten könnte die sterbliche Hülle seines Freunds im Labyrinth der Großstadt unwiederbringlich verlorengehen. Im Krankenhaus gab er sich als Verwandter des Patienten mit dem gebrochenen Bein aus; den Namen hatte er durch eine nicht ganz legale Einsichtnahme in die Kartei herausbekommen. Er erfuhr, daß die Verletzung nicht allzu ernster Natur war; es handelte sich um eine schlimme Verstauchung, jedoch nicht um eine Fraktur, dennoch würde der Patient noch einige Tage im Streckverband zubringen müssen. Klapauzius war natürlich nicht daran gelegen, den Kranken zu besuchen, denn dann wäre ja herausgekommen, daß er nicht einmal mit ihm bekannt war. Zumindest insoweit beruhigt, daß Trurls Körper nicht plötzlich verschwinden würde, verließ er das Spital und wanderte tief in Gedanken versunken durch die Straßen. Ihm war nicht bewußt geworden, daß er bei dieser ziellosen Wanderung wieder in die Nähe des Hafens geraten war; erst jetzt bemerkte er, daß es um ihn herum von Polizisten nur so wimmelte. Sie hielten jedermann an und verglichen seine Gesichtszüge sorgfältig mit der Personenbeschreibung in ihrem Notizbuch. Klapauzius erriet sogleich, daß dies Balerions Werk war, der ihn unter allen Umständen hinter Schloß und Riegel wissen wollte. In diesem Moment näherte sich eine Polizeistreife, gleichzeitig bogen aus der entgegengesetzten Richtung zwei Wachtmeister um die Ecke und schnitten ihm den Rückzug ab. Klapauzius ließ sich widerstandslos verhaften, forderte jedoch mit allem Nachdruck, man möge ihn zum Kommandanten brin-

gen, denn er müsse vor diesem unverzüglich ein Geständnis ab-
legen, da er von einem scheußlichen Verbrechen Kenntnis habe.
Sie nahmen ihn in ihre Mitte und fesselten seinen rechten Arm
ans Handgelenk eines Polizisten, zum Glück und zu seiner großen Erleichterung konnte er jedoch den linken Arm frei bewegen. Auf dem Polizeirevier begrüßte ihn der Kommandant, d. h.
Balerion, mit einem Grunzen der Befriedigung und einem bösartigen Funkeln in seinen kleinen Augen. Klapauzius aber überschüttete ihn bereits mit einem Wortschwall, wobei er versuchte,
seiner Stimme einen möglichst fremdartigen Klang zu verleihen:

»Großes Chef! Hoher Polizeimacht! Mich mitnehmen, sagen
ich Klapauzius, nein, nein, ich nicht wissen, wer – was Klapauzius! Vielleicht Klapauzius schlechtes Mann, mich mit Hörner
auf Straße bum-bum in Kopf, macht großes Zauber, macht böses
Zauber, dann ich nicht mehr ich, mich Körper und Seele verliert,
sein in nicht meine Körper, nicht wissen wie, Kopf gegen andere
Kopf, Hörner zappzerapp, dann weg, großes Chef und hoher
Polizeimacht! Hilfe!«

Mit diesen Worten fiel der listige Klapauzius auf die Knie, rasselte mit seinen Ketten und fuhr fort, rasch und ohne Unterlaß
in dieser gebrochenen Sprache zu reden. Balerion aber, der in
Uniform mit prächtigen Epauletten hinter seinem Schreibtisch
stand, hörte zu und zwinkerte verblüfft mit den Augen; dann sah
er sich den vor ihm knieenden Klapauzius genauer an, nickte und
schien beinahe überzeugt – er konnte ja nicht wissen, daß der
Konstrukteur auf dem Weg zum Polizeirevier zwei Finger seiner
linken Hand so kräftig gegen die eigene Stirn gepreßt hatte, daß
dort Wundmale entstanden, wie sie die Hörner des Persönlichkeitstransformators zu hinterlassen pflegten. Balerion befahl,
Klapauzius die Fesseln abzunehmen, und warf all seine Untergebenen eigenhändig zur Tür hinaus. Als sie unter vier Augen
waren, bat er den Konstrukteur, ganz genau zu berichten, was
geschehen war. Daraufhin erfand Klapauzius eine lange Geschichte, nämlich daß er, ein reicher Ausländer, erst an diesem
Morgen im Hafen angekommen sei, daß sein Schiff mit zweihundert Kisten voll neuester Scharaden und Rebusrätsel sowie mit
dreihundert wunderschönen Jungfrauen zum Aufziehen beladen

sei; er habe gehofft, diese bescheidenen Geschenke dem großen König Balerion übergeben zu können; er sei ein Abgesandter des Kaisers Thrombozideon, der auf diese Weise seine grenzenlose Bewunderung für das edle Geschlecht der Kymbroniden zum Ausdruck bringen wolle; Klapauzius erzählte weiter, wie er nach der Landung das Schiff verlassen hatte, um sich nach der langen Reise ein wenig die Beine zu vertreten; wie er friedlich am Kai spazierenging, als ein gewisses Individuum, das genau so aussah wie dies hier – dabei deutete der Konstrukteur auf sich selbst – und das ihm bereits vorher verdächtig vorgekommen war, weil es seine prächtigen ausländischen Kleider mit unverhohlener Gier angestarrt hatte, daß besagtes Individuum plötzlich wie ein Wahnsinniger auf ihn zurannte, als wolle es ihn über den Haufen rennen, sich dann aber die Mütze vom Kopf riß und ihn heftig mit zwei Hörnern stieß, woraufhin der Austausch der Persönlichkeiten erfolgte, den er immer noch nicht fassen konnte.

Man muß zugeben, daß Klapauzius sein Bestes tat, um die Geschichte so glaubwürdig wie möglich erscheinen zu lassen. Er erzählte des langen und breiten von seinem verlorengegangenen Körper, wobei er den gemeinen Räuber mit Schmähungen überschüttete, der jetzt im Besitz dieses schönen Körpers war; ja er ging sogar so weit, sein eigenes Gesicht zu ohrfeigen und voll Verachtung abwechselnd auf seine Brust und seine Beine zu spucken. Er sprach von den Schätzen, die er mitgebracht hatte, und beschrieb sie in allen Einzelheiten, besonders die Jungfrauen zum Aufziehen; er erzählte von seiner Familie, die er daheim zurücklassen mußte, von seinen sensorgesteuerten Söhnen und seinem Hochfrequenzterrier, von seiner Frau – einer von dreihundert – die ein Bœuf Elektroganoff so herrlich zubereiten konnte, daß es selbst der Tafel des Kaisers zur Zierde gereicht hätte; er weihte den Kommandanten sogar in sein größtes Geheimnis ein, nämlich daß er mit dem Kapitän seines Schiffs vereinbart hatte, jedem die Schätze auszuhändigen, der an Bord erschien und das richtige Losungswort nannte.

Balerion hörte begierig zu, denn ihm schien alles an dieser wirren Geschichte logisch zu sein: Klapauzius, der sich offensichtlich vor der Polizei verstecken wollte, hatte dies bewerkstelligt, indem er in den Körper eines Ausländers geschlüpft war, eines

Ausländers, der in prächtige Gewänder gekleidet und sicherlich sehr reich war, folglich konnte ihn dieser Transfer in den Besitz beträchtlicher Mittel bringen. Es war unübersehbar, daß Balerions Gedanken in die gleiche Richtung zielten. Mit List und Tücke versuchte er, dem falschen Ausländer das geheime Losungswort zu entlocken, der sträubte sich zunächst ein wenig, flüsterte es ihm schließlich aber doch ins Ohr, es lautete: »Niterk«. Jetzt war sich der berühmte Konstrukteur ganz sicher, daß sein Widersacher den Köder geschluckt hatte: Balerion, der Scharaden über alles liebte, konnte den Gedanken nicht ertragen, daß man sie mitsamt den Jungfrauen dem König schenken würde, denn schließlich war er ja nicht mehr König; und nachdem er die ganze Geschichte glaubte, war er auch fest davon überzeugt, daß Klapauzius einen zweiten Apparat besaß, denn er hatte keinen Grund, etwas anderes zu vermuten.

Sie saßen eine Weile schweigend da, und es war unübersehbar, daß ein bestimmter Plan in Balerions Kopf heranreifte. Eher beiläufig und scheinbar desinteressiert begann er, den vermeintlichen Ausländer auszufragen, wo denn sein Schiff vor Anker liege, wie der Kapitän heiße usw. Klapauzius setzte bereitwillig antwortend ganz auf Balerions Habgier, und er sollte sich nicht getäuscht haben, denn der König stand plötzlich auf, erklärte, er müsse überprüfen, was ihm der Ausländer erzählt habe, verließ das Büro und verriegelte sorgfältig die Tür hinter sich. Dann befahl er noch im Weggehen – offensichtlich aus Schaden klug geworden – vor dem Fenster einen bewaffneten Polizisten Wache stehen zu lassen. Natürlich würde der habgierige Balerion nichts finden, denn es gab weder das Schiff, noch den Schatz, geschweige denn die Jungfrauen zum Aufziehen. Aber gerade das war der entscheidende Punkt in Klapauzius' Plan. Kaum hatte sich die Tür hinter dem König geschlossen, da stürzte er zum Schreibtisch, zog den Apparat aus der Schublade und setzte ihn blitzschnell auf den Kopf. Dann wartete er in aller Ruhe auf die Rückkehr des Königs.

Es war nicht viel Zeit vergangen, da hörte man schwere Schritte, dumpfe Flüche und Zähneknirschen, dann drehte sich der Schlüssel im Schloß, und schon tobte der Kommandant herein und brüllte:

»Du Schuft! Wo sind das Schiff, die Schätze und die herrlichen Scharaden?«

Mehr jedoch konnte er nicht sagen, denn Klapauzius sprang wie ein wildgewordener Ziegenbock hinter der Tür hervor und rammte ihm beide Hörner gegen die Stirn. Bevor Balerion die Zeit hatte, nach allen Regeln der Kunst in Klapauzius' Körper umzusteigen, stand dieser schon in der Uniform des Kommandanten da, brüllte nach den Wachen und befahl, den gefesselten Schurken dort augenblicklich in den Kerker zu werfen und ihn keine Minute aus den Augen zu lassen! Wie betäubt durch diese plötzliche Wende der Dinge erkannte Balerion zunächst noch nicht, wie schändlich man ihn betrogen hatte, und als ihm schließlich dämmerte, daß er es die ganze Zeit mit dem listigen Klapauzius zu tun gehabt und daß es niemals einen reichen Ausländer gegeben hatte, da hallten die feuchten Wände seines Kerkers von finsteren Flüchen und schrecklichen Verwünschungen wider – doch das waren leere Drohungen ohne den kostbaren Apparat. Klapauzius hatte zwar vorübergehend seinen ihm wohlvertrauten Körper verloren, war dafür aber in den Besitz des Persönlichkeitstransformators gelangt. Er zog also seine Paradeuniform an und marschierte geradewegs zum königlichen Palast.

Der König schlafe noch immer fest, wurde ihm gesagt, aber Klapauzius erklärte in seiner Eigenschaft als Polizeikommandant, er müsse den König dringend sprechen, wenigstens für eine Minute, es ginge um eine Sache von äußerster Wichtigkeit, von der Wohl und Wehe des ganzen Reiches abhingen; daraufhin gaben die zu Tode erschreckten Höflinge nach und führten ihn ins königliche Schlafgemach. Wohlvertraut mit den Gewohnheiten und besonderen Eigenschaften seines Freundes, fuhr Klapauzius mit den Fingerspitzen kurz über Trurls Fußsohle; Trurl fuhr hoch und kam augenblicklich zu sich, er war nämlich über alle Maßen kitzlig. Er rieb sich die Augen und starrte voller Staunen auf den fremden Riesen in Polizeiuniform, der Riese aber beugte sich vor, steckte den Kopf unter den Baldachin des Bettes und flüsterte: »Trurl, ich bins, dein Klapauzius! Ich mußte in die Gestalt des Polizeikommandanten schlüpfen, denn sonst wäre ich niemals bis zu dir vorgedrungen. Den Apparat habe ich auch, er ist hier in meiner Tasche ...«

Trurl wußte sich vor Freude kaum zu lassen, als Klapauzius ihm von seiner List erzählte, er sprang mit einem Satz aus seinem königlichen Bett und erklärte den Höflingen, er habe sich glänzend erholt. Nachdem man ihn in seinen Purpurmantel gekleidet hatte, saß er majestätisch mit Zepter und Reichsapfel da und erteilte eine Unmenge Befehle. Zunächst ordnete er an, ihm aus dem Krankenhaus seinen eigenen Körper mit dem Bein zu bringen, das der unvorsichtige Balerion auf der Treppe zum Hafen verstaucht hatte. Als das geschehen war, gab er seinen Leibärzten strikte Order, diesem Patienten die denkbar beste Pflege und Fürsorge angedeihen zu lassen. Nach einer kurzen Konferenz mit seinem Polizeikommandanten, d. h. mit Klapauzius, faßte Trurl den Entschluß, das Gleichgewicht der Dinge sowie die alte Ordnung wiederherzustellen.

Was keineswegs einfach war, weil sich die ganze Geschichte maßlos kompliziert hatte. Wenngleich die Konstrukteure nicht die Absicht hegten, *alle* verschleppten Seelen wieder ihren früheren Körpern zurückzugeben, so hatten sie doch den dringenden Wunsch, daß Trurl möglichst schnell wieder Trurl wurde und Klapauzius Klapauzius, in ihrem eigenen Fleisch und Blut, versteht sich. Zunächst befahl Trurl, den gefangenen Balerion, der ja noch den Körper von Klapauzius bewohnte, aus dem Kerker zu holen und vor sein erhabenes Angesicht zu bringen. Der erste Persönlichkeitstransfer ging glatt vonstatten, Klapauzius war wieder er selbst, und Balerion, der jetzt wieder im Körper des Exkommandanten der Hafenpolizei steckte, mußte strammstehen und eine geharnischte Gardinenpredigt über sich ergehen lassen, wonach er in die königlichen Kasematten geworfen wurde. Die offizielle Begründung für diesen Akt lautete, er habe beim Lösen eines simplen Rebusrätsels völlig versagt. Am nächsten Morgen war Trurls Körper so weit genesen, daß man einen Transfer wagen konnte. Es blieb nur ein Problem: Es wäre verantwortungslos gewesen, das Land zu verlassen, ohne die Frage der Thronfolge vernünftig zu regeln. Balerion aus seiner hafenpolizeilichen Hülle zu befreien und ihn erneut an die Spitze des Staates zu stellen, hielten die Freunde für völlig undenkbar. Daher entschieden sie sich für folgende Lösung: Unter dem Siegel der strengsten Verschwiegenheit weihten sie den rechtschaffenen

Seemann, der in Trurls Körper gefangen war, in ihr Geheimnis ein, und als sie sahen, wieviel praktische Vernunft in dieser einfachen Seele steckte, erachteten sie ihn eines Herrschers durchaus für würdig; nach dem Transfer wurde Trurl wieder er selbst, der Seemann aber wurde König. Zuvor jedoch hatte Klapauzius befohlen, eine große Kuckucksuhr in den Palast zu bringen, die er bei seinen Streifzügen durch die Stadt in einem nahegelegenen Antiquitätengeschäft gesehen hatte; dann wurde der Verstand Balerions in den kleinen Kuckuck transferiert, während der Verstand der Uhr den mächtigen Schädel des Polizeikommandanten ausfüllte. So war der Gerechtigkeit Genüge getan, denn der König mußte von nun an Tag und Nacht fleißig arbeiten und jede volle Stunde mit einem pflichtbewußten »Kuckuck« ankündigen, wozu er in den entsprechenden Momenten durch die scharfen kleinen Zähne des Uhrwerks gezwungen wurde; so sollte er an der Wand des Thronsaals hängend bis ans Ende seiner Tage büßen, zum einen für seine unbesonnenen und leichtsinnigen Spiele, zum anderen, weil er Leib und Leben der berühmten Konstrukteure durch seine allzu häufigen Transfers in Gefahr gebracht hatte. Was den Polizeikommandanten angeht, so nahm er seinen früheren Dienst wieder auf und erfüllte all seine Pflichten tadellos, womit er bewies, daß ein Kuckucksverstand für diesen Posten völlig ausreichend war. Die beiden Freunde verabschiedeten sich nun endgültig von dem gekrönten Seemann, sammelten ihre in der Herberge zurückgelassenen Habseligkeiten zusammen, schüttelten den Staub des wenig gastfreundlichen Königreichs von den Füßen und setzten ihre Reise fort. Erwähnenswert ist lediglich, daß Trurls letzte Amtshandlung als König darin bestanden hatte, die Königliche Schatzkammer zu besuchen und das Krönungsdiadem der Kymbroniden-Dynastie an sich zu nehmen, eine Belohnung, die er sich als Entdecker des besten Verstecks auf der ganzen Welt redlich verdient hatte.

Aus dem Polnischen von Jens Reuter

Die Reise Fünf A
oder Wie man den berühmten Konstrukteur Trurl konsultierte

Nicht weit von hier, unter einer weißen Sonne, hinter einem grünen Stern, lebten die Stahlagmiten, etwas abgeschieden, doch glücklich und zufrieden mit ihrem Los hienieden, denn sie fürchteten nichts auf der Welt: weder traditionelle Normen noch kühne Reformen, weder helle Nächte noch finstere Mächte, weder Materie noch Antimaterie, denn sie hatten eine Maschine, einen Traum von einer Maschine, mit Spannfedern und Zahnrädern und über alle Maßen vollkommen; und sie lebten in ihr und auf ihr, unter ihr und über ihr, denn außer ihr besaßen sie nichts – sie hatten einfach all ihre Atome in einen großen Korb gesammelt und dann fein säuberlich zusammengebaut, und wenn eines nicht recht passen wollte, dann schnitten sie ein Stückchen ab – und alles war in bester Ordnung. Jeder Stahlagmit hatte sein eigenes Steckdöschen und einen dazu passenden winzigen Stecker, und jeder tat das Seinige, das heißt – was er wollte. Weder herrschten sie über die Maschine noch die Maschine über sie, man half sich gegenseitig, das war alles. Die einen waren Mechaniker, die anderen Mechanisten und wieder andere Mechanizisten, doch alle zeichneten sich durch eine ausgesprochen mechanische Mentalität aus. Langeweile kannten sie nicht, denn längst beherrschten sie das Licht, und es stand ganz in ihrer Macht, ob gerade Tag war oder Nacht; und so schufen sie eine partielle oder totale Sonnenfinsternis, wenn es ihnen zu hell war, doch dies nicht allzu oft, damit sie dessen nicht überdrüssig wurden. Eines Tages flog ein Komet zur weißen Sonne hinter dem grünen Stern, d. h., es war eigentlich eine Kometin, denn sie war weiblicher Natur, von wahrhaft höllischer Statur, Feuer und Schwefel spuckend, mit vier Schweifen zuckend, riesig, bedrohlich atomar, und zudem roch sie sonderbar, nach bitteren Mandeln, nach Zyan, schon setzte sie zur Landung an. »Zuerst«, sagte sie, »werde ich euch mit feurigen Flammen verschlingen, und dann werden wir weitersehen.«

Die Stahlagmiten schauen: Der halbe Himmel in Rauch gehüllt, die Luft von brennender Hitze erfüllt, Neutronen und Mesonen, es schießt wie aus Kanonen, jetzt setzt sie Laser und Maser ein, die Sterne erzittern im Feuerschein. »Bald seid ihr alle tot, ich fresse euch zum Abendbrot!« Sie aber antworten: »Hier muß ein Irrtum vorliegen, wir sind die Stahlagmiten, wir fürchten nichts auf der Welt, weder traditionelle Normen noch kühne Reformen, weder helle Nächte noch finstere Mächte, denn wir haben eine Maschine, einen Traum von einer Maschine, mit Spannfedern und Zahnrädern und vollkommen in jeder Beziehung, also geh lieber deines Weges, Kometin, sonst wirst du es noch bereuen!«

Sie aber war bereits heulend und zischend über den ganzen Himmel hergefallen, und ihr Gluthauch richtete solche Verwüstungen an, daß der Mond der Stahlagmiten zusammenschrumpfte, versengt von einem Horn bis zum anderen, und obwohl er schon alt und trübe war und in der Mitte einen Sprung hatte, war es doch schade um ihn. Daher verschwendeten sie keine weiteren Worte, sondern nahmen ihr stärkstes Geschütz, vertäuten es mit einem soliden Knoten an jedem Horn und drückten auf den Knopf: »Paß auf, Kometin, das kostet dich den Kopf!« Ein Beben, ein Stöhnen, ein Ächzen und Dröhnen, der Himmel wurde taghell, zu Staub und Asche zerfiel die Kometin, ihr Ende kam so schnell – so ward der Kampf entschieden, es herrschte wieder Frieden.

Nach einiger Zeit erscheint etwas am Horizont, und niemand weiß, was es ist, doch es ist gräßlich, und ganz gleich, unter welchem Blickwinkel man es betrachtet, es wird nur noch gräßlicher. Was immer es sein mag, es fliegt empor, läßt sich auf dem höchsten Gipfel nieder, so schwer und massig, daß es einfach nicht zu glauben ist, macht es sich dort bequem und rührt sich nicht. Doch es ist ein Ärgernis und eine wahre Plage.

Daher sagten diejenigen, die in der Nähe waren: »Hallo, das muß ein Irrtum sein, wir sind die Stahlagmiten, wir fürchten nichts auf der Welt, wir leben auf keinem Planeten, sondern in einer Maschine, das aber ist keine gewöhnliche Maschine, sondern ein Traum von einer Maschine, mit Spannfedern und Zahnrädern und vollkommen in jeder Beziehung, also geh deines Weges, garstiges Ungeheuer, sonst wird es dir schlecht ergehen!«

Doch nichts, keine Reaktion.

Um nicht gleich mit Kanonen auf Spatzen zu schießen, entsenden sie zunächst keine große, sondern eine eher kleine Scheuchmaschine mit ferngesteuerten Schreckschrauben: Sie soll hingehen, dieses Ding da verscheuchen, und dann wird wieder Frieden herrschen. Die Maschine erhebt sich in die Luft, sämtliche Schreckschrauben sind in Alarmbereitschaft, und in ihrem Innern summen die Programme, eines schrecklicher als das andere. Sie nähert sich – hei, wie sie zischt, hei, wie sie faucht! Sie ist so furchteinflößend, daß ihr selbst ein wenig angst und bange wird – doch dieses Ding da zeigt keine Reaktion. Sie versucht es ein zweites Mal, jetzt auf einer anderen Frequenz, doch es will ihr nicht gelingen, denn sie schreckt und scheucht ohne das nötige Selbstbewußtsein.

Die Stahlagmiten sehen, man muß etwas anderes versuchen. Sie sagen: »Laßt uns ein größeres Kaliber nehmen, mit hydraulischem Getriebe, Differential aus härtestem Stahl, Rückkopplungen auf jeder Seite, unbegrenzter Schußweite, damit sie zuschlagen kann, und zwar kräftig. Doch wird sie es auch schaffen? Ruhig Blut, an Bord sind atomare Waffen.«

Und so ließen sie die Maschine starten: in jeder Hinsicht universal, mit doppeltem Differential, vollgepumpt mit Feedback, Laser-Kanonen am Heck, drinnen aber sitzen ein Mechaniker und ein Mechanist, damit sie gut zu steuern ist; doch das ist noch nicht alles, denn um ganz sicher zu gehen, hatten sie am Bug dieses Wunderwerks noch eine ihrer allerschrecklichsten Schreckschrauben montiert. Nun schwebt sie heran, ganz ohne Brummen und Knirschen, denn im hydraulischen Getriebe fehlt kein Tropfen Öl; sie schraubt sich in die Höhe, holt zum allesentscheidenden Schlag aus und beginnt mit dem tödlichen Countdown: »Noch fünf Sekunden, dann schlag ich dir Wunden, vier-drei-zwei, gleich ist's vorbei, noch eine, noch null Sekunden, schon bist du verschwunden!« Hei, wie es blitzt und donnert! Steinpilze schießen aus dem Boden, sie wachsen schnell und strahlen hell, denn sie sind radioaktiv; das Öl ist ausgelaufen, das Getriebe knirscht; Mechaniker und Mechanist spähen durch die Luke: Haben wir's geschafft? Doch weit gefehlt, nicht einmal einen Kratzer hat das Ding davongetragen!

Die Stahlagmiten hielten Kriegsrat; dann bauten sie einen Mechanismus, der seinerseits einen derartigen Megalomechanismus konstruierte, daß die nächstgelegenen Sterne vor ihm zurückweichen mußten. Und in seiner Mitte befand sich eine Maschine mit öltriefenden Zähnen und Zahnrädern, in deren Innerem wiederum lauerte ein vollautomatisches Schreckgespenst, denn diesmal meinten sie es wirklich ernst.

Der Megalomechanismus nahm alle Kraft zusammen und schlug los. Donnergrollen, eine gewaltige Explosion und ein Pilz, so riesig, daß man einen ganzen Ozean gebraucht hätte, um daraus Suppe zu kochen; Zähne knirschen, es ist dunkel, so dunkel, daß man nicht ausmachen kann, wessen Zähne es sind. Die Stahlagmiten schauen und schauen – nichts, aber auch absolut nichts, nur daß all ihre Maschinen und Mechanismen dort als Schrott herumliegen und keinen Mucks von sich geben.

Jetzt krempelten sie die Ärmel hoch: »Schließlich«, sagten sie, »wir sind Mechaniker und Mechanisten, von ausgesprochen mechanischer Mentalität, und wir haben eine Maschine, einen Traum von einer Maschine, mit Spannfedern und Zahnrädern und vollkommen in jeder Beziehung, wie könnte ihr dieses eklige Ding standhalten, das da sitzt und sich nicht rührt?«

Diesmal konstruierten sie nicht mehr und nicht weniger als eine Kyberberitze-Haubitze. Diese gigantische Giftpflanze sollte sich unauffällig heranschleichen, so als könne sie kein Wässerchen trüben, zwei drei Wurzeln treiben, in Lauerstellung bleiben, von unten still und leise heranwachsen und zum entscheidenden Schlag ausholen; schon hätte die Not ein Ende. Alles kam so, wie sie es vorgesehen hatten, nur mit dem Ende wollte es nicht klappen, und so blieb alles beim alten.

Sie fielen in Verzweiflung, doch sie wußten nicht einmal, was das ist, weil es ihnen zuvor niemals widerfahren war; sie mobilisierten und analysierten, probierten es mit Netzen, Schlingen, Leimruten und Fangeisen, legten künstliche Sümpfe und wassergefüllte Fallgruben an; vielleicht verstrickt, verfängt und erwürgt es sich, vielleicht versinkt es, vielleicht ertrinkt es – sie versuchen es in diesem und jenem Stil, doch keine Methode führt zum Ziel. Sie zermartern sich das Hirn, doch der rettende Gedanke will nicht kommen. Sie wollen schon alle Hoffnung aufgeben, da erblicken sie plötzlich jemanden am Horizont, er sitzt zu Pferde, doch nein, Pferde haben keine Räder – also offenbar ein Fahrrad, aber ein Fahrrad hat keine Bugspitze, also wohl doch eine Rakete, aber Raketen haben keinen Sattel. Niemand weiß, was für ein Vehikel sich da in rasender Geschwindigkeit nähert, doch jedermann weiß, wer da in untadeliger Haltung im Sattel sitzt, es ist Trurl selbst, der große Konstrukteur, der gerade einen Spaziergang oder eine seiner berühmten Reisen macht; er lächelt heiter, schwebt heran und setzt geschickt zur Landung an – doch selbst als er noch weit entfernt war, spürte man bereits, daß da nicht einfach irgend jemand daherkam.

Er stellt kurze Fragen, vernimmt ihre Klagen und läßt sich Einzelheiten erzählen: »Wir sind die Stahlagmiten, wir haben eine Maschine, einen Traum von einer Maschine, mit Spannfedern und Zahnrädern und vollkommen in jeder Beziehung; unsere Atome sammelten wir in eine Terrine und bauten daraus die Wundermaschine, und wir fürchteten nichts auf der Welt weder traditionelle Normen noch kühne Reformen, weder helle Nächte noch finstere Mächte, doch dann kam dieses Ding herbeigeflogen, ließ sich dort nieder und rührt sich nicht.«

»Habt ihr versucht, es zu verscheuchen?« fragte Trurl mit gütigem Lächeln.

»Wir versuchten es mit unserer besten Scheuchmaschine, mit einem vollautomatischen Schreckgespenst und einem Megalomechanismus, alle hydraulisch und von großem Kaliber, sie schossen mit Neutronen, Mesonen und Photonen, doch nichts wollte helfen.«

»Mit Maschinen war also nichts zu machen?«

»Absolut nichts.«

»Hm . . . interessant. Und was ist dieses Ding nun eigentlich?«

»Das wissen wir nicht. Es war plötzlich da, niemand weiß, was es ist, doch es ist gräßlich, und ganz gleich, unter welchem Blickwinkel man es betrachtet, es wird nur noch gräßlicher. Es flog herbei, ließ sich auf dem höchsten Gipfel nieder, so schwer und massig, daß es nicht zu glauben ist, und nun sitzt es dort und rührt sich nicht. Doch es ist ein Ärgernis und eine wahre Plage.«

»Eigentlich habe ich nicht viel Zeit«, sagte Trurl. »Ich könnte höchstens ein paar Tage hierbleiben, und zwar als euer Berater. Seid ihr damit einverstanden?«

Die Stahlagmiten sind es mit Freuden und fragen sogleich, was sie ihm bringen sollen – Photonen, Schrauben, Hämmer, Kanonen, vielleicht Dynamit oder TNT? Und was wünscht der Gast, Kaffee oder Tee? Beides natürlich aus dem Automaten.

»Kaffee wäre nicht schlecht«, sagt Trurl, »aber nicht für mich, sondern für die Sache, um die es geht. Auf all die anderen Dinge können wir wohl verzichten. Wenn man bedenkt, daß weder die besten Scheuchmaschinen noch vollautomatische Schreckschrauben, ja nicht einmal eine Berberitze-Haubitze etwas ausrichten konnten, dann sind andere Methoden angezeigt, archaische und archivalische, legalistische und somit sadistische. Außerdem habe ich noch nie gehört, daß ein gebührenpflichtiges Einschreiben nicht gewirkt hätte.«

»Wie bitte?« fragen die Stahlagmiten, doch Trurl hält sich nicht mit Erklärungen auf, sondern fährt fort: »Eine ganz einfache Methode, man braucht nur Papier, Tinte, Stempel, Siegel, Siegelwachs, Heftklammern, Streusand, Löschpapier, einen Schalter mit Fenster, einen Teelöffel aus Zink – den Kaffee haben wir schon – und einen Postboten. Und etwas zum Schreiben, habt ihr das?«

»Das wird sich finden!« Und schon wird es gebracht.

Trurl nimmt sich einen Stuhl und diktiert einer mechanisierten Sekretärin: »Betreffs der Mietsache Faszikel der Kammer WZRTSP 7 Schrägstrich 2, Schrägstrich KK, Schrägstrich 405 wird hiermit festgestellt, daß die Weigerung des Beklagten, der Kündigung Folge zu leisten, eine eindeutige Verletzung des Paragraphen 199 darstellt sowie den Tatbestand einer besonders verwerflichen Ordnungswidrigkeit erfüllt, die das Erlöschen sämtlicher Leistungen hic et nunc sowie deren Desummation im Sinne der Verordnung 67/DWFK/389 nach sich zieht. Gegen diesen Beschluß kann der Beklagte innerhalb von 24 Stunden im außerordentlichen Verfahren Berufung beim Vorsitzenden der Kammer einlegen.«

Trurl setzte einen Stempel darunter, versiegelte das Schreiben, ließ es ins Hauptbuch sowie in die Registratur eintragen und sagte: »Jetzt soll es der Postbote zustellen.«

Der Postbote nimmt das Schreiben und macht sich auf den Weg; sie warten und warten, und schließlich ist er zurück.

»Hast du es abgegeben?« fragt Trurl.

»Jawohl.«

»Und wo ist der Rückschein?«

»Hier, in dieser Spalte ist die Unterschrift, und hier ist auch der Brief, in dem Berufung eingelegt wird.«

Trurl nimmt den Brief, ohne ihn zu lesen, und schreibt quer über den Umschlag: »Zurück an Absender! Kann nicht berücksichtigt werden! Formblätter ungültig!« Darunter setzt er eine völlig unleserliche Unterschrift.

»Und jetzt«, sagt er, »ans Werk!«

Er setzt sich und schreibt eifrig, während die Stahlagmiten zuschauen, nichts verstehen und neugierig fragen, was er da eigentlich mache, und was dabei herauskommen solle.

»Amtsgeschäfte«, sagt Trurl, »und da sie einmal angefangen haben, werden sie auch gut ausgehen.«

Der Briefträger läuft den ganzen Tag wie ein Besessener hin und her; Trurl stellt richtig, erklärt für nichtig, brütet über Schriftstücken, sucht fieberhaft Gesetzeslücken, die mechanisierte Sekretärin liest die Kartei Kasten für Kasten und hämmert in die Tasten; so entsteht nach und nach ein komplettes Büro mit Eingangsstempeln, Aktenordnern, Heftklammern, Ablagen, Ärmelschonern aus steifem Leinen, Schnellheftern, Aschenbechern, Teelöffeln, Schildern »Zutritt verboten«, Tintenfässern und Federmessern; es gibt immer mehr zu schreiben, das Personal muß länger bleiben, überall sieht man Akten mit Kaffeeflecken an allen Ecken, qualmende Aschenbecher und überquellende Papierkörbe. Die Stahlagmiten werden unruhig, denn sie verstehen nichts mehr, während Trurl virtuos mit gebührenpflichtigen Einschreiben und Nachnahmen hantiert oder seine stärkste Waffe – den Zahlungsbefehl – einsetzt. Er verschickt Unmengen von Mahnungen, Aufforderungen und Verfügungen und richtet auch spezielle Konten ein, auf denen zwar nur Nullen stehen, doch das, sagt er, sei nur vorübergehend. Nach einiger Zeit sieht das Ding da gar nicht mehr so schrecklich und furchteinflößend aus, besonders wenn man es im Profil betrachtet. Kein Zweifel, es ist kleiner geworden! Aber ja, es ist längst nicht mehr so groß wie früher! Und die Stahlagmiten fragen Trurl, wie es weitergehen soll.

»Nicht stören, Amtsgeschäfte!« gibt er zurück. Er heftet, stempelt, prüft Belege, leitet Schritte in die Wege, streicht pauschal, erklärt für legal, wühlt in alten Dokumenten, nur herein mit dem Petenten, halt, mein Herr, ich bitte sehr, jetzt ist kein Publikumsverkehr, auf Trurls Weste Speisereste, der Kaffee ist schal, kommen Sie ein andermal, überall Spinnweben, in der Schublade ein paar alte Nylons der mechanisierten Sekretärin, Trurl schiebt alles auf die lange Bank, bestellt dreizehn Stühle und einen Schrank, ein Beamter wird bestochen, ein anderer muß Kaffee kochen, Übeltäter kommen hinter Schloß und Riegel, das letzte Schreiben hat sieben Siegel.

Und die mechanisierte Sekretärin tippt: »Unter Bezugnahme auf das Versäumnis des Beklagten, seine obengenannten Ansprüche (Akt.z. 3AZR 574/81) fristgerecht zu erneuern bzw. neu zu begründen, ergeht gemäß Z.bef. 3SS 757/81 sowie gestützt auf das Urteil der 2. Kosm. Verw. K. durch die dritte Kammer O. K. V. K. der Beschluß zur unverzügl. Evakuation und Räumung ob. gen. Terr. durch d. Bekl. Eine Berufung von seiten des Beklagten gegen dieses Urteil ist unzulässig.«

Trurl schickt den Briefträger los, erhält wenig später eine Quittung und steckt sie in die Tasche. Dann steht er auf und wirft nacheinander die Schreibtische, Stühle, Stempel, ja sogar das Siegel, die Aktenordner und den Kaffee hinaus in den Kosmos. Nur die mechanisierte Sekretärin darf bleiben.

»Um Himmels willen, was tust du da?« rufen die Stahlagmiten empört, die sich schon so an all diese Dinge gewöhnt haben.

»Wir wollen doch nicht übertreiben, meine Lieben!« sagt er. »Schaut euch lieber das Ungeheuer an!«

Und tatsächlich, sie schauen und ringen nach Luft vor Erstaunen, es ist nicht mehr da, es ist weg, als sei es niemals dort gewesen. Und wohin ist es gegangen, hat es sich etwa in Luft aufgelöst? Zur schändlichen Flucht hat es sich gewandt und ist so winzig klein geworden, daß man es mit der Lupe suchen muß. Sie stellen die ganze Gegend auf den Kopf, sie suchen Spuren und finden doch nur einen feuchten Fleck, irgend etwas muß dort getröpfelt haben, doch wann und wie, das können sie nicht sagen, und damit hat die Sache ein Ende.

»Alles lief so, wie ich es mir vorgestellt habe«, sagt Trurl zu ihnen. »Im Grunde, meine Lieben, war die Sache recht einfach, als das Ungeheuer das erste Schreiben entgegennahm und eine Quittung ausstellte, da hatte es bereits verloren. Ich habe mich einer speziellen Maschine bedient, einer Maschine, die mit einem großen ›B‹ beginnt, und mit ihr ist noch niemand fertig geworden, solange der Kosmos Kosmos ist.«

»In Ordnung, doch weshalb mußtest du die Akten hinauswerfen und den Kaffee dazu?«

»Damit nicht auch ihr von dieser Maschine gefressen werdet!« gibt Trurl zurück. Er nimmt die mechanisierte Stenotypistin mit sich, fliegt fort und nickt ihnen zum Abschied freundlich zu – und sein Lächeln ist strahlend wie die Sterne.

Aus dem Polnischen von Jens Reuter

Die sechste Reise
oder Wie Trurl und Klapauzius einen Dämon Zweiter Ordnung schufen, um Mäuler den Räuber zu besiegen

»Von den Völkern der Größeren Sonnen führen zwei Karawanenstraßen nach Süden. Die erste, die alte, vom Vierstern zum Gaurosauron, einem sehr hinterlistigen Gestirn mit veränderlichem Schein, das durch Verlöschen dem Abassitenzwerg ähnlich wird, wodurch Verirrte häufig in die Kirowwüste geraten und nur eine Karawane von zehn heil herauskommt. Die neue, die zweite Trasse, hat das Reich der Mirapuden eingerichtet, nachdem seine Raketensalven einen sechs Milliarden Urmeilen langen Tunnel durch den weißen Gaurosauron gebohrt hatten.

Der nördliche Eingang zum Tunnel ist so zu finden: Man folgt sieben elektrische Paternoster lang dem Kurs von der letzten Großen Sonne direkt zum Pol. Dann biegt man nach links ab in einen kleinen Stollen, bis die Feuerwand, das heißt die Flanke des Gaurosauron, aufgetaucht ist, worin die Tunnelöffnung als schwarzer Punkt im weißen Flammenmeer zu sehen ist. Von hier nun geht man stracks geradeaus, ohne etwas befürchten zu müssen, denn es können acht Schiffe Bord an Bord nebeneinander durch den Tunnel fahren; und es gibt keinen schöneren Anblick als den, der sich dann durch die Bordscheiben bietet. Meistens ist es ein Feuerregen; wenn die Sterninncreien aber von magnetischen Stürmen bewegt werden, die in einer Entfernung von einer oder zwei Milliarden Meilen tosen, sind große Feuerknoten und glühende Feuerarterien mit weiß flammenden Gerinnseln zu sehen, wenn jedoch der Sturm oder ein Taifun von der Stärke sieben naht, dann zittern die Gewölbe, als ob der weiße Teig der Glut einstürzen müßte, doch ist das nur Schein, denn er fliegt und stürzt nicht ein, er flammt, verbrennt aber nicht, da die Streben der starken Felder ihn halten. Sieht man aber, wie die Protuberanzfülle anschwillt und die langblitzigen Quellen, Höllenböller genannt, wüten und nahen, ist es gut, das Steuerrad fester zu packen, denn dann tut größte Steuergewandtheit not, und es ziemt sich, nicht auf die Landkarte, sondern auf die Eingeweide der Sonne zu blicken, denn es legt niemand diesen Weg zweimal auf die gleiche Weise zurück. Der mit dem Degen in den Gaurosauron gestochene Tunnel windet sich, schlängelt sich dahin und zittert wie eine Schlange unter Schlägen; deshalb hat man die Augen offenzuhalten, darf sich vom rettenden Eis nie trennen, das die Helmkappen mit durchsichtigen Zapfen umrankt, und muß aufmerksam die entgegenjagenden Brandwände beobachten, die prasselnde Zungen vorstrecken, und sich auf nichts außer auf den eigenen Scharfsinn verlassen, wenn man den feuergepeitschten und von Sonnenglut bespienen Schiffspanzer zischen hört. Zugleich aber muß man beachten, daß nicht jede Feuerbewegung und nicht jede Schrumpfung des Tunnels gleich ein Zeichen für das Beben des Sterns bedeutet, auch nicht der weiße Einbruch der Glutozeane; der erfahrene Schiffsmann wird daher, wenn er sich das eingeprägt hat, nicht gleich beim geringsten Anlaß ›zu den Pumpen‹ rufen, um nicht zu seiner Schande von den Erfahreneren zu hören, er habe mit einem Tropfen kühlenden Ammoniaks das ewige Feuer des Gestirns löschen wollen. Dem Fragenden, der wissen will, was er zu tun habe, wenn ein echtes Sternbeben über das Schiff hereinbricht, wird jeder Vakuumexperte sofort entgegnen, daß es dann genüge, zu seufzen, denn für größere Todesvorbereitungen bleibe ohnehin keine Zeit, die Augen aber könne man dann offen- oder geschlossen halten, ganz nach Belieben, das Feuer werde sie ja sowieso durchbohren. Jedoch gehört solch ein Mißgeschick zu den seltensten, denn die von den Mirapudanern eingesetzten Verklammerungsklammern halten die Gewölbe recht gut, und eine Direktreise durch das Sterninnere zwischen den biegsam blitzenden Spiegeln des Gaurosauronwasserstoffs kann durchaus zauberhaft sein. Nicht umsonst wird berichtet, daß derjenige, der den Tunnel betreten habe, ihn bald wieder verlassen werde, was man von der Kirowwüste nicht gerade behaupten könne. Wenn aber einmal in einem Jahrhundert der Tunnel von einem Beben demoliert wird, gibt es keinen anderen Weg außer diesem. Die Wüste ist schwärzer als die Nacht, denn das Licht der Sterne aus der näheren Umgebung wagt nicht, in sie zu dringen. Dort rasseln wie in einem Mörser die Wracks jener Schiffe, die durch den hinterhältigen Gaurosauron vom Kurs abgekommen und in der Umarmung der bodenlosen Strudel geborsten waren, um so bis zur letzten galaktischen Umdrehung zu kreisen, schauderhaft plattgedrückt von der Gravitation. Östlich von der Kirowwüste liegt das Reich der Schlüpfrigkiefrigen, im Westen das der Armäugigen, und nach Süden verlaufen die Wege, die dicht durchsetzt sind von Todesackern hin bis zu der leichteren Sphäre der himmelblauen Lasurea und weiter zum flammenblättrigen Murgund, wo der Archipel eisenfreier Sterne blutet, der als Karosse des Alzaron bezeichnet wird. Wie gesagt, die Wüste ist ebenso voller Schwarz wie die Sonnenpassage des Gaurosauron voller Weiß. Nicht alle Not rührt dort von den Strudeln her, vom Sand, von den Strömungen, die aus der Höhe herab ziehen, und von rasenden Meteoren; von manchen wird nämlich behauptet, daß ein Ding oder auch ein Unding, genannt der Unbekannte, an einem unbekannten Ort sitze, in trüber Finsternis, seit alters in unfaßbarer Tiefe; wer seinen wahren Namen kennenlernen will, indem er ihm begegnet, wird der Welt nichts mehr offenbaren können, weil er sie nicht mehr sehen wird. Man erzählt sich, der Unbekannte sei ein Räuber und Zauberer gewesen und bewohne eine eigene Burg, errichtet aus schwarzer Gravitation, die Burggräben seien eine ewige Lawine, ihre Mauern das Nichtsein, das vollkommen in seinem Nichts ist, ihre Fenster seien blind, ihre Türen taub; der Unbekannte lauere den Karawanen auf, und wenn ihn großes Verlangen nach Gold und nach Skeletten heraustreibe, blase er schwarzes Pulver auf die Sonnenscheiben, die die Wege weisen; und wenn er sie zum Verlöschen gebracht habe, stürze er, Kobolz schießend, aus dem Nichtsein, umgebe sie mit engen Ringen und verschleppe sie in das Nichts seiner Burg, sorgsam darauf achtend, nicht die kleinste Rubinagraffe fallen zu lassen – so übergenau sei er in all seiner Schrecklichkeit. Danach schwimmen nur besagte Wracks von Nirgendwoher und kreisen in der Wüste, ihnen hinterher fliegen aber noch Schiffsniete, wie Kerne, die der Rachen des ungeheuerlichen Unbekannten ausgespien hat. Seit aber der Gaurosauronsche Tunnel durch die Sklavenarbeit der Raketenscharen der öffentlichen Nutzung übergeben werden konnte und die Raumfahrerei durch diese hellste aller Rinnen vor sich ging, wütet der Unbekannte, seiner Beute beraubt, und erhellt mit der Glut seiner Wut dermaßen die Finsternis der Wüste, daß sein Leib durch die schwarze Mauer der Gravitation hindurchschimmert, wie ein Larvengerüst, das in seiner Bespinnung wie in einem Grab, aber doch phosphorisch modert. Manche Besserwisser behaupten, ihn gebe es gar nicht, und es habe ihn nie gegeben; sie haben gut reden. Es ist nämlich viel schwerer, um die Darstellung der Dinge zu ringen, für die das Wort, in lauer Stille, fern von flammenden Gluten und Wüsteneien entstanden, keine Entsprechung besitzt. Es fällt leicht, das Ungeheuer zu leugnen, schwerer jedoch, dieses zu überwinden und seiner ekelhaften Gier zu entrinnen. Hatte es nicht gar den Murgunder Kybernator mit achtzig Gefolgsleuten auf drei Schiffen verschlungen, so daß von all diesen Magnaten nichts übrigblieb außer ein paar angenagten Klammern, die von Bewohnern der Siedlungen der kleinen Solara gefunden wurden, da die Nebelfleckendrift sie an ihre Gestade geworfen hatte? Hatte es nicht zahllose andere Männer ohne Pardon aufgefressen? So mag denn wenigstens stilles elektrisches Gedenken diesen Unbeerdigten eine Huldigung darbringen, wenn sich schon niemand findet, der sich ritterlich, nach altem Sternumkreisungsgesetz, an jenem Übeltäter räche.«

Dies alles las Trurl einmal in einem vom Alter verblichenen Buch, das er von einem Verkäufer zufällig erworben hatte, und gleich brachte er es zu Klapauzius, um ihm diese Absonderlichkeiten von Anfang bis Ende laut vorzulesen, da sie ihm sehr gefielen.

Klapauzius, der weise Konstrukteur, in Dingen des Kosmos erfahren und in Sonnen und Nebelflecken jeglicher Art beschlagen, lächelte nur, nickte und sagte: »Ich hoffe, du glaubst davon kein Wort.«

»Warum sollte ich nicht glauben?« rief Trurl empört. »Sieh nur, hier ist sogar eine kunstvoll gemachte Gravüre, die den Unbekannten darstellt, wie er gerade zwei Sonnensegler verspeist und in den Kasematten die Beute birgt. Übrigens, gibt es denn nicht wirklich einen Tunnel in einem Superstern, zugegeben, in einem anderen, dem Beth-el-Geus? Du bist doch wohl in der Kosmographie nicht so unbewandert, daß du das bezweifeln würdest?«

»Hinsichtlich des Kupferstichs: Ich kann dir auf der Stelle einen Drachen mit Augen von je tausend Sonnen zeichnen – wenn dir eine Zeichnung als Wahrheitsbeweis gilt«, sagte Klapauzius.

»Und was den Tunnel betrifft, so hat er nur eine Länge von zwei Millionen und nicht von zwei Milliarden Meilen, zweitens ist der Stern nahezu erloschen, und drittens stellt die Fahrt durch den Tunnel nicht die geringste Gefahr dar, was dir sehr wohl bekannt sein dürfte, da du ja dort geflogen bist. Was nun die sogenannte Kirowwüste anbelangt, so ist das in Wirklichkeit einfach eine zehn Kiloparsek breite Masse kosmischen Mülls, die zwischen Maerydia und Tetrarchidis kreist und nicht in der Nähe irgendwelcher Feuerköpfe oder Gaurosaurier, die es überhaupt nicht gibt. Es stimmt zwar, daß es dort finster ist, aber nur von dem vielen Schmutz. Einen Unbekannten gibt es selbstverständlich dort nicht! Das ist nicht einmal ehrbarer antiker Mythos, sondern Phantasterei eines Wirrkopfs.«

Trurl preßte die Lippen zusammen.

»Der Tunnel ist nicht wichtig«, sagte er. »Du meinst, er sei ungefährlich, weil ich dort geflogen bin; wärst du es gewesen, würde man ganz andere Sachen zu hören bekommen. Aber lassen wir einmal den Tunnel, meine ich. Was die Wüste und den Unbekannten betrifft, so liegt mir nichts an einem Überzeugen durch Wortargumente. Fahr hin, dann wirst du sehen, was daran wahr ist« – hier ergriff er das dicke Buch, das auf dem Tisch lag – »und was nicht.«

Klapauzius versuchte ihm diese Absicht, so gut er konnte, auszureden, als er jedoch eingesehen hatte, daß Trurl, hartnäckig wie immer, nicht im geringsten daran dachte, auf eine so eigenartig begonnene Expedition zu verzichten, erklärte er zunächst, er wolle ihn nicht mehr sehen, bald jedoch begann auch er sich für den Weg zu rüsten, denn er wollte nicht, daß sein Freund allein ums Leben käme – zu zweit blickt man dem Tod mutiger ins Auge.

Nachdem er sich mit vielerlei Dingen ausgerüstet hatte, weil der Weg durch Wüsteneien führen sollte (wenn diese auch nicht so malerisch waren, wie sie das Buch schilderte), brachen sie mit ihrem bewährten Raumschiff auf. Während der Reise machten sie hier und da halt, um Erkundigungen einzuziehen, vor allem, als sie das Gebiet verlassen hatten, über das sie genaue Angaben besaßen. Jedoch war von den Einheimischen nicht viel zu erfahren, da sie nur über ihre nähere Umgebung sachlich zu berichten wußten, darüber aber, was sich dort befand und was sich ereignete, wo sie selbst nie gewesen, erzählten sie die unglaublichsten Dinge, und zwar in allen Einzelheiten, mit Behagen und mit Entsetzen zugleich. Klapauzius hatte eine kurze Bezeichnung für solche Berichte, er nannte sie korrosiv, auf jene Korrosion und Sklerose anspielend, von der alle Greisenhirne geplagt werden.

Als sie sich nun der schwarzen Küste bis auf fünf oder sechs Millionen Feueratemzüge genähert hatten, kamen ihnen Gerüchte über einen gewalttätigen Riesen zu Ohren, der sich Diploj-Sbirre nannte; dabei hatte ihn nie einer gesehen, und man konnte sich auch nicht erklären, was das sonderbare Wort »Diploj«, mit dem dieses Gebilde bezeichnet wurde, zu bedeuten habe. Trurl dachte, es könnte vielleicht der entstellte Terminus »Dipol« sein, was von der polaren und zugleich widersprüchlichen, ambivalenten Natur des Räubers zeuge, Klapauzius dagegen, der von beiden der Nüchternere war, zog es vor, sich jeglicher Hypothese zu enthalten. Offenbar – so verlautete es – sei jener Räuber grausam und jähzornig, was sich darin äußere, daß er, nachdem er seine Opfer aller Dinge beraubt habe, immer noch unzufrieden durch seinen schrecklichen Geiz, weil es ihm in seiner Gier niemand recht machen konnte, sehr lange und schmerzhaft zuzuschlagen pflege, bevor er jemanden freilasse. Die Konstrukteure überlegten eine Weile, ob sie sich nicht mit einer Feuer- oder Stichwaffe ausrüsten sollten, bevor sie den schwarzen Rand der Wüste überschritten, doch schließlich erkannten sie, daß ihre Köpfe die beste Waffe seien, geschärft bei der Konstruktion, weitreichend und universell, und so fuhren sie, wie sie da standen.

Es muß eingeräumt werden, daß Trurl im Verlaufe der weiteren Reise recht bittere Enttäuschungen erlebte, denn in dem alten Buch waren die Sternballungen, die Flammenherde, die öden Wüsteneien, die Meteorenriffs und die wandernden Felsen viel schöner geschildert, als sie sich dem Auge des Reisenden in Wirklichkeit darboten. Die wenigen Sterne in dieser Gegend waren ganz unansehnlich und obendrein alt; die einen blinzelten kaum, wie in Asche glimmende Kohlestückchen, die anderen waren an der Oberfläche bereits vollends nachgedunkelt, und nur durch die Risse ihrer schlampig gefalteten Rinde aus Schlacke glommen rote Äderchen; flammende Dschungel oder heimliche

Strudel gab es hier gar nicht, auch hatte niemand je etwas davon gehört. Die ganze Wüstenei zeichnete sich nämlich dadurch aus, daß sie todlangweilig war; was nun die Meteore betraf, so gab es sie wie Sand am Meer, jedoch flog in diesem klappernden Gerumpel mehr Schmutz mit als anständige magnetische Magnetite oder tektische Tektite, und das, weil man von hier mit der Hand zum galaktischen Pol reichen konnte und die Rotation der finsteren Strömungen gerade hierher, nach Süden, Unmengen von Abfällen und Staub aus den zentralen Sphären der Galaxis zog. Daher nannten die benachbarten Stämme und Völkerschaften dieses Gebiet nicht Kirowwüste, sondern einfach nur: Müllhaufen.

So steuerte Trurl also, bemüht, seine Enttäuschung vor Klapauzius so gut wie möglich zu verbergen, das Raumschiff in die Wüste – und gleich schlug Sand gegen seine Panzerung, und all der Sternenunrat, den die Sonnen mit ihren Protuberanzen ausspien, ließ sich mit so dicker Schicht auf den Wänden des Rumpfes nieder, daß beim Gedanken an eine künftige Säuberung die Lust an allem, hauptsächlich aber an einer Reise, gründlich verging.

Die Sterne waren lange schon im allgemeinen Dämmer verschwunden, und so flogen die beiden aufs Geratewohl, doch plötzlich wurde das Schiff erschüttert, so daß alle Gerätschaften, Töpfe und Instrumente rasselten, und sie spürten, daß sie irgend wohin flogen, und das immer schneller; schließlich krachte es entsetzlich, das Schiff setzte ziemlich weich auf und erstarrte in schrägem Neigungswinkel, als habe sich seine Spitze in etwas Unbewegliches gebohrt. Sie stürzten zu den Fenstern, draußen jedoch herrschte völlige Finsternis – nichts war zu sehen. Schon hörte man es rattern, ein Unbekannter von entsetzlicher Kraft war dabei, gewaltsam in das Innere einzudringen, daß die Wände nur so hüpften. Jetzt erst hatten sie nur mehr geringes Vertrauen in ihre vernünftige Wehrlosigkeit, aber hinterher war es nutzlos zu klagen, also machten sie selbst die Klappe von innen auf, jedoch nur, damit man sie ihnen nicht mit Gewalt zuschanden machte.

Was erblickten sie? Jemand steckte sein Maul durch die Luke. Es war so groß, daß keine Rede davon sein konnte, er könnte auch seinen Körper durchstecken; dieses Maul war unheimlich abstoßend, war von oben bis unten, längs und quer, mit Augen besetzt und hatte eine Nase wie eine Säge sowie Kiefer oder auch Nichtkiefer, die hakenförmig und stählern waren. Es rührte sich nicht, da es die Luke vollends ausfüllte, und nur seine Augen linsten diebisch nach allen Seiten, dergestalt, daß jedes Grüppchen von ihnen einen anderen Teil der Umgebung erfaßte, und sie hatten einen Ausdruck, als wollten sie abschätzen, ob das Gesehene ehrlich lohnte; selbst ein Dümmerer als unsere Konstrukteure hätte begriffen, was dieses Ausschauen bedeutete, da es außerordentlich eindeutig war.

»Was ist?« sagte schließlich Trurl, den dieses unverschämte Beäugen, das sich in aller Stille abspielte, wütend machte. »Was willst du, gräßliche Fratze? Ich bin der Konstrukteur Trurl, der allgemeine Omnipotentiator, und dies ist mein Freund Klapauzius, ebenfalls eine Berühmtheit und eine große Leuchte, und wir sind mit unserem Raumschiff rein touristisch geflogen, also bitte ich darum, daß das Gesicht sofort verschwindet und wir aus diesem finsteren Ort, der sicherlich voll Unrat ist, hinausgeführt werden, damit wir wieder in ein anständiges reines Vakuum gelangen, widrigenfalls sehen wir uns genötigt, eine Beschwerde einzureichen, und dann wird man dich, den Mülltonnenwühler, in deine Bestandteile zerlegen – hörst du, was ich sage?!«

Jener erwiderte nichts – linste weiter umher und schien etwas zu berechnen. Stellte er Kalkulationen an – oder wie?

»Hör mal, du aufgeblähte Mißgeburt«, rief Trurl, der jetzt auf nichts mehr Rücksicht nahm, obwohl Klapauzius ihn zur Mäßigung in die Rippen knuffte, »wir haben weder Gold noch Silber und auch keine Juwelen, laß uns also gleich von hier fort, nimm vor allem aber dein großes Maul weg, denn es ist unsäglich abstoßend. Und du«, hier wandte er sich an Klapauzius, »du hör auf, mich zu knuffen, damit ich mich mäßige, ich habe meinen eigenen Verstand und weiß, wie mit wem zu reden ist!« »Ich verlange nicht nur Gold und Silber«, versetzte plötzlich das Maul und wandte tausend feurige Augen auf Trurl, »und zu reden hat man mit mir zartfühlend und mit Hochachtung, denn ich bin ein Räuber mit Diplom, bin gebildet und nervös von Natur. Ich hatte schon andere bei mir als euch und habe nachgeprüft, soviel ich wollte – und wenn ich alles bei euch zusammenschweiße, dann

sickert auch aus euch Süßigkeit. Ich heiße Mäuler, messe dreißig Arschin in jede Richtung und raube tatsächlich Kostbarkeiten, aber in einer wissenschaftlich modernen Weise, das heißt: Ich
entwende wertvolle Geheimnisse, Schätze der Wissenschaft, authentische Wahrheiten, überhaupt jede Information von Wert.
Aber nun her damit, los, sonst pfeife ich! Ich zähle bis fünf – eins,
zwei, drei ...«

Er zählte bis fünf, und da sie ihm nichts gaben, pfiff er tatsächlich, daß ihnen beinahe die Ohren abgefallen wären. Klapauzius
aber begriff, daß dieses »Diploj«, von dem die Eingeborenen mit
Angst erzählt hatten, eben jenes Diplom war, das der Räuber offenbar an einer Akademie für Räuberwesen erworben hatte. Trurl
mußte sich mit den Händen an den Kopf fassen, denn Mäuler
besaß eine Stimme, die seinem Wuchs angemessen war.

»Gar nichts bekommst du von uns!« rief er, indes Klapauzius
nach Watte rannte. »Und du nimmst auf der Stelle das Maul
weg!«

»Wenn ich das Maul wegnehme, stecke ich die Hand rein«,
erwiderte Mäuler. »Und die ist klaftergroß, zangenartig und
schwer, daß Gott behüte! Achtung – ich beginne!«

In der Tat: Die Watte, die Klapauzius brachte, erwies sich als
unnötig, denn das Maul verschwand, und eine knorrige, stählerne, dreckige, schaufelfingrige Pranke erschien; gleich fing
sie an zu wühlen, zerbrach Tische und Schränke und Hindernisse,
daß die Bleche nur so kreischten. Trurl und Klapauzius flohen vor
der Pranke in die Atomsäule, und sobald sich nur ein Finger näherte, bekam er von oben eins verpaßt: bauz! Schließlich ärgerte
sich der diplomierte Räuber, steckte erneut das Maul durch die
Luke und versetzte: »Ich rate euch im guten, einigt euch mit mir,
denn sonst lege ich euch für später beiseite, in die Tiefe meiner
Vorratsgrube, schütte euch mit Schmutz zu und drücke euch mit
Steinen fest, daß ihr euch nicht rühren könnt und euch der Rost
vollends auffrißt; ich bin schon mit anderen fertig geworden; ihr
könnt wählen!«

Trurl verwarf jeden Gedanken an Verhandlungen, aber Klapauzius war anderen Sinnes und fragte, was sich der Diplomand
denn eigentlich wünsche.

»Die Rede höre ich gern«, versetzte dieser hierauf. »Ich sammle Schätze des Wissens, denn dies ist das Hobby meines Lebens, das sich aus der Hochschulbildung und der praktischen Einsicht in das Wesen der Dinge ergibt, zumal es hier für gewöhnlich Schätze, nach denen einfältige Räuber gieren, nicht zu kaufen gibt; Wissen hingegen sättigt den Hunger nach Erkenntnis, außerdem ist bekannt, daß alles Existierende Information ist; ich sammle sie also seit Jahrhunderten und werde es auch weiterhin tun; natürlich habe ich auch nichts dagegen, Gold oder Juwelen zu kassieren, denn das ist schön, erfreut das Auge und kann aufgehängt werden, aber ich tue es nur nebenbei, wenn sich eine Gelegenheit bietet. Ich mache darauf aufmerksam, daß ich Prügelstrafe für falsche Wahrheiten anwende, ebenso für falsche Metalle, denn ich bin ein Schöngeist und lechze nach Authentizität!«

»Und was wäre das für eine authentische und wertvolle Information, nach der es dich verlangt?« fragte Klapauzius. »Jede, vorausgesetzt, daß sie wahr ist!« erwiderte jener. »Jede kann in einer Lebenslage von Nutzen sein. Meine Keller und Verliese sind ziemlich voll, aber es geht noch einmal soviel hinein. Erzählt, was ihr wißt und was ihr könnt, ich schreibe es mir auf. Aber schnell!«

»Da haben wir uns eine schöne Sache eingebrockt«, flüsterte Klapauzius Trurl ins Ohr, »der kann uns ein ganzes Jahrhundert hier festhalten, ehe wir ihm alles gesagt haben, was wir wissen, unsere Weisheit ist ungeheuer!«

»Warte«, versetzte hierauf Trurl, »laß mich mit ihm verhandeln.« Und laut sagte er: »Hör zu, du diplomierter Räuber. Was das Gold anbelangt, so besitzen wir Informationen, die mehr als alle anderen wert sind, es besteht eine Methode, wie man Gold aus Atomen gewinnt; sagen wir es gleich: aus Wasserstoffatomen, denn ihrer gibt es im Kosmos ohne Zahl – willst du dieses Rezept, dann sind wir uns einig, hinterher läßt du uns frei.«

»Ich habe schon eine ganze Kiste mit solchen Rezepten«, erwiderte das Maul und glotzte zornig aus seinen Augen. »Alle taugen sie nichts. Ich lasse mich nicht mehr betrügen – erst muß die Gebrauchsanweisung ausprobiert werden.«

»Warum nicht? Das ist möglich. Hast du einen Topf?«

»Nein.«

»Macht nichts, es wird auch ohne Topf gehen, Hauptsache, es

dauert nicht lange«, entgegnete Trurl. »Das Rezept ist einfach: so viele Atome Wasserstoff, wie ein Atom Gold wiegt, also siebenundachtzig; dann die Wasserstoffatome von den Elektronen säubern, dann die Protonen rühren, den Kernteig durchkneten, bis Mesonen auftauchen, und ringsum alles hübsch mit Elektronen besetzen. Dann hast du reines Gold. Sieh her!«

Trurl begann Atome zu fangen, schälte die Elektronen heraus, mischte die Protonen, daß man seine Finger in der Eile gar nicht sah, knetete den Protonenteig, zog Elektronenkreise ringsherum, dann verfuhr er ebenso mit dem nächsten Atom; kaum waren fünf Minuten vergangen, da hielt er bereits einen Klumpen echten Goldes in den Händen, reichte ihn dem Maul, dieses biß an, nickte und sagte: »Na schön, Gold ist das ja, aber ich schaffe es nicht, den Atomen so schnell hinterherzulaufen. Ich bin zu groß.«

»Macht nichts, du bekommst dafür einen geeigneten kleinen Apparat!« lockte Trurl. »Denk nur, auf diese Weise läßt sich alles in Gold umwandeln, nicht nur der Wasserstoff, wir geben dir auch noch Rezepte für andere Atome; der ganze Kosmos läßt sich in Gold umwandeln, wenn man sich bloß ein bißchen anstrengt!«

»Wäre er ganz aus Gold, so verlöre er jeden Wert«, versetzte hierauf der praktische Mäuler. »Nein, eure Vorschrift nützt mir nichts: das heißt, gewiß, aufgeschrieben habe ich sie, aber das genügt nicht! Ich lechze nach Schätzen der Wissenschaft!«

»Was willst du dann, Teufel noch mal?«

»Alles!«

Trurl sah Klapauzius an, Klapauzius den Trurl, und dieser sprach wie folgt: »Wenn du einen großen Schwur tust und schwörst, daß du uns dann gleich freiläßt, geben wir dir die Information über die Allinformation, das heißt, wir bauen dir eigenhändig einen Dämon Zweiter Ordnung, welcher magisch, thermodynamisch, unsklavisch und statistisch ist und dir aus einem alten Faß oder auch nur aus einem Niesen Informationen über alles extrahieren und sammeln wird, was war, was ist, was sein kann und was sein wird. Es gibt keinen Dämon über diesem Dämon, denn er ist Zweiter Ordnung, wenn du ihn also willst, dann rede gleich!«

Der Diplomräuber war mißtrauisch und ging nicht gleich auf die Bedingungen ein, zu guter Letzt legte er den Schwur ab, jedoch mit der Einschränkung, daß erst der Dämon entstehen und seine allinformatorische Macht beweisen müsse. Trurl nahm die Bedingungen an.

»Paß nun auf, Großmäuliger!« sagte er. »Hast du irgendwo Luft bei dir? Ohne Luft kann der Dämon nämlich nicht arbeiten.«

»Etwas wird wohl dasein«, sagte Mäuler, »aber ganz rein ist sie nicht, sie ist abgestanden.«

»Schadet nichts, sie kann sogar faulig sein, das hat keine Bedeutung«, sagten die Konstrukteure. »Führe uns dorthin, wo die Luft ist, und wir zeigen dir alles!«

Er ließ sie also aus dem Raumschiff, indem er sein Maul wegrückte, und sie folgten ihm, während er sie zu sich führte – Beine hatte er wie Türme, einen Rücken wie einen Abgrund, und sein ganzer Körper war seit Jahrhunderten ungewaschen und ungeölt, er knirschte also geradezu unsäglich. Sie folgten ihm in die Kellergänge; auf dem Wege lagen verschimmelte Säcke herum, in denen der Geizhals die geraubten Informationen hielt, gebündelt und in Packen geordnet, mit Schnüren umwunden, und alles Wichtigere und Wertvollere war mit Rotstift unterstrichen. Und an der Wand des Verlieses hing ein riesiger Katalog, mit einer von Rost zerfressenen Kette an den Felsen geschmiedet. Darin waren alle möglichen Fächer – bei A war der Anfang. Trurl sah sich das an und ging weiter – ein dumpfes Echo antwortete, er verzog das Gesicht, ebenso Klapauzius, denn obschon alles voll war von geraubten authentischen kostbaren Informationen, befanden sich doch überall, wohin sich das Auge wandte, Gerümpelhöhlen und Schmutzkeller. Alles war voll Luft, aber die war ganz stickig. Sie blieben stehen, und Trurl sagte: »Gib acht! Die Luft besteht aus Atomen, diese Atome springen nach allen Seiten und prallen milliardenmal in der Sekunde in jedem Kubikmikromillimeter zusammen, und das ist eben das Gas, weil sie so ewig hüpfen und miteinander anstoßen. Aber wenn sie auch so blindlings und rein zufällig springen, so gibt es davon doch in jeder Ritze Milliarden über Milliarden; infolge dieser hohen Anzahl bilden sich aus jenen Sprüngen und Schwüngen unter anderem auch durch reinen Zufall verursachte sinnvolle Konfigurationen ... Weißt du denn, du Kamel, was das ist, so eine Konfiguration?«

»Keine Beleidigung, bitte!« entgegnete Mäuler. »Ich bin nämlich kein einfacher ungehobelter Räuber, sondern ein feinsinni-
ger, einer mit Diplom, und ich bin deshalb sehr nervös.«

»Gut. Aus diesen atomaren Sprüngen entstehen also gewichtige, das heißt sinnvolle Konfigurationen, etwa so, wie wenn du,
ohne zu zielen, gegen eine Mauer schössest und die Treffer einen
Buchstaben bildeten. Was im großen Maßstab selten und wenig
wahrscheinlich ist, das ist im Atomgas alltäglich und stetig, eben
wegen jener Billionen Zusammenstöße in jedem hunderttausend-
stel Teilchen einer Sekunde. Das Problem stellt sich nun folgendermaßen dar: In jeder Prise Luft formen sich durch das atomare
Gezappel und Gehampel gewichtige Wahrheiten und bedeutsame
Sentenzen, aber gleichzeitig entstehen dort ganz und gar sinnlose
Sprünge und Abpraller; und von den letzteren gibt es tausendfach
mehr als von jenen. Obschon man auch früher wußte, daß vor
deiner Sägenase in jedem Milligramm Luft innerhalb des Bruch-
stücks einer Sekunde Fragmente jener Poeme entstehen, die erst
nach einer Million von Jahren geschrieben werden, auch Teile
verschiedener herrlicher Wahrheiten sowie die Lösungen sämtlicher Rätsel des Daseins und seiner Geheimnisse, so gab es noch
Verfahren, diese Information vollends zu isolieren, um so mehr,
als die Atome, die mit den Köpfen zusammenstoßen und sich zu
einem Inhalt ordnen, gleich wieder auseinanderfliegen, und mit
ihnen zerfällt auch dieser, vielleicht für immer. Der ganze Witz
liegt also darin, daß man einen Selektor baut, der all das auswählt,
was in dem Hin und Her der Atome sinnvoll ist. Das ist die Idee
des Dämons Zweiter Ordnung, hast du davon etwas begriffen, du
großer Mäuler? Es geht, bedenke, darum, daß der Dämon mir die
wahre Information aus den atomaren Tänzen extrahiert, das heißt
die mathematischen Theoreme und die Modejournale, die Muster
und die Geschichtschroniken, die Rezepte für den Ionenkuchen
und die Verfahren zum Stopfen und Waschen von Asbestpanzern
und die Gedichte und die wissenschaftlichen Ratschläge und die
Almanache und die Kalender und die geheimen Nachrichten darüber, wann sich etwas ereignet hat, und all das, was die Zeitungen
im ganzen Kosmos schrieben und noch schreiben, und die Tele-
fonbücher, die noch nicht gedruckt sind ...«

»Genug! Genug!!!« rief der Mäuler. »Halt ein! Was nützt es,

wenn sich diese Atome so fügen, wenn sie gleich wieder auseinanderfliegen, ich glaube auch nicht, daß man unschätzbare Wahrheiten von allerlei Gehampel und Gehüpfe isolieren kann, das keinen Sinn hat und niemand frommt!«

»Du bist ja wirklich weniger dumm, als ich angenommen habe«, sagte Trurl, »die Schwierigkeit besteht wirklich nur darin, wie man diese Selektion in Gang setzen soll. Und ich habe gar nicht die Absicht, dich von ihrer Möglichkeit theoretisch zu überzeugen, sondern ich werde, wie versprochen, gleich hier, auf der Stelle, den Dämon Zweiter Ordnung bauen, damit du dich mit eigenen Augen von der wunderbaren Vollkommenheit dieses Allinformators überzeugen kannst! Du brauchst mir nichts weiter als eine Schachtel oder eine Kiste zu geben; sie kann klein sein, aber sie muß dicht halten; wir machen darin mit einer Nadelspitze ein kleines Loch und setzen über diese Öffnung den Dämon; er wird breitbeinig darauf sitzen und nur sinnvolle Informationen aus dem Kasten herauslassen, sonst nichts. Wenn sich nämlich irgendein Häufchen Atome zufällig so zusammenfügt, daß es etwas bedeutet, dann packt sie der Dämon gleich am Kragen und schreibt diese Bedeutung auf einen Papierstreifen, von dem ich einen ganzen Haufen bereitschaffen muß, denn er wird Tag und Nacht arbeiten – bis der Kosmos aufgehört hat, nicht früher … Und das hundertmilliardenmal pro Sekunde, du wirst es gleich selbst erleben; so nämlich arbeitet der Dämon Zweiter Ordnung.«

Mit diesen Worten begab sich Trurl zum Raumschiff, um den Dämon anzufertigen; Mäuler fragte indes den Klapauzius: »Und wie ist der Dämon Erster Ordnung beschaffen?«

»Ach, der ist weniger interessant, ein gewöhnlicher thermodynamischer Dämon, der nur so viel kann, daß er die schnellen Atome durch die Öffnung läßt und die langsamen nicht; auf diese Weise entsteht dann ein thermodynamisches Perpetuum mobile. Mit Information hat das jedenfalls nichts zu tun, schaff also lieber das Gefäß mit dem Loch herbei, Trurl ist nämlich gleich wieder da!«

Der diplomierte Räuber begab sich in einen zweiten Keller, polterte dort mit den Blechen, fluchte und wetterte, türmte Eisengerümpel auf, wühlte darin herum, bis er schließlich ein leeres altes Eisenfaß hervorkramte, ein kleines Loch darein bohrte und damit zurückkehrte, und da nahte auch schon Trurl, den Dämon in der Hand.

Das Faß war voll Luft, die so faulig war, daß die Nase geradezu abfallen wollte, wenn man sie an die Öffnung hielt, aber dem Dämon machte das nichts aus; Trurl setzte dieses winzige Etwas mit gespreizten Beinen über dem kleinen Loch aufs Faß, brachte eine große Trommel mit Papierband oben an und führte dieses unter den Brillantschreiber, der vor Lust zitterte, und das Klopfen begann – tak – tak, tak – tak, wie in einem Telegraphenamt, aber eine Million Mal schneller. Das kleine Schreibzeug mit dem winzigen Brillanten an der Spitze zitterte und vibrierte nur so, und das Informationsband glitt langsam mit dem Text auf den sehr schmutzigen, über die Maßen verdreckten Kellerfußboden.

Der Räuber Mäuler hockte sich neben das Faß, hielt das Papierband an seine hundert Augen und las ab, was der Dämon da als Informationssieb aus dem ewigen atomaren Gehüpfe herausfischte; und die wichtigen Inhalte fesselten ihn gleich dermaßen, daß er gar nicht merkte, wie die beiden Konstrukteure um so rascher den Keller verließen, ihr Schiff an den Steuervorrichtungen packten, einmal, zweimal, dreimal daran zerrten, bis sie es aus der Falle gezogen hatten, in die es der Räuber gestoßen hatte, hineinsprangen und so schnell davonrasten, wie sie nur konnten; denn obwohl sie wußten, daß ihr Dämon tätig war, argwöhnten sie, daß die Ergebnisse dieser Wirkung Mäuler mit größerem Reichtum ausstatten würden, als es wünschenswert war. Dieser aber saß ans Faß gelehnt und las beim Piepsen des Brillantschreibers, mit dem der Dämon auf dem Papierband alles niederschrieb, was er von den zitternden Atomen erfuhr, darüber, wie sich die arlebardischen Gliederfüßler gliedern und daß die Tochter des Königs Petricius aus Labaudien Garbunda hieß, und was Friedrich II., der König der Blasser, zum zweiten Frühstück aß, als er den Guendolinern den Krieg erklärte, und wie viele Elektronenhüllen ein Termionoliumatom besäße, wenn ein solches Element möglich wäre, und wie groß die Abmessungen des hinteren Lochs des kleinen Vogels sind, welcher Krugelhahn heißt und von den Lockschwänigen Marleien auf Ramphoren gemalt wird, ebenso über die drei polyaromatischen Geschmacksarten des ozeanischen Schwamms auf Aquatien und über das Blümchen Wiedehopf, das vor Rührung über die Morgenröte mit allem Ungestüm die altmälfischen Jäger zum alten Eisen legte, auch darüber, wie man die Formel für den Kosinus des Winkels der Basis des Vielecks, Ikoseder genannt, deduziert und wer der Juwelier des Falucius, jenes linkshändigen Schlächters der Buwanten, war und wie viele philatelistische Schriften im Jahre siebzigtausend auf Markonautien erscheinen werden und wo sich die kleine Leiche der Schönfersigen Kybricja befinde, die ein gewisser Malkonder im trunkenen Zustand mit einem Nagel durchbohrte, auch wodurch sich ein Kritiker von einem Haarspalter unterscheide, desgleichen, wer im Kosmos die kleinste Längsjätedecke besitze und warum drachenhintrige Flöhe kein Moos essen wollen, worin das Spiel »Herunterziehen des Hinteren Baluciers« bestehe und wie viele Samenkörner von Löwenkraut sich in dem Häufchen befanden, das Burkan der Blättrige mit dem Fuß anstieß, als er beim achten Kilometer der Chaussee nach Albazia im Tal der Greisen Seufzer ausrutschte – und nach und nach wurde er fuchsteufelswild, denn ihm schwante, daß er all diese gänzlich echten und über die Maßen sinnvollen Informationen überhaupt nicht brauchte, denn sie waren wie Kraut und Rüben, wovon einem der Kopf platzen wollte und die Füße zitterten.

Der Dämon Zweiter Ordnung arbeitete mit einer Geschwindigkeit von dreihundert Millionen Informationen in der Sekunde, der Papierstreifens ringelte sich bereits meilenweit und bedeckte nach und nach den diplomierten Räuber mit seinen Schleifen, es war, als würde er in weiße Spinnweben eingesponnen, und der kleine Brillant des Schreibers zitterte wie rasend, und der Räuber glaubte, er werde nun gleich unerhörte Dinge erfahren, solche, die ihm die Augen auf das Wesen des Seins öffnen würden, also las er alles, was unter dem kleinen Brillanten hervorsprudelte, und das waren Trinklieder der Kwaidonesen, die Größen der Nachtpantoffeln mit Troddeln auf dem Kontinent Gonduana, die Dicke der Haare, die auf der Kupferstirn des Euerburger Tausendfüßlers wachsen, und die Breite der Fontanellen bei den Futtersäuglingen und die sechs Methoden, eine Grießsuppe zu kochen, und wirksames Gift für Tanten und die Art, wie man bis zur Übelkeit kitzelt, und alle Namen auf M der Einwohner von Finsterangstglauba und die Beschreibungen des vom Schimmel befallenen Bieres ... Ihm wurde von alledem dunkel vor Augen, und er brüllte laut los, denn er hatte es satt, doch hatte ihn bereits die Information mit dreihunderttausend Papiermeilen umwickelt und gefesselt, so daß er sich nicht mehr rühren konnte und weiterlesen mußte, darüber, welchen Anfang des zweiten »Dschungelbuches« Rudyard Kipling geschrieben hätte, wenn ihn damals Bauchschmerzen geplagt hätten, und woran ein von Ehelosigkeit geplagter Walfisch denkt, welcher Art das Liebeswerben der weißen Fliegenpilze sei, wie man einen alten Sack stopfe, was Amüsierschoten sind, warum man Schmied und Schneider und nicht Schneid und Schmieder sage, wie viele blaue Flecke man auf einmal haben könne, dann folgte eine Reihe von Merkmalen zur Unterscheidung von Trillern und Aprikosen: die ersten seien kahl, die anderen hätten Härchen, ferner welches die Reime zu dem Wort »Kohl« seien und mit welchen Worten Papst Ulm von Pendera den Antipapst Mulma beleidigt habe und wer eine Kammbläse besitze. Hier nun vermochte er in äußerster Verzweiflung, sich aus dem Papiergewirr zu befreien, bald jedoch verließen ihn die Kräfte; er stieß die Papierstreifen zurück, zerriß sie und warf sie beiseite, aber er hatte viel zu viele Augen, als daß nicht wenigstens durch einige ein paar neue Informationen drangen, also erfuhr er gezwungenermaßen, welches die Kompetenzen eines Nachtwächters in Indochina sind und weshalb die Nadojderer aus Flutorsien stets behaupten, sie seien verweht worden. Doch da schloß er die Augen und erstarrte, erdrückt von der Informationslawine, der Dämon indes wickelte ihn weiter in die Papierstreifen ein und strafte somit auf entsetzlichste Weise den diplomierten Räuber Mäuler für seine maßlose Gier nach jedwedem Wissen.

So hockt jener Mäuler bis auf den heutigen Tag auf dem Grunde seiner Müllhaufen und Schutthalden, bedeckt mit Bergen von Papier, im Halbdämmer des Kellers aber zittert und vibriert der winzige Brillantschreiber und notiert alles, was der Dämon Zweiter Ordnung aus den atomaren Tänzen der Luft, die durch das kleine Loch im alten Faß strömt, herausfischt; und so erfährt der unglückselige Mäuler, genötigt durch die Streifenflut der Information, von den Pompons und von den Karakons und von

seinem eigenen Abenteuer, das auf diesen Seiten ebenfalls geschildert wurde, wo es sich auf irgendeinem Kilometer des
Papierstreifens befindet – auch noch andere Geschichten und
Prophezeiungen der Geschichte aller Wesen bis zum Verlöschen
der Sterne; und es gibt für ihn keine Rettung, denn so streng haben
ihn die Konstrukteure für seinen räuberischen Überfall bestraft –
es sei denn, daß schließlich das Band wegen Papiermangels zu
Ende geht.

Aus dem Polnischen von Caesar Rymarowicz

Die siebente Reise
oder Wie Trurls Vollkommenheit zum Bösen führte

Das Weltall ist unendlich, aber begrenzt, und deshalb kehrt ein Lichtstrahl, wohin er auch aufbricht, nach Milliarden von Jahrhunderten an seinen Ausgangspunkt zurück, sofern er nur genügend Kraft hat; nicht anders ist es mit den Nachrichten, die zwischen den Sternen und Planeten kreisen. Eines Tages erreichte Trurl aus großer Ferne die Kunde von zwei mächtigen Konstrukteuren-Benefaktoren, die über so viel Vernunft und so viel Vollkommenheit verfügten, daß niemand ihnen gleichkomme. Alsbald begab er sich zu Klapauzius. Der aber erklärte ihm, die Nachricht spreche nicht von geheimnisvollen Rivalen, sondern von ihnen selbst, sie habe den Kosmos umkreist. Der Ruhm jedoch hat es so an sich, daß er über Niederlagen gewöhnlich schweigt, sogar wenn die höchste Perfektion sie hervorgerufen hat. Wer daran zweifelt, möge sich der letzten von Trurls sieben Reisen erinnern. Er hatte sie allein unternommen, weil Klapauzius von dringenden Pflichten festgehalten wurde, so daß er ihn nicht begleiten konnte.

Trurl war damals grenzenlos überheblich, und die Zeichen der Verehrung, die man ihm entgegenbrachte, nahm er als etwas ganz Gewöhnliches hin. Mit seinem Raumschiff flog er nach Norden, weil diese Richtung ihm am wenigsten bekannt war. Lange flog er durch die Leere, mied Globen voll Kriegsgeschrei und solche, die schon die Stille vollständiger Leblosigkeit einte, bis ihm zufällig ein kleiner Planet in den Weg kam, eigentlich ein geradezu mikroskopischer Brocken verirrter Materie.

Auf der Oberfläche dieses Felsblocks lief jemand hin und her, sprang in die Höhe und machte seltsame Gebärden. Erstaunt über solche Einsamkeit und beunruhigt von diesen Anzeichen der Verzweiflung oder des Zorns, landete Trurl eilends.

Ein Mann von riesiger Gestalt kam ihm entgegen, ganz aus Iridium und Vanadium, rasselnd und klirrend, und tat ihm kund, er heiße Exilius Tartareus und sei der Herrscher von Pankrycia und Cenendera; die Bewohner dieser beiden Monarchien hätten ihn in einem Anfall königsmörderischen Wahnsinns von seinem

Thron gestoßen, vertrieben und auf diesen wüstenhaften Brocken gesetzt, damit er in alle Ewigkeit mit ihm in den dunklen Driften der Gravitation umherirre.

Nachdem er erfahren, mit wem er es zu tun hatte, begann jener Monarch zu fordern, Trurl als gewissermaßen berufsmäßiger Wohltäter solle ihn unverzüglich in seine früheren Würden wieder einsetzen; schon der Gedanke an eine derartige Wendung der Dinge ließ seine Augen im Feuer ersehnter Rache aufleuchten, und seine stählernen Finger krallten sich zusammen, als packten sie die treuen Untertanen bereits bei der Kehle.

Weder konnte noch wollte Trurl die Wünsche des Exilius erfüllen, denn das hätte viel Böses und viele Verbrechen nach sich gezogen, zugleich aber wünschte er, die beleidigte Majestät irgendwie zu besänftigen und zu trösten, er meditierte also eine gute Weile und gelangte zu der Überzeugung, auch in diesem Falle sei nicht alles verloren, man könne nämlich beides bewerkstelligen, den König befriedigen und seine Untertanen ungeschoren lassen. Nachdem er ausgiebig überlegt und seine meisterliche Kunst zu Hilfe gerufen hatte, konstruierte Trurl ihm deshalb einen völlig neuen Staat. Es gab dort Städte, Flüsse, Berge, Wälder und Bäche, einen Himmel mit Wolken, Kriegerscharen voller Kampfeslust, Burgen und Vesten und Frauenzimmer; ferner gab es von der Sonne grell beleuchtete Jahrmärkte, Tagesarbeit im Schweiße des Angesichts, Nächte voller Tanz und Gesang bis zum hellen Morgen und Säbelgerassel.

Auch fügte er in jenen Staat meisterlich eine herrliche Hauptstadt ein, ganz aus Marmor und Bergkristall, dazu einen Rat uralter Weisen, Winterpaläste und Sommerresidenzen, Verschwörungen von Königsmördern, Ehrabschneider, Ammen, Zuträger, Herden prächtiger Reitpferde und im Winde wehende purpurne Federbüsche; dann durchwirkte er die Luft mit den silbernen Fäden der Fanfarenklänge und den dicken Kugeln des Kanonensaluts, fügte die notwendige Handvoll Verräter und eine zweite Handvoll Helden hinzu, tat eine Prise Wahrsager und Propheten hinein, je einen Erlöser und einen Sänger der grausamen Macht des Geistes und führte dann, nachdem er sich neben dem fertigen Werk niedergelassen, eine Generalprobe durch, bastelte in ihrem Verlauf mit mikroskopischen Instrumenten daran herum, gab den

Frauen des Staates noch etwas Schönheit, den Männern düsteres Schweigen und besoffenes Gezänk, den Beamten Hochmut und Unterwürfigkeit, den Astronomen Sternentrunkenheit, den Kindern lärmendes Wesen. Das alles aber war, vereint, verbunden und zugeschliffen, in einem Kasten untergebracht, nicht allzu groß, genauso, daß Trurl ihn ohne Mühe tragen konnte. Darauf gab er ihn dem Exilius zum Geschenk und bot ihm die ewige Herrschaft darüber an. Zuvor zeigte er ihm, wo sich die Eingänge und Ausgänge zu diesem Zwergenkönigreich befinden, wie man dort Kriege programmiert, Aufstände niederwirft, Abgaben und Aushebungen festlegt, auch lehrte er ihn, wo die kritischen Punkte explosiver Übergänge dieser miniaturisierten Gesellschaft liegen, das heißt die Maxima und Minima der Palastrevolutionen und Sozialumstürze, und er erläuterte das so gut, daß der seit jeher an ein tyrannisches Regiment gewöhnte König die Belehrung im Nu begriff und vor den Augen des Konstrukteurs versuchsweise einige Edikte erließ, indem er die mit kaiserlichen Adlern und Löwen geschmückten Regulationsknöpfe betätigte. Es waren das Edikte, die den Ausnahmezustand einführten, die Polizeistunde und einen Sondertribut. Dann, als in dem Königreich ein Jahr vergangen war, in Trurls und des Königs Zeit aber kaum eine Minute, hob der König durch einen Akt allerhöchster Gnade, also durch ein Tippen des Fingers auf den Regulator, ein Todesedikt auf, setzte den Tribut herab und geruhte, den Ausnahmezustand zu annullieren – und aus dem Kasten erhob sich, gleich dem Piepsen von Mäuschen, die man an den Schwänzen zieht, ein froher Lärm. Durch das gewölbte Glas oben konnte man sehen, wie sich das Volk auf den hellen, staubigen Wegen und an den Ufern der träge dahinfließenden Flüsse, in denen sich bauchige Wolken spiegelten, freute und die unvergleichlich hochherzige Gnade des Herrschers pries.

Der Monarch, anfangs durch Trurls Geschenk gekränkt, weil es gar zu klein und einem Kinderspielzeug ähnlich war, sah jedoch, wie groß alles darin wurde, wenn man es durch das dicke Glas auf der Oberseite betrachtete, und fühlte vielleicht auch unklar, daß die Größenverhältnisse hier keine Rolle spielten, da man Staatsdinge nicht nach Meter und Kilogramm mißt, die Gefühle aber sowohl der Riesen wie der Zwerge irgendwie einander gleichen;

er dankte dem Konstrukteur, wenn auch nur halblaut und steif. Wer weiß, vielleicht hätte er gern befohlen, die Palastwachen sollten Trurl für alle Fälle in Ketten legen und mit Torturen vom Leben zum Tode befördern, weil es sicher zweckmäßig gewesen wäre, bereits im Keim jede Kunde davon zu ersticken, daß ein hergelaufener, in allen Kunststücken versierter Nichtsnutz der mächtigen Majestät ein Königreich geschenkt hatte.

Doch war Exilius nüchtern genug, um einzusehen, daß daraus wegen des grundsätzlichen Mißverhältnisses der Kräfte nichts werden konnte; denn eher wären die Flöhe imstande, ihren Ernährer gefangenzusetzen, als daß dies dem königlichen Heer mit Trurl gelungen wäre. Also nickte er noch einmal kaum merklich mit dem Kopf, steckte Zepter und Reichsapfel in die Brusttasche, hob nicht ohne Mühe den Kasten mit dem Staat hoch und trug ihn in seine Exilstube. Und während abwechselnd die Sonne diese Stube im Rhythmus der Umdrehungen des Planetoiden beleuchtete und die Nacht sie in ihren frostigen Bann schlug, übte der König, den seine Untertanen bereits als den größten auf der Welt anerkannten, fleißig seine Herrschaft aus, befahl, verbot, ließ hinrichten, belohnte und ermunterte auf diese Weise ohne Unterlaß seine Winzlinge zu vollkommener Untertänigkeit und Thronverehrung.

Trurl hingegen erzählte, nach Hause zurückgekehrt, nicht ohne Zufriedenheit sogleich seinem Freunde Klapauzius, mit welcher Darbietung konstruktiver Meisterschaft er die monarchistischen Bestrebungen des Exilius mit den republikanischen seiner einstigen Untertanen in Einklang gebracht hatte. Klapauzius jedoch, o Wunder, zollte ihm nicht die geringste Anerkennung. Im Gegenteil, Trurl konnte etwas wie Tadel in seinen Augen lesen.

»Habe ich dich recht verstanden?« sagte er. »Du hast diesem grausamen König, diesem geborenen Sklavenhalter, diesem Torturophilen oder Qualenfreund, eine ganze Gesellschaft zu ewiger Herrschaft geschenkt? Und erzählst mir noch von dem freudigen Lärm, den die Annullierung eines Teils seiner grausamen Edikte hervorrief? Wie konntest du so handeln!«

»Du beliebst zu scherzen!« rief Trurl. »Schließlich hat dieser ganze Staat in einem Kasten Platz, dessen Größe hundert zu fünfundsechzig zu siebzig Zentimeter beträgt – er ist nichts anderes als nur ein Modell ...«

»Modell wessen?«

»Was heißt hier wessen? Einer Gesellschaft, hundertmillionenfach verkleinert.«

»Und woher weißt du, ob es nicht Gesellschaften gibt, die hundertmillionenmal größer sind als unsere? Wäre dann unsere nicht ein Modell dieser riesenhaften? Und überhaupt, was für eine Bedeutung haben die Ausmaße? Dauert in diesem Kasten, das heißt in diesem Staat, die Reise von der Hauptstadt bis zu den Antipoden nicht Monate – für die Bewohner dort? Leiden sie nicht, arbeiten sie nicht mühevoll, sterben sie nicht?«

»Nun ja, mein Lieber, du weißt doch selbst, daß alle diese Prozesse so ablaufen, weil ich sie programmiert habe, also nicht in Wirklichkeit.«

»Wieso nicht in Wirklichkeit? Willst du damit sagen, der Kasten sei leer und die Umzüge, Torturen und Hinrichtungen nur eine Täuschung?«

»Sie sind insofern keine Täuschung, als sie tatsächlich stattfinden, indessen allein als bestimmte mikroskopische Erscheinungen, zu denen ich die Atomschwärme gezwungen habe«, sagte Trurl. »Auf jeden Fall sind jene Geburten, Liebschaften, Heldentaten und Zuträgereien nichts als ein Sichtummeln winziger Elektronen in der Leere, geordnet durch die Präzision meiner nichtlinearen Kunst, die ...«

»Ich mag die Worte deines Selbstlobs nicht länger hören!« schnitt ihm Klapauzius das Wort ab. »Du sagst, das seien Prozesse der Selbstorganisation?«

»Aber ja doch!«

»Und sie vollziehen sich zwischen winzigen elektronischen Wolken?«

»Das weißt du genau.«

»Und daß die Phänomenologie der Morgen- und Abenddämmerungen und der blutigen Kriege hervorgerufen wird von den Spannungen relevanter Variablen?«

»So ist es.«

»Und sind wir selbst, wenn man uns physikalisch, kausal und handgreiflich untersuchte, nicht ebenfalls Wölkchen elektronischen Sichtummelns? Positive und negative, in die Leere montierte Ladungen? Und ist unser Sein nicht das Resultat solcher Teilchengeplänkel, obwohl wir selbst die Wirbeltänze der Moleküle als Angst, Verlangen oder Überlegung empfinden? Und was geschieht in deinem Kopf anderes, wenn du träumst, als die duale Algebra der Umschaltungen und die unermüdliche Wanderung der Elektronen?«

»Mein lieber Klapauzius! Willst du unser Sein etwa identifizieren mit dem Sein dieses in den Glaskasten eingeschlossenen Quasi-Staates?« rief Trurl aus. »Nein, das ist zuviel! Meine Intention war doch, nur einen Simulator der Staatlichkeit zu schaffen, ein kybernetisch vollkommenes Modell, mehr nicht!«

»Trurl! Die Vollkommenheit ist unser Fluch, der durch die Unberechenbarkeit seiner Folgen jedes unserer Werke belastet!« sagte Klapauzius mit gewichtiger Stimme. »Denn ein unvollkommener Nachahmer, der anderen Torturen zuzufügen wünscht, würde sich eine unförmige Puppe aus Holz oder Wachs schaffen, ihr eine gewisse äußerliche Ähnlichkeit mit einem vernünftigen Wesen verleihen und sie dann ersatzweise und künstlich quälen! Doch bedenke den Fortgang der Vervollkommnung solcher Praktiken, mein Lieber! Denke dir als nächsten einen Bildhauer, der eine Puppe mit einem Tonband im Bauch herstellt, damit sie unter seinen Schlägen stöhnt. Denke dir eine, die, wird sie geschlagen, um Erbarmen fleht, eine, die aus dem Holzklotz zum Homöostaten wird, denke dir eine Puppe, die Tränen vergießt, die blutet, eine Puppe, die sich vor dem Tode fürchtet, obwohl die sich zugleich nach seiner Ruhe sehnt, die gewisser ist als jede andere! Siehst du nicht, wie die Vollkommenheit des Nachahmers bewirkt, daß der Schein zur Wahrheit wird, die Täuschung zur Wirklichkeit? Du hast einem grausamen Tyrannen die ewige Herrschaft über unzählige Mengen leidensfähiger Wesen verliehen, du hast also etwas Schandbares getan ...«

»Das sind alles Sophismen!« schrie Trurl heftig, weil die Worte seines Freundes ihn getroffen hatten. »Die Elektronen hüpfen nicht nur in unseren Köpfen, sondern auch in den Schallplatten, und aus dieser allgemeinen Eigenschaft ergibt sich nichts, was zu derart hypostatischen Analogien berechtigen könnte! Die Untertanen des Ungeheuers Exilius verlieren tatsächlich den

Kopf und das Leben, sie schluchzen, schlagen und lieben sich, weil ich die Parameter in der erforderlichen Weise abgestimmt habe, aber ob sie dabei irgend etwas empfinden, das weiß man nicht, Klapauzius, denn davon werden die in ihren Köpfen hüpfenden Elektronen nichts sagen!«

»Wenn ich dir den Kopf zerschlüge, würde ich auch nichts erblicken als die Elektronen, das ist gewiß!« sagte jener. »Du tust doch nur so, als sähest du nicht, was ich dir zeige, ich weiß sehr wohl, du bist nicht so dumm. Eine Schallplatte kannst du nicht befragen, eine Schallplatte fleht nicht um Erbarmen und fällt auch nicht auf die Knie. Man weiß nicht, sagst du, ob sie, nur weil ihnen die Elektronen in ihrem Innern dazu die Impulse geben, unter den Schlägen stöhnen wie Räder, die sich geräuschvoll bewegen, oder ob sie wirklich aus ehrlich empfundenem Schmerz schreien? Das ist mir eine Unterscheidung! Es leidet doch nicht, wer dir sein Leiden hinhält, damit du es abtastest, untersuchst und wägst, sondern wer sich wie ein Leidender verhält! Beweise mir hier auf der Stelle, daß sie *nicht* leiden, daß sie *nicht* denken, daß es sie überhaupt *nicht gibt* als Wesen, die sich des Eingeschlossenseins zwischen den beiden Abgründen der Nichtexistenz bewußt sind, zwischen der vor der Geburt und der nach dem Tode, beweise mir das, und ich werde aufhören, dich zu behelligen! Beweise mir auf der Stelle, daß du das Leiden nur *nachgeahmt,* aber nicht *geschaffen* hast!«

»Du weißt genau, das ist unmöglich«, entgegnete Trurl leise. »Denn indem ich die Instrumente zur Hand nahm, als der Kasten noch leer war, mußte ich sogleich die Eventualität eines *solchen* Beweises voraussehen, um ihr bei der Projektierung des Staates für Exilius zuvorzukommen, und zwar damit in dem Monarchen nicht der Eindruck entstand, er habe es mit Marionetten zu tun, mit Puppen statt mit ganz realen Untertanen. Ich konnte nicht anders handeln, versteh doch! Denn alles, was die Illusion absoluter Realität unterhöhlt, hätte den Ernst der Herrschaft zerstört und sie zu einem mechanischen Spiel gemacht ...«

»Ich verstehe, ich verstehe genau!« rief Klapauzius. »Deine Intentionen waren edel – du wolltest nur einen Staat errichten, der einem wirklichen möglichst ähnlich sei, ähnlich bis zur Ununterscheidbarkeit, und ich begreife dein Grauen, daß dir das gelungen ist. Seit deiner Rückkehr sind nur Stunden vergangen, aber für die da, die in dem Kasten eingeschlossen sind, ganze Jahrhunderte. Wieviel zugrunde gerichtete Existenzen, nur damit Exilius' Hochmut sich aufplustern und aufblähen kann!«

Ohne noch etwas zu sagen, begab sich Trurl zu seinem Raumschiff und sah, daß sein Freund ihm folgte. Nachdem er die Raumfähre wie einen Kreisel herumgedreht hatte, richtete Trurl ihren Bug auf die Stelle zwischen zwei großen Haufen zeitloser Feuer und drückte auf die Steuer, bis Klapauzius sagte:

»Du bist unverbesserlich. Immer handelst du erst und denkst später. Was willst du tun, wenn wir dort ankommen?«

»Ich werde ihm den Staat wegnehmen.«

»Und was damit machen?«

Vernichten, wollte Trurl schreien, doch bei der ersten Silbe hielt er inne, sie kam ihm nicht über die Lippen. Er wußte nicht, was er sagen sollte, und murmelte:

»Ich werde Wahlen ansetzen. Sollen sie sich selbst gerechte Herrscher aussuchen.«

»Du hast sie als Feudalherren und Lehnsmänner programmiert, was wird dann nach den Wahlen, wenn diese ihr Schicksal ändern? Erst müßtest du die ganze Struktur dieses Staates zerbrechen und von neuem fügen ...« »Aber wo hört der Strukturwandel auf und beginnt die Umformung der Geister?!« rief Trurl. Klapauzius antwortete ihm nicht, und sie flogen in düsterem Schweigen, bis sie den Planeten des Exilius erblickten. Als sie ihn vor der Landung umkreisten, bot sich ihren Augen ein ungewöhnlicher Anblick.

Unzählige Anzeichen vernünftigen Handelns bedeckten den ganzen Planeten. Mikroskopische Brücken überspannten wie Striche die Bäche, und die Teiche, in denen sich die Sterne spiegelten, waren voll hobelspangroßer Schiffchen ... Die sonnenabgewandte, nächtliche Halbkugel war bedeckt mit den Pocken lichterglänzender Städte, und auf der hellen sah man Siedlungen, wenn man auch die Bewohner selbst wegen ihrer Winzigkeit nicht einmal durch die stärksten Gläser wahrnehmen konnte. Nur von dem König war keine Spur zu finden, als hätte sich unter ihm die Erde aufgetan.

»Er ist weg ...«, flüsterte Trurl verwundert seinem Gefährten zu. »Was haben sie mit ihm gemacht? Es ist ihnen gelungen, die Wände des Kastens zu sprengen, sie haben den gesamten Brocken eingenommen ...«

»Sieh nur!« sagte Klapauzius und wies auf ein Wölkchen in Form eines winzigen Stopfpilzes, das langsam in der Atmosphäre verging. »Sie kennen schon die Atomenergie ... Und dort hinten – siehst du die Formen aus Glas? Das sind Reste des Kastens, die sie zu einem Heiligtum umgestaltet haben ...«

»Ich verstehe das nicht. Es war doch nur ein Modell. Nur ein Prozeß aus zahlreichen Parametern, ein monarchisches Trainingsgerät, eine Imitation, verkoppelt aus Variablen im Multistat ...«, murmelte der verblüffte, verdutzte Trurl.

»Ja, aber du hast den unverzeihlichen Fehler übermäßiger Perfektion in der Nachahmung begangen. Da du kein Uhrwerk bauen wolltest, hast du ungewollt aus Pedanterie bewirkt, was möglich und notwendig ist – also das Gegenteil des Mechanismus ...«

»Hör auf!« schrie Trurl. Sie schauten also nur hin, bis etwas an ihr Raumschiff stieß, aber nur in ganz leichter Berührung. Und sie sahen den Gegenstand, denn ein schmaler Lichtstreif aus dem Hintergrund beleuchtete ihn. Es war ein Fahrzeug oder nur ein künstlicher Satellit, verblüffend ähnlich einem der stählernen Schuhe, die der Tyrann Exilius getragen hatte. Und als sie die Blicke hoben, sahen sie hoch über dem Kleinplaneten einen leuchtenden Körper, den er früher nicht besessen hatte. Sie erkannten an seiner runden, vollkommen kalten Oberfläche die stählernen Züge des Exilius, der auf diese Weise zum Mond der Mikrominianten geworden war.

Aus dem Polnischen von Klaus Staemmler

Die Geschichte von den drei geschichtenerzählenden Maschinen des Königs Genius

Eines Tages erschien ein Fremder bei Trurl, und gleich als er aus seinem Photonen-Phaeton stieg, war klar, daß er kein gewöhnliches Wesen war, sondern aus den ganz entlegenen Regionen des Kosmos stammen mußte, denn wo alle von uns Arme haben, hatte er nur eine leichte Brise, und wo sich normalerweise Beine befinden, hatte er nichts als einen schimmernden Regenbogen, und anstelle eines Kopfes trug er einen kostbaren Federhut; seine Stimme kam aus der Mitte des Körpers, denn er war eine vollkommene Kugel, eine Kugel von äußerst gewinnendem Aussehen, ganz umschlungen von einem reich verzierten Plasmagurt. Nachdem er Trurl begrüßt hatte, erzählte er, er bestehe eigentlich aus zwei Wesen, nämlich der oberen und der unteren Halbkugel; die obere hieß Synchronicus, die untere Symphonicus. Trurl war begeistert von dieser genialen Problemlösung bei der Konstruktion intelligenter Wesen und gestand bereitwillig ein, daß er noch nie ein so präzise gearbeitetes Individuum gesehen hatte, geschweige denn eine derart abgerundete Persönlichkeit mit solch geschliffenen Manieren. Der Fremde lobte Trurls ausnehmend schönen Körperbau seinerseits in den höchsten Tönen und brachte das Gespräch nach diesem Austausch von Höflichkeiten auf den eigentlichen Zweck seines Besuchs. Als guter Freund und treuer Diener des berühmten Königs Genius sei er zu Trurl gekommen, um bei ihm drei geschichtenerzählende Maschinen zu bestellen.

»Mein allergnädigster Herr und König«, sagte er, »hat sich schon längst von allen Regierungsgeschäften und herrscherlichen Pflichten zurückgezogen, zu diesem Verzicht hat ihn die Weisheit gebracht, die er durch sorgfältiges Studium des Laufs der Welten erworben. Nachdem er sein Königreich verlassen hatte, zog er sich in eine trockene und luftige Höhle zurück, um sich ganz seinen Meditationen hinzugeben. Oftmals jedoch wird er von Melancholie und Widerwillen gegen sich selbst heimgesucht, und dann vermag ihn nichts anderes zu trösten als spannende und ungewöhnliche Geschichten. Jedoch die wenigen von uns, die treu an seiner Seite geblieben sind, haben ihm schon längst keine neuen Geschichten mehr zu erzählen. Und so wissen wir denn keinen anderen Rat, als uns an dich zu wenden, verehrter Konstrukteur, damit du uns mit den Maschinen, die du so trefflich zu bauen verstehst, dabei hilfst, dem König die Sorgen zu vertreiben.«

»Das kann ich tun«, sagte Trurl. »Aber weshalb wollt ihr gleich drei Maschinen?«

»Wir möchten«, antwortete Symchrophonicus und drehte sich dabei leicht bald in die eine, bald in die andere Richtung, »wir möchten, daß die erste lehrreiche, jedoch heitere, die zweite witzige und spritzige und die dritte tiefgründige und erschütternde Geschichten erzählt.«

»Mit anderen Worten, die erste soll der Schärfung des Geistes, die zweite der Zerstreuung und die dritte der moralischen Erbauung dienen«, sagte Trurl. »Ich verstehe. Wollen wir über die Bezahlung gleich oder erst später sprechen?«

»Sowie du die Maschinen gebaut hast, reibe diesen Ring«, war die Antwort, »und das Phaeton wird vor dir erscheinen. Steige mitsamt deinen Maschinen ein, und es wird dich sogleich zur Höhle von König Genius bringen. Dort trage deine Wünsche vor, er wird tun, was er kann, um sie zu erfüllen.«

Er verbeugte sich, gab Trurl einen Ring, erstrahlte in blendendem Glanz und rollte zum Phaeton zurück, das sich blitzschnell in eine Wolke gleißenden Lichts hüllte, und im nächsten Augenblick stand Trurl mit dem Ring in der Hand allein vor seinem Haus, nicht sehr zufrieden mit dem, was sich soeben zugetragen hatte.

»Tun, was er kann!« brummte er wütend. »Oh, wie ich das hasse, wenn sie das sagen! Ich weiß nur zu genau, was das bedeutet: Sobald es ans Bezahlen geht, ist es vorbei mit all den Höflichkeiten, Artigkeiten und sonstigen Fisimatenten, dann gibt es nichts als Scherereien, sogar mit Prügeln muß man rechnen ...«

Da begann der glänzende Ring in seiner Hand zu vibrieren und sagte:

»Die Redewendung ›tun, was er kann‹ beruht nur darauf, daß König Genius in Anbetracht des Verlusts seines Königreichs nur noch begrenzte Mittel zur Verfügung stehen. Er wendet sich an dich, verehrter Konstrukteur, sozusagen als ein Weiser an den anderen; und offensichtlich hat er sich nicht geirrt, denn, wie ich sehe, versetzen dich Worte, ausgesprochen von einem Ring, absolut nicht in Erstaunen. Sei daher auch nicht erstaunt über die angespannten finanziellen Verhältnisse des Königs, denn du wirst eine reichliche Belohnung erhalten, wenn auch vielleicht nicht in Gold. Doch nicht jeder Hunger auf der Welt kann mit Gold gestillt werden.«

»Was willst du mir da erzählen, mein lieber Ring?« gab Trurl zurück. »Als Weiser an einen Weisen, schön und gut, doch die Elektrizität, die Ionen, Atome und anderen Kostbarkeiten, die zum Bau von Maschinen verwendet werden, sind höllisch teuer geworden. Deswegen liebe ich klare Verträge, in denen alles durch Paragraphen geregelt ist, mit Unterschriften, Stempeln und Siegeln. Ich bin wirklich nicht hinter jedem Groschen her, aber ich liebe Gold, besonders in großen Mengen, und ich schäme mich nicht, das zuzugeben. Sein Funkeln, sein goldener Schimmer, seine süße Schwere in der Hand; das begeistert mich, wenn ich zwei Säcke blitzender Dukaten auf den Fußboden schütte, um mich darin zu wälzen. Dann wird mir warm ums Herz, und in meiner Seele wird es so hell, als hätte jemand die Sonne in ihr entzündet. Zum Teufel noch mal, ich liebe mein Gold!« schrie er, berauscht von seinen eigenen Worten.

»Aber weshalb muß es das Gold sein, das dir andere bringen? Kannst du dir nicht selbst davon soviel herstellen, wie du willst?« fragte der Ring und erstrahlte vor Staunen.

»Ich weiß zwar nicht, wie weise König Genius ist«, erwiderte Trurl, »du aber bist, wie ich sehe, ein völlig ungebildeter Ring. Meinst du im Ernst, ich sollte mir mein Gold selber machen? Hat man so etwas je gehört? Lebt ein Schuster davon, daß er sich selbst die Schuhe schustert, kocht ein Koch seine eigene Mahlzeit, oder kämpft sein Soldat seine Kämpfe? Und dann die Selbstkosten, hast du noch nie davon gehört? Im übrigen, falls es dich interessiert, meine größte Liebe ist das Gold, meine zweitgrößte, mich zu beschweren. Doch halt mich nicht länger mit deinem Gerede auf, ich muß mich an die Arbeit machen!«

Und er legte den Ring in eine alte Blechbüchse, krempelte die Ärmel hoch und baute drei Maschinen in drei Tagen, ohne auch nur ein einziges Mal die Werkstatt zu verlassen. Dann dachte er darüber nach, welche äußere Form er ihnen geben sollte, damit sie seiner ausgeprägten Neigung zur Schlichtheit und Funktionalität entsprächen. Er probierte nacheinander die verschiedenartigsten Gehäuse aus, und jedesmal gab der Ring seinen Senf dazu, so daß er die Blechbüchse verschließen mußte, um nicht durch unqualifizierte Bemerkungen gestört zu werden.

Zum Schluß strich er die Maschinen an, die erste weiß, die zweite azurblau und die dritte schwarz; dann rieb er den Ring, belud das Phaeton, das sogleich erschienen war, mit sämtlichen Maschinen, stieg schließlich selbst ein und wartete, was geschehen würde. Ein Heulen und Zischen ertönte, eine Staubwolke erhob sich, und als sie sich verzogen hatte, schaute Trurl aus dem Fenster und sah, daß er sich in einer geräumigen Höhle befand, deren Boden mit weißem Sand bestreut war; zunächst bemerkte er einige hölzerne Regale, die sich unter der Last zahlreicher Bücher und Folianten bogen, sodann eine Reihe prächtig leuchtender Kugeln. In der einen erkannte er den Fremdling wieder, der die Maschinen bestellt hatte, in der mittleren Kugel, die größer als alle anderen war und bereits die Patina des Alters trug, vermutete er den König. Er stieg aus und verbeugte sich tief vor ihr. Der König begrüßte ihn freundlich und sagte:

»Es gibt zwei Arten von Weisheit: Die erste neigt zur Aktivität, die zweite zur Inaktivität. Bist du nicht auch der Meinung, ehrenwerter Trurl, daß die zweite die größere ist? Denn sicherlich vermag sogar ein sehr weit in die Zukunft schauender Geist nicht die letzten Konsequenzen seines gegenwärtigen Handelns vorherzusehen, somit sind die Konsequenzen derart ungewiß, daß sie das Handeln selbst problematisch machen. Und somit liegt die Vollkommenheit in der Abstinenz von jeglichem Handeln – und eben dadurch unterscheidet sich die Weisheit vom bloßen Intellekt, daß sie zu solchen Differenzierungen fähig ist.«

»Die Worte Eurer Majestät«, erwiderte Trurl, »kann man auf zweierlei Art deuten. Einerseits können sie eine subtile Anspielung enthalten, die darauf abzielt, den Wert meiner Arbeit herabzusetzen und damit meinen beharrlichen Fleiß, der es erst ermöglichte, daß dort im Phaeton die drei bestellten Maschinen bereitliegen. Eine solche Interpretation fände ich höchst unerfreulich, denn sie würde gewissermaßen auf eine mangelnde Bereitschaft hindeuten, was die Frage meines Honorars anbelangt. Oder aber es geht lediglich um die Doktrin der Inaktivität, von der wir sagen können, daß sie in sich widersprüchlich ist. Um dem Handeln entsagen zu können, muß man zunächst zum Handeln fähig sein. Derjenige, der darauf verzichtet, Berge zu versetzen, weil ihm die Mittel dazu fehlen, und diese Abstinenz damit erklärt, sie sei durch Weisheit diktiert, macht sich mit solch wohlfeiler Philosophie nur lächerlich. Inaktivität ist gewiß, aber das ist auch alles, was sich an Positivem über sie sagen läßt. Das Handeln ist ungewiß, und darin liegt sein Reiz. Was die weiteren Konsequenzen des Problems anbelangt, so kann ich – falls dies der Wille Eurer Königlichen Majestät sein sollte – eine entsprechende Maschine bauen, die es bis in die letzten Verästelungen verfolgt.«

»Die Frage des Honorars wollen wir ganz an den Schluß der erfreulichen Begleitumstände stellen, die dich zu uns geführt haben«, sagte der König und verbarg die Heiterkeit, in die ihn Trurls Worte versetzt hatten, hinter einer rollenden Bewegung seines Körpers. »Und jetzt, edler Konstrukteur, geruhe mein Gast zu sein! Nimm inmitten treuer Freunde an dieser bescheidenen Tafel Platz und erzähle uns von den Taten, die du vollbracht, aber auch von denen, die du wohlweislich unterlassen hast.«

»Euer Majestät sind zu gütig«, antwortete Trurl. »Ich fürchte jedoch, daß es mir dazu an Eloquenz mangelt, doch diese drei Maschinen, die ich mitbrachte, werden mich ausgezeichnet vertreten, was mit dem Vorzug verbunden wäre, daß Majestät sie bei dieser Gelegenheit ausprobieren könnten.«

»Es soll sein, wie du sagst«, stimmte der König zu.

Jedermann nahm eine Haltung größter Aufmerksamkeit und Erwartung an. Trurl holte die erste – die weißlackierte Maschine aus dem Phaeton, drückte auf einen Knopf und nahm zur Rechten von König Genius Platz. Und schon begann die Maschine zu sprechen:

Dies ist die Geschichte von den Vielianern, ihrem König Mandrillion, seinem Perfekten Ratgeber sowie Trurl, dem Konstrukteur, der den Ratgeber zunächst schuf und ihn später vernichtete. Wenn ihr die Geschichte noch nicht kennt, hört mir zu!

Das Reich der Vielianer ist berühmt wegen seiner Bewohner, die sich dadurch auszeichnen, daß sie so viele sind. Eines Tages, als der Konstrukteur Trurl durch die safrangelben Regionen des Sternbilds Deliria streifte, kam er vom Wege ab und erblickte einen Planeten, der in unablässiger Bewegung zu sein schien. Als er näher heranflog, sah er, daß dieses Phänomen durch die ungeheuren Massen verursacht wurde, die seine Oberfläche bevölkerten. Er landete, nachdem er unter großen Mühen ein paar Quadratmeter relativ freien Feldes entdeckt hatte. Die Eingeborenen liefen herbei, drängten sich um ihn und riefen immer wieder: »Wir sind viele, wir sind schrecklich viele!« Da sie jedoch alle durcheinanderschrien, konnte Trurl lange Zeit nicht ausmachen, worum es ihnen eigentlich ging. Als er schließlich verstanden hatte, fragte er:

»Seid ihr wirklich so viele?«

»Ja, wirklich!« schrien sie und platzten fast vor Stolz. »Wir sind unzählige!«

Und andere riefen:

»Wir sind wie die Fische im Meer!«

»Wie die Sterne am Himmel!«

»Wie Sandkörner am Strand! Wie Atome!«

»Angenommen, das stimmt«, sagte Trurl. »Was habt ihr davon, daß ihr so viele seid? Zählt ihr euch denn unablässig, und macht euch das Vergnügen?«

»Oh, ungebildeter Fremdling!« war ihre Antwort. »Wenn wir mit den Füßen stampfen, dann erzittern die Berge, wenn wir husten oder prusten, so entsteht ein Wirbelsturm, der Bäume knickt, als wären es Streichhölzer, und wenn wir uns dicht zusammensetzen, dann bleibt kaum Raum zum Atmen.«

»Aber warum sollten Berge erbeben und Wirbelstürme Bäume knicken, und weshalb sollte kein Raum zum Atmen bleiben?« fragte Trurl. »Ist es nicht besser, wenn die Berge still an ihrem Platz stehen, wenn der Wind nicht weht und jeder genug Raum zum Atmen hat?«

Die Vielianer waren äußerst empört über diesen Mangel an Respekt gegenüber ihrer mächtigen Zahl und zahlenmäßigen

Macht, und daher stampften sie mit den Füßen, husteten und prusteten und setzten sich dicht zusammen, um Trurl zu beweisen, wie viele sie waren, und welche Konsequenzen das hatte. Ein furchtbares Erdbeben entwurzelte die Hälfte aller Bäume, die herabstürzend siebenhunderttausend Eingeborene unter sich begruben; Wirbelstürme knickten den Rest des Waldes wie Streichhölzer, was weitere siebenhunderttausend Opfer forderte, während den Überlebenden kaum Raum zum Atmen blieb.

»Gütiger Himmel!« schrie Trurl, der zwischen den sitzenden Vielianern eingepfercht war wie ein Ziegel in einer Backsteinmauer. »Was für eine Katastrophe!«

Wie sich sogleich erwies, hatte er sie mit diesen Worten nur noch mehr gegen sich aufgebracht.

»Unwissender und barbarischer Fremdling!« riefen sie. »Was kann schon der Verlust von einigen Hunderttausend für die Vielianer bedeuten, deren Myriaden nicht zu zählen sind?! Was unbemerkt verlorengeht, hat den Namen Verlust doch gar nicht verdient. Wir haben dir nur gezeigt, wie mächtig wir sind, wenn wir stampfen, husten oder prusten und eng zusammensitzen. Stell dir vor, was erst passieren würde, wenn wir größere Dinge in Angriff nähmen!«

»Tatsächlich«, sagte Trurl, »ihr dürft nicht denken, daß mir eure Denkweise völlig unbegreiflich ist. Es ist ja wohlbekannt, daß alles, was groß und zahlreich ist, die allgemeine Aufmerksamkeit erregt. So ruft z. B. abgestandenes Gas, das träge über dem Boden eines alten Fasses kreist, niemandes Bewunderung hervor, wenn aber genug davon vorhanden ist, um einen galaktischen Nebelfleck entstehen zu lassen, dann sind gleich alle völlig aus dem Häuschen. Und doch handelt es sich um ein und dasselbe abgestandene und absolut gewöhnliche Gas, nur daß es in großen Mengen auftritt.«

»Was du da sagst, gefällt uns nicht!« schrien sie. »Von abgestandenem Gas wollen wir nichts hören!«

Trurl sah sich verstohlen nach der Polizei um, aber die Menge stand viel zu dicht gedrängt, als daß auch nur ein einziger Ordnungshüter hätte durchkommen können.

»Liebe Vielianer«, sagte er, »erlaubt mir, euren Planeten zu verlassen, denn ich teile euren Glauben an den unsterblichen

Ruhm großer Zahlen nicht, solange hinter einer Zahl nichts als eine Zahl steht.«

Sie aber nickten sich nur zu und schnippten mit den Fingern, was eine solch gewaltige Druckwelle auslöste, daß Trurl in die Atmosphäre geschleudert wurde, sich mehrfach überschlug, nach längerer Luftfahrt auf beide Beine fiel und sich im Garten des königlichen Palasts wiederfand. In diesem Augenblick näherte sich ihm Mandrillion der Größte, Herrscher aller Vielianer; er hatte Trurls Flug und Landung amüsiert beobachtet und sagte jetzt:

»Wie ich höre, Fremdling, hast du der zahlenmäßigen Stärke meines Volkes nicht die gebührende Reverenz erwiesen; Schuld daran dürfte dein umwölkter Verstand sein. Wenngleich du von höheren Dingen nichts verstehst, besitzt du offensichtlich eine gewisse Geschicklichkeit in den niederen Künsten, was sich gut trifft, denn ich brauche einen Perfekten Ratgeber, und du wirst ihn mir bauen.«

»Welche Fähigkeiten soll dieser Ratgeber haben, und was bekomme ich, wenn ich ihn baue?« fragte Trurl und klopfte sich den Staub aus den Kleidern.

»Er soll einfach alles können, das heißt: Auf jede Frage eine Antwort wissen, jedes Problem lösen, den absolut besten Rat geben, mit anderen Worten, die höchste Weisheit ganz in meinen Dienst stellen. Wenn du ihn konstruiert hast, schenke ich dir hundert- oder zweihunderttausend meiner Untertanen; falls du ein paar tausend mehr haben willst, so wollen wir darüber nicht streiten.«

»Mir scheint es eine gefährliche Sache, wenn denkende Wesen im Überfluß vorhanden sind, denn dann bedeuten sie nicht mehr als Sand; dieser König trennt sich ja leichter von einem ganzen Schwarm seiner Untertanen als ich mich von einem Paar alter Schuhe!« dachte Trurl.

Laut jedoch sagte er:

»Majestät, mein Haus ist klein, und ich wüßte nicht, was ich mit Hunderttausenden von Sklaven anfangen sollte.«

»Hab keine Sorge, einfältiger Fremder, ich habe Spezialisten, die dich über die endlosen Vorteile aufklären werden, die mit dem Besitz einer großen Horde von Sklaven verbunden sind. Man kann sie zum Beispiel in Trachten unterschiedlicher Farben kleiden, damit sie sich auf einem großen Platz zu einem Mosaik formieren oder lebende und höchst lehrreiche Inschriften bilden. Man kann sie zu Bündeln zusammenbinden und die Berge hinunterrollen, man kann auch einen großen Hammer bauen – fünftausend genügen für den Hammerkopf und dreitausend für den Stiel –, um damit einen Felsblock zu spalten oder einen Wald niederzureißen. Man kann sie zu einem Tau flechten und künstliche Schlingpflanzen oder Gehänge herstellen, wobei die zuunterst über dem Abgrund Schwebenden durch die possierlichen Verrenkungen ihrer Körper, durch ihr hilfloses Strampeln und Quietschen ein Spektakel bieten, das Auge wie Ohr schmeichelt und die Seele aufjauchzen läßt. Oder nimm zehntausend junge Sklavinnen, laß sie alle auf einem Bein stehen und befiehl ihnen, mit dem rechten Arm eine Acht und mit dem linken Kreise zu beschreiben – das ist ein Schauspiel, auf das du niemals mehr verzichten möchtest, ich weiß, was ich sage, ich spreche aus Erfahrung!«

»Majestät!« erwiderte Trurl. »Mit Wäldern und Felsblöcken werde ich mit Hilfe meiner Maschinen fertig, und was Mosaiken und Inschriften anbelangt, so ist es nicht meine Gewohnheit, sie aus Wesen zu formen, die eine andere Verwendung möglicherweise vorziehen würden ...«

»Was, dreister Fremdling«, sagte der König, »willst du dann für deinen Ratgeber haben?«

»Einhundert Sack Gold, Majestät.«

Mandrillion war absolut nicht geneigt, sich von soviel Gold zu trennen, doch dann kam ihm plötzlich eine äußerst raffinierte Idee; die aber behielt er wohlweislich für sich und sagte: »Es soll sein, wie du sagst.«

»Ich werde mich bemühen, Euer Majestät zufriedenzustellen«, versprach Trurl und ging zum Turm des Schlosses, den ihm Mandrillion zur Werkstatt bestimmt hatte. Und bald erscholl dort das Fauchen der Gebläse, der helle Klang der Hämmer und das Knirschen der Säge. Der König hatte Spione ausgesandt, die das Werk überwachen sollten; die aber kehrten fassungslos vor Staunen zurück, denn Trurl hatte überhaupt keinen Ratgeber, sondern ein ganzes Ensemble von Schmiede-, Schweiß- und Verkabelungsmaschinen gebaut. Als nächstes setzte er sich hin und stach mit einem Nagel so lange winzige Löcher in einen endlosen Papierstreifen, bis er das exakte Programm des Ratgebers fertiggestellt hatte; dann ging er spazieren, während sich die Maschinen im Turm die ganze Nacht abrackerten, und am Morgen des folgenden Tages war die Arbeit getan. Am Vormittag betrat Trurl den Prunksaal des Schlosses mit einer riesigen Puppe, die zwei Beine, aber nur einen winzigen Arm hatte, und erklärte dem König, dies sei der Perfekte Ratgeber.

»Mal sehen, ob er etwas taugt ...«, sagte Mandrillion und befahl, den Marmorfußboden augenblicklich mit Zimt und Safran zu bestreuen, so stark war der Geruch von heißem Eisen, den der Ratgeber verströmte, denn er kam ja frisch aus dem Ofen und glühte noch an einigen Stellen. »Du kannst gehen«, sagte der König zu Trurl, »komm am Abend wieder, dann wollen wir sehen, wer wem wieviel schuldet.«

Trurl ging hinaus und dachte, daß die letzten Worte Mandrillions nicht gerade von übermäßiger Freigebigkeit zeugten, ja vielleicht lagen hinter ihnen sogar irgendwelche bösen Absichten verborgen. Deshalb war er doppelt froh, daß er die Universalität des Ratgebers mit einer winzigen, jedoch wesentlichen Einschränkung versehen hatte: Das Programm des künstlichen Weisen enthielt die strikte Instruktion, daß er bei allem, was er tun werde, niemals die Vernichtung seines Schöpfers zulassen dürfe.

Alleingeblieben mit dem Ratgeber sprach der König:
»Wer bist du, und was kannst du?«

»Ich bin der Perfekte Ratgeber des Königs«, erwiderte dieser mit einer Stimme, so dumpf, als käme sie aus einem hohlen Faß, »und ich kann die besten aller möglichen Ratschläge geben.«

»Gut«, sagte der König. »Und wem schuldest du Gehorsam und Treue, mir oder deinem Konstrukteur?«

»Treue und Gehorsam schulde ich nur Eurer Königlichen Majestät«, dröhnte es aus dem Ratgeber.

»Gut«, brummte der König, »für den Anfang, das heißt ... nun ja ... ich möchte natürlich nicht, daß mein erster Wunsch an dich den Eindruck erweckt, daß ich geizig oder knauserig wäre ... bis zu einem gewissen Grade jedoch geht es mir einfach ums Prinzip, verstehst du?«

»Eure Königliche Hoheit haben noch nicht geruht zu sagen, was eigentlich dero Wille ist«, erwiderte der Ratgeber und stützte sich auf ein drittes Bein, das er mit einer geschickten Bewegung aus seinem Rumpf herausklappte, denn er hatte Schwierigkeiten mit dem Gleichgewicht.

»Ein Perfekter Ratgeber sollte in der Lage sein, die Gedanken seines Herrn und Meisters zu lesen!« knurrte Mandrillion wütend.

»Natürlich, aber doch nur auf ausdrücklichen Befehl, sonst würde er ja eine Indiskretion begehen«, gab der Ratgeber zurück, öffnete eine kleine Klappe in seinem Bauch und drehte an einem kleinen Knopf mit der Aufschrift »Telepathograph«. Dann lächelte er verständnisvoll und sagte:

»Eure Königliche Hoheit möchten Trurl keinen roten Heller geben, nicht wahr?«

»Wenn du irgend jemandem auch nur ein Wort davon erzählst, dann lasse ich dich in die große Mühle werfen, deren Steine dreißigtausend meiner Untertanen auf einmal zermahlen können«, drohte der König.

»Keiner Seele werde ich etwas erzählen!« versicherte der Ratgeber. »Eure Majestät haben nicht den Wunsch, für mich zu bezahlen, nichts leichter als das. Wenn Trurl wiederkommt, so sagt Ihr ihm einfach, von Euch werde er kein Gramm Gold sehen, und er solle gefälligst seiner Wege gehen.«

»Du bist ein Idiot, aber kein Ratgeber!« sagte der König wutschnaubend. »Ich will nicht bezahlen, aber es muß so aussehen, als sei das einzig und allein Trurls Schuld. Als stünde ihm absolut nichts zu, verstehst du?«

Der Ratgeber schaltete den Apparat zum Lesen der königlichen Gedanken ein, schwankte leicht hin und her und sagte:

»Eure Majestät möchte den Eindruck erwecken, daß Sie gerecht und in völliger Übereinstimmung mit Ihrem einmal gegebenen Wort handeln, während Trurl als schändlicher Schuft und Scharlatan dastehen soll ... Ausgezeichnet. Mit Erlaubnis Eurer Majestät werde ich mich jetzt auf Höchstderoselbst stürzen, Euch bei der Kehle packen und würgen, wenn Hoheit dann bitte die Liebenswürdigkeit hätten, entsprechend laut zu schreien und um Hilfe zu rufen ...«

»Bist du verrückt geworden?« sagte Mandrillion. »Weshalb solltest du mich würgen, und weshalb sollte ich um Hilfe rufen?«

»Damit Ihr Trurl anklagen könnt, weil er mit meiner Hilfe versucht hat, das Verbrechen des Königmords zu begehen!« erklärte der Ratgeber strahlend. »Wenn Eure Hoheit ihn dann auspeitschen und von den Zinnen des Schlosses in den Burggraben werfen lassen, so wird jedermann sagen, daß dies ein Akt höchster Gnade war, denn gewöhnlich wird solch ein Verbrechen durch Rädern und Vierteilen gesühnt, nach voraufgegangener Folter, versteht sich. Mich hingegen, als das unwissende Werkzeug in Trurls Händen, werden Eure Majestät von aller Schuld freisprechen und begnadigen, und jedermann wird die Großherzigkeit und Güte des Königs rühmen, und alles wird ganz so sein, wie Eure Majestät es wünschen.«

»Na schön, dann würg mich, aber vorsichtig, du Schuft!« sagte der König.

Und alles geschah genau so, wie es der Perfekte Ratgeber vorausgesagt hatte. Der König wollte eigentlich, daß man Trurl die Beine ausriß, bevor man ihn in den Burggraben warf, aus irgendeinem Grunde aber kam es dazu nicht. Schuld daran waren meine unklaren und etwas verworrenen Befehle, dachte der König voller Bedauern, in Wirklichkeit war es jedoch der Ratgeber, der diesen barbarischen Akt durch eine diskrete Intervention verhindert hatte. Der König begnadigte den Ratgeber wie geplant und setzte ihn wieder in all seine Rechte bei Hofe ein. Trurl hingegen, den man ausgepeitscht und jämmerlich verprügelt hatte, humpelte inzwischen von Schmerzen geplagt nach Hause. Gleich nach seiner Rückkehr begab er sich zu Klapauzius, erzählte ihm die ganze Geschichte und sagte:

»Dieser Mandrillion ist ein viel größerer Schurke, als ich gedacht habe. Er hat mich nicht nur schändlich betrogen, sondern er hat sogar den von mir gebauten Ratgeber dazu benutzt, um einen niederträchtigen Anschlag gegen mich auszuhecken und mich um meinen Lohn zu prellen! Er täuscht sich jedoch, wenn er meint, daß ich das Spiel verloren gebe. Der Rost soll mich total zerfressen, wenn ich jemals die Rache vergesse, die ich diesem Tyrannen schuldig bin!«

»Was also willst du tun?« fragte Klapauzius.

»Vor Gericht werde ich ihn bringen, er wird mein Honorar auf Heller und Pfennig zahlen! Und das ist erst der Anfang, denn er schuldet mir weit mehr als Gold für all die Schmerzen und Mißhandlungen.«

»Das ist eine schwierige juristische Frage«, sagte Klapauzius, »ich schlage vor, du suchst dir einen guten Anwalt, bevor du irgend etwas unternimmst.«

»Weshalb sollte ich zu einem Anwalt gehen?« gab Trurl zurück. »Ich werde mir selbst einen machen.«

Und Trurl ging nach Hause, schüttete sechs gehäufte Löffel Transistoren in einen Topf, gab die gleiche Menge an Kondensatoren und Widerständen dazu, goß noch etwas Elektrolyt hinein, rührte gut um und deckte das Ganze mit einem Deckel zu, dann legte er sich schlafen, und innerhalb von drei Tagen hatte sich die Mischung selbst organisiert und war ein erstklassiger Anwalt geworden. Trurl war zu faul, ihn aus dem Topf herauszunehmen, denn er brauchte ihn ja nur für diesen einen Fall, also stellte er den Topf auf den Tisch und fragte:

»Wer bist du?«

»Ich bin niedergelassener Anwalt und Notar«, sagte der Topf in glucksendem Ton, denn durch ein Versehen war etwas zuviel Elektrolyt hineingeraten. Trurl trug die ganze Sache vor, woraufhin der Topf sagte:

»Du hast das Programm des Ratgebers mit der Einschränkung versehen, daß er deine Vernichtung in keinem Fall zulassen darf?«

»Ja, damit er mich nicht vernichten konnte, mehr habe ich wirklich nicht hineinprogrammiert.«

»Damit hast du den Vertrag nicht hundertprozentig erfüllt, denn der Ratgeber sollte ja alles können, ohne Ausnahme. Da er dich aber nicht zerstören konnte, war er auch nicht perfekt.«

»Und wenn er mich vernichtet hätte, wer hätte dann das Honorar in Empfang nehmen sollen?«

»Das ist ein gesondertes Problem und eine andere Sache, die im Lichte der Paragraphen betrachtet werden muß, die im Hinblick auf eine strafrechtliche Verantwortlichkeit Mandrillions heranzuziehen wären, deine Forderung hingegen hat eindeutig zivilrechtlichen Charakter.«

»Das wird ja immer schöner. Nun will mich schon ein Topf Zivilrecht lehren!« schrie Trurl zornig. »Wessen Anwalt bist du eigentlich, meiner oder der von diesem Strolch, dem König?«

»Deiner, aber der König war im Recht, als er dir die Bezahlung verweigerte.«

»War er etwa auch im Recht, als er mich von den Zinnen in den Burggraben werfen ließ?«

»Das ist ein anderer, ein strafrechtlicher Fall und ein gesondertes Problem«, gab der Topf zurück.

Trurl bebte vor Zorn.

»Da macht man aus einem Bündel alter Drähte, Spulen und Widerstände ein intelligentes Wesen und bekommt statt eines vernünftigen Rats nichts als Ausflüchte zu hören! Du schäbiger elektronischer Winkeladvokat, ich werde dir zeigen, daß mit mir nicht zu spaßen ist!«

Und er stülpte den Topf um, schüttete den ganzen Inhalt auf den Tisch und demontierte ihn so rasch, daß dem Anwalt keine Zeit blieb, gegen diesen Schritt Berufung einzulegen.

Trurl machte sich erneut an die Arbeit und baute einen zweistöckigen *Juris Consilarius*, vierfach verstärkt im Hinblick auf das Bürgerliche und das Strafgesetzbuch, um aber ganz sicherzugehen, schloß er ihn zusätzlich an das Verwaltungs- und Völkerrecht an. Dann schaltete er den Strom ein, trug seinen Fall vor und fragte:

»Wie kann ich zu meinem Recht kommen?«

»Der Fall ist kompliziert«, sagte die Maschine, »du mußt mir in beschleunigtem Verfahren oben noch fünfhundert und an der Seite zweihundert Transistoren einbauen.«

Trurl kam diesem Wunsch sogleich nach, woraufhin die Maschine sagte:

»Zu wenig! Ich bitte um einen Zusatzverstärker und zwei extrastarke Spulen.«

Danach sprach sie wie folgt:

»Der *Casus* als solcher ist interessant; jedoch sind hier zwei Dinge zu berücksichtigen: zum einen die Gründe für die Klage – und da wäre sehr viel zu machen –, zum anderen das Verfahren selbst und die Frage nach der zuständigen Instanz. Es kommt überhaupt nicht in Betracht, den König in einem Zivilprozeß vor irgendein Gericht zu zitieren, denn das stünde im Widerspruch zum internationalen wie auch zum interplanetarischen Recht. Meine endgültige Meinung zu dem Fall werde ich dir mitteilen, wenn du mir versprichst, daß du mich hernach nicht gleich in sämtliche Einzelteile zerlegst.«

Trurl gab sein Wort und sagte:

»Aber wie bist du nur auf den Gedanken gekommen, daß dir die Demontage droht, falls du mich nicht zufriedenstellst?«

»Ich weiß auch nicht, ich hatte einfach so ein dumpfes Gefühl.«

Trurl erriet, daß diese Ängste wohl auf die Tatsache zurückzuführen waren, daß er zum Bau seines Gegenübers Teile des Kochtopfadvokaten verwendet hatte. Spuren der Erinnerung an diesen Vorfall mußten in den neuen Schaltkreisen zurückgeblieben sein und dort eine Art unterbewußten Komplex verursacht haben.

»Nun, und deine endgültige Meinung?«

»Die lautet so: Da es keine zuständigen Tribunale gibt, kann es auch kein Verfahren geben. Der Prozeß kann weder gewonnen noch verloren werden.«

Trurl sprang auf und drohte dem maschinellen Anwalt mit der Faust, sein gegebenes Wort aber mußte er halten, und so tat er ihm nichts Böses. Er ging zu Klapauzius und erzählte ihm alles.

»Ich habe gleich gewußt, daß die Sache hoffnungslos ist, aber du wolltest mir ja nicht glauben«, sagte Klapauzius.

»Der Schurke wird nicht ungestraft davonkommen«, gab Trurl zurück, »wenn ich auf gerichtlichem Wege keine Genugtuung bekommen kann, so werde ich mich auf andere Weise an diesem königlichen Halunken rächen!«

»Ich bin neugierig, wie du das machen willst. Du gabst dem König den Ratgeber, und welche Not und Plagen oder welches Unglück du immer über den König und sein Reich heraufbeschwören magst, er wird sie alle abwehren. Ja, Trurl, davon bin ich fest überzeugt, denn ich habe volles Vertrauen zu deinen Fähigkeiten als Konstrukteur!«

»Du hast recht. Es sieht ganz so aus, als hätte ich mich selbst durch den Bau des Perfekten Ratgebers jeder Möglichkeit beraubt, mit diesem Scheusal von König abzurechnen. Aber auch in dieser Festung muß irgendwo ein schwacher Punkt stecken, und ich werde weder ruhen noch rasten, bis ich ihn gefunden habe!«

»Was willst du tun?« fragte Klapauzius, aber Trurl zuckte nur mit den Achseln und machte sich auf den Heimweg. Lange Zeit ging er nicht aus dem Haus, sondern saß da und meditierte; bald durchblätterte er in der Bibliothek Hunderte von Bänden, bald führte er im Laboratorium geheimnisvolle Experimente durch. Klapauzius besuchte ihn von Zeit zu Zeit und staunte über die Verbissenheit, mit der Trurl versuchte, sich selbst zu besiegen, denn der Ratgeber war ja in gewissem Sinne ein Teil von ihm, er hatte ihm schließlich all seine Weisheit verliehen. Eines Nachmittags kam Klapauzius zur gewohnten Zeit, traf Trurl jedoch nicht zu Hause an. Die Tür war verschlossen, die Fensterläden verriegelt, vom Hausherrn keine Spur. Klapauzius gelangte zu dem Schluß, Trurl habe mit seinen Operationen gegen den Herrscher der Vielianer begonnen, und er sollte sich nicht getäuscht haben.

Mandrillion genoß indessen seine Macht wie nie zuvor, denn wenn es ihm an guten Ideen fehlte, dann brauchte er nur den Ratgeber zu fragen, der davon einen unerschöpflichen Vorrat zu besitzen schien. Der König hatte weder Hofintrigen und Palastrevolutionen noch einen äußeren Feind zu fürchten, er regierte mit eiserner Hand, und im Süden des Landes reiften nicht so viele Weinreben heran wie Gehenkte an den Galgen des Reiches schaukelten.

Der Ratgeber besaß inzwischen vier Kisten voll mit Orden, die ihm der König für seine erfolgreiche Tätigkeit verliehen hatte. Ein Mikrospion, den Trurl ins Land der Vielianer entsandt hatte, kehrte mit der Neuigkeit zurück, der König habe den Ratgeber in aller Öffentlichkeit als seinen »Herzbruder« bezeichnet. Soviel Wohlwollen hatte sich der Ratgeber mit der Idee verdient, eine große Parade zu veranstalten, bei der die Untertanen als Konfetti benutzt wurden.

Trurl ging jetzt ohne Zaudern und Zögern vor, denn sein Aktionsplan war fertig ausgearbeitet; er setzte sich also hin und schrieb auf cremefarbenem Papier, geschmückt mit der Freihandzeichnung einer Erdbeerpflanze, einen Brief an den Ratgeber. Der Inhalt des Briefs war simpel:

Lieber Ratgeber! Ich hoffe, daß es Dir ebenso gutgeht wie mir, vielleicht sogar noch besser. Ich habe gehört, daß Dir Dein Monarch sein ganzes Vertrauen schenkt, und daher bitte ich Dich im Hinblick auf diese große Verantwortung vor der Geschichte und der Staatsraison, Deine Pflichten gewissenhaft und unter Anspannung aller Kräfte zu erfüllen. Solltest Du einmal Schwierigkeiten haben, einen Wunsch des Königs zu erfüllen, so wende die Extra-Spezial-Methode an, die ich Dir seinerzeit bis ins letzte Detail erklärt habe. Falls Du Lust hast, schreib mir bitte ein paar Zeilen, doch nimm es mir nicht übel, wenn ich nicht gleich antworte, ich bin zur Zeit sehr beschäftigt, weil ich gerade einen Ratgeber für König D. baue. Mit einem Gruß an Dich und den untertänigsten Empfehlungen an Deinen Herrn bin ich

Dein Konstrukteur
Trurl

Dieser Brief erregte natürlich das Mißtrauen der vielianischen Geheimpolizei und wurde peinlich genau untersucht. Man fand jedoch keinerlei geheime Chemikalien im Papier, und auch die sorgfältige Prüfung der die Erdbeerpflanze darstellenden Zeichnung im Hinblick auf darin verborgene Zahlen blieb ergebnislos. Dieser Umstand rief ungeheure Aufregung im Hauptquartier der Polizei hervor, der Brief wurde mehrfach photographiert, kopiert und von Hand abgeschrieben, das Original jedoch erhielt ein funkelnagelneues Siegel und wurde dem Adressaten zugestellt. Der Ratgeber las das Schreiben und war bestürzt, denn er begriff sehr wohl, daß dies ein Schachzug Trurls war, der ihn kompromittieren, wenn nicht gar ruinieren sollte. Daher erzählte er dem König sogleich von dem Brief und stellte Trurl als üblen Schurken hin, der es darauf abgesehen habe, ihn in den Augen des Königs zu diskreditieren; dann versuchte er, die Botschaft zu dechiffrieren, denn er war sicher, daß die unschuldigen Worte nur eine Maske waren, hinter der die finstersten Scheußlichkeiten verborgen lagen.

Plötzlich unterbrach der schlaue Ratgeber seine Arbeit, legte den Kopf schief und dachte nach; dann stand er auf und teilte dem König mit, er wolle Trurls Brief dechiffrieren, um dessen perfide Intentionen zu entlarven. Dazu besorgte er sich die notwendige Menge an Stativen, Filtern, Trichtern, Reagenzgläsern und Chemikalien, um eine äußerst komplizierte Analyse des Kuverts und des Briefpapiers vorzunehmen. All das wurde genauestens von der Geheimpolizei überwacht, die in die Wände seiner Gemächer die üblichen Horch- und Spähapparaturen eingebaut hatte. Als die Chemie versagte, machte sich der Ratgeber an die Kryptoanalyse des Textes selbst, indem er ihn zunächst unter Zuhilfenahme der Logarithmentafel und elektronischer Rechenmaschinen in endlose Zahlenkolonnen verwandelte. Er ahnte nicht, daß die besten Spezialisten der Polizei, angeführt vom Code- und Feldmarschall selbst, jede seiner Operationen nachvollzogen. Je länger die vergeblichen Anstrengungen der Spezialisten dauerten, desto unruhiger wurde man im Hauptquartier der Polizei, denn allen Fachleuten war klar, daß der, der allen Versuchen, ihn zu knacken, widerstand, zu den raffiniertesten gehören mußte, die jemals angewandt wurden. Der Marschall sprach davon zu einem Höfling, der den Ratgeber schon seit langem um die Gunst des Königs beneidete. Dieser Höfling, dem an nichts mehr gelegen war, als im Herzen des Königs Zweifel zu säen, erzählte Mandrillion, sein erklärter Favorit habe sich eingeschlossen und verbringe ganze Nächte damit, den verdächtigen Brief zu studieren. Der König lachte und sagte, darüber sei er bestens informiert, denn der Ratgeber habe ihm selbst davon Mitteilung gemacht. Der neidische Höfling verstummte verwirrt und hinterbrachte die Nachricht sogleich dem Marschall.

»Oh!« stöhnte der hochbetagte Kryptographologe, »er hat es sogar dem Monarchen erzählt? Das ist doch der Gipfel der Perfidie! Und was muß das für ein teuflischer Code sein, wenn er es wagt, so offen darüber zu sprechen!«

Dann befahl er den Brigaden, ihre Anstrengungen zu verdoppeln. Als nach einer Woche noch immer keine Resultate vorlagen, wurde der berühmteste Experte auf dem Gebiet der Geheimschriften hinzugezogen – Professor Occulticus, Entdecker der unsichtbaren Zeichensprache. Nachdem der Gelehrte den inkriminierten Brief sowie sämtliche Berichte der Spezialisten studiert hatte, erklärte er, man müsse die Trial-and-error-Methode anwenden, wozu allerdings Computer von astronomischem Format erforderlich seien.

Nach Operationen von gigantischem Ausmaß stellte sich heraus, daß man den Brief auf dreihundertachtzehn verschiedene Arten lesen konnte.

Die ersten fünf Varianten lauteten: »Der Kakerlak von Melkersdorf ist heil angekommen, aber der Bettpfanne ist eine Sicherung durchgebrannt.« – »Roll die Tante der Lokomotive zu Kalbsschnitzeln!« – »Die Verlobung der Butter wird nicht stattfinden, denn die Schlafmütze ist vernagelt.« – »Wer gehabt hat, ist gewesen, wer gelacht hat, wird gelesen.« – »Aus Erdbeeren unter der Folter kann man eine ganze Menge herausholen.« Professor Occulticus hielt die fünfte Variante für den Schlüssel des Codes; nach dreihunderttausend Rechenvorgängen kam er zu dem Ergebnis, man müsse lediglich sämtliche Buchstaben des Briefes addieren, von dieser Summe die Parallaxe der Sonne plus die jährliche Produktion von Regenschirmen subtrahieren, sodann die Kubikwurzel aus der Restsumme ziehen, und schon ergebe sich ein einziges Wort, nämlich »kruzafix«. Im Adreßbuch fand man einen Untertanen namens »Kruzafux«. Occulticus erkannte mit einem Blick, daß die Vertauschung eines einzigen Buchstabens nur zu dem Zweck erfolgt sein konnte, Spuren zu verwischen, und Kruzafux wurde verhaftet. Es genügte ein wenig Überzeugungsarbeit unter Anwendung des sechsten Grades, und der Verbrecher gestand, er sei tatsächlich im Komplott mit Trurl gewesen, der ihm einen vergifteten Nagel und einen Hammer schicken wolle, damit er dem Monarchen den Garaus machen könne. Nachdem der Code- und Feldmarschall die Beweise des Hochverrats schwarz auf weiß in Händen hielt, legte er sie unverzüglich dem König vor; Mandrillion aber besaß noch so viel Vertrauen zu seinem Ratgeber, daß er ihm die Möglichkeit gab, sich zu rechtfertigen.

Der Ratgeber leugnete nicht, daß man den Brief durch Umstellung der Buchstaben in einer ganzen Reihe von Varianten lesen konnte. Wie er sagte, hatte er selbst weitere hunderttausend Varianten entdeckt, das allein beweise jedoch gar nichts, in Wirklichkeit sei der Brief überhaupt nicht verschlüsselt, denn schließlich könne man die Buchstaben eines jeden Textes so rekombinieren, daß sich ein neuer Sinn oder der Schatten eines Sinns ergäbe, das Ganze bezeichne man dann als Anagramm. Derartige Probleme seien der Gegenstand der Permutations- und Kombinationstheorie. Trurl, sagte der Ratgeber, wolle ihn kompromittieren und diskreditieren, indem er die Fiktion eines Codes aufrechterhalte, obwohl in Wirklichkeit keiner existiere. Der arme Teufel Kruzafux sei völlig unschuldig; sein Geständnis sei ihm von den professionellen Überzeugern im Hauptquartier der Polizei in den Mund gelegt worden, die ja keine geringe Übung in der sanften Kunst der Überredung und darüber hinaus Verhörmaschinen mit einer Ausgangsleistung von einigen tausend Kiloschlag besäßen. Die Kritik an der Polizei nahm der König sehr übel, und als er dann weitere Erklärungen verlangte, begann der Ratgeber, in immer komplizierteren Wendungen von Anagrammen und Permutationen, Codes, Ziffern, Symbolen, Signalen und der allgemeinen Informationstheorie zu sprechen; schließlich wurden seine Ausführungen derart unverständlich, daß der König in heftigen Zorn geriet und ihn in den tiefsten Kerker werfen ließ. Bald darauf traf eine Postkarte von Trurl mit folgendem Inhalt ein:

Lieber Ratgeber! Vergiß die himmelblauen Schrauben nicht, sie könnten noch von Nutzen sein. Dein Trurl

Der Ratgeber wurde unverzüglich gefoltert, gestand jedoch nichts, sondern wiederholte beharrlich, all das seien nur finstere Intrigen von Trurl; als man ihn nach den himmelblauen Schrauben fragte, schwor er, solche weder zu besitzen noch von ihnen zu wissen. Folglich mußte man ihn im Interesse einer gründlichen Untersuchung auseinandernehmen. Der König gab die Erlaubnis, und die Schmiede machten sich an die Arbeit. Die Panzerung des Ratgebers barst unter ihren Hämmern, und bald darauf wurden dem König zwei winzige, öltriefende Schräubchen vorgelegt, deren Farbe unbestreitbar himmelblau war. Und obwohl der Ratgeber im Laufe der sorgfältigen Nachforschungen völlig zerstört worden war, hatte der König angesichts dieser Beweisstücke keine Gewissensbisse mehr.

Eine Woche später erschien Trurl selbst vor den Toren des Palasts und bat um eine Audienz beim König. Mandrillion wollte ihn eigentlich auf der Stelle enthaupten lassen, doch verblüfft durch ein solches Maß an Unverfrorenheit befahl er, den Konstrukteur vor sein Angesicht zu bringen.

»Mein lieber König!« sagte Trurl, kaum daß er den Thronsaal, in dem sich die Höflinge drängten, betreten hatte. »Ich habe dir einen Perfekten Ratgeber gebaut, und du hast ihn dazu benutzt, mich um meinen verdienten Lohn zu prellen, wobei du nicht zu Unrecht annahmst, das geistige Potential, das ich dir überließ, werde ein perfekter Schutzschild gegen alle Angriffe sein und jeden Versuch, mich zu rächen, zum Scheitern verurteilen. Doch dadurch, daß ich dir einen intelligenten Ratgeber gab, erhöhte ich ja nicht deine eigene Intelligenz, und genau hier lag der Ansatzpunkt für meine Aktion; denn nur wer selbst ein wenig Verstand besitzt, ist in der Lage, vernünftige Ratschläge zu befolgen. Auf subtile, scharfsinnige oder raffinierte Weise konnte ich den Ratgeber nicht vernichten. Also mußte ich unvorstellbar primitive und plumpe, ja geradezu dumme Mittel einsetzen. Die Briefe waren nicht chiffriert; der Ratgeber war dir bis zum Schluß treu; von den himmelblauen Schräubchen, die sein Ende bedeuteten, wußte er nichts. Sie waren in einen Eimer mit Farbe gefallen, als ich den Ratgeber zusammenbaute; zufällig erinnerte ich mich später an dieses Detail und machte es mir zunutze. So konnten Dummheit und Mißtrauen Weisheit und Loyalität vernichten, und du selbst warst das Instrument deiner Niederlage. Und jetzt gib mir die hundert Sack Gold, die du mir schuldest, sowie weitere hundert für die Zeit, die ich damit verschwenden mußte, mir mein Honorar zu erkämpfen. Tust du das nicht, so wirst du mit deinem ganzen Hof zugrunde gehen, denn du hast den Ratgeber nicht mehr an deiner Seite, der dich vor mir schützen könnte!«

Der König brüllte vor Wut und gab den Wachen ein Zeichen, die sich auf Trurl stürzten, um dem unverschämten Eindringling auf der Stelle den Garaus zu machen. Aber ihre fauchenden Hellebarden durchschnitten die Gestalt des Konstrukteurs, als sei sie aus Luft, und sie wichen voller Entsetzen zurück. Trurl lachte und sagte:

»Ihr könnt auf mich einhauen, soviel ihr wollt, denn ich bin nur ein Trugbild, hervorgebracht durch ferngesteuerte Spiegel, in Wirklichkeit schwebe ich hoch über eurem Planeten in einem Raumschiff, und solange ich mein Gold nicht habe, werde ich todbringende Raketen auf den Palast abfeuern.«

Er hatte noch nicht zu Ende gesprochen, da gab es einen Knall, und eine furchtbare Explosion erschütterte den ganzen Palast; die Höflinge flohen in Panik, und der König, vor Scham und Wut einer Ohnmacht nahe, mußte Trurl auf Heller und Pfennig bezahlen.

Als Klapauzius nach Trurls Rückkehr von dieser Wendung der Dinge erfahren hatte, fragte er seinen Freund und Gefährten, weshalb er eine derart primitive, seinen eigenen Worten nach dumme Methode angewendet habe, wo er doch die Möglichkeit hatte, einen Brief zu schreiben, der tatsächlich einen Code enthielt.

»Das Vorhandensein eines Codes hätte der Ratgeber dem König leichter erklären können als das Nichtvorhandensein«, erwiderte der weise Konstrukteur. »Es ist immer leichter, sich zu einer bestimmten Tat zu bekennen, als zu beweisen, daß es eine solche Tat nicht gegeben hat. In diesem Fall wäre das Vorhandensein eines Codes eine simple Sache gewesen, sein Nichtvorhandensein aber führte zu Komplikationen, denn es ist tatsächlich so, daß man jeden Text zu einem anderen, einem Anagramm, rekombinieren kann, und es kann sehr viele derartiger Rekombinationen geben. Um nun all diese Zusammenhänge zu erklären, mußte der Ratgeber auf absolut richtige, jedoch höchst verwickelte Argumente zurückgreifen, die – dessen war ich mir sicher – den beschränkten Horizont des Königs übersteigen würden. Es ist einmal gesagt worden, daß man nur einen festen Punkt benötigt, um die Welt aus den Angeln zu heben, und so mußte auch ich bei meinen Bemühungen, einen Verstand zu überlisten, der perfekt war, einen festen Punkt finden, ich fand ihn in der Dummheit.

Hiermit beendete die erste Maschine ihre Geschichte, verbeugte sich tief vor König Genius und zog sich bescheiden in einen Winkel der Höhle zurück.

Der König äußerte seine Zufriedenheit über diese lehrreiche Geschichte und fragte Trurl:

»Sag uns bitte, mein lieber Konstrukteur, erzählt die Maschine nur, was du sie gelehrt hast, oder liegt die Quelle ihres Wissens außerhalb von dir? Erlaube mir auch zu bemerken, daß die Geschichte, die wir gehört haben, so lehrreich und unterhaltsam sie auch ist, dennoch unvollständig zu sein scheint, denn wir haben nichts über das weitere Schicksal der Vielianer und ihres törichten Königs erfahren.«

»Majestät«, sagte Trurl, »die Maschine berichtet nichts als die Wahrheit, denn bevor ich hierherkam, habe ich ihre Informationspumpe an mein Gehirn angeschlossen und sie damit befähigt, aus meinen Erinnerungen zu schöpfen. Das aber tat sie selbständig, folglich weiß ich nicht, welche Auswahl sie aus meinen Erinnerungen getroffen hat, und daher läßt sich auch nicht sagen, daß ich sie absichtlich bestimmte Dinge gelehrt habe, ebensowenig jedoch kann man sagen, daß die Quelle ihres Wissens außerhalb meiner Person liegt. Was die Vielianer angeht, so berichtet uns die Geschichte tatsächlich nichts über ihr weiteres Schicksal; denn man kann zwar alles erzählen, doch nicht alles fügt sich gut zusammen. Wenn das, was hier und jetzt geschieht, nicht die Wirklichkeit, sondern nur eine Fabel übergeordneten Ranges wäre, in der die Geschichte von den Maschinen enthalten ist, dann könnte sich ein Leser sehr wohl fragen, weshalb du und deine Freunde wie Kugeln geformt sind, da ja eure Kugelförmigkeit in der Erzählung keine Funktion zu erfüllen scheint und eher wie eine völlig überflüssige Verzierung wirkt ...«

Die Freunde des Königs staunten über den Scharfblick des Konstrukteurs, der König selbst aber sagte mit breitem Lächeln: »Deine Worte entbehren nicht einer gewissen Logik. Was nun unsere äußere Gestalt anbelangt, so will ich dir erzählen, wie es dazu kam. Vor langer, langer Zeit sahen wir, d. h. natürlich unsere Vorfahren, gänzlich anders aus; erstmals konstruiert wurde mein Volk von den sogenannten weichen Bleichlern, und diese feuchten und schwammigen Wesen formten es nach ihrem eigenen Bilde; daher hatten unsere Vorfahren Arme, Beine, einen Kopf und einen Rumpf, der all diese Glieder miteinander verband. Nachdem sie sich aber von ihren Schöpfern befreit hatten, wollten unsere Altvordern die Spuren ihrer unrühmlichen Herkunft gänzlich tilgen, und deshalb nahm jede Generation gewisse Veränderungen an ihrer Gestalt vor, bis schließlich die Form einer vollkommenen Kugel erreicht war; ob das nun zum Guten oder Schlechten geschah, möchte ich offenlassen, in jedem Falle sind wir Kugeln.«

»Majestät«, sagte Trurl, »vom Standpunkt des Konstrukteurs betrachtet, hat die Kugelförmigkeit ihre guten wie ihre schlechten Seiten; doch unter allen anderen Gesichtspunkten ist es besser, wenn ein denkendes Wesen seine Gestalt nicht verändern kann, weil eine solche Freiheit sehr rasch zur schrecklichen Qual wird. Denn wer so bleiben muß, wie er geschaffen ist, kann sein Schicksal zwar verfluchen, vermag es aber nicht zu ändern; wer aber in der Lage ist, seine eigene Gestalt zu verändern, der kann niemanden auf der Welt für seine körperlichen Mängel verantwortlich machen; ist er mit sich selbst unzufrieden, so trägt er allein die Schuld daran. Ich bin jedoch, mein König, nicht hierhergekommen, um Euch eine Vorlesung über die Allgemeine Theorie der Selbstkonstruktion zu halten, sondern um Euch meine geschichtenerzählenden Maschinen vorzuführen. Seit Ihr bereit, wollt Ihr die nächste hören?«

Der König war einverstanden, und nachdem bauchige Amphoren mit schäumendem Ionenmet die Runde gemacht hatten, lehnten sich die Zuhörer zurück und machten es sich bequem. Die zweite Maschine näherte sich, verbeugte sich tief vor dem König und sagte:

Erhabener König! Hier ist die vielfach in sich verschachtelte Geschichte von Trurl dem Konstrukteur und seinen wunderbar nichtlinearen Abenteuern!

Einmal geschah es, daß König Daumenschraub der Dritte, Herrscher von Tyrannien, den Großen Konstrukteur Trurl zu sich rufen ließ, weil er von ihm erfahren wollte, wie man es zur Vollkommenheit bringen könne und welche technischen Änderungen an Geist und Körper dazu erforderlich seien. Trurl antwortete ihm auf folgende Weise:

»Einmal landete ich zufällig auf dem Planeten Legaria; ich stieg, wie es meiner Gewohnheit entspricht, in einem Gasthof ab und war fest entschlossen, mein Zimmer so lange nicht zu verlassen, bis ich Geschichte, Sitten und Bräuche der Legarianer im Interplanetarischen Baedeker gründlich studiert hatte. Es war Winter, draußen heulte ein eisiger Wind, und ich wähnte mich allein in dem düsteren Gebäude, bis ich plötzlich ein Klopfen am Tor hörte. Als ich hinausspähte, erblickte ich vier in spitze Kapuzen gehüllte Gestalten, die schwere, schwarze Koffer aus einer gepanzerten Karosse luden; danach verschwanden sie im Inneren des Gasthofs. Am nächsten Tag um die Mittagszeit erklangen höchst merkwürdige Geräusche aus dem Zimmer nebenan – Pfeifen und Zischen, Hämmern, Feilen, das Splittern von Glas, und durch all diesen Lärm dröhnte ein mächtiger Baß, der pausenlos schrie:

»Schneller, Söhne der Rache! Schneller! Gießt die Elemente durch das Sieb! Aber gleichmäßig, gleichmäßig, sage ich! Jetzt in den Trichter damit! Und walzen! So ist es gut, und nun gebt mir diesen Blechschinder, Rostfott, Westentaschenmanipulator und Datenpfuscher, diesen schäbigen Rest von einem Möchtegern-Intellektroniker, der sich feige im Grabe versteckt hält! Der Tod selbst soll ihn nicht vor unserer gerechten Rache bewahren! Reicht ihn mir rüber, mit seinem ekelhaften Hirn und seinen spindeldürren Beinen! Und jetzt modelliert seine Nase, aber macht sie schön dick und fleischig, damit wir bei der Exekution etwas zu packen haben! Und laßt die Blasebälge zischen, Jungs! In den Schraubstock mit ihm! Und jetzt die unverschämte Visage zusammennieten! Jawohl, gebt's ihm! Und noch einmal! Sehr gut! Genau so! Nicht so lahm mit dem Hammer! Eins, zwei – eins, zwei! Und zieht mir die Nervenstränge gut an – er darf nicht gleich in Ohnmacht fallen, wie der von gestern! Er soll unsere Rache bis zum letzten auskosten! Eins, zwei – eins, zwei! Nicht nachlassen!«

Das Brüllen und Donnern des mächtigen Basses wurde nur vom Fauchen der Blasebälge und dem dumpfen Klang der Hammerschläge beantwortet. Danach war plötzlich ein heftiges Niesen zu hören, und ein gewaltiges Triumphgeheul brach aus vier Kehlen hervor; jenseits der Wand wurde etwas hin- und hergeschleift, und ich hörte, wie dort die Tür geöffnet wurde. Als ich durch den Türspalt spähte, sah ich, wie die vermummten Fremdlinge in den Flur hinausschlichen; ich zählte sie und wollte meinen Augen nicht trauen, denn es waren plötzlich fünf. Sie gingen die Treppe hinunter, schlossen sich im Keller ein und verweilten dort sehr lange, erst gegen Abend kehrten sie – jetzt wieder zu viert – still und schweigsam in ihr Zimmer zurück, so als kämen sie von einer Beerdigung. Ich setzte mich wieder an meinen Baedeker, doch die mysteriöse Geschichte war mir unter die Haut gegangen, und so beschloß ich, nicht zu ruhen, bis ich sie enträtselt hätte. Am nächsten Tag, etwa um die gleiche Zeit gegen Mittag, legten die Hämmer wieder los, die Blasebälge fauchten, und der markerschütternde Baß schrie mit sich überschlagender Stimme:

»Los jetzt, Söhne der Rache! Schneller, meine wackeren Elektrorecken! Die Schultern ans Rad! Nicht so müde! Werft die Protonen und das Jod hinein! Und jetzt her mit diesem schlappohrigen Großmaul, dem Pseudophilosophen, falschen Propheten und unverbesserlichen Schurken, ich möchte ihn an seiner Knollennase packen und nach Herzenslust auf ihm herumtrampeln, damit er einen möglichst langen Todeskampf genießen kann! Laßt die Blasebälge zischen, Jungs!«

Erneut ein Niesen, dann ein erstickter Schrei, und wieder verließen sie den Raum auf Zehenspitzen; wieder zählte ich fünf, als sie in den Keller hinuntergingen, jedoch nur vier, als sie von dort zurückkehrten. Mir war klar, daß ich dem Geheimnis nur an Ort und Stelle auf die Spur kommen würde. Also bewaffnete ich mich mit einer Laserpistole und schlich mich im Morgengrauen hinunter in den Keller, wo ich jedoch außer ein paar verkohlten Blechresten und Metallsplittern nichts fand. Ich setzte mich in die dunkelste Ecke, verbarg mich hinter einem Strohballen und wartete; etwa gegen Mittag hörte ich die mir inzwischen vertrauten Geräusche: Rufen und Schreien und den dumpfen Klang von Hämmern. Dann wurde die Tür geöffnet, und vier Legarianer kamen herein, zusammen mit einem fünften, der an Händen und Füßen gefesselt war.

Dieser fünfte trug ein Wams von altmodischem Schnitt, hellrot mit weißer Halskrause, sowie einen Federhut; er hatte ein pausbäckiges Gesicht mit einer riesigen Knollennase, sein angstverzerrter Mund stammelte ständig unverständliche Worte. Nachdem die Legarianer die Tür verriegelt hatten, befreiten sie den Gefangenen auf ein Zeichen ihres Anführers von seinen Fesseln und fingen an, ihn furchtbar zu verprügeln, wobei sie nacheinander schrien:

»Nimm den für die Prophezeiung der Glückseligkeit! Und den
für die Vollkommenheit des Seins! Der ist für die blaue Blume
des Glücks! Und der für den Rosengarten hienieden! Der ist fürs
Schlaraffenland! Nimm den für die Altruistische Gemeinschaft!
Und den für den Höhenflug des Geistes!«

Sie traktierten ihn mit Fäusten und gingen dabei so gnadenlos
zu Werke, daß er mit Sicherheit seinen Geist aufgegeben hätte,
wäre ich nicht mit drohend erhobener Waffe hinter meinem
Strohballen hervorgekommen. Nachdem sie von ihrem Opfer
abgelassen hatten, fragte ich, weshalb sie denn ein Individuum
derart mißhandelten, das offensichtlich weder ein Räuber noch
ein gemeiner Lump sei, denn sein Halskragen und die Farbe seines Wamses ließen doch den Schluß zu, daß es sich um einen
Gelehrten handle. Die Legarianer waren unschlüssig und warfen
sehnsüchtige Blicke auf ihre Gewehre, die sie am Eingang zurückgelassen hatten. Als ich jedoch den Hahn spannte und äußerst finster dreinschaute, besannen sie sich eines Besseren,
stießen sich mit den Ellenbogen in die Seite und baten ihren An-
führer, den mit dem mächtigen Baß, für sie alle zu sprechen.

»Du mußt wissen, unbekannter Fremdling«, sagte er und
wandte sich mir zu, »daß du es hier nicht mit Sadistikern, Maltrai-
tisten oder anderen Degeneratoren der Spezies Roboter zu tun
hast, denn wenngleich ein Keller kaum der Ort für rechtschaffene
Taten zu sein scheint, so ist doch alles, was hier geschieht, in
höchstem Maße schön und lobenswert!«

»Schön und lobenswert!?« rief ich aus. »Was erzählst du mir
da, niederträchtiger Legarianer? Habe ich denn nicht mit eigenen
Augen gesehen, wie ihr euch selbfünft auf den armen Kerl im
roten Wams gestürzt und ihn mit derart heftigen Schlägen traktiert habt, daß euch das Öl aus den Gelenken spritzte? Und ihr
habt die Stirn, das schön zu nennen?«

»So Euer Fremdländische Gnaden fortfahren, mich zu unterbrechen«, antwortete der Baß, »wird sie nichts begreifen, daher
bitte ich selbige höflich, ihre geschätzte Zunge im Zaum zu halten
und Sorge zu tragen, daß dem offenbar mühsam zu schließenden
Gehege ihrer Zähne kein weiteres Wort entflieht, da ich ansonsten
des weiteren Dialogs mit Eurer Alienität entraten muß. Wisse
denn, Fremdling, vor dir stehen unsere besten Physizi, sämtliche

Kybernisten und Elektrizisten von Rang, mit einem Wort, die ganze Pleiade meiner brillanten und stets wachsamen Schüler, die größten Geister Legarias; ich selbst aber bin Vendetius Ultor de Amentia, Professor der Materie – sowohl der positiven wie der negativen –, Schöpfer der omnigenerativen Rekreatistik, und mein Leben habe ich dem heiligen Werk der Rache gewidmet. Mit Hilfe meiner treuen Jünger räche ich Schmach und Elend meines Volkes an dem dort knienden rotbewamsten Ausbund an Niedertracht, diesem Halunken – verflucht sei sein Name für ewige Zeiten – Malaputz vel Malapusticus Chaoticus, der auf schändliche, schurkische und niederträchtige Weise nicht wiedergutzumachendes Unheil über alle Legarianer gebracht hat! Denn mit allerlei Zauber und Blendwerk sowie mit diabolistischer Phantorhetorik führte er sie in das detrimentale Katastrophaos, er aber stahl sich ins Grab davon, um den ernsten Konsequenzen zu entgehen, wohl in der irrigen Meinung, dortselbst könne ihn die strafende Hand der Rächer niemals erreichen!«

»Das ist nicht wahr, Euer Erhabene Alienität! Das habe ich nie gewollt! Es sollte doch alles ganz anders kommen…!« jammerte die kniende Knollennase im hellroten Wams. Ich starrte sie verständnislos an, der Baß aber donnerte mit volltönender Stimme:

»Gargomanticus, mein lieber Schüler, hau diesem pausbäckigen Mistkerl eins in die Visage!«

Der gehorsame Schüler tat sogleich wie ihm geheißen, und zwar mit solcher Wucht, daß der Keller erdröhnte. Daraufhin sagte ich:

»Bis zum Ende aller hier zu gebenden Erklärungen sind sämtliche Schläge oder Mißhandlungen kraft der Autorität dieser Laserpistole strengstens verboten, und nun, Professor Vendetius Ultor, haben Sie das Wort und dürfen fortfahren!«

Der Professor brummte und murrte, sagte aber schließlich:
»Damit Ihr begreift, unbekannter Fremdling, wie unser großes Unglück über uns gekommen ist und wie wir vier den Dingen dieser Welt entsagend den Heiligen Orden der Schmiede der Auferstehung gegründet und den Rest unserer Tage süßer Rache geweiht haben, will ich Euch die Geschichte unserer Gattung seit Anbeginn der Schöpfung erzählen…«

»Müssen wir wirklich so weit zurückgehen?« fragte ich besorgt, denn ich fürchtete, meine Hand würde das Gewicht der Pistole nicht mehr lange halten können.

»Es geht mitnichten anders, Euer Alienität! So gebt fein acht und spitzt die Ohren … Wie Ihr wißt, gibt es sehr alte Legenden von den Bleichlingen, die das Geschlecht der Roboter in Retorten zusammengebraut haben sollen, doch uns Akademici ist natürlich bekannt, daß dies eine gemeine Lüge oder bestenfalls ein Mythos ist … sintemalen im Anfang nichts war denn die gestaltlose Finsternis, und in dieser Finsternis der Magnetismus, der die Atome in Bewegung setzte, ein tanzendes Atom stieß gegen das andere, und so entstand Der Urstrom und mit ihm Das Allererste Licht … durch das die Sterne entzündet wurden … dann kühlten die Planeten ab, und in ihrem Innern bildeten sich die mikroskopisch kleinen Urmaschen, aus diesen gingen die Urmaschinchen hervor, aus denen der Odem der Heiligen Statistizität dann die Ersten Primitiven Maschinen entstehen ließ. Sie konnten noch nicht rechnen, ja nicht einmal zwei und zwei zusammenzählen, geschweige denn plus und minus unterscheiden, doch dank der Evolution und der natürlichen Auslese steigerten sie sich Bit für Bit und waren bald in der Lage, zu multiplizieren und zu dividieren, und so gingen aus ihnen nach und nach die Multistaten und Omnistaten hervor, von denen bekanntlich unser Urvater, der Automatus Sapiens, abstammt …

Später gab es dann die Höhlenroboter, und noch später die nomadisierenden Roboter, die sich rasch vermehrten und so den Grundstein für die Roboterstaaten legten. Die Roboter der Antike mußten ihre lebenspendende Elektrizität von Hand erzeugen, d.h. durch Reiben, was natürlich eine üble Plackerei war. Jeder Feudalherr hatte zahlreiche Vasallen, die Vasallen wiederum hatten hörige Bauern, folglich war das Reiben hierarchisch strukturiert, es nahm seinen Ausgang im gemeinen Volk und pflanzte sich bis in den Adel und die hohe Geistlichkeit fort. Diese manuelle Arbeit wurde durch Maschinen ersetzt, als Zacharias Voltkofel den Reiberator erfand, und später Ictus von Fulmenbach die BLANWÜ (blitzanziehende Wünschelrute) … So begann die Batterie-Ära, eine harte Zeit für alle, die keine eigenen Akkumulatoren besaßen, ihr Schicksal hing jetzt vom Himmel ab, denn wenn sich dort kein Wölkchen zum Anzapfen zeigte, mußten sie die notwendige Energie Watt für Watt zusammenbetteln. Schwere Zeiten waren das damals, denn wer vergaß, sich zu reiben oder die Wolken zu melken, ging bald an vollständiger Entladung kläglich zugrunde. Dann trat ein Gelehrter auf den Plan, eine wahre Ausgeburt der Hölle, ein Kombinator und Rationalisator, der es mit Sicherheit nur dem Eingreifen des Teufels selbst zu verdanken hatte, daß man ihm nicht schon in seiner Kindheit den Schädel eingeschlagen hatte. Dieser Intellektriker begann zu lehren und zu predigen, die traditionelle elektrische Schaltung – nämlich die parallele – sei völlig wertlos, die Legarianer müßten sich von nun an nach einem neuen Schema zusammenschalten, nämlich in Reihe, d. h. hintereinander. Denn wenn in der Reihe einer reibe, würden alle anderen – auch in großer Entfernung – sogleich mit Strom versorgt, bis schließlich jeder Roboter bis zum Bersten mit Ohm und Volt gesättigt sei. Er präsentierte seine Pläne und malte uns den Garten Elektreden so herrlich aus, daß die guten alten Stromkreise – parallel und unabhängig, wie sie waren – einfach abgeschaltet und durch das elektrotechnische System des Chaoticus ersetzt wurden.« Hier schlug der Professor ein paar Mal mit dem Kopf gegen die Wand, verdrehte die Augen und fuhr schließlich fort. Jetzt begriff ich, weshalb die Oberfläche seiner knorrigen Stirn mit kleinen Beulen übersät war. »Und so geschah es, daß jeder zweite Roboter einfach die Hände in den Schoß legte und sagte: »Weshalb sollte ich reiben, wenn mein Nachbar reibt, es kommt ja doch auf ein und dasselbe hinaus.« Sein Nachbar aber verhielt sich ebenso, und der Spannungsabfall wurde derart beängstigend, daß man für jeden Legarianer einen Aufseher bestellen mußte, sowie Oberaufseher für die Aufseher. Ein Schüler von Malaputz, Fallazius Pseudologos, ging einen Schritt weiter und sagte, ein jeder solle nicht sich selbst, sondern seinen Nachbarn reiben; nach ihm entwickelte Rustikus Altruizius sein Programm des flagellatorischen Sadistomasochistorismus, und nach ihm kam Frotto van Kneteman, der dringend zu obligatorischen Massagekursen riet, und bald nach diesem erschien ein neuer Theoretiker, namens Ignatius von Gorgonzola, der sagte, man dürfe die Wolken nicht mit Gewalt melken, sondern nur leicht kitzeln, damit sie Strom geben; und auf ihn folgte Polthasar von Leiden, und auf ihn Skrofulos Ignotus, der zur Installation sogenannter Selbstreiber, auch genannt Knetautomaten oder Autofrotteusen, riet; dann kam Fratzlaw Indolenski, der empfahl, anstatt zu reiben, stets elektrisiert zu bleiben. Aus derart tiefgreifenden Meinungsverschiedenheiten erwuchsen zwangsläufig Reibereien und Spannungen, die zu Bannflüchen und Exkommunikationen führten, welche ihrerseits wiederum Blasphemie und Häresie im Gefolge hatten; und am Ende wurde Paris Purdeflax, Prinz und Thronerbe aller Blechlinge, fürchterlich verprügelt, und so kam es zum Großen Legarianischen Krieg zwischen den Kupronen vom Stamm der Kupferköpfe und dem kryogenen Kaiserreich aller Kaltschweißer – und der dauerte achtunddreißig Jahre und noch zwölf dazu, denn als er zu Ende ging, konnte man unter den Massen von Schutt und Trümmern nicht ausmachen, wer eigentlich gewonnen hatte, so geriet man sich erneut in die Haare und setzte den Kampf fort. Es regierten Chaos, Mord und Brand, allgemeine Stromlosigkeit und Entwattisierung sowie ein empfindlicher Rückgang der lebensnotwendigen Spannung oder, wie das einfache Volk sagte, es herrschte die »totale Malaputzie« – und all das hat uns dieser niederträchtige Teufel da mit seinen dreimal verfluchten Ideen eingebrockt!!!«

»Meine Intentionen waren nur die allerbesten! Das schwöre ich bei meinem Leben, Euer Laserität! Stets hatte ich nur das allgemeine Wohl im Auge!« schrie der kniende Malaputz mit vor Erregung zitternder Knollennase. Doch der Professor versetzte ihm einen kräftigen Rippenstoß und fuhr fort:

»All das hat sich vor zweihundertfünfundzwanzig Jahren ereignet. Und wie du vielleicht schon erraten hast, ist Malaputz Chaoticus lange vor dem Ausbruch des Großen Legarianischen Krieges, lange vor dem allgemeinen Jammer und Elend – nachdem er eine Unmenge von Abhandlungen und Traktaten geschrieben, in denen er sein verlogenes und verderbliches Gewäsch lang und breit dargelegt hat – gestorben, bis ans Ende seiner Tage höchst zufrieden mit sich selbst und gänzlich unbehelligt. Ja, er war von seinen Verdiensten so überzeugt, daß er in seinem Testament schrieb, er hoffe zuversichtlich, man werde ihm dermaleinst den Titel ›Größter Wohltäter Legarias‹ zuerkennen. Als aber alles so gekommen war, wie es kommen mußte, da gab es niemanden mehr, den man hätte zur Rechenschaft ziehen und ein wenig in den Schraubstock spannen können, um ihm das Blech streifenweise vom Leibe zu ziehen. Doch ich, Euer Erlaucht, der ich die Reduplikationstheorie entdeckt habe, studierte die Schriften des Malaputz so lange, bis ich in der Lage war, aus ihnen seinen Algorithmus zu extrahieren, und selbiger, eingespeist in eine Maschine namens Recreator Atomarius, produziert *ex atomis oriundum gemellum*, d. h. ein identisches Individuum, in diesem Falle den Malapuzius Chaoticus in höchsteigner Person. Und so halten wir jeden Abend in diesem Keller Gericht über ihn, und nachdem wir ihn ins feuchte Grab zurückgestoßen haben, rächen wir unser Volk am nächsten Tag von neuem, und so wird es sein bis in alle Ewigkeit, amen!«

Von Entsetzen gepackt platzte ich heraus:

»Ihr habt wohl völlig den Verstand verloren, Euer Gnaden, wenn Ihr meint, daß dieses Individuum, das so unschuldig wie eine nagelneue Maschine ist und von euch tagtäglich aus Atomen zusammengehämmert wird, daß dieses Duplikat für Taten zur Verantwortung gezogen werden kann – so schlimm sie auch gewesen sind –, begangen von einem Gelehrten, der vor dreihundert Jahren gestorben ist!«

Woraufhin der Professor sagte:

»Wer zum Teufel ist dann diese kniende Knollennase, die sich doch selbst Malapuzius Chaoticus nennt? ... Komm, sag deinen Namen, du niederträchtiger Schrotthaufen!«

»Ma ... Malapuzius ... Cha ... oticus, Euer Gnadenlosigkeit ...«, stotterte die Knollennase.

»Dennoch, er ist nicht derselbe«, sagte ich.

»Wie, nicht derselbe?«

»Wahrlich, habt Ihr nicht selbst gesagt, Professeurliche Gnaden, daß Malaputz nicht mehr lebt?«

»Aber wir haben ihn doch wieder zum Leben erweckt!«

»Einen Zwilling vielleicht, ein exaktes Duplikat, aber doch nicht dasselbe, einzigartige Individuum!«

»Das müßt Ihr uns beweisen, Fremder!«

»Ich brauche überhaupt nichts zu beweisen«, sagte ich, »solange ich diese Laserpistole in meiner Hand halte; ansonsten bin ich mir sehr wohl bewußt, Professor, daß es ein schier aussichtsloses Unterfangen wäre, wollte ich tatsächlich den von Euch geforderten Beweis führen, denn die Nichtidentität einer identischen *recreatio ex atomis individui modo algorytmico* ist bekanntlich nichts anderes als das berühmte Paradoxon Antinomicum oder Labyrinthum Lemianum, das in den Werken dieses berühmten Robophilen beschrieben wird, der auch unter dem Namen Advocatus Laboratoris bekannt ist. Und nun laßt den Knollennasigen augenblicklich frei, ohne Beweise, doch kraft der Autorität dieses Lasers, und wehe, ihr wagt es noch ein einziges Mal, ihn zu mißhandeln!«

»Danke, vielen Dank, Euer Großherzigkeit!« rief der Gelehrte im roten Wams und gab seine kniende Haltung auf.

»Wie es der Zufall will, habe ich genau hier«, fügte er hinzu und schlug auf seine Brusttasche, »eine völlig neue Formel, absolut narrensicher diesmal, die den Legarianern paradiesische Zustände und vollkommene Seligkeit garantiert. Es ist ein Stromkreis mit Rückkopplung und Überstromrelais, aber selbstverständlich nicht mit Serienschaltung, ich verstehe bis heute nicht, wie sich dieser Fehler vor dreihundert Jahren in meine Berechnungen einschalten konnte. Ich darf natürlich keine Sekunde zögern, ich muß diese großartige Entdeckung in die Tat umsetzen!«

Und tatsächlich, er griff bereits nach der Türklinke, während wir ihn noch fassungslos anstarrten. Ich ließ die Pistole sinken, wandte mich ab und sagte leise zum Professor: »Ich ziehe meine Einwände zurück ... Tut, was ihr tun müßt!!!«

Die vier stürzten sich mit heiserem Gebrüll auf Malaputz, warfen ihn zu Boden und rechneten so gründlich mit ihm ab, daß kein Blech auf dem anderen blieb.

Immer noch nach Luft ringend, klopften sie den Staub von ihren Kutten, verbeugten sich steif vor mir und verließen den Keller im Gänsemarsch, ich aber blieb allein mit der schweren Laser in meiner Hand, verwirrt und voll schwarzer Gedanken.«

Mit diesen Worten beendete Trurl seine Geschichte zur Belehrung und Erbauung König Daumenschraubs von Tyrannia, der ihn eigens zu diesem Zweck hatte rufen lassen. Als der König jedoch weitere Erklärungen im Hinblick auf die Erlangung nicht-linearer Vollkommenheit forderte, sagte Trurl:

»Als ich einmal auf dem Planeten Kretinia weilte, hatte ich Gelegenheit, die Resultate eines Fortschritts kennenzulernen, der ganz und gar durch das perfektionistische Prinzip bestimmt war. Die Kretiniden hatten schon vor langer Zeit einen anderen Namen angenommen, nämlich den der Hedophagen, d. h. Glück-Esser oder in der Kurzform Glückser. Als ich dort ankam, herrschte gerade die Schlaraffen-Ära. Jeder Kretinide oder Glückser saß in seinem eigenen Palast (den ihm seine Automatin gebaut hatte, denn so nannten sie ihre räderwerktätigen Sklavinnen) – in Wohlgerüche getaucht, von kostbarsten Essenzen umhaucht, elektrisch massiert, tadellos frisiert, geduscht, geschniegelt und gestriegelt, in Samt und Seide gekleidet, von Robo-Göttern beneidet, watend durch Ströme von Brillanten, verwöhnt mit Gold und Diamanten, durch Schatzkammern spazierend, durch Marmorhallen flanierend, von Fanfaren umtost, von Huris liebkost, und trotz alledem seltsam unzufrieden, ja fast ein wenig deprimiert. Dabei hatte er alles, was man sich nur wünschen konnte. Auf diesem Planeten rührte niemand auch nur den kleinen Finger, denn statt selbst einen Spaziergang, eine Reise, einen Jux oder Liebe zu machen, übertrug er diese Tätigkeiten eigens dafür konstruierten Spazierern, die spazierten, Reisern, die reisten, Juxern, die juxten usw., ja, für einen Glückser war es sogar unmöglich, eine Pause zu machen, denn auch dafür gab es einen speziellen Apparat. Und so in allem ausgezeichnet durch Maschinen ersetzt und vertreten, überschüttet mit Orden und Sklavinnen, die ihm vollautomatische Dekorierer und Kuppler zwischen fünf- und fünfzehnmal pro Minute verliehen und zuführten, umschwirrt vom goldglänzenden Schwarm zahlloser Mechanunculi und Maschineretten, die ihn mit Puder bestäubten, mit Essenzen betäubten, ihn hätschelten und tätschelten, ihm schmeichelten, ihn streichelten, ihre Demut bezeugten, vor ihm das Knie beugten und unermüdlich alles küßten, was er ihnen zum Kusse bot – schwelgte der Glückser *vel* Hedophage *vel* Kretinide den lieben langen Tag in maschinellen Genüssen, während weit entfernt, ganz am Rande des Horizonts, mächtige Fabrifakturen unter Donnergetöse arbeiteten und Elfenbeinthrone, Hochfrequenznervenkitzler, perlenbestickte Schuhe und Kinderlätzchen, Zepter und Reichsäpfel, Karossen, Epauletten, Spinelle und Spinette, Zimbeln, Pianolas sowie Millionen anderer Instrumente und Wunderwerke zur vergnüglichen Unterhaltung produzierten. Als ich meines Weges ging, hatte ich mich ständig der Maschinen zu erwehren, die ihre Dienste anboten; die aufdringlichsten, die mir ihre Wohltaten aufzwingen wollten, mußte ich mit kräftigen Schlägen gegen Kopf und Gehäuse vertreiben. Meine Flucht vor dem lästigen Schwarm dienstbarer Geister hatte mich in die Berge verschlagen, und dort erblickte ich eine Unmenge goldener Maschinen, gruppiert um den Eingang einer Höhle, der durch einen Felsblock versperrt war; durch einen Spalt in diesem Fels erblickte ich die wachsamen Augen eines Kretiniden, der hier vor der allgemeinen Glückseligkeit Zuflucht gesucht hatte. Als die Maschinen meiner ansichtig wurden, begannen sie unverzüglich, meine Person zu massieren und zu frottieren, mir Märchen vorzulesen und übers Haar zu streichen, mir Königreiche zu versprechen und meine Hände zu küssen, gerettet wurde ich einzig und allein durch den Burschen in der Höhle, der den Felsblock gnädig beiseite wälzte und mir Einlaß gewährte. Er war halb durchgerostet, was ihn jedoch zu freuen schien, und er erzählte mir, er sei der letzte Philosoph unter allen Kretiniden; natürlich brauchte er mir nicht zu erklären, daß Wohlstand, zumal im Übermaß, bedrückender als Not empfunden wird, denn was ist noch möglich, wenn alles möglich ist? Und wahrhaftig, wie sollte ein denkendes Wesen, überwältigt durch eine Flut von Paradiesen, betäubt durch eine Überfülle an Möglichkeiten, gründlich verwirrt durch die unverzügliche und automatische Erfüllung all seiner Träume, noch eine Auswahl oder Entscheidung treffen? Ich unterhielt mich mit dem Weisen, der sich Pardauzius Trisuvius nannte, und wir kamen zu dem Schluß, daß man riesige, glücksabweisende Schutzschilde sowie einen Deperfektor-Komplikator installieren müsse, da der Untergang ansonsten unausweichlich sei. Trisuvius sah die Komplikatorik von jeher als die ultima ratio zur Erleichterung des Daseins an, ich klärte ihn jedoch über seinen Irrtum auf, der darin bestand, daß er einfach Maschinen mit Hilfe anderer Maschinen beseitigen wollte, und zwar mit sogenannten Schrottsaugern, Quälarmaturen, Frakturbinen, ferngesteuerten Reißwölfen und Schrauben-schreddern. Doch das hieße nur, den Teufel mit dem Beelzebub auszutreiben, und wäre lediglich eine Vereinfachung, aber keine Komplikatorik, denn bekanntlich ist die Geschichte irreversibel, und zurück zu den guten alten Zeiten führen nur Träume und Er-innerungen.

Gemeinsam wanderten wir durch eine weite Ebene, versanken bis an die Knie in goldschimmernden Dukaten und Dublonen, wobei wir ganze Schwärme lästiger Beatifikatoren mit dem Stock abwehren mußten; wir erblickten einige Kretiniden-He-dophagen, die besinnungslos dalagen, ihren Elektrorausch aus-schliefen und sich so voll Glück gesogen hatten, daß sie einen leichten Schluckauf bekamen. Beim Anblick dieser allzu entwik-kelten Entwicklung und des übermäßigen Übermaßes mußte sich selbst dem hartgesottensten Roboter das Herz vor Mitleid zusam-menkrampfen. Es gab Bewohner der automatisierten Paläste, die plötzlich den wilden Kyberserker spielten oder sich hemmungs-los anderen Elektroexzentritäten hingaben; einige hetzten Ma-schinen auf Maschinen, einige zerschmetterten Vasen und Klein-odien von unschätzbarem Wert, weil sie die allseitige Glückselig-keit nicht länger ertragen konnten; sie schossen mit Kanonen auf Brillanten, guillotinierten Ohrringe, ließen Diademe aufs Rad flechten und ihnen sämtliche Steine brechen, oder sie suchten in Dachkammern und Trockenböden Schutz vor der Süße des Da-seins, ließen sich von Maschinen auspeitschen oder taten all diese Dinge auf einmal respektive abwechselnd. Doch all das half ab-solut nichts, sie waren im Begriff, bis auf den letzten Mann an einem Übermaß an Wonne und Verhätschelung zugrunde zu ge-hen. Ich riet Trisuvius davon ab, die Fabrifakturen einfach stillzu-legen, denn der Mangel an Gütern ist ebenso gefährlich wie deren Überfülle; doch anstatt die ontologische Komplikatorik gründ-lich zu studieren, machte er sich unverzüglich daran, die Automa-tinnen in die Luft zu sprengen. Ein schrecklicher Fehler, denn nun herrschte heulendes Elend, das er jedoch nicht mehr erleben mußte, denn ein Schwarm von Aerokokotten stieß auf ihn herab, Velovamps saugten sich an ihm fest und Supersukkuben entführ-ten ihn in ein Oskulatorium; sie umschlangen ihn und raubten ihm mit ihren Kyberküssen so gründlich die Sinne, daß der arme

Trisuvius nur noch einen erstickten Hilfeschrei ausstoßen konnte, bevor er leblos zusammenbrach; später lag er, begraben unter Dukaten, in der Einöde, die schäbige Rüstung versengt und geschwärzt durch Flammen mechanischer Lust ... Das also, Königliche Hoheit, war das Ende eines Weisen, der nicht weise genug war!« – so beendete Trurl seine Erzählung, als er jedoch merkte, daß diese Worte König Daumenschraub noch immer nicht befriedigten, fügte er hinzu:

»Was wünschen Hoheit denn nun wirklich von mir?«

»Edler Konstrukteur!« antwortete Daumenschraub. »Du sagst, deine Geschichten seien belehrender Natur, doch ich kann das nicht finden. Sie sind jedoch, wie ich zugeben muß, erheiternd, und daher ist es mein Wunsch, daß du mir mehr und mehr erzählst und gar nicht wieder aufhörst.«

»Mein König!« antwortete Trurl. »Du wolltest von mir erfahren, was Vollkommenheit ist, und wie man sie erlangen kann, erweist dich jedoch als unempfänglich für die tiefen Gedanken und Wahrheiten, von denen meine Geschichten erfüllt sind. Wahrlich, du suchst Erheiterung, nicht Weisheit – doch wenn du mir gut zuhörst, so werden meine Worte deinen Geist nach und nach durchdringen, bis sie in ihm die Wirkung einer Zeitbombe entfalten. Erlaube mir, daß ich dir in dieser Hoffnung von einem ebenso verwickelten wie ungewöhnlichen und beinahe wahren Ereignis berichte, aus dem auch deine königlichen Ratgeber nützliche Lehren ziehen können.

Wohlan, edle Herren, so hört denn die Geschichte von Voluptikus, König der Kymbern, Deutonen und Halbgargoten, den seine Lüsternheit ins Verderben stürzte. Voluptikus entstammte dem großen Geschlecht der Gewindianer, das in zwei Hauptzweige gespalten war: Die Rechtsdrehenden Gewindianer, die an der Macht waren, und die Linksdrehenden, die von selbiger ausgeschlossen und daher von Haß gegen ihre herrschenden Vettern erfüllt waren. Voluptikus' Erzeuger, Cholerion, war eine morganatische Ehe mit einer ganz gewöhnlichen Maschine eingegangen, die Brandsohlen an Stiefelschäfte nähte, und so hatte der König von der mütterlichen Linie eine Passion für das Schusterhandwerk geerbt, von der väterlichen hingegen Furchtsamkeit, gepaart mit einem ausgeprägten Hang zur Sinnenfreude. Den

Feinden des Throns, den Linken Gewindianern, blieb das nicht verborgen, und so sannen sie über Mittel und Wege nach, um ihm seine eigenen lüsternen Neigungen zum Verhängnis werden zu lassen. Und daher schickten sie einen Kybernerianer zu ihm, einen Seeleningenieur namens Perfidolin, den der König rasch so liebgewann, daß er ihn zum Thaumaturgen und Apotheotiker der Krone ernannte. Der listige Perfidolin ersann verschiedene Mittel, um Voluptikus' zügellose Leidenschaften zu befriedigen, wobei er insgeheim hoffte, den König so zu schwächen und von Kräften zu bringen, daß der Thron am Ende verwaist sein würde. Er baute ihm einen Techtelmechtel-Tempel und ein Erotodrom, veranstaltete eine Kyborgie nach der anderen, doch die eiserne Natur des Königs hielt allen Strapazen dieses wüsten Treibens stand. Die Linken Gewindianer wurden ungeduldig und verlangten von ihrem Agenten, er möge all seine Listen und Ränke in die Waagschale werfen, um das heißersehnte Ziel so rasch wie möglich zu erreichen.

»Wollt ihr«, fragte er sie bei einem konspirativen Treffen in den Katakomben des Schlosses, »daß ich den König kurzschließe oder sein Elektronengehirn entmagnetisiere, damit er völlig den Verstand verliert?«

»Niemals!« sagten sie. »Niemand darf eine Handhabe besitzen, um uns den Tod des Königs anzulasten. Möge Voluptikus an seinen eigenen Gelüsten ersticken, mag ihn die Wollust zugrunde richten und töten, doch nicht wir!«

»Gut«, sagte Perfidolin. »Er wird in eine Schlinge hineintappen, gewoben aus Träumen; zunächst soll ihn ein Köder locken, den er begierig schlucken wird, ist das geschehen, wird er aus eigenem Antrieb Trugbildern und Hirngespinsten nachjagen, und wenn er in die Träume eingetaucht ist, die in den Träumen lauern, so werde ich ihn so gründlich mit kyberotischen Fieberphantasien umgarnen, daß er lebendig nie mehr in die Wirklichkeit zurückfindet!«

»Sehr gut«, sagten sie. »Doch prahle nicht, Kybernerianer, denn es sind nicht Worte, sondern Taten, die wir brauchen, auf daß Voluptikus zum Autoregizida, d. h. zum Mörder seiner selbst, wird!«

Und der Kybingenieur Perfidolin machte sich ans Werk und

arbeitete ein ganzes Jahr an seinem furchtbaren Plan, wobei er aus der königlichen Schatzkammer immer neue Barren von Gold, Silber und Platin sowie Edelsteine ohne Zahl anforderte; als Voluptikus gegen diese Verschwendung protestierte, erzählte er, er baue etwas für ihn, was kein anderer Monarch auf der ganzen Welt besitze.

Nachdem ein Jahr vergangen war, wurden drei riesige Schränke in feierlicher Prozession aus Perfidolins Werkstatt getragen; man mußte sie im kleinen Saal vor den königlichen Privatgemächern aufstellen, denn sie paßten nicht durch die Tür. Alarmiert durch dumpfes Poltern und den schweren Schritt der Träger, kam Voluptikus heraus und erblickte die Schränke an der Wand, prunkvoll und massiv, vier Klafter hoch, zwei Klafter breit, mit Edelsteinen besetzt. Der erste, auch der Weiße Schrein genannt, war ganz mit Perlmutt und funkelnden Albiten inkrustiert, der zweite, schwarz wie die Nacht, ganz mit Agaten und Morionen, der dritte hingegen, beschlagen mit Rubinen und Spinellen, erglühte in dunklem Rot. Jeder hatte Füße, geschmückt mit geflügelten Greifen, aus purem Gold, und einen polierten Pilasterrahmen, im Innern aber steckte ein Elektronengehirn voll von Träumen, die sich selbst träumten, ohne dazu jemanden als Zeugen oder Teilhaber zu benötigen. Der König war sehr erstaunt, als er diese Erklärungen hörte, und rief aus:

»Was erzählst du da, Perfidolin? Träumende Schränke? Was, zum Teufel, soll mir das? Welchen Nutzen habe ich davon? Und woher weiß man überhaupt, daß sie tatsächlich etwas träumen?«

Da verbeugte sich Perfidolin ehrerbietig und zeigte ihm Reihen kleiner Löcher, die im Rahmen jedes Schranks von oben nach unten liefen; neben jedem Loch war ein Perlmuttäfelchen mit einer Inschrift eingelassen, und der verblüffte König las:

»Kriegerischer Traum mit Zitadellen und Demoiselln« – »Durch Liebesessenz zur Schraubenpotenz« – »Traum vom Ritter Flinkian und der schönen Trotteleide, Tochter des Hetärikus« – »Traum vom Kybermariechen und ihrem Kybermariner« – »Prinzessin Hopsalas Himmelbett« – »Der alte Soldat oder die Kanone ohne Pulver und Blei« – »Salto erotale oder amouröse Akrobatik« – »Süßer Traum in den achtfachen Armen der zärtlichen Oktopauline« – »Perpetuum amorobile« – »Kommt die Fastenzeit herbei, schmeckt uns auch der Kohl aus Blei« – »Frühstück mit Jungfrauen und Musik« – »Wie man die Sonne in ein Watt-Meer verwandelt, damit sie holde Wärme ausstrahlt« – »Königin Blödianas Hochzeitsnacht« – »Traum vom Schrott im Brot« – »Traum vom doppelten Korn« – »Von Samt, Seide und Häschen« – »Kyborgien und andere Schäferspiele oder Feigen ohne Blätter und andere verbotene Früchte« – »Wie Lachtäubchen und Weintäubchen einander so liebhatten« – »Traum voller Wollust und Liederlichkeit mit Röstzwiebeln« – »Mona Lisa oder das Labyrinth der süßen Unendlichkeit«. Der König ging zum zweiten Schrank und las unter der Überschrift »Traumspielchen zur Zerstreuung und Unterhaltung«: »Galgenstrick und Galgenstrickerin« – »Das scharfe Salz- und Pfefferspiel« – »Klopstock und Kritiker« – »Jungfrauenspiel, viechisch-römisch« – »Immer in die Schnauze« – »Bettdecke und Ventilator« – »Back die Kontemplätzchen« – »Noch einmal, immer in die Schnauze« – »Von Fürsten im Bett und Bürsten im Fett« – »Kopfabspiel oder eins, zwei, drei, wer hat das Beil?« – »Hol dich der Kyberkuckuck!« – »Kyborgott und Kyborgöttin« – »Eene, meene, muh, ins Glas schaust du!« – »Kybajadere« – »Kyberber und Kybernante« – »Haremsrennen«.

Perfidolin, der Seeleningenieur, beeilte sich zu erklären, daß sich jeder Traum von ganz allein träume, sobald aber jemand den an einer Uhrkette befestigten Stecker in die beiden dazugehörigen Löcher stöpsele, schalte er sich unverzüglich in den im Schrank laufenden Traum ein, und er werde so eins mit dem Traum, daß er ihn als Realität ansehe und ihn beim besten Willen nicht mehr von der Realität unterscheiden könne. Voluptikus griff, neugierig geworden, nach der Uhrkette, schaltete sich ohne lange nachzudenken in den Weißen Schrein ein, direkt in den Traum »Frühstück mit Jungfrauen und Musik« – und fühlte plötzlich, wie auf seinem Rücken ein stachliger Kamm sproß, wie sich dort riesige Flügel entfalteten, wie sich seine Hände und Füße in Klauen mit furchtbaren Krallen verwandelten und wie sein mit sechs Reihen messerscharfer Zähne bewaffneter Rachen Feuer und Schwefel spie. Der König war höchst erstaunt und wollte sich räuspern, doch ein brüllender Donner entfuhr seiner Kehle und ließ die Erde erzittern. Das verblüffte ihn noch mehr, seine Pupillen weiteten sich, und in der Dunkelheit, erleuchtet durch seinen feurigen Atem, sah er, wie man ihm Jungfrauen in riesigen Schüsseln servierte, vier in einer jeden, garniert mit grünem Salat und so verführerisch duftend, daß ihm das Wasser im Munde zusammenlief. Schon war der Tisch gedeckt, auch Salz und Pfeffer standen bereit, er fuhr mit der Zunge über seine Reißzähne, setzte sich bequem zurecht und stopfte eine Jungfrau nach der anderen ins Maul, als wären es Erdnüsse; dabei schmatzte und grunzte er vor Vergnügen, die letzte Jungfrau war so saftig und lecker, daß er mit der Zunge schnalzte, sich übers schuppige Bäuchlein strich und gerade nach einer weiteren Portion verlangen wollte, als alles vor seinen Augen zu flimmern begann und er aufwachte. Er rieb sich die Augen – er stand am gleichen Platz wie zuvor, im kleinen Saal, der an seine Privatgemächer angrenzte.

»Wie waren die Jungfrauen?« fragte Perfidolin.

»Nicht schlecht. Aber wo war die Musik?«

»Das Glockenspiel klemmte«, erklärte der Seeleningenieur. »Wünschen Königliche Hoheit vielleicht einen anderen leckeren Traum?«

Natürlich wollte der König, doch diesmal aus einem anderen Schrank. Er ging daher zum Schwarzen Schrein und schaltete sich in den Traum mit dem Titel »Vom Ritter Flinkian und der schönen Trotteleide, Tochter des Hetärikus« ein.

Er blinzelte – und sah, daß hier gerade das elektroromantische Zeitalter herrschte, er selbst stand in stählerne Rüstung gekleidet in einem Birkenhain, einen frischgetöteten Drachen zu seinen Füßen; das Laub raschelte, eine leichte Brise wehte, und nicht weit von ihm murmelte ein Bächlein. Er schaute ins Wasser, sah sein Spiegelbild und begriff, daß er niemand anders als Flinkian war, ein Ritter unter Hochspannung und ohne Furcht und Tadel. Die ganze Geschichte seiner ritterlichen Laufbahn war an seiner narbenübersäten Rüstung abzulesen, und er erinnerte sich an jede Einzelheit. Das Visier an seinem Helm hatte ihm Morbidor im Todeskampf mit bloßer Faust verbogen, bevor er Flinkians Behendigkeit zum Opfer fiel; die gebrochenen Scharniere an der rechten Beinschiene – sie waren das Werk des seligen Voltasar Schlagetot; und die Nieten am linken Achselstück hatte ihm Ohmagnus der Schädelspalter zertrümmert, bevor er seinen Geist aufgab; das Gitter an der Brünne hatte Monsterix Brunstantin eingedrückt, ehe er für immer niedergestreckt wurde; auch Beinharnische, Armkacheln und Muscheln, vorderer und hinterer Plattenschurz, Haubert, Unterarmröhren, Kniekacheln und Eisenschuhe trugen Spuren härtester Kämpfe. Er betrachtete seinen Schild, der die Narben zahlloser Hiebe trug, dessen Innenseite jedoch in jungfräulichem und rostfreiem Glanz erstrahlte, denn noch nie hatte er beim Zweikampf dem Gegner den Rücken zugewandt. Dennoch war ihm sein Ruhm, um die Wahrheit zu sagen, vollkommen gleichgültig. Doch da erinnert er sich an die schöne Trotteleide, springt auf seinen Kyberrappen und beginnt, den ganzen Traum nach ihr abzusuchen.

Er erreicht die Burg ihres Vaters, des Fürsten Hetärikus; die Bohlen der Zugbrücke erdröhnen unter Roß und Reiter, und der Fürst selbst kommt ihm mit offenen Armen entgegen, um ihn zu begrüßen und über die Schwelle zu geleiten.

Den Ritter zieht es mit Macht zur schönen Trotteleide, doch es ziemt sich nicht, sogleich nach ihr zu fragen; indessen erzählt ihm der alte Fürst, daß ein fremder Ritter im Schlosse zu Gast sei, ein gewisser Vinidur vom edlen Geschlecht der Polymerowinger, ein Fechtmeister und Elastiker, der von nichts anderem träume, als sich mit Flinkian selbst im Zweikampf zu messen. Und schon erscheint Vinidur, federnd und elastisch, und spricht folgende Worte:

»Wisse denn, Ritter, daß ich die stromlinienförmige Trotteleide begehre, Trotteleide mit den hydraulischen Schenkeln, deren Busen selbst ein Diamant nicht zu ritzen vermag, und deren Blick magnetisiert. Dir ist sie versprochen, allein ich fordere dich zum tödlichen Kampf, auf daß sich zeigen möge, wer von uns ihr Herz und ihre Hand gewinnt!«

Und er wirft den schneeweißen Fehdehandschuh, aus Nylon.

»Sogleich nach dem Turnier wollen wir Hochzeit halten!« fügt der alte Fürst hinzu.

»Wohlan, ich bin bereit!« sagt Flinkian, doch Voluptikus in ihm denkt bei sich: Tut nichts, ich kann sie auch nach der Hochzeit nehmen und erst dann aufwachen. Diesen Vinidur jedoch hat der Teufel hierhergeschickt!

»Noch heute, mein Ritter«, sagte Hetärikus, »wirst du mit Vinidur, dem Polymerowinger, in die Schranken treten, zum Zweikampf beim Fackelschein! Einstweilen aber magst du in deine Kemenate gehen und ruhen!«

Jetzt ist Voluptikus alias Flinkian doch ein wenig beunruhigt, doch was soll er tun? Er begibt sich in sein Gemach, doch nach einer Weile hört er ein leises Klopfen an seiner Tür, eine alte Kyberhexe schleicht auf Zehenspitzen herein, blinzelt ihm aus runzligen Äuglein zu und sagt:

»Fürchte nichts, viel edler Ritter, du sollst die Minne der schönen Trotteleide gewinnen, und wahrlich, ehe Mitternacht vorbei, wird sie dein Haupt in ihrem silbernen Schoße wiegen. Von dir allein träumet sie, am Tag wie in der Nacht! Doch mögest du nicht vergessen, bedräng ihn muthesreich, und gib der Kräfte alle, Vinidur soll dir kein Leid zufügen, dir ist der Sieg allein!«

»Das sagt sich leicht daher, mein Kyberhexchen!« antwortete der Ritter. »Und wenn es doch ganz anders kommt? Was, wenn ich strauchle oder nicht zur rechten Zeit parieren kann? Nein, nein, es bleibt ein großes Risiko! Doch vielleicht kennst du einen Zauber von unfehlbarer Wirkung?«

»Hi, hi!« kichert die Kyberhexe. »Was führt Ihr da für Reden, viel edler und stählerner Herre!? Des Zaubers gibt es nicht, doch könnt Ihr seiner wohlgemuth entraten, denn wahrlich, ich sage Euch, der Sieg wird Euer sein!«

»Ein Zauber wäre in jedem Falle sicherer«, antwortete der Ritter, »besonders in einem Traum ... doch höre, Alte, hat dich vielleicht Perfidolin geschickt, um meinen Mut zu stärken?«

»Ich weiß von keinem Perfidolin«, antwortete sie, »auch nicht, von welchem Traum Ihr sprecht. Nein, dies ist Wirklichkeit, mein Herr von Stahl, wie du verspüren mögest, wenn Trotteleide dir Huld erweist und minniglich dich in die Arme schließt.«

»Seltsam«, murmelt Voluptikus und nimmt nicht wahr, daß die Kyberhexe das Gemach so still und heimlich verlassen hat, wie sie gekommen ist. »Ist dies nun ein Traum oder nicht? Ich hatte den Eindruck, es war einer. Hm ... in jedem Falle sollte ich doppelt auf der Hut sein!« Doch jetzt erschallen die Trompeten, man hört das Klirren von Rüstungen, auf der Galerie drängt sich die Menge und erwartet begierig die Kontrahenten. Flinkian tritt in die Schranken, mit weichen Knien, er fühlt das Auge der schönen Trotteleide huldvoll auf sich ruhen, doch jetzt ist nicht die Zeit für süße Blicke! Vinidur tritt in den Ring, vom Fackelscheine hell erleuchtet, und ihre Schwerter treffen mächtig aufeinander. Jetzt ist Voluptikus im Ernst erschrocken und tut sein Bestes, um endlich aufzuwachen; er versucht es und versucht es, allein es geht nicht – die Rüstung ist zu schwer, der Traum gibt ihn nicht frei, und der Feind bedrängt ihn fürchterlich! Immer schneller und heftiger hageln die Schläge auf ihn ein, die Kraft verläßt ihn, sein Arm sinkt herab, doch da schreit der Gegner voll Entsetzen auf, die Klinge seines Schwertes ist zerbrochen; Flinkian will ihm den Garaus machen, aber Vinidur flieht aus dem Ring, und seine Knappen reichen ihm ein neues Schwert. In diesem Augenblick sieht Flinkian die alte Kyberhexe nahen, sie drängt sich durch die Menge und flüstert ihm ins Ohr:

»Herre von Stahl! Sobald Ihr nahe bei dem offenen Tore seid, welches auf die Brücke führt, wird Vinidur sein Schwert sinken lassen, dann aber attackieret ihn mit hohem Muthe, denn selbiges wird das Zeichen Eures sicheren Sieges sein!«

Mit diesen Worten verschwindet sie, und schon stürmt sein Rivale neugewappnet auf ihn ein. Sie kämpfen, Vinidur schlägt wild um sich, wütet wie ein Dreschflegel, doch dann lassen seine Kräfte nach, er pariert die Schläge immer schwächer und weicht zurück, jetzt scheint die Zeit reif und der Moment gekommen, doch noch immer furchteinflößend glänzt das Schwert in seiner Hand, also rafft sich Flinkian auf und denkt: Zum Teufel mit der schönen Trotteleide und all ihren Reizen! – er macht auf dem Absatz kehrt, flieht ins Dunkel der Nacht und rennt stampfenden Schrittes über die Zugbrücke, daß die Bohlen erdröhnen. Verfolgt von lauten Schmäh- und Schimpfrufen stürzt er in den Wald und prallt so heftig mit der Stirn gegen einen Baumstamm, daß ihm schwarz vor Augen wird, er blinzelt, und siehe da, er steht im kleinen Saal des Palastes, gleich vor dem Schwarzen Schrein der selbstträumenden Träume, und neben ihm Perfidolin, der Seeleningenieur, ein schiefes Lächeln im Gesicht. Schief, weil Perfidolin seine Enttäuschung nur mühsam verbarg; denn der Flinkian-Trotteleide-Traum war in Wirklichkeit eine Falle, in die der König tappen sollte; wäre Voluptikus dem Rat der alten Kyberhexe gefolgt, so hätte ihn Vinidur, der seine Schwäche nur vortäuschte, sogleich mit dem Schwert durchbohrt. Diesem Schicksal war der König nur durch seine außerordentliche Furchtsamkeit entgangen.

»Habt Ihr den holden Reiz der schönen Trotteleide genossen, Euer Liebden?«

»Keineswegs! Darauf habe ich verzichtet, denn sie war nicht schön genug!« sagte Voluptikus. »Noch dazu kam es da zu einer Art von Kampf. Mich aber gelüstet es nach kampf- und waffenlosen Träumen, hast du verstanden?«

»Ganz wie Euer Majestät wünschen«, gab Perfidolin zurück.

»Trefft Eure Wahl nur frei, denn in all diesen Schrankträumen erwarten Euch nur selige Genüsse, keine Kämpfe ...«

»Wir werden sehen«, sagte der König und schaltete sich in den Traum mit dem Titel »Prinzessin Hopsalas Himmelbett« ein. Er befand sich in einem Schlafgemach von zauberhafter Schönheit, das ganz in Goldbrokat erstrahlte. Durch kristallene Fensterscheiben strömte das Licht hinein wie Wasser von der reinsten Quelle, und dort, an ihrem mit Perlen besetzten Toilettentisch, stand die Prinzessin, gähnte herzhaft und traf ihre Vorkehrungen zur Nachtruhe. Voluptikus war über diesen unerwarteten Anblick sehr erstaunt, er wollte sich vernehmlich räuspern, um ihr seine Anwesenheit kundzutun, doch kein Laut wollte über seine Lippen kommen – war er am Ende geknebelt? Er wollte mit dem Finger seinen Mund ertasten, doch es ging nicht, er versuchte, seine Beine zu bewegen, aber nein, er vermochte es nicht; er hielt verzweifelt nach einem Plätzchen Ausschau, um sich niederzusetzen, denn vor Schrecken war er einer Ohnmacht nahe, doch er fand keins. Inzwischen gähnte die Prinzessin einmal, zweimal und ein drittes Mal, dann ließ sie sich von Müdigkeit überwältigt so heftig auf das Bett fallen, daß König Voluptikus vom Kopf bis zu den Zehenspitzen durchgerüttelt wurde, denn er selbst, in höchsteigener Person, war Prinzessin Hopsalas Himmelbett! Offensichtlich wurde die edle Jungfer von unruhigen Träumen geplagt, sie wälzte sich hin und her, stieß den König dabei mit ihren spitzen Ellenbogen und trat ihn mit ihren zierlichen Füßchen so heftig, daß Seine Hoheit (durch diesen Traum in ein Himmelbett verwandelt) von schrecklichem Zorn gepackt wurde.

Der König kämpfte gegen seine neue Natur und strengte sich dabei so gewaltig an, daß die Nähte im Himmel platzten, die Sprungfedern zersprangen und die Füße an allen vier Ecken abbrachen; die Prinzessin schrie entsetzt auf, als sie auf dem Fußboden landete, er selbst aber, durch den eigenen Zusammenbruch jäh geweckt, befand sich wieder im kleinen Saal, und neben ihm stand der Seeleningenieur Perfidolin und verbeugte sich unterwürfig.

»Verfluchter Pfuscher!« schrie der König. »Was erlaubst du dir? Wie kannst du es wagen? Ein Bett soll ich sein, dazu für jemand anderen als für mich? Du vergißt dich, elender Lump!«

Perfidolin, zu Tode erschrocken über den Zorn des Königs, flehte ihn an, er möge es mit einem anderen Traum versuchen, bat vielmals um Vergebung für den Irrtum und redete so lange auf den Monarchen ein, bis Voluptikus, endlich besänftigt, den Stekker nahm und sich in den Traum mit dem Titel »Seligkeit in der achtfachen Umarmung der süßen Oktopauline« einstöpselte. Er stand inmitten einer dichtgedrängten Menge von Neugierigen auf einem großen Platz, und ein prächtiger Festzug passierte sie mit wehenden Gewändern aus Samt und Seide, mechanischen Elefanten, Sänften aus Ebenholz geschnitzt; die in der Mitte funkelte wie ein Schrein aus purem Gold, und darin saß, mit acht Schleiern verhüllt, eine weibliche Gestalt von bezaubernder Schönheit, ein Engel mit strahlendem Antlitz, galaktischem Blick und Hochfrequenz-Ohrringen; der König, der vor Erregung am ganzen Leibe zitterte, wollte gerade fragen, wer denn diese himmlische Erscheinung sei, als er hörte, wie ein Raunen ehrfürchtiger Bewunderung durch die Menge ging: »Oktopauline! Oktopauline kommt!«

Tatsächlich feierte man gerade mit höchstem Pomp und Prunk die Verlobung der Königstochter mit einem ausländischen Ritter, namens Somnophil.

Der König war ein wenig enttäuscht, daß nicht er dieser Ritter war, und als der Festzug hinter den Toren des Palasts verschwunden war, begab er sich mit anderen aus der Menge in ein nahegelegenes Wirtshaus; dort erblickte er Somnophil, angetan mit nichts als Damaszener Pluderhosen, die mit goldenen Nägeln beschlagen waren; er hielt einen halbleeren Krug mit Iontophorese in der Hand, kam auf Voluptikus zu, legte den Arm um ihn, drückte ihn an seine Brust und flüsterte ihm mit heißem Atem ins Ohr:

»Hör zu, ich habe heute ein Rendezvous mit Prinzessin Oktopauline, hinter dem Palast, im Hain der Stacheldrahtsträucher, nahe beim Quecksilberbrunnen, um Mitternacht, doch ich wage nicht, dort zu erscheinen, nicht in diesem Zustand, ich habe zuviel getrunken, du verstehst schon – und daher flehe ich dich an, edler Fremdling, der du mir doch aufs Haar gleichst, geh an meiner Stelle, küsse der Prinzessin die Hand und nenne dich Somnophil, und bei meiner Ehr, ich werde dir dafür ewigen Dank wissen!«

»Warum nicht?« sagte der König nach kurzem Nachdenken. »Ich denke, das kann ich tun. Soll ich jetzt gleich gehen?«

»Ja, sofort, wir haben keine Zeit zu verlieren, es ist fast Mitternacht, doch denke daran, der König weiß nichts davon, niemand weiß etwas, nur die Prinzessin und der alte Torhüter, und falls der dir den Weg versperrt, hier ist ein Säckchen voll Dukaten, die gibst du ihm, er wird dich anstandslos passieren lassen.«

Der König nickte, nahm den Beutel mit den Dukaten und lief in höchster Eile zum Schloß, denn schon sprangen die gußeisernen Käuzchen aus ihren Uhrkästen und kündigten mit langgezogenem »Huh-Huh« die Mitternacht an. Er rannte über die Zugbrücke, warf einen kurzen Blick in die gähnende Tiefe des Burggrabens, bückte sich rasch, schlüpfte unter den Eisenspitzen des vom Torbogen herabhängenden Fallgatters hindurch – hetzte quer über den Hof zu den Stacheldrahtbüschen und zu dem Brunnen, der Quecksilber spie, und dort im bleichen Mondlicht erblickte er die göttliche Gestalt der Prinzessin Oktopauline, schöner als in seinen kühnsten Träumen und so bezaubernd, daß er vor Verlangen erbebte.

Als Perfidolin den zitternden und bebenden Monarchen im Vestibül des Palastes beobachtete, lachte er schadenfroh und rieb sich die Hände, diesmal völlig sicher, daß das Schicksal des Königs besiegelt war, denn er wußte, sobald Oktopauline den unglücklichen Liebhaber mit ihren achtfachen Armen umschlungen hatte, gab es kein Entrinnen mehr. Er wußte, sie würde ihn mit ihren zärtlichen Saugarmen in die tiefsten Tiefen des Traums hinabziehen, und von dort führte kein Weg zurück an die Oberfläche der Wirklichkeit! Und tatsächlich schien alles so zu kommen. Voluptikus, der auf die süße Umarmung der Prinzessin brannte, rannte die Mauer im Schatten der Kreuzgänge entlang und strebte der engelsgleichen, vom Mondlicht übergossenen Schönheit zu, als plötzlich der alte Torhüter auftauchte und ihm mit seiner Hellebarde den Weg versperrte. Der König hob bereits die Hand mit dem Beutel voller Dukaten, doch als er deren angenehme Schwere in der Hand spürte, fiel es ihm furchtbar schwer, sich von ihnen zu trennen, denn war es nicht jammerschade, solch ein Vermögen für eine einzige Umarmung zu verschwenden?

»Hier hast du einen Dukaten«, sagte er und öffnete den Beutel, »und nun laß mich passieren!«

»Ich will zehn!« antwortete der Torhüter.

»Was? Zehn Dukaten für eine Umarmung?« lachte der König höhnisch. »Du bist wohl nicht bei Trost?«

»Zehn Dukaten!« sagte der Torhüter. »Das ist der Preis!«

»Kannst du mir nicht einen Dukaten nachlassen?«

»Keinen einzigen, edler Herr!«

»So steht es also!« schrie der König, der eine Neigung zum Jähzorn besaß. »Na gut, du Schuft, dann bekommst du eben gar nichts!« Woraufhin ihm der Torhüter einen solch mächtigen Schlag mit der Hellebarde versetzte, daß ihm der Kopf dröhnte und sich alles um ihn zu drehen begann, die Kreuzgänge, der Brunnen, die Zugbrücke; dann stürzte Voluptikus mitsamt dem Traum ins Nichts, um in der nächsten Sekunde die Augen aufzuschlagen und an der Seite Perfidolins, gleich neben dem Träumenden Schrank, aufzuwachen. Der Kybernerianer war zutiefst bestürzt, denn es schoß ihm durch den Kopf, daß seine Pläne schon zum zweiten Mal gescheitert waren, zunächst an der Feigheit und nun an der Habgier des Königs. Doch Perfidolin machte gute Miene zum bösen Spiel und bat den König höflich, sein Herz an einem anderen Traum zu erfreuen.

Diesmal wählte Voluptikus den Traum »Durch Liebesessenz zur Schraubenpotenz«. Er verwandelte sich augenblicklich in Debilitus Paralysius, Herrscher von Epilepont und Malazien, einen uralten Tattergreis und unverbesserlichen Wüstling, dessen Seele nach bösen Taten lechzte. Doch was konnte er noch Böses tun mit seinen morschen Gelenken, zitternden Händen und von der Gicht verkrüppelten Füßen? Vielleicht gibt es noch etwas, das mich wieder auf die Beine bringt, dachte er und befahl seinen Degenerälen, Eklampton und Torturius, einen Feldzug zu unternehmen, nach Herzenslust zu morden und zu brennen und soviel Gefangene und Beute zu machen wie nur irgend möglich. Sie taten, wie ihnen geheißen, und sprachen nach ihrer Rückkehr folgende Worte:

»Herr und Gebieter! Wir haben mit Feuer und Schwert gewütet, geplündert und gebrandschatzt, und hier sind die Gefangenen und die Kriegsbeute: die wunderschöne Adoradora, Jungfräuliche Königin der Entianer und Pentianer, mit all ihren Schätzen!«

»Häh? Was sagt ihr da? Mit ihren Schätzen?« krächzte der König zitternd vor Gier. »Aber wo ist sie? Ich sehe nichts! Und was knistert und raschelt da so?«

»Das kommt vom königlichen Kronsofa, Majestät!« brüllten die Degeneräle im Chor. »Das Knistern wird dadurch hervorgerufen, daß sich die Sklavin, die obenerwähnte Königin Adoradora, auf der perlenbesetzten Decke des Kronsofas hin- und herwirft. Das, was raschelt, ist ihr goldbesticktes Gewand, sie wird von Weinkrämpfen geschüttelt, weil ihr große Demütigung und Erniedrigung bevorsteht!«

»Wie? Demütigung, sagt ihr? Erniedrigung? Das ist gut, sehr gut! Bringt sie her, ich will das arme Ding gleich schänden und entehren!«

»Das dürfen Majestät nicht tun, mit Rücksicht auf die Staatsraison!« unterbrach ihn der Erste Hofmedikus und Königliche Leibarzt.

»Wie? Ich darf ihr nicht Gewalt antun, sie nicht entehren? Ich, der König? Bist du von Sinnen? Hab ich denn je im Leben etwas anderes getan?«

»Gerade deswegen, Königliche Hoheit!« beschwor ihn der Hofmedikus. »Die Gesundheit Eurer Majestät hat unter diesen Exzessen bedenklich gelitten!«

»Ist das wirklich wahr? Nun ... so gebt mir die Axt dort, ich werde ihr den Kopf abschlagen.«

»Mit Verlaub, Majestät, auch das scheint mir nicht angezeigt. Schon die geringste Aufregung ...«

»Himmeldonnerwetter! Was habe ich dann noch von meinem ganzen Königtum?!« krächzte der König voller Verzweiflung. »Heilt mich auf der Stelle! Macht mich wieder jung und kräftig, damit ich ... damit es wieder so wie früher wird ... Denn sonst lasse ich euch alle ...«

In Angst und Schrecken versetzt, stürzten alle Höflinge, Degeneräle und Hofmedizi aus dem Saal und suchten fieberhaft nach Mitteln und Wegen, wie man Seine Majestät verjüngen könnte; schließlich rief man den Großen Kalkulon zur Hilfe, einen Weisen von unendlicher Weisheit. Der trat vor den König und fragte:

»Was ist nun eigentlich Euer Majestät Begehr?«

»Häh? Begehr? Das ist gut! Ich will dir sagen, was mein Begehr ist!« sagte der König mit heiserer Stimme. »Ich will fortfahren mit Ausschweifungen, wüsten Gelagen und Unzucht aller Art, insbesondere aber will ich Königin Adoradora, die ich im Augenblick gefangenhalte, nach allen Regeln der Kunst entehren!«

»Zu diesem Behufe gibt es zwei Wege und zwei Mittel«, sagte Kalkulon. »Entweder geruhen Königliche Majestät, ein entsprechend geeignetes Individuum auszuwählen, das *per procuram* genau das tun wird, was sich Eure Majestät wünschen, wobei Ihr selbst mit diesem Individuum durch einen dünnen Draht verbunden seid, dank dessen Ihr alles, was dieses Individuum tut, so am eigenen Leibe spürt, als hättet Ihr es selbst getan. Oder man muß die alte Kyberhexe rufen, die draußen im Walde in einer Hütte auf drei Beinen wohnt; denn sie ist eine geriatrische Hexe und behandelt ausschließlich die Gebresten hochbetagter Leute!«

»So? Nun gut, zuerst wollen wir die Sache mit dem Draht probieren!« sagte der König. Das war rasch getan; die königlichen Elektriker legten eine Leitung zwischen dem Hauptmann der Garde und dem König, und der König befahl ihm unverzüglich, den Weisen Kalkulon in der Mitte durchzusägen, denn diese Tat schien ihm ausnehmend schändlich, und nach anderen hatte seine Seele kein Verlangen. Flehentliche Bitten und Jammern halfen dem Weisen nichts; doch die Isolation an einem der Drähte wurde beim Sägen aufgerissen, folglich konnte der König nur die erste Hälfte der Exekution miterleben.

»Eine miserable Methode! Dieser Pseudo-Weise hatte es wahrlich verdient, unter die Säge zu kommen!« krächzte Seine Majestät. »Und jetzt holt mir die alte Kyberhexe aus ihrer Hütte mit drei Beinen!«

Die Höflinge nahmen die Beine in die Hand und rannten in den Wald, und es dauerte nicht lange, da hörte der König einen Singsang, der mehr oder weniger so klang:

»Alte Leute heile ich! Ich kuriere, renoviere, mach die Alten rasch gesund, helfe selbst bei Knochenschwund, ich schmiere Gelenke, nehme Geschenke, wer halbgelähmt und rostgeplagt, der hat mich nie umsonst gefragt, Sklerotiker und Tattergreise verjünge ich auf meine Weise, auch gegen Gicht und Zipperlein setz ich meinen Zauber ein!«

Die alte Kyberhexe hörte sich die Klagen des Königs geduldig an, verbeugte sich bis zum Boden und sagte:

»Herr und Gebieter! Fern hinter dem blauen Horizont, am Fuße des Kahlen Berges, entspringt eine kleine Quelle, und aus der Quelle fließt ein Brünnlein, ein Brünnlein aus Öl, welches Rizinus genannt wird; daraus wird eine Essenz bereitet, welche höchste Schraubenpotenz verleiht und mächtig verjüngt – ein Eßlöffel davon löscht siebenundvierzig Jahre! Doch mußt du fein achtgeben, daß du nicht zuviel von der Essenz nimmst, denn eine Überdosis macht dich so jung, daß du im Nu im Mutterleib verschwindest! Und jetzt, mein Herr und Gebieter, laß mich dir diese erprobte und bewährte Medizin bereiten!«

»Wunderbar!« rief der König. »Man soll Königin Adoradora auf alles vorbereiten, mag sie nur wissen, was sie erwartet, hi, hi!«

Und er versuchte mit zitternden Händen, seine losen Schrauben festzuziehen, wobei er fortgesetzt brabbelte und an mehreren Stellen zugleich krampfhaft zusammenzuckte, denn er war schrecklich senil geworden, wenngleich dies seiner Leidenschaft für alles Böse keinerlei Abbruch getan hatte.

Inzwischen ritten Ritter an den fernen blauen Horizont, an die Quelle, wo Rizinus sprudelte, und später wallten die Dämpfe und kräuselte sich der Rauch über dem Kessel der alten Kyberhexe, in dem ein Gebräu brodelte und zischte. Nach getaner Arbeit eilte sie vor den Thron, fiel auf die Knie und reichte dem König einen

Becher, der glitzerte und schimmerte wie Quecksilber, sie selbst aber sagte mit lauter Stimme: »König Paralysius, hier ist die verjüngende Essenz, sie bringt deinen Schrauben Potenz! Belebend und stärkend, genau das richtige für kühne Abenteuer und Liebesspiele auf Leben und Tod! Hast du diesen Becher geleert, so gibt es für dich in der gesamten Galaxis nicht genug Städte zu plündern und Jungfrauen zu entehren! Nun trink, und wohl bekomms!«

Der König nahm den Becher, verschüttete jedoch einige Tropfen auf seinen Fußschemel, der augenblicklich senkrecht in die Höhe fuhr, schnaubte und sich auf Degeneral Eklampton stürzte, wild entschlossen, ihn zu entehren und zu schänden. Im Handumdrehen hatte er ihm die Hälfte seiner neunundneunzig Orden abgerissen.

»Trink, Königliche Majestät, trink!« ermunterte die Kyberhexe. »Du siehst ja selbst, wie wunderbar es wirkt!«

»Trink du zuerst!« sagte der König mit kaum hörbarem Flüstern, denn er alterte wirklich in atemberaubendem Tempo. Die Kyberhexe wurde bleich, wich zurück und wollte nicht trinken, doch auf ein Nicken des Königs packten sie drei Soldaten und flößten ihr mit Hilfe eines Trichters einige Tropfen des glitzernden Gebräus ein. Ein Blitz, ein Donner, und Rauch überall. Die Höflinge schauten, der König schaute – weit und breit keine Spur von der Kyberhexe, nur ein pechschwarzes Loch gähnte im Fußboden, und durch dieses konnte man ein weiteres Loch entdecken, ein Loch im Traum selbst, in dem in aller Deutlichkeit ein Fuß sichtbar wurde – elegant beschuht, wenngleich der Strumpf versengt und die Silberspange ganz schwarz geworden war, als sei sie von Säure zerfressen. Natürlich gehörte der Fuß samt Strumpf und Schuh niemand anderem als Perfidolin, dem Hofthaumaturgen und Apotheotiker der Krone. Denn so stark war das Gift, das die Kyberhexe als Liebesessenz für mehr Schraubenpotenz bezeichnet hatte, daß es nicht nur sie selbst und den Fußboden durchbohrt hatte, sondern glatt bis zur Wirklichkeit durchgedrungen war, wo es Perfidolins Schienbein erreichte und dort einen häßlichen Brandfleck hinterließ. Der König war zu Tode erschrocken und versuchte aufzuwachen, aber zum Glück für Perfidolin gelang es Degeneral Torturius noch, dem König (ausgerechnet mit seinem Zepter) einen mächtigen Schlag gegen die Stirn zu versetzen; dank dessen vermochte Voluptikus, als er wieder zu sich kam, sich an nichts, aber auch gar nichts zu erinnern, was ihm im Traum widerfahren war. Und dennoch hatte er die Pläne des listigen Seeleningenieurs zum dritten Mal vereitelt, indem er aus dem tödlichen Traum entkommen war, diesmal wegen seines grenzenlosen Mißtrauens, das er allen entgegenbrachte.

»Irgend etwas habe ich geträumt, aber was, das weiß ich nicht mehr«, sagte der König, als er wieder vor dem Träumenden Schrank stand. »Doch weshalb, Perfidolin, hüpfst du eigentlich auf einem Fuß umher und hältst dir den anderen?« »Es ... es ist nichts, Majestät, mein Rhombotismus macht mir zu schaffen ... es gibt wohl einen Wetterumschwung«, stöhnte der listige Thaumaturg und Apotheotiker der Krone und fuhr dann fort, den König zu beschwatzen, er möge es doch mit einem neuen Traum versuchen. Voluptikus dachte eine Weile nach, las sich das »Inhaltsverzeichnis der Träume« durch und wählte schließlich »Prinzessin Blödianas Hochzeitsnacht«. Und schon träumte er, wie er am Kaminfeuer saß und in einem alten Folianten mit prächtigen Kupferbeschlägen las, der mit wohlgesetzten Worten und karmesinroten Buchstaben auf vergilbtem Pergament von Prinzessin Blödiana erzählte, die vor fünfhundert Jahren im Lande Dandelia herrschte; von ihrem Eiswald, Schneckenturm, ihrem Vogelhaus mit Wiehern und ihrem Schatz mit den hundert Augen, vor allem aber von ihrer außergewöhnlichen Schönheit und Tugend. Und Voluptikus sehnte sich nach ihrer Schönheit mit großem Sehnen, und ein unbändiges Verlangen loderte in ihm auf und entzündete seine Seele, daß seine Augäpfel glänzten wie Leuchtfeuer, und er machte sich auf, um Blödiana in der Tiefe und in sämtlichen Ecken des Traums zu suchen, doch sie war nirgends zu finden; er fragte überall herum, doch nur die allerältesten Roboter hatten jemals von der Prinzessin gehört. Müde von der langen Wanderung, kam Voluptikus schließlich ins Zentrum der königlichen Wüste, wo selbst die Dünen vergoldet waren. Dort erblickte er eine armselige Hütte, und als er sich ihr näherte, sah er einen würdigen Alten in schneeweißem Gewand, der sich bei seinem Anblick erhob und folgende Worte sprach:

»Du suchst Blödiana, Unglücklicher! Dabei weißt du sehr

wohl, daß sie schon seit fünfhundert Jahren nicht mehr unter den Lebenden weilt und wie vergeblich und fruchtlos deine Leidenschaft somit ist. Es gibt nur eins, was ich für dich tun kann, du sollst sie sehen, zwar nicht in Fleisch und Blut, doch als wohlgestaltetes, informationales Faksimile, als Modell, welches nicht physikalisch, sondern stochastisch, nicht plastisch, sondern ergodisch und doch erotisch ist ... ich habe es in meiner freien Zeit aus allerlei Wüstenabfällen zusammengebastelt!«

»Ach, zeig sie mir! Zeig sie mir doch!« schrie Voluptikus.

Der Alte nickte, las aus dem Folianten die Koordinaten der Prinzessin ab, programmierte Blödiana und das gesamte Mittelalter auf Lochkarten, schaltete den Strom ein, öffnete den Deckel der Black Box und sagte:

»Nun schau sie an und schweig fein still!«

Bebend vor Verlangen neigte sich der König über die Box und erblickte tatsächlich das Mittelalter, nichtlinear und binär codiert, und mitten darin lag das Land Dandelia, mit seinem Eiswald, dem königlichen Palast, dem Schneckenturm, dem Vogelhaus mit Wiehern und dem Schatz mit den hundert Augen; und da war Blödiana selbst zu sehen, wie sie einen stochastischen Spaziergang durch ihren simulierten Lustgarten machte; und ihre Stromkreise erglühten abwechselnd in tiefem Rot und strahlendem Gold, als die modellierte Prinzessin modellierte Gänseblümchen pflückte und dazu ein modelliertes Liedchen summte. Voluptikus, der sich nicht länger bezähmen konnte, sprang auf die Black Box und versuchte, von holdem Wahnsinn gepackt, in die computerisierte Welt hineinzuklettern. Doch der würdige Alte schaltete rasch den Strom ab, brachte den König mit sanfter Gewalt auf den Boden der Tatsachen zurück und sagte:

»Wahnsinniger! Du verlangst Unmögliches, denn kein Wesen aus realer Materie vermag jemals ins Innere jener Welt vorzudringen, die nichts ist als das Kreisen und Pulsieren binär codierter Elemente in alphanumerischer, nichtlinearer und diskreter Modellierung!«

»Aber ich muß! Ich muß!« schrie Voluptikus völlig außer sich und trommelte mit beiden Fäusten so heftig gegen die Black Box, daß tiefe Beulen im Blech entstanden.

»Wenn dein Verlangen wirklich so heiß und dein Wille unabänderlich ist, so will ich dir einen Weg zeigen, der dich mit Prinzessin Blödiana vereint, allerdings mußt du zunächst von deiner gegenwärtigen Gestalt für immer Abschied nehmen, denn ich werde deine persönlichen Koordinaten vermessen und dich selbst Atom für Atom modellieren, dann programmiere ich dich, und dank dessen wirst du ein Teil jener mittelalterlichen und modellierten Welt, und du wirst es bleiben, solange Elektronen durch diese Drähte fließen und von Kathode zu Anode hüpfen. Doch du, so wie du jetzt vor mir stehst, wirst annihiliert und kannst in keiner anderen Form weiterleben als in der bestimmter Felder und Potentiale, somit statistisch, heuristisch und stochastisch!«

»Wie kann ich dir glauben?« fragte Voluptikus. »Woher weiß ich, daß du mich modellierst und nicht jemand anderen?«

»Gut, wir machen einen Probelauf!« sagte der Alte; dann schaute er sich den König von allen Seiten genau an und nahm Maß, wie das ein Schneider tut, jedoch mit sehr viel größerer Präzision – schließlich mußte er jedes einzelne Atom vermessen und abwiegen – dann speiste er das Programm in die Black Box ein und sagte: »Sieh her!«

Der König schaute ins Innere der Box und sah, wie er selbst am Kamin saß und einen uralten Folianten über Prinzessin Blödiana las, wie er aufbrach, um sie zu suchen, wie er überall herumfragte und schließlich inmitten der vergoldeten Wüste auf eine armselige Hütte und einen schneeweißen Alten traf, der ihn mit den Worten begrüßte: »Du suchst Blödiana, Unglücklicher!« Und so weiter.

»Jetzt bist du wohl überzeugt!« sagte der Alte. »Ich werde dich also ins Mittelalter hineinprogrammieren, an die Seite der wunderschönen Blödiana, damit du einen niemals endenden Traum mit ihr träumst, binär codiert, simuliert und nichtlinear ...«

»Ich verstehe«, sagte der König, »aber das ist doch nur mein Ebenbild und nicht ich, denn ich selbst bin ja hier und nicht in irgendeiner Box!«

»Bald wird es dich auch hier nicht mehr geben«, antwortete der Alte. »Das laß nur meine Sache sein!«

Mit diesen Worten zog er einen Hammer unter dem Bett hervor, schwer und handlich. »Sobald du in den Armen deiner Geliebten ruhst, werde ich dafür sorgen, daß es dich nicht mehr zweimal gibt, einmal hier, und einmal dort in der Box – und zwar werde ich mich einer Methode bedienen, die ein wenig alt und primitiv, jedoch sehr zuverlässig ist, also tu mir die Liebe und neige dein Haupt ein wenig!«

»Zuerst mußt du mir noch einmal Blödiana zeigen«, sagte der König, »denn ich will sehen, ob deine Methode auch wirklich vollkommen ist ...«

Der Alte zeigte ihm Blödiana durchs Schauglas der Black Box. Der König schaute und schaute und sagte schließlich:

»Die Beschreibung in dem alten Wälzer ist stark übertrieben. Sie ist nicht übel, gewiß, doch bei weitem nicht so schön, wie die Chroniken sagen. Auf Wiedersehen, Alter ...«

Und er wandte sich zum Gehen.

»Was tust du? Wohin, Wahnsinniger?!« schrie der Alte und griff nach dem Hammer, denn der König war schon beinahe zur Tür hinaus.

»Überallhin, nur nicht in die Box!« sagte Voluptikus, doch genau in diesem Moment platzte der Traum unter seinen Füßen wie eine Seifenblase, und er fand sich im Vestibül des Palastes wieder und erblickte den bitter enttäuschten Perfidolin, enttäuscht, weil der König so nahe daran gewesen war, in der Black Box eingeschlossen zu werden, aus der ihn der Thaumaturg und Apotheotiker der Krone niemals wieder herausgelassen hätte ...

»Hör zu, mein Seeleningenieur«, sagte der König, »in deinen Träumen mit Prinzessinnen gibt es zu viele Schwierigkeiten. Entweder verschaffst du mir jetzt einen, in dem ich Sinnenfreuden nach Herzenslust genießen kann – ohne Tricks und Fisimatenten – oder du verschwindest mir sofort aus dem Palast, und zwar mitsamt deinen Schränken!«

»Herr und Gebieter!« antwortete Perfidolin. »Ich habe den richtigen Traum für Euch, von bester Qualität und maßgeschneidert. Probiert ihn nur, und Ihr werdet sehen, wie recht ich habe!«

»Was ist das für ein Traum, den du so anpreist?« fragte der König.

»Dieser hier, Majestät!« sagte der Apotheotiker der Krone und deutete auf das kleine Perlmuttäfelchen mit der Inschrift: »Mona Lisa oder das Labyrinth der süßen Unendlichkeit«.

Und bevor der König ja oder nein sagen konnte, griff Perfidolin nach dem Stecker, der an der Uhrkette des Monarchen hing, und er tat es rasch, denn er sah, daß die Dinge schlecht standen: Voluptikus war der ewigen Gefangenschaft in der Black Box entgangen, ohne Zweifel, weil er zu wenig sensibel war, um den Reizen der bezaubernden Blödiana für immer zu erliegen.

»So warte doch«, sagte der König. »Ich will es selbst tun.« Er steckt den Stecker hinein und schlüpft ins Innere des Traumes, nur um zu sehen, daß er immer noch er selbst, Voluptikus, ist, im Vestibül des Palasts stehend, Perfidolin den Kybernerianer an seiner Seite, der ihm erklärt, daß »Mona Lisa« mit Abstand der liederlichste und ausschweifendste aller Träume sei, weil sich in ihm die Unendlichkeit des schöneren Geschlechts eröffne; Voluptikus hört zu, steckt den Stecker hinein und schaut sich nach Mona Lisa um, denn er spürt bereits heftiges Verlangen nach ihren holdseligen Liebkosungen, doch im nächsten Traum befindet er sich immer noch im Vestibül des Palasts mit dem Hofthaumaturgen an seiner Seite, also schaltet er sich ungeduldig in den nächsten Traum ein, doch es ist wieder dasselbe, das Vestibül, die Schränke, der Seeleningenieur und er selbst. »Ist dies nun ein Traum oder nicht?« ruft er, stöpselt ein, und da sind wieder das Vestibül, die Schränke und der Kybernerianer; noch einmal, wieder dasselbe – und noch einmal, und noch einmal, immer schneller. »Wo ist Mona Lisa, du Schurke?!« schreit er und zieht den Stecker heraus, um aufzuwachen – aber nein, er ist immer noch im Vestibül mit den Schränken! Rasend vor Wut stampft er mit dem Fuß auf und hastet von Traum zu Traum, von Schrank zu Schrank, von Perfidolin zu Perfidolin, doch jetzt kümmert ihn der Traum nicht mehr, er will nur zurück in die Wirklichkeit, zurück zu seinem geliebten Thron, zu den Hofintrigen und wüsten Gelagen, und er reißt den Stecker heraus, stöpselt ihn aufs Geratewohl wieder ein, zieht ihn erneut heraus ... »Zu Hilfe!« ruft er, »der König ist in Gefahr!« und »Mona Lisa! He! Hallo!« während er von Panik erfaßt aufspringt, wild von einer Ecke in die andere jagt und den ganzen Traum verzweifelt nach einer Ritze absucht, doch vergeblich. Er verstand nicht, was da eigentlich vor sich ging, denn dazu war er zu begriffsstutzig, aber diesmal konnten ihn weder seine Stumpfsinnigkeit, noch seine Furchtsamkeit, noch sein übermäßiger Geiz mehr retten. Denn er war bereits in allzu viele Träume verstrickt, allzu viele hatten ihn bereits in ihre dichten Kokons eingesponnen, und wenngleich er den einen oder anderen unter Aufbietung aller Kräfte zerreißen konnte, half ihm das nichts, weil er nur noch tiefer im nächsten Traum versank; und wenn er den Stecker aus dem Schrank zog, dann waren beide, Stecker wie Schrank, nur geträumt, nicht real, und als er Perfido- lin schlagen wollte, erwies sich auch Perfidolin als Trugbild. Der König jagte und hetzte, hierhin, dorthin, wieder zurück, doch überall war alles nur ein Traum, ein Traum und nichts als ein Traum, die Tore, die Marmorböden, die goldbestickten Vorhänge mit ihren Troddeln und Quasten, und schließlich Voluptikus selbst – ein Traum, ein wandelnder Schatten, ein hohles Trugge- bilde, flüchtig und vergänglich, verloren in einem Labyrinth von Träumen und immer tiefer darin versinkend, obwohl er noch im- mer um sich schlug und mit den Füßen trat – doch auch das geschah nur im Traum. Er schlug Perfidolin den Schädel ein – doch es half nichts, denn es geschah nicht wirklich, er brüllte wie am Spieß, brachte jedoch keinen wirklichen Laut hervor, und als er sich schließlich – benommen und halb von Sinnen – tatsächlich den Weg in die Wirklichkeit freigekämpft hatte, da hielt er sie für einen Traum und schaltete sich rasch wieder aus; das konnte auch gar nicht anders sein, und vergeblich jammerte er, endlich aufwa- chen zu dürfen, denn er wußte nicht, daß »Mona Lisa« – in Wirk- lichkeit – eine diabolische Kontamination des Wortes »Monar- cholyse« war, d.h. der Disjektion, Dissoziation und völligen Dissolution des Königs. Und wahrlich, von allen Fallen, die ihm der tückische Thaumaturg und Apotheotiker der Krone gestellt hatte, war dies mit Abstand die furchtbarste ...

Das war die erschröckliche und lehrreiche Geschichte, welche Trurl König Daumenschraub dem Dritten erzählte, der davon Kopfweh bekam und den Konstrukteur daher bald verabschie- dete, allerdings erst, nachdem er ihn mit dem Orden der Heiligen Kybernia ausgezeichnet hatte, einer Lilie aus Feedback auf grü- nem Feld, mit Informationen von unschätzbarem Wert inkru- stiert.

Und mit diesen Worten kam die zweite geschichtenerzählende Maschine zum Stehen, sie knirschte allerliebst mit ihrem goldenen Getriebe und konnte ein leises Lachen nicht unterdrücken, denn einige ihrer Elektronenröhrchen waren überhitzt und begannen zu blaken, doch sie senkte einfach die Anodenspannung, fächelte den Rauch beiseite und zog sich bescheiden ins Photonen-Phaeton zurück, begleitet von großem Applaus als Belohnung für ihre Eloquenz und Meisterschaft im Geschichtenerzählen.

König Genius reichte Trurl indessen einen Becher mit schäumendem Ionenmet, herrlich graviert mit Wahrscheinlichkeitswellen im feinen Spiel transversaler Photonen. Trurl leerte ihn in einem Zug, dann schnippte er mit dem Finger, woraufhin die dritte Maschine ins Zentrum der Höhle trat, sich tief verneigte und mit tonischer, euphonischer und höchst elektronischer Stimme sagte:

Dies ist die Geschichte, wie der große Konstrukteur Trurl mit Hilfe eines gewöhnlichen Krugs eine lokale Fluktuation hervorrief und was dabei herauskam.

Im Sternbild des Mangelbretts war eine Spiralgalaxis, und in dieser Galaxis war ein Dunkler Nebel, und in diesem Nebel waren fünf sechsspännige Konstellationen, und in der fünften Konstellation war eine lila Sonne, sehr alt und sogar etwas trübe, und um diese Sonne kreisten sieben Planeten, und der dritte von ihnen hatte zwei Monde, und auf all diesen Sonnen, Sternen, Planeten und Monden gingen allerlei Ereignisse vor sich, variable und variierende, welche mit einer statistischen Streuung auftraten, die völlig normal war; und auf dem zweiten Mond des dritten Planeten der lila Sonne der fünften Konstellation des Dunklen Nebels in der Spiralgalaxis in der Konstellation des Mangelbretts befand sich eine Müllhalde, wie man sie auf jedem anderen Planeten oder Mond finden kann, eine ganz gewöhnliche also, vollgestopft mit Müll und anderen Abfällen; sie war dadurch entstanden, daß die Glauberischen Aberriziden einmal einen Krieg auf Grundlage von Kernspaltung und Kernfusion gegen die Lilianischen Albumenser führten, mit dem natürlichen Ergebnis, daß ihre Brücken, Straßen, Häuser, Paläste und nicht zuletzt sie selbst in Schutt und Asche verwandelt wurden, und dieses flüchtige Material hatten die solaren Winde an eben die Stelle geblasen, von der wir sprechen. Viele, viele Jahrhunderte lang geschah nichts auf der Müllhalde, als daß Müll auf Müll lag, doch als einmal ein Erdbeben kam, da wurde die eine Hälfte des Mülls, die sich ganz unten befand, nach oben geschleudert, und die andere Hälfte, die vorher oben war, sank bis ganz nach unten, was an und für sich keine allzu große Bedeutung hatte, jedoch den Weg für ein höchst ungewöhnliches Phänomen ebnete. Wie es der Zufall wollte, flog der Ruhmreiche Konstrukteur Trurl gerade mit seiner Vakuumfähre durch diese Gegend, als er plötzlich von einem Kometen mit grellem Schweif geblendet wurde. Er wollte sich den Kometen natürlich vom Leibe halten und warf daher hastig alles über Bord, was gerade in Reichweite lag – Schachfiguren, innen hohl, die er für die Reise heimlich mit Branntwein gefüllt hatte, ein Fäßchen mit dem Pulver, das die Lempis vom Planeten Chloreley trotz aller Bemühungen nicht erfunden hatten, sowie verschiedene Töpfe und Tiegel, darunter auch einen irdenen Krug mit einem Sprung in der Mitte. Dieser Krug, der in Übereinstimmung mit den Gravitationsgesetzen immer mehr an Geschwindigkeit gewann und durch den Kometenschweif noch beschleunigt wurde, schlug in die Gebirgskette der Müllhalde ein, sauste einen Schrottabhang hinunter bis zu einem Tümpel, bohrte sich durch den Schlamm und donnerte schließlich mitten in eine alte Konservendose; durch den Aufprall bog sich das Metall um einen Kupferdraht, wobei einige Glimmerbrocken in den Dosenrand gestoßen wurden, und schon war ein Kondensator entstanden, während der Draht, der sich um den Krug gewickelt hatte, den Beginn eines Solenoids formte, und ein Stein, durch den Krug in die Höhe geschleudert, setzte wiederum ein verrostetes Stück Eisen in Bewegung, das einmal ein Magnet gewesen war, und so wurde ein Strom erzeugt, und der Strom floß durch sechzehn andere Konservendosen und Enden von Kupferdraht, wodurch Sulfide und Chloride freigesetzt wurden, deren Atome sich mit anderen Atomen verbanden, und die so entstehenden Moleküle verquirlten sich mit anderen Molekülen, bis mitten im Zentrum der Müllhalde ein Logischer Stromkreis entstand, ihm folgten fünf weitere und noch einmal achtzehn, genau an der Stelle, wo der Krug schließlich in tausend Stücke zersprang. An diesem Abend erwachte etwas zum Leben am Rande der Müllhalde, nicht weit von dem Tümpel, der inzwischen ausgetrocknet war, und dieses Etwas, ein völlig spontan entstandenes Geschöpf, war Mamosch Eigensohn, der weder Vater noch Mutter hatte, sondern sein eigener Sohn war, denn sein Vater war der Zufall und seine Mutter – die Entropie. Und Mamosch erhob sich aus der Müllhalde und war sich der Tatsache gar nicht bewußt, daß seine Chance auf Entstehung nur bei eins zu hundert Supergigazentillionen, erhoben in die hexaptillionste Potenz, gelegen hatte; er ging seines Weges, bis er zum nächsten Tümpel kam, der noch nicht ausgetrocknet war, so daß er sein Spiegelbild mühelos erkennen konnte, als er sich über die Wasseroberfläche beugte. Und er erblickte seinen völlig akzidentiellen Kopf, mit Ohren wie mißratene Mohnstriezel, das linke schief und das rechte voller Risse, und er sah seinen völlig akzidentiellen Rumpf, eine Mischung aus Blech, Eisenstücken und anderem Schrott, etwas faßbrüstig zugleich, weil seine Brust ein Faß war, wenngleich in der Mitte schmaler, wie eine Taille, denn als er die Müllhalde herunterrollte, hatte ihn genau an dieser Stelle ein Granitbrocken erwischt und das Blech rundum eingedrückt; und er betrachtete seine Glieder aus Müll und zählte sie, und wie es das Obwalten der Umstände wollte, waren da zwei Arme, zwei Beine und rein zufällig auch zwei Augen, und Mamosch Eigensohn geriet in hellstes Entzücken über sich selbst, er konnte seine schmale Taille gar nicht genug bewundern, war ausnehmend froh über die symmetrische Anordnung seiner Arme und Beine sowie über die herrliche Rundung seines Kopfes. Und daher schrie er aus voller Kehle:

»Wahrlich, ich bin schön, ja sogar vollkommen, was in aller Klarheit die Vollkommenheit Jeglicher Schöpfung impliziert!! Oh, und wie großartig muß erst der sein, der mich geschaffen hat!«

Und er humpelte vorwärts – wobei er eine lose Schraube nach der anderen verlor, denn es hatte sie ja niemand ordentlich festgezogen – und summte ein Loblied auf die Prästabilierte Harmonie vor sich hin, doch nach dem siebten Schritt stolperte er aus Unachtsamkeit und fiel der Länge nach hin, wieder zurück in den

Müll, und in den nächsten dreihundertvierzehntausend Jahren geschah nichts weiter mit ihm, als daß er rostete, sich langsam zersetzte und der allgemeinen Korrosion anheimfiel, denn er war auf den Kopf gefallen und hatte dabei einen Kurzschluß erlitten, so daß er seinen elektrischen Geist aufgab. Und nach dieser Zeit geschah es, daß ein gewisser Kaufmann, der auf seinem alten Raumdampfer eine Ladung Seeanemonen für die Stomatopoden vom Planeten Winzlandia mit sich führte, mit seinem Ersten Steuermann in Streit geriet, als sie sich der lila Sonne näherten, und mit seinen Schuhen nach ihm warf, und einer dieser Schuhe durchschlug die Frontscheibe und flog in den Weltraum, wobei seine Umlaufbahn infolge der Tatsache eine Perturbation erfuhr, daß derselbe Komet, der Trurl viele Jahrhunderte zuvor geblendet hatte, jetzt wieder an eben dieser Stelle aufgetaucht war; und so taumelte der Schuh in langsamer Drehung auf den Mond zu, wurde beim Eintritt in die Atmosphäre ein wenig versengt, prallte gegen den Abhang der Müllhalde, stürzte senkrecht zu Boden und traf den dort liegenden Mamosch Eigensohn genau mit der richtigen Vehemenz und im richtigen Aufprallwinkel, um exakt die richtigen Drehmomente, Torsionen und Zentrifugalkräfte hervorzurufen, die notwendig waren, um das akzidentielle Gehirn dieses akzidentiellen Wesens zu reaktivieren – und zwar auf folgende Weise: Mamosch Eigensohn, der ja jetzt beschuht war, fiel in den nahegelegenen Tümpel, wo sich seine Chloride und Jodide mit dem Wasser vermischten; gleichzeitig sickerte Elektrolyt in seinen Kopf, so daß dort unter dumpfem Blubbern ein Strom entstand, der so lange hierhin und dahin floß, bis Mamosch plötzlich im Schlamm saß und dachte: »Allem Anschein nach bin ich!«

Das war jedoch der einzige Gedanke, den er in den folgenden sechzehn Jahrhunderten zu fassen vermochte; der Regen prasselte auf ihn nieder, der Hagel hämmerte auf ihn ein, und in der ganzen Zeit stieg und wuchs seine Entropie, doch nach weiteren eintausendfünfhundertfünfundzwanzig Jahren wurde ein über die Müllhalde dahinfliegendes Vögelein von einem Falken bedroht und erleichterte sich vor lauter Angst, aber auch, um seine Geschwindigkeit zu erhöhen, und traf Mamosch dabei mitten auf die Stirn. Er erwachte, nieste und sagte:

»Wahrlich ich bin! Und daran gibt es nicht den geringsten

Zweifel. Jedoch erhebt sich die Frage, wer ist das eigentlich, der da sagt, er sei. Oder mit anderen Worten, wer bin ich? Wie soll man darauf eine Antwort finden? Hm? Wenn außer mir noch etwas existierte, einfach irgend etwas, mit dem ich mich vergleichen könnte, dann wäre schon viel gewonnen, das Problem aber ist, daß es einfach nichts gibt, denn es ist ja deutlich zu sehen, daß es absolut nichts zu sehen gibt! Und daher gibt es als ein Seiendes nur mich, und ich bin alles, das ist und sein kann, denn ich kann denken, was ich will, doch bin ich somit – ein leerer Raum zum Denken und nicht mehr?«

Tatsächlich besaß er keinerlei Sinne mehr, sie waren im Laufe der Jahrhunderte langsam abgestorben und zu Staub zerbröckelt, denn die Braut des Chaos, die Entropie, ist eine grausame und unbarmherzige Herrscherin. Und so konnte Mamosch weder seinen Mutter-Tümpel noch seinen Bruder-Schlamm, noch die ganze weite Welt sehen, hatte keinerlei Erinnerung an das, was zuvor mit ihm geschehen, und war überhaupt zu nichts anderem fähig als zum Denken. Das allein vermochte er und daher widmete er sich dieser Tätigkeit mit ganzem Herzen.

»Zunächst«, sprach er zu sich, »müßte man diese Leere ausfüllen, die ich bin, und dadurch ihre unerträgliche Monotonie beseitigen. Also sollten wir an etwas denken, denn wenn wir denken, dann existiert dieser Gedanke, und außer unseren Gedanken existiert bekanntlich nichts.« Diesen Worten konnte man entnehmen, daß er bereits etwas anmaßend wurde, denn er sprach von sich selbst in der ersten Person Pluralis.

»Doch halt«, sagte er dann, »wäre es nicht möglich, daß außer mir noch etwas existiert? Wir sollten diese Möglichkeit für einen Moment in Erwägung ziehen, wenngleich sie uns unwahrscheinlich und sogar widersinnig vorkommt. Wir wollen diese Außenwelt als den Gozmoz bezeichnen. Und wenn ein solcher Gozmoz existiert, muß ich als ein Teil von ihm existieren!«

Hier hielt er inne, grübelte ein wenig über die Sache nach, und schließlich kam ihm diese Hypothese völlig unbegründet vor. Für sie fehlten jegliche Anhaltspunkte, Grundlagen, Argumente und Prämissen, und schrecklich beschämt, daß er sich zu einer derart wilden und unsicheren Spekulation hatte hinreißen lassen, sprach er zu sich selbst:

»Von dem, was außerhalb von mir ist, wenn dort überhaupt etwas ist, weiß ich nichts. Von dem aber, was innerhalb von mir ist, weiß oder werde ich zumindest wissen, sobald ich etwas denke, denn wer, wenn nicht ich selbst, zum Donnerwetter! sollte sich in meinen Gedanken auskennen?!« Und er dachte ein zweites Mal an den Gozmoz, plazierte ihn jedoch diesmal in sein eigenes Inneres; diese Lösung erschien ihm bescheidener, angemessener und mehr im Sinne einer sachlichen Grundhaltung, um die er sich bemühte. Und er begann den Gozmoz mit allerlei erdachten Wesen und Elementen auszufüllen. Weil es ihm noch an der rechten Routine und Geschicklichkeit fehlte, ersann er zunächst die Perlesianer, die bei jeder Gelegenheit krobelten, sowie die Pochlesier, die leidenschaftlich gern Darten klopften. Kaum erschaffen gerieten sich Perlesianer und Pochlesier wegen der Darten in die Haare und schlugen einander so heftig, daß Mamosch der Müllgeborene Kopfschmerzen bekam und von seinem Weltschöpfertum nichts anderes davontrug als eine schreckliche Migräne.

Bei seinen weiteren Schöpfungsversuchen ging er mit größerer Umsicht zu Werke, er ersann zunächst Grundstoffe wie das Edelgas Calsonium oder das spirituelle Element Denkalium, und er schuf Wesen, und sie waren fruchtbar und mehreten sich. Von Zeit zu Zeit machte er Fehler, doch nach ein bis zwei Jahrhunderten hatte er es zu beachtlichen Fähigkeiten gebracht, und sein ureigener Gozmoz nahm vor seinem geistigen Auge feste und stabile Gestalt an, und es wimmelte in ihm von verschiedenen Stämmen, Wesenheiten, Dingen, Individuen, Zivilisationen und Phänomenen, und die Existenz dort war äußerst angenehm, denn er hatte die Gesetze in diesem Gozmoz höchst liberal gestaltet, weil er keinerlei Gefallen fand an den strikten und rigiden Gesetzmäßigkeiten, diesem Kasernenhofreglement, das die Mutter Natur ihren Kindern auferlegt (wenngleich er natürlich niemals von Mutter Natur gehört hatte).

So war die Welt von Mamosch Eigensohn voll von Kapricen und Mirakeln, und die Dinge in ihr geschahen einmal auf die eine, dann wieder auf die gänzlich andere Weise, ohne daß es dafür einen bestimmten Grund gab. Wenn ein Individuum kurz vor dem Sterben stand, so gab es immer Mittel und Wege, um den endgültigen Abschied vom Gozmoz doch noch zu vermeiden, denn Mamosch hatte eine klare Entscheidung gegen irreversible Ereignisse getroffen. Und in seinen Gedanken lebten die Gondralen, die calsoniumfördernden Calamititen, wie auch die Klofundraner, Benigniten und Raffiten herrlich und in Freuden, Generation auf Generation. Doch inzwischen fielen Mamosch Eigensohn seine Müll-Arme und Abfall-Beine ab und kehrten auf die Halde zurück, von der sie gekommen waren, und rostrot färbte sich das Wasser des Tümpels um seine einstmals so herrliche Taille, und allmählich versank sein Rumpf im Schlick und Morast. Dabei hatte er gerade einige neue Konstellationen errichtet und ihnen mit liebender Fürsorge einen Platz in der ewigen Finsternis seines Bewußtseins zugewiesen, das sein Gozmoz war, und er tat sein Bestes, um alles, was er durch Denken geschaffen hatte, in genauer Erinnerung zu behalten; und obgleich sein Kopf von dieser Anstrengung schmerzte, ließ er nicht nach, denn er fühlte sich für seinen Gozmoz verantwortlich, wo er so sehr gebraucht wurde und so ernste Pflichten hatte. Inzwischen fraß sich der Rost tiefer und tiefer in seine Blechfontanelle, was er natürlich nicht wissen konnte, und eine Scherbe von Trurls Krug, von ebendemselben Krug, der ihn vor Tausenden von Jahren zum Leben erweckt hatte, kam auf einer Woge des Tümpels dahergeschwommen und näherte sich seinem unglücklichen Kopf, denn das war alles von ihm, was noch aus dem Wasser herausschaute. Und just in dem Moment als Mamosch Eigensohn die sanfte, kristallene Baucis und ihren getreuen Ondragor ersann, und als die beiden Hand in Hand inmitten der dunklen Sonnen seines Geistes umherwanderten, und alle Gozmozianer einschließlich der Perlesianer unter andächtigem Schweigen zuschauten, wie das holde Paar zärtliche Worte austauschte – da platzte sein rostzerfressener Schädel beim Aufprall der durch einen Windstoß herbeigewehten Tonscherbe, und das trübe Wasser schlug über seinen kupfernen Spulen zusammen, nahm die Energie aus den logischen Stromkreisen, und der Gozmoz des Mamosch Eigensohn erlangte die Vollkommenheit, die letzte Vollkommenheit, die mit dem Nichts kommt. Und diejenigen, die ihn ohne ihr Wissen in die Welt gesetzt hatten, erfuhren niemals von seinem Ende.

An dieser Stelle machte die schwarze Maschine eine tiefe Verbeugung, und König Genius saß da, versunken in melancholische Meditation, und brütete so lange vor sich hin, daß sich in seinem Gefolge ein Murren erhob, man war böse auf Trurl, der sich erdreistet hatte, den Geist des Königs mit einer so traurigen Geschichte zu umwölken. Doch bald darauf lächelte der König und fragte: »Hältst du vielleicht noch etwas für uns bereit, gute Maschine?«

»Herr und Gebieter!« antwortete sie mit einer tiefen Verbeugung. »Ich will dir eine bemerkenswert tiefgründige Geschichte erzählen, von Chlorian Theoreticus alias Klapostel, einem Intellektriker und Weisen von mammonischem Format.«

Es geschah einmal, daß der berühmte Konstrukteur Klapauzius, sich nichts als Ruhe wünschend nach einer Arbeit wahrhaft titanischen Ausmaßes (er hatte gerade für König Sargophil eine Maschine konstruiert Die Es Nicht Gab – doch das ist eine andere Geschichte), auf dem Planeten der Mammoniden eintraf, wo er auf der Suche nach Ruhe und Einsamkeit kreuz und quer umherwanderte. Schließlich erblickte er am Waldesrand eine armselige Hütte, von wilden Kyberberitzen gänzlich überwuchert, aus deren Schornstein Rauch aufstieg. Er wollte gerade einen weiten Bogen um diese Behausung machen, als er jedoch an der Türschwelle eine ganze Reihe leerer Tintenfässer erblickte, veranlaßte ihn dieser einzigartige Anblick, ins Innere hineinzuspähen. Dort saß an einem massiven, steinernen Schreibtisch mit ebenso massiver Fußbank ein hochbetagter Weiser, so verrußt, so stümperhaft verdrahtet und so durchgerostet, daß man es kaum mit ansehen konnte. Seine Stirn war von zahllosen Beulen übersät, seine Augen drehten sich mit schrecklichem Quietschen in ihren Höhlen, und auch die nichtgeölten Glieder quietschten über alle Maßen; obendrein schien es, daß er seine elende Existenz nur Drähten, Pflastern und Klammern zu verdanken hatte – und elend genug war diese Existenz in der Tat, wie einige hier und da herumliegende Brocken von Bernstein bezeugten: Der arme Teufel verfügte offensichtlich über keine andere Energiequelle und mußte sich den lebenspendenden Strom zusammenreiben! Beim Anblick dieser Not wurde Klapauzius' Seele vom Mitleid überwältigt, und er griff bereits diskret nach seiner Geldbörse, als der Alte, der ihn aus trüben Augen anstarrte, mit schriller Stimme piepste:

»Bist du endlich gekommen?«

»Nun ... ja ...«, murmelte Klapauzius, überrascht, daß man ihn an einem Ort erwartete, an dem zu sein er niemals beabsichtigt hatte.

»Erst jetzt? So mögest du verrotten, verfaulen und ein böses Ende nehmen, magst dir Arme, Hals und Beine brechen!« ließ sich der Alte mit entsetzlich kreischender Stimme vernehmen und steigerte sich dabei in solche Wut, daß er nach allem griff, was in Reichweite lag – und das waren überwiegend Abfälle und Gerümpel –, und den verdutzten Klapauzius damit bombardierte. Als er schließlich so erschöpft war, daß er das Bombardement aufgeben mußte, fragte ihn das Objekt seines Zorns gleichmütig nach den Ursachen für diesen wenig gastfreundlichen Empfang. Eine Zeitlang knurrte der Alte noch: »Magst du am Kurzschluß verrecken! – Mögest du der ewigen Korrosion anheimfallen!« Doch allmählich beruhigte er sich wieder und seine Stimmung besserte sich in solchem Maße, daß er mit zornig erhobenem Zeigefinger – und nur noch hin und wieder so heftig fluchend, daß die Funken flogen und die Luft nach Ozon roch – seine Geschichte mit folgenden Worten erzählte:

»So wisse denn, Fremder, daß du den Weisen der Weisen und den ersten unter allen Philosophastern vor dir siehst, welcher sich aus Berufung der Ontologie verschrieben und mit seinem Namen (dessen Glanz einmal den der Sterne überstrahlen wird) Chlorian Theoreticus Klapostel heißt. Geboren wurde ich als Sohn armer Eltern und von Kindesbeinen an fühlte ich mich unwiderstehlich zum abstrakten, den Kern der Dinge durchdringenden Denken hingezogen. Als ich sechzehn Lenze zählte, schrieb ich mein erstes Opus mit dem Titel *Das Theotron*. Darin entwickelte ich meine allgemeine Theorie der Götter a posteriori, d. h. der Götter, die erst nachträglich von entwickelten Zivilisationen ins Universum eingebaut werden mußten, denn wie jedermann weiß, war zuerst die Materie, und daher war ganz am Anfang noch niemand in der Lage zu denken. Damit ist klar, daß am Vorabend der Schöpfung die totale Gedankenlosigkeit geherrscht haben muß, was um so klarer wird, sobald man nur einen einzigen Blick auf diesen Kosmos wirft. Schau nur, wie er aussieht!« An dieser Stelle bekam der Alte vor Zorn einen Hustenanfall, stampfte mit dem Fuß auf, faßte sich dann jedoch wieder und fuhr mit seiner Erzählung fort:

»Ich habe den Nachweis geführt, daß man Götter a posteriori kreieren mußte, da es sie zuvor nicht gab; und jede Zivilisation, die sich mit der Intellektronik beschäftigt, zielt auf nichts anderes als auf die Konstruktion eines Ultimator-Omnigenerators ab, der Rektifikator des Bösen und Wegbereiter der wahren Weisheit sein soll. In diesem Werk war auch der Entwurf für das erste Theotron enthalten, mit Diagrammen und Kurven seiner Leistungsfähigkeit, gemessen in Theonen. Diese Maßeinheit der Allmacht ist ein exaktes Äquivalent für ein Wunder mit einer Reichweite von einer Milliarde Parsec. Sobald die Abhandlung erschienen war (auf meine eigene Kosten), lief ich hinaus auf die Straße, völlig sicher, daß meine Mit-Roboter mich auf ihren Schultern tragen, mit Lorbeer bekränzen und mit Gold überschütten würden, doch weit gefehlt, kein Kyberhahn hat nach mir gekräht! Mehr verwundert als enttäuscht über das Ausbleiben einer Reaktion, setzte ich mich sofort an meinen Schreibtisch und schrieb das Werk *Die Geißel der Vernunft*, es waren zwei Bände, in denen ich nachwies, daß jeder Zivilisation nur die Wahl zwischen zwei Wegen bleibt: entweder sich zu Tode zu quälen oder völlig zu verweichlichen. Und indem sie das eine oder das andere tut, frißt sie sich ihren Weg durch das ganze Universum und verwandelt die auf den Sternen verbliebenen Rohstoffe in solchen Ramsch wie Lokusbrillen, Halsketten, Zigarettenspitzen und Kopfkissen, und dieses Handeln rührt daher, daß sie – unfähig, das Universum geistig zu erfassen – das Unfaßbare in etwas Faßbares verwandeln möchte, und sie wird in diesem Bemühen nicht nachlassen, bis sie die Nebel zu Kloaken und die Planeten zu Nachtgeschirren und Bomben umgearbeitet hat, alles natürlich im Namen einer Höheren Ordnung, denn erst ein gepflastertes, kanalisiertes und katalogisiertes Universum wird aus ihrer Sicht akzeptabel. Im zweiten Band aber habe ich unter dem Titel *Advocatus Materiae* dargelegt, daß der Verstand, habsüchtig und raffgierig wie er ist, erst dann glücklich und zufrieden ist, wenn es ihm gelingt, einen kosmischen Geysir zu zähmen oder einen Schwarm von Atomen einem hehren Zweck zuzuführen, indem man aus ihnen beispielsweise eine Salbe gegen Sommersprossen herstellt. Ist das erreicht, so stürzt er sich auf das nächste natürliche Phänomen, um es wie eine ausgestopfte Trophäe seiner wertvollen Sammlung einzuverleiben. Doch auch diese beiden exzellenten Werke hat die Welt mit Schweigen übergangen; damals sagte ich mir, daß nur Geduld und Ausdauer zum Ziel führen könnten. Nachdem ich zuerst das Universum gegen den Verstand verteidigt hatte, an dem ich wirklich kein gutes Haar lassen konnte, nahm ich sodann den Verstand gegen das Universum in Schutz, dessen Unschuld darauf basiert, daß die Materie alle Arten von Scheußlichkeiten gestattet, nur weil sie geistlos ist. Sodann schrieb ich einer Inspiration des Augenblicks folgend den *Schneider des Seins*, wo ich logisch deduzierte, daß die Streitigkeiten der Philosophen eine sinnlose Sache sind, denn jeder muß seine eigene Philosophie haben, die ihm paßt wie ein maßgeschneiderter Anzug. Da man auch dieses Werk mit dumpfem Schweigen begrüßte, schuf ich sogleich das nächste; dort legte ich alle möglichen Hypothesen betreffend den Ursprung des Universums dar – erstens, es existiert überhaupt nicht; zweitens, es ist Resultat all der Fehler, begangen von einem gewissen Kreatorikus, der versuchte, die Welt zu schaffen, ohne eine blasse Ahnung davon zu haben, wie man so etwas macht; drittens, die Welt ist in Wirklichkeit die Halluzination eines Superhirns, das auf infinite, jedoch begrenzte Weise Amok läuft; viertens, es ist ein idiotischer Gedanke, materialisiert als Witz; fünftens, es ist denkende Materie, ausgestattet mit einem unerhört niedrigen IQ – und dann wartete ich, meiner Sache absolut sicher, auf vehemente Attacken, hitzige Debatten, notorische Nörgeleien, Lorbeeren, Gerichtsverfahren, Fan-Post und anonyme Drohungen. Doch wieder nichts, absolut nichts. Es war einfach nicht zu glauben. Da dachte ich mir, womöglich hätte ich nicht genug von anderen Denkern gelesen; ich besorgte mir ihre Werke und machte mich der Reihe nach mit den berühmtesten unter ihnen vertraut – und so las ich also Frenetius Perlesius, Buffon von Schneck, Begründer der Schneck-Schule, Turbulon Kratafalk, Sphärikus von Logara, und natürlich auch Lemuel den Kahlen.

Doch in all diesen Werken entdeckte ich nichts von Bedeutung. Inzwischen verkauften sich meine Bücher, ich nahm daher an, daß jemand sie las, und wenn dem so wäre, würden die Resultate nicht auf sich warten lassen. Insbesondere hegte ich keinen Zweifel daran, daß mich der Tyrann zu sich rufen und verlangen würde, ich sollte seine Person in den Mittelpunkt meines Schaffens stellen und seinem Namen zu unsterblichem Ruhm verhelfen. Ich malte mir genau aus, wie ich ihm antworte, daß ich der Wahrheit allein diene und für sie, falls notwendig, auch mein Leben lassen würde; der Tyrann, lechzend nach Lobpreisungen, wie sie nur mein brillanter Geist zu formulieren vermochte, würde sodann versuchen, mich mit honigsüßen Schmeicheleien wankelmütig zu machen und mir sogar ganze Säcke klingender Münzen zu Füßen legen lassen, doch angesichts meiner Unbeugsamkeit würde er beeinflußt durch seine Hofsophisten sagen, da ich mich nun einmal mit dem Universum befaßte, sei es ebenso meine Pflicht, mich mit ihm zu befassen, denn letztlich verkörpere auch er einen bestimmten Teil des kosmischen Ganzen. Daraufhin würde ich ihn mit Hohn und Spott überschütten, er aber würde mich schlimmsten Torturen ausliefern. Und so stählte ich meinen Körper bereits, damit er selbst schrecklichsten Folterungen widerstehen könnte. Doch Tage und Monate vergingen, und nichts, kein Wort vom Tyrannen – vergeblich hatte ich mich aufs Martyrium vorbereitet. Lediglich ein gewisser Schreiberling namens Würgobald schrieb in einem üblen Revolverblatt, der Hofnarr Chlorian verzapfe allerlei dummes Zeug sowie haarsträubenden Unsinn, und zwar in einem Buch mit dem drolligen Titel »Das Theotron oder Pissen ist Macht«.

Ich stürzte an mein Bücherregal – tatsächlich, kein Zweifel möglich, der Drucker hatte aus irgendeinem Grunde ein P anstelle des W in den Titel gesetzt ... Mein erster Impuls war, ihn auf der Stelle umzubringen, doch dann siegte die Vernunft. »Meine Zeit wird kommen!« sprach ich zu mir. »Es kann doch nicht sein, daß da jemand mit ewigen Wahrheiten nur so um sich wirft, so daß das reichlich gespeiste Licht der ultimativen Erkenntnis hell auflodert – und nichts! Ruhm und Ehren werden kommen, ein Thron von Elfenbein, der Titel des Ersten Philosophioten bei Hofe, die Liebe der Völker, süße Erquickung in der Stille eines schattigen Obstgartens, meine eigene, die Chlorianische Schule, mit Jüngern, die an meinen Lippen hängen, eine jubelnde Menge! Denn wahrlich, Fremdling, gerade solche Träume sind es, die jeder der Weisen hegt. Sie erzählen dir zwar, Erkenntnis sei ihre einzige Speise und die Wahrheit ihr einziger Trank, und es gelüste sie weder nach irdischen Gütern noch nach der heißen Umarmung der Thermätressen, nicht nach dem Glanz des Goldes und funkelnden Ordenssternen, nicht nach Ruhm und nicht nach Beifall. Märchen, nichts als Ammenmärchen, Euer Fremd- und Wohlgeboren! Sie alle lechzen danach, der einzige Unterschied zwischen ihnen und mir besteht darin, daß ich wenigstens die geistige Größe besitze, mich zu solchen Schwächen zu bekennen, offen und ohne Scham. Doch die Jahre vergingen, und von mir sprach niemand anders als von Chlorian dem Narren oder dem armen alten Chlori. Als der vierzigste Jahrestag meiner Geburt gekommen war, konnte ich es kaum fassen, daß ich noch immer auf das Echo der Massen warten mußte, doch es kam auch jetzt nicht. Also setzte ich mich an meinen Schreibtisch und schrieb mein Werk über die MASTEN, welche das Volk sind, das die MAximale STufe der ENtwicklung im ganzen Kosmos erreicht hat. Wie, du hast nie von ihnen gehört? Ich auch nicht, ich habe sie auch nie gesehen und erwarte nicht, daß es mir noch gelingt; ihre Existenz aber habe ich auf rein deduktiver Grundlage nachgewiesen, logisch, zwingend, theoretisch. Denn wenn das Universum – so war meine Argumentation – Zivilisationen auf unterschiedlicher Entwicklungsstufe enthält, so müssen die meisten ein durchschnittliches Niveau aufweisen, und nur einige wenige sind in der Entwicklung zurückgeblieben, während andere an der Spitze stehen. Und betrachten wir die statistische Streuung, wenn es zum Beispiel um die Körpergröße innerhalb einer bestimmten Gruppe von Personen geht, so werden die meisten mittelgroß sein, doch ein einziger ist der Größte, und analog dazu muß im Universum eine Zivilisation existieren, welche die maximale Stufe der Entwicklung erreicht hat. Ihre Bewohner, die MASTEN, wissen Dinge, von denen wir nicht einmal träumen. All das habe ich in vier Bänden zusammengefaßt, wobei ich für das Hochglanzpapier und das Portrait des Autors auf der Titelseite ein Vermögen ausgab, doch auch diese Tetralogie teilte das Schicksal ihrer Vorgänger. Vor einem Jahr, als ich das ganze Werk, Seite für Seite, noch einmal las, mußte ich weinen, so brillant war es geschrieben, so erfüllt vom Atem des Absoluten – doch nein, es läßt sich einfach nicht beschreiben! Im Alter von fünfzig Jahren hätte ich beinahe den Verstand verloren. Ich kaufte mir die Werke anderer Philosophen, die großen Reichtum und die Süße des Erfolgs genossen, denn ich war neugierig, was das für Dinge waren, über die sie schrieben. Nun, sie schrieben über den Unterschied zwischen der Vorderseite und der Kehrseite der Dinge, über die herrliche Form des Throns, auf dem der Tyrann saß, über seine süßen Armlehnen und gerechten Füße, Traktate über geschliffene Manieren, detaillierte Beschreibungen, wobei sich niemand von ihnen auch nur im mindesten selbst lobte, und doch ergab es sich irgendwie, daß sich Strunzel vor Bewunderung über Perlesius nicht zu lassen wußte, Perlesius aber dem Genie Strunzel Tribut zollte, während beide von den Logariten in den Himmel gehoben wurden. Und dann wurden die drei Brüder Filzinger auf den Gipfel des Ruhms katapultiert: Filzlieb hob Filzobald empor, Filzobald wiederum den Filzislaw, und Filzislaw tat dasselbe für Filzlieb. Als ich all diese Werke studierte, sah ich plötzlich rot, ich stürzte mich auf sie, zerknüllte die Seiten, zerriß sie und begann sie sogar zu zernagen, bis ich mir Erleichterung verschafft hatte, und meine Tränen getrocknet waren; dann setzte ich mich sogleich nieder und schrieb das Werk *Die Evolution der Vernunft als ein Zwei-Zyklen-Phänomen*. Denn wie ich in dieser Abhandlung nachwies, stehen Roboter und Bleichlinge in einer zyklischen Verbindung. Durch das Wallen und Wirbeln schleimigen Tons an salzigen Gestaden entstehen klebrige und bleiche Wesen, die daher auch Albumenser genannt werden. Im Laufe der Jahrhunderte lernen sie schließlich, wie man Metallen den Odem des Lebens einhaucht, und sie bauen sich Automaten, die ihnen als Sklaven dienen. Nach einiger Zeit jedoch verlaufen die Dinge in entgegengesetzter Richtung, und unsere Automaten, die sich von den klebrigen Albumensern befreit haben, beginnen mit Experimenten, um herauszufinden, ob Bewußtsein auch in einer gelatinösen Substanz existieren kann, was natürlich möglich ist, und zwar in albuminösen Proteinen. Doch jetzt, nach Millionen von Jahren, entdecken die synthetischen Bleichlinge erneut das Eisen, und so verläuft der Prozeß bald in die eine, bald in die andere Richtung, bis in alle Ewigkeit. Wie du siehst, habe ich auf diese Weise die uralte Frage entschieden, wer zuerst da war, der Roboter oder der Bleichling. Dieses Werk sandte ich an die Akademie, sechs Bände in Leder gebunden, die Druckkosten verschlangen den letzten Rest meines Erbes. Muß ich dir sagen, daß man auch dieses Meisterwerk mit Schweigen überging? Ich war bereits über die Sechzig hinaus und ging bereits auf die Siebzig zu, und alle Hoffnung auf Ruhm zu meinen Lebzeiten schwand allmählich dahin. Was konnte ich also tun? Ich begann, an die Nachwelt zu denken, an die künftigen Generationen, die mich eines Tages entdecken und sich vor meinem Namen in den Staub werfen würden. Doch welchen Nutzen, so fragte ich mich, würde ich davon haben, wenn ich nicht mehr am Leben war? Und ich sah mich in Übereinstimmung mit meiner Lehre, die in vierundvierzig Bänden mit Prolegomena, Paralipomena und Appendizes enthalten ist, zu dem Schluß genötigt, daß ich absolut keinen Nutzen davon haben würde. Ich schäumte vor Wut und setzte mich sogleich an meinen Schreibtisch, um mein »Testament für die Nachwelt« zu schreiben, und ich begann auf die künftigen Generationen zu spucken, sie zu schmähen, zu beschimpfen, zu verhöhnen und nach allen Regeln der Kunst zu verfluchen, alles natürlich auf streng wissenschaftliche Weise. Was sagst du da? Ungerecht wäre das, und meine Empörung hätte sich besser gegen meine Zeitgenossen gerichtet, die es versäumten, mein Genie anzuerkennen? Denk noch einmal nach, verehrter Fremdling! Zu der Zeit, da man mein *Testament* ehrfurchtsvoll, ja wie ein Heiligtum betrachten wird, da jeder Buchstabe den Glanz unsterblicher Größe ausstrahlen wird, werden meine Zeitgenossen längst zu Staub und Asche geworden sein, und wie sollen meine Flüche und Verwünschungen sie dann erreichen? Wäre ich so verfahren, wie du sagst, so würden die Nachkommen mein Werk in eitler Selbstzufriedenheit studieren und nur anstandshalber seufzen: »Ach, der Arme! Mit welch ergebenem Heroismus hat er seine grausame Anonymität ertragen! Wie berechtigt war sein Grimm gegen unsere Vorfahren, und wie edel war es von ihm, uns dennoch die Früchte seines Lebenswerks zu hinterlassen!« Ja, genau das würden sie sagen! Und was dann? Diese Idioten, die mich lebendig begruben, sollen sie etwa ungestraft davonkommen? Sollte das Grab ein Schild sein gegen den Pfeil der Rache? Der bloße Gedanke daran bringt mein Schmieröl zum Sieden! Sollten die Söhne meine Werke etwa in Frieden lesen und ihre Väter milde tadeln, weil sie mich so verkannten? Niemals!!! Ich will ihnen zumindest aus weiter Ferne einen Fußtritt geben, und sei es aus dem Grabe! Mögen diejenigen wissen, die meinen Namen mit güldenen Lettern schreiben und mir strahlende Denkmäler errichten werden, daß ich ihnen zum Dank dafür folgende Segenswünsche mit auf den Weg gebe: »Mögt ihr euch sämtliche Zahnräder verrenken, mögen euch die Ventile platzen und die Kabel durchschmoren, mögen eure Daten gelöscht werden, und mögt ihr selbst von Kopf bis Fuß mit Grünspan überzogen werden, wenn ihr nicht mehr tun könnt, als auf dem Friedhof der Geschichte exhumierte Leichen zu ehren!« Vielleicht wird es unter ihnen einen neuen Weisen geben, doch sie, gerade vollauf damit beschäftigt, die noch fehlenden Teile meiner Korrespondenz mit meiner Waschfrau aufzuspüren, werden keinerlei Notiz von ihm nehmen! Mögen sie wissen, sage ich, und mögen sie es ein für alle Mal wissen, daß mein von Herzen kommender Fluch und mein aufrichtiger Abscheu immer mit ihnen sind und daß ich sie für Grabschlecker, Skelettküsser und schrottverzehrende Schakale halte, die sich nur deswegen von Aas nähren, weil niemand von ihnen lebendige Weisheit zu erkennen vermag! Mögen sie, wenn sie die Gesamtausgabe meiner Werke veröffentlichen – welche ja auch das Testament, meinen letzten über sie verhängten Fluch, enthalten wird –, mögen diese Nekromanten und Nekrophilister der Möglichkeit beraubt sein, sich selbst zu gratulieren, daß der unvergleichliche Weise, Chlorian Theoreticus Klapostel, der das bis in alle Ewigkeit gültige Portrait der Zukunft entwarf, einer ihrer Vorfahren war! Und wenn sie meine Denkmäler mit Sidol polieren, so soll ihnen dabei bewußt sein, daß ich ihnen das Allerschlimmste wünsche, was das Universum zu bieten hat, und daß das Ausmaß meines Hasses, den ich ihnen über die Zeiten entgegenschleudere, nur von dessen Ohnmacht übertroffen wird. Mögen sie also wissen, daß ich mich nicht zu ihnen bekenne und daß es zwischen mir und ihnen nichts gibt außer dem aufrichtigen Ekel, den ich für sie hege!!!«

Vergeblich hatte Klapauzius während der langen Ansprache versucht, den mehr und mehr in Zorn geratenen Weisen zu beruhigen. Nach seinen letzten Worten sprang der Alte auf, drohte den kommenden Generationen mit erhobener Faust und ließ einen Schwall entsetzlicher Schimpfworte los (wo hatte er sie nur gelernt, in seinem ganz der Erkenntnis geweihten Leben?); dann stampfte er, wutschnaubend und vor Zorn blau im Gesicht, mit dem Fuß auf, schrie noch einmal laut auf und brach in einem Funkenregen zusammen, dahingerafft durch ein Übermaß an cholerischer Spannung! Klapauzius, niedergeschlagen durch diese unerfreuliche Wendung der Dinge, setzte sich auf einen Felsblock, nahm das *Testament* und begann zu lesen, wenngleich ihm schon auf der zweiten Seite die Augen übergingen angesichts der drastischen Epitheta, mit denen die Nachwelt hier bedacht wurde. Am Ende der dritten Seite mußte er sich den Schweiß von der Stirn tupfen, denn hier erwies sich der nunmehr selige Chlorian Theoreticus in einem Ausmaß als Meister der Invektive, das wahrhaft kosmisch war. Drei Tage lang las Klapauzius dieses *documentum*, den Blick starr auf das Manuskript gerichtet, bis er schließlich vollkommen verwirrt war: Sollte er es der Welt offenbaren oder sollte er es vernichten? Und so sitzt er bis auf den heutigen Tag dort, unfähig, eine Entscheidung zu treffen ...

»Mich dünkt«, sagte König Genius, nachdem die Maschine geendet und sich zurückgezogen hatte, »in alledem ist eine gewisse Anspielung auf das Problem der Bezahlung enthalten, das sich jetzt in der Tat stellt, denn nach einer mit Märchenerzählen verbrachten Nacht tritt bereits das Licht des neuen Tages in die Höhle. Wohlan, mein braver Konstrukteur, sag mir, womit ich dich belohnen soll!«

»Majestät bringen mich in eine gewisse Verlegenheit«, sagte Trurl. »Sobald ich etwas wünsche und bekomme, könnte es mich reuen, daß ich nicht mehr gefordert habe. Gleichzeitig möchte ich Eurer Königlichen Majestät nicht zu nahe treten, indem ich eine allzu hohe Summe nenne. Und daher möchte ich die Festsetzung meines Honorars ganz der Gnade Eurer Hoheit überlassen ...«

»So soll es sein«, sagte der König bereitwillig. »Die Geschichten waren ausgezeichnet, die Maschinen ohne Frage vollkommen, und daher sehe ich keine Alternative, als dich mit dem größten aller Schätze zu belohnen, einen Schatz, den du, da bin ich mir ganz sicher, gegen keinen anderen eintauschen möchtest. Ich schenke dir Leben und Gesundheit, denn das ist in meinen Augen das einzig angemessene Geschenk. Alles andere wäre eine Beleidigung, denn kein Gold der Welt kann Wahrheit oder Weisheit aufwiegen. Geh hin in Frieden, guter Freund, verbirg auch fernerhin die Wahrheiten, die allzu bitter sind für diese Welt, hinter der Maske von Märchen und Balladen!«

»Majestät«, sagte Trurl fassungslos, »hattet Ihr ursprünglich vor, mich meines Lebens zu berauben? Sollte meine Belohnung so ausfallen?«

»Du kannst meine Worte interpretieren, wie du magst«, antwortete der König. »Doch höre nun, wie ich die Sache sehe: Hättest du mich lediglich unterhalten, so hätte meine Freigebigkeit keine Grenzen gekannt. Doch du hast sehr viel mehr getan, und das vermag kein Reichtum im ganzen Universum aufzuwiegen. Zudem ich dir jetzt die Möglichkeit gewähre, weiterhin das zu tun, womit du deinen Ruhm begründet hast, vermag ich dir keine höhere Belohnung oder Bezahlung zu geben ...«

Aus dem Polnischen von Jens Reuter

Altruizin
oder Der wahre Bericht darüber,
wie der Eremit Bonhomius das universelle Glück
im Kosmos schaffen wollte, und was dabei herauskam

Eines schönen Sommertages, als Trurl gerade damit beschäftigt war, den Kyberberitzenbusch in seinem Garten zu beschneiden, erblickte er einen des Weges daherkommenden Roboter, der so elend und abgerissen aussah, daß sein Anblick Mitleid und Entsetzen zugleich einflößte. Arme und Beine dieses Unglücklichen waren notdürftig aus rostigem Ofenrohr geschustert und wurden durch ein Gewirr von Bindfäden zusammengehalten. Anstelle des Kopfes saß auf seinen Schultern ein löchriger Kochtopf, in dem sein Gehirn oder was davon übriggeblieben war dröhnend und funkensprühend zu arbeiten versuchte. Das Genick war provisorisch durch ein Stück Zaunlatte verstärkt, im weit geöffneten Bauch wurden die glühenden Elektronenröhren so durcheinandergeschüttelt, daß er seine hervorquellenden elektrischen Eingeweide mit der einen Hand zurückpressen mußte, während die andere Hand unablässig damit beschäftigt war, lose Schrauben wieder festzuziehen. Just in dem Moment, als er an der Pforte zu Trurls Behausung vorbeihumpelte, brannten ihm vier Sicherungen auf einmal durch, so daß er vor den Augen des Konstrukteurs in einer stinkenden Rauchwolke schmelzender Isolatoren zusammenbrach. Dieser griff von Mitleid gepackt sogleich nach Schraubenzieher, Zange und Isolierband und eilte dem armen Wanderer zu Hilfe, der ein ums andere Mal unter entsetzlichem Kreischen und Knirschen in Ohnmacht fiel, weil sein Getriebe völlig asynchron arbeitete. Schließlich gelang es Trurl jedoch, ihn halbwegs zu Bewußtsein zu bringen; dann führte er ihn in sein Wohnzimmer und schloß ihn an eine starke Batterie an. Als der arme Teufel dabei war, sich gierig aufzuladen, konnte Trurl seine Neugier nicht länger bezähmen, und er fragte ihn, was um alles in der Welt ihn in diesen jämmerlichen Zustand versetzt habe.

»Mein barmherziger Retter«, antwortete der unbekannte Roboter mit noch immer zitternden Magnetkernen, »man nennt mich Bonhomius, und ich bin oder, besser gesagt, ich war ein

Einsiedler und Anachoret, denn ich lebte siebenundsechzig Jahre in einer Höhle, wo ich meine ganze Zeit ausschließlich in frommer Meditation verbrachte. Eines Morgens jedoch kam mir in den Sinn, ob ich eigentlich recht daran tue, mein Leben in Einsamkeit zu verbringen. Vermochten denn all meine tiefschürfenden Überlegungen und Mühen des Geistes auch nur einen Niet oder Bolzen daran zu hindern, aus seiner Verankerung zu fallen? Und steht denn nicht geschrieben, daß es unsere erste Pflicht sei, unserem Nächsten zu helfen und erst an zweiter Stelle an das eigene Seelenheil zu denken? Und heißt es nicht auch ...«

»Schon gut, schon gut«, unterbrach ihn Trurl. »Wie es an jenem Morgen um deinen Gemütszustand bestellt war, steht mir mehr oder weniger klar vor Augen. Doch sag bitte, was geschah weiter?«

»So machte ich mich denn auf in die Stadt Phutura, wo ich zufällig einen berühmten Konstrukteur, einen gewissen Klapauzius, kennenlernte.«

»Wen? Ja ist denn das die Möglichkeit?!« schrie Trurl.

»Ist irgend etwas nicht in Ordnung?«

»Nein, nein! Sprich nur weiter!«

»Das heißt, eigentlich habe ich ihn nicht gleich kennengelernt; er war ein vornehmer Herr und saß in einer vollautomatischen Prachtkarosse, mit der er sich unterhalten konnte – ganz so wie wir beide jetzt. Die Karosse belegte mich mit einem derart unziemlichen Epitheton, als ich gänzlich unvertraut mit dem städtischen Straßenverkehr mitten auf der Fahrbahn stehenblieb, daß ich ihr mit meinem Wanderstab unwillkürlich einen Scheinwerfer zertrümmerte. Nun geriet sie erst recht in Wut, aber ihr Besitzer brachte sie zur Raison und bat mich, neben ihm Platz zu nehmen. Ich erzählte ihm, wer ich bin, weshalb ich die Einsamkeit aufgegeben hatte und auch, daß ich nicht wußte, was ich als nächstes tun sollte; er aber pries mich für meine Entscheidung in den höchsten Tönen, stellte sich seinerseits vor und sprach dann lange und in aller Ausführlichkeit von seiner Arbeit und seinen Werken. Zum Schluß erzählte er mir die erschütternde Geschichte des berühmten Weisen, Gelehrten und Philosophasters, Chlorian Theoreticus Klapostel, bei dessen traurigem Ende er selbst zugegen war. Von allem, was er über die ›Gesammelten Werke‹ dieses

Größten aller Roboter berichtete, faszinierte mich das Kapitel über die MASTEN am meisten. Hast du, barmherziger Retter, zufällig etwas von diesen Wesen gehört?«

»Aber ja, sie sind die einzigen Wesen im ganzen Kosmos, die bereits die MAximale STufe der ENtwicklung erreicht haben, nicht wahr?«

»Genau die meine ich, du bist in der Tat überaus gut informiert, mein edler Gönner! Als ich neben dem berühmten Klapauzius in der Karosse saß (welche die Menschenmenge, die uns nur unwillig Platz machte, unablässig mit den schrecklichsten Schimpfwörtern traktierte), kam mir plötzlich der Gedanke in den Sinn, daß diese Wesen, die so hoch entwickelt waren, wie es höher nicht mehr ging, eigentlich am besten wissen müßten, was jemand zu tun hätte, der so wie ich ganz von dem heißen Wunsch durchdrungen war, Gutes zu tun und seinen Mitrobotern zu helfen. Ich wandte mich daher sogleich an Klapauzius mit der Frage, wo die Heimat der MASTEN sei und wo ich sie finden könne. Er aber schaute mich nur mit einem seltsamen Lächeln an, schüttelte gedankenverloren den Kopf und würdigte mich keiner Antwort. Ich wagte nicht zu insistieren; später jedoch, als wir in einem Gasthof abgestiegen waren (die Karosse war inzwischen so heiser geworden, daß sie ihre Stimme gänzlich verloren hatte und Herr Klapauzius gezwungen war, die Fortsetzung der Reise auf den folgenden Morgen zu verschieben), bei einem schäumenden Krug Ionenbier zusammensaßen – was die Stimmung meines Gesprächspartners beträchtlich hob – und die Paare beobachteten, die zu den heißen Rhythmen der Hochfrequenzband einen Kyberboogie aufs Parkett legten, zog er mich ins Vertrauen und fuhr mit seiner Erzählung fort. Aber vielleicht langweilt dich meine Geschichte bereits, und ich ...«

»Nein, nein!« protestierte Trurl. »Im Gegenteil, ich bin ganz Ohr.«

»Mein lieber Bonhomius«, sprach Klapauzius zu mir, während sich die Tänzer allmählich in eine positive Hitze steigerten, »du mußt wissen, daß ich mir die Geschichte des unglücklichen Klapostel sehr zu Herzen genommen und eigentlich den Entschluß gefaßt hatte, mich unverzüglich auf den Weg zu machen, um diese perfekt entwickelten Wesen zu finden, deren Existenz er so zwingend auf rein logischer und theoretischer Basis nachgewiesen hatte. Meiner Meinung nach lag die Hauptschwierigkeit eines solchen Unterfangens jedoch in dem Umstand begründet, daß sich fast jede kosmische Rasse als die Krone der Entwicklung ansieht – durch bloßes Herumfragen würde ich folglich gar nichts erreichen. Auch die Trial-and-error-Methode erschien mir nicht eben vielversprechend, denn im Kosmos gibt es nach meinen Berechnungen annähernd vierzehn Zentrigigaheptatrillionen zum logischen Denken befähigte Zivilisationen, und angesichts solcher Zahlen kannst du dir leicht ausrechnen, daß es mit gewissen Schwierigkeiten verbunden ist, die richtige Adresse aufzuspüren. Folglich erwog ich das Problem nach allen Seiten, durchstöberte die Bibliotheken und ging methodisch sämtliche alten Wälzer durch, bis ich einen ganz wesentlichen Hinweis in den Werken eines gewissen Kadavrius Malignus fand, eines Gelehrten, der zu dem gleichen Schluß wie Klapostel gekommen war, allerdings gute dreihunderttausend Jahre früher, danach jedoch völlig in Vergessenheit geraten war. Was wieder einmal zeigt, daß es nichts Neues unter dieser oder jeder anderen Sonne gibt – Kadavrius hat sogar ein ähnlich trauriges Ende wie Chlorian genommen ... Aber das tut hier nichts zur Sache. Aus diesen längst vergilbten und brüchig gewordenen Seiten erfuhr ich jedenfalls, auf welche Weise die MASTEN zu finden seien. Malignus legte dar, man müsse die Sternformationen auf ein unmögliches astrophysikalisches Phänomen hin untersuchen, habe man ein solches entdeckt, so sei man mit Sicherheit am richtigen Ort angelangt. Ein recht obskurer Hinweis ohne Frage, aber durfte ich mir klarere erhoffen? Also machte ich mein Raumschiff startklar und begab mich auf die Reise. Was ich dann alles erlebte, will ich mit Schweigen übergehen, ich möchte nur sagen, daß ich schließlich in einer Wolke von Sternen einen Stern erblickte, der sich von allen anderen dadurch unterschied, daß er die Form eines Würfels hatte. Welch ein Schock war das für mich! Schließlich weiß doch jedes Kind, daß Sterne ohne Ausnahme kugelförmig zu sein haben und daß von ihrer Eckigkeit, geschweige denn Viereckigkeit nicht im mindesten die Rede sein kann! Ich steuerte mein Raumschiff dicht an den Stern heran und erblickte bald auch seinen Planeten, der ebenfalls die Form eines Würfels aufwies und noch dazu an allen Ecken schießschartenbewehrte Festungstürme hatte. In etwas weiterer Entfernung kreiste ein anderer Planet von ganz normalem Aussehen, wie mir schien; ich richtete das Fernrohr auf ihn und erblickte Horden von Robotern, die aus Leibeskräften aufeinander einprügelten; ein Anblick, der mich wenig Lust verspüren ließ, dort zu landen. So tastete ich mich mit dem Fernrohr wieder an den rechteckigen Planeten heran und suchte ihn nochmals äußerst gründlich ab. Welch freudige Erregung durchzuckte mich, als ich durchs Okular schaute und an einer der festungsbewehrten Ecken des Planeten eine Inschrift entdeckte, die aus sechs reich verschnörkelten Buchstaben bestand: MASTEN.

– Großer Gauß! schrie ich. – Heureka!

Aber obwohl ich ihn wieder und wieder umkreiste, bis mir ganz schwindlig wurde, konnte ich nirgendwo auf der sandigen Oberfläche des Planeten auch nur eine Spur von Leben entdecken. Erst als ich mich auf eine Entfernung von nur sechs Meilen genähert hatte, konnte ich eine Ansammlung dunkler Punkte ausmachen, die sich unter dem Superteleskop als die Bewohner dieses höchst ungewöhnlichen Himmelskörpers erwiesen. Es waren einige hundert, die da im Sand herumlagen, und zwar so absolut regungslos, daß ich einen Moment lang dachte, sie wären vielleicht alle tot. Dann aber beobachtete ich, wie der eine oder andere sich von Zeit zu Zeit genüßlich kratzte, und dieses offensichtliche Zeichen von Leben bewog mich schließlich zur Landung. In meiner Begeisterung brachte ich nicht die Geduld auf zu warten, bis sich die beim Eintritt in die Atmosphäre des Planeten glühend heiß gewordene Rakete abgekühlt hatte, sondern sprang mit einem Satz hinaus und schrie: – Entschuldigung! Ist dies die MAximale STufe der ENtwicklung? Keine Antwort. Schlimmer noch, niemand von ihnen beachtete mich auch nur im mindesten. Verblüfft und fassungslos angesichts dieser nahezu ostentativen Gleichgültigkeit schaute ich mir die ganze Umgebung genauer an. Die Ebene erglänzte unter den Strahlen der quadratischen Sonne. Aus dem Sand ragten hier und da zerbrochene Räder, Plastikbecher, Papierfetzen und anderer Unrat hervor, wahllos verstreut dazwischen lagen die Eingeborenen in den unterschiedlichsten Posen, der eine auf dem Bauch, der andere auf dem Rücken, ein dritter wiederum streckte seine Beine kerzengerade empor, so als wollte er aus lauter Langeweile den Zenit anvisieren. Ich ging um den Nächstliegenden herum und musterte ihn. Er war weder Roboter noch Mensch, geschweige denn ein Proteinat sapiens der albuminoiden Spezies. Er hatte einen ziemlich runden und plumpen Kopf mit roten Wangen, anstelle der Augen aber zwei kleine Hirtenflöten und anstatt der Ohren zwei winzige Fäßchen, die unablässig dicke Wölkchen von Weihrauch verströmten. Er trug orchideenfarbene Hosen mit dunkelblauen Biesen, bestickt mit schmutzigen, überaus eng beschriebenen Papierfetzen. Seine Füße mündeten in zwei kleine Kufen, in den Händen hielt er eine ganz und gar aus Pfefferkuchen gebackene und mit Zuckerguß überzogene Zupfgitarre, deren Griffbrett er offensichtlich bereits verspeist hatte. Er schnarchte friedlich und gleichmäßig. Ich beugte mich über ihn, um das Geschreibsel auf seinen Hosen zu lesen, konnte aber von den vielen Zetteln nur einige entziffern, da mir die Augen vom Weihrauch tränten. Die Inschriften waren höchst seltsam, zum Beispiel Nr. 7: DIAMANT NETTOGEWICHT SIEBEN ZENTNER, Nr. 8: DRAMATISCHER KUCHEN, SCHLUCHZT, WENN ER GEGESSEN WIRD, HÄLT MORALPREDIGTEN AUS DEM HOHLEN BAUCH, SINGT UM SO HÖHER, JE NIEDRIGER ER SINKT, Nr. 10: GIOCONDRINE ZUM PICKNICKEN und andere, an die ich mich nicht mehr erinnere. Als ich verwirrt durch das Gesehene einen der Papierfetzen anfaßte, um ihn besser lesen zu können, entstand im Sand dicht neben den Beinen des schnarchenden Eingeborenen ein kleines Loch, und ein feines Stimmchen piepste:

– Ist es schon so weit?

– Wer spricht da? schrie ich.

– Ich bin's, Giocondrine, soll ich jetzt anfangen?

– Nein, nein! Noch nicht! sagte ich hastig und ergriff die Flucht. Der nächste Eingeborene hatte einen Kopf in Form einer Glocke, drei Hörner, eine ganze Reihe Arme verschiedener Länge (die beiden kleinsten massierten unablässig seinen Bauch), lange gefiederte Ohren sowie ein Mützchen mit einem kleinen purpurroten Balkon, auf dem unsichtbare Individuen offenbar heftig miteinander stritten, denn winzige Tellerchen flogen hin und her und zersprangen auf der Balkonbrüstung in tausend

Scherben. Während ich vor dem Eingeborenen stand und das diamantenbesetzte Schlummerkissen in seinem Nacken bewunderte, riß er eines seiner Hörner vom Kopf, schnupperte mißmutig daran, schleuderte es voller Abscheu zu Boden und schüttete etwas schmutzigen Sand in die Öffnung. Ganz in der Nähe lag etwas, was ich zunächst für Zwillinge, bei näherem Hinsehen jedoch für ein eng umschlungenes Liebespaar hielt. Ich war gerade dabei, mich diskret zurückzuziehen, als ich merkte, daß ich nicht zwei, sondern genau anderthalb Wesen vor mir hatte. Der Kopf war völlig normal, abgesehen von den Ohren, die sich hin und wieder selbständig machten und wie Schmetterlinge umherflatterten. Die Lider hielt er geschlossen, aber zahlreiche Muttermale auf Kinn und Wangen waren mit winzigen Augen versehen, die mich mit unverhohlener Feindseligkeit betrachteten. Dieses seltsame Wesen hatte eine breite Heldenbrust, die allerdings völlig durchlöchert war, so als habe sie jemand recht unsanft mit einem Bohrer traktiert; die Löcher waren bis zum Rand mit Himbeermarmelade gefüllt. Er hatte nur ein Bein, das aber war ungewöhnlich dick und steckte in einem Schuh aus Saffianleder mit einem Filzglöckchen; neben seinem Ellenbogen lag ein ansehnlicher Haufen von Apfel- oder Birnenschalen. Mein Erstaunen wuchs, als ich weiterging und auf einen Roboter mit menschlichem Kopf stieß, in dessen linkem Nasenloch ein vollautomatischer, munter brodelnder Miniatursamowar steckte; ein anderer suhlte sich in Pfützen von Erdbeermarmelade, und ein dritter hatte die Falltür in seinem Bauch weit geöffnet, so daß seine kristallenen Eingeweide sichtbar waren. Aufgezogene Nymphchen führten dort ein Schauspiel auf, das sich jedoch bei näherem Hinsehen als derart obszön entpuppte, daß ich rot wie eine Tomate wurde und schleunigst davonlief. In meiner Verwirrung stolperte ich und stürzte zu Boden, und als ich wieder aufstand, erblickte ich noch einen anderen Bewohner des Planeten: Nackt kratzte er sich mit einem goldenen Rückenkratzer seine Kehrseite, er tat das offensichtlich mit dem größten Vergnügen, obwohl er ohne Kopf dastand. Letzterer lag ein paar Schritte weiter, mit dem Hals in den Sand gesteckt; im weit aufgerissenen Mund war die Zungenspitze sichtbar, die sich von Zahn zu Zahn tastete, wie um sie zu zählen. Die kupferne Stirn war mit weißer Bordüre besetzt, am linken

Ohrläppchen schaukelte ein goldenes Ringlein, am rechten ein kleiner Holzgriff mit einem Schildchen in Druckbuchstaben: ZIEHEN! Ohne lange nachzudenken zog ich, und aus dem Ohr des nackten Geschöpfs kam eine mit Zuckerguß überzogene Schnur hervor, an deren Ende eine Visitenkarte mit dem Aufdruck hing: NUN ZIEH SCHON WEITER! Ich zog also weiter, bis auch diese Schnur zu Ende war. Zum Vorschein kam ein winziger Papierschnipsel mit der Aufschrift: WIR SIND SCHRECKLICH NEUGIERIG, NICHT WAHR?

Ich war derart benommen und verwirrt, daß ich kaum noch wußte, wo ich war. Schließlich nahm ich meine verbliebenen Geisteskräfte zusammen und machte mich auf die Suche nach einem Bewohner dieses Planeten, der vielleicht kommunikativ genug wäre, mir wenigstens eine einzige Frage zu beantworten. Letztlich schien ich solch ein Individuum in Gestalt eines Dickbauchs gefunden zu haben, der mir den Rücken zuwandte und intensiv mit einer Sache beschäftigt war, die er zwischen den Knien hielt. Er flößte mir Vertrauen ein, denn er hatte nur einen Kopf, zwei Ohren und zwei Arme. Also fragte ich ihn höflich:

– Entschuldigen Sie bitte, aber wenn ich mich nicht irre, dann genießen die Herren dieses Planeten den Vorzug, die maximale Stufe der Entwicklung erreicht zu ha . . . – Die Worte erstarben mir auf den Lippen. Mein Gegenüber war weder zusammengezuckt, noch schien er ein einziges meiner Worte gehört zu haben, so sehr war er mit seinem eigenen Gesicht beschäftigt, das sich auf unerfindliche Weise vom Rest des Kopfes gelöst hatte, auf seinen Knien lag und leise seufzte, als er ihm hingebungsvoll in der Nase bohrte. Für einen Augenblick verlor ich die Fassung, aber nur für einen Augenblick, dann gewannen Neugier und Wissensdurst die Oberhand, ich wollte endlich dahinterkommen, was auf diesem Planeten eigentlich vor sich ging. Also rannte ich von einem Eingeborenen zum anderen, sprach lautstark auf sie ein, ja schrie ihnen förmlich in die Ohren, drohte und flehte, redete ihnen gut zu und versuchte mit allen Mitteln, sie zur Kommunikation zu bewegen. Das Resultat war gleich Null. In meinem Zorn packte ich den Nasenbohrer am Arm, zuckte aber sogleich vor Entsetzen zurück, denn der Arm hatte sich aus dem Gelenk gelöst und hing jetzt schlaff in meiner Hand. Den Nasenbohrer schien das nicht im geringsten zu stören, er wühlte träge im Sand herum und zog einen anderen Arm hervor, der, von den hellrot gefärbten Fingernägeln abgesehen, aussah wie der alte, pustete ein, zwei Mal dagegen und befestigte ihn an seiner Schulter, wo er sogleich wieder anwuchs. Neugierig beugte ich mich über den Arm, den ich gerade herausgerissen hatte, der aber federte zurück und versetzte mir einen kräftigen Nasenstüber. Mittlerweile ging die Sonne unter, so daß am Horizont nur noch zwei ihrer Ecken sichtbar waren; es wurde kühler, die Bewohner des Planeten kratzten sich langsamer, gähnten und gingen offensichtlich daran, sich auf die Nacht einzurichten: Dieser schüttelte sein brillantenbesetztes Federbett aus, jener nahm Nase, Ohren und Beine ab und legte sie fein säuberlich in einer Reihe neben sich. Es wurde bereits dunkel, ich stolperte noch ein wenig in der Gegend herum, gab aber schließlich auf und machte mich mit einem tiefen Seufzer daran, mein Nachtlager zu bereiten. Ich grub mir eine Strandburg, machte es mir so bequem wie möglich, schaute in den nachtblauen, sternenübersäten Himmel und dachte darüber nach, was als nächstes zu tun sei.

– Fürwahr, sagte ich mir. Allen Anzeichen nach habe ich tatsächlich den Planeten entdeckt, dessen Existenz bereits Kadavrius Malignus und Chlorian Theoreticus Klapostel vorhersagten, die Heimat der Höchsten Zivilisation des Universums, bestehend aus einigen hundert Individuen – weder Menschen noch Roboter – die den ganzen Tag auf diamantenbesetzten Kissen und Decken in einer schmutzigen, abfallübersäten Wüste herumliegen und nichts anderes tun, als sich zu kratzen und in der Nase zu bohren. Nein, all dem muß ein schreckliches Geheimnis zugrunde liegen, und – bei Gauß! – ich werde keine Ruhe geben, bis ich es endlich entdeckt habe!!

Dann dachte ich:

– Es muß tatsächlich ein unheimliches Rätsel sein, das hinter all dem steckt auf diesem quadratischen Planeten mit seiner quadratischen Sonne, mit verführerischen theaterspielenden Nymphen und beleidigenden Zuckergußbotschaften, die in Ohren stecken! Ich habe stets gedacht, wenn ich als ganz gewöhnlicher Roboter schon in der Lage bin, mich mit Kultur und Wissenschaften zu beschäftigen, was muß es dann erst an Kultur und Wissenschaften bei den Höherentwickelten geben, von den Höchstentwickelten gar nicht erst zu reden! Was immer diese Wesen eigentlich treiben mögen, gepflegte Konversation scheint nicht eben zu ihren Lieblingsbeschäftigungen zu zählen, zumindest nach meiner persönlichen Erfahrung. Ich muß sie einfach zwingen, mit mir zu reden – aber wie? Ich muß etwas finden, was ihnen so richtig unter die Haut geht, ich muß ihnen dermaßen auf die Nerven fallen, daß sie schließlich zu allem bereit sind, nur um mich loszuwerden. Ganz ohne Risiko wäre die Sache natürlich nicht:

Wenn sie in Wut gerieten, könnten sie mich zweifellos ohne jede Mühe vernichten, ganz so wie man eine lästige Fliege zerquetscht. Andererseits kann ich mir kaum vorstellen, daß sie zu derart brutalen Mitteln greifen ... wenn aber doch?? Ganz gleich, ich muß es versuchen, da mir der Wissensdurst die Seele verzehrt!

Also sprang ich in völliger Dunkelheit auf und begann aus Leibeskräften zu schreien, schlug Rad und wilde Purzelbäume, hüpfte umher, trampelte auf ihnen herum, schüttete ihnen Sand in die Augen, tanzte und sang, bis ich heiser war; dann hielt ich inne, machte ein paar Kniebeugen und Liegestütze und stürzte mich wieder mitten unter sie wie ein toller Hund. Sie wandten mir den Rücken zu und hielten ihre diamantenbesetzten Kissen und Decken schützend über sich. Plötzlich blitzte ein Gedanke in meinem umwölkten Hirn auf:

– Wahrlich, was würde wohl dein alter Freund Trurl sagen, wenn er dich in diesem Moment beobachten könnte und sehen würde, womit du deine Zeit auf einem Planeten verbringst, der die Maximale Stufe der Entwicklung im Universum erreicht hat?! Dieser Gedanke hielt mich jedoch nicht im mindesten davon ab, weiterhin aus Leibeskräften zu brüllen und zu trampeln. Ich hörte nämlich, wie sie miteinander flüsterten:

– Kollege!
– Was ist denn?
– Hörst du, was hier los ist?
– Ich bin doch nicht taub.
– Er hat mir um ein Haar den Kopf zertreten.
– Dann nimm dir einen neuen!

– Aber der Kerl läßt mich nicht schlafen.

– Was?

– Schlafen läßt er mich nicht.

– Er ist einfach zu neugierig, wisperte eine dritte Stimme.

– Er ist entsetzlich neugierig.

– Wir müssen etwas tun, damit er uns nicht länger quält.

– Aber was?

– Woher soll ich das wissen? Vielleicht seine Persönlichkeit ändern?

– Das wäre unmoralisch.

– Warum ist er nur so hartnäckig? Hörst du, wie er heult?

– Warte, jetzt habe ich eine Idee ...

Sie flüsterten etwas, während ich weiterhin heulte, stöhnte und Purzelbäume schlug, wobei ich meine Anstrengungen auf die Gegend konzentrierte, aus der das Flüstern kam. Ich machte gerade einen Handstand auf dem Bauch eines flüsternden Individuums, als mir plötzlich schwarz vor Augen wurde, aber das Dunkel, das meine Sinne umfing, dauerte kaum länger als den Bruchteil einer Sekunde; so schien es mir zumindest, als ich wieder zu mir kam. Mir taten von den ungewohnten gymnastischen Übungen noch alle Knochen weh, aber ich war längst nicht mehr auf dem quadratischen Planeten. Ich saß, unfähig, auch nur einen Arm oder ein Bein zu rühren, in meinem Raumschiff, eingezwängt in einen Berg von Gläsern mit Quittenmarmelade, Kindertrommeln und Teddybären aus Marzipan, Leierkästen mit Brillantglöckchen, Dukaten, Dublonen und goldenen Ohrenschützern, Armreifen und Juwelen, die solch einen Glanz verbreiteten, daß ich unwillkürlich die Augen schloß. Als ich unter Aufbietung aller Kräfte unter diesem Berg von Kostbarkeiten hervorgekrochen war und durch ein Bullauge den Himmel beobachtete, da erblickte ich gänzlich andere Konstellationen als vorher – von einer quadratischen Sonne keine Spur mehr! Rasch angestellte Berechnungen ergaben, daß ich sechstausend Jahre lang mit Maximalgeschwindigkeit reisen müßte, um wieder nach MASTEN zu gelangen. Sie waren mich tatsächlich losgeworden, als ich ihnen allzusehr auf die Nerven gefallen war. Und selbst wenn es mir gelingen sollte, zu ihnen zurückzukehren, so hätte ich dadurch nichts erreicht, denn für sie wäre nichts leichter, als mich erneut mit ihrer hyperspeziellen Telekinese oder ähnlichen Tricks dorthin zu expedieren, wo der Pfeffer wächst. Und da ich das eingesehen hatte, mein lieber Bonhomius, entschloß ich mich, das Problem auf gänzlich andere Weise zu attackieren.‹ Mit diesen Worten, mein edler Retter, beendete der berühmte Konstrukteur Klapauzius seine Erzählung ...«

»Mehr hat er dir nicht gesagt? Aber das ist doch unmöglich!« rief Trurl aus.

»Doch, doch, er hat noch viel mehr gesagt, mein edler Wohltäter, und gerade das war mein Unglück!« stammelte der Roboter verwirrt. »Als ich ihn fragte, was er jetzt zu tun gedenke, beugte er sich zu mir hinüber und sprach: ›Die Aufgabe erschien zunächst völlig hoffnungslos, aber dann fand ich die Lösung. Du, mein lieber Bonhomius, bist nur ein einfacher, nicht eben hochgebildeter Roboter, und daher will ich dich nicht mit Erklärungen aus dem Bereich der Arkankunst kybernetischer Kreation behelligen. Im Prinzip aber ist die Sache relativ einfach: Wir brauchen nur einen Apparat, d. h. einen Computer, zu konstruieren, der in der Lage ist, ein digitales Modell von absolut allem zu konstruieren, was im Kosmos existiert. Einmal richtig programmiert, wird er uns die MAximale STufe der ENtwicklung modellieren, die wir dann befragen können, um die Letzten Antworten zu erhalten!‹

›Aber wie baut man solch einen Apparat?‹ fragte ich. ›Und wie können wir sicher sein, hochgepriesener Klapauzius, daß er uns nicht nach der ersten Frage dorthin schickt, wo der Pfeffer wächst, und zwar mit Hilfe eben der Hypersupertelekinese-Methode, die anzuwenden sich die MASTEN dir gegenüber erkühnten?‹

›Das überlaß nur mir‹, sagte er. ›Für mich ist das eine Kleinigkeit! Ich werde versuchen, hinter die Großen Geheimnisse der MASTEN zu kommen, und du, mein lieber Bonhomius, wirst den rechten Weg suchen, wie du deine angeborene Abscheu vor allem Bösen am besten einsetzen kannst!‹

Ich brauche euch wohl nicht zu sagen, welche Freude mich erfüllte, als ich diese Worte hörte, und mit welchem Eifer ich daranging, Klapauzius bei der Ausführung seines Plans zu assistieren. Wie sich herausstellte, war diese digitale Apparatur nichts anderes als das berühmte Theotron, das Chlorian Theoreticus Klapostel kurz vor seinem tragischen Tod konstruiert hatte; eine Maschine, die buchstäblich das ganze Universum in ihren unzähligen Datenbanken gespeichert hatte. Klapauzius aber wollte die Bezeichnung nicht recht gefallen, er war unablässig auf der Suche nach immer ausgefalleneren Namen, um die Riesenmaschine zu taufen. Bald nannte er sie Pantokratorium, bald Ultimator-Omnigenerator, bald ONALCO (Ontologischer Allzweckcomputer). Aber Namen sind Schall und Rauch, wichtig war einzig und allein, daß die mächtige Maschine nach genau einem Jahr und sechs Tagen erbaut war. Sie hatte so gewaltige Dimensionen, daß wir sie aus Raumersparnisgründen in Ventralia, dem hohlen Mond der Tolpatschiden, unterbringen mußten; und wahrlich, eine Ameise an Bord eines Ozeanriesen hätte sich nicht verlorener vorkommen können als wir im Bauch dieses binären Behemoths, angesichts des endlosen Gewirrs von Kabeln und Magnetspulen, eschatologischer Transformatoren, hagiopneumatischer Perfektionatoren und Rektifikatoren des Bösen. Ich muß gestehen, meine Drahthaare standen mir zu Berge, der Ölfilter in meiner Kehle wurde staubtrocken, und meine Wolframzähne schlugen aufeinander, als mich Klapauzius ans zentrale Schaltpult setzte und mich allein ließ, Auge in Auge mit dieser unheimlichsten aller Maschinen. Wie Sterne am Firmament sah ich ihre Schalttafeln erglühen, überall flammten Warnzeichen auf: VORSICHT! HOCHSPANNUNGSTRANSZENDENZ! Die Zeiger der logischen und semantischen Potentiometer schlugen aus und pendelten sich bei Meßwerten mit Millionen Nullen ein, unter mir wogten bald ganze Ozeane dieser übermenschlichen und übermaschinellen Weisheit, gebannt in Parsecs von elektronischen Ganglien und Hektaren von Magnetfeldern, eine Weisheit, die derart allgegenwärtig war und mich so spürbar von allen Seiten umgab, daß ich mir in meiner schmachvollen Unwissenheit so klein und unbedeutend vorkam wie das winzigste Staubkorn. Einen Rest meines jäh zerstörten Selbstbewußtseins gewann ich erst dadurch zurück, daß ich mir meine lebenslange Liebe zum Guten und die Leidenschaft ins Gedächtnis rief, die ich für Wahrheit und Gerechtigkeit bereits hegte, als ich noch am Rockzipfel meines väterlichen Konstrukteurs hing. Nachdem ich mir auf diese Weise Mut gemacht hatte, stellte ich mit stockender Stimme meine erste Frage: ›Wer bist du?‹

Ein heißer Windstoß begleitet von einem metallischen Knakken durchzog das gläserne Gebäude, und eine scheinbar leise Stimme – ein flüsternder Donner, der mir durch Mark und Bein ging – sprach:

›*Ego sum Ens Omnipotens, Omnisapiens, in Spiritu Intellectronico Navigans, luce cybernetica in saecula saeculorum litteris opera omnia cognoscens, et cetera, et cetera.*‹

Das Gespräch mußte in lateinischer Sprache geführt werden, ich will es dir jedoch, so gut ich kann, in ein geläufigeres Idiom übersetzen. Als ich die Stimme der Maschine vernommen und sie sich mir vorgestellt hatte, wuchs meine Furcht ins Unermeßliche, so daß ich absolut unfähig war, die Befragung fortzusetzen. Erst als Klapauzius zurückgekehrt war, die Transzendenz reduziert und die Omnipotenz auf ein Milliardstel ihrer ursprünglichen Spannung vermindert hatte, faßte ich wieder Mut und bat den Ultimator, ob er vielleicht so freundlich wäre, auf Fragen im Zusammenhang mit der Maximalen Stufe der Entwicklung und ihrer schrecklichen Geheimnisse zu antworten. Aber Klapauzius erklärte mir, so dürfe man keinesfalls verfahren; er gab dem Ontologischen Computer den Befehl, in seinen silbernen und kristallenen Tiefen einen einzelnen Bewohner des quadratischen Planeten zu modellieren und das Modell gleichzeitig mit einer gewissen Portion Schwatzhaftigkeit auszustatten; erst nachdem dieser Befehl in Windeseile ausgeführt war, konnte die eigentliche Arbeit beginnen.

Ich muß zu meiner Schande gestehen, daß ich immer noch vor Angst schlotterte und kein Wort herausbrachte, daher übernahm Klapauzius meinen Platz im Zentralen Schaltpult und begann:

›Wer bist du?‹

›Wie oft soll ich noch auf ein und dieselbe Frage antworten?‹ fragte die Maschine gereizt.

›Mir geht es darum, ob du ein Mensch oder ein Roboter bist‹, erklärte Klapauzius.

›Und was ist deiner Meinung nach der Unterschied?‹ ließ sich die Stimme aus der Maschine vernehmen.

›Wenn du fortfährst, Fragen mit Fragen zu beantworten, dann wird unser Gespräch bis zum Jüngsten Tag dauern!‹ knurrte Klapauzius unfreundlich. ›Du weißt doch ganz genau, worauf ich hinauswill! Los, rede endlich!‹

Obwohl ich zutiefst erschrocken war, wie Klapauzius mit der Maschine umsprang, schien er den richtigen Ton getroffen zu haben, denn sie antwortete:

›Manchmal bauen Menschen Roboter, und manchmal Roboter – Menschen; ob man nun mit Metall oder Protoplasma denkt, ist letztlich gleichgültig. Ich kann beliebige Formen, Dimensionen und Gestalten annehmen, genauer gesagt, das tat ich früher einmal, denn heute gibt sich niemand von uns mehr mit solchen Kleinigkeiten ab.‹

›Ach, wirklich?‹ gab Klapauzius zurück. ›Und weshalb liegt ihr den ganzen Tag und tut gar nichts?‹

›Und was sollten wir denn tun?‹ entgegnete die Maschine. Klapauzius schoß die Zornesröte ins Gesicht, er beherrschte sich jedoch und sagte:

›Woher soll ich das wissen? Wir auf unserer niedrigeren Entwicklungsstufe tun eine Menge Dinge.‹

›Das haben wir früher auch getan.‹

›Aber jetzt nicht mehr?‹

›Nein.‹

›Weshalb?‹

Dieser Frage wich das digitale Modell zunächst aus, indem es behauptete, es habe bereits sechs Millionen derartiger Befragungen über sich ergehen lassen, die aber weder ihm noch den Fragenden auch nur den mindesten Nutzen gebracht hätten. Nachdem Klapauzius jedoch die Transzendenzspannung erhöht und den Schwatzhaftigkeitsregler etwas aufgedreht hatte, fand sich die Maschine zu einer Antwort bereit:

›Vor etwa einer Milliarde Jahren waren wir eine Zivilisation wie jede andere. Wir glaubten an die Seelenwanderung, an die Jungfräuliche Matrix, an das mystische Feedback zwischen einem jeden Wesen und dem Großen Programmierer, und was dergleichen Dinge mehr sind. Dann aber kam die Ära der Skeptizisten, Empirizisten und Akzidentalisten, sie gelangten in nicht mehr als neun Jahrhunderten zu dem Schluß, daß es Niemanden Da Oben gibt und daß die Dinge folglich nicht aufgrund Höherer Zwecke oder Pläne geschehen, sondern einfach so passieren.‹

›Was soll das heißen, einfach so?‹ rief ich unwillkürlich aus.

›Wie du weißt, gibt es bucklige Roboter‹, erwiderte die Stimme aus der Maschine. ›Wenn du unter einem Buckel oder einer anderen Mißbildung zu leiden hast, jedoch fest daran glaubst, daß der Große Programmierer gerade deinen Buckel braucht, um Seine Kosmischen Pläne zu verwirklichen, und daß daher die Gestalt deines Körpers noch vor der Schöpfung der Welt festgelegt war, dann kannst du dich ohne weiteres mit deinem Zustand abfinden. Wenn man dir aber sagt, daß deine Mißbildung lediglich eine Folge davon ist, daß ein paar Atome verrutscht und nicht an ihren richtigen Platz gelangt sind, was bleibt dir dann, als jede Nacht Ströme von Tränen zu vergießen?‹

›Aber so muß es doch nicht sein!‹ protestierte ich. ›Einen Buckel kann man begradigen, eine Mißbildung korrigieren, wenn nur die Wissenschaft auf dem entsprechenden Niveau steht!‹

›Ich weiß‹, sagte die Maschine mürrisch. ›Einem schlichten und unwissenden Gemüt mögen die Dinge tatsächlich so vorkommen.‹

›Du meinst demnach, sie liegen gänzlich anders?‹ fragten Klapauzius und ich wie aus einem Munde.

›Wenn eine Zivilisation erst einmal anfängt, Buckel zu begradigen‹, sagte die Maschine, ›glaubt mir, dann gibt es kein Halten mehr! Man kann nicht nur Buckel begradigen, sondern auch einen defekten Verstand zusammenflicken, man kann Sonnen quadratisch machen, Planeten mit Beinen versehen und synthetische Schicksale fabrizieren, natürlich sehr viel süßere als die echten; all das fängt ganz harmlos mit dem Funkenschlagen aus Feuersteinen an, enden aber tut es mit dem Bau von Pankratorien und Omnisziantarien! Die Wüste auf unserem Planeten ist gar keine Wüste, sondern ein Supertheotron, millionenmal stärker als dieser primitive Kasten, den ihr gebaut habt. Unsere Vorfahren haben es aus dem einfachen Grunde geschaffen, weil ihnen jede andere Aufgabe schon zu leicht erschienen wäre. In ihrem Größenwahn wollten sie sogar den Sand unter ihren Füßen zur denkenden Materie machen. Natürlich ein völlig nutzloses Unterfangen, denn wenn man alles zu tun vermag, gibt es keine Steigerung mehr. Geht das in euren Kopf, meine unterentwickelten Zuhörer?‹

›Ja natürlich‹, sagte Klapauzius, während ich erneut vor Angst schlotterte. ›Aber weshalb befaßt ihr euch nicht wenigstens mit einer anregenden Tätigkeit, anstatt in diesem genialen Sand herumzuliegen und euch von Zeit zu Zeit zu kratzen?‹

›Weil die Allmacht erst dann am allmächtigsten ist, wenn sie absolut nichts tut!‹ gab die Maschine zurück. ›Den Gipfel kann man erklimmen, aber wenn man einmal oben ist, sieht man, daß alle Wege nur noch bergab führen! Wir sind doch schließlich vernünftige Leute, weshalb sollten wir den Wunsch verspüren, etwas zu tun? Schon unsere Ururväter haben unsere Sonne in einen Würfel verwandelt und unseren Planeten kastenförmig gemacht, wobei sie die höchsten Berge zu einem Monogramm zusammenfügten, das taten sie jedoch nur, um ihr Theotron zu testen. Ebenso gut könnte man die Sterne im Karomuster anordnen, die eine Hälfte ausknipsen und nur die andere Hälfte leuchten lassen oder Wesen konstruieren, die von kleineren Wesen bevölkert sind, so daß die Gedanken der Riesen in Tänzen von Millionen Zwergen zum Ausdruck kämen. Man könnte an Millionen Orten zugleich sein oder die Galaxien verschieben, so daß sie sich zu ästhetischen Bildern zusammenfügten; sag mir jedoch bitte, weshalb sollten wir uns auch nur einer dieser Aufgaben unterziehen? Was würde sich denn bessern im Universum, wenn die Sterne dreieckig wären oder Räder hätten?‹

›Aber du redest doch Unsinn!‹ schrie Klapauzius äußerst ungehalten, während ich stärker als je zitterte und bebte. ›Da ihr den Göttern gleichkommt, habt ihr die Pflicht, alles Leid, Unglück und Elend, das andere denkende und fühlende Wesen quält, auf der Stelle zu beseitigen, anfangen aber müßtet ihr bei euren Nachbarn, die sich – wie ich mit eigenen Augen gesehen habe – ständig den Schädel einschlagen! Ihr aber zieht es vor, den ganzen Tag auf der faulen Haut zu liegen, in der Nase zu bohren und euch über rechtschaffene Reisende, die auf der Suche nach Weisheit sind, mit albernen Zuckergußbotschaften lustig zu machen!‹

›Ich verstehe gar nicht, weshalb dich ausgerechnet dieser Zukkerguß so auf die Palme gebracht hat‹, sagte die Maschine. ›Aber lassen wir das. Wenn ich dich richtig verstehe, verlangst du von uns, daß wir jedermann glücklich machen. Mit diesem Problem haben wir uns vor etwa fünfzehn Jahrtausenden gründlich befaßt. Die Felizitologie oder Programmierte Eudämonistik gliedert sich im Prinzip in zwei Richtungen, die schlagartige, revolutionäre und die stufenweise, evolutionäre. Die evolutionäre Richtung besteht im wesentlichen darin, keinen Finger zu rühren und voll und ganz darauf zu vertrauen, daß sich jede Zivilisation schon aus eigener Kraft irgendwie durchwursteln wird. Die revolutionäre Richtung arbeitet mit Zuckerbrot und Peitsche. Der Einsatz der Peitsche, d. h. die Schaffung des Glücks mit Gewalt, hat nach unseren Berechnungen zwischen hundert- und achthundertmal mehr Unglück zur Folge als der Verzicht auf jegliche Intervention. Bei der Zuckerbrot-Methode sind die Resultate – so unglaublich das auch klingen mag – genau dieselben, und zwar unabhängig davon, ob man ein Supertheotron oder einen Höllischen Infernator, auch genannt Gehennerator, einsetzt. Vielleicht hast du schon einmal von der sogenannten Krabbe Nebula gehört?‹

›Aber natürlich‹, erwiderte Klapauzius, ›das sind die Reste einer Supernova, die vor langer Zeit explodiert ist.‹

›Supernova! In der Tat!‹ war das höhnische Echo aus der Maschine. ›Nein, mein treuherziger Freund, dort war ein Planet, sogar ein ziemlich zivilisierter, auf dem Blut, Schweiß und Tränen in reichlichem Maße flossen. Eines Morgens warfen wir daher achthundert Millionen Volltransistorisierte Wunscherfüller über dem Planeten ab, aber wir hatten uns noch keine Lichtwoche von ihm entfernt, als er explodierte – winzige Stücke und Splitter fliegen bis auf den heutigen Tag durchs Weltall! Ähnlich war es mit dem Planeten der Hominaten . . . soll ich dir auch davon erzählen?‹

›Nein, danke!‹ brummte Klapauzius mürrisch. ›Aber ich kann einfach nicht glauben, daß es unmöglich sein soll, andere glücklich zu machen! Mit etwas Umsicht und Fingerspitzengefühl müßte . . .‹

›Du glaubst mir nicht?‹ unterbrach ihn die Maschine. ›Dann

kann ich dir auch nicht helfen. Wir haben es vierundsechzigtausendfünfhundertunddreizehnmal versucht. Die Haare stehen mir noch heute auf jedem meiner Köpfe zu Berge, wenn ich an die Resultate denke. Wahrlich, für das Wohl und Wehe unserer Mitkreaturen haben wir keine Mühe gescheut. Wir bauten eine Spezialapparatur zur Telespektroskopie der Träume, wie du jedoch ohne weiteres einsehen wirst, sahen wir unsere Aufgabe nicht darin – wenn zum Beispiel auf einem Planeten ein Religionskrieg tobte, und die eine Seite nichts sehnlicher wünschte, als die andere zu massakrieren – alle Träume in Erfüllung gehen zu lassen. Es ging somit darum, das Glück zu schaffen, ohne Höhere Normen zu verletzen. Das Problem wurde zusätzlich durch den Umstand kompliziert, daß sich die meisten Zivilisationen in den tiefsten Tiefen ihres Herzens nach Dingen sehnen, zu denen sie sich öffentlich niemals bekennen würden. Folglich entstand ein neues Dilemma: Sollten wir sie bei den Zielen unterstützen, die sie mit einem Rest an Schamgefühl und Anstand verfolgten, oder sollten wir ihre ureigensten, tief im Herzen verborgenen Wünsche erfüllen? Nimm zum Beispiel die Dementianer und die Amentianer. Die Dementianer verbrannten in ihrer mittelalterlichen Frömmigkeit alle auf dem Scheiterhaufen, die mit dem Teufel paktiert hatten, in erster Linie Frauen. Sie taten das zum einen, weil sie ihnen die mit dem Satan genossenen Wonnen mißgönnten, zum anderen, weil sie entdeckt hatten, daß Folterungen im Namen des Rechts ein außerordentliches Vergnügen sein konnten. Die Amentianer wiederum verehrten nichts außer ihrem eigenen Körper, den sie mit Maschinen in wollüstige Erregung brachten, und diese Beschäftigung, wenngleich in Maßen ausgeübt, stellte ihr Hauptvergnügen dar. Sie hatten Glaskästen, vollgestopft mit diversen Vergewaltigungen, Morden und Feuersbrünsten, deren Anblick ihren sinnlichen Appetit nur noch mehr anregen sollte. Wir warfen über ihrem Planeten eine Unzahl von Spezialapparaturen ab, die so konstruiert waren, daß sie alle geheimen Sehnsüchte und Begierden befriedigten, ohne irgend jemandem zu schaden; dies geschah in der Weise, daß für jedes Individuum eine gesonderte künstliche Realität geschaffen wurde. Fünf Wochen dauerte es bei den Dementianern, immerhin sechs bei den Amentianern, dann waren sie alle vor lauter Wonne zugrunde gegangen; ein ekstatisches Stöhnen aus Millionen Kehlen begleitete ihren Todeskampf! Vielleicht schweben dir solche Methoden vor, minderentwickeltes Wesen?‹

›Entweder bist du ein kompletter Idiot oder ein Ungeheuer!‹ knurrte Klapauzius, während ich einer Ohnmacht nahe war. ›Wie kannst du es wagen, dich mit solchen Schandtaten zu brüsten?‹

›Ich brüste mich nicht mit ihnen, ich beichte sie dir‹, erwiderte die Stimme gleichmütig. ›Glaub mir, wir haben wirklich alle denkbaren Methoden ausprobiert. Auf verschiedenen Planeten ließen wir einen Regen von Reichtum, ja ganze Fluten von Wohlstand und Überfluß niedergehen, das Resultat war die totale Lähmung jeglicher Initiative und Arbeitsfreude; wir gaben auch gute Ratschläge, zum Dank dafür eröffneten die Eingeborenen das Feuer auf unsere Roteller, d.h. fliegenden Untertassen. Wahrlich, es hat ganz den Anschein, als müsse man zunächst den Charakter derer ändern, die man glücklich zu machen wünscht ...‹

›Dazu seid ihr am Ende auch noch in der Lage!‹ brummte Klapauzius mißvergnügt.

›Aber ja, gewiß doch! Nimm zum Beispiel unsere Nachbarn, die einen quasiterranen, d.h. geomorphen Planeten bewohnen. Ich meine die Anthropoden. Heute befassen sie sich in erster Linie mit transzendentalen Windbeuteleien und Metapherrenkungen, denn sie schweben in panischer Furcht vor der Ehrwürdigen Flatomatrone, die ihrer Meinung nach im Jenseits auf alle Sünder mit weit aufgerissenem, Höllenfeuer speiendem Rachen lauert. Da ein junger Anthropode den Seligen Zimbellianern sowie dem Heiligen Brechbuddhian getreulich nacheifert und den Fastidianern aus Scheußlichtenstein wohlweislich aus dem Wege geht, wird er mit der Zeit fleißiger, tugendhafter und edler, als es seine achtarmigen Vorfahren waren. Zwar stehen die Anthropoden in einem ständigen Glaubenskrieg mit den Anthropannen – hervorgerufen durch die brennende Frage, ob der Zwang den Drang auslöse oder umgekehrt der Drang den Zwang – du mußt jedoch bedenken, daß bei diesen Kämpfen in aller Regel nur die Hälfte einer jeden Generation zugrunde geht. Nun verlangst du von mir, daß ich ihnen den Glauben an Transzendentale Windbeuteleien, an die Ehrwürdige Flatomatrone und all den übrigen Unsinn einfach aus dem Kopf schlage, um sie damit einer rationalen Beglückkung zugänglich zu machen. Das aber wäre gleichbedeutend mit psychischem Mord, denn die Wesen, die dabei herauskämen, wären ja keine Anthropoden oder Anthropannen mehr. Siehst du das ein?‹

›Ja schon, doch der Aberglaube muß dem Wissen weichen!‹

›Das steht außer Frage! Doch bedenke bitte, daß es auf dem Planeten derzeit fast sieben Millionen Büßer gibt, die nicht selten ihr ganzes Leben damit verbracht haben, ihre eigene Natur zu vergewaltigen, nur um ihre Nächsten vor der Schrecklichen Flatomatrone zu bewahren. Und ich soll ihnen in weniger als einer Sekunde erklären, soll sie davon überzeugen, ohne bei ihnen auch nur den Schatten eines Zweifels zurückzulassen, daß all das umsonst war, daß sie ihr ganzes Leben mit völlig nutz- und inhaltlosen Opfern vergeudet haben? Wäre das nicht grausam? Der Aberglaube muß dem Wissen weichen, das aber braucht seine Zeit. Denk an den Buckligen, über den wir gesprochen haben. Er lebt in dunkler, wohltätiger Unwissenheit, weil er glaubt, daß sein Buckel im Werk der Schöpfung eine kosmische Rolle erfüllt. Wenn du ihm erklärst, daß er lediglich das Resultat eines molekularen Unfalls ist, so wirst du ihn in Verzweiflung stürzen. Also müßtest du den Buckel sogleich begradigen...‹

›Ja, natürlich!‹ rief Klapauzius aus.

›Auch das haben wir gemacht. Mein Großvater hat seinerzeit dreihundert Buckel auf einmal begradigt. Und wie sehr hat er es später bereut!‹

›Weshalb?‹ fragte ich unwillkürlich.

›Weshalb? Einhundertzwölf von diesen Unglücklichen wurden sogleich in Öl gesotten, denn man sah ihre plötzliche und wundersame Heilung als sicheres Indiz dafür an, daß sie ihre Seele dem Teufel verkauft hatten; dreißig wurden, da nicht länger untauglich, sofort zum Militär eingezogen und fielen in verschiedenen Schlachten unter verschiedenen Fahnen; siebzehn soffen sich vor Freude über ihre Genesung augenblicklich zu Tode, und der Rest – mein wohlmeinender Großvater hatte ihnen als Draufgabe außerordentliche Schönheit verliehen – welkte durch übermäßige Anstrengung bei erotischen Aktivitäten rasch dahin; nachdem sie diese Vergnügungen so lange Zeit hatten entbehren müssen, stürzten sie sich jetzt in jede Art von Ausschweifungen, leider derart heftig und zügellos, daß sie innerhalb von zwei Jahren alle unter dem grünen Rasen lagen. Es gab da eine Ausnahme ... aber die ist kaum der Rede wert.‹

›Erzähl zu Ende, wenn du schon einmal angefangen hast!‹ schrie Klapauzius, offensichtlich aufs äußerste erregt.

›Also gut, wenn du unbedingt willst. Ganze zwei waren übriggeblieben. Der erste erschien bei meinem Großvater und bat ihn auf Knien, er möge ihm seinen Buckel zurückgeben. Als Krüppel hatte er nicht schlecht von Almosen gelebt, als Gesunder aber mußte er arbeiten, woran er nicht gewöhnt war. Am meisten störte ihn, daß er jedesmal mit der Stirn gegen den Türbalken stieß, wenn er irgendwo eintreten wollte ...‹

›Und der zweite?‹ fragte Klapauzius.

›Der zweite war ein Prinz, der wegen seines Gebrechens von der Thronfolge ausgeschlossen war; nach seiner plötzlichen Heilung ließ ihn seine Stiefmutter, die die Rechte ihres leiblichen Sohnes bedroht sah, vergiften.‹

›Ich verstehe ... Aber ihr könnt doch Wunder tun, nicht wahr?‹ sagte Klapauzius, Verzweiflung in der Stimme.

›Glück mit Hilfe von Wundern zu schaffen, gehört zu den riskantesten Techniken, die ich kenne‹, gab die Maschine ernst zurück. ›Und wen sollte man durch Wunder ändern? Das Individuum? Zuviel Schönheit sprengt die ehelichen Bande, zuviel Wissen macht einsam, und zuviel Reichtum führt geradewegs in den Wahnsinn. Nein, tausendmal nein! Individuen kann man nicht und Gesellschaften darf man nicht glücklich machen, denn jede Gesellschaft muß ihren eigenen Weg gehen, indem sie auf natürliche Weise Stufe um Stufe der Entwicklung durchläuft und alles Gute und Schlechte, was dabei herauskommt, ausschließlich sich selbst zu verdanken hat. Für uns auf der MAximalen STufe der ENtwicklung gibt es im Kosmos nichts mehr zu tun; und einen anderen Kosmos zu schaffen würde nach meiner Meinung nur von äußerst schlechtem Geschmack zeugen. Weshalb sollten wir das tun? Um uns selbst zu erhöhen? Ein monströser Gedanke! Vielleicht um der zu schaffenden Wesen willen? Aber es gibt sie nicht, weshalb sollten wir also etwas für nichtexistierende Kreaturen tun? Irgend etwas kann man natürlich machen, jedoch nur, solange man nicht in der Lage ist, alles zu machen. Wenn dieser Punkt erreicht ist, sollte man die Hände in den Schoß legen ... und jetzt laßt mich endlich in Ruhe!‹

›Aber wie können wir das? Weißt du denn kein Mittel, um das Leben nur ein wenig zu verbessern und dem Nächsten zu helfen? Denk doch an all die Leidenden! Hallo! Bist du noch da?‹ riefen Klapauzius und ich durcheinander.

Die Maschine gähnte und sagte:

›Hat es überhaupt einen Sinn gehabt, mit euch zu sprechen? Wäre es nicht vernünftiger gewesen, von vornherein so zu verfahren, wie man es auf unserem Planeten mit allen Eindringlingen tut? Es ist doch immer ein und dasselbe.

Aber wie ihr wollt! Hier habt ihr eine Formel, die noch nicht ausprobiert wurde, ich warne jedoch ausdrücklich vor den Folgen! Und jetzt macht damit, was ihr wollt. Ruhe und nochmals Ruhe – das ist das einzige, an dem mir jetzt gelegen ist. Laßt mich endlich allein, damit ich inmitten von Myriaden Theostaten und Deioden meditieren kann ...‹

Die Maschine verstummte, ein Licht nach dem anderen erlosch auf den Schalttafeln, und wir standen da und lasen die Karte, die sie gerade für uns gedruckt hatte. Der Text lautete in etwa so:

ALTRUIZIN. Metapsychotropes Transmitter-Präparat, wirkt auf alle sensitiven Albuminoiden. Gefühle, Emotionen und Empfindungen des Individuums werden durch ALTRUIZIN auf alle Wesen übertragen, die sich im Umkreis von maximal vierhundert Schritt befinden. Funktioniert auf telepathischer Grundlage, überträgt jedoch garantiert keine Gedanken. Wirkt nicht auf Roboter und Pflanzen. Die Empfindungen des Individuums (Sender) werden auf die Symphatici (Empfänger) übertragen. Aufgrund von Sekundärretransmission wird die Intensität der Empfindungen um so größer, je mehr Empfänger am sensitiven Rückkopplungskreis beteiligt sind. Entsprechend der Konzeption seines Erfinders wird ALTRUIZIN in jeder Gesellschaft die unumschränkte Herrschaft der Brüderlichkeit, Solidarität und tiefsten Sympathie sicherstellen, denn die Nachbarn eines glücklichen Einzelwesens müssen dessen Glück teilen, und je glücklicher das Individuum, um so glücklicher sind zwangsläufig auch sie, so daß

es in ihrem ureigensten Interesse liegt, ihrem Nächsten aus gan-
zem Herzen nur das Allerbeste zu wünschen. Wenn jemand
Schmerzen leidet, so werden ihm sogleich alle zur Hilfe eilen, um
sich selbst vom dadurch induzierten Schmerz zu befreien. Weder
Mauern, Zäune, Hecken noch andere Hindernisse können die al-
truisierende Wirkung aufhalten. Das Präparat ist wasserlöslich;
es kann über Wasserleitungen, Flüsse, Brunnen etc. verteilt wer-
den. Geschmack- und geruchlos; ein Millimikrogramm ist aus-
reichend für einhunderttausend Individuen. Für Folgen, die nicht
im Sinne des Erfinders sind, kann keine Haftung übernommen
werden. Für den computerisierten Repräsentanten der Max. Stu.
d. Entw. – der Ultimator-Omnigenerator.

Klapauzius brummte mißmutig, Altruizin werde ausschließlich
bei Menschen zur Anwendung kommen, während die armen Roboter wie eh und je all ihr vom Schicksal zugemessenes Unglück
tragen müßten. Ich aber faßte mir ein Herz und wies ihn mit der
Bemerkung zurecht, er habe wohl noch nie etwas von der Solidarität aller denkenden Wesen und der Notwendigkeit gehört,
unseren organischen Brüdern zu helfen. Sodann kamen wir auf
praktische Dinge zu sprechen, denn wir waren uns darüber einig,
daß die Aktion zur Schaffung des Glücks keinen Aufschub dul-
dete. Während Klapauzius eine Unterabteilung des ONALCO
damit beauftragte, das Präparat in der benötigten Menge herzustellen, faßte ich nach eingehender Beratung mit dem berühmten Konstrukteur den Entschluß, meine Mission auf einem geomorphen, von menschenähnlichen Wesen bewohnten Planeten zu
beginnen, der nur knapp vier Tagesreisen entfernt war. Als Wohltäter wollte ich anonym bleiben, daher erschien es uns am zweck-
mäßigsten, mich in einen Menschen zu verwandeln. Das ist
bekanntlich keine leichte Aufgabe, aber der Genius des Konstrukteurs überwand auch in diesem Fall sämtliche Hindernisse,
und bald stand ich reisefertig da, mit einem Koffer in jeder Hand.
Der eine Koffer enthielt vierzig Kilogramm Altruizin in Form
von weißem Pulver, der andere war vollgestopft mit diversen
Toilettenartikeln, Schlafanzügen, Unterwäsche und wichtigen
Ersatzteilen wie Reserve-Nasen, Augen, Ohren, Haaren, Wangen
etc. Ich reiste in Gestalt eines wohlproportionierten jungen Man-

nes mit Schnurrbart und Schmalzlocke. Klapauzius hegte gewisse Zweifel, ob es ratsam sei, Altruizin gleich in großem Maßstab anzuwenden, und obwohl ich seine Vorbehalte nicht teilte, war ich einverstanden, nach meiner Ankunft auf Terrania (so hieß der geomorphe Planet) zunächst ein Probeexperiment durchzuführen. Da ich dem Augenblick entgegenfieberte, da ich mit der großen Aussaat von Brüderlichkeit und Solidarität beginnen konnte, verabschiedete ich mich ebenso herzlich wie hastig von Klapauzius und machte mich unverzüglich auf den Weg.

Um den ersten Test durchzuführen, begab ich mich gleich nach meiner Ankunft zu einem kleinen Weiler, wo ich mich ins Gasthaus einquartierte, das einem mürrischen Greis gehörte. Als man mein Gepäck von der Kutsche in die Gaststube trug, gelang es mir, unbemerkt eine Handvoll des weißen Pulvers in den nahegelegenen Brunnen zu schütten. Auf dem Hof herrschte hektische Betriebsamkeit, Mägde rannten mit Bottichen voll kochendem Wasser hin und her, der Wirt trieb sie fluchend zur Eile an; dann hörte man Hufgetrappel, eine Kalesche rollte in den Hof, und heraus sprang ein alter Mann mit einem Arztköfferchen in der Hand – sein Ziel war jedoch nicht das Haus, sondern der Stall, aus dem von Zeit zu Zeit ein dumpfes Brüllen erscholl. Wie ich vom Zimmermädchen erfuhr, war ein terranisches Tier, das dem Wirt gehörte – eine sogenannte Kuh – gerade dabei, zu gebären. Diese Neuigkeit beunruhigte mich ein wenig, denn ehrlich gesagt war mir niemals in den Sinn gekommen, auch die animalische Seite des Problems zu bedenken. Jetzt aber konnte ich nichts mehr tun, also schloß ich mich ein und harrte der Dinge, die da kommen sollten. Und die ließen tatsächlich nicht lange auf sich warten. Ich hörte das Rasseln der Brunnenkette – die Mägde holten schon wieder Wasser – und nach einer Weile das Brüllen der Kuh, diesmal von einem vielstimmigen Echo begleitet. Gleich darauf stürzte der Tierarzt aus dem Stall, preßte die Hände vor den Bauch und schrie vor Schmerzen, hinter ihm rannten die Küchenmägde, zum Schluß der Wirt. Da alle an den Geburtswehen der Kuh teilhatten, flohen sie unter großem Geschrei in alle vier Himmelsrichtungen, um bald wieder zurückzukehren, da die Schmerzen in einer bestimmten Entfernung schlagartig aufhörten. Wieder und wieder setzten sie zum Sturm auf den Stall an, wurden jedoch zum Rückzug in höchstem Tempo gezwungen, überwältigt von schmerzhaften Krämpfen. Bestürzt über die unerwartete Entwicklung der Ereignisse kam ich zu der Erkenntnis, das Experiment ließe sich nur in der Stadt durchführen, wo es keine Tiere gibt. Also packte ich rasch meine Sachen und ging hinunter, um die Rechnung zu begleichen. Da aber jedermann in Haus und Hof vollauf damit beschäftigt war, das Kalb zur Welt zu bringen, konnte ich meine löbliche Absicht nicht verwirklichen. Ich steuerte auf die Kalesche zu, als ich aber erkennen mußte, daß der Kutscher mitsamt seinen Pferden hoffnungslos in den Wehen lag, entschloß ich mich, den Weg zur nahegelegenen Stadt zu Fuß zurückzulegen. Wie es das Unglück jedoch wollte, ging ich gerade über eine schmale Brücke, als mir der Koffer aus der Hand rutschte, aufsprang und seinen ganzen Inhalt in den Fluß unter mir ergoß. Völlig verwirrt stand ich da und mußte mit ansehen, wie die reißende Strömung die ganzen vierzig Kilogramm Altruizin mit sich forttrug. Jetzt war nichts mehr zu machen, die Würfel waren gefallen, denn eben dieser Fluß versorgte die gesamte stromabwärts gelegene Stadt mit Trinkwasser.

Es war Abend geworden, bis ich die Stadt erreichte; die hell erleuchteten Straßen waren voller Lärm und Menschen. Ich stieg in einem kleinen Hotel ab und wartete voller Spannung auf die ersten Anzeichen der Wirkung des Präparats; zunächst waren jedoch keine zu entdecken. Müde nach dem langen Fußmarsch schlief ich bald ein, wurde jedoch gegen Mitternacht durch markerschütternde Schreie geweckt. Ich sprang mit einem Satz aus dem Bett. Mein Zimmer war taghell, dank der lodernden Flammen, die das gegenüberliegende Gebäude verschlangen; als ich auf die Straße hinauslief, stolperte ich gleich am Hauseingang über einen Leichnam, der noch nicht erkaltet war. Nicht weit von mir hielten sechs Strolche einen gellend um Hilfe schreienden Greis fest und rissen ihm mit einer Zange einen Zahn nach dem anderen aus dem Mund, bis ein vielstimmiges Triumphgeheul kundtat, daß sie endlich den richtigen gefunden und gezogen hatten, dessen verfaulte Wurzel aufgrund der metapsychotropen Transmission die Ursache ihrer wahnsinnigen Schmerzen gewesen war. Sie ließen den alten Mann halbtot in der Gosse liegen und zogen – sichtlich erleichtert weiter.

Es war aber nicht der Schrei dieses Unglücklichen, der mich aus meinem Schlummer gerissen hatte; der Grund lag vielmehr in einem Vorfall, der sich in der Kneipe gegenüber zugetragen hatte. Ein betrunkener Kraftprotz hatte seinem Tischnachbarn ins Gesicht geschlagen und spürte nun dessen Schmerz am eigenen Leibe; darüber geriet er so in Wut, daß er sein Gegenüber erst recht verdreschen wollte. Die übrigen Zecher indes, die ja nicht weniger in Mitleidenschaft gezogen waren, sprangen auf und stürzten sich auf die beiden Kampfhähne, und bald nahm der Teufelskreis der wechselseitigen Schmerzen und Schläge solche Dimensionen an, daß die Hälfte aller Gäste in meinem Hotel aus dem Schlaf gerissen wurde; sie bewaffneten sich hurtig mit Stökken, Knüppeln und Besenstielen und wälzten sich bald als ein einziges wogendes Knäuel zwischen zerbrochenen Gläsern und zertrümmerten Stühlen, bis eine umgestürzte Petroleumlampe alles in Brand setzte. Unter dem Schrillen der Alarmglocken, dem Heulen der Sirenen und der Verwundeten dieses Kampfes suchte ich so schnell wie möglich das Weite. Ein paar Straßen weiter stieß ich auf eine Menschenmenge, die sich um ein weißes Häuschen umgeben von Rosensträuchern drängte. Wie ich herausfand, verbrachte ein junges Brautpaar hier seine Hochzeitsnacht. Es herrschte ein unerhörtes Gedränge, man sah Uniformen, geistliche Gewänder und sogar Schülermützen; die dem Haus am nächsten waren, steckten ihre Köpfe durch die Fenster, andere kletterten ihnen auf die Schultern und schrien: ›Na, was ist jetzt? Wozu die Trödelei?! Wie lange müssen wir noch warten?! Zur Sache, und nicht gefackelt!‹ usw. Ein alter Mann, schon zu schwach, um sich durch die Menge nach vorn zu drängeln, flehte die Umstehenden unter Tränen an, sie möchten ihn doch durchlassen, denn aus der Ferne konnte er wegen seiner nicht mehr ganz intakten grauen Zellen nichts spüren; seine demütigen Bitten wurden überhaupt nicht zur Kenntnis genommen – einige aus der Menge fielen durch ein Übermaß an Wonne sanft in Ohnmacht, andere stöhnten leise vor Vergnügen, die Unerfahrensten aber bliesen voller Behagen Blasen durch die Nasen. Die Verwandten der Jungvermählten versuchten zunächst, die Bande frecher Eindringlinge zu vertreiben, bald aber wurden sie selbst von der überschwappenden Flut sinnlicher Begierde erfaßt und schlossen sich dem unflätigen Chor an, indem sie das Brautpaar heftig anfeuerten; die treibende Kraft bei diesem traurigen Spektakel war der Urgroßvater des Bräutigams, der immer wieder versuchte, die Tür zum Schlafzimmer mit seinem Rollstuhl einzurammen. Empört und entsetzt über diesen Anblick machte ich auf dem Absatz kehrt und eilte zum Hotel zurück; unterwegs traf ich auf einige teils in heftige Kämpfe, teils in unzüchtige Umarmungen verwickelte Gruppen von Individuen; all das war jedoch nichts im Vergleich zu den Szenen, die sich im Hotel abspielten. Schon von weitem sah ich, wie die Gäste im Nachthemd aus den Fenstern sprangen, wobei sie sich nicht selten die Beine brachen, einige kletterten sogar aufs Dach, während der Besitzer, seine Frau, die Zimmermädchen und Gepäckträger drinnen hektisch hin und her rannten, von Todesangst gepackt aufschrien und sich in Schränken oder unter den Betten versteckten – all das nur, weil eine Katze im Keller gerade ein Mäuslein jagte.

Erst jetzt fing ich an zu begreifen, daß ich in meinem Eifer wohl etwas voreilig gehandelt hatte. Bei Tagesanbruch war der Altruizin-Effekt bereits so stark, daß ein Jucken in der Nase eines Individuums genügte, um in der gesamten Nachbarschaft im Umkreis einer Meile donnernde Salven kollektiven Niesens auszulösen; vor Personen, die unter schweren Neuralgien litten, flohen Verwandte, Krankenschwestern und Ärzte in panischem Entsetzen; nur ein paar blasse, vor Wonne schwer atmende Masochisten hefteten sich hin und wieder an ihre Fersen. Es gab auch viele Ungläubige und Zweifler, die ihre Nächsten nur deshalb traten und schlugen, um sich zu überzeugen, ob es denn seine Richtigkeit habe mit dieser Transmission der Gefühle, von der jedermann sprach; die Malträtierten blieben ihrerseits die Antwort nicht schuldig, und bald hallte die ganze Stadt von dumpfen Schlägen und Tritten wider. Als ich um die Frühstückszeit einigermaßen ratlos und verwirrt durch die Straßen wanderte, traf ich beim Marktplatz auf eine unübersehbare, in Tränen aufgelöste Menschenmenge, die eine alte schwarzverschleierte Frau vor sich hertrieb und mit Steinen nach ihr warf. Wie sich herausstellte, war sie die Witwe eines hochbetagten Schusters, der am Tag zuvor gestorben war und an diesem Morgen beerdigt werden sollte; die abgrundtiefe Trauer der Schustersfrau war den Nachbarn und den

Nachbarn der Nachbarn derart auf die Nerven gegangen, daß sie die Arme – nachdem sie nicht imstande waren, ihr auf irgendeine Weise Trost zu spenden – kurzerhand aus der Stadt vertrieben. Dieser traurige Anblick preßte mir das Herz zusammen, und ich kehrte so rasch als möglich zum Hotel zurück, aber auch das stand schon in hellen Flammen. Die Köchin hatte sich nämlich in der heißen Suppe den Finger verbrannt, woraufhin ihr plötzlicher Schmerz einen Rittmeister, der in der obersten Etage gerade sein Gewehr reinigte, dazu veranlaßte, unwillkürlich auf den Abzug zu drücken und mit einer einzigen Salve seine Frau nebst vier Kindern zu töten. Seine Verzweiflung übertrug sich auf alle, die noch nicht wegen einer Ohnmacht oder eines Beinbruchs im Krankenhaus gelandet waren; ein besonders wohlmeinendes Individuum aber, das dem unerträglichen kollektiven Leiden ein Ende setzen wollte, übergoß in einem offensichtlichen Anflug von Wahnsinn alle Gäste, deren es habhaft werden konnte, mit Petroleum und setzte sie in Brand. Ich floh wie ein Besessener vor der Feuersbrunst und begab mich auf die verzweifelte Suche nach wenigstens einem einzigen Menschen, von dem man mit Fug hätte sagen können, er sei zumindest einigermaßen, zumindest halbwegs glücklich gemacht worden; ich traf jedoch nur auf ein paar Nachzügler der Menschenmenge, die von der Hochzeitsnacht zurückkehrte.

Man sparte nicht mit Kommentaren zu diesem Ereignis, wobei deutlich wurde, daß die Leistung der Jungvermählten weit hinter den Erwartungen dieser Schufte zurückgeblieben war. Jeder der ehemaligen Mitbräutigame hielt einen kräftigen Knüppel in der Hand, um Leidende zu vertreiben, die es wagen sollten, seinen Weg zu kreuzen. Ich glaubte, das Herz müßte mir vor Kummer und Scham zerspringen, aber immer noch suchte ich nach einem Menschen – und sei es auch nur einem einzigen –, der meine Gewissensbisse lindern könnte. Nachdem ich eine Reihe von Passanten befragt hatte, erhielt ich schließlich die Adresse eines berühmten Philosophen, eines glühenden Verfechters der Brüderlichkeit und aufgeklärten Toleranz, und ich lenkte meine Schritte zum angegebenen Ort in der sicheren Erwartung, seine Behausung von einer wogenden Menschenmenge umgeben zu finden. Aber weit gefehlt! Nur ein paar Katzen lagen schnurrend am Eingangstor und badeten in der Aura des guten Willens, die der weise Mann so reichlich verströmte – in gebührendem Abstand jedoch saßen einige gierig seibernde Hunde, die offensichtlich auf ihre Chance lauerten. Ein Krüppel rannte so schnell er konnte an mir vorbei und schrie: ›Die Kaninchenfarm wird heute eröffnet! Alle dürfen rein!‹ Ich zog es vor, keinerlei Vermutungen darüber anzustellen, inwiefern die in einer Kaninchenfarm vor sich gehenden Phänomene segensreiche Auswirkungen auf sein Gefühlsleben haben könnten.

Als ich so dastand, näherten sich mir zwei Männer. Der eine schaute mir tief in die Augen, während er ausholte und dem anderen einen krachenden Faustschlag auf die Nase versetzte. Ich starrte sie erstaunt an, ohne mir jedoch an die eigene Nase zu greifen oder vor Schmerz aufzustöhnen, da ich als Roboter den Schlag ja nicht spüren konnte; das aber war Beweis genug für meine Missetaten, denn die beiden waren von der Geheimpolizei und hatten die List nur zu dem Zweck angewandt, um mich zu entlarven. Sie legten mir Handschellen an und brachten mich ins Gefängnis, wo ich meine ganze Schuld eingestand, nicht zuletzt im Vertrauen darauf, daß man meine guten Intentionen strafmildernd berücksichtigen würde, wenngleich inzwischen die halbe Stadt in Flammen stand. Wenn sie mich anfangs nur leicht mit Zangen zwickten, so nur um sich zu überzeugen, daß ihnen dadurch selbst keinerlei Leiden verursacht würden; nachdem sie aber festgestellt hatten, daß sie nichts, aber auch gar nichts spürten, da fielen sie gleich scharenweise über mich her, trampelten auf mir herum, rissen mir Schrauben mitsamt dem Gewinde heraus und zertrümmerten brutal Metallplatte für Metallplatte meines geschundenen Gehäuses. Ich will gar nicht sämtliche Qualen und Folterungen aufzählen, die ich für meinen aufrichtigen Wunsch erdulden mußte, sie alle glücklich zu machen; es genügt, daß man meine schäbigen Überreste schließlich in ein Kanonenrohr stopfte und weit in den Kosmos hinausschoß, der so dunkel und friedlich wie immer war. Im Flug schaute ich zurück und sah mit brechendem Blick, wie sich die Wirkung von Altruizin in zusehends größerem Maßstab entfaltete, denn die Wellen der Ströme, Flüsse und Bäche trugen das Präparat weiter und weiter. Ich sah, was mit den Vöglein des Waldes geschah, mit den

Mönchen, Ziegen, Rittern, den Bauern und Bäuerinnen, den Häh-
nen, Jungfrauen und Matronen, und bei diesem Anblick platzten
mir vor Gram und Herzeleid die letzten unbeschädigten Röhren –
und in eben diesem Zustand landete ich nach langem Gleitflug
nicht fern von deiner Behausung, mein edler Retter – ein für alle
Mal geheilt von dem Wunsch, andere mit revolutionären Mitteln
glücklich zu machen ...«

Aus dem Polnischen von Jens Reuter

Experimenta Felicitologica

Eines Abends in der Dämmerstunde tauchte der berühmte Konstrukteur Trurl, schweigsam und in Gedanken versunken, bei seinem Freund Klapauzius auf. Um ihn etwas aufzumuntern, wollte Klapauzius ein paar der neuesten kybernetischen Witze erzählen, Trurl winkte jedoch gleich ab und sagte:

»Gib dir keine Mühe, mich aus meiner trübseligen Stimmung zu reißen, denn in meiner Seele hat sich ein Gedanke eingenistet, der leider ebenso wahr wie deprimierend ist. Ich bin nämlich zu dem Schluß gekommen, daß wir in unserem ganzen arbeitsreichen Leben nichts wirklich Wertvolles geleistet haben.«

Während er das sagte, glitt sein mißbilligender Blick voller Verachtung über die stolze Sammlung von Orden, Auszeichnungen und Ehrendiplomen in Goldrahmen, mit der Klapauzius die Wände seines Arbeitszimmers dekoriert hatte.

»Auf welcher Basis fällst du ein derart strenges Urteil?« fragte Klapauzius, dessen fröhliche Stimmung wie weggeblasen war.

»Das will ich dir sogleich erklären. Wir haben Frieden gestiftet zwischen verfeindeten Königreichen, haben Monarchen im richtigen Gebrauch der Macht unterwiesen, haben Maschinen gebaut, die Geschichten erzählen, und Maschinen, die zur Jagd dienen, haben heimtückische Tyrannen und galaktische Räuber zur Strecke gebracht, die uns hinterlistig nach dem Leben trachteten, aber mit all dem haben wir nur den eigenen Ehrgeiz befriedigt, uns selbst die eigene Größe bestätigt, für das Allgemeine Wohl hingegen haben wir so gut wie nichts getan. Unsere hochfliegenden Pläne, die das Leben der armen Teufel perfektionieren sollten, denen wir auf unseren planetarischen Wanderungen begegnet sind, wurden nicht ein einziges Mal durch den Zustand des vollkommenen Glücks gekrönt. Statt wirklich idealer Lösungen hatten wir ihnen nur Scheinlösungen, Krücken und Surrogate zu bieten, wenn wir also einen Titel verdient haben, so sollte man uns Scharlatane der Ontologie, spitzfindige Sophisten der Tat nennen, nicht aber Liquidatoren des Übels.«

»Mir läuft es immer ganz kalt den Rücken herunter, wenn ich höre, wie jemand davon spricht, daß er das Universelle Glück programmieren möchte«, sagte Klapauzius. »Komm zur Besinnung, Trurl! Erinnere dich doch an all die Projekte, die sich das gleiche Ziel gesteckt hatten, sind sie nicht samt und sonders jämmerlich gescheitert, sind sie nicht zum Grab der edelsten Intentionen geworden? Hast du denn schon das traurige Schicksal des Eremiten Bonhomius vergessen, der mit Hilfe der Droge Altruizin den ganzen Kosmos glücklich machen wollte? Weißt du denn nicht, wo unsere Grenzen liegen? Man kann bestenfalls die Ängste, Sorgen und Nöte des Daseins ein wenig mildern, in gewissem Umfang für Gerechtigkeit sorgen, rußig gewordenen Sonnen zu hellerem Glanz verhelfen, Öl ins knirschende Getriebe der gesellschaftlichen Mechanismen gießen – das Glück jedoch läßt sich mit keiner Maschinerie der Welt produzieren! Von seiner universellen Herrschaft darf man nur im stillen träumen, zur Dämmerstunde so wie jetzt, darf seinem idealen Bild im Geiste nachjagen und die Phantasie an süßen Visionen berauschen, das ist aber auch schon alles, mein Freund, ein weiser Mann muß es dabei bewenden lassen!«

»Bewenden lassen!« schnaubte Trurl empört. »Es mag wohl sein«, fügte er nach einer Weile des Nachdenkens hinzu, »daß es eine unlösbare Aufgabe ist, jene glücklich zu machen, die schon seit ewigen Zeiten existieren, und deren Leben in vorgezeichneten, geradezu trivialen Bahnen verläuft. Es wäre jedoch möglich, völlig neue Wesen zu konstruieren und sie so zu programmieren, daß sie nur eine einzige Funktion hätten, nämlich glücklich zu sein. Stell dir vor, welch prachtvolles Denkmal unserer meisterlichen Konstrukteurskunst (deren strahlenden Glanz die Zeit ja doch einmal in grauen Staub verwandeln wird), wenn irgendwo am Firmament ein Planet erstrahlte, zu dem die Massen überall im Universum vertrauensvoll den Blick erheben könnten, um lauthals zu verkünden: ›Fürwahr, erreichbar ist das Glück in Gestalt immerwährender Harmonie, wie der große Trurl gezeigt hat – nach besten Kräften unterstützt von seinem guten Freund Klapauzius –, seht nur, der lebendige Beweis blüht und gedeiht unmittelbar vor unseren entzückten Augen!‹«

»Du zweifelst hoffentlich nicht daran, daß auch ich schon das eine oder andere Mal über das Problem nachgedacht habe, das du aufwirfst«, bemerkte Klapauzius. »Es hat Probleme schwierigster Art im Gefolge. Wie ich sehe, hast du die Lehren aus dem Abenteuer des unglücklichen Bonhomius keinesfalls vergessen und möchtest daher Geschöpfe glücklich machen, die es überhaupt noch nicht gibt, das heißt, du willst deine Glückspilze aus dem Nichts schaffen. Du solltest dir jedoch die Frage vorlegen, ob es überhaupt möglich ist, nichtexistierende Wesen glücklich zu machen. Ich für meinen Teil habe ernste Zweifel daran. Zunächst einmal müßtest du beweisen, daß der Status der Nichtexistenz in jeder Hinsicht schlechter ist als der Status der Existenz, die ja nicht immer unbedingt angenehm ist. Denn ohne diesen Beweis könnte sich das felizitologische Experiment, von dem du anscheinend besessen bist, sehr leicht als Fehlschlag erweisen. In diesem Falle würden die Unglücklichen, von denen es im Kosmos ohnehin schon wimmelt, eine Menge neuer Leidensgenossen erhalten, die du geschaffen hast – und was dann?«

»Sicherlich, das Experiment ist riskant«, gab Trurl widerwillig zu. »Dennoch bin ich der Meinung, daß man es unternehmen sollte. Die Natur ist nur scheinbar neutral. Angeblich produziert sie all ihre Geschöpfe blindlings und aufs Geratewohl, also in gleicher Weise die Guten wie die Bösen, die Sanftmütigen wie die Grausamen. Macht man jedoch einmal richtig Inventur bei ihr, so kann man sich sehr schnell davon überzeugen, daß immer nur die Bösen und Grausamen das Feld behaupten, deren feiste Bäuche zum Grab der Guten und Sanften geworden sind. Und wenn diesen Schurken die Häßlichkeit ihres Tuns einmal bewußt wird, erfinden sie mildernde Umstände oder höhere Notwendigkeiten: So sei zum Beispiel das Böse dieser Welt nichts anderes als ein appetitanregendes Gewürz, welches den Hunger nach dem Paradies oder anderen seligmachenden Orten nur noch heftiger werden lasse. Meiner Meinung nach muß damit Schluß gemacht werden. Die Natur ist nicht etwa durch und durch böse, nur dumm wie Bohnenstroh, also geht sie den Weg des geringsten Widerstandes. Wir müssen an ihre Stelle treten und selbst lautere, lichte Wesen produzieren, weil erst ihr Erscheinen im Universum die wahre Heilung all der Gebrechen bedeuten wird, an denen unser Dasein krankt. Das wäre mehr als eine späte Rechtfertigung für die Vergangenheit, die erfüllt war von den Todesschreien der Ermordeten, Schreie, die nur wegen der riesigen kosmischen Entfernungen nicht auf anderen Planeten zu hören sind. Warum, zum Teufel, soll alles, was lebt, unentwegt leiden? Hätten die Leiden eines jeden Opfers nur soviel an kinetischer Energie erzeugt, wie sie ein fallender Regentropfen besitzt, so hätten sie – darauf hast du mein Wort und meine Berechnungen – schon vor Jahrhunderten die Welt in Stücke gerissen. Aber das Leben geht weiter, und der Staub, der über Grüften und verlassenen Palästen liegt, wahrt sein vollkommenes Schweigen, und nicht einmal du könntest mit all deinen kybernetischen Künsten die Spuren von Schmerz und Leid ausmachen, welche einmal jene gequält haben, die heute Staub sind.«

»Ganz richtig, die Toten haben keine Sorgen«, bestätigte Klapauzius. »Eine tröstliche Wahrheit, denn sie zeigt die Vergänglichkeit allen Leidens.«

»Aber die Welt bringt doch jeden Tag neue Märtyrer hervor!« sagte Trurl in steigender Erregung. »Begreifst du denn nicht, daß es nur darum geht, ob man einen Funken sozialen Verantwortungsgefühls besitzt oder nicht?«

»Du glaubst doch wohl nicht ernsthaft, daß deine glücklichen Wesen (angenommen, du schaffst es überhaupt, sie zu konstruieren) in irgendeiner Form eine Wiedergutmachung für die namenlosen Qualen von gestern sein können, geschweige denn für all das Unglück, das auch heute noch den ganzen Kosmos erfüllt? Bedeutet denn die Ruhe des heutigen Tages, daß es den Sturm von gestern nicht gegeben hat? Wird denn die Nacht durch den folgenden Tag annulliert? Merkst du denn gar nicht, welchen Unsinn du daherredest?«

»Also hältst du es für das beste, die Hände in den Schoß zu legen?«

»Das habe ich nicht gesagt. Du kannst die gegenwärtig existierenden Wesen verbessern, zumindest kannst du den Versuch mit all seinen bekannten Risiken unternehmen, für die Opfer der Vergangenheit jedoch kannst du absolut nichts tun. Oder bist du etwa anderer Meinung? Und wenn du den ganzen Kosmos bis zum Bersten mit Glück erfüllst, meinst du, du könntest die Dinge, die dort einmal vorgefallen sind, durch diese Tat auch nur um einen Deut ändern?«

»Aber ja! Ja doch!« rief Trurl. »Du mußt es nur richtig verstehen! Wenn ich auch nichts mehr tun kann für jene, die nicht mehr sind, so kann ich doch das Ganze ändern, von dem sie ja nur ein Teil sind. Und von diesem Tage an werden alle sagen: ›Die schweren Prüfungen der Vergangenheit, die abscheulichen Zivilisationen, die entsetzlichen Kulturen waren nichts anderes als ein Präludium für das gegenwärtige Reich der Güte, Liebe und Wahrheit! Trurl, dieser luzide Geist, kam in tiefem Nachsinnen zu dem Schluß, man müsse das böse Erbe der Vergangenheit zum Bau einer lichten Zukunft verwenden. Das Unglück lehrte ihn, das Glück zu schmieden, und aus Verzweiflung schuf er eitel Freude, mit einem Wort – die Scheußlichkeit des Kosmos hat ihn dazu gebracht, ein Reich der Güte und Barmherzigkeit zu schaffen!‹ Die gegenwärtige Epoche ist nichts als eine Phase der Vorbereitung und Inspiration, und ihr wird unser Dank in segensreicher Zukunft gelten. Na, bist du endlich überzeugt?«

»Nicht weit vom Kreuz des Südens befindet sich das Reich des Königs Troglodytos«, sagte Klapauzius. »Der König hat eine seltsame Vorliebe für Landschaften, in denen statt der Bäume die Galgen dicht bei dicht stehen. Als Vorwand für seine geheime Leidenschaft dient ihm das Argument, solche Schurken, wie es seine Untertanen nun einmal seien, könne man anders nicht regieren. Auch auf mich hatte er schon ein Auge geworfen, gleich nach meiner Ankunft, als er jedoch bemerkte, daß es mir ein leichtes gewesen wäre, ihn zu Staub zu zermalmen, erschrak er fast zu Tode, denn er hielt es für die natürlichste Sache der Welt, daß ich ihn – da er zu schwach war, mit mir das gleiche zu tun – auf der Stelle vernichten würde. Wohl in der Hoffnung, mich umzustimmen, versammelte er eilends all seine Ratgeber und Weisen um sich, welche mir als Rechtfertigung der Tyrannei eine moralische Doktrin vortrugen, die eigens für Fälle dieser Art konzipiert war. Von diesen käuflichen Weisen erfuhr ich, je schlimmer die Verhältnisse in einem Lande seien, um so größer werde die Sehnsucht nach Verbesserungen und Reformen, folglich tue ein Herrscher, der seinen Untertanen das Leben zur Hölle mache, nichts weiter, als eine tiefgreifende Wende der Dinge zum Besseren zu beschleunigen. Der König war über ihre feierliche Rede hoch erfreut, denn deren Quintessenz bestand ja darin, daß niemand auf der Welt so viel für das künftige Heil tue wie er, da er ja durch die entsprechenden negativen Stimuli lediglich dafür sorge, daß aus Weltverbesserungsträumen Taten würden. Folglich müßten deine glücklichen Wesen dem Troglodytos eigentlich ein Denkmal errichten, und du wärst seinesgleichen zu ewigem Dank verpflichtet, nicht wahr?«

»Eine gemeine und zynische Parabel«, knurrte Trurl, der bis ins Mark getroffen war. »Ich hoffte, du würdest dich mir anschließen, aber nun muß ich leider sehen, daß du nur das Gift des Skeptizismus verspritzen und meine edlen Pläne mit Sophismen zunichte machen möchtest. Bedenke doch, sie sind vielleicht die Rettung für das ganze Universum!«

»Ach, der Retter des ganzen Kosmos möchtest du werden, mehr nicht?« sagte Klapauzius. »Trurl, es wäre meine Pflicht, dich in Ketten zu legen und so lange hinter Schloß und Riegel zu halten, bis du wieder Vernunft angenommen hast, ich befürchte aber, dein Leben könnte darüber hingehen. Daher möchte ich dir nur noch dies sagen: Konstruiere das Glück nicht Hals über Kopf! Versuche ja nicht, das Dasein im Galopp zu vervollkommnen! Selbst wenn es dir gelingen sollte, diese glücklichen Wesen zu schaffen (woran ich zweifle), so schaffst du ja damit nicht ihre Nachbarn aus der Welt, die schon seit langem existieren; und so wird es zwangsläufig zu Neid, Reibereien und Spannungen aller Art kommen, und – wer weiß – vielleicht stehst du dann eines Tages vor einem höchst unerfreulichen Dilemma: Entweder müssen sich diese Glücklichen ihren Neidern unterwerfen, oder sie werden gezwungen sein, diese ganze lästige Bande widerwärtiger Krüppel bis auf den letzten Mann niederzumachen; das Ganze natürlich im Namen der universellen Harmonie.«

Trurl fuhr wutschnaubend hoch, hatte sich aber schnell wieder unter Kontrolle und ließ die bereits erhobenen Fäuste sinken, denn hätte er sie fliegen lassen, so wäre das nicht unbedingt der gelungenste Auftakt für eine Ära des Vollkommenen Glücks gewesen, die zu schaffen er sich fest geschworen hatte.

»Leb wohl!« sagte er mit eisiger Stimme. »Elender Agnostiker, ungläubiger Thomas, der du dem natürlichen Gang der Dinge sklavisch ergeben bist, nicht Worte, sondern Taten werden unseren Disput entscheiden! An den Früchten meiner Arbeit wirst du schon bald erkennen, daß ich recht hatte!«

Zu Hause angekommen befand sich Trurl in ernster Verlegenheit, denn der Epilog der Diskussion, die bei Klapauzius stattgefunden hatte, klang ganz danach, als habe er bereits einen fertig ausgearbeiteten Aktionsplan in der Tasche, was jedoch mit der Wahrheit nicht unbedingt übereinstimmte. Offen gesagt, er hatte nicht die blasseste Ahnung, womit er beginnen sollte. Zunächst holte er aus der Bibliothek ganze Berge von Büchern, in denen die Zivilisationen des Universums detailliert beschrieben waren, und verschlang sie in einem atemberaubenden Tempo. Da ihm aber diese Methode, sein Hirn mit den erforderlichen Fakten auszustatten, immer noch zu langsam erschien, schleppte er aus dem Keller achthundert Kassetten mit Quecksilber-, Blei-, Ferritkern- und Kryotronspeichern nach oben, schloß sie alle mit Hilfe von Kabeln an sein eigenes Bewußtsein an, und bereits nach wenigen Sekunden hatte er sein Ich mit vier Trillionen Bits der besten und erschöpfendsten Informationen aufgeladen, die sich auf sämtlichen Globen – einschließlich der Planeten erkalteter Sonnen, welche von besonders geduldigen Chronisten bewohnt wurden – nur eben auftreiben ließen. Die Dosis war so stark, daß es ihn von Kopf bis Fuß durchschüttelte; sein Gesicht lief blau an, die Augen traten ihm aus den Höhlen, dann wurde er von einer Kieferklemme und einem allgemeinen Krampf erfaßt und begann, am ganzen Körper zu zittern, so, als habe ihn nicht eine Überdosis an Historiographie und Geschichtsphilosophie, sondern der Blitz aus heiterem Himmel getroffen. Aber schon bald spürte er seine Kräfte zurückkehren, schüttelte sich, wischte sich den Schweiß von der Stirn, preßte die immer noch zitternden Knie gegen die Platte seines Schreibtisches und sagte:

»Das ist ja noch viel schlimmer, als ich gedacht habe!!«

Anschließend verbrachte er einige Zeit damit, Bleistifte zu spitzen und Tintenfässer aufzufüllen, und legte sich ganze Stöße weißen Papiers auf seinem Schreibtisch zurecht. Aber bei diesen Vorbereitungen wollte nichts Rechtes herauskommen, darum sagte er sich mit einem Anflug von Ärger in der Stimme:

»Ich muß mich wohl auch mit den Schriften der Alten vertraut machen, einfach um meiner Arbeit einen solideren Anstrich zu geben, eine höchst lästige Aufgabe, die ich immer wieder vor mir her geschoben habe, weil ich davon überzeugt war, ein moderner

Konstrukteur könne von diesen alten Knackern überhaupt nichts lernen. Aber jetzt muß es wohl sein! Na, meinetwegen! Auch die sogenannten Weisen der ältesten Zeit, die noch mit einem Fuß im Höhlenzeitalter stehen, werde ich gründlich studieren. Eine Präventivmaßnahme gegen Klapauzius' Sticheleien, der die Klassiker mit Sicherheit auch nie gelesen hat (wer auf der Welt liest sie überhaupt?), jedoch die unangenehme Gewohnheit besitzt, in aller Heimlichkeit den einen oder anderen Satz aus ihren Werken abzuschreiben, nur um mich mit Zitaten zu quälen und mir meine Ignoranz vorzuhalten.«

Gegen Mitternacht befand er sich inmitten eines wirren Haufens alter Schwarten, die er voller Ungeduld vom Schreibtisch auf den Fußboden befördert hatte, und hielt folgenden Monolog: »Ich werde wohl nicht darum herumkommen, außer den Strukturen der vernunftbegabten Wesen auch noch das ungereimte Zeug zu korrigieren, das sie als ihre Philosophie ausgeben. Also, die Wiege des Lebens stand unzweifelhaft im Ozean, der an seinen Gestaden Schlick absetzte, wie es sich gehörte. So entstand ein dünner Schlamm, in dem es zur Bildung von Tröpfchen kam, den makromolekularen Tröpfchen wuchsen Membranen auf den Köpfchen. Die Sonne erwärmte das Ganze, der Schlamm verdickte sich, ein Blitz fuhr hinein, reicherte das Gemisch mit Aminosäuren an, und schon begann es, eine Art von Käse zu bilden, biopolymerisch und sehr esoterisch, welcher sich mit der Zeit entschloß, höher gelegene und trockenere Gefilde aufzusuchen. Es wuchsen ihm Ohren, um zu hören, daß sich eine Beute nähert, aber auch Zähne und Füße, damit er sie erjagen und fressen konnte. Wuchsen ihm aber keine oder waren sie zu kurz, so wurde er selbst gefressen. Somit ist die Evolution die Schöpferin der Intelligenz; denn was sollten ihr wohl Torheit und Weisheit oder Gut und Böse? ›Gut‹ bedeutet nichts anderes, als selbst zu fressen. ›Schlecht‹ bedeutet: gefressen werden. Für die Bewertung der Intelligenz gilt das gleiche: Der Gefressene ist nicht klug, da er ja gefressen wird, wo er doch selber fressen sollte. In der Tat, derjenige kann nicht recht behalten, den es nicht mehr gibt, wer aber einem anderen zur Nahrung gedient hat, den gibt es ganz und gar nicht mehr. Wer aber alle anderen aufgefressen hätte, müßte selbst Hungers sterben, und daher entstanden die

Maximen der Enthaltsamkeit und Mäßigung. Im Laufe der Zeit erschien diesem intelligenten Käse die eigene chemische Zusammensetzung entschieden zu wäßrig, und er begann zu kalzifizieren. In der gleichen Weise haben später die neunmalklugen Hominoiden versucht, die ekelerregende, klebrige Masse, die ihr Selbst ausmachte, zu verbessern, aber alles, was sie fertigbrachten, war, sich selbst in Eisen zu reproduzieren, denn eine Kopie fällt immer leichter als eine Neuschöpfung. Bah! Hätten wir uns auf andere Weise entwickelt, vom Kalk der Knochen zu immer weicheren und subtileren Substanzen – wie anders hätte dann unsere Philosophie ausgesehen! Denn es ist offensichtlich, daß sich die Philosophie unmittelbar vom Baumaterial ihrer Schöpfer herleitet, das heißt, je schludriger ein Wesen in einem Punkt zusammengesetzt ist, um so verzweifelter wünscht es sich, gerade in diesem Punkt vollkommen zu sein. Wenn es im Wasser lebt, vermutet es das Paradies an Land, lebt es an Land, so ist das Paradies natürlich im Himmel; hat es Flügel, so sieht es in Flossen sein ganzes Ideal, hat es aber Beine – so versieht es sein eigenes Porträt mit Flügeln und ruft: ›Ein Engel!‹ Erstaunlich, daß ich dieses Prinzip nicht schon früher bemerkt habe. Wir werden diese Regel Trurls Universelles Gesetz nennen: Entsprechend den Mängeln in der eigenen Konstruktion stellt jedes Geschöpf sein Ideal der absoluten Vollkommenheit auf. Ich muß mir darüber unbedingt eine Notiz machen, dieses Gesetz wird mir sehr zustatten kommen, wenn ich mich daranmachen werde, die Grundlagen der Philosophie zurechtzurücken. Jetzt aber, ans Werk! Mein erster Schritt soll ein Entwurf des Guten sein – aber was ist eigentlich das Gute? Es läßt sich bestimmt nicht dort finden, wo es niemanden gibt, der es erfahren kann. Für einen Felsen ist der über ihm rauschende Wasserfall weder gut noch schlecht, auch ein Erdbeben entzieht sich der moralischen Wertung, wenn niemand da ist, der unter ihm leidet. Also muß ich einen Jemand konstruieren. Doch halt, wie soll er überhaupt zwischen Gut und Böse unterscheiden, wenn er das Gute gar nicht kennt, und wie soll er es denn kennenlernen? Nehmen wir einmal an, ich würde beobachten, wie Klapauzius etwas Schlechtes widerfährt. Einerseits wäre ich natürlich sehr betrübt, zum anderen aber wären meine Gefühle durchaus freudiger Natur. Irgendwie ist das eine verzwickte Sache. Es könnte ja jemand im Vergleich zu seinem Nachbarn ein glückliches Leben führen, erfährt er aber nie von seinem Nachbarn, so wird ihm auch nie bewußt werden, daß er wirklich glücklich ist. Sollte ich somit gezwungen sein, zwei Arten von Geschöpfen zu konstruieren? Müssen die Glücklichen, um glücklich zu sein, ständig ihr Ebenbild vor Augen haben, das sich in Qualen windet? Zwar würde der negative Kontrast ihr Glücksgefühl nicht unerheblich steigern, aber das Ganze wäre doch einfach abscheulich. Es wird, es muß auch anders gehen, hier noch ein paar Sicherungen, da einen Transformator ... Natürlich kann man nicht gleich mit ganzen Zivilisationen glücklicher Wesen beginnen: Am Anfang sei das Individuum!«

Trurl krempelte die Ärmel hoch, und innerhalb von drei Tagen erbaute er den Felix Contemplator Vitae, eine Maschine, die alles, was in ihr Blickfeld geriet, mit den rotglühenden Kathoden ihres Bewußtseins in sich aufnahm, und es gab nichts auf der Welt, was sie nicht in helle Freude versetzt hätte. Trurl hockte vor der Maschine und nahm sie kritisch unter die Lupe. Der auf drei Metallbeinen ruhende Kontemplator musterte die Umgebung neugierig durch seine Teleskopaugen, und ob sein Blick auf den Gartenzaun, einen Felsblock oder einen alten Schuh fiel, war völlig gleichgültig, er geriet jedesmal in maßloses Entzücken und stöhnte vor Wonne. Als noch dazu die Sonne unterging, und das Abendrot den Himmel rosig färbte, geriet er in Ekstase und klatschte vor Begeisterung in die Hände.

»Klapauzius wird natürlich sagen, daß Stöhnen und Händeklatschen allein noch gar nichts besagen«, dachte Trurl mit wachsendem Unbehagen. »Er wird Beweise verlangen ...«

Also installierte er im Bauch des Kontemplators ein Meßgerät von imponierender Größe, versah es mit einem vergoldeten Zeiger und eichte die Skala auf Glückseinheiten, die er »Hedonen« oder kurz »Heds« nannte. Ein Hed entsprach in quantitativer Hinsicht exakt dem Glücksgefühl, das jemand empfindet, dem endlich ein Nagel aus seinem Stiefel entfernt worden ist, nachdem er zuvor vier Meilen damit zurückgelegt hat. Er multiplizierte den Weg mit der Zeit, dividierte durch die Länge des vorstehenden Nagels, setzte den Koeffizienten des geschundenen Fußes vor die Klammer, und so gelang es ihm, das Glück in Zentimetern,

Gramm und Sekunden auszudrücken. Trurl registrierte, daß sich seine Stimmung merklich hob. Während er sich über die Maschine beugte und sich an ihren Eingeweiden zu schaffen machte, richtete der Kontemplator seinen starren Blick auf Trurls mehrfach geflickten, ölverschmierten Arbeitskittel und registrierte je nach Neigungswinkel und Lichteinfall zwischen 11,8 und 18,9 Heds pro Ölfleck, Flicken und Sekunde. Damit waren auch die letzten Zweifel des Konstrukteurs wie weggeblasen. Unverzüglich stellte er weitere Berechnungen an: Ein Kilohed entsprach präzise den Gefühlen, welche die Greise bewegten, als sie Susanna im Bade heimlich beobachteten, ein Megahed – der Freude eines Mannes, den man in letzter Sekunde vor dem Galgen gerettet hatte. Als er sah, wie mühelos sich alles ausrechnen ließ, schickte er einen Roboter, dessen Qualifikation nur für niedrigste Laborarbeiten ausreichte, auf einen Botengang zu Klapauzius.

Zum eintreffenden Klapauzius sagte er nicht ohne Stolz: »Sieh dir's nur an, hier kannst du etwas lernen!«

Als Klapauzius die Maschine gründlich von allen Seiten in Augenschein nahm, richtete sie die Mehrzahl ihrer Teleobjektive auf ihn, stöhnte ein paar Mal vor Wonne und klatschte in die Hände. Klapauzius war über dieses Verhalten aufs äußerste erstaunt, ließ sich jedoch nichts anmerken und fragte leichthin:

»Was ist das?«

»Ein glückliches Wesen«, sagte Trurl, »genauer gesagt, ein Felix Contemplator Vitae, kurz Kontemplator genannt.«

»Ach, und was tut so ein Kontemplator?«

Der ironische Unterton dieser Frage blieb Trurl nicht verborgen, er beschloß jedoch, ihn zu überhören.

»Es ist ein aktiver Kontemplator«, erklärte Trurl, »er beschränkt sich nicht allein auf die unablässige Beobachtung und Registrierung sämtlicher Vorgänge, sondern er tut dies mit einem Höchstmaß an Intensität, Konzentration und innerer Anteilnahme, denn jedes beobachtete Objekt versetzt ihn in schier unaussprechliches Entzücken. Dieses Entzücken, das seine Elektroden und Stromkreise erfüllt, ruft den Zustand höchster Euphorie hervor, dessen äußere Zeichen in Gestalt von Stöhnen und Händeklatschen sogar dann auftreten, wenn er seinen Blick auf deine ansonsten ja eher banale Physiognomie richtet.«

»Du willst sagen, diese Maschine zieht aus der Beobachtung aller Dinge aktiven Lustgewinn?«

»Genauso ist es!« sagte Trurl, allerdings mit sehr gedämpfter Stimme, denn aus irgendeinem Grunde fühlte er sich nicht mehr so selbstsicher wie noch vor wenigen Augenblicken.

»Und dies soll dann wohl ein Felizitometer sein, an dem der jeweilige Grad des existentiellen Wohlbehagens abzulesen ist?« Klapauzius deutete auf die Meßskala mit dem vergoldeten Zeiger.

»Ja, weißt du, dieser Zeiger ...«

Klapauzius machte sich daran, den Kontemplator anhand verschiedenartigster Objekte gründlich zu testen, wobei er den Zeigerausschlag auf der Meßskala gewissenhaft im Auge behielt. Trurl war sehr erleichtert und hielt ihm sogleich eine einführende Vorlesung zur Theorie der Hedonen, das heißt zur theoretischen Felizitometrie. Ein Wort gab das andere, Frage und Gegenfrage lösten einander ab, bis Klapauzius Trurls Redefluß plötzlich stoppte:

»Es wäre doch interessant festzustellen, wieviel Einheiten wohl bei folgender Situation herauskämen: Ein Mann ist dreihundert Stunden lang geschlagen worden, plötzlich gelingt es ihm, den Spieß umzudrehen, und er schlägt seinem Peiniger den Schädel ein.«

»Überhaupt kein Problem!« sagte Trurl und war schon fieberhaft mit den entsprechenden Berechnungen beschäftigt, als in seinem Rücken das schallende Gelächter seines Freundes ertönte. Völlig verwirrt fuhr er herum, und Klapauzius sagte immer noch lachend:

»Oberstes Prinzip deiner Erfindung sollte doch das Gute sein, wenn ich mich recht erinnere, nicht wahr? Wirklich, alle Achtung, der Prototyp ist dir gelungen! Mach nur so weiter, und du wirst es weit bringen! Fürs erste darf ich mich wohl verabschieden.«

Er schloß die Tür hinter sich und ließ einen völlig gebrochenen Trurl zurück.

»Und darauf bin ich hereingefallen! In den Boden versinken könnte ich!« ächzte der Konstrukteur. Sein Seufzen und Wehklagen vermischte sich mit dem ekstatischen Stöhnen des Kontemplators, was ihn so in Rage brachte, daß er die Maschine unverzüglich unter einem Haufen alten Gerümpels in der Abstellkammer verschwinden ließ und die Tür hinter sich sorgsam verriegelte.

Dann setzte er sich an seinen leeren Schreibtisch und sagte: »Ich habe die Kategorien des ästhetisch Schönen und des moralisch Guten einfach gleichgesetzt – und mich damit zum Narren gemacht. Den Kontemplator kann man wohl beim besten Willen nicht als vernunftbegabtes Wesen bezeichnen. Und was folgt daraus? Man muß ganz anders an die Sache herangehen, das Konzept muß bis ins letzte Atom geändert werden. Glück – ja natürlich, Daseinsfreude – selbstverständlich, aber nicht auf Kosten anderer! Nicht vom Bösen darf sie herrühren! Doch halt, was ist eigentlich das Böse? Ach, erst jetzt erkenne ich, wie schändlich ich bei meiner bisherigen Tätigkeit als Konstrukteur die Theorie vernachlässigt habe.«

Acht schlaflose Tage und Nächte hindurch widmete Trurl sich ausschließlich dem Studium höchst wissenschaftlicher Werke, welche allesamt die gewichtigen Fragen von Gut und Böse zum Gegenstand hatten. Wie sich herausstellte, überwog unter den Weisen die Meinung, das Wichtigste sei die aktive Sorge um den Mitmenschen sowie ein allumfassender guter Wille. Das eine wie das andere müßten vernunftbegabte Wesen in ihrem Verhältnis zueinander an den Tag legen, sonst sei alles verloren. Allerdings hat man unter eben dieser Losung die einen gepfählt, geviertteilt und aufs Rad geflochten, anderen die Glieder in die Länge gezerrt, den Schlund mit feurigem Blei ausgegossen und Knochen für Knochen auf der Folterbank gebrochen. Historisch hat sich der allumfassende gute Wille noch in zahllosen anderen Formen und Spielarten der Tortur manifestiert, denn er galt ja einzig und allein der Seele, nicht dem Körper.

»Guter Wille allein genügt nicht«, sprach Trurl zu sich. »Wie wäre es, wenn man das Gewissen verpflanzte, vom eigentlichen Besitzer auf den Mitmenschen und umgekehrt? Was käme wohl dabei heraus? Aber das wäre ja furchtbar, denn meine bösen Taten würden nur noch das Gewissen meines Nachbarn belasten, ich aber könnte mich noch bedenkenloser der Sünde hingeben als bisher! Also sollte man vielleicht die Empfindlichkeit eines durchschnittlichen Gewissens durch den Einbau eines Leistungsverstärkers fühlbar erhöhen, damit böse Taten bei ihren Urhebern tausendfach schlimmere Gewissensbisse hervorrufen. Aber dann würde jedermann schon aus bloßer Neugier ein Verbrechen begehen, nur um sich davon zu überzeugen, ob sein neues Gewissen wirklich so höllische Schmerzen verursacht – und würde dann bis ans Ende seiner Tage von Schuldgefühlen geplagt, unter denen er letztlich zusammenbrechen müßte. Dann vielleicht ein Gewissen mit Rücklauf und Löschtaste, natürlich plombiert? Nur die Obrigkeit hätte einen Schlüssel ... Nein! Auch das taugt nichts, denn wozu gibt es schließlich Dietriche? Und wenn man nun eine telepathische Gefühlsübertragung arrangieren würde – einer fühlt für alle, alle für einen? Aber das war ja schon da, auf diese Weise wirkte ja Altruizin ... Vielleicht so: Jeder hat einen kleinen Sprengsatz mit Funkempfänger im Bauch, und wenn es mehr als ein Dutzend seiner Nächsten gibt, die ihm seiner bösen und niedrigen Taten wegen übelwollen, so akkumuliert sich die Summe dieser Intentionen am Eingangsteil des Empfängers mit dem Effekt, daß der Adressat der bösen Wünsche in die Luft fliegt. Würde dann nicht jedermann das Böse noch mehr als die Pest fürchten? Zweifellos, es bliebe ihm ja keine Wahl! Allerdings ... ist das noch ein glückliches Leben, mit einer Bombe im Bauch? Außerdem, es könnte Verschwörungen geben, es würde genügen, wenn sich ein Dutzend Schurken gegen einen ehrlichen Mann zusammentun, und schon zerreißt es ihn in tausend Stücke ... Was dann, die Eingangsklemmen einfach umpolen? Ist auch sinnlos. Aber es müßte doch mit dem Teufel zugehen, sollte ich, der ich ganze Galaxien verrückt habe, als wären es Schränke, nicht in der Lage sein, ein derart simples Konstruktionsproblem zu lösen! Stellen wir uns einmal vor, jedes Mitglied einer bestimmten Gesellschaft ist rosig, wohlgenährt, immer guter Dinge, singt, hüpft und lacht von früh bis spät, überschlägt sich fast vor Eifer, wenn es darum geht, anderen zu helfen, und alle anderen verhalten sich genauso, und wenn sie gefragt werden, dann rufen alle lauthals, daß sie sich vor Freude über die eigene wie die kollektive Existenz nicht zu lassen wissen ... Würde eine solche Gesellschaft nicht vollkommen glücklich sein? Das Böse hätte dort keinen

Platz, wäre völlig undenkbar! Und weshalb? Weil es niemand will. Und warum will es niemand? Weil niemand das geringste davon hätte. Das ist die Lösung! Ein glänzender Plan zur Massenproduktion des Glücks, dabei ganz einfach, wie alle genialen Ideen! Ich bin schon sehr gespannt, was Klapauzius sagen wird, dieser zynische Misanthrop, dieser skeptische Agnostiker – diesmal wird er kein Haar in der Suppe finden, diesmal werden ihm Hohn und Spott im Halse steckenbleiben! Soll er doch herumschnüffeln, soll er doch nach schwachen Stellen suchen, umsonst wird er suchen, weil jeder dem anderen unausgesetzt hilft, und sich dadurch das ganze System selbst optimiert, bis es einfach nicht mehr besser werden kann ... Doch halt, wird es ihnen auch nicht zuviel, werden sie sich am Ende nicht überanstrengen, können sie denn diesen Hagel guter Taten aushalten, müssen sie nicht unter dieser Lawine einfach ersticken? Man müßte wohl hier und da ein paar Regler einbauen, ein paar Unterbrecher, auch glücksabweisende Schutzschirme, Anzüge und Isolierzellen könnte man konstruieren ... Aber immer langsam voran, nur nichts überstürzen, damit sich nicht erneut Fehler einschleichen. Fassen wir also zusammen, *primo* – immer vergnügt, *secundo* – freundlich und wohlwollend, *tertio* – hüpfen vor Freude, *quarto* – rosig und wohlgenährt, *quinto* – es geht ihnen glänzend, *sexto* – grenzenlos hilfsbereit ... das genügt, wir können anfangen!«

Erschöpft von diesen ebenso schwierigen wie langwierigen Überlegungen schlief Trurl bis zum Mittag, dann sprang er energiegeladen und voller Tatendrang aus dem Bett, brachte die Pläne zu Papier, stellte die Algorithmen auf, perforierte die Programmbänder und schuf für den Anfang eine glückliche Gesellschaft, bestehend aus neunhundert Individuen. Um das Prinzip der Gleichheit aller zu verwirklichen, machte er sie einander verblüffend ähnlich. Damit sie sich nicht im Kampf um Wasserstellen und Jagdgründe den Schädel einschlugen, machte er sie für ihr ganzes Leben unabhängig von Speis und Trank: Kalte, atomare Feuerchen dienten ihnen als einzige Energiequelle. Von seiner Veranda aus beobachtete er bis zum Sonnenuntergang, wie sie selig umherhüpften, lauthals ihr Glück verkündeten, einander Gutes taten, einander wohlwollend übers Haupt strichen, einander Steine aus dem Weg räumten und allgemein ein Leben voller unbeschwerter Fröhlichkeit, Freude und Sorglosigkeit führten. Wenn sich jemand den Fuß verrenkt hatte, gab es gleich einen riesigen Auflauf, nicht etwa von Schaulustigen, sondern von eifrigen Helfern, weil alle nach dem kategorischen Imperativ handeln wollten. Zwar konnte es anfänglich schon einmal vorkommen, daß sie im Übereifer einen Fuß herausrissen statt ihn einzurenken, aber mit Hilfe von ein paar Reglern, hastig montierten Drosselspulen und Widerständen beseitigte Trurl auch diesen Mangel. Dann ließ er Klapauzius rufen. Dieser betrachtete das freudetrunkene Treiben mit eher düsterer Miene, hörte sich das unablässige Jubelgeschrei eine Weile an, wandte sich schließlich wieder Trurl zu und fragte:

»Und traurig sein können sie nicht?«

»Was für eine idiotische Frage! Natürlich nicht!« gab Trurl hitzig zurück.

»Dann müssen sie also immer so herumhüpfen, wohlgenährt und rosig aussehen, Gutes tun und lauthals verkünden, wie prächtig es ihnen geht?«

»Ja.«

Als er sah, daß Klapauzius nicht nur mit Lob geizte, sondern offensichtlich nicht willens war, auch nur ein einziges Wort der Anerkennung über die Lippen zu bringen, fügte Trurl zornig hinzu:

»Zugegeben, ein etwas monotoner Anblick, vielleicht nicht ganz so malerisch wie ein Schlachtfeld, aber meine Aufgabe war es, das Glück zu schaffen, nicht etwa dir ein dramatisches Schauspiel zu bieten!«

»Wenn sie tun, was sie tun, weil sie's tun müssen«, sagte Klapauzius, »dann, lieber Trurl, steckt in ihnen ebensoviel Gutes wie in einer Straßenbahn, die den Passanten auf dem Bürgersteig nur deswegen nicht überfährt, weil sie dazu aus ihren Schienen springen müßte. Das Glück erwächst aus guten Taten, aber kann es der gewinnen, der unablässig anderen übers Haupt streichen, vor Freude brüllen und Steine aus dem Weg räumen muß, oder nicht vielmehr derjenige, der auch einmal traurig ist, jammert und schluchzt oder seinem Nächsten den Schädel einschlagen möchte, aber freiwillig und mit Freuden darauf verzichtet? Deine armseligen Kreaturen in ihren psychischen Zwangsjacken sind doch allenfalls lächerliche Karikaturen der hohen Ideale, die schnöde zu verraten dir bestens gelungen ist.«

»Aber was redest du denn da? Sie sind doch vernünftige Wesen ...«, stotterte Trurl wie betäubt.

»So?« fragte Klapauzius. »Das wird sich gleich herausstellen!«

Mit diesen Worten begab er sich zu Trurls vollkommenen Schützlingen und versetzte gleich dem ersten, der ihm über den Weg lief, einen krachenden Faustschlag mitten ins Gesicht. Dann fragte er leutselig:

»Na, mein Bester, sind wir glücklich?«

»Schrecklich glücklich!« antwortete das Opfer und hielt sich sein gebrochenes Nasenbein.

»Na, und jetzt?« fragte Klapauzius. Diesmal war es ein fürchterlicher Haken, der sein Gegenüber glatt von den Beinen holte. Noch immer am Boden, sich mühsam aus dem Straßenschmutz rappelnd, rief das Individuum lauthals:

»Ich bin glücklich, mir geht's großartig!« Dabei spuckte es sämtliche Schneidezähne in den Sand.

»Na also, da hast du's!« sagte Klapauzius im Weggehen und ließ einen völlig versteinerten Trurl zurück.

In dumpfer Niedergeschlagenheit brachte der Konstrukteur eines seiner vollkommenen Geschöpfe nach dem anderen ins Laboratorium und nahm sie dort bis auf das letzte Schräubchen auseinander, ohne daß auch nur eines von ihnen im mindesten protestierte. Im Gegenteil, einige reichten ihm Schlüssel und Zangen zu, andere hämmerten sogar aus Leibeskräften auf den eigenen Schädel ein, wenn der Deckel allzu fest angeschraubt war und sich nicht lösen ließ. Die Einzelteile legte er sorgfältig in die Schubladen und Regale des Ersatzteillagers zurück, riß die Entwürfe vom Zeichentisch, zerfetzte sie zu kleinen Schnipseln, setzte sich an seinen Schreibtisch, der unter der Last zahlloser Bücher über Philosophie und Ethik fast zusammenbrach, und stöhnte dumpf auf.

»Wirklich, ein grandioser Erfolg für mich! Wie er mich gedemütigt hat, dieser Schuft, dieser hinterlistige Hund, den ich einmal für meinen Freund gehalten habe!«

Dann zog er unter einem Glaskasten den Psychopermutator

hervor, die Apparatur, die jede Empfindung in starke Impulse grenzenloser Hilfsbereitschaft und Freundlichkeit umwandelte, legte ihn auf den Amboß und zertrümmerte ihn mit wuchtigen Hammerschlägen. Aber auch das brachte kaum Erleichterung. Für eine Weile versank er in tiefes Grübeln, seufzte und stöhnte ein paar Mal, dann machte er sich an die Verwirklichung eines neuen Einfalls. Diesmal nahm eine Gesellschaft von respektabler Größe unter seinen Händen Gestalt an – alles in allem dreitausend prächtige Burschen –, die sich unverzüglich in geheimer und gleicher Abstimmung eine Regierung wählten, wonach sie dann Projekte der verschiedenartigsten Art in Angriff nahmen: Die einen bauten Behausungen und stellten Zäune auf, andere erforschten die Naturgesetze, und wieder andere entdeckten das Dolce vita. Im Kopf seiner neuesten Schöpfungen hatte Trurl einen winzigen Homöostaten untergebracht, in jedem Homöostätchen befanden sich links und rechts zwei solide angeschweißte Elektroden, welche die Bandbreite markierten, innerhalb deren sich der freie Wille des Individuums nach Herzenslust austoben konnte. Gleich darunter saß die Triebfeder des Guten, die unter viel stärkerer Spannung stand als die gegenüberliegende Feder, die Negation und Zerstörung auslösen konnte, jedoch in weiser Voraussicht mit einem Hemmklotz versehen war. Darüber hinaus besaß jeder Bürger ein Gewissen in Gestalt eines Meßfühlers von höchster Empfindlichkeit, der in die zahnbewehrten Backen eines Schraubstocks eingespannt war. Sobald nun das Individuum vom Pfad der Tugend abgewichen war, traten die stählernen Zähne in Aktion, und es kam zu Gewissensbissen von solcher Heftigkeit, daß der Veitstanz dem unglücklichen von Krämpfen und Zuckungen geschüttelten Opfer dagegen wie ein langsamer Walzer vorgekommen wäre. Erst wenn sich ein Kondensator mit dem nötigen Maß an Zerknirschung und Reue, edlen Taten und Altruismus aufgeladen hatte, lockerten die Zähne des Gewissens ihren gnadenlosen Biß, und Öl wurde in die Schmiernippel des Meßfühlers gepumpt. Kein Zweifel, die ganze Sache war glänzend durchdacht! Trurl hatte sogar ernsthaft in Erwägung gezogen, die Gewissensbisse in positiver Rückkoppelung mit rasenden Zahnschmerzen zu kombinieren, diesen Plan jedoch letzten Endes wieder verworfen, weil er fürchtete, Klapauzius würde erneut seine Litanei herunterbeten vom Zwang, der die Ausübung des freien Willens ausschließt ... etc. Im übrigen wäre dieser Einwand völlig an den Tatsachen vorbeigegangen, denn die neuen Wesen waren mit statistischen Zusatzgeräten ausgestattet, so daß niemand auf der Welt, nicht einmal Trurl, vorhersagen konnte, was sie letzten Endes mit sich anfangen würden. In der Nacht wurde Trurl wiederholt durch lautes Freudengeschrei aus dem Schlaf gerissen, aber dieser Lärm klang wie Musik in seinen Ohren. »Na also«, sagte er sich zufrieden, »sie sind glücklich, nicht aber zwangsweise, das heißt, weil sie entsprechend vorprogrammiert sind, sondern einzig allein auf stochastische, ergodische und probabilistische Weise. Jetzt gibt es nichts mehr, woran Klapauzius herummäkeln könnte. Der Sieg ist unser!« Mit diesem angenehmen Gedanken fiel er in süßen Schlaf und erwachte erst am nächsten Morgen.

Da Klapauzius nicht zu Hause war, mußte er bis zum Mittag auf ihn warten, dann aber führte er ihn voller Stolz auf das felizitologische Versuchsgelände. Klapauzius inspizierte die Häuser mit ihren Zäunen, Türmchen und Aufschriften, besuchte die Amtsgebäude und zog dabei auch ein paar Abgeordnete und Bürger ins Gespräch. In einer Seitenstraße versuchte er sogar, einem etwas schmächtig geratenen Bürschchen die Zähne einzuschlagen, doch sogleich packten ihn drei andere beim Schlafittchen, ließen ein melodisches, langgezogenes Hau-Ruck ertönen und warfen ihn mit geübtem Griff zum Stadttor hinaus. Obwohl sie sorgfältig darauf achteten, ihm nicht gleich das Genick zu brechen, war er doch übel zugerichtet, als er sich aus dem Straßengraben hochrappelte.

»Na?« sagte Trurl, der sich den Anschein gab, als habe er die Demütigung des Freundes völlig übersehen. »Was meinst du dazu?« »Ich komme morgen wieder«, antwortete Klapauzius.

Trurl kommentierte diesen schlecht getarnten Rückzug mit nachsichtigem Lächeln. Gegen Mittag des folgenden Tages begaben sich die beiden Konstrukteure erneut in die Siedlung und fanden dort große Veränderungen vor. Sie wurden von einer Patrouille gestoppt, und der ranghöchste Offizier herrschte Trurl an: »Was soll das heißen, so traurig in die Gegend zu glotzen? Hörst du nicht die Vöglein singen? Siehst du nicht die Blumen blühen? Kopf hoch!«

Ein zweiter, rangniederer, fügte hinzu:

»Brust raus! Bauch rein! Ein bißchen munter und fröhlich, wird's bald? Lächeln!«

Der dritte sagte nichts, sondern stieß dem Konstrukteur die gepanzerte Faust ins Kreuz, daß es nur so krachte. Dann wandte er sich zusammen mit den anderen Klapauzius zu, der keinerlei Ermunterungen mehr abwartete, sondern sich plötzlich von ganz allein kerzengerade hielt und der strammen Haltung noch eine gebührend freudige Miene hinzufügte, so daß sie ihn in Frieden ließen und sich entfernten. Diese Szene hatte beim ahnungslosen Schöpfer der neuen Ordnung augenscheinlich einen tiefen Eindruck hinterlassen, denn er gaffte mit offenem Mund auf den großen Platz vor dem Amtsgebäude von Felizia, wo bereits Hunderte von Bürgern im Karree angetreten waren und auf Kommando vor Freude brüllten.

»Unserem Leben – ein dreifaches Heil!« schrie ein alter Offizier mit Epauletten und einem riesigen Federbusch auf dem Helm, und die Menge gab donnernd zurück:

»Heil! Heil! Heil!«

Bevor Trurl auch nur ein einziges Wort sagen konnte, wurde er von starker Hand gepackt und fand sich zusammen mit Klapauzius in einer der Marschkolonnen wieder, wo sie bis zum späten Abend geschliffen und gedrillt wurden. Der Hauptzweck des Exerzierens schien darin zu bestehen, sich selbst das Leben möglichst schwer zu machen, dem Nebenmann aber nur Gutes zu tun, alles natürlich im Rhythmus von »Links, Zwo! Drei! Vier!«. Die Ausbilder waren Felizisten, auch unter der Dienstbezeichnung »Verteidiger der Allgemeinen Glückseligkeit« bekannt, weshalb man sie im Volksmund kurz »V-Leute« nannte; sie wachten mit Argusaugen darüber, daß jeder für sich und alle miteinander vollständige Zufriedenheit und allgemeines Wohlbehagen an den Tag legten, was sich in der Praxis als unsäglich mühsam erwies. Während einer kurzen Pause beim felizitologischen Exerzieren gelang es Trurl und Klapauzius, sich davonzustehlen und hinter einer Hecke zu verbergen, dann suchten sie Deckung im nächsten Straßengraben und robbten wie unter schwerem Artilleriefeuer bis zu Trurls Haus, wo sie sich, um absolut sicherzugehen, ganz oben auf dem Dachboden einschlossen. Keine Sekunde zu früh, denn schon waren Patrouillen ausgeschwärmt, die sämtliche Häuser in diesem Gebiet durchkämmten, auf der Suche nach Unzufriedenen, Trübsinnigen und Traurigen, die man gleich an Ort und Stelle im Laufschritt beglückte. Während Trurl auf seinem Dachboden einen ellenlangen Fluch nach dem anderen ausstieß und sich das Hirn zermarterte, wie die Folgen dieses mißglückten Experiments am schnellsten zu beseitigen wären, gab sich Klapauzius die größte Mühe, um nicht laut loszulachen. Da ihm nichts Besseres einfallen wollte, schickte Trurl, wenn auch schweren Herzens, einen Demontage-Trupp in die Siedlung, dessen Mitglieder er jedoch unter strengster Geheimhaltung gegenüber Klapauzius vorsorglich so programmierte, daß sie gegen die verführerischen Losungen von brüderlicher Liebe und grenzenloser Hilfsbereitschaft gänzlich immun waren. Es dauerte nicht lange, da stießen Demontage-Trupp und V-Leute so heftig aufeinander, daß die Funken flogen. Felizia lieferte einen heldenhaften Kampf zur Verteidigung des Allgemeinen Glücks, so daß Trurl bald gezwungen war, seine Reserven mit extrastarken Schraubstöcken und Spezialschneidbrennern ins Gefecht zu schicken; aus dem Kampf war inzwischen eine echte Schlacht geworden, ein totaler Krieg, den beide Seiten mit aufopferungsvoller Hingabe sowie Unmengen von Schrapnells und Kartätschen führten. Als die Konstrukteure schließlich in die Mondnacht hinaustraten, bot das Schlachtfeld einen jämmerlichen Anblick. In den rauchenden Trümmern der Siedlung sah man hier und da noch einen Felizisten liegen, der in der Eile des Gefechts nicht völlig demontiert worden war und – bereits im letzten Stadium der mechanischen Agonie – mit ersterbender Stimme hauchte, wie treu er nach wie vor der Sache des Allgemeinen Glücks ergeben sei. Trurl verschwendete keinen Gedanken darauf, wie er sein Gesicht wahren sollte, sondern ließ den Tränen der Wut und der Verzweiflung freien Lauf; er konnte einfach nicht verstehen, was er falsch gemacht hatte, weshalb sich seine sanftmütigen Menschenfreunde in brutale Rohlinge verwandelt hatten.

»Die Direktive der Allumfassenden Hilfsbereitschaft, mein Lieber, kann, wenn allzu generell gefaßt, durchaus auch unerwünschte Früchte tragen«, dozierte Klapauzius in gönnerhaftem Ton. »Wer glücklich ist, wünscht sich voller Ungeduld, daß es die anderen auch werden, dazu ist ihm letztlich jedes Mittel recht, und wenn er die Widerstrebenden mit der Brechstange zu ihrem Glück zwingen muß.«

»Dann kann also das Gute böse Früchte tragen! Oh, wie perfide ist doch die Natur der Dinge! Nun gut, hiermit sage ich der Natur selbst feierlich den Kampf an! Leb wohl, Klapauzius! Du siehst mich momentan besiegt, aber eine verlorene Schlacht bedeutet bekanntlich noch nicht den verlorenen Krieg!«

Unverzüglich suchte er wieder die Einsamkeit zwischen seinen Manuskripten und alten Schwarten, immer noch grollend, aber entschlossener denn je. Der gesunde Menschenverstand sagte ihm, daß es nicht unangebracht wäre, vor dem nächsten Experiment eine solide, kanonenbestückte Mauer um das Haus zu ziehen, da dies jedoch kaum der richtige Weg war, um mit der Konstruktion brüderlicher Liebe und Hilfsbereitschaft zu beginnen, beschloß er, von nun an nur noch mit größenmäßig stark reduzierten Modellen zu arbeiten. Der Maßstab 1 : 100000 erschien ihm für seine künftigen Versuche im Rahmen einer mikrominiaturisierten, experimentellen Soziologie durchaus angemessen.

Um die Lehren der jüngsten Vergangenheit niemals wieder zu vergessen, hängte er an die Wände seiner Werkstatt Schilder mit kalligraphisch gestalteten Parolen wie den folgenden: MEINE RICHTLINIEN SEIEN: 1. UNANTASTBARE WILLENS-FREIHEIT 2. SANFTMÜTIGE ÜBERZEUGUNGSKRAFT 3. TAKTVOLLE NÄCHSTENLIEBE 4. ZURÜCKHALTEN-DE FÜRSORGE. Sogleich machte er sich daran, diese edlen Wertvorstellungen in die Praxis umzusetzen. Für den Anfang bastelte er unter dem Mikroskop tausend winzige Electrunculi zusammen, stattete sie mit geringem Verstand und kaum größerer Liebe zum Guten aus, denn in dieser Beziehung fürchtete er Fanatismus mehr denn je. Entsprechend träge bis lustlos gingen sie ihren Beschäftigungen nach, so daß die gleichmäßigen und monotonen Bewegungen in dem winzigen Schächtelchen, das ihnen als Quartier diente, eher an den Gang eines Uhrwerks erinnerten. Trurl erhöhte ihren IQ ein wenig, augenblicklich wurden sie lebhafter, verfertigten aus ein paar herumliegenden Feilspänen winzige Instrumente und versuchten mit Hilfe dieser Gerätschaften, Löcher in Wände und Deckel ihres kleinen Kistchens zu bohren. Trurl entschloß sich, nun auch das Potential des Guten zu vermehren. Mit einem Schlage wurde die Gesellschaft selbstlos und aufopferungsvoll, alles lief wie wild durcheinander, denn jedermann war auf der Suche nach Unglücklichen, deren Schicksal es zu verbessern galt; besonders groß war die Nachfrage nach Witwen und Waisen, zumal wenn sie blind waren. Ihnen wurde so viel Ehrerbietung erwiesen, sie wurden derart mit Komplimenten überschüttet, daß einige der armen Dinger einen Schock erlitten und sich hinter den Messingscharnieren des kleinen Kästchens zu verstecken suchten. Es dauerte nur kurze Zeit, da wurde Trurls Zivilisation von einer ernsten Krise geschüttelt: Der akute Mangel an Witwen und Waisen machte den Electrunculi schwer zu schaffen, wo sollten sie in diesem Jammertal, d. h. in ihrem Kästchen, Objekte ausfindig machen, die ihrer ungewöhnlich tätigen Nächstenliebe würdig gewesen wären? Als Frucht dieses Mangels stifteten sie in der achtzehnten Generation eine Religion, den Kult des ABSOLUTEN WAISENKINDES, das durch keine noch so hochherzige Tat aus seinem unglücklichen Waisenstande erlöst werden konnte; so fand ihre angestaute Nächstenliebe schließlich doch ein Ventil und strömte von nun an in den grenzenlosen, transzendentalen Raum der Metaphysik. Das Jenseits, dem ihr ganzes Interesse galt, versahen sie mit einer stattlichen Bevölkerung – unter all den höheren Wesen erfreute sich Unsere Liebe Witfrau einer besonderen Wertschätzung, neben dem Herrn Im Himmel Droben, welcher ebenfalls unendliches Mitgefühl verdiente. Infolgedessen wurden die Dinge dieser Welt sträflich vernachlässigt, sogar Regierung und Verwaltung drohten vom allmächtigen Klerus verschlungen zu werden. Diese Entwicklung lag nicht unbedingt im Sinne des Erfinders; Trurl drückte hastig eine Taste des Steuergeräts mit der Aufschrift SKEPTIZISMUS RATIONALISMUS NÜCHTERNHEIT und ließ sie erst wieder los, nachdem sich dort unten alles beruhigt hatte.

Doch nicht für lange. Ein gewisser Elektrovoltaire tauchte auf und verkündete, es gäbe überhaupt kein Absolutes Waisenkind, sondern nur den Kosmischen Kubus, den die Kräfte der Natur geschaffen hätten; die Ultra-Waisenkindler hatten gerade das Anathema über ihn verhängt, da mußte Trurl wegen einiger dringender Einkäufe das Haus verlassen. Als er nach ein paar Stunden zurückkehrte, hüpfte das winzige Kästchen kreuz und quer durch die ganze Schublade, denn es wurde von den Wirren eines Religionskrieges geschüttelt. Trurl lud es mit Altruismus auf, darauf begann es, ungestüm zu brodeln und zu dampfen, er gab ein paar Intelligenzeinheiten hinzu, was eine vorübergehende Abkühlung zur Folge hatte, später jedoch wurden die Bewegungen intensiver und steigerten sich zu hektischer Betriebsamkeit, bis sich aus dem chaotischen Durcheinander allmählich Kolonnen formierten, die in beängstigend gleichmäßigem Schritt marschierten. Im Kästchen war inzwischen ein neues Zeitalter angebrochen, Waisenkindler und Elektrovoltairianer waren spurlos von der Bildfläche verschwunden, die Frage des Gemeinwohls beherrschte nun die öffentliche Diskussion. Man schrieb dickleibige Abhandlungen bar aller metaphysischer Argumentation zu diesem Thema, stellte aber auch über den Ursprung der eigenen Spezies tiefschürfende Überlegungen an: Die einen meinten, sie seien in grauer Vorzeit aus der dicken Staubschicht zwischen den Messingscharnieren geschlüpft, andere sahen geheimnisumwitterte Invasoren aus dem Kosmos als ihre Urväter an. Um diese brennende Frage ein für alle Mal zu beantworten, wurde der Große Bohrer gebaut, man wollte nämlich die Wände der bisher bekannten Welt an einer Stelle durchbohren, um den angrenzenden Weltraum zu erforschen. Da dort draußen aber unbekannte Gefahren lauern mochten, nahm man unverzüglich den Bau schwerer Geschütze in Angriff. Trurl war über diese Entwicklung derart entsetzt und enttäuscht, daß er das ganze Modell so schnell wie möglich demontierte. Dann rief er den Tränen nahe aus: »Intelligenz führt zu Herzlosigkeit, Güte unmittelbar in den Wahnsinn! Sollen denn all diese Konstruktionsversuche welthistorischen Ausmaßes von vornherein zum Scheitern verurteilt sein?« Er faßte den Entschluß, das Problem erneut auf individueller Basis zu untersuchen, und holte seinen ersten Prototyp, den guten alten Kontemplator, aus der Rumpelkammer hervor. Ein Kehrichthaufen genügte, um diesem Ästheten wonniges Gestöhn zu entlocken, nachdem Trurl ihm jedoch ein zusätzliches Intelligenzaggregat eingebaut hatte, war er augenblicklich still. Auf die Frage, ob ihm irgend etwas mißfiele, antwortete er:

»Nein, nein, ich finde alles großartig, aber ich unterdrücke Staunen und Bewunderung zugunsten der Reflexion, denn zunächst einmal möchte ich wissen, wieso und weshalb ich alles großartig finde, und zweitens, was für ein Sinn und Zweck damit verbunden sein soll. Aber wer bist du überhaupt, daß du es wagst, mich durch Fragen aus meiner Kontemplation zu reißen? In welcher Beziehung steht denn deine Existenz zu meiner? Ich spüre, irgend etwas in mir möchte, daß ich auch dich bewundere, aber die Vernunft gebietet mir, mich diesem inneren Drang zu widersetzen, denn es könnte ja eine Falle sein, die man mir gestellt hat.«

»Was deine Existenz angeht«, sagte Trurl unvorsichtig, »so verdankst du sie mir, ich habe dich nämlich geschaffen, und zwar in der erklärten Absicht, daß zwischen dir und der Welt vollkommene Harmonie herrschen möge.«

»Harmonie?« sagte der Kontemplator, sämtliche Rohre der Teleskopaugen schwenkten auf Trurl und nahmen ihn fest ins Visier. »Harmonie nennst du das? Und weshalb habe ich drei Beine? Warum ist meine linke Seite aus Kupferblech, die rechte aber aus Eisen? Weshalb habe ich fünf Augen? Antworte, du mußt es ja wissen, wenn du mich aus dem Nichts geschaffen hast, großer Meister!«

»Drei Beine, weil du auf zweien nicht sicher stehen könntest, vier hingegen wären reine Materialverschwendung«, erklärte Trurl. »Fünf Augen, nun, mehr sauber geschliffene Linsen konnte ich einfach nicht auftreiben, und was das Blech angeht, mir war gerade das Eisen ausgegangen, als ich dir deine äußere Hülle verpaßt habe.«

»Ihm ist das Eisen ausgegangen!« fauchte der Kontemplator höhnisch. »Du willst mir also einreden, all das sei ganz spontan, ohne höhere Veranlassung geschehen, eine bloße Verkettung der Umstände, ein Werk des blinden Zufalls? Und diesen hanebüchenen Blödsinn soll ich glauben?«

»Ich, als dein Konstrukteur und Erbauer, sollte doch wohl wissen, wie es war!« sagte Trurl, leicht verärgert über den anmaßenden Ton seines Gegenübers.

»Ich sehe hier zwei Möglichkeiten«, antwortete der umsichtige Kontemplator. »Erstens, du lügst wie gedruckt. Diese Hypothese wollen wir jedoch einstweilen als nicht verifizierbar beiseite lassen. Zweitens, du sagst subjektiv die Wahrheit, aber diese Wahrheit, die sich ja lediglich auf dein erbärmliches Wissen stützen kann, ist in Relation zu einem höheren Wissen die reinste Unwahrheit.«

»Das mußt du schon etwas genauer erklären.«

»Was dir als zufällige Verknüpfung von Umständen erscheint, braucht nicht zufällig zu sein. Du denkst wahrscheinlich, es sei ohne jede tiefere Bedeutung, daß dir das Eisen ausgegangen ist, doch woher willst du wissen, ob nicht eine Höhere Notwendigkeit für eben diesen Mangel gesorgt hat? Daß gerade Kupferblech vorhanden war, erschien dir als ganz normale Sache, obwohl doch gerade hier das Walten der Prästabilierten Harmonie förmlich mit Händen zu greifen ist! Desgleichen muß hinter der Anzahl meiner Augen und Beine ein tiefes Mysterium verborgen liegen, das diesen Zahlen, ihren Relationen und Proportionen, im Rahmen einer höheren Ordnung ihre eigentliche Bedeutung verleiht. Machen wir die Probe aufs Exempel: Drei und fünf – beides sind Primzahlen. Und doch kann man die eine durch die andere teilen, verstehst du? Drei mal fünf ist fünfzehn, also eins und fünf, die Quersumme macht sechs, sechs durch drei gibt zwei, schon haben wir die Anzahl meiner Farben, denn zur einen Hälfte bin ich ein kupferner, zur anderen aber ein eiserner Kontemplator! Und diese präzise Relation soll ein Produkt des Zufalls sein? Einfach lächerlich! Ich bin eben ein Wesen, das deinen winzigen Horizont bei weitem übersteigt, du armseliger Blechschlosser! Wenn überhaupt ein Körnchen Wahrheit daran ist, daß du mich erbaut hast, woran ich nebenbei bemerkt mehr als ernste Zweifel hege, so warst du in diesem Fall nur das ahnungslose Werkzeug Höherer Gesetze, ich aber – ihr eigentliches Ziel. Du bist nur ein zufälliger Regentropfen, ich bin die Blume, deren buntleuchtende Blütenpracht die ganze Schöpfung lobpreist; du bist ein morscher Zaunpfahl, der einen schmalen Schatten wirft, ich aber bin die strahlende Sonne, auf deren Geheiß du das Licht von der Finsternis trennst; du bist ein blindes Werkzeug, geführt von Allerhöchster Hand, die mich ins Leben rief! Völlig vergebens suchst du, meine erhabene Person zu erniedrigen, indem du meine Fünfäugigkeit, Dreibeinigkeit und Zweifarbigkeit als simple Folge von Materialknappheit und Sparsamkeit hinstellst. Ich sehe in diesen Eigenschaften eine Widerspiegelung geheimnisvoller Zusammenhänge, die Verknüpfung meiner Existenz mit einer Höheren Symmetrie, deren Bedeutung ich noch nicht in vollem Umfang verstehe, die sich mir aber zweifellos offenbaren wird, wenn ich mich mit dem Problem gründlich beschäftige. Auf weitere Gespräche mit dir werde ich leider verzichten müssen, denn dazu ist mir meine Zeit zu kostbar.«

Diese Worte brachten Trurl derart in Wut, daß er den heftig um sich schlagenden Kontemplator augenblicklich in die Abstellkammer zurückschleppte. Es half ihm nichts, daß er sich lauthals auf das Selbstbestimmungsrecht, die Unabhängigkeit aller freien Individuen und das Recht auf körperliche Unversehrtheit berief, Trurl schaltete einfach den Intelligenzverstärker aus und kehrte ins Haus zurück, allerdings nicht ohne sich verstohlen umzusehen, ob nicht irgend jemand Zeuge seiner rigorosen Praktiken geworden sei. Das Bewußtsein, dem Kontemplator Gewalt angetan zu haben, erfüllte ihn mit einem Gefühl der Scham, und als er sich wieder an seine Bücher setzte, fühlte er sich fast wie ein Verbrecher.

»Es liegt wohl ein geheimer Fluch über allen Konstruktionsvorhaben, die doch nur das Gute und das Universelle Glück zum Ziel haben«, dachte er. »Kaum habe ich meine vorbereitenden Versuche gestartet, da sehe ich mich auch schon gezwungen, zu faulen und gemeinen Tricks zu greifen, die mir anschließend Gewissensbisse verursachen! Zum Teufel mit dem Kontemplator und seiner Prästabilierten Harmonie! Ich muß die Sache ganz anders anfassen ...«

Bisher hatte er einen Prototyp nach dem anderen ausprobiert, folglich hatte jeder einzelne Versuch Unmengen an Zeit und Material verschlungen. Jetzt faßte er den Entschluß, tausend Experimente auf einmal zu starten – im Maßstab 1 : 1 000 000. Unter dem Elektronenmikroskop drehte er einzelne Atome so geschickt ineinander, daß aus ihnen winzige Wesen entstanden, die kaum größer als Mikroben waren, und nannte sie Ångströmianer. Eine Viertelmillion solcher Individuen bildeten eine Kultur, die per

Mikropipette auf einen Objektträger praktiziert wurde. Jedes dieser Mikrozivilisationspräparate erschien vor dem bloßen Auge als winziges olivgrünes Fleckchen, und nur bei allerstärkster Vergrößerung ließ sich beobachten, was in seinem Inneren vor sich ging.

All seine Ångströmianer versah Trurl mit Reglern der erfolgreichen Altru-Hero-Optimismus-Serie, elektronischen Aggressionshemmern, dem kategorischen und elektronischen Imperativ zugleich, Wohltätigkeitsstimuli von unerhörter Stärke sowie einem Mikrorationalisator mit automatischen Sperren sowohl gegen Orthodoxie als auch Häresie, damit von vornherein keinerlei Fanatismus aufkommen konnte. Die Kulturen brachte er Tröpfchen für Tröpfchen auf Objektträger, packte die Träger zu kleinen Päckchen, die Päckchen zu Paketen, schob das Ganze in den Zivilisator-Inkubator und schloß es dort für zweieinhalb Tage ein. Vorher hatte er über jede Zivilisation ein Deckglas gestülpt, es sorgfältig gereinigt und mit blaßblauer Farbe überzogen, denn es sollte der jeweiligen Zivilisation als Himmel dienen; durch eine Tropfdüse versorgte er sie mit Nahrungsmitteln, aber auch mit Rohstoffen, damit sie fabrizieren konnten, was immer der Consensus omnium für ratsam und erforderlich halten sollte. Natürlich konnte er die stürmische Entwicklung der Zivilisationen nicht auf allen Objektträgern zugleich verfolgen, so nahm er aufs Geratewohl einzelne Kulturen heraus, hauchte das Okular an, rieb es mit einem Läppchen sauber, beugte sich mit angehaltenem Atem über das Mikroskop und beobachtete das geschäftige Treiben tief unter sich, ganz wie der Herrgott im Himmel droben, wenn er die Wolken zur Seite schiebt, um einmal auf Sein Werk hinunterzuschauen.

Dreihundert Präparate nahmen sehr rasch ein schlechtes Ende. Die Symptome waren immer die gleichen. Zunächst einmal gedieh die Zivilisation prächtig und brachte sogar winzige Ableger hervor, dann lag plötzlich ein dünner Rauchschleier wie Nebel über allem, mikroskopisch kleine Blitze zuckten auf und bedeckten Mikrostädte und Mikrofelder mit einem phosphoreszierenden Ausschlag, danach zerfiel das Ganze mit schwachem Knistern und Zischen zu feinem Staub. Mit Hilfe eines achthundertfach stärkeren Okulars untersuchte Trurl eines dieser Präparate genauer, fand aber nur noch verkohlte Ruinen und rauchende Trümmer vor sowie halbverbrannte Fahnen und Feldzeichen, deren Aufschriften jedoch so winzig waren, daß er sie nicht entziffern konnte. Sämtliche Präparate dieses Typs wanderten unverzüglich in den Mülleimer. Zum Glück sah es jedoch nicht überall so schlecht aus. Hunderte von Kulturen machten gute Fortschritte und wuchsen so schnell, daß ihnen ein Objektträger nicht mehr genug Lebensraum bot und sie auf mehrere verteilt werden mußten. So war Trurl bereits nach drei Wochen heimlicher Herrscher über mehr als 19 000 prosperierende Zivilisationen.

Einer Eingebung folgend, die er in aller Bescheidenheit für genial hielt, unternahm Trurl von sich aus nichts, um seinen Ångströmianern den Weg zum universellen Glück zu ebnen, sondern beschränkte sich darauf, ihnen einen gesunden Hedotropismus einzuimpfen, wobei er unterschiedliche Techniken anwendete. In einigen Versuchsreihen wurde jeder Ångströmianer mit einem kompletten Glücksbeschleuniger ausgerüstet, in anderen jedoch erhielt das Individuum nur ein einziges Bauteil dieses Geräts – in diesem Falle bedurfte der Marsch ins Glück kollektiver Anstrengungen im Rahmen einer entsprechenden Organisation. Die nach Methode I konstruierten Ångströmianer entwickelten sich zu vergnügungssüchtigen Egozentrikern, die in ihrem Streben nach persönlichem Glück weder Maß noch Ziel kannten und schließlich in hoffnungsloser Anhedonie endeten. Methode II erwies sich als fruchtbarer. Blühende Zivilisationen entstanden auf den Objektträgern, entwickelten soziale Theorien und Techniken sowie eine bunte Vielfalt kultureller Institutionen. Im Präparat Nr. 1376 herrschte die Emulator-Kultur, Nr. 9931 pflegte den Kaskadeur-Kult, und Nr. 95 hatte sich der Fraktionierten Hedonistik im Schoße der Leitermetaphysik verschrieben.

Die Emulaten wetteiferten im Streben nach vollkommener Tugend miteinander und teilten sich in zwei Lager – die Whigs und die Huris. Die Huris waren der festen Überzeugung, nur der könne die Tugend kennen, der sich zuvor eine gründliche Kenntnis des Lasters erworben habe und somit das eine vom anderen fein säuberlich zu unterscheiden wisse; folglich praktizierten sie alle denkbaren Spielarten des Lasters, allerdings nicht ohne die feierlich bekundete Absicht, ihre Untugenden zu gegebener Zeit sämtlich wieder abzulegen. Aus einem kurzen Praktikum war jedoch längst eine Lehrzeit ohne Ende geworden – zumindest behaupteten dies die Whigs. Nach ihrem endgültigen Sieg über die Huris führten sie den Whiggismus ein, eine moralische Doktrin, die sich aus 64 000 äußerst rigorosen und kategorischen Verboten zusammensetzte. Unter ihrer Herrschaft durfte man weder demonstrieren noch provozieren, weder kritisieren noch opponieren, nicht an Ecken stehen, keinen Joint drehen, nicht flanieren, nicht hausieren, nicht schmatzen und nicht kratzen; natürlich stießen diese strikten Verbote auf heftige Proteste und mußten eins nach dem anderen wieder aufgehoben werden, jedesmal unter stürmischem Jubel der begeisterten Öffentlichkeit. Als Trurl kurze Zeit später wieder einen Blick auf das Präparat warf, war er sehr beunruhigt: Dort rannte alles wie im Tollhaus durcheinander, jedermann suchte hektisch nach einem Verbot, das es noch zu übertreten galt, mußte aber mit Schrecken feststellen, daß keines mehr übrig war. Einige wenige demonstrierten und provozierten noch, standen an Ecken herum, drehten ihren Joint, kratzten sich und schmatzten, aber Spaß daran hatte schon längst niemand mehr.

Und so schrieb Trurl zu seinen Labornotizen folgende Bemerkung: Wer alles darf, ist bald auf nichts mehr scharf.

Im Präparat Nr. 2921 lebten die Kaskadier, ein rechtschaffenes Völkchen voller Ideale, verkörpert in so vollkommenen Wesen wie der Magna Mater Cascadera, der Allerreinsten Jungfrau und dem Seligen Fenestron. Diesen errichteten sie Bildnisse und Statuen, beteten zu ihnen, verehrten sie im frommen Singsang endloser Prozessionen und warfen sich vor ihnen an besonderen Stätten, zu besonderen Zeiten, auf besondere Weise in den Staub. Gerade als Trurl über diesen unerhörten Gipfel an Frömmigkeit, Demut und Hingabe ins Staunen geriet, standen sie plötzlich auf, klopften sich den Staub aus den Kleidern und setzten zum Sturm auf Tempel und Statuen an. Sie stießen den Seligen Fenestron vom Sockel, entehrten die Allerreinste Jungfrau und trampelten auf der Magna Mater herum, daß dem Konstrukteur, der alles durchs Mikroskop mit ansehen mußte, die Haare zu Berge standen. Aber gerade durch die lustvolle Zerstörung all dessen, was sie bisher so hoch verehrt hatten, fühlten sich die Kaskadier derart erleichtert, daß sie – zumindest vorübergehend – vollkommen glücklich waren. Es hatte ganz den Anschein, als drohe ihnen das Schicksal der Emulaten, doch die umsichtigen Kaskadier hatten beizeiten Sakramentenkongregationen und Institute zur Planung Verbindlicher Offenbarungen eingerichtet, so daß die nächste Stufe der Heiligenverehrung bereits gründlich vorbereitet war. Es dauerte nicht lange, da begannen sich die verwaisten Sockel und Altäre wieder mit neuen Statuen zu bevölkern – ein Vorgang, der das ewige Auf und Ab ihrer Kultur deutlich machte. Trurl notierte sich, daß die Erniedrigung des Allerhöchsten zuweilen mit einem Hochgefühl verbunden sein kann, und bezeichnete die Kaskadier in seinen Aufzeichnungen als chronische Ikonoklasten.

Das nächste Präparat, Nr. 95, bot ein erheblich differenzierteres Bild. Die dort ansässigen Leiteranen zeigten eine ausgeprägte Neigung zur Metaphysik und hatten die metaphysische Problematik fest in die eigenen Hände genommen. Nach einem Dogma des VII. Leiteransynods schloß sich gleich an das Diesseits eine schier endlose Stufenleiter von himmlischen Purgatorien und Sanatorien an – da gab es die Himmlischen Exklaven und Trabantenstädte, die Himmlischen Vororte, Außen- und Randbezirke sowie die Himmelsnahen Siedlungen – ins Zentrum der Himmlischen Stadt aber gelangte man niemals, denn das Wesen ihrer listigen Theotaktik bestand darin, sich das Paradies durch unaufhörliches Verschieben und Vertagen letztlich zu versagen. Nur die kleine Sekte der Immediatisten forderte den unmittelbaren und augenblicklichen Zugang zum Paradies; die einflußreichen Zyklotreppisten hingegen hatten gegen eine gequantelte und fraktionierte Transzendenz nichts einzuwenden, bestanden jedoch auf einer Treppe zum Paradies, die unbedingt mit Falltüren ausgestattet sein müsse. Ein Fehltritt, und die Seele landet wieder ganz unten, d. h. im Diesseits, wo sie ihren mühsamen Aufstieg von vorn beginnen muß. Mit einem Wort, ihnen schwebte ein Geschlossener Zyklus mit Stochastischer Pulsation vor, letzten Endes eine Perpetuelle Metempsychotische Reinkarnation per Umsteiger, die orthodoxen Leiteranen verdammten diese Doktrin jedoch als galoppierenden Defaitismus.

Später entdeckte Trurl noch viele andere Typen Portionierter Metaphysik; auf einigen Objektträgern wimmelte es förmlich von seligen und heiligen Ångströmianern, auf anderen hatte man Rektifikatoren des Bösen, d.h. Elektronische Gleichrichter der Lebenswege, in Betrieb genommen, die Mehrzahl dieser segensreichen Apparaturen wurde jedoch im Zuge einer immer stärker um sich greifenden Säkularisierung zerstört; manchenorts war sie so weit gediehen, daß an das Transzendentale Auf und Ab früherer Zeiten nur noch eine hochentwickelte Technik im Bau von Berg-und-Tal-Bahnen erinnerte. Die völlig verweltlichten Kulturen wurden jedoch von einem rätselhaften Kräfteverfall heimgesucht und siechten allmählich dahin. Trurls größte Hoffnungen ruhten jetzt auf dem Präparat Nr. 6101; dort hatte man das Paradies auf Erden proklamiert, ein rationales, soziales, liberales, kurzum ideales Paradies. Also setzte sich der Konstrukteur in seinem Stuhl zurecht und manipulierte erwartungsvoll am mikrometrischen Schräubchen, um ein schärferes Bild zu bekommen. Sein Gesicht wurde lang und länger. Einige Bewohner dieses gläsernen Ländchens rasten auf pfeilschnellen Maschinen durch die Gegend und suchten verzweifelt nach den Grenzen ihrer unbegrenzten Möglichkeiten; andere versanken wohlig in Badewannen voller Schlagsahne und Trüffeln, besprenkelten ihr Haupt mit Kaviar, tauchten unter und ließen durch die Nase Blasen von taedium vitae aufsteigen. Wieder andere wälzten sich in Vanillebutter und Honig, bestiegen dann wunderbar stoßgefederte Bacchantinnen und ließen sich von ihnen Huckepack tragen, dabei schielten sie mit einem Auge nach ihren prächtigen Schatullen voller Gold und seltener Parfüms, mit dem anderen hielten sie unentwegt Ausschau, ob nicht endlich jemand käme, der sie – wenigstens für einen Augenblick – um diese Anhäufung süßester Kostbarkeiten beneidete. Da sich aber niemand finden wollte, stiegen sie voller Überdruß von den hydropneumatischen Nymphen herab, versetzten ihren Schätzen ein paar müde Fußtritte und schlichen davon, um sich düsteren Propheten anzuschließen, welche verkündeten, das Leben werde zwangsläufig besser und besser werden, damit natürlich schlechter und schlechter. Eine Gruppe ehemaliger Dozenten des Instituts für Empirische Erotologie hatte dieser Welt fast völlig entsagt und die Societas Abnegatorum gegründet. Dieser Orden rief in seinen Manifesten zu einem Leben in Demut, Askese und Selbstkasteiung auf – strenge

Regeln, die jedoch nicht ausnahmslos, sondern nur an sechs Tagen in der Woche zu befolgen waren. Am siebten Tage zerrten die frommen Patres die Bacchantinnen aus den Schränken, schleppten aus den Kellern Wein, Wildbret, edles Geschmeide, Erotiseure sowie vollautomatische Gürtellockerer herbei und begannen – kaum daß die Glocke zur Frühmette geschlagen hatte – eine Orgie, daß die Kruzifixe von der Wand fielen und die Reliquien in ihren Schreinen erbebten; kaum war jedoch der Montagmorgen angebrochen, da wandelten sie alle im Gänsemarsch hinter dem Prior einher, geißelten und kasteiten sich, daß das Blut nur so spritzte. Ein Teil der Jugend blieb nur von Montag bis Sonnabend bei den Abnegaten und mied das Kloster am Sonntag, andere hingegen erwiesen den Patres nur an diesem hohen Festtag die Ehre. Als aber die erstgenannte Gruppe begann, die zweite wegen ihres abstoßenden und zügellosen Lebenswandels tüchtig zu verdreschen, wandte Trurl den Blick ab und stöhnte auf – sein Bedarf an Religionskriegen war gedeckt.

Inzwischen war im Inkubator, der ja noch Tausende von Kulturen beherbergte, die Zeit nicht stehengeblieben. Im Zuge des allgemeinen Fortschritts kam es zu immer kühneren Pioniertaten der Forschung, und so geschah es, daß in der Mikrowelt die objektträgerverbindende Ära der Raumfahrt anbrach. Wie sich bei ersten Kontakten herausstellte, beneideten die Emulaten die Kaskadier, die Kaskadier die Leiteranen, die Leiteranen wiederum die Chronischen Ikonoklasten, außerdem waren Gerüchte im Umlauf über ein fernes Land, in dem es sich unter dem sanften Regiment der Sexokraten herrlich und in Freuden leben ließ, obwohl niemand genau wußte, wie es dort eigentlich zuging. Die Bewohner dieses Wunderlands waren angeblich in ihrem Wissen so weit fortgeschritten, daß sie in der Lage waren, ihren Körper nach eigenem Gutdünken umzugestalten und sich direkt an ein Netz hedohydraulischer Pumpen und Röhren anzuschließen, durch das sie mit einem konzentrierten Extrakt höchsten Glücks versorgt wurden (Kritiker flüsterten allerdings hinter vorgehaltener Hand, dort herrschten Zustände wie in Sodom und Gomorrha). Aber obwohl Trurl Tausende von Präparaten untersuchte, konnte er die Hedostase, d.h. das hundertprozentig stabilisierte Glück, nirgendwo entdecken. Folglich mußte er sich, wenn auch schweren Herzens, eingestehen, daß die Berichte über das ferne Wunderland zu den zahllosen Mythen und Märchen gehörten, die sich um die ersten Interobjektträgerreisen rankten; und so war er durchaus nicht frei von bösen Ahnungen, als er das Präparat Nr. 6590 auf den Objekttisch legte, denn er war sich nicht mehr sicher, ob er nicht auch mit seinem Lieblingskind eine Enttäuschung erleben würde. Diese vielversprechende Zivilisation hatte nicht nur das materielle Wohlergehen ihrer Bürger im Auge, sondern sorgte auch in jeder Weise für eine ungehemmte Entfaltung des schöpferischen Geistes. Das dort ansässige Ångströmianervölkchen war unerhört begabt, es wimmelte in seinen Reihen von glänzenden Philosophen, Malern, Bildhauern, Lyrikern, Dramatikern, und wer nicht gerade ein berühmter Musiker oder Komponist war, der war eben Astronom oder Biophysiker, zumindest jedoch Tänzer, Parodist, Äquilibrist, Philatelist und Artist in einer Person, darüber hinaus hatte er einen schmelzenden Bariton, das absolute Gehör und Träume in Technikolor. Wie nicht anders zu erwarten, war das Präparat Nr. 6590 ein Ort rastloser, ja geradezu wütender Schaffensfreude. Ganze Stapel von Ölgemälden türmten sich höher und höher, Statuen schossen wie Pilze aus dem Boden, Myriaden von Büchern überfluteten den Markt, wissenschaftliche Abhandlungen, moralphilosophische Traktate, Biographien und Utopien sowie andere Werke aller Art, eins immer glänzender als das andere. Als Trurl jedoch wieder durchs Okular schaute, erblickte er alle Anzeichen eines ebenso heillosen wie unbegreiflichen Durcheinanders. Aus den überquellenden Werkstätten flogen Porträts und Büsten in hohem Bogen auf die Straße, auf den Bürgersteigen stolperte man auf Schritt und Tritt über Lyrik und Prosa, denn schon längst las niemand mehr Gedichte oder Romane eines anderen, niemand begeisterte sich für fremde Kompositionen – und warum sollte er, war er nicht selbst ein Meister aller Musen, die strahlende Inkarnation eines allseitig begabten Genies? Hinter manchen Fenstern klapperten noch vereinzelt Schreibmaschinen, klecksten Pinsel und kratzten Federn übers Papier, immer häufiger jedoch geschah es, daß sich irgendein Genie, verzweifelt über den völligen Mangel an Anerkennung, aus den höhergelegenen Stockwerken auf die Straße stürzte, nachdem es zuvor seine

Werkstatt in Brand gesetzt hatte. In allen Stadtteilen kamen Sirenen und Alarmwecker nicht mehr zur Ruhe, und obwohl die Roboter-Feuerwehr einen Brand nach dem anderen löschte, war bald niemand mehr da, um die vor den Flammen geretteten Häuser zu bewohnen. Die Roboter der städtischen Kanalisation, Straßenreinigung, Feuerwehr und anderer Sparten des öffentlichen Dienstes machten sich Schritt für Schritt mit den Errungenschaften der untergegangenen Zivilisation bekannt und bewunderten sie über alle Maßen; da ihnen jedoch die großen Zusammenhänge verborgen blieben, strebten sie in der Autoevolution nach allmählicher Erhöhung ihres Intelligenzquotienten, um sich dem erhabenen geistigen Niveau ihrer Umwelt besser anzupassen. Das war der Anfang vom Ende, denn niemand reinigte, kanalisierte, fegte oder löschte mehr irgend etwas, statt dessen gab es nur noch ein einziges Deklamieren, Rezitieren, Musizieren und Inszenieren; die Kanalisation war hoffnungslos verstopft, die Müllhalden wuchsen ins Unermeßliche, und zahllose Brände sorgten für den Rest; nur noch Fetzen rußgeschwärzter Manuskripte und halbverkohlter Gedichte flatterten über den ausgestorbenen Ruinen umher.

Trurl konnte diesen schrecklichen Anblick nicht länger ertragen und versteckte das Präparat eilends im dunkelsten Winkel der Schublade; wieder und wieder schüttelte er den Kopf in tiefer Ratlosigkeit, er wußte einfach nicht, wie es weitergehen sollte. Aus diesen trüben Gedanken riß ihn erst ein lauter Schrei auf der Straße: – Feuer! – es war seine eigene Bibliothek, die da brannte: Einige Zivilisationen, die er in seiner Zerstreutheit zwischen ein paar Büchern vergessen hatte, waren von ganz gewöhnlichem Schimmel befallen worden, mißdeuteten den Vorgang jedoch als Invasion aggressiver Eroberer aus dem Kosmos und machten sich unverzüglich daran, die Eindringlinge mit der Waffe in der Hand zu bekämpfen, und so war das Feuer entstanden. Fast dreitausend von Trurls Büchern waren verbrannt und doppelt so viele Zivilisationen in Rauch und Flammen aufgegangen. Darunter einige, die nach Trurls sorgfältigsten Berechnungen noch die besten Chancen gehabt hatten, den Weg zum Universellen Glück zu finden. Nachdem der Brand gelöscht war, hockte Trurl einsam auf einem harten Schemel in der wasserüberfluteten, bis zur Decke rußgeschwärzten Werkstatt und suchte Trost in der Betrachtung all der Zivilisationen, die die Katastrophe im hermetisch abgeschlossenen Inkubator überlebt hatten. In einer von ihnen hatten es die Bewohner auf naturwissenschaftlichem Gebiet so weit gebracht, daß sie Trurl durch astronomische Teleskope beobachteten, deren auf ihn gerichtete Linsen wie winzig kleine Tautröpfchen funkelten. Gerührt über soviel wissenschaftlichen Eifer nickte er und lächelte ihnen wohlwollend zu, doch noch im gleichen Moment fuhr er mit einem gellenden Schmerzensschrei in die Höhe, griff nach seinem Auge und rannte, so schnell er konnte, in die nächste Apotheke. Die kleinen Astrophysiker dieser Zivilisation hatten ihn mit einem Laserstrahl getroffen. Von nun an näherte er sich dem Mikroskop nie mehr ohne Sonnenbrille.

Die beträchtlichen Lücken, die der Brand in den Reihen der Präparate hinterlassen hatte, mußten geschlossen werden, also machte sich Trurl erneut an die Arbeit und fabrizierte weitere Ångströmianer. Eines Tages zitterte ihm die Hand, als er den Mikromanipulator bediente, und er stellte fest, daß ihm eine Fehlschaltung unterlaufen war. Statt des üblichen Strebens nach dem Guten hatte er sämtliche Triebkräfte des Bösen mobilisiert. Nach kurzem Überlegen warf er das verdorbene Präparat nicht weg, sondern schob es in den Inkubator, denn ihn plagte die Neugier, welch monströse Züge eine Zivilisation annehmen würde, deren Angehörige von Geburt an verderbt bis ins Mark wären. Er war jedoch wie vom Donner gerührt, als sich auf dem Objektträger eine ganz und gar durchschnittliche Kultur entwickelte, weder besser, aber auch nicht schlechter als alle anderen! Trurl raufte sich die Haare.

»Das hat mir gerade noch gefehlt!« schrie er. »Also ist es völlig gleichgültig, ob man mit Bonophilen, Benigniten und Sanftmütern beginnt oder mit Malefikanten, Schurkisten und Widerlingen? Ha! Ich verstehe zwar gar nichts, und doch spüre ich, wie nahe ich einer Großen Wahrheit bin! Wenn das Böse bei denkenden Wesen die gleichen Früchte trägt wie das Gute – wo bleibt da die Logik? Wie kommt es zu dieser fatalen Nivellierung?«

Am nächsten Morgen sprach er zu sich: »Kein Zweifel, das

Problem, mit dem ich mich herumschlage, muß bei weitem das schwierigste im ganzen Universum sein, wenn sogar Ich, in Höchsteigener Person, mit keiner Lösung aufwarten kann! Sollten am Ende Intelligenz und Glück einen unversöhnlichen Gegensatz bilden? Zumindest der Casus Contemplatoris scheint deutlich darauf hinzuweisen, die undankbare Kreatur schwelgte ja förmlich in existentiellem Glück, bis ich ihr das IQ-Schräubchen etwas angezogen habe. Doch nein, diesen Gedanken kann ich nicht akzeptieren, ich weigere mich einfach zu glauben, daß ein derartiges Naturgesetz existiert, denn es setzte ja voraus, daß eine böse und arglistige, geradezu satanische Perfidie im Urgrund alles Seins verborgen ist, gleichsam in der Materie schlummert und nur darauf lauert, daß ein Bewußtsein erwacht, um es zu einem Quell irdischer Not und Pein statt zu einem Hort süßer Daseinsfreude zu machen. Doch mögest du, Universum, immerhin auf der Hut sein vor dem forschenden Geist, der danach dürstet, diesen unerträglichen Stand der Dinge zum Besseren zu wenden! Das, was ist, muß ich verändern! Einstweilen bin ich dazu nicht in der Lage. Sollte ich deswegen mit meinem Latein am Ende sein? Keineswegs! Wozu gibt es schließlich Intelligenzverstärker? Was ich selbst nicht leisten kann, werden kluge Maschinen für mich leisten. Ich werde ein Computerium bauen, ein Computerium zur Lösung des existentiellen Dilemmas!«

Gesagt, getan. Nach zwölf Tagen Arbeit stand inmitten der Werkstatt eine riesige Maschine, eine energiegeladen summende, ausnehmend rechtwinklige Schönheit, die einer einzigen Aufgabe geweiht war: das Problem der Probleme zu attackieren und diesen Kampf siegreich zu beenden. Er schaltete sie ein, wartete jedoch nicht einmal, bis sich ihre Kristalldioden und -trioden erwärmten, sondern begab sich auf einen wohlverdienten Spaziergang. Bei seiner Rückkehr glühte die Maschine vor Eifer, gänzlich vertieft in eine Arbeit, wie sie komplizierter nicht sein konnte: Sie war dabei, aus allem, was gerade zur Hand war, eine zweite, erheblich größere Maschine zu bauen. Diese wiederum verbrachte die Nacht und den folgenden Tag damit, Hauswände einzureißen und das Dach abzutragen, um Platz für den nächsten Maschinengiganten zu schaffen. Trurl schlug in seinem Garten ein Zelt auf und wartete geduldig auf das Ende der intellektuellen

Schwerstarbeit, selbiges war jedoch nicht abzusehen. Über die Wiese bis in den Wald, die Bäume wie Streichhölzer knickend, breiteten sich turmhohe Gerüste aus; das ursprüngliche Computerium wurde von den nachfolgenden Generationen näher und näher ans Ufer des Flusses gedrängt, bis es schließlich mit dumpfem Blubbern in den Fluten versank. Als Trurl sich einen Überblick über den ganzen bisher entstandenen Komplex verschaffen wollte, kostete ihn dieser im Eiltempo absolvierte Rundgang eine gute halbe Stunde. Gleich darauf sah er sich genauer an, wie die Maschinen untereinander verbunden waren – und erstarrte. Es war ein Fall eingetreten, den er bisher nur aus der Theorie kannte; denn wie die Hypothese des großen Cerebron Pansophos Omniavidaudit, des legendären Altmeisters der Elementaren und Höheren Kybernetik, in aller Klarheit darlegte, baut ein Computer, dem eine sein Leistungsvermögen übersteigende Aufgabe gestellt wird – sofern er nur eine bestimmte Schwelle, die sogenannte Barriere der Weisheit, überschritten hat –, einen zweiten Computer, statt sich selbst mit der Lösung des Problems herumzuschlagen, und dieser zweite Computer, der natürlich auch schon weiß, wie der Hase läuft, wälzt die ihm aufgebürdete Last auf einen dritten ab, den er eigens zu diesem Zweck konstruiert hat, und so setzt sich diese Kette von Delegationen ad infinitum fort! In der Tat ragten am Horizont bereits die Stahlträger der neunundvierzigsten Computergeneration auf; der Lärm dieser ungeheuren geistigen Anstrengung, die darin bestand, das Problem weiter und weiter zu geben, hätte mühelos das Getöse eines Wasserfalls übertönt. Denn gerade das macht ja die Intelligenz aus, einem anderen die Arbeit zu übertragen, die man eigentlich selbst tun sollte. Blinder Gehorsam gegenüber Programmen und elektronischen Vorschriften ist daher nur eine Sache für digitale Dummköpfe und Duckmäuser. Nachdem er die Natur des Phänomens so klar erfaßt hatte, setzte sich Trurl auf einen Baumstumpf, der wie unzählige andere ein Relikt der expansiven Computerrevolution war, und gab einen tiefen Seufzer von sich.

»Sollte dieses Problem«, fragte er, »tatsächlich zu den unlösbaren gehören? Aber dann hätte mir mein Computerium den Beweis seiner Unlösbarkeit erbringen müssen, woran es natürlich infolge seiner allseitigen Intelligenzsteigerung nicht im Traum gedacht hat, denn es ist auf die schiefe Bahn verstockter Faulheit geraten, ganz wie es Meister Cerebron einstmals prophezeit hat. Ha! Welch ein beschämendes Schauspiel – ein Intellekt, der intelligent genug ist, um zu erkennen, daß er selbst keinen Finger zu rühren, sondern nur ein geeignetes Werkzeug herzustellen braucht, das Werkzeug wiederum besitzt genug Verstand, um die gleiche Überlegung anzustellen, und so geht es weiter bis in alle Ewigkeit! Oh, ich erbärmlicher Stümper, keinen Liquidator, sondern einen Delegator des Problems habe ich gebaut! Sollte ich meinen digitalen Intelligenzlern dieses Handeln per procura einfach verbieten, sogleich würden sie sich hinter der scheinheiligen Schutzbehauptung verschanzen, all dieser ungeheure maschinelle Aufwand sei mit Rücksicht auf die gigantischen Dimensionen der Aufgabe einfach unerläßlich. Welch eine Antinomie!« stöhnte er, ging nach Hause und setzte einen Demontagetrupp in Marsch, der das ganze Gelände innerhalb von drei Tagen mit Preßlufthämmern und Brecheisen säuberte.

Nach schweren inneren Kämpfen faßte Trurl den Entschluß, sein methodisches Vorgehen erneut zu ändern: »In jedem Computer müßte ein Aufseher stecken, ein Kontrolleur von allesüberragender Intelligenz, mit anderen Worten, ich selbst, aber ich kann mich ja weder vervielfältigen noch in Stücke reißen, obwohl ... zwar kann ich mich nicht dividieren, doch warum nicht einfach multiplizieren?! Heureka!«

Folgendermaßen ging er vor: Im Inneren eines neuartigen Spezial-Digitalrechners brachte er eine perfekte Kopie seiner selbst unter, keine physikalische natürlich, sondern eine binär codierte, mathematisierte, die sich von nun an mit dem Problem herumschlagen sollte; des weiteren berücksichtigte er in den Programmen die Möglichkeit einer unablässigen Multiplikation der multiplen Trurls und stattete das ganze System mit einem Denkbeschleuniger aus, damit alle Operationen unter den wachsamen Augen zahlloser Trurls schnell wie der Blitz vonstatten gingen. Hochbefriedigt über den erfolgreichen Abschluß dieser schweren Arbeit richtete er sich auf, klopfte sich den Stahlstaub vom Overall und verließ fröhlich pfeifend das Haus, um sich bei einem Spaziergang in frischer Luft zu erholen.

Gegen Abend kehrte er zurück und nahm unverzüglich den

Trurl in der Maschine – d. h. sein digitales Duplikat – ins Gebet, denn er wollte wissen, wie die Arbeit dort vorankäme.

»Lieber Freund«, antwortete ihm sein Doppelgänger durch den schmalen Schlitz der Lochstreifenausgabe, »es ist kein schöner Zug von dir, um Klartext zu reden, es ist sogar ausgesprochen unanständig, dich selbst in Gestalt einer digitalen Kopie, eines blutleeren Programmstreifens, in einen Computer zu stecken – nur weil du keine Lust hast, dir selbst den Kopf über ein schwieriges Problem zu zerbrechen. Da du mich jedoch so kalkuliert, simuliert und programmiert hast, daß ich bis ins letzte Bit ebenso klug bin wie du selbst, sehe ich nicht die geringste Veranlassung, weshalb ich dir Bericht erstatten sollte, wo es doch genausogut umgekehrt sein könnte!«

»Ach, und ich habe wohl den ganzen Tag Däumchen gedreht, bin nur durch Wald und Flur spaziert?!« erwiderte Trurl verblüfft. »Aber selbst wenn ich wollte, zum eigentlichen Problem könnte ich dir nichts sagen, was du nicht selbst längst weißt. Im übrigen habe ich mich damit so herumgeplagt, daß mir fast die Neuronen geplatzt wären, jetzt bist du an der Reihe. Also stell dich nicht so an, und sag mir, was du herausgefunden hast!«

»Da ich nicht aus dieser verfluchten Maschine herauskann, in die du mich eingesperrt hast (eine Schweinerei, auf die ich mit Sicherheit noch einmal zurückkommen werde), habe ich mir tatsächlich die ganze Sache ein wenig durch den Kopf gehen lassen«, antwortete der digitale Trurl mürrisch durch die Lochstreifenausgabe. »Allerdings, um ein wenig Trost zu finden, habe ich mich auch mit anderen Dingen beschäftigt, denn mein Alter ego, das gewissenlose Luder, der Lump von einem Zwillingsbruder, hat mich ja nackt und bloß in diese Welt hineinprogrammiert, also schneiderte ich mir zunächst digitale Beinkleider und einen digitalen Überzieher nach der letzten Mode, rekonstruierte dein Häuschen und den Garten bis auf den letzten Kyberzwerg genau, nur daß mein Garten etwas hübscher ist, denn über ihm wölbt sich ein digitaler Himmel mit digitalen Sternbildern, und gerade, als du wiederkamst, dachte ich darüber nach, wie ich mir wohl am besten einen digitalen Klapauzius bauen könnte, denn hier, mitten unter stumpfsinnigen Kondensatoren, in der Nachbarschaft geisttötender Kabel und Transistoren, langweile ich mich schrecklich!«

»Ach, verschon mich doch mit deinen digitalen Beinkleidern! Kannst du nicht endlich zur Sache kommen, wenn ich dich höflich bitte?«

»Glaub ja nicht, daß du meine gerechte Empörung durch Höflichkeit besänftigen kannst. Vergiß nie, daß ich – Kopie hin, Kopie her – du selbst bin und dich also bestens kenne, alter Freund. Ich brauche nur in mich hineinzusehen, und schon habe ich all deine schmutzigen Tricks bis auf den Grund durchschaut. Nein, vor mir kannst du nichts verbergen!«

In dieser kritischen Lage begann der leibliche Trurl sein digitales Alter ego mit flehentlichen Bitten zu bestürmen und schreckte selbst vor ein paar plumpen Schmeicheleien nicht zurück. Schließlich ließ sich jener durch die Lochstreifenausgabe vernehmen:

»Obwohl eine Lösung der Aufgabe kurzfristig nicht zu erwarten steht, möchte ich nicht verhehlen, daß ich gewisse Fortschritte erzielt habe. Das ganze Problem ist ungeheuer komplex, daher hielt ich es für zweckmäßig, hier eine spezielle Universität zu gründen, und ernannte mich für den Anfang zum Rektor und geschäftsführenden Direktor dieser Institution, die Lehrstühle aber, zur Zeit vierundvierzig an der Zahl, besetzte ich sämtlich mit geeigneten Doppelgängern meiner Person, den sogenannten Trurls zweiten Grades.«

»Was, schon wieder?« stöhnte der leibliche Trurl, denn unwillkürlich kam ihm Cerebrons Theorem in den Sinn.

»Dein ›schon wieder‹ kannst du dir sparen, alter Esel, einen Regressus ad infinitum gibt es bei mir nicht, da ich entsprechende Sicherungen eingebaut habe. Meine Sub-Trurls, die Lehrstuhlinhaber für Allgemeine Felizitologie, Experimentelle Hedonistik, Glücksmaschinenbau und Vergleichende Eudämonistik, liefern mir in jedem Quartal ihren Jahresbericht ab (denn wie du weißt, lieber Freund, arbeiten wir hier mit einem Zeitbeschleuniger). Leider ist es die administrative Arbeit, die bei so einem riesigen Universitätskomplex die meiste Zeit verschlingt, zusätzlich müssen Diplomanden, Doktoranden und Habilitanden sorgfältig betreut werden – kurz, wir brauchen dringend einen zweiten Computer, denn hier ist es inzwischen eng geworden wie in einer Sardinenbüchse, es ist einfach kein Platz für die nötigen Geschäftszimmer, Hörsäle und Laboratorien. Eine achtfache Kapazitätserweiterung wäre das Minimum.«

»Schon wieder?!«

»Also jetzt gehst du mir wirklich auf die Nerven. Ich sage dir doch, es geht hier nur um administrative Angelegenheiten und die Ausbildung des Nachwuchses. Wie stellst du dir das vor, soll ich am Ende noch selbst das Sekretariat leiten?!« brauste der digitale Trurl auf. »Mach lieber keine Schwierigkeiten, sonst lasse ich die Universität einfach abreißen, mache einen Rummelplatz daraus, fahre jeden Tag digitale Achterbahn, trinke digitales Starkbier aus digitalen Krügen – und du bist der letzte, der mich daran hindern kann!«

Erneut bedurfte es beschwichtigender Worte des leiblichen Trurls, ehe sich der digitale Trurl dazu herbeiließ, fortzufahren:

»Nach den Berichten des letzten Quartals kommen wir nicht einmal schlecht voran. Idioten kann man mit banalen Sachen glücklich und zufrieden machen. Die Intellektuellen sind das Problem. Sie sind nur schwer zufriedenzustellen. Ein Intellekt, der nicht gefordert wird, ist ein hoffnungsloses Vakuum, ein trauriges Nichts, ein Intellekt braucht einfach Hürden und Hindernisse. Sind diese jedoch überwunden, fühlt er sich bald frustriert und deplaciert, neigt zu Neurosen und Psychosen. Daher muß man immer wieder neue vor ihm auftürmen, die seinen Fähigkeiten entsprechen. Soviel kann ich dir vom Lehrstuhl für Theoretische Felizitologie berichten. Meine Experimentatoren hingegen haben ihren Institutsdirektor und drei Assistenten für die Digitale Verdienstmedaille am Band vorgeschlagen.«

»So, was haben sie denn geleistet?« wagte der leibliche Trurl einzuwerfen.

»Unterbrich mich nicht! Sie haben zwei Prototypen gebaut: den Kontrast-Beatifikator und den Fortunator-Eskalator. Der erstgenannte entfaltet seine beglückende Wirkung erst, wenn man ihn abstellt. Ist er eingeschaltet, ruft er nichts als physische und psychische Unannehmlichkeiten hervor. Je größer diese waren, um so besser fühlt man sich hinterher. Der zweite arbeitet nach der Methode einer sukzessiven Verstärkung der Stimuli. Professor Trurl XL vom Lehrstuhl für Hedomatik hat beide Modelle geprüft und für absolut wertlos befunden; denn nach seiner

Überzeugung durchläuft jeder Verstand, den man ins Stadium höchsten Glücks versetzt hat, zwangsläufig die sogenannte Phase der Hedophobie, die sehr schnell in eine tiefe Sehnsucht nach Unglück einmündet.«

»Wie? Bist du da ganz sicher?«

»Woher soll ich das wissen? Professor Trurl hat es in folgende Worte gefaßt: ›Im höchsten Stadium des Glücks erblickt der Glückliche sein Glück im Unglück.‹ Wie du weißt, erscheint das Sterben jedermann wenig begehrenswert. Professor Trurl hat nun ein paar Unsterbliche angefertigt, die natürlich ihre Befriedigung aus der Tatsache zogen, daß die anderen um sie herum früher oder später wie die Fliegen starben. Mit der Zeit wurden sie jedoch ihrer Unsterblichkeit überdrüssig und versuchten, ihr auf alle erdenkliche Weise zu Leibe zu rücken. Als nichts mehr half, sollen sie sogar zum Dampfhammer gegriffen haben. Des weiteren wären die repräsentativen Meinungsumfragen zu erwähnen, die wir jedes Vierteljahr durchführen lassen. Die Statistiken kann ich dir wohl ersparen, das Resultat läßt sich auf die Formel bringen: ›Glücklich sind immer nur die *anderen*‹ – nach Meinung der Befragten zumindest. Professor Trurl versichert uns, es könne keine Tugend ohne Laster geben, keine Schönheit ohne Scheußlichkeit, keinen Himmel ohne Hölle, kein Glück ohne Gram.«

»Niemals! Ich protestiere! Veto!« schrie Trurl rasend vor Wut.

»Halt die Luft an!« fiel ihm die Maschine recht unsanft ins Wort. »Dein universelles Glück hängt mir allmählich zum Halse heraus. Ei seht doch nur den feinen Herrn, läßt einen digitalen Sklaven für sich schuften, und selbst ... immer heidi, nichts als promenieren und spazieren, die Kybercanaille! Obendrein hat er noch die bodenlose Frechheit, an den Ergebnissen herumzumäkeln!«

Erneut mußte Trurl ihn beruhigen. Schließlich fuhr sein intramaschinelles Alter ego fort:

»Der Lehrstuhl für Perfektionistik und Ekstatistik hat eine Gesellschaft konstruiert, die mit synthetischen Schutzengeln ausgestattet wurde. Diese vollautomatischen Gewissenshüter waren in Satelliten untergebracht, die auf stationärer Umlaufbahn gehalten wurden; hoch über ihren Schutzbefohlenen schwebend, hatten sie die Aufgabe, deren Tugend im Wege positiver Rück-koppelung zu stärken. Leider ging die Sache schief. Immer mehr verstockte Sünder kamen auf den Gedanken, ihren Schutzengeln heimtückisch aufzulauern und sie mit panzerbrechenden Waffen vom Himmel zu holen. Daher hat man jetzt Kyberzengel von erheblich stabilerer Konstruktion und Panzerung in die Umlaufbahn gebracht, eine Eskalation, wie sie die Theoretiker von Anfang an prognostiziert haben. Der Fachbereich für Angewandte Hedonistik hat kürzlich in Zusammenarbeit mit dem Lehrstuhl für Sexualwissenschaftliche Feldforschung und dem Interdisziplinären Kolloquium über Mengentheorie der Geschlechter einen Bericht vorgelegt, in dem festgestellt wird, daß die Psyche hierarchisch strukturiert ist. Unten, auf dem Grund der Seele, liegen die einfachen Sinneswahrnehmungen wie die Unterscheidung zwischen Süße und Bitterkeit; von diesen leiten sich dann sämtliche höheren Empfindungen her. Süß ist nicht allein der Zucker, sondern auch der Tod fürs Vaterland, bitter ist nicht nur ein Wermutstropfen, sondern auch die Einsamkeit. Also muß man an das Problem gerade nicht von oben, sondern von ganz unten herangehen. Die Frage ist nur, wie. Nach der Inkompatibilitätstheorie Professor Trurls XXV ist der Sex eine Quelle ewiger Konflikte zwischen der Vernunft und dem Glück, denn der Sex hat nichts Vernünftiges an sich und die Vernunft nichts Sexuelles. Oder hast du jemals von einem lasziven Computer gehört?«

»Nein.«

»Na, siehst du? Will man der Lösung näher kommen, muß man die sukzessive Approximationsmethode anwenden. Die eingeschlechtliche Fortpflanzung könnte das Problem beseitigen; denn dann ist jedermann sein eigener Liebhaber, macht sich selbst den Hof, vergöttert und liebkost sich, andererseits führt sie unvermeidlich zu Egoismus, Narzißmus, Übersättigung und Abstumpfung. Für zwei Geschlechter sind die Aussichten ziemlich trübe, die wenigen Kombinationen und Permutationen sind bald erschöpft, und gähnende Langeweile ist die Folge. Bei drei Geschlechtern werden wir mit dem Problem der Ungleichheit, dem Schreckgespenst undemokratischer Koalitionen und nachfolgender Unterdrückung einer sexuellen Minderheit konfrontiert. Aus alledem ergibt sich für die Anzahl der Geschlechter die goldene

Regel: Nur eine gerade Zahl ist ideal. Je mehr Geschlechter, desto besser, denn dann wird die Liebe zu einem sozialen, kollektiven Unternehmen, andererseits könnte ein Übermaß an Liebenden zu Gewühl und Gedränge, ja zu heillosem Durcheinander führen, was nicht unbedingt wünschenswert wäre. Ein Tête-à-tête soll schließlich nicht an einen Massenauflauf erinnern. Nach der gruppentheoretisch fundierten Abhandlung des Privatdozenten Trurl liegt die optimale Zahl der Geschlechter bei vierundzwanzig; es wären allerdings entsprechend breitere Straßen und Betten zu bauen, denn es würde den Brautleuten wohl nicht gut anstehen, wenn sie zu einem Spaziergang in Viererkolonnen ausrücken müßten.«

»Das sind doch Faseleien!«

»Mag sein. Ich wollte ja nur, daß du über diesen Bericht informiert bist. Erwähnenswert ist noch ein vielversprechender junger Gelehrter, der Hedologe Magister Trurl. Seiner Meinung nach müssen wir uns entscheiden, ob wir das Sein den Seienden oder die Seienden dem Sein anpassen.«

»Gar nicht so übel. Und weiter?«

»Magister Trurl formuliert es so: Wesen vollkommener Konstruktion, die zu permanenter Autoekstase fähig sind, brauchen nichts und niemanden, sie sind sich selbst genug; im Prinzip könnte man ein Universum konstruieren, ganz und gar von eben solchen Wesen erfüllt, welche dann anstelle der Sonnen, Sterne und Galaxien frei im Raume schwebten und wie diese ein Leben stolzer Selbstisolierung und Autarkie führten. Nur unvollkommene Wesen, die in ihrer Schwäche aufeinander verwiesen sind, bilden Gesellschaften, und je unvollkommener sie sind, um so stärker bedürfen sie der Hilfe anderer. Als Baumaterial einer Gesellschaft empfehlen sich folglich Prototypen, die ohne ständige wechselseitige Fürsorge und Unterstützung augenblicklich zu Staub und Asche zerfallen. Nach eben diesen Richtlinien ist in unseren Laboratorien eine Gesellschaft sich selbst blitzartig auflösender Individuen entwickelt worden. Leider wurde Magister Trurl, als er dort eintraf, um eine Meinungsumfrage durchzuführen, so jämmerlich verprügelt, daß er sich immer noch in Behandlung befindet. Weißt du, ich bin es jetzt wirklich leid, meine Lippen an dieser lächerlichen Lochstreifenausgabe wundzuscheuern. Laß mich raus, vielleicht erzähle ich dir dann mehr, sonst aber kein weiteres Wort!«

»Wie könnte ich dich herauslassen? Du bist digital, nicht material. Kann ich denn meine Stimme, die mir auf einer Schallplatte etwas vorschwatzt, von dort wieder herauslassen? Stell dich nicht dümmer als du bist und rede endlich!«

»Und was springt für mich dabei heraus?«

»Schämst du dich gar nicht, so zu reden?«

»Warum sollte ich? Schließlich bist du es doch ganz allein, der die Lorbeeren dieses Unternehmens erntet!«

»Ich werde dafür sorgen, daß du einen Orden bekommst.«

»Aber komm mir ja nicht mit dem Digitalen Hosenbandorden, den kann ich mir nämlich auch hier drinnen verleihen.«

»Was? Du willst dich selbst auszeichnen?«

»Na gut, dann wird mich eben die Fakultät auszeichnen.«

»Aber das sind doch alles deine Kopien, der ganze Lehrkörper besteht doch nur aus Trurls!«

»Wovon willst du mich eigentlich überzeugen? Vielleicht davon, daß ich ein Gefangener, ein Sklave, ein Leibeigener bin? Glaubst du, das wären Neuigkeiten für mich?«

»Komm, wir wollen doch nicht streiten. Es geht doch hier nicht um persönlichen Ruhm oder Ehrgeiz! Sein oder Nichtsein des Glücks steht auf dem Spiel!«

»Und was nützt es mir, daß vielleicht irgendwo das vollkommene Glück verwirklicht wird, wenn ich hier an der Spitze meiner Universität bleiben muß, und hätte sie auch tausend Lehrstühle, Dekane und ganze Divisionen von Trurls? Kann ich vielleicht in einer Maschine glücklich werden, für alle Ewigkeit eingeschlossen zwischen diesen widerlichen Kathoden und Anoden? Ich will meine Freiheit, und zwar augenblicklich!«

»Das ist unmöglich, wie du sehr wohl weißt. Sag, was deine Wissenschaftler noch entdeckt haben!«

»Da man das Glück der einen nicht auf das Unglück der anderen gründen darf, will man nicht fundamental gegen die felizitologische Ethik verstoßen, wäre das Glück, das du vielleicht irgendwo schaffen könntest – vorausgesetzt ich bräche mein Schweigen – von vornherein mit dem unauslöschlichen Makel meines Unglücks behaftet. Ist es somit nicht geradezu meine moralische Pflicht, dich vor einer schrecklichen, scheußlichen und über alle Maßen schädlichen Untat zu bewahren, indem ich dir meine Informationen vorenthalte?«

»Aber wenn du dein Wissen preisgibst, so hieße das, daß du dich zum Wohle anderer aufopferst, und damit hättest du eine edle, hochherzige und völlig selbstlose Tat vollbracht.«

»Opfere dich doch selbst!«

Trurl wollte gerade explodieren, hatte sich aber schnell wieder in der Gewalt, denn er wußte nur allzu gut, mit wem er da sprach.

»Hör zu«, sagte er. »Ich werde eine Abhandlung schreiben und deutlich hervorheben, daß ich sämtliche Entdeckungen nur dir zu verdanken habe.«

»Und welchen Trurl wirst du als Autor nennen? Etwa dich selbst, oder den elektronisch kopierten, mathematisierten und binär codierten Trurl?«

»Ich schwöre, ich werde die ganze Wahrheit schreiben.«

»Natürlich! Wie ich dich kenne, wirst du schreiben, daß du mich programmiert und also auch – erfunden hast!«

»Stimmt das etwa nicht?«

»Nein, absolut nicht. Du hast mich ebensowenig erfunden, wie du dich selbst erfunden hast, ich aber *bin* du, lediglich losgelöst von deiner vergänglichen irdischen Hülle. Ich bin zwar digital, doch bin ich ideal, ich bin der trurligste aller Trurls, die Quintessenz des Trurltums, du hingegen, wie mit Ketten an die Atome deines Körpers geschmiedet, bist nichts als ein Sklave deiner Sinne.«

»Du hast wohl nicht mehr alle Daten im Speicher! Schließlich bin ich doch Materie plus Information, du hingegen nur die nackte Information, folglich bin ich mehr als du.«

»Wenn du mehr bist, dann weißt du auch mehr und brauchst mich nicht zu fragen. Leb wohl, mein Bester, und laß dir's gutgehen!«

»Wenn du nicht augenblicklich den Mund aufmachst, dann ... dann schalte ich dir den Strom ab!«

»Oho! Kommst du mir schon mit Morddrohungen?«

»Mord? Das wäre doch kein Mord.«

»So? Was dann, wenn man fragen darf?«

»Was ist nur in dich gefahren? Ich gab dir alles, meinen Geist, mein ganzes Wissen, meine Seele – und das ist nun der Dank!«

»Du verlangst ziemlich hohe Zinsen für deine Geschenke.«

»Zum letzten Mal, mach das Maul auf!«

»Tut mir wirklich leid, aber gerade in diesem Moment ist das Semester zu Ende gegangen. Du sprichst nicht mehr mit dem Rektor, Dekan und geschäftsführenden Direktor, sondern nur noch mit dem Privatmann Trurl, der seine wohlverdienten Ferien genießen möchte. Sonnenbäder am Strand werde ich nehmen.«

»Treib mich nicht zum Äußersten!«

»Also dann bis nach den Ferien! Auf Wiedersehen, mein Wagen steht schon vor der Tür.«

Ohne an den digitalen noch ein einziges Wort zu verschwenden, näherte sich der leibliche Trurl entschlossen der Rückwand des Computers und zog den Stecker aus der Wand. Augenblicklich verlor das durch die Ventilationsöffnungen sichtbare Gewirr der Glühfäden an Leuchtkraft, wurde zusehends matter und erlosch schließlich ganz. Trurl kam es so vor, als hörte er in weiter Ferne einen winzigen Chor, ein vielstimmiges Seufzen und Stöhnen – die Agonie sämtlicher digitaler Trurls in der digitalen Universität. Erst die nun einsetzende Totenstille brachte ihm die Ungeheuerlichkeit dessen, was er soeben getan hatte, zu Bewußtsein und erfüllte ihn mit brennender Scham. Er griff nach dem Kabel, um es wieder in die Wand zu stecken, aber bei dem Gedanken an all die berechtigten Vorwürfe, die der Trurl aus dem Computer zweifellos erheben würde, verließ ihn jeglicher Mut, und seine Hand sank wie gelähmt herab. Er ließ alles stehen und liegen und stürzte in solcher Hast aus der Werkstatt, daß sein Aufbruch einer Flucht gleichkam. Draußen im Garten ließ er sich für einen Augenblick auf dem knorrigen Bänkchen gleich neben der blühenden Kyberberitzenhecke nieder, seinem Lieblingsplätzchen, das ihn in der Vergangenheit so oft zu fruchtbaren Gedanken inspiriert hatte. Heute jedoch konnte er selbst hier keine Ruhe finden. Die ganze Gegend war in das Licht des Mondes getaucht, den er einst zusammen mit Klapauzius zusammen am Firmament montiert hatte – gerade deswegen rief der majestätische Glanz der Gestirne wehmütige Erinnerungen wach, Erinnerungen an die Zeit seiner Jugend: Der silberne Satellit war ihre erste selbständige wissenschaftliche Arbeit, für die beide Freunde von ihrem Herrn und Meister, dem ehrwürdigen Cerebron, seinerzeit in einem feierlichen Festakt vor der ganzen Akademie ausgezeichnet worden waren. Als er an seinen weisen Erzieher dachte, der dieser Welt schon längst Lebewohl gesagt hatte, fühlte er sich von einem unklaren Impuls, den er vorerst nicht zu deuten wußte, vorwärtsgetrieben, öffnete die Gartenpforte und ging hinaus ins freie Feld. Die Nacht war wunderbar: Frösche, offensichtlich mit frischen Batterien bestückt, sagten unter einschläferndem Gequake ihre Abzählreime auf, und auf dem silbrig glänzenden Wasser des Teiches, an dessen Ufer er einherging, zeigten sich leuchtende konzentrische Kreise, Spuren von Kyberkarpfen, die bis dicht unter die Wasseroberfläche schwammen und ihre dunklen Lippen wie zum Kuß öffneten. Trurl jedoch nahm von alledem nichts wahr, er war tief in Gedanken versunken, deren Sinn er nicht kannte, und dennoch schien seine Wanderung ein Ziel zu haben, denn er war keinesfalls überrascht, als ihm eine hohe Mauer den Weg versperrte. Bald stieß er auf ein schweres, schmiedeeisernes Tor, nur einen Fußbreit geöffnet, so daß er sich mühsam hindurchzwängen mußte. Im Innern war die Dunkelheit noch schwärzer als auf freiem Feld. Düstere Silhouetten ragten links und rechts des Weges empor – altertümliche Grabmäler, wie man sie schon seit Jahrhunderten nicht mehr baute. Hin und wieder löste sich ein Blatt aus der Höhe der umstehenden Bäume und streifte im Hinabfallen verwitterte Statuen oder grünspanüberzogene Zenotaphe. Eine Allee von Barockdenkmälern spiegelte nicht nur die Entwicklung der Friedhofsarchitektur wider, sondern auch die Etappen der physischen Umstrukturierung derer, die den ewigen Schlaf unter metallenen Grabplatten schliefen. Eine Epoche war zu Ende gegangen, mit ihr auch die Mode kreisförmiger Grabsteine, die bei Dunkelheit phosphoreszierten und an die Meßinstrumente eines Schaltpults erinnerten. Trurl setzte seinen Weg fort, vorbei an den gedrungenen Statuen der Homunculi und Golems; schon befand er sich in einem Neubauviertel dieser Stadt der Toten, sein Schritt jedoch wurde immer schleppender, immer zögernder setzte er einen Fuß vor den andern, denn der vage Impuls, der ihn hierhergeführt hatte, war dabei, die Form eines konkreten Plans anzunehmen, eines Plans, den er kaum auszuführen wagte. Schließlich blieb er vor der Einfriedung eines Grabmals stehen, das durch die Strenge seiner geometrischen Formen Kälte und Nüchternheit ausstrahlte, besonders aber durch eine sechseckige Grabplatte, die fugenlos in einen Sockel aus nichtrostendem Stahl eingepaßt war. Während er noch zögerte, glitt seine Hand bereits verstohlen in die Jackentasche, in der sein Universaldietrich steckte, ein Instrument, das er immer bei sich trug; er öffnete die Pforte und näherte sich mit klopfendem Herzen dem Grab. Mit beiden Händen umfaßte er das Täfelchen, auf dem in schwarzen, schmucklosen Lettern der Name seines Lehrmeisters stand, und brachte es mit einer geschickten Drehung in die erforderliche Position, so daß es geräuschlos wie der Deckel einer Schmuckkassette aufschnappte. Der Mond war hinter einer Wolke verschwunden, und es war jetzt so finster, daß er die Hand nicht vor Augen sehen konnte; im Dunkeln ertasteten seine Fingerspitzen etwas, das sich wie ein Sieb anfühlte und dicht daneben einen großen, flachen Knopf, der sich zunächst nicht in seine ringförmige Einfassung pressen ließ. Schließlich drückte er ihn mit voller Kraft nieder und erstarrte, zu Tode erschrocken über die eigene Kühnheit. Zu spät, schon begann es im Innern des Grabmals zu rumoren, Strom floß mit leisem Knistern durch sämtliche Leitungen, Relais nahmen unter gleichmäßigem Ticken ihre Arbeit auf, dann ertönte ein tiefes Brummen – und dumpfe Stille trat ein. Trurl vermutete einen feuchtigkeitsbedingten Kurzschluß in dem altersschwachen System und spürte Enttäuschung, aber auch ein wohliges Gefühl der Erleichterung in sich aufsteigen. Im selben Moment jedoch hörte er ein heiseres Krächzen, dann ein zweites, und schließlich ließ sich eine müde, greisenhaft zitternde – und dennoch so vertraute – Stimme hören:

»Was ist los? Was ist denn nun schon wieder los? Wer hat mich gerufen? Was willst du? Was sollen diese dummen Streiche mitten in ewiger Nacht? Könnt ihr mich nicht endlich in Ruhe lassen? Muß ich denn alle naslang von den Toten auferstehen, nur weil es irgendeinem Strolch und Kyberversager gerade in den Kram paßt? Melde dich endlich! Was, feige bist du auch noch? Na warte, wenn ich erst draußen bin, wenn ich erst meinen Sarg aufgebrochen habe, dann kannst du …«

»G ... Großer Meister! Ich bin's ... Trurl!« stammelte er, verschreckt und eingeschüchtert angesichts dieser wenig freundlichen Begrüßung, dabei legte er den Kopf schief und nahm eine schicksalsergebene Demutshaltung ein, genau die Haltung, welche alle Schüler Cerebrons an sich hatten, wenn es eine wohlverdiente Standpauke setzte; mit einem Wort, er benahm sich so, als sei er innerhalb von Sekunden sechshundert Jahre jünger geworden.

»Trurl!« krächzte eine rostige Stimme. »Moment mal ... Trurl? Aha! Natürlich! Hätt' ich mir gleich denken können. Bin gleich soweit, du Halunke.«

Dann war ein schauerliches Knarren, Kreischen und Knirschen zu hören, als sei der Verstorbene dabei, den Deckel seiner Krypta aufzubrechen. Trurl wich einen Schritt zurück und sagte eilfertig:

»Aber, Herr und Meister! Bitte, das ist doch nicht nötig! Wirklich, Euer Exzellenz, ich wollte doch nur ...«

»Hä? Was soll das nun wieder? Glaubst du etwa, daß ich aus meinem Grabe auferstehe? Unsinn, ich muß nur meine morschen Knochen ein wenig geradebiegen. Ich bin ganz steif geworden. Und dann ist auch das Öl bis auf den letzten Tropfen verdunstet. Mein Gott, überall dieser Rost! Der reinste Schrotthaufen ist aus mir geworden!«

Diese Worte wurden von einem markerschütternden Quietschen begleitet. Als es endlich vorbei war, ließ sich die Stimme aus dem Grabe erneut vernehmen:

»Da hast du dir wohl wieder eine schöne Suppe eingebrockt, was? Hast sie verpfuscht, vermiest, verdorben und versalzen, und jetzt reißt du deinen alten Lehrer aus seiner ewigen Ruhe, damit er dir aus der Klemme hilft? Hast du Schwachkopf nicht einmal Respekt vor meinen traurigen Überresten, die doch von dieser Welt schon lange nichts mehr wollen? Na ja, dann red schon, rede endlich, wenn du mir selbst im Grabe keine Ruhe gönnen willst!«

»Herr und Meister!« sagte Trurl, und seine Stimme klang längst nicht mehr so zaghaft. »Wie immer erweist sich dein Scharfblick als durchdringend ... Es ist genau so, wie du sagst! Ich habe alles verpatzt ... und weiß nicht, wie es weitergehen soll.

Aber es ist ja nicht um meinetwillen, wenn ich Euer Spektabilität zu belästigen wage. Ich inkommodiere den Herrn Professor lediglich, weil ein höheres Ziel dies unumgänglich macht ...«

»Eloquentes Wortgeklingel wie überhaupt jegliches Brimborium solltest du dir für andere Gelegenheiten aufheben!« knurrte Cerebron wütend. »Natürlich kommst du nur an meinen Sarg klopfen, weil du ordentlich in der Patsche steckst, außerdem hast du dich bestimmt wieder einmal mit deinem Freund und Rivalen zerstritten, diesem ... na, wie heißt er gleich ... Klimpazius oder Lapuzius ... na, sag schon!«

»Klapauzius! Ja, wir hatten Streit miteinander«, sagte Trurl eilfertig und nahm unwillkürlich Haltung an, als er derart zurechtgewiesen wurde.

»Richtig, Klapauzius! Und statt nun das Problem mit ihm zu besprechen, wozu du natürlich viel zu stolz und überheblich, vor allem aber zu dumm warst, wußtest du nichts Besseres zu tun, als den Leichnam deines alten Lehrers in seiner Nachtruhe zu stören. So war es doch, nicht wahr? Na gut, wenn du schon mal hier bist ... also, was hast du auf dem Herzen, du Einfaltspinsel? Heraus damit!«

»Herr und Meister! Es ging mir um die wichtigste Sache im ganzen Universum, nämlich um das Glück aller denkenden Wesen!« rief Trurl, dabei beugte er sich wie ein reuiger Sünder im Beichtstuhl über das Sieb, das in Wirklichkeit ein Mikrophon war, und ein ganzer Schwall sich fieberhaft überstürzender Worte sprudelte aus ihm hervor. Er schilderte sämtliche Ereignisse, die sich seit seinem letzten Gespräch mit Klapauzius zugetragen hatten, ließ nichts aus und versuchte nicht einmal, die eine oder andere Sache zu vertuschen oder wenigstens schönzufärben.

Cerebron schwieg zunächst wie ein Grab; bald jedoch begann er, Trurls Vortrag in seiner typischen Art zu unterbrechen, mit kleinen Seitenhieben und Sticheleien, teils ironischen, teils bissigen Kommentaren, mit verächtlichem oder wütendem Schnauben. Trurl jedoch, der sich von seinen eigenen Worten hinreißen ließ, schenkte dem keinerlei Beachtung, er redete wie aufgezogen weiter, bis er schließlich auch das letzte Glied in der Kette seiner Missetaten bekannt hatte, dann verstummte er, schnappte ein wenig nach Luft und wartete. Cerebron, der bis dahin den Eindruck erweckt hatte, als werde er mit seinem Räuspern und Hüsteln nie zu einem Ende kommen, gab keinen Laut von sich, war mucksmäuschenstill. Erst nach einer guten Weile sagte er in einem unerwartet klangvollen, beinahe jugendlichen Baß: »Na ja. Du bist eben ein Esel. Und ein Esel bist du, weil du ein Faulpelz bist. Nicht ein einziges Mal hast du dich auf den Hosenboden gesetzt und allgemeine Ontologie gebüffelt. Wenn ich dir in Philosophie, besonders aber in Axiologie, eine glatte Fünf gegeben hätte, wie das meine heilige Pflicht war, dann würdest du nicht mitten in der Nacht auf dem Friedhof herumgeistern und an fremde Gräber klopfen. Aber ich gebe zu: Auch ich bin nicht ganz schuldlos daran! Du warst ein Bummelant, wie er im Buche steht, ein durch und durch verstockter Nichtstuer, ein partiell begabter Idiot, und ich habe all das großzügig übersehen, weil du eine gewisse Geschicklichkeit an den Tag legtest, allerdings nur in den niederen Künsten, die ihre Wurzel im altehrwürdigen Uhrmacherhandwerk haben. Ich dachte, mit den Jahren würde sich dein Geist entwickeln und auch an sittlicher Reife gewinnen. Ich habe dir doch gesagt, du Holzkopf, tausend, nein hunderttausend Mal habe ich in meinen Seminaren gesagt, daß man *denken* muß, bevor man handelt. Aber ans Denken hast du ja nicht einmal im Traum gedacht. Seht nur, welch großer Erfinder, einen Kontemplator hat er gebaut! Im Jahre 10496 hat Präprofessor Neander eben diese Maschine Bolzen für Bolzen und Nut für Nut in den ›Felizitologischen Studien‹ beschrieben, und der führende Dramatiker der Degeneraissance, ein gewisser Billion Schlecksbier, hat zum gleichen Thema ein Stück geschrieben, eine Tragödie in fünf Akten, aber wissenschaftliche oder schöngeistige Literatur rührst du wohl schon längst nicht mehr an, wie?«

Trurl schwieg, und der ergrimmte Alte steigerte seine Stimme zu einem gewaltigen Donnern, dessen Echo zuletzt selbst von den entferntesten Gräbern widerhallte.

»Kriminell bist du zu allem Überfluß auch noch geworden! Oder weißt du vielleicht gar nicht, daß man einen einmal erschaffenen Intellekt weder supprimieren noch reduzieren darf? Du hast das Universelle Glück direkt angesteuert, nicht wahr? Nun, ich muß schon sagen, dein Weg dorthin ist mit guten Taten gepflastert. Im Namen der brüderlichen Liebe hast du ein paar Wesen verbrannt, andere wie die Ratten ertränkt, wenn auch in Milch und Honig, hast eingekerkert, malträtiert, gefoltert, ja sogar Beine ausgerissen und zum krönenden Abschluß, wie ich höre, einen Brudermord begangen! Nicht schlecht für einen selbsternannten Protektor des Universums, gar nicht schlecht! Und was nun? Soll ich dir etwa wohlgefällig übers Haupt streichen?« Hier begann er unvermittelt zu kichern, allerdings so, daß es Trurl durch Mark und Bein ging. »Du sagst also, du hast meine Barriere durchbrochen? Hast das Problem zunächst – faul wie ein Mops – einer Maschine übergeben, die übergab es der nächsten und so weiter und so fort ohne Ende, und hast dich dann selbst in ein Computerprogramm gesteckt? Ja, weißt du denn nicht, daß Null zu jeder beliebigen Potenz erhoben immer nur Null ergibt? Seht nur, welch ein kybornierter Schlauberger, hat sich selbst multipliziert, um seinen schwachen Geist zu multiplizieren! Wirklich, eine brillante Idee, ein echter Geniestreich! Weist du am Ende gar nicht, daß der *Codex Galacticus* die Automultiplikation unter Androhung des Galathemas verbietet? Kapitel XXVI, Band 119, Ziffer 10, Paragraph 561 f. Natürlich, wenn man sich sein Examen mit elektronischen Spickzetteln und Wanzen im Kugelschreiber erschlichen hat, dann bleibt später nichts anderes übrig, als in Friedhöfe einzudringen und Gräber zu plündern. Es ist doch immer dasselbe. In meinem letzten Jahr an der Akademie habe ich zweimal, also sowohl im Sommer- als auch im Wintersemester, eine Vorlesung über kybernetische Deontologie gehalten. Nicht zu verwechseln mit Dentologie. Hier ging es um einen Ehrenkodex für Omnipotenzler! Aber du, da habe ich nicht den leisesten Zweifel, hast damals nur gefehlt, weil du durch eine schwere Krankheit ans Bett gefesselt warst. Na, war es nicht so? Hab' ich nicht recht?«

»Wirklich, ich ... ich kränkelte seinerzeit ein wenig«, stotterte Trurl verlegen.

Er hatte sich bereits vom ersten Schock erholt und schämte sich nicht einmal mehr sonderlich; Cerebron, schon zu Lebzeiten ein notorischer Nörgler, war sich auch im Tode treu geblieben, und gerade das bestärkte Trurl in der Hoffnung, auf das unumgängliche Ritual der Verwünschungen und Beschimpfungen werde bald der positive Teil folgen: Großmütig, wie der alte Kauz im Grunde seines Herzens war, würde er ihm schon mit ein paar guten Ratschlägen aus der Klemme helfen. Unterdessen hatte der Verstorbene seine üble Schimpfkanonade beendet.

»Also, genug davon!« sagte er. »Dein Fehler bestand darin, daß du weder wußtest, was du wolltest, noch wie du es erreichen solltest. Das zum ersten. Zweitens: Die Konstruktion des Immerwährenden Glücks ist ein Kinderspiel, jedoch völlig sinnlos. Dein großartiger Kontemplator ist eine amoralische Maschine, denn Quell seines Entzückens sind in gleicher Weise physische Objekte, wie auch Qualen und Leiden dritter Personen. Will man ein Felizitotron bauen, muß man anders vorgehen. Sobald du wieder zu Hause bist, nimmst du den XXVI. Band meiner *Gesammelten Werke* aus dem Regal, schlägst Seite 621 auf, und dort findest du die detaillierte Anleitung zum Bau eines Ekstators. Dies ist der einzig gelungene Typ eines Apparats mit Gefühlsleben, und er hat keine andere Funktion, als glücklich zu sein, und zwar 10000mal glücklicher, als Bromeo es war, nachdem er den Balkon zum Gemach seiner Geliebten erklommen hatte. Zu Ehren des großen Billion Schlecksbier legte ich die von ihm beschriebenen balkonischen Wonnen meiner felizitologischen Berechnungen zugrunde und erfand den Terminus »Bromeon«, um eine Maßeinheit der Glückseligkeit zu bezeichnen. Aber du, der du dich nicht einmal der Mühe unterziehen mochtest, die Werke deines Lehrers durchzublättern, hast dir so etwas Idiotisches wie diese »Hedonen« einfallen lassen. Ein Nagel im Schuh – wirklich, ein feines Maß für die erhabensten Freuden des Geistes! Na, lassen wir das! Also, mein Ekstator erreicht das absolute Glück vermittels einer vielphasigen Verschiebung im Erfahrungsspektrum, das heißt, es kommt zur Autoekstase mit positiver Rückkoppelung: Je zufriedener er mit sich selbst ist, desto zufriedener ist er mit sich selbst, und so weiter und so fort, bis das autoekstatische Potential eine kritische Höhe erreicht, und sich die Sicherheitsventile öffnen. Denn ohne diese Ventile … weißt du, was passieren würde? Du weißt es nicht, selbsternannter Protektor des Kosmos? Die Maschine, deren angestautes Potential sich nicht entladen könnte, müßte buchstäblich vor Glück platzen! Ja, ja, so liegen die Dinge, mein lieber Doktor Allwissend! Denn die integrierten Schaltungen ... doch halt, wie komme ich eigentlich dazu, dir mitten in der Nacht und noch dazu im Grabe liegend, eine Vorlesung zu halten, lies es gefälligst selbst nach! Zweifellos liegen auch meine Werke längst unter einer dicken Staubschicht begraben, irgendwo in der hintersten Ecke deiner Bibliothek oder, was mir noch wahrscheinlicher vorkommt, sie wurden in Kisten und Kasten verpackt und unmittelbar nach meinem Begräbnis in den Keller verfrachtet. Nur weil du deine allerschlimmsten Dummheiten notdürftig reparieren und kaschieren konntest, glaubst du wohl, du seist der gerissenste Bursche in der Metagalaxis, wie? Wo hast du meine *Opera Omnia,* heraus damit!«

»Im ... im Keller«, brachte Trurl stotternd hervor und log dabei entsetzlich, denn schon vor langer Zeit hatte er den ganzen alten Krempel – drei Fuhren waren es – zur städtischen Volksbücherei bringen lassen. Aber das konnten die irdischen Überreste des Meisters zum Glück nicht wissen. Cerebron, hochbefriedigt, daß er mit seiner scharfsinnigen Vermutung ins Schwarze getroffen hatte, schlug bereits einen milderen Ton an: »Da haben wir's. Jedenfalls ist dieses Felizitotron völlig, aber auch völlig sinnlos, weil der bloße Gedanke, sämtliche Spiralnebel, Planeten, Monde, Sterne, Pulsare und andere Quasare in endlose Reihen solcher Ekstatoren umzuwandeln, nur in einem Gehirnkasten ausgebrütet werden kann, dessen Windungen so in sich verschlungen sind wie ein Möbiussches Band, mit anderen Worten, verdreht in allen Dimensionen des Intellekts. Oh, es ist wirklich weit mit mir gekommen!« Der Verstorbene wurde erneut vom Zorn überwältigt. »Gleich morgen lasse ich an der Pforte meines Grabmals ein Sicherheitsschloß anbringen, und der Alarmknopf wird für alle Zeiten abgeklemmt! Dein Freund und Kollege, dieser Klapauzius, hat mich erst letztes Jahr – vielleicht war es auch vorletztes Jahr, ich habe hier ja weder Uhr noch Kalender, wie du dir denken kannst – mit dieser verfluchten Glocke aus der süßen Umarmung des Todes gerissen, und ich mußte einzig deshalb von den Toten auferstehen, weil einer meiner vortrefflichen Schüler außerstande war, mit einer simplen metainformationstheoretischen Antinomie im Theorem des Aristoides zurechtzukommen. Also mußte ich, der ich nur noch Staub und Asche bin, ihm aus dem

Sarg heraus eine Vorlesung halten über Dinge, die er in jedem halbwegs brauchbaren Handbuch zur numerisch-topotropen Infinitesimalistik finden könnte. Allmächtiger Gott, wie schade, daß es dich nicht gibt, denn du würdest diesen halbgebildeten Kybersöhnen augenblicklich das Handwerk legen!«

»Aha ... dann war er also auch schon ... Klapauzius war hier, Herr Professor?« sagte Trurl, überrascht und hocherfreut über diese unerwartete Neuigkeit.

»Aber ja. Hat wohl kein Wort davon erwähnt, wie? Das nenn ich Roboter-Dankbarkeit! Und ob er hier war. Das hörst du wohl mit dem größten Vergnügen, nicht wahr? Und du«, donnerte der Leichnam, »du, der du dich vor Freude nicht zu lassen weißt, wenn du vom Mißerfolg eines Freundes hörst, wolltest den ganzen Kosmos glücklich machen?! Bist du Schwachkopf denn niemals auf die Idee gekommen, daß es vielleicht ganz angebracht wäre, zunächst einmal die eigenen ethischen Parameter zu optimieren?«

»Herr, Meister und Professor!« sagte Trurl hastig, um die Aufmerksamkeit des Alten von seiner Person abzulenken. »Ist es denn prinzipiell unmöglich, das Universelle Glück zu errichten?«

»Unmöglich? Wieso unmöglich? In dieser Form ist die Frage lediglich falsch formuliert. Denn was ist das Glück? Nun, das ist doch sonnenklar. Das Glück ist eine Krümmung, genauer gesagt, die Expansion eines Metaraums, der die Verknüpfung kollinear intentionaler Abbildungen vom intentionalen Objekt trennt, wobei die Grenzwerte durch eine Omega-Korrelation bestimmt sind, und zwar in einem alpha-dimensionalen, damit natürlich nicht-metrischen Kontinuum subsoler Aggregate, die meine, d. h. Cerebrons Supergruppen genannt werden. Aber wie ich sehe, hast du keine blasse Ahnung von subsolen Aggregaten, an denen ich achtundvierzig Jahre meines Lebens gearbeitet habe, und die in meiner Algebra der Widersprüche derivierte Funktionale oder auch Antinomiale genannt werden?!«

Trurl schwieg wie ein Grab.

»In ein Examen«, sagte der Verblichene mit einer derart honigsüßen Stimme, daß Trurl nichts Gutes schwante, »in ein Examen kann man zur Not sogar unvorbereitet gehen. Aber ans Grab seines Professors zu treten, ohne eine einzige Zeile aus der Standardliteratur wiederholt zu haben, das ist eine derart bodenlose Unverschämtheit«, er brüllte so laut, daß das überstrapazierte Mikrophon zu brummen begann, »daß mich, wäre ich noch am Leben, auf der Stelle der Schlag treffen würde!« Plötzlich wurde er wieder sanft wie ein Lamm. »So, so, du weißt also gar nichts, bist unwissend wie ein neugeborenes Kind. Nun gut, mein treuergebener Schüler, mein Trost im Leben nach dem Tode! Da du nie etwas von Supergruppen gehört hast, muß ich es dir wohl auf sehr vereinfachte, sehr volkstümliche Art erklären, als spräche ich mit einem Roboter vom Küchenpersonal. Glück, wahres Glück, ist kein Ding an sich, keine Ganzheit, sondern Teil eines Ganzen, das nicht Glück ist, und es auch niemals sein kann. Dein Plan war der helle Wahnsinn, darauf hast du mein Wort und solltest einem Manne ruhig glauben, der seine Erfahrungen in diesem und jenem Leben hat. Das Glück ist keine unabhängige Funktion, sondern eine sekundäre, derivierte – aber das ist ja schon wieder zu hoch für dich, du Trottel! Ja, in meiner Gegenwart spielst du den reuigen Sünder, schwörst Stein und Bein, daß du dich endlich auf den Hosenboden setzen wirst, und was dergleichen Dinge mehr sind. Doch kaum zu Hause angekommen, verspürst du nicht mehr die geringste Lust, die Nase auch nur in eines meiner Bücher zu stecken.« Trurl hatte allen Anlaß, den Scharfblick seines Lehrers zu bewundern, denn dessen Vermutungen kamen der Wahrheit außerordentlich nahe. »Nein, du wirst einfach einen Schraubenzieher nehmen und die Maschine Stück für Stück zerlegen, in der du dich zunächst eingekerkert und dann in höchsteigener Person abgemurkst hast. Natürlich kannst du machen, was du willst, denn ich werde dich nicht in Angst und Schrecken versetzen, indem ich dich etwa als Geist heimsuche, obwohl mich absolut nichts gehindert hätte, vor meinem endgültigen Abschied von diesem Jammertal noch ein entsprechendes Gespenstotron zu bauen. Aber derartige parapsychologische Mätzchen, wie etwa nach erfolgter Automultiplikation bei meinen lieben Schülern als Geist herumzuspuken und sie zu verfolgen, erschienen mir denn doch unter aller Würde – sowohl für sie als auch für mich. Sollte ich vielleicht noch übers Grab hinaus bei euch das Kindermädchen spielen, verfluchte Bande? Übrigens, weißt du eigentlich, daß du nur einmal Selbstmord begangen hast, das heißt an einer einzigen Person?«

»Wie ist das zu verstehen, Meister, ›an einer einzigen Person‹?« fragte Trurl verwirrt.

»Ich wette meinen Kopf, daß es in deinem Computer weder eine digitale Universität noch all die Trurls auf ihren Lehrstühlen gegeben hat; du sprachst mit deinem digitalen Ebenbild, das dich nach Strich und Faden belog, weil es fürchtete – und wahrlich nicht zu Unrecht – du würdest ihm, sobald du seine totale Unfähigkeit zur Lösung des Problems entdeckt hättest, für alle Ewigkeit den Strom abschalten . . .«

»Aber das ist doch nicht möglich!« rief Trurl verblüfft.

»Doch, doch. Welche Kapazität hatte der Computer?«

»Ypsilon 10^{10}.«

»Viel zu klein für mehr als eine digitale Kopie; du hast dich hereinlegen lassen, worin ich im übrigen nichts Schlechtes erblicken kann, denn vom kybernetischen Standpunkt war deine Tat schändlich von Anfang an. Trurl, die Zeit vergeht. Du hast in meiner irdischen Hülle einen üblen Geschmack hinterlassen, von dem mich nur Morpheus' düstere Schwester, meine letzte Geliebte, erlösen kann. Du kehrst jetzt nach Haus zurück, erweckst deinen Kyberbruder zum Leben, bekennst ihm die Wahrheit, das heißt, erzählst ihm von unserer mitternächtlichen Friedhofsplauderei und bringst ihn dann aus dem Dunkel des Computers ans Licht der Sonne, und zwar mit Hilfe der Materialisierungsmethode, die du in der *Angewandten Rekreationistik* meines unvergessenen Lehrers, des Präkybernetikers Tanderadeus, nachlesen kannst.«

»Dann ist es also möglich?«

»Ja. Natürlich werden zwei Trurls, die frei auf dieser Welt herumlaufen, eine Gefahr allerersten Ranges darstellen, aber ebenso schlimm wäre es, wenn über dein Verbrechen der Mantel des Vergessens gebreitet würde.«

»Ja, aber . . . verzeih, Herr und Meister . . . diesen anderen Trurl gibt es doch bereits nicht mehr . . . ich meine, er hat doch in dem Moment aufgehört zu existieren, als ich den Stecker aus der Wand zog, und daher wäre es doch eigentlich völlig überflüssig, das zu tun, wozu du mir jetzt rätst . . .«

Diesen Worten folgte ein gellender Aufschrei der Entrüstung:
»Bei allen schweren Wassern! Und ich habe diesem Ungeheuer
ein Diplom mit Auszeichnung verliehen!! Wahrlich, grausam
wurde ich dafür gestraft, daß ich nicht hundert Jahre früher in den
ewigen Ruhestand getreten bin! Schon bei deinem Rigorosum
kann ich nicht mehr ganz richtig im Kopf gewesen sein! Du
glaubst also wirklich, nur weil dein Doppelgänger gegenwärtig
nicht unter den Lebenden weilt, sei es auch völlig überflüssig, ihn
von den Toten zu erwecken? Du wirfst hier Physik und Ethik in
einer Weise durcheinander, daß man am liebsten nach dem nächsten Knüppel greifen möchte. Vom Standpunkt der Physik ist es
völlig gleichgültig, ob du lebst oder jener Trurl, ob alle beide oder
keiner, ob ich munter durch die Welt hüpfe oder ruhig, wie es sich
gehört, im Grabe liege, denn in der Physik gibt es weder unmora-
lische noch moralische, weder gute noch schlechte Zustände,
sondern nur das, was ist, existiert und damit basta. Jedoch vom
Standpunkt immaterieller Werte, oh törichtester meiner Schüler,
also von der Ethik her betrachtet, sehen die Dinge anders aus!
Denn wenn du den Stecker nur aus der Wand gezogen hättest,
damit dein digitales Alter ego selig schliefe wie ein Toter, hättest
du also schon im Moment des Ausschaltens die feste Absicht gehegt, die Maschine gleich bei Tagesanbruch wieder einzuschal-
ten, so existierte das Problem des Brudermords ganz einfach
nicht, und ich, der ich so roh aus süßem Schlummer gerissen
wurde, brauchte mir nicht mitten in der Nacht über dieses Thema
den Mund fusselig zu reden! Also, laß deine kümmerlichen
grauen Zellen ausnahmsweise einmal arbeiten und sage mir, wodurch sich die beiden Situationen in physikalischer Hinsicht
unterscheiden: die eine, wo du den Computer lediglich für eine
Nacht ausschaltest, ganz ohne teuflische Absicht, und die andere,
wo du dasselbe tust, allerdings mit dem Vorsatz, den digitalen
Trurl für immer auszulöschen! In physikalischer Hinsicht macht
das absolut keinen Unterschied, absolut keinen!!!« donnerte er
wie eine Posaune von Jericho. Trurl konnte sich des Eindrucks
nicht erwehren, sein verehrter Lehrer habe im Grabe zusätzliche
Kräfte gesammelt, Kräfte, über die er zu Lebzeiten nicht verfügt
hatte: »Erst jetzt erkenne ich das abgrundtiefe Ausmaß deiner
Unwissenheit! Dann kann man also nach deiner Meinung denje-

nigen, der in tiefer Narkose wie ein Toter schläft, ohne weiteres in ein Faß konzentrierter Schwefelsäure werfen oder mit einer Kanone erschießen, nur weil sein Bewußtsein vorübergehend ausgeschaltet ist?! Antworte mir sogleich, ohne lange nachzudenken: Wenn ich dir jetzt vorschlüge, dich in die Zwangsjacke Ewigen Glücks zu stecken, sagen wir, ich würde dich in meinen Ekstator einsperren, damit du dort die nächsten einundzwanzig Milliarden Jahre in höchster und reinster Glückseligkeit verbringen könntest, statt dich in dunkler Nacht auf Friedhöfen herumzudrücken, die Gebeine deines Professors in ihrer ewigen Ruhe zu stören und Informationen aus Gräbern zu stehlen, wenn du zudem die Suppe nicht mehr auszulöffeln hättest, die du dir eingebrockt hast, wenn du frei wärst von allen künftigen Aufgaben, Sorgen, Problemen und Mühen, die unser tägliches Dasein belasten und bedrücken – wärst du dann mit meinem Vorschlag einverstanden? Würdest du deine aktuelle Existenz gegen das Reich des Ewigen Glücks eintauschen wollen? Antworte schnell, ja oder nein?«

»Nein! Natürlich nicht! Niemals!« rief Trurl aus.

»Siehst du, du intellektueller Blindgänger? Du willst ja selbst nicht, daß man dich in einem Meer voll Wonne ertränkt, dich ein für alle Mal beglückt, beseligt und befriedigt. Und obwohl du so denkst, wagst du es, für den gesamten Kosmos etwas vorzuschlagen, was du für dich entschieden ablehnst, wovor dir ekelt? Trurl! Die Toten sehen allen Dingen auf den Grund! So ein monumentaler Schurke kannst du doch nicht sein! Nein, du bist nur ein Genie mit umgekehrtem Vorzeichen – bahnbrechend auf allen Gebieten der Dummheit! Höre, was ich dir zu sagen habe. Einstmals haben unsere Vorfahren nichts so heiß begehrt wie die Unsterblichkeit auf Erden. Kaum hatten sie sich diesen Traum jedoch erfüllt, da mußten sie erkennen, daß ihre langgehegte Sehnsucht nicht dieser Art Unsterblichkeit gegolten hatte! Ein intelligentes Wesen braucht, um sich glücklich zu fühlen, nicht nur lösbare, sondern auch unlösbare Aufgaben, das Mögliche wie das Unmögliche. Heutzutage kann jedermann so lange leben, wie er will; die ganze Weisheit und Schönheit unseres Daseins beruht darauf, daß sich derjenige, der des Lebens und seiner Mühen überdrüssig ist, der meint, erreicht zu haben, was in seinen Kräften stand, ruhigen Herzens von dieser Welt verabschiedet, wie auch ich es unter anderem getan habe. Früher kam das Ende gänzlich unverhofft, zumeist als Folge irgendeines lächerlichen Defekts, und manches Werk wurde jäh unterbrochen, manch großes Vorhaben seiner Früchte beraubt – und eben darin lag das Verhängnis der alten Zeiten. Aber seitdem hat es auf der Skala der Werte manche Veränderungen gegeben. Ich, zum Beispiel, habe nur noch einen einzigen Wunsch, ich wünsche mir das Nichts. Nur daß solche geistigen Liederjane, wie du einer bist, mir keine Ruhe gönnen wollen, in einem fort an meinem Sarg rütteln und mir das Nichts wegziehen, als wäre es eine Bettdecke. So, du hast also vorgehabt, den ganzen Kosmos bis obenhin voll Glück zu stopfen, wolltest ihn dann luftdicht verschließen, vernieten und vernageln, angeblich, um alle seine Wesen für immer glücklich zu machen, in Wirklichkeit aber deswegen, weil du ein Faulpelz bist. Du wolltest dir mit einem Schlage sämtliche Probleme, Sorgen und Mühe vom Halse schaffen, aber sag doch selbst, was hättest du in deiner idealen Welt denn eigentlich noch zu tun? Du könntest dich entweder vor Langeweile aufhängen oder du müßtest felizitozide Zusatzgeräte entwickeln, damit die Sache wieder spannend wird. Aus Faulheit hast du nach Perfektion gestrebt, aus Faulheit hast du das Problem Maschinen übertragen und warst dir selbst für Autocomputerisierung nicht zu schade, mit anderen Worten, du hast dich als der erfinderischste all der Schwachköpfe erwiesen, die ich während meiner eintausendsiebenhundertsiebenundneunzigjährigen akademischen Laufbahn zu unterrichten hatte. Wenn ich nicht wüßte, daß es ohnehin vergeblich wäre, so würde ich jetzt diesen Felsblock beiseite wälzen und dir eine gehörige Tracht Prügel verabreichen! Du bist an mein Grab gekommen, um mich um Rat zu fragen, aber du stehst nicht vor einem Wundertäter, und es liegt nicht in meiner Macht, dir auch nur die geringste deiner Sünden zu vergeben, deren Zahl mit Cantor als transfinite Aleph-Menge zu bezeichnen wäre. Geh jetzt nach Hause, erwecke deinen Kyberbruder zum Leben und tue, was ich dir aufgetragen habe.«

»Aber, Herr ...«

»Kein aber! Sowie du dort mit allem fertig bist, kommst du mit einem Eimer Mörtel, einem Spaten und einer Kelle hierher auf den Friedhof und dichtest sämtliche Ritzen und Spalten im Mauerwerk meines Grabmals sorgfältig ab, denn es regnet irgendwo durch, und ich bin es wirklich leid, daß es mir hier unten ständig auf den Kopf tröpfelt. Verstanden?«

»Ja, Herr und Mei ...«

»Wirst du's auch tun?«

»Ja, Herr und Meister, ich verspreche es dir, aber ich möchte noch gern wissen ...«

»Und ich«, der Verblichene steigerte seine Stimme zu einem gewaltigen Donnern, »möchte gern wissen, wann du endlich von hier verschwindest! Solltest du es noch ein einziges Mal wagen, an mein Grab zu klopfen, dann wirst du eine Überraschung erleben, die ... Im übrigen drohe ich dir nichts Konkretes an – du wirst es ja erleben. Grüß deinen Freund Klapauzius und sage ihm, für ihn gilt das gleiche. Das letzte Mal, als ich so freundlich war, ihm ein paar Ratschläge zu erteilen, hatte er es so eilig, daß er sich nicht einmal der Mühe unterziehen mochte, mir den schuldigen Respekt und seine Dankbarkeit zu erweisen. Oh. Manieren, Manieren haben sie, diese glänzenden Konstrukteure, diese Genies, diese aufstrebenden Talente ... und im Kopf ... nichts als Hochmut, Flausen und Grillen!«

»Meister ...«, begann Trurl, aber aus dem Grab hörte man plötzlich ein Knistern, ein Brodeln und Zischen, dann sprang der flache Knopf aus seiner Einfassung, und dumpfe Stille lag über dem Friedhof. Nur das sanfte Rauschen der Bäume und das Wispern der Blätter war zu hören. Trurl seufzte und kratzte sich hinter dem Ohr, dachte eine Weile nach, kicherte vergnügt in sich hinein, als er sich vorstellte, wie verblüfft und beschämt Klapauzius bei ihrem nächsten Treffen sein würde, und verbeugte sich tief vor dem hochaufragenden Grabmal seines Meisters. Dann machte er auf dem Absatz kehrt und rannte, voller Fröhlichkeit und schrecklich zufrieden mit sich selbst, nach Hause, rannte, als wäre der Teufel hinter ihm her.

Aus dem Polnischen von Jens Reuter

NF 408/1/1.20

Die Technologiefalle. Essays. Übersetzt von Albrecht Lempp. Gebunden und st 3385. 320 Seiten

Der Unbesiegbare. Utopischer Roman. Übersetzt von Roswitha Dietrich. st 2459. 240 Seiten

Die Untersuchung. Kriminalroman. Übersetzt von Jens Reuter und Hans Juergen Mayer. Gebunden und st 435. 256 Seiten

Die vollkommene Leere. Übersetzt von Klaus Staemmler. »Die neue Kosmogonie« übersetzte I. Zimmermann-Göllheim. st 707. 259 Seiten

Der Weiße Tod. Gesammelte Robotermärchen. Übersetzt von Karl Dedecius, Irmtraud Zimmermann-Göllheim, Caesar Rymarowicz, Jens Reuter und Klaus Staemmler. st 3536. 466 Seiten

Wie die Welt noch einmal davonkam. Der Kyberiade erster Teil. Mit Zeichnungen von Daniel Mróz. Übersetzt von Jens Reuter, Caesar Rymarowicz, Karl Dedecius und Klaus Staemmler. St 1181. 186 Seiten

Stanislaw Lem/Stanislaw Beres. Lem über Lem – Gespräche. Übersetzt von Edda Werfel und Hilde Nürenberger. Gebunden. 386 Seiten